KB253033

개화기 소설 연구

– 김중하 –

국학자료원

정년을 맞아 부끄러운 마음으로 대학에 몸담아 있었던 때를 되돌아본다.

강단에 서서 가르친다는 일이 얼마나 어려웠던가, 연구가 또한 얼마나 어려운 일이었던가를 깊이 반성하면서 제일 먼저 자신의 둔재와 게을렀음이 컸음을 아프게 느끼게 된다. 그 흔적으로 남은 것이 몇 편의 논문이다.

개화기소설에 관심을 갖고 썼던 논문을 모은 것이 이 책이다.

주로 1975년부터 1985년까지 10년에 걸쳐 쓰여진 것인데 개화기소설을 개화기 시대에 널리 읽혔던 소설이라는 포괄적 개념으로 파악하고 고소설과 신소설·개화소설의 공존 사실을 인정함으로써 문학사의 단절을 극복할 수 있을 것으로 기대했었다. 그러나 이 벅찬 논제를 제대로 해결하지 못한 채 어설픈 몇 편의 논문만 남게 되었으니 얼마나 안타까운 일인가. 또 한편으로는 부족했거나 미비했던 부분에 대한 수정·보완을 하지 못하고 써서 팽개쳐 놓았다는 자괴감이 없지 않다.

그러나 이제 이 몇 편의 논문을 한 자리에 모아 놓고 보니 자신의 부끄러운 자화상을 대하는 감회와 함께 더 연구해야 할 분야와 논제들이 드러나고 있어서 혹 개화기소설에 관심을 갖는 후학들에게 타산지석이 될 수 있겠다는 생각이 든다.

이 책은 순전히 후학과 제자들의 정성으로 만들어졌다. 부산외국어대학교의 류종렬 교수, 부경대학교의 남송우 교수의 수고에 특히 고맙고 한자가 뒤섞여 보기 어려운 교정을 맡아 준 부산대학교의 이재봉 교수와 후학 제자들에게 감사드린다.

처음 발표할 때의 모습 그대로 살리다 보니 지금은 낯선 한자가 너무 많이 섞였고 문장 또한 매끄럽지 못한 글들의 출판을 기꺼이 맡아준 국학

자료원에 감사드린다.

　언제쯤 이 부끄러움을 덮을 수 있는 논문을 다시 쓸 수 있을까. 이 책에 실린 논문의 발표 시기와 게재지 목록은 다음과 같다.

「開化期小說 研究(Ⅰ)」, 1978. 12. 釜山大學校 文理大 論文集 第17輯

「<開化期의 小說> 研究의 몇 假說」, 1982. 12. 韓國文學論叢 第5輯

「開化期小說의 文學史的 研究」, 1984. 6. 釜山大學校 人文論叢 第25輯

「開化期의 討論體小說 研究」, 1979. 3. 관악어문 第3輯

「開化期 短形小說 研究」, 1981. 12. 釜山大學校 人文論叢 第20輯

「개화기 군담소설의 주제의식과 자주성의 변증법」, 1985. 1. 새결 박태권 선생 화갑기념논총

「開化期 新聞小說 <車夫誤解> 소고」, 1975. 12. 睡蓮語文論集 第3輯

「開化期 新聞小說 <의티리국 아마치젼> 연구」, 1978. 12. 韓國文學論叢 第 1輯

「開化期小說 <一捻紅> 연구」, 1975. 12. 釜山大學校 文理大 論文集 第14輯

「開化小說의 文學社會學的 研究」, 1985. 8. 慶北大學校 大學院

2005. 1.

<차 례>

제1부 개화기소설 연구

제2부 開化小說의 文學社會學的 研究

제1부 개화기소설 연구

開化期小說 研究(Ⅰ)

Ⅰ. 序　言

開化期 文學에 대한 연구가 활발해짐에 따라 불분명했던 韓國文學傳統의 接脈相과 西歐文學의 移入過程이 그 모습을 드러내게 되고 정리되어 가고 있다.[1]

이것은 한국 新文學의 전통을 바르게 이해하는 데 커다란 도움이 될 것은 물론, 거슬러 前代文學의 새로운 정리에도 보탬이 될 것이다.[2]

筆者는 開化期文學 中 小說에 관심을 가지고 몇 작품에 대한 개별적 연구를 이미 해 온 바가 있어 本稿는 이의 연장·확대에 해당되는 것이다.[3]

開化期 新聞小說 또는 開化期小說의 樣式을 筆者는 三大別하여 傳的인 것, 討論體, 回章體 또는 公案體로 나눈 바가 있는데,[4] 本稿는 이 중

---

1) 지금까지 新文學은 西歐의 충격에 의해서 발생하게 된 것처럼 생각되어지다가 傳統과의 接脈을 새삼 강조할 수 있게 된 것은 開化期 文學研究의 가장 큰 성과다. 또 막연하게 西歐文學의 충격이라고만 해 오던 것이 그 移入經路가 차츰 밝혀진 것도 좋은 성과다. 이러한 연구는 李在銑·金秉喆·金澤東·金容稷·宋敏鎬·趙東一 등 여러 敎授에 의해 진행된 바 그다.

2) 古代와 近代 등으로 文學史를 分離시켜 온 것은 언젠가는 극복되어져야 할 과제이겠는데 그 가능성을 여기서부터 열 수 있으리라 기대한다.

3) 拙稿, 「開化期 新聞小說 <車夫誤解> 小考」, 『睡蓮語文論集』 第3輯 (釜山女子大學, 1975.)
　「開化期小說 <一捻紅>研究」, 『釜山大學報 文理大論文集』(人文·社會科學篇) 第14輯, 1975.
　「開化期 新聞小說 <의퇴리국 아마치젼> 研究」, 『韓國文學論叢』 第一輯 (釜山, 1978.)

4) 拙稿, 「開化期小說 <一捻紅> 研究」, 「開化期 新聞小說 <의퇴리국 아마치젼> 研究

傳的인 것과 討論體小說에 관한 몇 가지 문제를 해결해 보고자 한다.

傳的 小說의 그 樣式的 특징과 傳代小說과의 接脈關係를 살피고, 討論體小說은 小說의 한 樣式으로서의 成立 可能性과 傳承問題를 考究해 보고자 한다. 지금까지의 開化期小說 研究는 이들의 문제에 대해 대체로 등한히 해 온 것만은 사실이다.[5] 現象的 事實만을 일단 긍정적으로 받아들이는 태도를 취하고 있기 때문에 傳的 小說이나 討論體小說을 구별없이 開化期小說로만 취급하여 왔고, 더구나 討論體小說에 대해서는 일단 소설양식으로 긍정하기만 했지 이의 확실한 근거를 제공해 주지는 않았던 것 같다.[6]

그러므로 筆者는 이러한 開化期小說의 두 양식의 發生學的 근거를 살펴 보고자 하며, 이는 前代의 文學遺産과 無緣하지 않음을 입증하는 작업이 될 것이다.

특히 討論體小說은 어째서 開化期에 잠간 나타났다가 傳承되지 못하고 消滅되게 되었는가에 대해서도 생각해 보고자 한다.

단 여기서 開化期小說이라 함은 엄격한 의미에서 開化期 新聞小說을 두고 하는 말이다. 李在銑·宋敏鎬 등 研究家들도 대체로 이에 대해 확연한 언질은 없지만 筆者는 편의상 開化期小說의 범주속에 新小說을 넣지 않는다. 그러나 폭넓은 뜻에서 開化期小說이란 新小說까지도 포함시켜야 한다고 筆者는 생각하고 있는데 이에 대해서는 稿를 달리하여 言及하겠다.

」등 참조.

5) 특히 이에 관심을 보인 研究者는 趙東一 敎授다. 그의 「英雄의 一生, 그 文學史的 展開」, 『東亞文化』 第10輯 (1971.)은 英雄小說 樣式의 추출에서 그 時代的 變貌를 보이면서 小說의 發展過程을 보였다.

6) 李在銑, 『韓國開化期小說研究』(一潮閣, 1972.)
　　宋敏鎬, 『韓國開化期小說의 史的研究』(一志社, 1975.) 등에서도 對話體로 되어 있음을 지적했을 뿐 詳論하지 않고 있으며 대체로 旣定 事實化하고 있는 듯하다.

Ⅱ. 傳的 小說의 槪念

開化期小說을 類槪念으로 했을 때 傳的 小說은 種槪念이다. 그러나 傳的 小說이 開化期小說에 대해서 種槪念이 된다고 해서 다른 餘他의 小說에 대해서도 다 그렇다는 것은 아니다. 오히려 英雄小說이나 逸士小說에 대해서는 類槪念일 수도 있다.[7] 主人公의 性格에 따라서 그가 英雄的 기질을 가졌을 때 그것은 英雄小說이며, 逸士的 기질을 가졌을 땐 逸士小說이라 분류하는 방법과는 달리 傳的 小說은 그 소설이 담고 있는 전체 내용과 人物과의 관계에 의해 나누어진 일종의 형식분류에 의한 것이다.

그러므로 傳的 小說이란 한 등장인물의 一生에 관해 얘기하고 있기만 하면 그것이 어떤 다른 분류 방법에 의한 種槪念에 속하는 소설이든 다 포함시킬 수 있는 광범위한 성격을 지닌다 할 수 있다.

이렇게 말하면, 우리나라의 古代小說 거의 대부분이 傳的 小說에 해당되는 것은 아니라 하더라도 적어도 그럴 만한 성질을 어느 정도는 다 가지고 있다고 할 수 있다.

한 등장인물의 출생에서부터 그의 죽음에 이르기까지의 시간 속에서 그가 부딪히는 사건과 그 경과를 보어 주는 것이 고대소설의 줄거리 展開다. 이때 흔히 人物의 性格이 典型性을 가졌다거나 관념적이라는 이유 때문에 人物보다는 사건 자체를 중시하여, 한국 고대소설은 거의 대부분이 行動小說[8]로 분류되어진다. 그러나 따지고 보면 行動小說로서 古代小

---

7) 趙東一, 『韓國小說의 理論』(知識産業社, 1977.) p.282에서 主人公의 性格에 따라 英雄小說, 逸士小說 등의 種槪念을 설정하고 있다. 그러나 筆者는 主人公의 性格에 따른 분류를 한 것이 아니고 小說에 展開過程을 중심으로 하고 있기 때문에 이들 種槪念에 대해 傳的 小說은 類槪念이 되는 것이다.

8) Edwin Muir가 The Structure of Novel에서 분류한 行動小說(Novel of Action), 性格小說(Novel of Character), 劇小說(Dramatic Novel), 年代記小說(Chronical Novel) 등 4分類 中 行動小說을 뜻한다.

說이 갖는 특징은 그 人物의 一生과 밀접한 관계를 갖고 있어서, 어떤 인물의 일생을 통해서 겪게 되는 파란만장의 체험 곧 행위의 연속성에 있다고 하겠다. 이것은 비록 행동이 돋보인다 하더라도 한 인물의 체험적 일생의 傳記的 성격을 띠고 있기 때문에 분명 傳的 小說이 될 수 있다.

傳的 小說의 完全한 형식은 물론 출생에서 죽음에 이르는 시작과 끝이 다 갖추어져 있어야 하겠지만 그러하지 않은 경우도 생각할 수 있다. 출생에 대해 분명한 언급은 없다고 해도 어떤 사건에 부딪힌 그 시기에서부터 "…잘 먹고 잘 살았단다."는 종말을 보여주는 說話的 敍事構造나 小說도 傳的 小說의 범주에 넣어야 할 것이다. 이것은 說話가 갖고 있는 不確定性이 人物의 出生이나 出身을 모호하게 하였을 뿐 終末의 固定性을 인정할 수 있으며 그것은 대부분 傳記的 性格을 띠고 있기 때문이다.

또 이와는 달리 분명한 출생에서 시작하여 사건의 전개 다음 終末의 固定的 樣式을 갖지 않는 것, 또는 終末의 상황을 암시하는 것만으로 된 경우도 있다. 이것도 不完全하긴 하지만 傳的 小說의 범주에 넣는 것이 좋겠다.

결국 傳的 小說이란 한 인물의 一生을 全體的으로 파악하여 記述하려 하는 小說이라 말할 수 있겠다. 즉 한 등장인물의 출생과 죽음이 어떤 형식으로로든 언급 또는 암시되어 있거나, 어떤 사건의 일어남에서부터 그 사건의 마무리가 인물의 傳記的 성격을 지닌 소설이라 하겠다.

Ⅲ. 前代 敍事文學의 傳的 樣式

1. 古代小說의 傳的 樣式

고대소설에 固定된 어떤 양식이 따로 있다고는 말할 수 없다. 때문에 많은 先學들은 편의에 따라 그 종류를 여럿으로 나누기도 하고 아주 다르게 가르고 있음은 주지의 사실이다.9) 그런데 이 중 英雄小說系列에 대해서만은 그 양식적 특징이 이미 밝혀진 바 있고, 그것은 異論을 제기할 필요도 없는 것으로 받아들여지고 있다.10) 그러나 여타의 것에 대해서는 아주 막연하여 꼭 집어 말할 수 없는 것이 사실이지만 일반적으로 시간적 추이에 따른 進行과, 출생에서 죽음에 이르기까지의 등장인물의 일생을 記述하는 것이 그 특징으로 지적되고 있다.11)

그렇다면 英雄小說의 양식과 여타소설의 양식은 아주 다른 것일까, 類似하다면 어떤 점이 얼마나, 어떻게 유사한 것일까, 하는 의문을 제시해 볼수 있겠다.

필자는 이러한 의문을 해결해 보기 위해 몇 편의 고대 소설을 분석해서 그 양식적 특징을 찾아보고자 한다. 분석대상 작품은 널리 英雄小說의 양식적 準據로 알려진 <홍길동전>과 애정소설로 지목되는 <춘향전>, 풍자와 敎世的 성격이 강한 <홍부전> 등으로 잡았다. 이들 소설 사이에 내용분류 양식상 공통성이 없는 것으로 알려져 있고 異質的이라 생각되어지는 작품들 사이에 어떤 공통성을 발견할 수 있다면 이는 대분의 고대 소설의 양식으로 확대 해석하더라도 무리가 생기지 않을 것으로 기대하기 때문이다.

---

9) 古代小說의 分類는 대체로 그 內容에 따라 行해 왔음은 이미 알려져 있다. 그 대표적인 예를 보이면

  趙潤濟 : ① 軍談小說 ② 艶情小說 ③ 家庭小說 ④ 道德小說 ⑤ 運命小說 ⑥ 社會小說 ⑦ 說話·怪談小說

  天台山人 : ① 稗官小說·傳奇小說 ② 社會小說 ③ 軍談類 ④ 夢字類 ⑤ 童話傳記類 ⑥ 勸懲類 ⑦ 公案類 ⑧ 艶情小說 ⑨ 奇逢奇緣類 등등이다.

10) 趙東一, 「英雄의 一生, 그 文學史的 展開」, 『東亞文化』 第10輯(東亞文化研究所, 1971.)가 그것이다.

11) 古代小說의 展開過程으로서의 特色은 時間順行的이라고 본 것은 대부분의 古代小說 研究家들이 지적한 바다.

  鄭鉒東, 『古代小說論』, 朴晟義, 『韓國古代小說論과 史』, 金起東, 『李朝時代小說論』 등을 참조.

(1) <홍길동전>[12]

(가) 홍길동은 洪判書의 아들이다.

(나) 侍婢 춘섬을 어머니로 하여 庶子로 태어났다.

(다) 胎夢에 龍이 나타났으며, 재주가 뛰어나고 道術을 지녔다.

(라) 가족들이 刺客을 시켜 죽이려 했다.

(마) 자객을 죽이고 살아났다.

(바) 1. 집을 떠나 도적의 무리를 이끌고 탐관오리와 싸우고 나라에서 보낸 捕將과 싸웠다. 2. 아버지와 형이 겪는 고난 때문에 잡혀가야만 했다. 朝鮮을 떠나지 않을 수 없게 되었다. 3. 백룡의 딸을 납치해간 妖怪와 싸우고 4. 율도국 왕과 싸웠다.

(사) 1. 탐관오리를 무찌르고 捕將을 물리쳤다. 2. 兵曹判書를 除授받았다. 3. 妖怪를 죽이고 백룡의 딸과 혼인했다. 4. 율도국 왕과의 싸움에서 이기고 율도국 왕이 되었다.

(아) 5. 헤어졌던 가족과 다시 만났다. 부귀영화를 누리며 살다가 죽었다.

(2) <춘향전>[13]

(가) 춘향은 退妓 月梅와 成參判 사이에서 태어났다.

(나) 才色兼備하다.

(다) 南原 광한루에서 南原府使의 아들 李夢龍을 만나 百年偕老를 期約 하다.

(라) 李夢龍 父親의 內職轉出로 李夢龍과 헤어지다.

(마) 新官 卞學道가 春香에게 守廳을 강요했으나 이를 거절하여 갖은 곤욕을 당한다.

(바) 李夢龍이 壯元及第하고 暗行御史가 되어 南原으로 와 春香을 구하다.

(사) 春香은 李夢龍의 正室夫人이 되고 정열부인을 제수받아 三男二女를 두고 잘 살다.

---

12) 趙東一, 『韓國小說의 理論』 p.289에서는 (사)와 (아)를 합해서 7단계로 나누고 있으나 筆者는 人物이 부딪힌 문제를 중심으로 했을 때 (아)항은 별도로 잡는 것이 좋을 것 같아 따로 정했다.

13) <열녀춘향슈졀가>, 完版本.

(3) <興夫傳>[14]

(가) 충청·경상·전라도 어름에 형제가 살았는데 兄은 심술꾸러기·욕심
　　장이 놀부요, 弟는 마음 착한 흥부다.

(나) 놀부가 흥부에게 世傳之物을 조금도 주지 않고 내쫓다.

(다) 흥부는 언덕에 움막을 짓고 어렵게 살다.

(라) 뱀에 먹히울 제비 새끼를 구해 주다.

(마) 제비가 報恩 박씨를 물어다 주어 부자가 되다.

(바) 놀부가 흥부의 致富를 듣고 제비 새끼 다리를 일부러 분질러 구해주었
　　다가 敗家亡身을 당하다.

(사) 흥부가 형 놀부를 보살펴 주자, 놀부도 잘못을 뉘우쳐 의좋게 살다.

　이상 세 편의 고대소설의 분석 결과를 보면 소설의 進行上 공통점을
발견할 수 있다. 이를 추출하면 대략 다음과 같은 양식으로 된다.

　① 등장인물의 출생 또는 전제 ―(1)의 (가)(나)(다), (2)의 (가)(나), (3)의
(가) 소설의 첫 머리에서는 주로 인물 설정을 위한 가장 간편한 방법으로
家門이나 性格, 才質을 준비한다.

　② 사건의 발생 ―(1)의 (라), (2)의 (다), (3)의 (나)

　①에서 설정된 인물이 빚는 사건의 실마리다. 이 단계에서는 ①에서
설정된 인물의 성격을 보충하고 확대하며 의미나 주제를 암시한다.

　③ 사건의 전개 ―(1)의 (마)(바), (2)의 (라)(마), (3)의 (다)(라)(마)

　②에서 예비된 의미를 구체화시키는 행위로 나타난다.

　대체로 소설의 흥미는 이 단계에서 보이는 대립갈등 관계에 초점이
맞추어져 있어서 변화와 파란만장의 체험을 낳는다. 이것은 갈등의 극적
긴장을 위한 점층적 상승보다는 누진적 성과 또는 단속성, 주기성이 주로
되어 있어서 필연성이 빈약하다.

---

14) <興夫傳>, 金東旭 篇, 『古小說板刻本全集』 3卷.

④ 사건의 종말 ―(1)의 (사), (2)의 (바), (3)의 (바)

③에서 이루어진 누진적 성과를 더욱 확실히 입증해 보이고 확인하는 단계다. 이것은 ②사건의 발생에서 예비되었던 결과에 불과하지만 ③의 과정을 그쳤기 때문에 긴장의 해소와 문제 해결이라 볼 수 있다.

⑤ 인물의 종말 ―(1)의 (아), (2)의 (사), (3)의 (사)

이 단계는 ①에서 설정된 인물 자체를 종결짓는 데 의의가 있다. ②~④ 사이의 사건이 갖는 의미도 전연 버릴 수는 없는 것이지만 이미 사건은 ④에서 해결이 나 버렸기 때문에 인물의 존재가치는 없어진 셈이다. 그러므로 이 단계는 인물의 죽음이 주로 되거나 後日譚이 되는 자리다.

<홍길동전>, <춘향전>, <홍부전>이 갖는 이같은 공통양식은 우선 세 작품이 '―傳'으로 되어 있다는 것에서 쉽게 얻어질 수 있는 것이기도 하다. 傳이란 傳記的 성격의 것이라 생각되기 때문에 일단 그 傳記的 양식이 위에서 추출한 양식이라고 보아 마땅하다.

결국 출생과 죽음이라는 兩極 사이에 등장인물이 겪는 체험, 또는 그들이 벌이고, 부딪히는 사건들의 다양한 변화를 끼워 넣는 셈이 된다.

이때 등장인물이란 하나의 問題人物임을 알 수 있다. 그 인물이 어떤 문제를 지닌 인물인가에 따라 ②~④ 사이에 놓이는 사건은 각기 다른 양상을 띠게 된다. 庶子의 설움을 갖고 不世出을 한으로 갖는다면 <홍길동전>과 같은 소설이 될 것이며, 性格이 非正常的일 때 <홍부전>과 같은 소설이 된다. 이것은 앞서 분석한 소설이 아닌 다른 소설들에도 그대로 적용될 수 있을 것이다.

고대소설을 행동소설이라 했을 때, 그것은 사건이 갖는 의미만을 중시했음을 나타낸다. 그러나 사건의 主宰者로서 인물을 보게 되면 그 인물이 안고 있는 문제가 어떻게 풀려 나가느냐가 그 인물의 一生과 같은 軌跡을 그리고 있음을 알게 되고 그것은 또한 한 인물의 傳記的 記述임을 알 수 있다. 이렇게 보면 古代小說의 양식은 대부분이 問題人物의 傳的 樣式을 취하고 있으며 그것은 앞서 보인 5단계에 해당됨을 알게 된다.

英雄小說이든 아니든 그것이 문제가 아니라 全體 小說의 展開는 대체로 人物의 傳記的 性格을 지니고 있는 것이기 때문에 內容上의 分類에는 상관없이 傳的 樣式을 취하고 있음을 발견하게 된다. 이것은 고대소설이 보편적으로 가지고 있던 小說樣式이라고 해도 과언은 아닐 것이다.

2. 漢文小說 또는 傳의 양식

漢文小說의 특이한 양식을 결정지을 만한 것으로 고정된 것은 없다. 그러나 지금까지 발견된 漢文小說의 대부분이 독자적인 小說로 다루어져 있거나 뚜렷한 文學意識에 의해 남겨진 것이 아니고 文集의 후미에 붙어 있거나, 稗說類로 集大成되어 있음을 본다. 이것은 小說家가 전문화되지 않았고, 소설 輕視의 풍조 속에서 이루어진 때문이 아닌가 생각된다.

그러나 현재의 입장에서 본다면 이렇게 남겨진 것이라 할지라도 분명히 소설로 인정할 수 있고, 인정되어야 할 작품들이 많고, 그것은 또한 우리 문학의 훌륭한 유산임을 부인할 수 없다. 또한 이것은 비록 漢字로 記錄되었다 하더라도 그것이 우리나라 文學 발전에 영향했음이 분명하고 더구나 小說 발전에는 커다란 힘을 보태었을 것이 틀림없다면 이늘의 연구는 곧 한국 소설 발달에 보탬이 될 것이다.

필자는 우선 가까이서 구해지는 몇 작품을 분석함으로써 한문소설 또는 傳의 양식을 발견해 보고자 하며, 그것은 사용 문자의 相異에도 불구하고 국문 고대소설이나 개화기 소설 양식과의 유사성을 찾을 수 있을 것으로 기대하고 있다.

이것은 개화기 소설 형성에 미친 영향을 발견함이며, 단순히 外來的 충격에 의해서만 개화기 소설이 발생한 것이 아님을 입증하는 것이 되리라 생각된다. 한국 소설의 역사적 전개와 변모는 전통적 문학 유산에 바탕을 두고 있으며 그것은 서서히 외래적 충격에 의해 변모되었으리라는 가정을 확인하고자 한다.

분석 대상으로 삼은 작품은 許筠의 <嚴處士傳>과 丁若鏞의 <竹帶先生傳>, 柳本學의 <鳥圓傳>이다.

(1) <嚴處士傳>[15]

(가) 이름은 忠貞, 강릉 사람이다.

(나) 아버지를 일찍 여의고 홀어머니를 봉양하는데 집은 가난했으나 효성이 지극했다.

(다) 어머니가 산새를 즐겼으므로 손수 잡아 반찬을 장만하였다.

(라) 어머니가 과거 보기를 권했으므로 학문에 힘써 향시에 뽑히고 진사가 되었다.

(마) 어머니가 돌아가시자 기뻐할 사람이 없다고 벼슬도 마다하고 초야에 묻혀 살다.

(바) 후진을 가르치되 忠孝로 하다가 78세를 일기로 조용히 죽다.

(사) 外史氏曰…

(2) <竹帶先生傳>[16]

(가) 竹帶先生은 牧隱先生의 후예로 李宗和의 別號다.

(나) 先代는 繁榮했으나 竹帶先生 당대는 곤궁하여 蔡相國의 門下에 있었다.

(다) 睦萬中・洪義運・李基慶이 권세를 잡고 蔡相國을 모함하다.

(라) 蔡相國을 구출하려다 丹城縣으로 귀양가다.

15) 李家源 譯注, 『李朝漢文小說選』(民衆書館, 1961.), pp.55~60.
16) 李家源 譯注, 『李朝漢文小說選』(民衆書館, 1961.), pp.312~318.

(마) 竹帶先生의 딸이 李基慶을 죽이려 하다.

(바) 竹帶先生은 丹城서 7년을 보내고 돌아와 죽다.

(사) 外史氏曰…

(3) <鳥圓傳>[17]

(가) 鳥圓은 魯나라 사람이다.

(나) 鳥圓의 어머니가 커다란 말이 자기 몸에 덮인 것을 꿈꾸고 잉태한지
　　석달만에 낳았다.

(다) 애초에는 몸이 쇠약했으나 자람에, 날래고 힘세고 눈에 광채가 나다.

(라) 도적을 잘 살핀다고 임금에게 천거되어 복록을 누리다.

(마) 궁에서 도적을 잡아 공을 세우고 封侯를 받다.

(바) 鳥圓이 교만해져서 사냥군 盧令과 싸우다 얻어맞고부터 임금의 총애
　　를 잃고, 임금의 진짓상을 훔치다 封侯印을 뺏기고 쫓겨나다.

(사) 늙어 병들어 죽었으나 그의 자손은 번영했다.

(아) 太史公曰……

이상의 분석에 따르면 다음과 같은 공통 양식을 얻어낼 수 있겠다.

① 出身 또는 人物의 家門 —(가) ((3) 鳥圓傳에서는 (나)까지)

② 行跡 —(나)(다)(라)(마) ((3) 鳥圓傳에서는 (다)~(바)까지)

③ 死亡 —(바) ((3) 鳥圓傳에서는 (사)가 여기에 해당됨)

④ 記錄者 評 —(사) ((3) 鳥圓傳에서는 (아))

이것은 漢文小說이 傳的인 것이기 때문에 생긴 공통 양식이다. (<鳥圓
傳>은 假傳이라 할 수 있지만 傳이므로 同一한 것으로 보아도 마땅하다.)

이 양식은 앞서 고대소설의 양식과 비교해 볼 때 ②사건의 발단~④사
건의 종말에 해당되는 것이 ②行跡이다.

고대소설이 허구성이 강하다면 漢文小說의 傳은 實質性에 바탕을 두
고 있는 듯하고, 또 人物의 특이한 行跡을 中心으로 하기 때문에 그것은

---

17) 李家源 譯注, 『李朝漢文小說選』(民衆書館, 1961.), pp.376~380.

고대소설에서처럼 다양한 변화를 갖지 않으며 오히려 압축되어 기술된 것이라 보아진다.

그러나 이 둘 다가 敍事構造로서 갖는 양식은 크게 다르지 않다. 漢文小說에서의 行跡을 細分해 보면 이것도 사건의 발단과 전개 종말이 엄연히 內在하고 있으며 그것이 비록 고대소설만큼 화려하지 못하고 구체성을 띠지 않는다 하더라도 사건의 흐름이 시간에 따라 進行되고 있음을 보여 준다.

古代小說과 漢文小說 또는 傳은 결국 같은 양식을 갖고 있음을 발견하게 되겠는데 그 양식은 ① 출생 ② 行跡 ③ 죽음의 3단계를 갖는다. 여기서 서로 달라 보이는 點은 古代小說은 허구성이 강하기 때문에 筆者의 集中的 論評이 後尾에 붙지 않고 필요에 따라 부분에 곁들여 나타나지만, 漢文小說 또는 傳은 後尾에 주로 붙어 있어 그것은 集中的 성격을 띠고 있다는 것이다. 그러나 둘 다가 問題人物의 행적을 중심으로 하고 있음은 역시 동일하다고 보아진다.

IV. 開化期 傳的 小說

지금까지 先學들이 밝혀낸 開化期 新小說 가운데 傳的 小說은 그리 많지 않다. 더구나 時期的 分類가 아닌 內容上 開化의 성격을 띤 것만을 간추린다면 더욱 적어질 것이다.

筆者는 앞서 밝혔듯이 일단 新小說이 나타나기 전후의 신문에 연재된 것만을 대상으로 하였기 때문에 內容보다는 時期的인 것에 중점을 두어 作品을 列擧해 보면 다음과 같다.18)

---

18) 여기서의 인용은 『大韓每日申報』는 韓國新聞硏究所에서 1976년 발간한 影印本을 사용했다. <一捻紅>은 宋敏鎬, 『韓國開化期小說의 史的研究』 末尾에 붙은 附

作品名	發表紙	發表期間	文字	비고
적 선 여 경 녹	大韓每日申報	1905. 8. 11~8. 29	한 글	完, 新發掘
野乘西江月	〃	1905. 9. 1~9. 9	한 글	未完, 新發掘
의티리국 아마치젼	〃	1905. 12. 14~12. 21	한 글	完
一 捻 紅	大韓日報	1906. 1. 23~2. 18	國漢混用	完
靑樓義女傳	大韓每日申報	1906. 2. 6~2. 18	한 글	完

上記 作品 가운데 <野乘西江月>은 6回 連載되다가 중단된 채 그 뒤를 잇지 않음으로 여기에 제외한다면 결국 4편의 완결된 傳的 小說이 있는 셈이 된다. 量的으로 零星하기 때문에 硏究者의 눈에 비교적 적게 띄인 것도 사실이었고, <一捻紅>을 除外하고 보면 전부가 『大韓每日申報』에 실려 있었다는 공통점이 있다. 더구나 新聞記事가 國漢文混用體를 사용하던 『大韓每日申報』에 이를 傳的 小說만은 한글로 表記했다는 점도 특이한 일이며 그 시기가 주로 革新號가 나오는 1905~1906年 사이였다는 것도 주목할 만한 것이다. 그러나 本稿에서는 여기에 대한 언급은 피한다.

4편의 傳的 小說을 그 內容上으로 보면 二大別할 수 있겠는데 첫째는 古典小說型과 둘째는 開化的 性格을 가진 것이다. 편의상 이를 따로 언급한다.

1. <젹션여경녹>, <靑樓義女傳>

<젹션여경녹>

(가) 유송 진종 時 西京 洛陽에 류홍경이 나이 60에 無子血肉이었다.

(나) 先山에 갔다 오는 길에 道人을 만났더니 積善行하면 多壽多福多男을 하겠다 하다.

(다) 변경에 리손이 得病하여 임종 때 아들 은청과 처를 류홍경에게 보내다.

錄을 이용한 것이다. 이 중 <젹션여경녹>과 <野乘西江月>은 筆者에 의해 처음 소개되는 것이 아닌가 한다. 아직까지 다른 연구가들은 이에 대해 언급하지 않고 있다.

(라) 류홍경이 은청 母子를 극진히 보살펴 주다.

(마) 기봉부샹부현에 비습이 죄인에게 온정을 베풀다 도리어 되말려 죄를
　　짓고 죽게 되자 그 딸 난손이 몸을 팔아 아버지 장례를 치고자 하다.

(바) 류홍경 부인 왕씨가 媒婆를 시켜 난손을 데려다 後室로 들이고자 하나
　　류홍경은 난손을 수양딸로 삼아 리은청과 결혼시키다.

(사) 꿈에 비습, 리손이 리손의 처 장씨가 낳을 유복녀 봉명을 며느리로
　　삼아 달라고 하다.

(아) 왕씨부인이 아들을 낳으니 장남 텬우다.

(자) 류홍경은 하녀 종문에게서 2남 텬석을 얻다.

(차) 난손의 외할아버지 졍츄밀의 딸 소연은 류홍경의 둘째 며느리가 되다.

(카) 류홍경 나이 80에 沒하고 三家子孫은 번창하다.

비교적 짧은 분량 속에 四大家門이 나오고 그들 사이에 전부 관련을
맺게 하는 상당히 복잡한 사건으로 전개되어 보이지만 이를 간추리면
다음과 같이 간단해진다.

1. 류홍경에게 자식이 없었다.

2. 道人이 積善行을 하면 뜻을 이루리라 하다.

3. 류홍경이 積善을 하여 뜻을 이루다.

4. 80에 沒하다.

이 소설은 류홍경의 積善이 중심이 되어, 나이 60에서 80까지의 行跡
을 보여 주는 것이다. 때문에 소설의 말미에 '옛말에일르되젹션지가에필
유여경이라하니셰상스람은이류자손의일을감홀지어다'라고 적고 있다.

　결국 출생에서 시작된 것은 아니지만 無子를 恨하고 問題를 의식하게
되는 시기에서부터 류홍경의 죽음에 이르기까지의 傳的 記錄임은 틀림없
고, 이는 앞서 보인 漢文小說類의 양식에 아주 가까운 것임을 알겠다.

또한 그 文體에 있어서도 '유송진종씨에셔경낙양산에일위관인잇스니셩은류요일홈은홍경이요자는원보라일즉이쳥쥬자시벼술에임ᄒ얏다가나히류십셰되민……'와 같이 고대소설투를 그대로 답습하고 있기 때문에 新聞의 連載時期만 없애고 보면 開化期 新聞小說이라 볼 만한 흔적은 거의 없는 작품이다.

<靑樓義女傳>

(가) 長安城內에 사는 裵生이 장사차 北京에 가서 靑樓에 들렀다가 一夜에 千金이라는 妓女에 빠져 戶曹에서 빈 5千兩을 다 써 버린다.

(나) 裵生이 路費조차 없음을 알면서도 配匹이 될 것을 맹세하고 妓女는 裵生과 同行하여 鴨綠江에 이른다.

(다) 妓女는 근본 良家의 딸로서 亂中에 부모를 잃고 娼母에게 구함을 받았으나 貞操를 지키려고 一夜千金이라는 큰 값을 놓았었다.

(라) 裵生의 一行인 李生이 妓女의 美色을 탐하여 팔라고 한다.

(마) 裵生이 응낙하자 妓女는 不事二君이라고 물에 빠져 죽는다.

(바) 裵生과 李生이 다 도망하다.

(사) 뱃사공의 꿈에 妓女가 헌신하여 장례를 치루어 주면 보배를 주겠다고 하다.

(이) 뱃시공이 妓女 장례를 치루어 주고 주머니를 얻다.

(자) 관인이 나타나 많은 돈을 주고 보배 주머니를 가져가다. (그 보배 주머니 속에 든 암소 그린 종이에 물을 뿌리면 무수한 암소가 나오는 것이었음.)

이 소설은 二重構造를 가지고 있다. 標題로 보면 妓女가 주인공이 되어 마땅하나 裵生이 表面上 主人公으로 등장하고 있어 자칫 잘못 보기 쉽게 되어 있다. 裵生은 옹졸한 사내로서 諷刺의 대상이 되어 있을 뿐이고 실질적 主人公은 妓女로 보아야 하겠고, 그렇게 되면 이 作品이 傳的

性格을 갖는다는 것에 별다른 이의가 없어질 것이다.

不事二君의 節介를 지킨 의로운 妓女의 一生이 짧으나마 傳的 樣式에 의해 記錄된 것이다. 末尾에 첨가된 ‘보배 주머니’는 첨가 話素에 지나지 않으면서 妓女의 참뜻이 어디에 있었던가를 보상해 주는 역할을 하고 있다.

이 作品은 우선 西歐文物이 쏟아져 들어오던 1800年代 初期의 小說인 데도 近代文化, 이른바 開化文化에 물들지 않았다는 것이 特色19)이면서 고대소설의 傳的 樣式이나 文體를 그대로 답습하고 있음도 사실이다.

이상 <격션여경녹>이나 <靑樓義女傳>은 둘 다가 開化小說로서의 進一步한 면은 거의 찾아볼 수 없을 정도로 古代小說의 傳的 樣式을 그대로 이어받고 있으면서도 1905年 『大韓每日申報』에 실릴 수 있었다는 것은, 비록 시기적으로 開化期에 접어들어 西歐의 文物을 받아 들이고 있는 다른 한 편에서는 守舊的 保守讀者들이 많았음을 뜻하는 것이며, 나아가 아직까지도 傳統的 소설 양식이 완전히 무너지지 않았다는 증거이기도 하다. 그러나 古代小說 樣式의 전통이 그대로 계승된 時代的 요구나 讀者 社會的 배경에 대한 詳論은 本稿에서 다룰 성질의 것이 아니기 때문에 일단 미루어 두기로 한다.

2. 〈의퇴리국 아마치젼〉, 〈一捻紅〉

古代小說의 傳的 樣式에 開化期의 충격이 어떻게 작용하는가를 잘 보여 주는 작품이 이 두 小說이다. 이 두 작품은 그 連載新聞의 性格을 잘 반영해 주면서도 같은 양식을 선택했다는 점에서 비교 연구해 볼 만한 가치가 있을 것이나, 本稿에서는 이 作品들이 갖는 양식상의 공통점과

---

19) 宋敏鎬, 前揭書, p.53.

그것이 古代小說과의 接脈에 한해서만 言及하기로 하겠다.

<의티리국 아마치젼>

(가) 아마치는 이태리 내수도의 한 가난한 집에 태어났다.

(나) 어려서부터 뜻이 높고 기운이 활발하여 병법과 검술을 하여 천하를 周遊하였다.

(다) 이태리를 통일하고자 하는 꿈을 가지고 있었다.

(라) 선농화 땅에 백성이 군사를 일으키자 이를 도와 주다가 잡혀 사형을 당하게 되었다.

(마) 달아나 남아메리카에 갔다.

(바) 우류 우위 나라에 난리가 남에 도와 주다.

(사) 오태리국이 이태리를 침략하므로 군사를 일으켰다가 실패하고 성을 지키다 단신 달아나다.

(아) 남미주에 갔다가 다시 이태리에 돌아와 국토를 통일하다.

(자) 불국과 오국이 계속 이태리를 능모함으로 다시 싸움을 하다가 잡혔으나 풀려나다.

(차) 불국에서 벼슬을 주고자 했으나 이를 마다하고 고향에 돌아와 은거종신하다.

<一捻紅>

(가) 洛陽城東에 60歲의 楊媼이 牧丹의 精靈으로 一捻紅을 낳았는데 美色이었다.

(나) 2歲時 楊媼이 죽자 韓媼이 慈善心으로 키우다.

(다) 16歲時 灌匪之亂에 韓媼이 죽자 山僧 頑雲이 一捻紅을 데려다 敎功에 三百金으로 팔아 韓媼을 장례치르다.

(라) 雲虛老人(琴師)을 만나 琴調를 배우다.

(마) 某大官이 一捻紅을 貪해 豪奴를 보내 납치하려 하나 李廷의 家奴가 이를 퇴치하다.

(바) 某大官이 誣告하여 李廷이 警務廳에 잡혀가다.

　(사) 某大官이 다시 一捻紅을 납치하려 하나 術客이 獵客인 駐韓日公使의
　　　도움을 청해 이를 모면하다.

　(아) 駐韓日公使가 一捻紅을 日本女學校에 日本 留學 알선하다.

　(자) 李廷도 駐韓日公使의 도움으로 풀려나 日本 留學가다.

　(차) 李廷은 露日戰爭에 從軍하여 공을 세우고, 一捻紅은 世界 各國을 돌
　　　아보다.

　(카) 某大官은 露國 諜者짓을 했고, 一進會員을 죽였고, 李廷을 誣告한
　　　죄로 死刑당하다.

　(타) 一捻紅과 李廷은 귀국하여 여러 開化事業에 活動하다.

　(파) 一捻紅과 李廷이 금강산 昆盧峰에 갔다가 李廷이 道僧 圓月의 後身임
　　　을 알게 되다.

위의 두 작품을 보면 主人公의 出生에서 그들의 活動相을 중심으로
펼쳐져 있음을 알 수 있다.

		<아마치전>		<一捻紅>	
① 出身 ……	(가)(나)(다)	一捻紅 {	(가)(나)(다) / (라)~(카)	李廷 {	(하) / (라)~(카)
② 行跡 ……	(라)~(자)				
③ 死亡 ……	(차)		<생략>		<생략>

　<의티리국 아마치젼>은 한 主人公 '마찌니'의 행적이 처음부터 마지
막까지 일관되어 있는데 비해,[20] <一捻紅>은 두 主人公 '一捻紅'과 '李
廷'의 행적이 부딪히면서 하나의 목적을 수행해 나가는 데 특징이 있다.
그러나 두 주인공이 나타나든 한 주인공뿐이든 두 작품이 같은 傳的 樣式
을 취하고 있음에는 틀림이 없다. 그러면서도 굳이 다른 점이 지적된다면

---

20) 拙稿,「開化期 新聞小說 <의티리국 아마치젼> 研究」에서 <아마치>가 <마찌니>
　　임을 밝혔다. 이를 참조할 것.

<의티리국 아마치젼>은 완전한 傳的 樣式을 취하고 있는데, <一捻紅>은 終結部가 생략된 不完全한 양식이란 것이다. 이 점은 그리 문제시되지 않는다. 이미 있어온 여타의 작품에서도 不完全한 傳的樣式은 얼마든지 찾아볼 수 있기 때문이다.

오히려 특이한 점을 지적한다면 <一捻紅>이 英雄小說의 구조를 가지고 있어서 (나), (다)항은 英雄의 시련기에 해당되는 과정을 보여 주고 있다는 것이다. 그러나 이것은 차라리 古代小說이나 그 前代의 英雄小說과의 接脈을 더욱 강하게 드러내는 증거는 될지언정 흠은 아니다.

한편, <의티리국 아마치젼>은 그 주인공이 우리나라 사람이 아닌 근대 이탈리아의 통일을 완성한 행동적 혁명가의 一生을 劇的으로 보여 주는 것인데, 이것은 당시의 시대적 요청이 행동적 애국자의 출현을 절망하고 있었음을 반영하는 것이고, 나아가 傳記的 小說을 필요로 한 것에서 비롯한 것이라 하겠다.21)

여하튼 이 두 작품은 결국 앞서 보인 古代小說의 양식을 그대로 답습하고 있는 <젹션여경녹>이나 <靑樓義女傳>에 비해 그 내용면에서 한걸음 앞서고 있다고 할 수 있다.

樣式은 前代의 傳的 樣式을 빌어 왔다고 하더라도 그 속에 담은 內容이 이미 時代相의 反映임에 틀림없으니 이것은 前代의 肯定的 계승이면서 한편으로는 새로움을 더하는 叛逆作業으로 다음을 잇는 新小說의 성격을 이미 잉태하고 있었음을 뜻한다.22)

지금까지 분석해 보인 4편의 開化期小說은 그 內容의 相異함에도 불구하고 傳的 樣式을 이어받고 있다는 공통점이 발견된다. 이것은 곧 앞서 보인 古代小說이나, 漢文小說 또는 傳의 樣式과 일치하는 것으로, 開化期

---

21) 李在銑, 『韓國開化期小說硏究』, 「開化期小說硏究의 現況과 方向」 등 참조.
22) 天台山人, 趙東一 등도 의견을 같이하고 있다. 즉 樣式은 고대소설의 것을 빌어 오되 그 내용은 開化에 관한 것을 담고 있다는 것이 바로 그것이다.

의 傳的 小說이 前代의 文學에 傳統的으로 接脈되어 있음을 뜻한다.

결국 開化期 傳的 小說은 開化期에 갑작스레 나타난, 전연 새로운 양식의 小說이 아니라, 오히려 가장 傳統的인 小說樣式이라 할 수 있는 傳統的 樣式을 크게 변형시키지 않고 繼承하고 있다.

(1) 出生, 또는 問題의 發端
(2) 問題人物의 行跡 ──┐　傳記的 時間順行
(3) 死亡, 또는 問題의 해결 ──┘

위의 圖式은, 예나 開化期나 그대로 적용될 수 있는 傳的 小說의 基本이 되는 樣式이라 말할 수 있겠다.

V. 傳的 小說의 消滅

傳的 小說 樣式은 古代小說의 경우는 거의 대부분이 해당된다고 해도 과언이 아닐 정도로 널리 사용되어 온 것이지만, 時代의 變遷에 따라 양식의 변모 또는 消滅이 불가피하다면 이것 역시 그러할 수밖에 없는 것이다. 때문에 開化期小說에서는 傳的 樣式이 一般的인 것이라고는 말할 수 없게 된다.

앞 章에서 例示分析해 보인 몇 작품을 제외하고 보면 傳的 樣式은 비교적 드물게 나타나거나 차츰 세력을 잃어가고 있음에 틀림이 없다. 그러나 그것이 완전히 없어져 버렸다고는 단언할 수 없는 것이, 傳的 樣式은 그 특이한 구조로 해서 後代에도 필요에 따라 나타나게도 되겠고, 특히 開化期에서도 그 脈이 끊어졌다고만 볼 수 없다.

開化期小說에 비교적 적게 나타나기는 했지만, 다음 新小說 속에서도 간간이 傳的 樣式에 의한 作品이 보이기도 한다. 이것은 新小說에까지 양식의 殘滓가 남아 있음과 그것의 傳承됨을 보여 주는 것이라 생각된다.

崔瓚植의 <秋月色>, 金榮漢의 <芙蓉軒>, 作者未詳의 <天然亭> 등이 대체로 傳的 樣式을 취하거나 그 殘影을 가지고 있다.

그러나 大部分이 새로운 양식을 취하고 있음은 時代的 요청에 의한 양식의 변모 또는 개발이라고 생각된다. 양식이 새로워져 가고 있다는 것과 傳統의 斷絶이라는 것은 別個의 것으로 생각해야 할 것이다. 비록 양식이 새로워졌고, 새로운 문화의 수용에 따른 새로운 감각이나, 문제에 접근하는 방법이 달라졌다고는 하나 일부 신소설 속에 古代小說的인 話素가 傳承되어 있다거나 展開의 과정이 아직도 時間的 順行을 벗어나지 못하고 있다.23)

Ⅵ. 討論體小說의 樣式的 特徵

近代小說이 갖는 形式的 整濟性에서 본다면 前近代小說이나 新小說은 形式的으로 엉성하기 짝이 없을 것이다. 더구나 小說의 前身的 形式이라 볼 수 있는 說話는 더욱 심할 것이다. 그러나 敍事文學이라는 폭넓은 관점에서는 이러한 것들이 갖는 공통성이 있을 것이고, 때문에 하나의 樣式으로 대접받을 수 있다.

敍事文學의 成立要件은 여러 가지로 理論이 분분하겠지만 일단 說話者, 聽者, 敍事內容 등의 三要素가 그 기본이 된다고 본다면 說話에서부터 近代小說은 하나의 樣式으로 묶어 생각한다는 것에 大過없을 것이다.24) 물론 近代小說로 발전된 樣式에 이 三要素가 뚜렷이 나타나 있다기

---

23) 新小說 속에는 古代小說的 殘滓가 아직도 많이 남아 있어서 進行의 順行性이나, 奇逢, 救援者 속출, 등의 부분적 일치점을 볼 수 있다.
24) 額字小說의 成立을 위해 Wolfgang Kayser가 제시한 敍事의 기본, 原初的 形式

보다는 說話者가 숨겨져 있거나 聽者의 存在는 흔적만 남기고 있거나 하는 경우가 많다. 또 敍事內容 自體에도 변화가 있어, 분명한 事件의 展開가 없어지고 人物의 內面世界에 대한 分析으로 대치되거나, 事件이 變化에 依存하지 않는 경우도 생기게 되었다.

이러한 것들은 가장 原初的 敍事文學에서 발전적 樣式으로 移行되면서 생겨난 變貌로 긍정적으로 받아 들여야 할 사실이라 생각된다.

그러면 討論體小說의 樣式은 어떠한가?

이 문제 해결에 앞서 이 樣式에 속하는 作品들은 어떤 것이 있는가부터 밝혀 둘 필요가 있다.

지금까지 研究家들이 言及해 온 것은 <향로방문의싱이라> <쇼경과 안즘방이 문답> <車夫誤解> 등 세 편에 불과하다.[25]

그러나 筆者의 조사한 바에 의하면 上記作品 이외에도 <향긱담화> <시사문답> 두 편이 더 있다.[26] 결국 이들을 합해 보았댔자 5편이라는 量的으로 퍽이나 적다는데 樣式으로 成立되기 어려운 바가 있어 보이지만 여기에 대한 구체적인 해결은 다음 項으로 넘기고, 일단은 이들 작품만으로 樣式的 特徵을 抽出하기로 한다.

討論體小說은 一見 小說이라 할 만한 구체적 발전적 사건을 갖지 않았다는 것이 가장 큰 特徵이다.

時事問題를 주로 그 대상으로 하여 두 사람 또는 여러 사람들이 모여 서로 자기가 생각하고 있는 바를 開陣해 나가거나, 묻고 답을 하지 않으면

은 敍述者, 敍述內容, 청중으로 이루어진다고 했다. 李在銑, 『韓國短篇小說研究』(一潮閣, 1975.) 참조.

25) 李在銑, 宋敏鎬 두 研究家들은 이 3편만 언급하고 있으며, 따로 더 있을 가능성에 대해서도 언질이 없다.

26) <향긱담화> : 『大韓每日申報』 1905. 10. 29~1905. 11. 7.
　　<시사문답> : 『大韓每日申報』 1906. 3. 8~1906. 4. 12.
　　이 2편이 빠지게 된 것은 標題에 기인한 것이 아닌가 싶다. 담화·문답이 소설이 될 수 없을 것이라는 선입관을 낳게 한 것 일게다.

당시대의 현실적인 문제에 대하여 비꼬아 諷刺하는 對話로 이루어져 있다. 그러므로 의지의 갈등에 의한 사건이란 일어나는 법이 없다.

때문에 討論體小說의 人物設定은 對立的 關係에 놓이는 두 인물의 등장은 없다는 것이 다음 특징이 된다.

비록 討論 參席者가 두 인물 또는 여럿이라 하더라도 그들의 의견은 한 방향으로 固定되어 있어 반대자가 없다. 갈등의 요인을 가진 對立者로서의 인물설정이 아니라 話題를 끌어내거나 변화를 위한 配置에 불과하다.

人物의 이러한 특징은 行爲의 無意味性을 낳는다.

인물은 生動하는 小說 內的 存在가 아니라 作者의 편의에 의해 등장하는 無性格性을 가지고 있기 때문에 行動은 단순한 時間的 경과나 空間的 背景의 이동을 보일 뿐이며 背景이 기능적 작용을 포기하도록 만든다.

다시 말하면 時間과 空間이 小說 속의 사건이나 인물을 支配하는 기능을 발휘할 수 없이 되어 있으며, 오히려 背景은 虛構的 人物의 등장을 잠깐 도와주는 역할만 하고 나면 그 사명을 다한 것이 된다.

때로는 背景의 變化가 보이는 경우도 있지만 이것도 行動의 無意味性과 함께 기능적 작용이 되지 못하고 話題의 探索이나 변화를 위한 작은 考察에 지나지 않는다.[27]

討論體小說의 이러한 특징들은 小說樣式으로서의 결정적 흠이 되어서 討論體小說의 否定的 要素로 보이기도 한다. 그러나 좀더 세밀히 관찰해 보면 이러한 否定的 要素만이 있는 것이 아니고 肯定的 측면도 가지고 있음을 발견할 수 있다.

---

27) <향로방문의싱이라>에서 노인이 자신의 과거, 집안이 망하기까지를 얘기하는 대목은 시골이 背景이 되어 있고, 醫生을 방문하여 토론하는 것은 서울에서다. 이런 배경의 이동은 그 자체에 의미가 있는 것도 아니며 또 이것조차 대화 속에서 진술되어 있다. 만일 이의 獨立性을 인정한다면 額字가 성립될 가능성이 생긴다.

討論體小說이 小說樣式이기 위한 構成의 三大要素로서의 人物, 事件, 背景이 다 否定的이긴 하지만, 全體 한 편의 小說이 갖는 시작과 중간, 끝이라는 進行에 대한 구성 의식은 분명 있었음을 놓쳐서는 안된다.[28)]

두 등장인물의 만남과 討論 過程, 다음은 인물들의 헤어짐이란 진행이 분명히 주어져 있다. 이것은 인물들의 갈등에 의한 小說內的 사건은 비록 없다고 해도 전체 구조가 갖는 敍事性은 配慮되어 있음을 뜻한다.

[가-1] 모쳐롤지나다가슈숑향긕이모혀담화ㅎ는말을들은즉한사람이가
　　　　　로디지금세계는참휘황찬란흔세계라
[가-2] ……그러면그사람들은장싱불ᄉ허게춤긔막히고통곡홀일이로다
　　　　　허며일장담화가모다시극이잘못되여가믈한탄허는말이더라.

<향긕담화>[29)]

[나-1] 일젼에엇더흔소경한아이막디를쑤덕거리고모쳐망건가가압흐로
　　　　　지나가는디그곳에셔망건일ㅎ는안즘방이가그소경을불러갈오디여
　　　　　보게그동안엇지허여오리맛나지못허였나……
[나-2] ……참기막한말일셰하며허회쟝탄한노리일곡부르면셔막디를두
　　　　　루혀갓더라그노리에ㅎ엿스되……

<쇼경과안즘방이문답>[30)]

[다-1] 시골ᄉ는로인한아이시국이소요홈을듯고관광ᄎ로죽장마혜에도
　　　　　보로상경하야각쳐로도라다니다가모쳐약국에드러간즉그약국쥬인
　　　　　의싱이마져좌정흔후무러갈오디……
[다-2] ……취홍을불승하야단가일곡화답ㅎ니낙지긔즁이안인가그디는

---

28) 敍事構造의 進行을 시작(처음)·중간·끝으로 나누어 생각한 사람은 Aristoteles다.
29) 이 인용에 사용된 『大韓每日申報』는 景仁文化社에서 1976년에 낸 影印本이다. 이하 『申報』로 略稱한다.
　　　[가-1] 『申報』1905. 10. 29.　　　　　[가-2] 『申報』1905. 11. 7.
30) [나-1] 『申報』1905. 11. 17.　　　　　[나-2] 『申報』1905. 12. 13.

취하엿고나는장ᄎ갈터이니후일을다시긔약노라.

<향로방문의싱이라>[31]

[라－1] ……모쳐병문에셔여러ᄉ람드리모야안져각기소경ᄉ로보고들은
말을셔로논란허ᄂ디기즁에인력거군흔아이ᄀ로디……

[라－2] ……일단병근이될듯ᄒ니도로혀듯지아니ᄒ얏슬ᄲ만갓지못ᄒ도
다ᄒ고인력거를ᄭᆯ고가며ᄌ탄가노리ᄒ니그노리에ᄒ얏스되산쳡쳡
슈즁즁이라……

<車夫誤解>[32]

[마－1] 근일츈긔화창ᄒ미엇던션비량인이손을글고놉흔곳에올나안져장
안디도상왕리하ᄂ사람을지졈ᄒ며고금치란의시비를평론ᄒ야시국
의불평흠을긔탄ᄒ고……

[마－2] ……인ᄒ야구양용의지은바셕양지산에인영이산란ᄒ고금죠ᄂ지
산림지이부지인지낙의글귀를을푸며산에나려각기집으로도라가니
라.

<시사문답>[33]

※ [－1]은 시작을, [－2]는 끝 부분을 나타낸다.

위의 인용문을 보면 등장인물의 만남으로 시작하는 처음과 討論으로
충당된 중간, 토론이 끝난 뒤에 헤어짐으로 敍事構造를 마무리 짓는 끝이
분명히 드러나고, 話者(敍述者)의 存在는 끝부분에서, 청중의 存在 또한
끝부분에서 그 殘滓를 보여 주고 있다.

이러한 作家意識은 결국 敍事構造에 대한 자각을 나타낸 것이며, 나
아가 이것은 虛構性에 대한 인식도 동시에 드러내는 깃이라 할 수 있다.
그러나 이 虛構性에 대한 인식이란 小說內的 事件에로 향하는 것이 아니
라 人物設定과 全體構造에 대한 것이며, 그것은 說話가 갖는 人物設定이
나 구조와 같은 차원에 놓여 있음을 보여 주는 것이다.

---

31) [다－1] 『申報』 1905. 12. 21.　　　　[다－2] 『申報』 1906. 2. 2.
32) [라－1] 『申報』 1906. 2. 20. [라－2] 『申報』 1906. 3. 7.
33) [마－1] 『申報』 1906. 3. 8. [마－2] 『申報』 1906. 4. 12.

特定한 個性을 갖는 人物로서가 아니라 다음에 전개될 사건에 필요한, 꼭 알맞은 정도의 平面的 人物이 說話的 人物이듯이, 討論體小說에 등장하는 인물 역시 다음에 전개될 討論에 가장 적당한 인물이면 되는 것이다. 이것은 討論體小說이, 人物에 依한 主題의 구체화에 이르는 근대소설의 차원에 이르지 못하고, 主題를 감당할 人物을 後選하는, 즉 이미 결정되어 있는 내용이나 主題를 話題로 삼아 討論에 임할 수 있는 인물로 선정되어 被動的으로 등장하게 되는 경로에 의해 人物設定을 하기 때문이다.

그러므로 인물은 虛構的이라 하더라도 自意性보다 他意性—作者의 意圖에 따라 討論을 전개해 나가는 無性格的 特性을 가질 수밖에 없이 되어 있다.

그러나 이러한 無性格性은 근대소설 이론에서 인물만을 獨立시켜 생각했을 때만 그러한 것이지, 인물설정의 과정에 작용하는 作者의 意圖를 결합시켜 고려한다면 意圖的 인물이 될 수도 있는 것이며, 虛構的 인물로서 小說內의 討論을 主宰하고 이끌어 가는 역할을 충분히 담당해 낸 能動性을 가졌다 할 수도 있다.

결국 討論體小說의 인물은 說話的 敍事構造에 알맞은 정도의 虛構的 인물이라 할 수밖에 없겠지만, 虛構的 人物임에는 틀림없는 것이고, 또 作家가 敍事構造에 대한 자각을 갖고 있었다는 점은 否認할 수 없다.

다음은 討論의 진행과정에서 발견되는 특징이다. 討論의 진행은 論理的 전개가 되지 못하고 개별적인 몇 개의 事項이 순서 없이 다루어져 裝飾的 反復(Decorative Pattern)을 이루고 있다.[34] 때문에 討論進行에 필

---

34) Pattern은 C. Brooks R. Penn Warren 共著 *Understanding Fiction*에서 '플롯 속의 우발적 사건과 작은 사건들의 반복과 같은 意味있는 반복'이라 했다. 또 이를 나누어 장식적인 것(Decorative Pattern), 심리적인 것(Psychological Pattern), 논리적인 것(Logical Pattern)으로 3분하였다. 이를 小說 분석에 적용시도한 拙稿, 「Pattern 分析에 依한 韓國小說의 硏究」, 『釜山大學校 文理大論文集』 第15輯(1976.)을 참고할 것.

연성이 없고 산만한 느낌을 주며, 개별적 작품의 독립성은 인정할 수 있어
도, 여러 작품 사이의 同一한 事項의 重復이 드러나기도 하고 극적 긴박
감이나 탄력성을 갖지 못하고 있다.

그런데 <향로방문의싱이라>는 작품에서만은 額子小說로서의 가능
성을 엿보이기도 하여 작품의 구성에 약간의 탄력성이 생겨 나기도 하지
만 역시 裝飾的 反復 수법이 크게 작용하고 있음에는 틀림없다.

대체로 이러한 평면적 진행에 변화를 주기 위한 考案으로 사용되는
것이 短歌 또는 長嘆歌類의 삽입이다.[35] 이것은 作者의 의식적 考案이라
단정할 수 없다 하더라도 전체 敍事構造에 다양성과 탄력을 가져 온다는
점에서 그 효과를 인정해 줄 수 있겠다.

이상 언급한 바를 요약하면, 討論體小說이 비록 事件의 展開도 없이
對話 또는 討論, 問答을 주로 하는 특징 때문에 小說樣式으로서의 허점을
드러내고 있다 하더라도 敍事構造를 가졌으며, 人物設定이 虛構性에 바
탕하고 있어 일단은 小說樣式으로 인정할 수 있다는 것과, 裝飾的 反復
수법에 탄력과 다양성을 주기 위해 단가 또는 장탄가류가 삽입되어 있다
는 특징을 발견할 수 있다고 하겠다.

Ⅶ. 討論體小說의 發生學的 淵源

討論體小說의 기본 구조가 虛構的 人物의 設定을 위한 시작과 討論을
진행시키는 중간, 人物의 물러남인 끝으로 짜여져 있음은 前項에서 이미
밝혔다. 또 이러한 구조는 발전된 근대소설인 구조라기 보다는 說話에

---

35) 특히 <쇼경과 안즘방이문답> <향로방문의싱이라> <車夫誤解>에 長嘆歌의 삽입
이 많다.

가까운 것이란 점도 인물 설정의 단계에서 이미 밝혀진 셈이다.

說話的 구조를 가졌으되 중간 부분만 특이한 討論의 형식을 취하고 있는 것이 討論體小說의 구조적 특징이겠는데, 그러면 이러한 小說樣式은 어디서 어떻게 발생하게 되었는지를 本項에서 考究하고자 한다.

1. 說話에서의 傳承

하나의 새로운 문학 양식은 갑작스럽게 나타날 수 없는 것이라면 討論體小說 양식도 이에 앞선 유사한 양식이 있어 이의 變形·發展的 단계로 나타났거나, 아니면 이의 발생을 자극하였을 어떤 충격이 있었을 것이라 생각된다.

筆者는 討論體小說의 발생이 우선 형식적 유사성에서 說話 양식의 영향을 받은 바 있었을 것으로 생각한다.

說話는 대체로 하나의 話素(motif)에 의해 이루어지는 간단한 사건의 推移를 보여 주거나, 顚末을 밝히는 것이긴 하지만 드물게는 才談 또는 對話로 이루어지는 것도 있다.

다음은, 孫晉泰氏의 『韓國民族說話研究』에 실린 <山之高高撑石故>라는 것인데, 이는 對話形式을 빈 對句를 중심한 것으로 이를 간추려 보인 것이다.

丈人 : 山은 어째 저렇게 높으냐?	次婿 : 山之高高撑石故
	長婿 : 天之高高撑石故?
丈人 : 솔은 어째 저렇게 푸르냐?	次婿 : 松之靑靑實中故
	長婿 : 竹之靑靑實中故?
丈人 : 路柳는 왜 크지 않느냐?	次婿 : 路柳不長閱人故
	長婿 : 丈母不長閱人故?[36]

이 說話는 영리한 둘째 사위만을 偏愛하는 丈人과 거기에 편승하려
드는 알량한 同婿를 비꼬아 주기 위한 첫째 사위의 재치와 해학을 담은
것이다.

이러한 說話의 中心은 등장인물의 對比보다는 才談에 있고, 그것은
問答의 형식을 빌거나 대화를 통해서 목적을 달성하는 것인데 開化期에
까지도 더러 전해져 왔던 듯하다.

1898년 1월 15일 『독립신문』에 실린 어느 학도의 글 가운데 <속담>
이라고 하여 다음과 같은 것이 실려 있다.

> 물시 하느이 명산 대천에 두루 다니다가 흔 심에 들어가 기고리를 보고
> 흐는 말이 그더가 적막흔 우물밋희 잇서 세상이 엇더 흠을 아지 못흐니
> 실노 흔심흐고 민망흐도다 네 나를 좃차 우물 밧긔 나오면 텬디의 광활흠과
> 일월의 명낭흠과 산천의 슈려흠과 화초의 번셩흠을 력력히 구경흘 것이
> 오…… 기고리 더답흐되 말솜이 허황흐고 오활흐도다 우리 죠샹으로붓터
> 여러 세더을 이 곳에셔 살아……그더 말을 드를 리도 업고 밋을 것도 업노
> 라 물시가 기고리의 고집흠을 보고……[37]

비록 의인화된 것이라 할지라도 양식은 對話를 중심으로 하고 있으며
<山之高高撑石故>와 별로 다르지 않다. 이 이외에도 이런 類에 속한다
고 볼 수 있는 說話, 또는 조금 變形된 것으로 예를 찾는다면 간간이
발건되어진다.

더 나아가 孫晉泰氏의 解說처럼, 어린이들의 재치를 다루어 보기 위한

---

36) 孫晉泰, 『韓國民族說話研究』(乙酉文化社, 1954.) 再版 pp.80~82.
    이 책에서는 對話로 풀이된 것을 인용의 편의상 줄여 中心 漢文句만 적었다. 인
    용부분 다음에 '내 머리는 왜 이렇게 벗겨졌느냐?' 질문이 더 있다. 이와 유사한
    戱詩와 부분적으로 다른 說話에 대한 언급도 있다.
37) 『독립신문』 1898. 1. 15. 中央文化出版社에서 1969年 影印한 것을 이용했다.
    이하 인용은 같은 책.

수수께끼에 가까운 것으로, 예를 들면, 큰 빈 독 속에 공이 빠졌는데 독을 깨지 않고 건질 수 있는 방법은 없겠느냐는 식의 것도 才談式의 說話의 不完全한 형식 또는 變型으로 본다면38) 이런 對話, 問答 형식의 說話는 상당히 많이 널리 알려져 있은 셈이다.

　이렇게 알려지고 있는 說話의 양식은 討論體小說의 그것과 많이 닮은 점이 있다. 처음부는 人物設定을 위해 간략히 줄여주고 對話가 중간부를 차지하여 中心을 이루며, 끝은 처음부에서 보인 인물들의 관계에 변화가 오거나 그냥 밋밋하게 별다른 설명없이 닫힌다. 이 類似點으로 보아 問答 形式의 說話가 직접적으로 討論體小說로 變形되었다고 단정할 수는 없어도 그 連脈은 있었다 推定할 수 있겠다. 다시 말하면 討論體小說 發生을 도운 또는 자극한 원인 중의 하나로서 說話를 들 수 있을 것 같다.

2. 漢文小說 또는 前代 敍事文學의 영향

　說話와 함께 討論體小說 發生에 영향했을 것으로 前代의 敍事的 성격의 문학 또한 漢文小說을 들 수 있을 것이다.

　『要路院夜話記』에 보면 朴斗世가 京華巨族의 오만함과 알량함을 비꼬고 무릎꿇게 한 얘기가 있는데 이것도 事件의 展開에 의한 것이 아니고 對談을 통한 것이다.

我觀鄕之賭(내 싀골나기를 보니)

怪底形體條(형상가지기를 괴저히 하는도다)

不知諺文辛(언문 쓸 줄을 아지 못하니)

---

38) 孫晉泰, 같은 책, pp.69~71에서 <兒智에 관한 說話>라 하여 수수께끼의 근원
　　이 說話에 있다고 했다.

何怪眞書沼(어찌 진서 못함이 고이하리오)
인하여 날을 화(和)하라 시기거늘……
我觀京之表(내 서울 것을 보니)
果然擧動戎(과연 거동이 되도다)
大抵人物貸(대저 인물을 뀌엿이니)
不過衣冠夢(불과 옷과 관을 꾸몃도다)39)

　空間的 배경은 要路院의 한 客舍로 고정되어 있으며 時間의 경과는 문제가 되지 않는다. 이야기 속의 시간은 이야기 밖의 시간과 일치하고 있어서 별다른 의미가 없기 때문이다. 이『要路院夜話記』는 그러므로 敍事文學的 구조를 가졌으면서도 事件의 展開에 목적이 있는 것이 아님은 두말할 여지가 없고, 對談을 통해 京華巨族의 오만불손함을 꺾고 諷刺하는 語弄에 主眼點이 있는 것이다.

　이런 類의 敍事的 글은 그 例가 더러 보이며 또 漢文小說 중에서도 발견된다.

　燕巖의 <虎叱>은 漢文小說로 널리 알려져 있으며 그 諷刺性은 높이 사고 있는 作品이다. 이 作品의 强點은, 호랑이가 똥통에 빠진 北郭先生을 꾸짖는 대목에 있으며 또 北郭先生이 호랑이 앞에서 비굴해진 모습에도 있다. 이런 것들은 다 對話에 의해서 효력이 발생된다는 점에 留意할 필요가 있다. 구체적인 등장인물익 행동에서가 아니라, 그들의 입을 통해서 이루어지는 것이다. 이것은 對話에 中心을 두고 있으며 직접적인 효과를 의식한 發言을 강화하고 있다. 이렇게 對話를 中心한 다른 예로『青丘野談 栖碧外史 海外蒐佚本』에 실려 있는 <聽驟雨藥商得子>를 들 수 있다.

____

39) 李秉岐 選解, 『要路院夜話記』(乙酉文化社, 1958.) 三版, pp.20~24. 이용의 편의상 다른 대화는 빼고 풍월놀이 부분만 인용한 것이다.

이 작품은 藥肆라는 한정된 空間的 背景 속에서 藥儈가 20年 전의 아들을 만나게 되는 과정을 對話로 엮고 있다.[40] 이것은 事件 進行이 對話 속에 內在하고 있어서 앞서 보인 『要路院夜話記』나 <虎叱>과 같다고는 할 수 없으나 對話를 방편으로 이용하고 있음과 짜임새의 유사성, 즉 중간부가 對話로 어울려 있고, 거기에 中心이 놓여 있다는 점에 注意해 볼 만하다. 이것은 討論體小說이 중간부의 대화로 된 토론을 중점한다는 점에서 상당히 닮은 바가 있다.

『要路院夜話記』나 <虎叱> <聽驟雨藥商得子>가 討論體小說의 前身的 의미를 가졌다고 단언할 수는 없겠지만, 앞서 든 說話들과 함께 討論體小說 양식의 발생에 영향하였을 것이라는 假定은 그 양식상의 類似性에서 肯定되어도 좋을 것이다.

3. 開化期 新聞 論說의 영향

開化期 新聞의 論說은 現代 新聞의 그것과 기능은 같이한다고 하겠으나 그 양식이 일정하게 정해져 있었달 수 없다. 社是나 主張만을 위한 것이 아니라 他新聞의 報道에 辨說을 싣기도 하고 條約이나 法令에 대한 해설을 붙이는가 하면 러시아 海軍의 군단 규모를 소개하기도 하며 심지어 학술논문이라 볼 수 있는 것까지도 싣고 있다.[41] 이러한 다양한 내용보다 筆者의 관심을 끈 것은 論說의 硬直性을 피하여 問答形式을 취하는 경우다. 그 事例가 그리 많지는 않지만 이런 양식은 討論體小說과 유사한

---

40) 李佑成·林熒澤, 『李朝漢文短篇集<中>』(一潮閣, 1978.)에서 <驟雨>라 표제한 것을 再引用하였다. 여기서 대화는 과거의 사건을 풀어 나가는 구실도 한다. 비를 피하고 있던 청년과 藥儈사이에 대화가 이어지면서 父子間임을 확인하게 된다.

41) 『皇城新聞』에는 論說이라 하여 <我韓疆域西北沿革攷>를 싣고 있으며 『大韓每日申報』에는 <빨틱함듸>라 하여 러시아 海軍力을 소상히 보고해 주기도 한다.

점이 많으며 그 영향 관계를 가정해 볼 수 있을 것 같다.

> [가-1] 일젼에 엇더흔 대한 신ᄉ 흐나이 외국 졍치가 흐나를 못나 보고
> 방금 셰계 사졍과 동양 형편과 별노히 대한 일을 이약이 ᄒᄂᆞᆫᄃᆡ
> 대한 사롬이 즈긔 나라 일노 미오 걱졍 ᄒᆞ거늘 그 외국 졍치가가
> 말ᄒᆞ되 내가 만일 대한 사롬이 되엿드면 다니며 나라 걱졍을 덜ᄒᆞ고
> 안져서 실샹 근심 되는 일을 펴일 도리를 ᄒᆞ겟노라 대한 ᄉᆞ롬 말이
> 무슴 도리가 잇나냐……
> [가-2] 이 이약이가 미오 쟈미 잇기에 긔지ᄒᆞ니 우리 신문 보는이는 그
> 대한 사롬의 쳐디를 당히셔 엇더케 쟉뎡 ᄒᆞᆯ는지들 요량들 ᄒᆞ여 보시
> 요.42)

[가-1]은 論說의 서두요 [가-2]는 그 끝이다. 이 양식만으로 보면 討論體小說의 그것과 전연 같아 보이는데도 다만 머리에 <론셜>이라 붙어 있어 소설이랄 수가 없는 것이다.

허구적 인물의 설정을 위한 처음부에서 두 사람의 만남으로부터 시작하여 토론의 중심 문제로 유도하고, 그 토론이 끝남과 함께 인물의 관계는 정리된다. 끝부분에서 글쓴이는 앞서 한 얘기를 객관화시켜 하나의 완결된 敍事構造를 갖게 만들고 있다. 이것은 비록 <론셜>이라 이름 붙어 있긴 하지만 양식상 討論體小說에 무척 닮았다.

다음은 『皇城新聞』에 실린 問答型式의 論說이다.

> [나-1] 有一農家者流ㅣ過之而憂曰今玆次(?) 歲에兩旱이 兼至하
> 니 大饑之患을 惡得免乎리오 哀我齊民이迨其相見于○壑
> 이 無日也로다하야늘記者ㅣ曰曷謂兩旱고한ᄃᆡ客曰農家之

---

42) 『독립신문』, 1898. 1. 8.

　　　　　　諺에有之하니曰天旱曰地旱이是也라하야놀記者曰可得聞

　　　　　　乎아客曰……43)

[다-1] 或이有問曰今閱貴報上所論滿洲問題一篇則抑揚反覆에

　　　　　痛論日俄之情形하니 可謂妙解於時局之事狀이로더但未知

　　　　　足下ㅣ何以知俄人之非眞個撤兵이며日人之實無意於開戰

　　　　　也오記者ㅣ曰……44)

　[나-1]은 三旱問答이라 題한 論說이고 [다-1]은 滿洲問題問答이란 標題가 붙어 있다. [다-1]은 비교적 解說的 성격을 띠고 있으며 時局의 문제에 대한 바른 판단을 유도하기 위한 목적, 즉 論說의 정도를 밟고 있다. 그러나 [나-1]은 여기서 한걸음 더 나아가 批判的인 안목과 諷刺的 성격을 첨가하고 있다. 三旱은 自然的인 天旱과 地旱에 人旱을 더하고 있음이 그것을 드러내는 것이다.

[나-2] ……惟以侵漁浚剝에營私肥己로枷鎖溢犴하고鞭筈盈庭

　　　　　하야鵠形鬼面이十顚八九하며鴈戶蔀屋이百存一二하야盜

　　　　　賊이次橫하고人烟이冷寂이면是난所謂人旱也라……

　人旱의 지경에 도달하게 되는 원인은 정치가 잘못 되어 있거나, 官人이 백성을 생각지 않고 私腹을 채우고 있는 때문이라는 것이다. 이렇게 爲政者의 부패와 부조리를 매섭게 찌름은 論說 本來의 양식인 直敍의 방법이나 힘찬 논조로도 가능했을 것이며, 또 이러한 논설도 자주 실린 바 있었는데 새삼스레 또 問答形式으로 싣는 까닭은 무엇일까?

---

43) 『皇城新聞』 : 韓國文化開發社 影印本 1974를 대본으로 하였음. 이하 같음.
　　1903. 6. 27.
44) 『皇城新聞』 1903. 10. 16.

論說이 갖는 硬直性을 피하여 목적을 달성하려는 의도나 토론을 통한 注入式 효과를 노려 이런 양식이 선택되지 않았나 싶다. 그러나 결과적으로는 이러한 양식이 논설의 直接性을 굴절시켜 소설 양식에 더 가까워지도록 하였으며 다분히 虛構的 분위기를 조성시키게 만든 셈이다.

여하튼 이러한 問答形式은 또는 討論形式의 論說은 거기에 머물지 않고 다음의 討論體小說 양식 發生에 連脈되어 있음은, 그 양식의 유사성과 意圖的 諷刺性, 解說的 역할 등으로 立證될 수 있다.

이상으로 筆者는 討論體小說 樣式 발생에 영향하였을 세 분야, 說話, 漢文小說 또는 前代의 敍事的 文學, 開化期 新聞의 論說 등에서 그 가능성을 찾아 보았다. 이 중 어느 하나만이 절대적 영향력을 행사했다고 단정할 수 없듯이 이 세 분야의 복합적 영향하에서 討論體小說 樣式이 發生했을 것이라는 가정 또한 부정하기 어려울 것이다.

그것은 序頭의 虛構的 構造, 結尾의 단순성, 중간부의 문답 또는 토론 형식 등과 같은 樣式的 類似性과 人物의 虛構的 設定에서 확인되기 때문이다.

Ⅷ. 討論體小說의 發掘

討論體小說이 量的으로 저다는 것은 이미 밝힌 바, 널리 연구되어 온 <쇼경과 안즘방이 문답>, <향로방문의싱이라>, <車夫誤解> 등 3편에 필자의 조사 발굴에 의한 <향긱담화>, <시사문답>까지를 합해도 5편에 불과한 것으로 된다.

그러나 필자는 앞서 討論體小說의 淵源을 밝히는 자리에서 <론셜> 몇몇의 구조적 양식이 소설에 가까움을 지적했지만 여기서 한걸음 나아가 이러한 구조적 同一性에서 본다면 더 많이 討論體小說로 보아야 할 작품이 있으리라 생각하며 비록 소설이라 이름붙지 않았다 하더라도 이에 소속시킬 수 있는 것들을 찾아보았다.[45]

지금까지 研究家들은 한글로 표기된 것만을 관심하였으나 이 경우 문자의 선택은 양식의 선택보다 덜 중요한 것으로 필자는 생각한다. 開化期 小說에 있어서 문자의 선택은 독자 선택과 밀접한 관계를 맺고 있으며 樣式選擇의 意識, 目的에는 별다른 변화를 주지 않는 것으로 볼 수 있다. 때문에 필자는 漢主國從體의 글들도 양식의 同質性이 발견된다면 일단 관심하는 것이 당연한 일이라 본다.

1. 寄書 中에서

寄書는 開化期 新聞에 실리는 讀者들이 投稿한 글이다. 때문에 署名이 되는 것이 원칙이지만 대체로 筆名을 사용하고 있어 本名을 알 수 없는 것이 많고, 때로는 新聞社에서 이름을 밝히지 않는 것도 있다. 寄書는 雜報欄에 실리는 것이 보통인데 가끔 一面 論說이 실릴 자리에 우대해 실리기도 하는 좀 특이한 성질의 것이다.

開化期에 신문에 관심을 가지고 있었다는 것은 당시대로 보아 상당히 앞선 생각을 가졌거나 時代 意識에 투철한 사람들이었기 때문에 그들의 投稿 내용도 現實에 대한 민감한 반응을 보이고 時事問題에 一家見을 갖고 있으며 先知者的 기질을 드러내기도 한다. 그래서 그 寄書 내용이 社是와 일치되고 다른 일반 독자들에게도 읽힐 만한 가치가 인정될 때는

---

45) 討論體小說 가운데 "소설"이라 이름 붙여진 것은 <車夫誤解> 하나뿐인데 그것도 제1회에만 <小說>이라 했다. 그러므로 小說이라 지목되고 아니고는 큰 문제가 아니며 오히려 구조의 양식 쪽에서 판정하는 것이 더 타당할 것이라 필자는 생각한다.

論說만큼의 대우를 받아 一面에 실릴 수도 있었던 것이고 그 영향력도 상당했던 듯한다.

이러한 寄書의 내용은 대부분 民族情神의 고취, 現實批判, 啓蒙的 時事解說 등이며 論說條 형식을 취하게 되지만, 가끔 論說 속에서도 問答形式이라는 變形이 있듯, 寄書中에도 問答·討論形式이 발견되고 그것은 討論體小說이라 보아도 무방할 것이 있다.

> 엇던 유지각흔 친구가 이 글을 지여 신문샤에 보내엇기에 좌에 지긔흐노라.
> 지나간 밤 몽즁에 강산 구경 죠와흐는 엇던 친구를 맛나 담화흐되 강산 경긔가 어디어디 볼 만흐더냐 무른 즉 그 친구 대답흐되 내가……46)

이렇게 시작하여 강산의 병듦을 이야기하고, 그 원인이 '스물목'이라는 독한 나무 때문임과 그것은 '철남싱'이라는 풀의 비호를 받고 있어, 쉽게 없앨 수 없기는 하나 힘을 다하여 없애겠다는 결의를 보여 준다. 이는 당시대의 부패된 爲政者와 그 주변 인물을 풍자하는 얘기다.

이 寄書는 '몽즁 셜화느마 그 뜻이 니샹흐기로 긔지흐나이다'로 끝을 맺는다. 물론 중간부는 대화로 연결되어 있다.

이것은 討論體小說 樣式과 일치되고 있으며, 『독립신문』이 한글만으로 표기되어 있으니 순한글 표기를 따랐음에 틀림없다.

다음은 『皇城新聞』에 실린 崔永彪의 寄書로 <天下大勢問答>이라는 標題가 붙은 것이다.

> 或問近日日俄○仗之說果將如其言耶余答曰不然方分形勢不得曰先於俄…… 問明見其機何也曰英自戰社之後…… 問東洋之勢旣如此爲我韓計將用何術耶曰勵圖自守而已.47)

---

46) 『독립신문』 1898. 3. 29.

漢文으로 표기되었다는 특징을 제외하더라도 人物設定의 첫머리가 줄어져 있음과 끝부분의 닫힘이 없다는 것으로 變形임을 알 수 있다. 그러나 問答의 형식을 빌어 쓰고 있음과 現實的인 문제에 관심하고 있는 불확정한 두 인물이 전제되고 있음은 討論體小說 양식의 中心에 닿아 있어 不完全한 討論體小說이라 할 만하다.

이에 비하면 가장 완벽한 양식을 갖춘 것으로는『大韓每日申報』一面 論說 자리에 실린 <時事問答>을 들 수 있다. 이것은 앞서 筆者가 소개한 <시사문답>과는 다른 것이다.

'日本留 夢遊生 記'라 하여 筆者를 밝히고 있으나 本名은 알 수 없다.

余ㅣ頃夜夢中에過一山麓홀시何許老人이對坐相談홈으로傍聽之ᄒ엿스나似非個人所有故로玆用廣布ᄒ노니請勵請看了이다.
(甲) 我等은일의黃泉客이되엿스니아모것도不能ᄒ나其生存ᄒ人物들은至今에무엇ᄒᄂ지답畓畓ᄒ오.
(乙) 여보畓畓ᄒ말이야 測量홀슈잇소그러나民智ᄂ半開ᄒ모양입더다國債報償에爲先損義ᄒᄂ거시

自評 其他言辭가多有奇絶ᄒ고或有漏泄이나弟終乙之結言을像컨더右老人이아마鐵道附近地에在ᄒ든墳墓로서破逐ᄒ神魂인가ᄒ노라.48)

이것은 나무랄 데 없는 討論體小說이다.

國漢文混用體라고 해서 버린다면 그렇지 않아도 적은 양의 討論體小說은 더욱 빈약해질 것이다.

필자는 앞서 든 세 작품도 폭넓은 討論體 小說 속에 포함시켜 연구되어야 할 것이라 본다.

---

47)『皇城新聞』1903. 9. 22.
48)『大韓每日申報』1907. 4. 24.

2. 標題 붙은 雜報 中에서

雜報에 실리는 記事는 開化期의 社會相을 엿보게 할 만큼 다양하고 복잡하다. 그러므로 그 내용을 大別한다는 것부터가 무모한 일일는지 모르지만 이 중에서 특히 관심을 끄는 것은 標題 붙은 記事, 특히 敍事性을 갖고 있는 것이다. 이것은 대부분이 無署名이고 가끔 筆名이 나타나기도 한다.

寄書의 많은 양이 雜報欄에 실려 있는 것으로 보아 標題 붙은 敍事文도 독자의 투고라고 할 수도 없으며, 또 新聞社 記者들의 所作이라 할 만한 근거도 없다. 작자가 누구든 筆者의 관심은 이 가운데 討論體小說 양식에 맞는 몇 개를 찾아 이들도 開化期의 소설 속에 포함시켜 보는 것이 온당할 것임을 立證하는 데 있다.

標題 붙은 敍事文 中 討論 형식을 취하고 있는 것들을 예로 보이겠다.

[가-1] 北村大安洞近地에有一老롱이勢甚貧蔞하야日出則往于鍾路營業
　　　하고日入則歸休其家하야日以爲常이러니幾日前偶然吟病하야怳
　　　忽情神이似夢非夢之際에有一大漢이自空飛下하야츄住其腦에如
　　　風般驅去키로隨行良久에到着一處하야定뎡看之則……

[가-2] ……是一夢인디所過光景이歷歷在目中ᄒ야事甚奇異키로其所親
　　　에게傳播하야該洞近地에一件話柄이되얏다더라.

<聾者奇夢>

[나-1] 董菴居士ㅣ閒居無聊ᄒ야焚香操琴而彈○○據等○○ᄒ고已而散
　　　步庭中ᄒ야汲淸泉而洗桐ᄒ며履蒼태而馴鶴이라가身捲神疲ᄒ야
　　　歸休于虛白之堂이러니有一山客이長揖而就坐라가猝然問曰……

[나-2] ……客이憮然謝之ᄒ고退而記其言ᄒ야以警世之處於廟堂者러라.

<董菴琴說>

[다－1] 余嘗有幽憂之疾ᄒ야家居靜攝이러니適有賣卦先生이過於門前커
　　　늘邀入而坐定에屈大夫에卜居故事를依ᄒ야余之行藏을問혼디先
　　　生曰行藏을何可撲시而決之리오……

[다－2] ……有志必成이니何患無時리요葓理渺茫ᄒ야問之無盆이라ᄒ고
　　　整衿藏著에揖여而去러라.

＜卜居續問＞

[라－1] 東峽中에一老人이有ᄒ니每年에入山採藥ᄒ야……一宵를止宿ᄒ
　　　고謂主人曰余가入山採藥ᄒ면伐章爲幕ᄒ야……山神끠祈禱하야曰
　　　大韓인민은盡皆死亡이로소이다……活我百姓하옵소셔하얏더니其
　　　夕에山神이現夢曰汝雖愚民이나엇지ᄃ韓民의罪를不知하ᄂ냐……

[라－2] ……汝其以此로告○百姓ᄒ면應當自知其罪ᄒ리라乃확연以覺ᄒ
　　　니汗出拈衣○云ᄒ더라.

＜采藥翁 ： 山人說夢＞[49]

　　上記 4편의 글은 첫머리 만남이 꿈을 통해서 이루어진 것이 2편, 先生
을 맞아 對談하는 것이 2편씩이다. [－1]은 첫머리를, [－2]는 끝부분을
나타낸다.

　　＜聾者奇夢＞은 꿈에 저승에 갔다가 大官, 양반, 娼家女人을 만나 부
탁을 듣고 오는 이야기며, ＜董菴琴說＞은 居士가 山客을 맞아 정치 문제
를 토론한 것이고, ＜卜居續問＞은 賣卦先生을 집에 모셔 정치・경제에
관한 질문을 하고 해답을 들은 것이고, ＜山人說夢＞은 採藥老人이 山神
에게 꾸중들은, 大韓人의 약점을 기록해 깨우치고자 한 것이다.

　　우선 이 4편은 첫머리에서 사람의 만남이 상당히 虛構化되어 있음을
보게 되는데 이로써 다만 글쓰는 이의 강한 주장을 표현하려는 目的도

---

49) [가] 『大韓每日申報』, 1905. 9. 5.
　　[나]　　　〃　　　, 1905. 9. 12.
　　[다]　　　〃　　　, 1905. 9. 24.
　　[라]　　　〃　　　, 1905. 11. 5.

目的이러니와 虛構에 대한 자각의식이 강하다는 점에서 이미 小說的 성
격임을 알 수 있겠다. 또 끝부분은 헤어짐이나 꿈에서 깨어나는 것으로
마무리지어 중간부에 있는 토론이나 대답이 객관화되고 강조되어 있음을
보여 준다. 결국 글 쓴 目的은 대화와 토론에 의해서 드러나고 있으며
敎訓的이거나 풍자적임을 알 수 있다.

　이것은 討論體小說이 갖는 樣式 그대로다. 표기 문자가 漢主國從이란
것만 제외하고 보면 홈잡을 데 없는 討論體小說이다. 오히려 지금까지의
討論體小說에 비해 虛構性은 더 강화되어 있으며 —특히 <聾者奇夢>이
나 <山人說夢>은 古代小說에 가까울 정도의 짜임을 가졌다. 처음과 끝
이 아주 잘 어울리도록 되어 있다.

　그러므로 筆者는 이 4편도 討論體小說의 범주 속에 넣어 연구되는
것이 바람직한 것으로 생각한다.

Ⅸ. 討論體小說의 衰殘과 그 殘影

討論體小說 樣式의 發生이 어느 때였는가에 대해서 확실한 답변을
할 수 없는 것과 마찬가지로 그것의 消滅時期에 관해서도 斷言할 수 없다.
그러나 그것이 가장 많이 나타나는 시기를 잡아서 보면 —筆者의 주장대
로 寄書 중에서 몇 편, 標題 붙은 雜報 중에서도 몇 편을 다 討論體小說이
라 인정한다면— 1905년에서 1906년 사이가 전성기가 될 수 있다. 가장
빠른 것은 1898년 『독립신문』에 실린 것이겠고 나중 것은 1907년 『大韓
每日申報』에 실린 <時事問答>이 된다. 그러나 筆者의 조사가 불충분했

을 것까지 감안하더라도 그리 오래동안 이 樣式이 지속되지는 않았던 것 같다. 결국 討論體小說은 소위 본격적인 新小說 -李仁稙의 <血의 淚>가 발표된 것을 기점으로 그 뒤를 잇는 많은 小說들- 初期에 나타난 한 양식이라 할 수 있겠다.

그런데 이 양식은 小說로서는 몇 가지 허점이랄까 또는 不完全性 때문에 생명이 길 수 없었던 것으로 추정된다.

첫째, 소설이 가질 수 있는 變化美 -사건의 기복이나 對立的 人物에 의한 갈등 따위가 없다는 것이다. 등장인물의 偏在性이 主題를 강화하는 데는 도움이 되었지만 反面에 變化의 가능성은 말살시킨 결과를 가져온다.

둘째, 主題의 抽象性이 具體美를 없이했다는 것이다. 主題란 본래가 抽象的이긴 하지만 이를 具體化시키는 작업이 따르지 않을 때는 흥미 지속에 차질이 오게 되고 그것은 결과적으로 구체적인 설득력을 약화시킨다.

셋째, 制限的 主題 즉 限定된 主題만을 다루었기 때문에 여타의 광범위한 것들을 포용할 수 없었다는 점이다. 이것은 급변하는 사회 현상과 생활감정을 도외시하는 경향을 띠게 되었기 때문에 새로운 독자의 흡수에 어려움이 있었을 것이다. 더구나 1906년 이후에 나타나는 새로운 소설들 -自由戀愛의 구가, 외국유학에 의한 新學問 도입 등등을 담은 것들과의 대결에서 밀려날 수밖에 없었을 것이라는 말이다.

이러한 이유로 討論體小說은 조용히 退潮하게 되었겠지만 그 殘影은 다른 新小說 속에 던져 주고 있다. <禽獸會議錄> <警世鍾>이 그 좋은 예가 될 것이다. 동물들이 벌이는 討論은 전체적으로 보았을 때 討論體小說의 양식에 맞는다. 또 다른 新小說의 한 부분으로서 등장하는 討論의 章에서도 이것의 殘影을 발견할 수 있다.

어떤 文學樣式이든 새로운 도전에 스스로 이겨낼 수 있는 응전력과 變化의 原理를 갖지 않는 한, 한 시대와 함께 물러나 뒷전에 놓이게 됨은 당연한 것이다.

討論體小說도 이에서 예외일 수 없었던 것이다.

X. 結 言

지금까지 筆者는 開化期 新聞小說 中 傳的 小說과 討論體小說에 대하여 그 樣式的인 面에 主眼하여 考究해 보았다. 이제 이들을 간추려 結論에 대한다.

1. 傳的 小說은 古代小說이나 漢文小說 또는 傳의 樣式을 그대로 계승하고 있으며 대체로 큰 變革은 없는 셈이다.

2. 傳的 小說은 問題人物의 一生을 記述하되 그 문제해결을 위한 行跡을 중심으로 하고 있어서, 문제해결과 함께 主人公의 存在도 없어지는, 즉 死亡해 버리는 것으로 결말이 나거나 그 이후는 생략되는 양식이다.

3. 傳的 樣式은 古代小說의 대부분의 작품에 적용될 수 있으나 開化期로 오면서 오히려 樣式的 完決性이 흐려지는 경향을 보이고 있다.

4. 開化期 小說에 <격션여경녹>이란 작품이 제외되어 있는데 이를 傳的 小說로 첨가하는 깃이 옳다.

5. 討論體小說 樣式의 文學的 근거는 虛構性을 바탕으로 한 시작·중간·끝 부분의 완결성에 있다.

6. 討論體小說의 특징은 事件展開가 없고 討論·對談·對話·問答에 의존하여 現實的인 문제에 대한 主張·解說·諷刺에 目的이 있다.

7. 討論體小說 樣式 발생에는 說話의 傳承·漢文小說 또는 前代 敍事

文學의 영향·開化期 新聞의 論說 中 變形 등이 영향하였다 볼 수 있다.

8. 지금까지 3편만으로 알려졌던 討論體小說에 <향긔담화> <시사문답> 등 2편을 첨가해야 한다.

9. 樣式的 특징에 의해 同質性이 발견되는 寄書 中의 몇 편, 標題 붙은 雜報 中에서 4편은 이에 포함시켜야 옳다.

10. 討論體小說의 衰殘理由는 그 內部에 있는 變化美의 不足·主題의 抽象性·制限된 主題·급변하는 시대조류, 새로운 감각을 포용할 수 없는 형식성에 있고, 傳的 小說의 그것은 保守性이나 구태의연함에서 오는 독자의 흥미를 새롭게 하지 못한 점에 있겠다.

11. 이들 소설 양식의 殘影은 다른 신소설 속에서 더러 발견할 수 있기도 하다.

〈開化期의 小說〉 研究의 몇 假說

I. 開化期 設定 問題

開化期란 말은 여러 가지의 문제를 안고 있는 용어다. 그것이 역사에 사용되는 경우도 그러하겠지만 특히 문학사에 사용할 경우는 더욱 그러하다. 첫째, 그것은 近代라는 말과 동의어로 사용될 수 있는가 하는 문제다. 가끔씩 近代化와 開化라는 말이 혼용되는 경우가 있어, 그 가능성이 전혀 없는 바도 아닌 것처럼 보인다. 그러나 문학사에서는 이를 구별해 쓰려고 하고 있으며 또 엄격한 한계를 그어 놓고 있기도 하다.[1] 둘째는, 그러면 開化期는 언제부터 시작이며, 어느 때까지로 보느냐 하는 문제다. 이에 대한 해답도 명확하지만은 않다. 더구나 그 시작에 관한 논의는 있어 온 것이지만 그 下限線 즉 그 시기의 마무리를 어디로 보느냐에 대한 것은 제대로 언급되어 있지 않다.[2]

이러한 문제는 결국 開化를 오늘의 視點에서, 새로운 기미의 시작만을 염두에 두고 거슬러 올라가는 일에만 성급히 서둘렀지, 그것의 소멸 내지

---

1) 國史學에서 近代의 基點은 여러 가지로 잡고 있다. 1860年代(李宣根), 1876年(震檀學會), 심지어는 1945年(高柄翊)으로 보기도 하며, 높이는 18세기 後期(劉元東, 洪一植)로 보는 학자도 있다. 이에 비해 開化의 基點은 1860年代(洪一植), 1880年代(李光麟)로 잡거나 1894年으로 보고자 하는 다수 학자들도 있다. 그래서 近代와 開化가 거의 비슷한 시기로 잡혀있어 혼돈되는 바가 있고 또 그 개념에서도 특별히 구별하지 않는 학자도 있다. 그러나 文學史에서 近代는 1910年代로 보자는 것이 지배적이고, 開化는 1894年으로 보는 학자가 특히 많으나 이에 대한 定說은 없다.

2) 開化期 文學의 시작만 언급해 버리고 그 下限線에 대해 관심을 갖지 않는 이유는 近代文學의 시작이 곧 開化期 文學의 下限線이 되거나 新小說의 등장이 그것이라고 막연히 생각하고 있기 때문인 듯하다.

는 그 특징의 감퇴에 대한 관심을 덜 가지고 있었기 때문이 아니었나 싶다. 또 문학의 흐름을 하나의 줄기로 잡아 위에서 아래로 파악해 보려는 태도로 임했을 때는 전통적인 것이 강하게 느껴지기 때문에 변화의 기미가 늦게 잡히거나 잘 드러나지 않아서 어려웠을 것으로 생각된다. 여하튼 開化期의 設定에 대한 異見들은 어느 한 쪽에 서 있기 때문에 빚어진 결과로 분분할 수밖에 없었다.

필자는 開化期를 '1860年代에서 1910年代까지'로 좀 광범위하게 잡아보고자 한다. 1860年이란 東學의 시작시기와 일치하고 있어서 뜻있는 시기이기도 하지만 近代의 싹이 트는 시기이기도 해서 꼭 어느 한쪽의 의미에 의존하는 것은 아니다. 下限線을 1910年代로 잡는 이유는, 적어도 문학의 흐름으로 보아 새로운 운동과 변화는 1910年代에 와서야 나타난다고 보기 때문이다.[3]

문학사에서 開化期란 현대문학을 보는 안목에서 소급하는 태도만으로도, 고전문학을 연구하는 입장에서의 단절에서만도 찾아서는 안된다. 오히려 문학사의 連續性을 확보하려는 通時的 안목에서 설정되어야 하며, 그것은 단절된 문학사를 하나로 이을 수 있는 시기로 설정되어야 한다고 생각하기 때문에 조금은 위로, 조금은 아래로 폭을 넓혀 둘 필요가 있는 것이다.

Ⅱ. 開化期小說과 <開化期의 小說>

開化期小說이란 용어를 사용하게 된 것은 그리 오래되지 않았다고 생각된다. 대체로 이 용어는 開化期의 신문이나 會報, 學報에 실린 개화

---

3) 필자와 같은 의견을 피력한 분도 있다. 趙東一 敎授는 「開化期 文學의 槪念과 特性」, 『국어국문학』 제68·69호(1975.)에서 1919년까지도 포함시킬 수 있다는 의견을 보였다.

적 성격을 지닌 소설류를 통칭하는 것으로 사용되고 있다. 때로는 開化期 新聞小說이라고 구체적으로 쓰여지기도 했지만 그보다는 막연히 開化期 小說로 더 많이 사용되어 온 것 같다. 이 용어는 결국 開化期라는 시기에 나타난 신문이나 會報, 學報에 실린 개화적 성격을 띤 소설을 뜻하게 되었으므로 開化期＋小說이란 합성어가 되는 셈이다.[4]

그렇다면 이 開化期에는 開化期小說만이 있었다는 말인가. 여기에 문제가 있다. 開化期小說이 時代的 의미를 배제할 수 없는 것이라면 그 시대에 있었던 모든 소설까지도 포함하는 것이 되어야 하지 않을까 하는 생각이다. 그래서 필자는 <開化期의 小說>이란 용어를 새로 만들어 開 化期小說과 구별해 쓰고자 한다. 이미 통용되고 있는 용어인 開化期小說 에다 다른 의미를 부과함으로써 생기는 혼돈을 막고, 開化期라는 시기를 더욱 분명히 밝혀 주면서 그 시대에 있었던 소설이란 뜻을 담게 하기 위해서 <開化期의 小說>이라는 용어가 적절하리라 믿는다.

<開化期의 小說>은 물론 開化期小說을 포함한다. 뿐만 아니라, 이미 新小說이란 용어로 쓰여진 소설도 포함될 것이며, 古小說 중 일부도 여기 에 넣어 함께 생각하고자 한다. 여기에는 몇 가지의 문제점이 있다.

첫째, 古小說은 이미 있어온, 그래서 그 구조적 특징이나 문학사의 위치가 확정되어 있는 것인데, 어떻게 <開化期의 小說>에 넣을 수 있는 가라는 점이다.

이에 대한 헤답은 다음 두 가지로 나누어 말할 수 있다. 먼저 <開化期 의 小說>이란 용어가 갖고 있는 시기적 광범위성에서 비롯된다. 앞서도 밝혔듯이 1860年代에서 開化期가 시작된다고 필자는 보고 있기 때문에

---

4) 여기서 개화적 성격이란 그 개념이 모호하다. 대체로 새로운 문물에 대한 욕구와 민족자존의 의지를 드러내는 것이라 생각하면 대과가 없다. 그런데 開化期小說이 란 용어는 李在銑 敎授가 『韓國開化期小說研究』(一潮閣, 1972.)를 출판하면서 일 반화된 듯하다. 여기서 개화기 신문에 실린 소설들에 관심을 보이고 신소설에 앞 선 소설들의 가능성을 언급하면서 그 연구의 폭을 넓힌 셈이다.

古小說이 포함될 수 있다는 것이다. 우리가 古小說이라 이름붙여 준 소설들이 언제 쓰여진 것들인가, 또는 지금 우리가 보고 있는 古小說이 정말 그렇게 오래된 것인가? 하는 문제에 대해 먼저 의심하는 데서 문제를 풀어 볼 필요가 있다.

지금 전해지고 있는 古小說은 筆寫本에 비해 板本이 더 많은 것으로 알려져 있다.

그런데 筆寫本의 경우 그것이 筆寫된 時期나 창작된 시기를 정확히 알 수 있는 것보다 막연히 오래된 것으로 추정되는 것이 많다. 이 막연한 추정은 시대를 분명히 할 수 없다. 이에 비해 板本에 있어서 그것은 1910年代에까지 印刷되었다는 분명한 증거가 이미 있다.[5] 이렇게 놓고 보면 板本이 開化期에 인쇄되고 있었다는 말이 된다. 설사 筆寫本이 板本에 앞서 있다 하더라도, 그래서 그것이 板本으로 바뀌었다고 해도 古小說이 開化期에 많이 읽히고 있었다는 증거로서는 충분하다. 즉 板本小說이 널리 읽히고 있었다는 사실은 그 당대를 지배하는 소설양식으로 볼 수 있으며, 板本小說의 인쇄가 영리를 목적으로 하는 상업성을 띠고 있었다는 점을 감안한다면 當代에 새로 쓰여졌을 가능성도 배제할 수는 없을 것이다. 여하튼 이러한 사정들을 고려해 넣고 생각하면 古小說이라고 해서 전부가 開化期 이전에 있었던 것으로만 몰아부칠 수는 없다. 설사 그것이 개화기 이전에 쓰여졌다고 하더라도 개화기에 인쇄되어 널리 읽혀지고 있었다는 사실을 부정하지 못하는 한 그 전부는 아니더라도 그 일부는 <開化期의 小說> 범주 속에서 빼 버릴 수는 없을 것이다.[6]

---

5) 이에 대한 탁월한 연구는 柳鐸一 敎授의 『完板坊刻小說의 文獻學的 硏究』(學文社, 1981.)다.
  여기서 柳 敎授는 全州서 간행된 坊刻本小說들의 異本들을 모아 그 계보를 확정짓고 그것들의 발간 연대를 정확히 고증했다. 이에 의하면 17種의 소설들이 가장 왕성하게 印出된 시기는 1900~1910年 사이라는 것이다. 물론 이것은 完板本에만 해당되는 것이지만, 京板, 安城板 등도 이에서 크게 벗어나지 않을 것이란 추측을 어렵지 않게 할 수 있다.

다음으로는 개화기 신문이나 會誌에 실린 소설들이 전부 開化期小說이라고만 볼 수 없다는 것이다. 개화사상을 고취하거나 시대적 요구에 부응하는 내용만을 담은 것이 아니라, 분명히 古小說로 보아야 할 작품이 적지 않게 실려 있었다.[7] 燕岩의 <虎叱>, <許生傳>이 번역되어 있었고, 분명 古小說이라고 보아야 할 작품이 分載되어 있는 경우도 있었다. 이것은 개화기 신문이나 會誌의 성격으로 보아 독자들의 흥미를 돋구는 것이거나, 재미로 읽을거리 정도의 가벼운 비중이었다 해도 當代의 취향을 드러내는 좋은 본보기가 되리라 생각된다.[8]

이러한 사실들은 개화기가 開化期小說만이 있었던 시기가 아니고 古小說도 共存할 수 있었다는 사실을 증명해 주는 좋은 두 가지 근거가 된다. 그런데도 개화의식이나 당대의 요구만을 앞세워 古小說은 <開化期의 小說>에서 빼 버린다는 것은 한 시대 문학을 一面에서만 고찰하려는 잘못을 저지르는 것이 아니겠는가.

둘째, 新小說을 포함시키는 문제.

이것은 그리 큰 문제가 없어 보인다. 이미 先學들도 新小說을 開化期小說의 일부로 보거나, 함께 묶어 생각하고 있으며 그 성격으로 보아 별개의 것으로 독립시키느니보다 한 시기의 문학으로 파악하려 하고 있다.[9]

---

6) 이 점은 몇 가지의 전제를 필요로 한다. 첫째 인쇄되는 시기와 창작연대를 일치시켜 그 연대에 古小說의 지위를 확보시키는 방법과 그것이 널리 읽히는 시기를 잡아 지위를 확정짓는 방법 사이의 선택 문제다. 물론 창작연대를 우선으로 생각해야 하겠지만 독자사회학석인 입장에서 보면 오히려 읽히는 시기가 더 重要할 수도 있다. 더구나 文學史의 흐름과 양식의 변이를 문제시할 때는 독자사회학적 방법이 더 유용할 것으로 필자는 생각한다. 다음으로 用語上의 혼란이 야기되지 않도록 하는 문제다. 이를 위해 필자는 따로 <開化期의 小說>이란 용어를 준비했다. 마지막으로 고정관념으로 되어 있는 양식적 특수성에 대한 배려다. 이는 後述될 것이므로 여기서는 생략한다.

7) 그 예로 <靑樓義女傳>, <灌頂醒醐錄>, <적션여경녹> 등을 들 수 있다.

8) 당시의 學報나 會誌는 그 목적하는 바가 대중적 계몽에 있었다고 보여진다. 그런데 이 속에 위인전기나 野史類를 싣거나 그냥 <小說>이라 하여 野談類를 실었던 것은 구색을 갖춘다는 의미나 읽을거리라는 가벼운 편집자의 태도로 보인다.

다만 문제가 된다면 開化期小說을 新小說의 바로 앞 시기에 있었던, 新小說을 낳게 하는 불완전한 것으로 보느냐, 開化期小說의 발전 양상을 新小說로 보느냐 하는 점이다. 이것은 소설의 발전과정 속에서 두 양식을 분리시키려 하는 의도라고 보여지는데 筆者의 생각으로는 이것도 同時代의 양식으로 처리하는 것이 좋을 것이라 판단된다. 왜냐하면 開化期小說의 발표년대와 新小說의 발표년대가 서로 다르지 않다는 것이 제일 큰 이유다.[10]

　셋째, <開化期의 小說>을 한 時代의 소설로 본다면 당대의 다양한 소설양식의 相異性을 어떻게 처리할 것인가 하는 문제가 남는다.

　이는 한 시대의 문학현상을 공시적 입장에서 연구함으로써 문제를 해결할 수 있을 것으로 생각한다. 물론 개화기가 짧지 않은 60年 정도의 길이를 가지고 있기 때문에 공시적인 고찰만으로는 문제해결이 어려울 것이다. 그러나 여기에 通時的 전개를 무시하지 않고, 그 영향관계와 변화의 기미를 놓치지 않는다면 공시적 고찰에서의 약점을 어느 정도 보완할 수 있을 것으로 기대한다.

　이상과 같이 문제들을 해결하고 나면 <開化期의 小說>이란 용어의 설정이 무리가 없음을 보인 셈이다. 그러므로 <開化期의 小說>은 광범위하고 포괄적인 용어로써도 무방할 것이다.

---

9) 李在銑,『韓國開化期小說』(一潮閣, 1972.)
　　宋敏鎬,『韓國開化期小說의 史的研究』(一志社, 1975.)
　　등의 저술에서 開化期小說과 新小說을 엄격히 구별하지 않고 同時代的인 것으로 처리하고 있다. 尹明求도 開化期 敍事文學 장르에서 이들을 共存한 것으로 본다.
10) 李人稙의 <血의 淚>가 1906年에 발표된 것인데 開化期小說 <一捻紅>이 같은 1906年에『大韓日報』에, <車夫誤解>는『大韓每日申報』에 실렸다. 이는 한 예에 지나지 않지만 대부분의 會誌나 學報가 1905年 이후에 발간됐다는 점을 생각한다면 이에 대한 이의는 없을 것이다.

III. <開化期의 小說> 樣式分類

　　<開化期의 小說>을 하나로 묶어 생각하기에는 그 양식은 너무나 다양하다. 그렇다고 古小說, 開化期小說, 新小說 등으로 三分하는 것은 <開化期의 小說>을 설정한 근본 취지에 어긋나고 또 이것들을 同時代의 共存 양식으로 보려고 하는 태도에도 알맞지 않다. 때문에 筆者는 이들의 기존양식 분류방법을 제쳐 두고 새로운 양식 분류방법을 시도해 보았다. 즉 개별작품이 갖고 있는 구조적 특징들에 의해 분류해 보는 방법이다. 이에 따라 筆者는 <開化期의 小說>을 四分해서, 傳的, 討論體, 回章體, 短形小 小說 등으로 이름붙였다.11) 이 분류 방법은 작품이 담고 있는 내용이나 주제를 염두에 두지 않고 있기 때문에 다분히 형식적인 것으로 치우쳐 있음을 인정하지 않을 수 없다. 그러나 양식의 구별이란 결국 내용에 의한 분류가 아니고 그것이 드러내는 구조적 특이성에 의한 변별 요소를 최대한으로 살려 구분하는 것이기 때문에 어쩔 수 없는 것으로 생각된다.

　　이 분류에 따르면 古小說·新小說·開化期小說 등이 하나의 양식 속에 모이게 되는데, 이때 기존 분류에 의해 연구된 특징들이 어떻게 하나의 통일 원칙 하에 수렴되는가 하는 문제점을 남기고 있다. 즉 古小說과 新小說이 전연 동일하지 않거나 상당히 달리 보이는 요소들을 나타내었을 때 이를 통합시키는 것에 무리가 오지 않을까 하는 점이다. 물론 그러한 相異性으로 해서 파생되는 문제가 있다. 그러나 필자는 이들이 共存할

---

11) 筆者는 開化期小說에 관해 몇 편의 논문을 쓴 적이 있다. 특히 그 양식적 분류는 「開化期小說研究（Ⅰ）」, 『釜山大學校 文理科大學論文集』(1978.)에서 시도한 것이며 短形小說에 관한 것은 「開化期短形小說研究」, 『釜山大學校 人文論叢』(1981.)에서 시도한 바 있다.

수 있었던 이유와 同質性을 먼저 중시하고, 그 相異性은 발전적 과정으로
처리하려 한다. 즉 共時的 고찰을 선행하고, 다음 이의 보완을 위해 通時
的 변화를 논리화함으로써, 양식의 가능성을 입증하려는 것이다. 예를
들면 傳的 小說의 양식은[12]

1. 등장인물의 출생 또는 전체(도입부)
2. 사건의 발생
3. 사건의 전개
4. 사건의 종말
5. 인물의 종말(종결부)

등 5단계로 그 전개를 나누어 생각하되 이 5단계가 필수적인 것은 아니
라는 입장에 선다. 즉 1과 5의 독립성이 어느 정도 인정되기 때문에 이들
중 어느 하나의 생략이 있어도 傳的 小說 양식에 소속되며, 이들의 변화에
따른 異種들의 가능성을 인정한다면 古小說·新小說·開化期小說을 통
합해서 이해하는데 어려움이 없다고 생각한다. 또 결국 傳的 小說이란
한 인물의 傳記的 記述을 목적하는 양식이기 때문에 그 방법 여하에 따라
단계의 순서가 바뀌어 조금씩 달라 보이지만 따지고 보면 앞서 든 5단계
의 전개 방식에 모두 수렴된다. 때로 2, 3, 4 단계가 중복적 구조를 가졌거
나 여러번 되풀이되는 경우도 있지만 이것도 근본적인 5단계를 완전히
벗어난 것은 아니다.

討論體小說 양식은 다음과 같다.

1. 등장인물의 만남
2. 인물들의 문제의 討論

---

12) 필자의 「開化期小說研究(Ⅰ)」 참조.

3. 등장인물의 헤어짐

이 양식은 傳的 小說에 비하면 다소 엉성하기는 하지만 인물의 설정이나, 문제에 대한 討論, 헤어짐이 敍事構造로 뼈대를 갖추고 있다. 이러한 양식의 출현을 공개토론회의 억제에서 찾고 있는 연구가도 있지만[13] 필자의 소견으로는 소설의 한 양식으로 이미 있어 온 것으로 보인다.[14]

回章體小說은 근대소설에서 볼 수 있는 惡漢小說(picaresque)의 변형이라 해도 좋을 정도로 그 독립성이 충분히 인정되는 작은 소설들을 묶어 하나의 전체를 이루게 하는 양식이다. 이는 그 예가 많지는 않지만 복잡한 구조의 얽힘을 단순화시켜 주는 기능과 약간은 異質的인 이야기를 전체 목적에 기여하도록 엮는 기술이다.

마지막으로 短形小說은 그 길이가 짧다는 것이 첫째 특징이며, 說話的 성격에 가까울 정도의 단순성이 둘째 특징이다. 그리고 말미에 따로 첨가된 論評이 額子를 형성하면서 說話的 성격을 當代的 의미로 끌어 올려 놓는 기능을 한다. 이것은 얼핏보아 雜報에 가까워 小說로 인정하기 어려운 바도 있지만, 여타 다른 <開化期의 小說>이 갖고 있는 양식적 불완전성을 인정한다면 이도 소설로 대접받아 부족함이 없을 것이라 필자는 생각한다.[15]

이상 필자가 설정한 <開化期의 小說> 양식에 대한 개괄은 일단 문제의 제시와 그 가능성을 타진하는 정도에 그친다.

---

13) 金尤植, 『韓國近代文學樣式攷』(亞細亞文化社, 1980.) 중 開化期의 文學樣式이란 글에서 연설의 금지가 토론의 내재화를 가져 왔고 그것이 곧 開化期의 한 양식으로 굳어진 연설의 산문화라고 했다. 이 연설의 산문화가 필자의 討論體 小說에 해당된다.
14) 필자의 「開化期小說硏究(Ⅰ)」 참조.
15) 필자의 「開化期短形小說硏究」 참조.

Ⅳ. <開化期의 小說>에 대한 몇 가지 假說

<開化期의 小說>을 共時的으로 연구하는 데는 한계점이 있어 보이고, 또 여기서 발생하는 문제점도 있다. 즉 하나의 양식 속에서 발견되는 異種에 대한 처리다. 이것들을 다만 異種이라는 명목만으로 몰아버리기에는 석연찮은 변화의 기미가 나타나기 때문에 이를 보완하기 위해서 通時的 고찰의 필요성을 느낀다. 특히 傳的 小說에 있어서 양식의 異種이나 短形小說의 說話的 성격의 출현의 필요성을 설명하기 위하여는 通時的 관점이 유용할 것으로 생각된다. 그러나 이러한 필요성만으로 충분한 논리적 근거가 확보되는 것은 아니므로 그 가능성에 대한 반성 역시 뒤따라야 하겠지만 여기서는 일단 몇 개의 假說을 세워 간단한 언급으로 끝내고 이에 대한 考究는 뒤로 미룬다.

1. 인물에 대한 人間觀의 변화

소설에 등장하는 인물, 내지는 인간에 대한 태도의 변화가 소설양식에 어떤 변화를 촉구하는 것이라는 가설을 세워 볼 수 있겠다.

人間의 人間 스스로에 대한 자각은 그리 오래되지 않았다고 해도 과언은 아니다. 즉 世界에 대한 인식보다는 분명 늦은, 世界의 인식 다음에 이루어진 것이라 보여진다. 때문에 神話時代의 인간은 世界속에 내재하고 있으며 世界의 질서와 함께 아무런 갈등없이 생존할 수 있었다. 神話는 이러한 것을 바탕으로 하므로 인간적 고뇌나 갈등 구조를 가지지 않으며 다만 眞實의 敍事的 構造로 만족할 수 있었다.

그러나 人間 자신에 대한 개별적 자각은 이러한 神話의 구조를 그대로 지탱할 수 없게 만들고, 人間의 독립적 자아의 활동을 요구하게 되었으며 그것은 곧 說話構造를 낳게 만든 것이다. 世界의 질서 속에 있되 人間的 행위를 요구하고, 인간의 한계를 뛰어 넘을 때는 세계의 도움을 받게 되는 구조가 바로 그것이다. 이때 인간의 資質은 先天的이거나 한정되는 것으로 생각하는 決定論的 人間觀이었다고 할 수 있다.

古小說은 決定論的 人間觀 위에 성립되는 소설이다. 때문에 능력이나 身分, 地位 따위는 이미 결정되어 있거나 先天的인 것으로 점지된 것이며 후천적으로는 그 변동이 불가능한 절대적인 것으로 받아들여졌다. 때문에 古小說에서의 인물은 먼저 決定論에 입각한 능력과 身分의 확정이 필요하고 그것을 위한 전제로서 인물의 신분이나 능력을 결정해 주는 출생담 또는 導入部가 필요했던 것이다. 소위 영웅계 소설에서 우리는 이러한 점을 쉽게 확인할 수 있다.

그러나 壬丙兩亂 이후 사회구조의 변동, 신분계층의 혼란, 신분의 이동 등의 추세와 함께 決定論的 人間觀이 흔들리게 되고, 새로운 가능성의 발견과 더불어 意志的 人間觀이 생겨날 수 있었다. 사회적 신분이나 계층은 先天的인 것이 아니라 후천적인 것이며 그것의 변화는 노력에 의해 달성하게도 된다는 생각이 軍談小說類를 낳게 한 것이라고 생각된다.[16] 그러나 여기에는 한계가 있다. 身分上昇이나 地位確保는 어디까지나 주어진 世界秩序 속에서 달성되는 것이지 근본적으로 기존 질서를 파괴할 수는 없다는 것이 그것이다. 다시 말하면 平民이 양반이 될 수 있고, 높은 지위에까지 올라간다고 해도 양반이나 평민의 계층이 갖는 구분은 철폐되지 않고 있다는 말이다. 때문에 世界秩序와 人間·自我 사이에는 갈등이 생기며 그 갈등의 해소가 욕구의 충족으로 실현되어진다고 해도 완고

---

16) 徐大錫,「軍談小說의 構成과 作者意識」,『啓明論叢』 7(1970.)과 「軍談小說의 出現動因 反省」,『韓國古典小說』(啓明大學校出版部, 1974.) 등을 참고할 것. 즉 몰락양반들의 지위회복 의식이 반영된 양반소설이 군담소설이라 보고 있다.

한 世界의 질서는 무너지지 않고 남아 있게 마련이다.

古小說의 이러한 人間觀의 근거가 다시 확인되는 것은 終結部이다. 앞서 있는 중간부분의 사건이나 갈등이 해결되고 나면 더 이상 이야기할 거리가 없어지지만 그렇다고 거기서 끝맺는 일은 불완전한 것으로 느껴지기 때문에 비약적인 인물의 죽음인 종말을 가져다 놓는다. 결국 욕망의 충족이 아니라 한 인물의 一生을 완결짓지 않고는 모든 것이 끝나지 않는다고 생각하기 때문에 도입부와 비슷한 종결부가 영웅계 소설의 그것처럼 남아 있게 마련이다.

그러나 도입부와 종결부의 기능이 비슷하다고 하지만 그 견고성으로 보면 종결부가 미약한 편이다. 그러므로 소설의 허구성에 대한 인식이 생기면 종결부의 취약점이 드러나고 그 기능 또한 약해지면서 탈락해 버리거나, 전연 그 흔적만을 남기게 된다. 다음으로 도입부의 도식성이 약해지고, 놓이는 자리가 일정하지 않아, 소설 중간에 언급되는 형식을 취하거나 빠져 버리게 된다.

開化期는 人間觀이 世界 즉 國家 속의 人間이라는 차원과 個性의 자각이라는 두 기둥 위에 놓이는 시기이며 또 소설의 허구성에 대한 인식도 높아지는 때다. 이러한 여러 가지의 변수는 하나의 소설양식이 그 전형을 고수할 수 없도록 충격을 가하고 變種·異種을 속출시켰다.

우선 위기 앞에 선 國家의 存立을 염두에 두게 하면서도 자각된 個性의 회복도 이루어야 하며, 이의 문학적 수용을 가능하게 하자니 양식의 변화를 촉구할 수밖에 없을 것이다. 이러한 혼돈의 와중에 놓여진 것이 傳的 小說 양식이었고, 그 구체적 모습들이 異種으로 나타났다. 특히 開化期小說과 新小說에서 그러한 현상들은 쉽게 그 예를 찾아볼 수 있다. 즉 도입부가 생략되어 있거나 종결부가 없어진 것, 또는 이 둘이 다 흔적만 남기고 외관상 없어져 버리는 것 등 異種이 많이 나타난다. 그래서 그 변모는 다양해지는데 이는 個性에 대한 자각의 한 반영이라 생각되며 이는 필연적 귀결이라 하겠다. 그러나 한편으로는 시대적 요청인 國家觀의 강요가 전적으로 배제될 수 없었고, 世界의 질서가 완고하게 작용하고 있었기 때문에 傳的 양식의 기본구조를 완전히 와해시키지는 못했다. 결국 상충되는 두 기둥이 兩立되는 개화기의 특수한 상황이 傳的 小說 양식의 발전적 해체를 완성하지 못하게 하였으나 그 異種을 파생시킨 셈이다.

人間에 대한 자각이 아직도 世界속에 놓여 있으며 決定論的 人間觀에서 완전히 人間 스스로에게로 이행되지 않은 상태에서 사회적 변화를 수용하고 소설의 허구성에 대한 의식이 더 첨가되었기 때문에 前代의 傳的 小說 양식에서 크게 벗어나지 못하고 異種·變種을 낳기만 했다.

이것이 다음 시대인 근대문학으로 옮아가면 世界秩序의 완고성이 무너지고 人間의 자각만 두드러지게 강조되면서 前代의 傳的 小說 양식은 완전히 그 모습을 감추게 된다.

이러한 점을 생각해 보면 <開化期의 小說>의 양식을 결정짓는 한 요소로 人間觀의 변화를 들 수 있을 것이다.

2. 世界認識과 양식의 선택

神話의 世界에서는 人間의 능력으로는 파악할 수 없는 보다 크고 완벽한 질서가 주어져 있는 상황 속에 인간이 던져져 있는 것으로 이해되었다. 때문에 절대적 世界의 질서가 있고 그 속의 인간은 이 질서의 범위를 벗어날 수 없으며, 벗어난다는 것은 곧 죽음이나 구제불능의 惡으로 떨어져 버리는 것이므로 절대 순응 또는 복종만이 강요된다. 여기에 인간적 갈등이란 있을 수 없다.

神話는 완전불멸의 진실을 인간에게 전달해 주는 敍事構造요 世界秩

序의 우위를 확보하고 있는 이야기다.

이러한 世界秩序에 대한 인식은 어느 정도 人間에 대한 자각이 생겼다 해도 쉽게 깨어지지 않는다. 그것은 天上的인 世界가 인위적 國家概念으로 대치되고 倫理的 가치 규범의 형태로 바뀌어졌을 뿐 그대로 존속된다.

人間觀의 급진적 성숙에 의해 절대적 世界秩序에 대한 회의가 생겨나면서 天上과 地上이라는 二元的 世界觀으로 발전되고 더 나아가 地上秩序에 익숙해지면서 古小說로 나타난다.17) 그러나 완전히 世界의 秩序에서 벗어나 있지 않다는 의식은, 인간 능력의 한계를 벗어나는 일들의 처리에 超人(神)의 힘을 원용하고, 아니면 그러한 능력을 갖춘 인물을 등장시키고 있다. 또 事必歸正이나 권선징악의 주제는 個性에 대한 귀결이 아니라 倫理的 판단 우위의 결말을 유도하고 있음을 나타낸다.

이러한 世界認識은 人間 중심의 것으로 바뀔 수 있는 계기를 맞았으나 이의 실현이 역사적으로 어렵게 되었다.

實學의 대두는 바로 인간 중심의 세계관을 정립시킬 수 있는 좋은 계기였음에도 불구하고 조선조 말기 현상은 이러한 實學의 발전을 막아버린 셈이 된다.18) 집권자의 권력유지를 위해 實學의 白眼視가 그 첫째요 다음은 國權의 흔들림이 그 둘째다. 여기서 문제가 되는 것은 첫째의 방해보다는 둘째의 충격이다.

實學이 人間 중심의, 個性 중심의 世界認識을 열어 보였고 이에 따른 문학적 수용이 가능해진 때, 이보다 더 화급한 국권의 흔들림은 國家에 대한 충성심을 촉발시키는 계기가 되어 버렸고, 國家 우선의 世界觀을

---

17) 古小說의 특징을 天上界와 地上界의 설정과 그 왕래로 보는 학자도 있다. 이는 대립적 구조 원리에 의한 것으로 차츰 천상계는 소멸된다.

18) 實學의 대두는 지금까지 있어 온 정치윤리를 治者의 것에서 백성의 것으로 돌려 놓았다는데 더 큰 의의가 있다. 이것은 절대권력의 해체를 요구하고 그것의 강압적 지배를 해체시키며 백성 개개인의 人權에 대한 자각이란 점에서 人間觀의 전환이라 해도 좋다.

필요로 하게 되었다. 이것은 個性과 自我 중심이 아닌 世界中心의 사고를
강요하게 되는 것이다.

이 점은 문학을 硬直시키는 요소다. 문학이 그 스스로의 독자성을 회
복할 수 있어야 할 시기에 문학의 종속성을 강요받게 되는 상황이 되어
버린 셈이다. 이것은 소설 양식의 형식적 측면보다 내용이나 주제의 강조
를 유발시키며 문학성보다는 그 敎導的 기능을 강화시키는 결과를 초래
하게 된다는 점에서 조금은 비극적이었다.

世界認識의 이러한 변화는 양식 자체 내부의 구조 변화에도 작용하는
것이었겠지만 또 달리는 양식의 선택에도 관여할 수 있는 것이 된다. 즉
구조적 발전의 추구를 일단 정지시키고 당대의 문제해결에 도움이 되는
방향에로의 구조 고정을 요구하였으니, 주제나 내용의 적극적 표백에 도
움이 되는, 세계 질서의 옹립에 기여할 수 있는 방향에로의 전환이 開化期
小說·新小說 등에 쉽게 발견되는 것은 바로 이 때문이다.

그리고 그 다음이 說話 양식의 선택이라는 퇴행적 현상이다.

說話 양식은 世界秩序의 우위를 확인하고 거기에 종속되는 인간의
모습이 직접적으로 노출되는 것이다. 이러한 양식의 특징을 충분히 활용
함으로써 당대의 문제 해결에 도움이 되게 하고자 하는 소설이 곧 <開化
期의 小說> 중에서 短形小說이다. 이것은 說話의 보편적 진술방법이
그대로 원용되거나 더 많이는 說話 그 자체를 바로 옮겨 놓게 되는 것이
다.

이러한 양식 선택은 世界認識의 결과다. 그러나 說話 양식을 원용하거
나, 그대로 옮겨 놓는다면 소설로 인정할 수 없다는 어려운 점이 생긴다.
이에 대해

短形小說은 작은 배려와 장치를 고안하고 있다.

短形小說의 양식적 특징이라고 할 수 있는 前文과 添言의 보탬이 바

로 그것이다. 이 前文과 添言은 說話의 앞과 뒤에 붙어 있어서 說話를 중심이야기로 만들어 주고 있어서 그 기능은 일종의 外部額子와 같다고 할 수 있다.

이 前文과 添言이 說話를 원용하면서도 그것이 短形小說이 되게 하는 결정적 장치라고 해도 과언이 아니다. 그것은 일단 허구성의 획득이라는 점에서도 그러하며 또 當代的인 의미에로의 확대를 가능하게 하는 점에서는 절대적이라 할 정도로 그 기여도가 높다.[19]

短形小說은 開化期가 낳은 독특한 소설 양식이다. 그것의 형식적 불완전이나 엉성함은 오히려 시대적 산물이라 보아야 하며, 이러한 前代的 양식의 부활 또한 開化期 시대상황이 요구하고 있었던 世界認識의 경직성에서 온 것이라 생각된다.

3. 問題的 個人

소설 속의 인물이 갖는 비중이 시대에 따라 달라진다는 말은 긍정할 만하다. 특히 <開化期의 小說>을 여타 소설들과 비교해 보면 더욱 그러하다.

근대소설이 性格小說이어서 人物이 차지하는 비중이 절대적이라고 하는 것과는 다른 차원에서 <開化期의 小說>에서 人物은 중요하다. 그것은 그 性格이 뚜렷하다거나 個性的이란 의미가 아니라 그들이 안고 있는 문제, 그들이 대결하고 있는 世界가 硬直되어 있다는 점에서다.

古小說 속의 인물이 영웅적 기질을 가지고 있어서 평면적 성격으로 지적되지만 <開化期의 小說>에서의 인물 역시 問題的 인물이란 점에서 평면적이다. 그러나 이 인물은 한 개인으로서 있는 것이 아니라 當代의

---

19) 필자의 「開化期 短形小說 研究」 참조.

삶 속에 있는 평범하면서도 대표적인 인물로서 기능하고 있다는 점으로 보면 典型的 인물이다. 이것은 <開化期의 小說>이 격변하는 시대에 놓여 있다는 점과 또 그것의 교도적 기능이 그렇게 만들었다고 해도 좋겠다.

<開化期의 小說>중에 역사·전기물이 많고 그것은 시대적 요청이었다고 論한 先學도 있다.[20] 이 말은 옳다. 이러한 소설 속의 인물은 問題的 人物이다. 그들이 안고 있는 문제는 과거의 역사적 사실이기 때문에 소설 속의 시대적 한계에 머물러 있는 것으로 생각되지만, 기실은 그러하지 않고 時代의 유사성으로 해서 當代의 문제로 Allegory되어 있거나, 그의 정신이 開化期 當代에 필요한 것으로 요구되기 때문에 가능했던 것이다.

이러한 점을 극적으로 웅변하는 자료는 板本小說 가운데 개화기에 발간된 소설 중에서 가장 많은 것이 軍談小說系였다는 것이다.[21] 어째서 다른 소설들도 많은데 하필 군담소설류가 많이 발간되었고 읽혔느냐 하는 점을, 단순한 현상만으로 돌려서는 안된다. 그것은 當代의 현실이 이러한 영웅적 인물의 출현을 갈망하고 있었음을 입증하는 것이고 그 기백과 정신의 필요성을 절실히 느끼고 있었기 때문이라 해석하는 것이 옳을 것이다.

뿐만 아니라 討論體小說에 등장하는 인물들은 외관상 어수룩해 보이고, 세상 물정을 모르고 있는 듯해 보이지만 실상은 가장 잘 현실을 파악하고 있으며 문제의 소재를 정확히 지적하고 있다.[22]

이러한 점으로 보면 <開化期의 小說> 인물들은 대개가 問題的 個人

---

20) 李在銑, 『韓末 日帝下의 禁書(Ⅰ) 애국부인전·乙支文德·瑞士建國誌』(한국일보사, 1975.) 여기서 역사·전기물의 시대적 요청과 그 의의를 논하고 있다.

21) 柳鐸一, 『完板坊刻小說의 文獻學的 硏究』(學文社, 1981.) 여기서 분석 대상으로 하고 있는 17편이 군담소설과 판소리계 소설로 이루어져 있으며 이 중 10종이 군담소설인 것으로 보아 영웅기대심리가 작용한 것이라 추측하고 있다.

22) 특히 討論體小說에서의 등장인물은 풍자적 수법에 의존하기 때문에 좀 모자라 보이는 성격으로 설정되어 있다. 그러나 그들의 지적은 정확하다.
　　필자의 「開化期小說硏究(Ⅰ)」 참조.

으로 當代의 문제를 바르게 파악하고 있는 典型的 인물이라 보아야 할 것이다. 이것은 앞서 論述한 世界認識 차원과 無緣하지 않다. 世界認識이 인물 설정에 관여하면서 그 성격을 결정지었다 해도 과언이 아닐 만큼 긴밀한 관계에 있다고 보아야 할 것이다.

그러나 여기에 또 다른 문제가 제기될 여지가 있다. 인물이 갖고 있는 문제는, 그러면 전부 同質的인 것인가 하는 점이다. 이에 대해서는 단정을 내려서는 안된다. 왜냐하면 世界認識의 質的 차원이 변수로 작용할 수 있기 때문이다. 즉 그 世界의 秩序가 어느 편에서 파악된 것이며 사회적 변화에 어떻게 대응하려 하는가에 따라 그 문제의 성격은 달라지게 마련이다. 이에 대한 詳論은 다음 기회로 미룬다.

V. 남은 말

이상에서 필자는 <開化期의 小說> 설정에 따른 몇 가지 문제점을 제기하면서 간단한 私見을 피력해 보았다. 이것들은 이미 있어 온 연구에 잇닿아 있는 것도 있으며 위험해 보이는 假說을 세워 보기도 한 것이다. 가설은 증명되지 않는 한 설득력이 없다. 필자는 이러한 가설들이 유효한 것인가 아닌가에 대한 검증을 앞으로 해 볼 생각이다. 그것은 지금까지 너무 일방적인 연구—古典文學 쪽에서의 접근이나, 현대문학 쪽에서의 연구가 격변기 開化期의 다양성을 파악하는 데는 너무 單線的이었고, 그 결과 문학사의 단절을 초래하게 했다고 생각하여 이의 수정·보완을 위한 한 방법으로 유용하리라 믿기 때문이다. 그래서 開化期를 양식의 共存時期로 보고 일단 共時的 방법에 의한 이해를 선행시키고, 이에서 발생되는 문제나 불완전한 점들을 通時的 방법으로 보완하려 하는 것이

다. 이렇게 한다면 開化期가 평면화되지 않을 것이며, 어느 한 쪽으로
쏠려 생기는 잘못을 최소한으로 줄일 수 있고 문학사의 연속성도 확보될
수 있을 것으로 기대해 볼 만할 것이다.

開化期小說의 文學史的 研究
－ 文學社會學的 이론의 援用을 통하여 －

I. 序　言

　　지금까지 필자는 開化期小說의 작품론 몇 편과 그 통합적 연구를 시도
한 논문도 쓴 바가 있었다. 그러나 그것들은 대체로 主題論的 접근이었거
나, 형식적인 면에서의 체계화를 위한 試論이었으며, 또 작품 구조의 해명
에 초점을 맞춘 것이었다.[1] 그 결과, 편벽한 立論으로 해서 論及되지 않는
부분도 많이 있었고, 방법론의 한계도 드러나고 있음을 감지하게 되었다.
이에 필자는 共時的 차원에서 開化期小說의 의미와 위치, 문학사회학적
접근에 의한 새로운 해석의 가능성을 타진해 보려 한다. 이러한 방법은,
개화기소설을 다만 문학적 특징에 의한 문예학적 이해라는 편벽성을 극
복할 수 있을 것으로 기대하며, 소설 양식의 실체를 뒤받치고 있는 사회적
여건과 당대적 현실이 소설 수용의 불가피성을 어느 정도 해명해 줄 것으
로 생각하기 때문에 취택한 것이다. 여기서 한걸음 더 나아가 개화기소설
의 양식적 특징도 이 방법으로 설명할 수 있게 되거나, 적어도 그들 사이
의 관계 양상도 윤곽이 잡힐 것으로 기대한다.

---

1) 「開化期 新聞小說 <車夫誤解> 小考」, 『睡蓮語文論集』 第3輯(1975.)
　　「開化期小說 <一捻紅> 研究」, 『釜山大學校 文理大論文集』 第14輯(1975.)
　　「開化期 新聞小說 <의티리국 아마치젼> 研究」, 『韓國文學論叢』 第1輯(1978.)
　　「開化期小說 研究(Ⅰ)」, 『釜山大學校 文理大論文集』 第17輯(1978.)
　　「開化期 討論體小說 研究」, 『冠岳語文』 第3輯(1979.)
　　「開化期 短形小說 研究」, 『釜山大學校 人文論叢』 第20輯(1981.)
　　「<開化期의 小說> 研究의 몇 假說」, 『韓國文學論叢』 第5輯(1982.) 등이 그것이다.

開化期小說의 연구 방법은 대체로 當代的 의미 구조와 그것이 갖는 效用에 한정되어 있었다. 때로 형식주의적 구조 해명이 있긴 했지만 이것들은 古小說로부터 어떻게 그 양식에 변화가 오고 있으며, 새로운 형식적 변화가 어떻게 일어나고 있는가를 立證해 내는 것에 힘을 썼다.[2] 이러한 방법은 작품이 갖는 一次的 價値評價이거나, 相對主義的 肯定이라는 결론에서 모두 만나게 된다. 만일 개화기소설을 근대소설 이후의 정제된 형식이나, 고도화된 예술성을 準據로 하여 평가하게 된다면 부정적인 결론에 도달할 수밖에 없다는 엄연한 사실을 감안한다면, 연구 방법이 한정된 이유도 逆說的으로 이해하게 될 것이다.

그리고 또 가장 큰 장벽으로 개화기소설 연구의 진전을 막고 있었던 것은, 연구가들이 갖고 있는 선입관이나, 새로운 것을 기대하는 好事家的 편중성이 아니었나 싶다. 여기서 선입관이라고 하는 것은, 開化期가 歷史 발전의 변혁기요 또 우리나라 역사에서 근대적 성격이 뚜렷해지는 시기란 점에서 文學史的 맥락을 어느 정도 단절시키려 하고 있다는 점이다.[3] 다시 말하면 이 시기에 오면 새로운 문학 양상이 나타나야 하고, 시대적 여건이 民族史에서 가장 불행하고 어두웠던 때인 만큼, 그것을 반영하고 있는 문학 작품에만 관심을 쏟아 왔다는 것이다. 그 결과 개화기소설은 현대문학 분야의 출발점이 되거나 그 분야에만 한정되는 듯한 속단도 함께 작용한 것이 아니었나 싶다. 이것은 다른 한편으로는 古小說의 연구에서는 더 이상 내려와서는 안되는 깊은 틈바구니로 의식하게 되었고, 그 또한 단절적 선입관을 낳게 된 것이었다.

---

2) 그 代表的 연구가는 金光鎔 敎授와 그 뒤를 잇는 李在銑, 宋敏鎬 등의 연구가들로 대체로 新小說 또는 開化期小說의 發展的 양식 변화나 구조적 특이성에 대한 발견을 중심으로 하며 그것의 當代的 의미 천착에 주력하고 있는 셈이다.

3) 白鐵·李秉岐, 『國文學全史』가 대표적인 것으로 집필 자체도 구분해서 하고 있으며, 金東旭, 張德順의 文學史에도 開化期를 近代文學의 시발점으로 잡아 前代와 분리시키고 있다. 趙演鉉의 『韓國現代文學史』는 前代의 문학은 아예 떼 버리고 있어서 그 단절감이 가장 두드러진다.

　　이러한 선입관에서 출발된 연구였기 때문에 개화기소설은 古小說에 비해 달라야 되고, 그 다른 점의 발견에 연구의 초점이 맞추어졌으며 그것은 편중성으로 나타나게 된 것으로 생각되어진다.

　　필자는 이 불편한 결과를, 그렇게 되어서는 안 될 결과를 반성하고, 극복하기 위한 시도로 共時的·文學社會學的 방법을 원용한 연구를 시도한 것이다.[4] 이 두 가지의 서로 상충되어 보이는 듯한 방법의 병행이 가능할 것인가, 또 여기서 도출되는 결론이 합당한 것인가에 대한 반문은 앞으로 필자 스스로의 남은 문제들로 삼아 계속 연구해 보고자 하여 본고에서는 언급하지 않을 것이다.

Ⅱ. 開化期 設定 問題

　　본고의 첫 관문은 開化期 設定 문제다. 지금까지의 통설들을 종합해 보면 다음 몇 가지로 대별된다.

1. 18C 後期說(英 · 正時代)
2. 1860年代說
3. 1876年 開港期로부터
4. 1884年 甲申政變으로부터
5. 1894年 甲午更張 · 東學 농민봉기
6. 1945年 光復[5]

---

4) 文學社會學·小說社會學的 방법도 하나로 정립되어 있는 것이 아니다. 대표적인 것으로는 Lucács, Goldmann, Hauser, Adorno의 이론이 있고, 최근에 와서는 Zima, Swingewood 등에 의해서 Text의 사회학, 독자사회학 등의 개발이 되어 있다. 필자는 이 중에서 Hauser, Zima, Swingewood 등의 이론을 기초로 하며 genre의 배경으로서의 社會, 독자들의 독서 행위에 더 비중을 두는 독자사회학을 참조하여 적절히 혼용하고자 한다.

18C 後期說은 實學의 태두로 조선조의 정치이념과 사회제도를 떠받치고 있었던 性理學의 와해와 함께 질서에 변화가 오기 시작함에 의미를 부여하고, 이것은 역사 발전에서 近代化와 직결되는 시기로 올려 잡은 것이다. 결국 역사적 近代化와 문학적 변혁이 거의 같은 시기에 일어난다고 보며, 그러한 징후로 燕巖의 문학 작품이 생산되었다는 것에 근거한 것이다.

1860年代로 잡는 것은 대체로 東學의 성립 시기를 기점으로 잡아 보는 것이다. 民衆意識의 고양과, 민족 의식의 자각이 함께 이루어진다는 것, 특히 개화의 두 축이 되는 反對建·反外勢 또는 自主性이 극명하게 드러나는 東學歌辭가 만들어졌으며 이를 바탕으로 한 구국운동 또는 민족 항쟁의 횃불이 높이 올랐기 때문이다.

開港을 기점으로 잡는 것은 外國文化의 강제 유입을 근거로 하고, 이 서구문물에 대응하는 민족적 자각이 開化의 본질이라는 입장에 선다. 이것은 분명한 역사적 사건과 거기에 대응하는 민족 역량의 발현이라는 점에서 그 가능성이 가장 객관화되어 보인다.

甲申政變은 정치적 변혁으로서의 짧은 의미가 없는 바 아니지만, 그 영향이 오래지 않았고 몇몇 선각자에 의한 것으로 계속성이 없었다.

이들에 비하면 갑오경장은 日帝의 직접적 개입과 西歐文物의 유입이 분명해졌으며, 가장 구체적인 自主運動이 일어났고, 조선조 말기의 혼미했던 시내를 짐진 문학 작품이 많이 나다나는 시기기 때문에 그럴 듯하다.

1945年 光復을 기점으로 잡는 데는 뚜렷한 준거가 없다. 아마 歷史的 近代性과의 혼동에서 온 것이 아닌가 싶다.

---

5) 開化期의 시작에 대한 論及은 학자에 따라 다르고 그 기준을 종잡을 수 없지만 이를 정리하면 대체로 여섯 가지로 된다. 李光麟, 『開化史研究』(一潮閣, 1969.), 韓國經濟史學會 編, 『韓國史時代區分論』(乙酉文化社, 1970.)에서 이를 논하고 있는데 이것도 近代의 基點 문제와 함께 다루고 있다.

開化期의 始發이 이렇게 다른데 비한다면 그 마감은 1910年代로 거의 일치를 보인다는 점이 특이하다. 1910年이라면 韓日合邦이라는 치욕적 역사를 되씹게 하는 때다. 어째서 마감은 이리도 쉽게 同意하게 되는가?

이것은 開化期를 잡는 그 기준이 다소 다르다는, 역사를 해석하는 방법적 차이는 비록 있다고 해도 民族自主性에 대한 자각이 그 中核이 되어야 한다는 意識的인 면을 중시하는 태도에 일치하고 있기 때문일 것이다.

이러한 관점에서 본다면 民族自主性의 자각을 중시한 시대 구분, 개화기의 설정이 가장 타당한 셈이 된다. 이를 다른 각도에서 말하면 社會發展에서 近代的 징후를 중시하는 近代의 기점이 開化期의 그것과 다르지 않다는 결론에 도달하게 된다.

韓國 社會發展에서 近代의 기점을 어디로 잡느냐 하는 문제는 韓國經濟史學會의 時代區分論에서도 어떤 통일된 결론에 도달하고 있지는 않다.6) 硏究家마다 그 타당성을 力說하면서 각기 달리하고 있으며 그 나름대로 근거를 댄다. 民族資本의 축적이나, 市民情神의 고양, 都市 발달과 中央集權的 경제체제의 지방 분산 등이 준거가 되고 그러한 구체적 징후에 따라 近代의 기점을 잡는다면 劉元東 敎授의 說이 객관성을 더 갖는 것으로 필자는 생각하게 되었고, 그것에 따른 입장에 선다.7)

1860年代는 주변 도시의 발달과 상업 자본의 축적에 의한 商權의 지방 분산이 분명해지는 시기다. 또 이와 함께 市場秩序와 官主導的 체제에서 商人 중심 또는 民間資本에 의한 專門化의 단계로 옮아가는 징후가 뚜렷

---

6) 韓國經濟史學會, 『韓國史時代區分論』(乙酉文化史, 1970.)에서 집중적으로 논의하고 있으나, 어떤 결론에 도달하려는 것이 목적이 아니고, 각자의 소견을 밝히고 그 논거를 제시하고 있을 뿐이다.

7) 劉元東, 「韓國史에 있어서의 近代의 基點」, 『韓國史時代區分論』(乙酉文化社, 1970.)에서 경제체제가 자본주의적 체계로 바뀌고, 中央도시의 주변도시가 발달하는 것을 近代化의 징후로 보았다. 이에 따라 우리 나라에서의 近代를 잡아 보면 18C 後期가 된다고 했고, 洪一植, 「開化思想」, 『韓國現代文化史大系Ⅱ』(1976.)에서 1860년을 開化의 기점으로 보고 있다.

이 나타나고 있다. 때문에 필자는 開化期의 시발을 1860年代라는 좀 여유 있는 폭으로 보고자 한다.

다음은 그 마감의 시기를 어디로 보느냐는 것이다. 대부분 1910年으로 잡는 것에 원칙적으로 반대해야 할 이유는 없다. 그러나 文化發展이 歷史的 사건과 항상 일치한다는 생각이나, 그렇게 斷定的 直截한 구분이 가능한가에 대해 항상 의문을 갖고 있다.

文學이 時代의 先導的 기능을 담당한다고 하거나, 그 時代의 투철한 반영이란 점, 때로는 그 時代變遷의 정리 역할을 담당한다는 세 관점은 개별적으로는 객관성을 확보할 수 있겠지만 조선조 말기와 같은 激變期에 있어서는 위의 세 관점 중 어느 하나만으로 단정하는 것에는 무리가 뒤따른다고 볼 수 있다. 때문에 이 세 관점을 포용하는 점에서 또한 가능한 한 배타성을 억제한다는 점에서 그 폭을 주어 1910年代로 잡는 것이 더 타당할 것으로 본다.

이러한 필자의 논리를 뒷받침하는 가장 확고한 근거는 開化의 근본 개념이 自主性의 자각이란 점이다.[8] 나라를 잃게 될 어려움에 처해 있을 때 自主性을 자각한다면 그것이 실현된 단계에 그 自主性을 단번에 포기해 버릴 수는 없다. 오히려 自主性의 상실 앞에서 自主性의 필요성이 실감되고 증대된다는 논리가 더 정당한 것이 아니겠는가. 그렇다면 韓日合邦이 성립된 1910年에 그 自主性에 대한 열망은 더 커지게 되는 것이 당연하다. 그리고 이러한 시대적 변화에 민감하거나 時流에 쉽게 편승하게 되는 기회주의자들의 발언이 이 시기에 고조되었다는 점이 1910年의 의미를 더 한층 분명하게 해 주는 것이다.

그러므로 필자는 開化期를 일단 1860年代에서 1910年代로 잡아 두고

---

8) 開化思想에 관한 연구는 많다. 開化의 개념은 대체로 유길준의 「서유견문」에서 인용하여 自主性에 대한 자각으로 보고 있다. 이외에도 『독립신문』, 『대한매일신보』 등에서 인용하는데 취지는 거의 동일해 보인다.

자 한다.

Ⅲ. 作品의 文學社會學

文學 作品의 평가를 어떤 기준에 의하느냐에 따라 그 결과는 아주 다르게 나올 수도 있다. 문예 미학적 준거체는 그것이 갖는 예술미 또는 구조적 완벽성에 의한 절대평가를 가장 합당한 것으로 만들 것이다. 또 作品의 生産與件과 그것이 갖는 時代反映的 意味網을 잣대로 한다면 그것이 갖는 主題와 相似性의 발견에다 더 많은 가치를 부여할 것이며 그것들이 갖는 相對性을 중히 여길 것이다. 어떤 점에서 文學社會學은 이러한 두 개의 방향 중에서는 相對主義에 기울어져 있음이 틀림없다. 그러나 여기서 한걸음 더 나아가 모든 예술의 최종 목적이 전달이라고 하는 效用論的 관점을 가미하고 讀者社會學의 기능적인 면이 고려된다면 단순한 상대주의의 한계를 조금은 뛰어 넘을 수도 있게 된다.[9]

아무리 위대한 예술품이라 해도 그것이 최종 단계인 감상자를 얻지 못한다면, 감상자의 수용에 변질 요인이 개입된다면 그 평가는 믿을 수 없거나 무의하다고까지 할 수 있다. 즉 그것의 존재가치는 이미 상실되거나 歪曲되어 버린다는 뜻이다. 극단적인 표현을 빌린다면 감상자를 얻지 못한 예술품은 없는 것이나 다름 없다. 當代에 얻지 못했다는 뜻이 아니라, 어느 시대 어느 지역의 감상자라도 얻게 되는 순간 그 예술품은 예술품으로 드러나는 것이다.[10] 이때 우리는 편벽한 사고의 틀에서 벗어나야

---

9) 文學社會學의 논리적 근거는 문학이란 社會的 所産이란 입장에 서 있으며, 사회의 충격이 意味化된 것이 문학이라고 보고 있다. 한 작가도 사회 속의 한 인자에 지나지 않기 때문에 社會와 분리된 個體가 아니다.

10) Hauser가 특히 이런 입장을 취하고 있다. 만일 작품이 쓰여졌다는 기록만 있고 전하지 않는다면 그 실체란 인정할 수 없다. 또 그 영향력에 대한 고려도 할 수

할 필요성을 강조하지 않으면 안된다.

그 예술품은 긍정적으로 수용하는 감상자의 출현이나 만남만이 필요한 것이 아니라 부정하고 거역하는 감상자라도 그 기능적인 면에서는 꼭 같다는 점을 전제해야 한다. 긍정적 수용이나, 긍정적인 계승만이 항상 인정된다는 것은 종이의 뒷면을 없애 버리려는 어리석음에 지나지 않는다. 부정적 반응도 긍정적 반응에 못지 않는 관심과 수용에 의했다는 점에서 排他性과는 구별되어야 한다. 배타성은 곧 편벽성을 뜻한다.

예술의 수용이 편벽성·배타성에 의해 지배된다면 논리성을 상실한다고 할 밖에 없다. 대상의 확정이 이루어지지 않는 상태에서 어찌 수용이 가능하겠는가.

예술 작품의 對社會的 의미 규정은 質量과 比率의 法則에 의해야 한다.11)

質量의 法則은 그것이 갖는 충격의 크기 또는 문제의 심각성에 비례한 의미 규정이 더 합리적임을 입증하려는 것이다. 두 대상을 동일한 상황 속에서 상대적으로 비교할 때는 물리적 현상을 보아 처리하는 것이 더 합당하고 이러한 물리적 법칙을 예술작품이 對社會的 영향력으로 행사하는 힘에 적용해 본 것이다.

比率의 法則은 반복과 數的 다소에 비례함을 뜻한다. 質量의 법칙이 정신적인 면이나 質的인 면을 다룬다면 比率의 법칙은 數와 빈도(반복성)

없는 것이다. 이와 비슷한 관점은 Iser에게서도 발견된다. 독서행위가 없는 작품은 일단 그 존재를 의심해야 한다. 때문에 독서자, 독자층에 따라 작품의 의미 구성은 달라질 수 있다고 생각한다. 이러한 관점은 우리나라 개화기와 같은 혼란기·격변기를 이해하고 이 시대 속의 문학이 갖는 의미를 확정짓는 데는 가장 바람직한 접근방법이라 생각한다.

11) 物理學의 計量的 質量分析에서 나오는 법칙이다. 문학이 사회에 주는 충격은 다분히 물리적인 현상에 닮아 보인다. 또 앞서 독자사회학적 입장을 고려해 보면 이 법칙의 적용이 문학사회학적 접근 방법에 유용할 것으로 생각되어 원용해 본 것이다.

에 따르는 통계적 대비에 해당되고 더 數量的인 것이다.

이상 언급한 文學社會學的 근거 위에 開化期小說을 놓고 보면 1860年代에서 1910年代에 이르는 時間의 폭은 이질적인 다수 소설들까지 포함시키게 되고, 그것은 상당한 문제점을 노출시키게 될 것이다.

제일 먼저 문제시되는 것은 지금까지 이미 연구되었다고 생각하고 分離되어 있는 것으로 속단된 古小說·開化小說의 구분이 불합리해진다는 점이다. 즉 개화기에 읽힌 소설들이 어떤 것인가, 또 어느 작품이 가장 많이 읽혔는가 하는 문제에 대한 해답도 없이, 막연히 개화기에 쓰여졌거나 발표되었다는 것만을 기준으로 하여 古小說을 제외해 버렸다는 것은 선입관의 작용에 의해서 어느 한 방향으로만 작용하여 다른 면을 아예 무시해 버린 독단의 위험성까지 충분히 갖게 된다는 말이다.

IV. <開化期小說>의 概念

開化期小說에 대한 연구가 진전됨에 따라 그 본질적인 문제에 대한 소홀함이 드러나고 있다. 막연히 開化期小說이란 用語를 쓸 뿐 그것에 대한 분명한 개념 규정이 미쳐 되어 있지 않다는 점이 그 첫째다.

1. 開化期에 쓰여진 소설
2. 에 창작되어 발표된 소설
3. 開化의 意志를 담고 있거나 그러한 맥락에서 해석되어질 수 있는 주제나
   내용을 담은 소설
4. 開化期에 쓰여지고 발표된 것으로 時代 變化에 따른 意志가 반영된
   소설[12]

---

12) 開化期小說의 개념을 따로 규정하고 있는 연구가는 없고, 그 대상의 폭을 중심

이상의 개념들이 갖고 있는 허점은 다 있다. 먼저 1의 경우는 독자의 확보 또는 그에 준하는 수용자에 대한 제한 조건이 없고, 다만 창작 연대만을 중시하고 있다.

2는 1에 비해 수용자와의 만남을 전제하고 있다는 점에서 더 확실한 바가 있다. 그러면서도 역시 그 시기에 비중을 크게 두고 있음은 같다.

3은 1·2에서 언급하지 않았던 開化期의 意識 변화와 時代的 意志의 반영에 초점을 맞추고 있다. 겉으로는 시기에 대한 규제 조건이 없지만 그 주제나 내용에서 이를 보완해 주고 있기 때문에 어느 정도 미비점은 보완된다.

4는 지금까지 셋에 비하면 가장 확실한 개념 규정이 이루어진 셈이다. 時期와 그 내용·주제에 의해서 한 시대의 소설을 樣式化하고자 하는 규정이란 점에서 손색이 없다.

그러나 필자는 앞서도 말했다시피 開化期小說이 특정한 시대의 산물이라는 창작시기에만 한정하거나, 그 내용이나 주제로 규정하는 데는 문제가 있다고 생각하고 있다.

문학사회학적 입장에서 본다면 특정한 시기적 제한은 창작에 한정해 생각할 수도 있겠지만 더 폭넓게는 독서의 시기 또는 그 시대의 문학현상에까지 가 닿는 문제일 수도 있는 것이다.[13] 이러한 관점에서 생각하면 開化期小說의 개념은 <開化期>라는 특정 시기에 나타난 모든 소설을 다 포괄하지 않으면 안된다. 그것은 달리 <開化期>에 출판되고—결코 창작된 것이란 뜻이 아니다— 읽힌 모든 소설이 다 이 범주에 속해야

으로 보면 이상 네 가지 정도로 구분이 된다. 이 또한 **開化期** 설정문제처럼 아직도 막연한 부분이 있다. 대체로 3의 관점에 연구자들은 서 있는 듯하다.

13) Adorno 등의 수용미학 등에서 이러한 관점이 확인된다. 文學社會學에 관한 정리는 김현, 『文學社會學』(民音社, 1983.)에 잘 되어 있어 이를 참고로 하고 부분적인 것은 다른 서적을 참고로 했다.

하고, 그것들이 갖는 개별적 의미나 가치성에서보다 한 시기의 문학현상으로서의 특징과 의미 구축에 더 중요성이 주어져야 한다고 필자는 생각한다.

그러므로 <開化期小說>이란 내용이나 주제에 의한 개념 규정이 되는 것이 아니라 특정시기에 나타난 한 무리의 소설, 즉 전체적인 통괄적 범주 속에 들어오는 모든 것들을 다 수용하는 것이어야 된다. 때문에 잡다한 특성들이 통일성 없이 얽히기도 하고, 부분 사이에 심각한 갈등 관계에 놓일 수도 있으며, 우열의 문제를 떠난 동질성으로 집합하기도 하고, 양식적 통일보다는 개별적 이질성이 돋아나는 것도 있으며, 예외적인 것도 다 이 속에 수용될 수 있다.

이렇게 되면 지금까지 연구대상이 되어 온 개화기소설들은 전체적인 것이라기 보다 부분의 특수성에 치우쳤다고 생각되어지거나, 동질적 요소에 의해 선별되었다고 말할 수 있게 된다. 결국 <開化期小說>에 대한 개념 규정 가운데 時期에 대한 것만 남고 나머지는 버려야 하는, 다시 말한다면 한 특정 시기의 소설이라는 단순 규정으로 압축된다. 이것은 양식이나 주제라는 것을 도외시하고 시기에 초점을 맞추기 때문에 막연해 보이기까지 한다.

필자는 이 막연한 개념 규정을 일단은 수긍해야 할 것으로 생각한다. 그 이유 중에 가장 분명한 것은 연구 방법의 특수성에서 어쩔 수 없다는 것이다. 문학사회학·소설사회학적 입장에서 보면 이것은 타당하다. 개화기에 있어서 소설은 어떤 현상으로 나타나고 있었으며 그것은 또한 어떤 시대정신의 반영이었던가, 아니면 무엇이 그러한 소설들을 있게 했으며 그것의 수용에서는 어떤 문제가 야기될 수 있는가를 고찰하려 하기 때문에, 한정되거나 부분적인 것에만 집착할 수 없는 것이다.

이질적 요소들의 집합과 통일, 그것들을 貫流하고 있는 時代意識의

본질은 무엇이며, 그것이 낳게 되는 소설의 양식적 특징은 어떻게 드러나
는가를 연구 대상으로 하게 되면 결과적으로 드러날 결론도 비교적 단순
화되거나 근원적인 소설 미학의 핵심에 닿을 것으로 기대한다.

　필자는 약간의 무리가 예상되기는 하지만 이러한 관점을 고수하려고
했으며 이에 준한 <開化期小說>의 개념을 다음과 같이 일단 규정하기로
한다.

　開化期(1860年代에서 1910年代)에 출판·발표되어 널리 읽힌 소설.

　이러한 필자의 소견은 이미 작은 논문을 통해서 밝혔고 그때 필자는
<開化期의 소설>이라는 새 용어의 사용을 시도한 바가 있었다.14) 그러
나 본고에서는 논리 전개의 번거로움을 피하기 위하여 통상적으로 사용
되는 <開化期小說>이라는 용어를 그대로 쓰되 위에서 밝힌 바 개념에
따라 사용할 것이다. 특히 논리적 혼란을 막기 위해서 필자의 개념에 따른
용어는 < >로 표시하여 구별하고, 부가 설명이 없는 한 이 약속에 의해
서술해 나갈 것이다.

V. 開化期의 歷史·社會的 特殊性

　1860年代의 시기는 實學의 대두와 함께 東學이 崔濟愚에 의해 創建된
때다. 이것은 東學의 탄생 이전에 더 많은 西學의 팽배를 역설적으로
입증하는 것이다. 西學·天主學의 유입은 우리 나라 사회 질서와 政治理
念에서는 하나의 도전이 아닐 수 없었다.15) 절대 군주 이외의 힘을 가진

---

14) 필자의 「<開化期의 小說> 研究의 몇 假說」, 『韓國文學論叢』 第5輯을 참고 바람.
15) 기독교의 한국전래에 관한 연구서, 天主敎의 한국 전래에 관한 연구서, 역사서

자는 없으며, 그것이 만일 설정된다면 그 實體보다는 理念的인 것으로서의 倫理나 天理에 지나지 않았다. 그러나 西學의 流入은 이러한 질서에 대한 본질적 의문과 자각을 촉구한 것이었다. 人間이 神앞에 平等하다는 발상은 지금까지 믿어 온 位階秩序와 절대 군주의 권력에 대한 도전이며 용납될 수 없는 모반이다.

이러한 流入勢에 적극적으로 대응하고자 하는 民族思想으로서 東學이 창시되었다고는 하지만 그 근원적 자각이나 실학적 이념에 있어서는 西學의 그것에 상당히 가까워서 儒敎的 理念이나 질서관에서는 벗어나 있다.16)

思想史的 측면에서 보면 實學·西學·東學은 현상적 표현은 다르고 理念化의 방법이 같지 않으며 國家觀에 있어서는 상당한 거리가 있다고 하더라도, 君主中心 또는 主權者의 위세를 앞세우던 태도에 엄청난 변화를 강요한 것임에는 틀림없다. 人間平等이 그러하고 거기서 발전된 庶民意識, 政治觀, 外勢에의 대응방법 등은 서구의 近代社會에로의 이행에 맞먹을 정도로 성숙되어 있었음을 뜻한다.17)

思想的 성숙은 그 자체로서의 의미보다 그것이 직접 부딪치는 현실세계에서 그 값이 결정된다고 했을 때, 1860年代의 사상적 성숙은 어려운 국가적 변혁에 대응하고 外勢와의 갈등을 해소시키려는 노력의 한 방향일 수도 있었다는 점에서 비로소 그 의미가 부여되어 진다.

西歐列强들의 침략이 빈번하고, 丙寅洋擾를 거친 1860年代 후반부터 국가의 위기의식은 고조되어 갔다. 그것이 극에 달한 시기가 1876년, 강화

적들에서 보면 이러한 것이 쉽게 입증된다. 좋은 예는 두 번에 걸친 신유·병인사옥을 들 수 있다.

16) 東學이 西學과 같은 부류로 취급되었음은 崔濟愚의 처형 이유에서 밝혀진다. 혹세무민한다는 것이 그 이유로 되어 있다. 때문에 東學의 첫 시위는 敎主의 伸冤에 목적을 두고 있으며, 宗敎로서 인정받고자 하고 있음이 확인된다.

17) 洪一植, 前揭書 참조

조약의 체결로 門戶開放에 이르렀으며 日本에 뿐만 아니라, 美國, 英國, 獨逸에까지 通商을 허락하기에 이른다. 이러한 門戶開放이 갖는 의미는 外國文物의 流入이라는 단순 측면에서보다 主體性에 대한 자각 또는 위기감의 고조가 더 큰 것이라고 생각할 수 있다.[18]

1860年代에서 1870年代 사이에 다가온 충격들은 결국 질서의식에의 변화를 촉구했고 그것이 완강한 自保策으로 드러난 것이 鎖國政策이었으나, 앞서 밝힌 바처럼 庶民意識의 개발은 大院君의 정책을 그대로 용납할 수 없었다는 점에서 갈등은 시작되고 있는 셈이다. 政權을 쥐고 있는 쪽에서 자신의 자리를 굳히고 든든히 하기 위해 기존 질서에의 도전은 전부 邪로 몰아 배척하게 되고, 이에 희생된 것이 天主敎의 수난이요 東學의 不法化다.[19] 위정자의 관점에서 보면 西學이나 東學이 똑같이 위험시 될 수밖에 없었으며 그것은 권력에의 반발이라 단정하게 되어 있다.

비록 東學이 <輔國安民>을 주장한다고 해도 그것이 民衆의 集團的 힘의 규합이나, 정치권력에의 위협적 존재로 단정된 이상 배려할 여지가 없다. 東學이 西學에 대한 排斥的 태도로 보아 衛正斥邪의 思想과 배경을 같이 한다고 해도 그 입장이 서로 다른 위정자와 庶民이라는 主從關係의 설정을 전제하고 보면 東學이 배척된 이유는 더욱 자명해지는 것이다.

開港은 그러므로 大院君의 權力 상실 이상의 변화다. 먼저 밖에서의 충격과 안으로의 國民的 욕구기 동시에 큰 압력으로 작용히여 위정지는 권위를 상실하게 되었고, 東洋의 새로운 질서 앞에서 交隣秩序가 무력에 의해 붕괴되면서 우리나라의 위치가 악화된 것이 입증된 셈이다.[20]

---

18) 主體에 대한 도전으로서 爲政者는 받아들였고, 각성된 서민의식은 국가적 위기로 받아들였다.

19) 崔濟愚의 처형이나 天主敎徒들의 죄목이 다 함께 혹세무민이었다. 이것은 西學과 東學을 분리해 생각한 것이 아님을 뜻한다. 비록 西學이 實學의 근저가 된 바를 인정하더라도 위정자의 입장에서 본 것은 東學과 同一한 것이다.

그러나 국민적 욕구가 萬人平等이나 意識啓發이란 점에서 만족될 수 있었던 것은 잠깐이고, 民族的·國家的 利害關係가 분명해지면서 自主性에 대한 자각은 더 촉발을 받게 되었으며 爲政者에 대한 반감이나 體制에 대한 저항이라는 또 다른 조건 사이에 二律背反性이 자체 모순처럼 갈등을 일으킬 수 밖에 없었다는 점에서 開化期 初의 어려움은 있었을 것이다.21) 이러한 갈등의 해결 방안이 漸進開化와 急進開化라는 두 갈래로 나타난 것이다.

漸進開化派는 門戶가 이미 開放된 이상, 西歐의 선진 문화를 받아들이되 우리의 정신을 바탕으로 소화시키자는 소위 <東道西器論>을 주장하게 되었으며, 그러기 위해서는 日本에 修信使를 파견하고 淸에 領選使를 보내 그들의 선진 문물을 적극적으로 수용할 뿐만 아니라 日本만이 아닌 美國·英國·獨逸에도 門戶를 동시에 개방하여 1882年에 통상조약을 맺게 되었다. 이 漸進開化派가 가졌던 계획에 가장 안일했던 부분은, 日本이 이미 통상 수호조약을 맺었던 나라들에 우리나라가 통상조약을 맺어 日本의 세력을 견제하려 했던 것인데 이는 오히려 우리 나라에서의 일본의 우위성을 분명히 해 준 결과가 되었고, 또 이들 여러 나라들과 일본 사이에 일종의 묵계가 성립되어 있다는 사실에 대한 인식이 전혀 없었다는 것이다.

急進開化派는 다분히 정치권력에의 지향성을 지니고 있었다. 때문에 淸國에 밀착된 王室 權力者를 몰아냄으로써 그 실권을 장악하려 했고, 이를 위한 수단으로 日本의 힘을 빌어 왔다는 점이 가장 큰 오산이었다.

---

20) 우리나라는 중국·일본과 함께 鼎民으로 균형을 취하면서 안정되어 있다고 생각했는데, 일본의 군사력은 이 균형을 깨뜨리고 혼자만의 우위를 확보하였으며, 그것은 곧 침략주의의 노출이었다고 보여진다.

21) 開化의 두 명제는 反封建·反帝國主義라 한다. 그러나 이 시기에 두 명제는 다분히 상충되는 바가 있다. 爲政者가 봉건적 기틀 위에 놓여 있어서 反封建의 주장은 爲政者에게로 화살이 날아가게 되어 있는데 이렇게 되면 국가의 존립이 위험해지고, 自主性에 치중하면 反封建의 목표가 다소 약화되는 감이 없지 않다.

開化는 權力者의 교체요, 自主獨立이라는 迷妄에 빠져 있어서 결과적으로 日本의 책략에 뒤밀려 든 三日天下를 연출하였음에 그치게 된다.[22]

이 두 방안(점진·급진개화)이 대체로 權力者 주변에서 일어나고 있는 변화들이었다면, 民衆·日庶民들의 작은 움직임들은 實利的인 면에서 그 의식들이 성숙되어 가고 있었다.

1880年代末 나타난 서울 商人들의 示威나 濟州島 漁民들의 示威, 壬午軍亂 등은 이러한 측면에서 서민의식의 반영이라 보아야 한다.[23]

서민의식의 성숙이, 三政의 문란과 정치적 불안, 民族的 試鍊 앞에 극적인 응집을 보인 역사적 사건은 역시 東學農民革命이 아닐 수 없다. 최초의 발단은 1892年 11月 崔時亨이 全羅監司에게 敎主 崔濟偶의 伸寃과 敎徒迫害를 陳情하는, 東學의 명예회복과 宗敎로 인정받으려는 群衆 示威에서 비롯되었다. 이것이 제대로 받아들여지지 않자 1893年 2月 光化門 앞에 儒生을 가장한 교도 數萬이 엎드려 上疏文을 올리는 일로 번졌고, 朝勒이 제대로 지켜지지 않게 되자 東學 中 강경파 南接 쪽에서 1894年 2月에 蜂起에 이르렀다. 이때는 東學 中 강경파에서 일어난 것이기 때문에 全東學人이 참여한 것은 아니었지만 사세가 더 확대됨에 따라 9月 中旬에 가서야 崔時亨이 全敎徒에게 혁명에 가담할 것을 指示하여 北接에서도 그 호응이 높았다.[24]

---

22) 甲申政變의 三日天下는 급진개화파의 金玉均에 의한 일종의 정치적 쿠데타였다. 이들이 등에 업은 세력이 日本이란 점 때문에 甲申政變의 의미가 다소 흐미해지거나 시대의식의 결여로 지적되기도 한다.

23) 1887年 서울의 商人이 外國商人 移住反對 시위, 1889年 濟州島 漁民이 朝·日通漁章程을 반대하여 시위, 이보다 앞선 것으로는 1862年 진주민란 등이 있다. 위 정자의 측면에서는 통치권의 약화로 해석되지만, 사회적 경제적인 측면에서는 서민의식의 발로요 경제적 이해관계에서 비롯된 것이기 때문에 近代社會에로의 한 징후로 보는 것이 옳겠다.

24) 東學革命의 과정을 보면 그 발단은 이미 1893年 2月에 光化門 앞에 儒生을 가장하여 온 敎徒들이 엎드려 上疏文을 올리는 데서 시작된 것이다. 强硬派가 무력 봉기를 한 것은 1894年 2月이었지만 이는 南接 全琫準을 중심한 것이었고 崔時亨이 全敎徒에게 加勢할 것을 지시한 것은 1894年 9月 18日이었으니 그 사

　　발단이 宗敎的 문제로 시작된 것이어서 그것이 全庶民과 民衆意識과 完全一致되지 않았다는 점이 허점으로 지적되기도 하지만 民衆 속에 의식있는 사람들이나, 지방의 뜻있는 儒生이 合勢했다는 점에서는 全市民意識의 確立이요, 투철한 國家觀의 發顯이라 평하는 연구가도 있다. 이는 그들이 내놓은 口號인 <除暴救民>, <輔國安民>, <斥洋斥倭>에서 그 성격이 짐작된다.

　　그러나 이 東學革命은 爲政者들에게는 外勢를 빌어 오는 구실이 되었고 淸과 日本의 무력 대결을 낳았으며 급기야 淸日戰爭의 결과 더 엄청난 사태인 下關條約을 맺으면서 淸은 敗退되었다. 이 사건은 한국 속에서의 日本의 지위를 확고히 해 주었으며 일본이 東洋에서는 최강대국이란 지위를 쉽게 인정받는 계기로 작용한다. 이는 곧 우리의 國權에 대한 절대 위협이었으며, 이러한 자각은 獨立協會를 낳게 만들었고 自主性에 대한 인식이 두드러지게 만들었다. 그러나 1904年 露日戰爭조차 일본의 승리에 끝나면서 명실상부한 東洋 최대의 무력 국가로서의 지위를 일본은 입증한 셈이다. 이것은 나아가 1905年 韓日協商條約(乙巳條約)을, 1907年 丁未七條約을 낳고 1910年에 韓日合邦이란 國恥의 변을 당하게 되었다.[25]

　　東學革命・乙巳條約 이후 義兵의 항쟁이나 敎育救國論의 대두는 꺼져가는 국운에 대한 안타까운 몸부림이었지만 무력 앞에서 더 이상 어쩔 수 없이 당하고 말았다.

　　여기서 우리가 가장 주목해야 할 사태는 敎育救國論의 대두와 함께 大衆傳達媒體의 발달이다.[26] 이것은 開化期文學을 논의하는 자리에서는

이에 긴 시간이 흐른 셈이다.

25) 1896年 獨立協會의 결성, 1898年 만민공동회 결성, 1903年 YMCA 발족 등이 그 좋은 예가 될 것이다. 지금까지 믿었던 淸이 너무 쉽게 무너졌기 때문에 이젠 기댈 언덕을 우리는 잃은 셈이었으며, 日帝는 自信感을 갖고 무력적 침략과, 우리나라를 식민지화하는 계획을 노골적으로 드러내기 시작한다.

뺄 수 없는 것이다.

가장 어렵고 혼미했던 이 시대에 民族과 國家의 正論을 펴 보려는 民族意志를 집대성하며 규합하는 구실을 이 印刷媒體가 담당하고 있었다는 점, 그것이 爲政者의 정책에 따른 것이든 아니든, 日帝에 아부하는 것이든, 그것이 미치는 영향의 지대함을 인정한다면, 歷史·社會的 변동보다 더 큰 의미를 印刷媒體의 발간에 두지 않을 수 없다.

反封建이라는 國內的 문제와 反帝國主義라는 對外的 문제를 동시에 안고, 그것이 갖는 二律背反的 모순을 어떻게 극복하느냐가 문제였다. 즉 反封建에의 비방은 自主性의 상실에 잇대어져 있고, 反帝國主義는 封建的 질서체제를 수납해야 한다는 모순성의 극복이 어찌 동시에 만족한 결과에 도달할 수 있겠는가.

自主性에 대한 자각이 비교적 덜 심각했던 초기에는 反封建이 더 강렬했고, 帝國主義의 실체가 표면에 드러났을 때는 反帝·自主性·國權이 우선될 수밖에 없었다.27) 그런데 이 時期의 教育救國論은 이 두 모순된 命題를 어느 정도로 수렴할 수 있는 여지를 가지고 있었다는 점, 교육에 의해 현실적 불만과 社會的 지위의 상승을 기대할 수 있다는 점과, 교육을 통한 開化가 自主性의 회복·國權의 회복에 기여할 수 있을 것으로 기대하는 심리가 다 教育에 경도되게 된 이유라 보인다.

開化期는 한마디로 우리 역사의 自主性을 상실하게 되는 과정이었고,

---

26) 『獨立新聞』의 발간, 『皇城新聞』의 발간 이 뒤를 이어서 『大韓每日申報』, 『大韓自强會月報』, 『大韓協會會報』, 『太極學報』, 『大韓學會月報』, 『湖南學報』, 『西北學會月報』 등의 발간이 있게 된다. 이러한 대중 매체의 발간은 의식개발의 직접 매개 구실을 한다.

27) 1904年 韓·日護政書가 맺어짐에 따라 國權喪失이 현실적인 것으로 대두된다. 대체로 初期 開化는 教育立國이나 反封建的 명제가 강하게 되지만 이땐 國權을 전제로 한 것이기 때문에 自主性에 대한 인식은 덜 심각했다. 그러나 1905年 乙巳條約 이후는 自主性이 우선한 開化의 개념이 강조될 수밖에 없어진다. 때문에 開化의 개념도 그 진행과정에 따라 다소 바뀌게 됨을 알아야 한다.

이에 반해 民族과 國家에 대한 절실한 인식을 통해 그 중요성을 자각하게 되며, 庶民意識이 표면에 떠올라 실질적 행동과 참여로 그 힘을 발휘하는 때라 할 수 있다. 그러면서 旣存의 가치관이나 질서는 흔들리어 위기감마저 조성했으며 그 일각은 이미 무너지는 엄청난 혼란을 초래하고 있었다. 그런데도 새로운 가치관이나 질서관이 쉽게 확립되기 어려웠던 것은 自主性의 상실에 따라 그 中核을 잃어 버렸기 때문이다. 이는 한마디로 붕괴와 건설이 동시에 이루어지지 않는 變革期, 선붕괴만 있고 후건설이 이루어지지 않는 혼돈기라 해도 과언이 아니다.

VI. 開化期 讀者層의 形成

開化期 社會變動과 함께 나타난 庶民意識 中 가장 중히 여겨야 할 것은 身分에의 이동, 또는 身分上昇에의 기대감이었다 해도 좋다.28) 그것은 조선조가 지켜 오고 있었던 社會階層의 고정적 身分制度에 대한 반발이요, 또 달리는 身分移動 可能性의 팽배 —그것은 정치적 불안과 賣官賣職이라는 非理와 결탁된 것이라 하더라도 현실적인 욕구를 자극하기엔 충분한 사유가 되었다고 생각된다—로 開化期의 새로운 질서관과 접맥된 것이라 보인다. 封建的 秩序의 붕괴와 이에 부응하는 새로운 질서는 敎育받은 자에게 주어지는 기회로 이해된 것이었다. 이것은 구태여 신식교육에만의 傾倒만을 뜻하지는 않는다. 민간 출판 사정을 참고해 보면 開化初期에 敎育을 위한 서적의 印出이 매우 활발했었다.29) 千字文이나 童蒙

---

28) 朝鮮朝後期社會變動은 兩班의 급증, 身分移動의 빈번 등으로 지적되고 있다. 이것은 조선조 사회계급의 변동을 뜻하며 鄕班들의 신분상승을 뜻한다. 여기에 商業資本主義的 경제질서와 富의 축적에 의한 행세가 가세되면서 평민의 신분상승 기대감은 증대되고 있었는데, 이를 달리는 平等思想이나 人權回復으로 해석하는 연구가도 있다.

先哲 등과 함께 小學, 大學 등의 교육적 서적 印出이 많아졌고 마을에는 작은 서당이 세워지고 이에 따른 교육의 기회는 넓어졌다.

이러한 현상은 교육을 받은 사람에게 주어지는 기회로만 끝나는 것이 아니라 그 주변인들에게 독서에의 열망을 높이는 구실을 충분히 했다. 이는 서적의 필요와 수요를 낳고 이에 따른 공급의 商業性이 확보될 수 있었다.

開化 初期 주변도시의 발달과 활발한 상거래, 보부상에 의한 文化傳播 등이 지방 印刷術의 개발을 촉구하였으며, 나아가 지방 인쇄물의 상품화를 가능하게 하였다. 그 좋은 예가 全州版의 성황이다. 독서 수요에 부응함은 교과서 인쇄에서 古小說의 인쇄에 이르고 그것이 널리 보급됨은 고소설의 독자를 확충하게 되었다.[30]

이러한 사정은 지방에서보다 漢城에 더 심하게 나타났으니, 당시대의 대본업이 성황을 이루고 심지어 官人들조차도 책을 빌어가는 것을 볼 수 있었음은 모리스·쿠랑의 기록에서 쉽게 찾아 보게 된다.[31] 이때까지는 대체로 版本 또는 木刻本이 주종을 이루었으나 鉛活字의 수입과 인쇄술의 발달에 따라 木刻本은 그 위세를 잃어 갔을 것이다.

이는 新敎育 制度의 시행과 각급 新敎育 學校의 설립에 따른 변화였다고 볼 수 있다.[32] 初期 國民學校를 비롯한 학교들의 설립은 교육입국이

---

29) 柳鐸一, 『完版坊刻小說의 文獻學的 研究』(學文社, 1981.)에서 古小說의 印本에 앞서 完版本 서적은 千字文, 童蒙先習 및 經書類 등이 간행되고 있음을 증명해 보이고 있다. 이것은 서당교재의 인쇄, 또는 교육교재의 인쇄로 볼 수 있다.

30) 柳鐸一은 上揭書에서 全州에서 이러한 인쇄물이 나올 수 있었던 가능성을, 노동집약적 농사에 外部人力이 투입되었고, 그 사람들이 읽을거리를 요구했기 때문에 아니었을까 하고 추론하고 있다. 이는 그 이전의 상황에 비해 분명 달라진 社會相을 뜻한다. 古小說 독자층의 확대라 해석할 수 있다.

31) 모리스 쿠랑, 金壽卿 譯, 『朝鮮文化史序說』(凡章閣, 1946.), pp.6~8. <貰冊家>라고 기록하고 있는데, 보증품으로 돈을 받기도 하고, 물건을 잡아 두면서 책을 빌어 준다고 기록하고 있다. 모리스 쿠랑이 서울에 있은 시기는 1890年 5月~1892年 2月로 되어 있으니 이시대의 풍물 중에 대본업이 있었다는 것과, 그 정도의 독자층이 있었음을 입증한다. 물론 이때 貰冊은 板本小說들이다.

라는 기치 아래 漸進開化派의 구국론이 뒤받치고 여기에 호응하는 開化人事들의 힘이 응결된 결과였다. 이 신교육은 새로운 질서에의 여망과 쉽게 영합할 수 있었고, 그것이 갖는 當代的 의미는 救國에의 집념에까지는 가지 않았다고 해도 교육에 의해 스스로의 힘을 기르고 나아가 立身揚名의 길이 열릴지도 모른다는 기대감을 충족시키기에는 충분했다.

신교육에의 기대는 한편 새로운 독서 대상을 찾고 그것은 이미 있어온 것에서 뭔가 새로운 것을 요구하게 되었으며 그것에 부응하는 양식의 소설이 곧 開化期 新小說이었음을 짐작할 수 있다. 이러한 새로운 독자층의 확보와 그들 요구에의 부응이라는 출판은 서로 相輔的 관계에 놓여 그 발전을 촉진하는 작용을 했다.

그러나 여기서 우리가 간과해서는 안될 현상 하나를 지적해야 한다. 當代的의 독자층은 신교육을 받은 사람만이 아니고, 서당 교육을 받은 사람들과 함께 이루어져 있었다는 사실이다. 결국 독자층은 쉽게 新舊敎育에 의해 兩分되는 것이었고 그들이 즐겨 읽게 되는 소설 또한 이 요구에 부응하는 두 종류의 것들이었다는 점을 지적해야 한다. 즉 印刷方法이 바뀜에 따라 古小說이 木版되어서 鉛活字本으로 바뀌어 계속 인쇄될 수 있었던 근거는 이 소설들의 독자층이 널리 散在해 있었음을 입증하는 것이며 新小說의 독자층과 함께 共存했음을 뜻한다.

때문에 교육 방법의 변화는 두 갈래의 독자층을 형성하게 되었으며, 庶民意識의 교양과 함께 독서의 일반화·대중화 추세를 몰고 왔으며, 救國的 意志뿐만 아니라 단순한 身分上昇에의 의지 또는 출세의 기회를 놓치지 않으려는 소박한 기대감을 만족시키는 동기가 되기도 했다.

---

32) 1885年 培材學堂, 1886年 梨花學堂의 설립 이후 신교육기관의 설립은 우후죽순처럼 많았다. 대체로 보통학교(현 국민학교)에서 中學校에 이르기까지 그 수효는 엄청난 것이었으며 학생모집 공고는 신문마다 나와 있었다. 이것은 결코 영리목적이 아니었으며, 敎育立國이란 의지를 표방한 것이었다.

　　이러한 開化期의 社會現象을 文學社會學的인 입장에서 보게 되면, 開化期 敎育에의 기대 열망은 變動社會에서 새로운 기대감을 불러 일으켰고, 이러한 현상은 나아가 독서의 일반화를 낳게 만들었으며 새로운 독자층을 형성함으로써 독서 대상—서적·교과서·古小說 등의 읽을거리—을 요구하게 되었다. 이에 호응한 출판이 開化期 출판 현황이라 볼 수 있으니, <開化期小說>은 이러한 여건 속에서 이루어진 것임을 간과해서는 안된다.

Ⅶ. 開化期의 小說 共存現象

　　우리나라 서적의 전래는 筆寫에 의한 것이 대부분이었고 印出된 것으로는 官版이 있기는 하지만 조선조 후기에 이르면 주로 寺刹을 중심으로 하거나 門中에서 印出하는 私版이 중심이 되어 온 것이 사실이다. 더구나 본고의 대상이 되고 있는 開化期 소설은 官版이 있을 수 없었다는 점을 생각하면 그 전부가 私版에 해당되는 것이다. 이미 학계에서 연구된 바에 의하면 이 版本은 주로 서울·안성·전주에서 木版本으로 나왔음을 알 수 있다.33) 서울(京版)이 당시 조선조의 문화 중심지였다는 점에서 그 가능성을 인정한다고 하면 안성·전주에서의 印出은 좀더 다른 의미를 가질 수도 있다. 앞서 개화기의 설정에서 언급한 바이지만 주변도시의 발달과 상업자본의 축적이 近代化의 징후라고 보았을 때, 문화사업인 印刷가 지방에서 이루어졌다는 점은 그 좋은 본보기라 할 수 있을 것이다.

---

33) 지금까지 확인된 바로는 京板·安城板, 完板 등 세 종류의 것이 주종을 이루는데, 京板은 물론 서울서 만들어진 것이고 安城·完板은 지방 간행이었다. 이는 지방도시의 발달이라는 경제적 측면에서보다 이들이 商品化된 것, 독자층의 확보를 입증하는 자료도 된다.

그 중 全州의 印刷에 대한 연구는 印出이 敎材로서의 千字文·童蒙先習 등에서 시작되어 차츰 古小說로 옮아 갔음을 보여 준다. 그 시기는 1850年代를 전후해서 왕성히 나타났고, 古小說의 印出은 1860年代 이후의 일이었음이 증명되고 있다.

全州地方이 이러했다면 安城이나 서울의 경우도 이와 비슷했을 것으로 짐작되고, 古小說이 하나의 상품으로서 유통될 수 있었다는 확실한 증거가 된다. 柳鐸一 敎授는 全州에서 古小說의 인쇄가 가능했고 그것이 상품으로서의 가치를 지닐 수 있었던 이유를 全羅地方의 營農에서 찾고 있다.[34] 노동집약적 성격을 지닌 농업에 많은 인력이 동원되어야했고 그 노동력은 주변 지방의 인력을 집중시키는 구실을 하게 되었으며, 그들의 여가를 메우기 위한 독서자료로 고소설이 널리 보급되었다고 보았다. 이것은 분명한 현상이었을 것이다. 그러나 이러한 단순 노동자들조차 읽을거리를 요구하게 된 점은 앞서 밝힌 바, 變動期 社會의 기대감이 독자층을 형성하도록 촉구한 것이라 보아야 할 것이다.

古小說의 印出이 開化期 初에 이미 이루어져 있었고, 그것의 유통이 일차적으로는 하나의 독서 경향으로 나타났다고 보아야 하는데, 이러한 경향이 1900年代로 넘어 오면서 신교육에의 열망, 印刷術의 변화에 따른 鉛活字의 도입은 木版印刷가 따르지 못하는 多量生産性과 신속성을 갖게 되었다. 거기에다 協會, 學會의 조직, 회보의 발간은 木版本의 쇠퇴를 촉진하였으며, 이러한 회지에 실리는 글들은 신교육에의 지향성으로, 구태의연한 것보다 새로운 것을 추구하고 自主性에 대한 자각과 救國的 理念을 앞세운 것이었기 때문에, 소위 개화기 신문소설류와 같은 양식적 변화를 촉구하였으며 급기야는 李人稙의 신소설을 낳게 만들었다.

<開化期小說>의 출판 현황에 대한 구체적 연구나 통계가 따로 나와

---

34) 柳鐸一, 上揭書 참조.

있지는 않지만, 지금까지 이루어진 目錄이나 남겨진 자료들의 분석을 통해 보면, 古小說은 1910年代에 이르러 소위 六錢小說로 상품화되었음을 알 수 있다. 六錢小說 또는 딱지본의 대다수는 신소설이 아니라 古小說이었다는 점은 무엇을 뜻하는가.[35]

1906年 李人稙이 <血의 淚>를 발표함으로써 우리나라 小說史에 새로운 장을 열어 보였다고 하지만 기실, 그것은 당시대의 필요성에 의한 것이지 李人稙의 독창적 발상이라고 볼 수는 없다. 이미 있어온 古小說의 독서대중이 아닌 신교육에 의한 새로운 독자층의 요구가 신소설의 출현을 강요하고 있었으며, 이에 앞서는 學會誌, 신문 등의 연재 소설을 또한 <血의 淚> 못지 않는 변화를 이루고 있었다는 점을 고려해 본다면 開化期란 소설양식의 변동기 또는 共存期라고 해야 옳을 것이다.

古小說과 新小說—이것은 開化期에 나타난 古小說 양식에 변화를 가한 모든 소설들을 포괄한 상위 개념으로서의 신소설이다—이 함께 독자들을 가지고 있었으며, 어떤 면에서는 더 많은 독서대중은 古小說 쪽에 있었다고까지 말할 수 있다. 그것은 新小說이 황당무계하고 非道德的이며 퇴폐적인 것이라 몰아부치는 당시의 반응을 보아서도 알 수 있는 것이다.

이러한 사실은 文學社會學的 견지에서는 매우 중요한 사실이다. 변동기에 나타나는 두 세력의 공존성은 하나만의 우세를 지정하는 것이 아니고, 그깃의 가능성이 어디에 있으며, 그 외미는 무엇인가, 더 나아가 두 세력 사이에서 발견되는 공통성은 어떤 것인가를 연구 대상으로 할 수 있기 때문이다.

---

35) 六錢小說은 곧 新小說로 생각되지만 사실상 1907年 李人稙의 <血의 淚>가 나오기 전에 이미 古小說이 이런 체제로 인쇄되어 나왔다. 六錢小說 또는 딱지본은 그러므로 商品으로서의 이름이지 그 인쇄된 소설의 新舊를 따지는 근거로 생각해서는 안된다. 특히 古小說이 이 체제로 인쇄되어 더 널리 읽히는 것은 1910, 1920年代였음이 지금까지 남아 있는 冊들을 조사해 보면 금방 증명될 수 있다.

Ⅷ. <開化期小說>의 文學社會學的 接近

1. 古小說과 開化小說의 限界

<開化期小說>로서의 古小說과 當代小說의 共存性은 이미 밝혀진
바이지만 그것이 갖고 있는 性格과 한계를 분명히 하기 위하여 일단 <開
化小說>이란 새로운 용어를 편의상 사용하기로 한다.

사실 우리가 알고 있는 古小說의 印出은 筆寫本에 비해 그리 오래된
것은 아니다. 그것이 상품화되는 과정에서 印出된 것이기 때문에 開化期
이거나, 아니면 開化期보다 얼마 앞서지 않았다고 보여진다. 그러나 우리
가 아주 오래된 것처럼 생각하게 되는 이유는 먼저 印刷方法의 차이에서
오는 고풍스러움에 있었다. 다음이 開化期에 밀어닥친 近代意識 또는
開化意志가 전혀 반영되어 있지 않다는 점이 내용으로 본 가장 큰 변별
요인이 된다. 하지만 개화기에 나온 會誌나 신문 속에서도 古小說이 실려
있고, 조금씩 윤색된 것들이 자주 나타나는 것으로 보면 역시 변별 요인은
인쇄술에 둘 것이 아니고, 그 내용에 있다 해야 옳겠다. 그러므로 필자는
<開化期의 社會變動에 따른 의식이나 의지가 전혀 반영되어 있지 않은
내용의 소설>을 古小說이라 규정하여 둔다.

한편 開化小說이란 古小說의 이러한 개념으로부터 이탈된 것, 그리고
그 양식적인 면에서 전혀 새로운 시도가 보이는 특색이 있을 때만 한해서
지칭하되, 이미 용어로 고정되다시피한 新小說이나 開化期小說 등을 통
틀어서 지칭하고자 한다. 이것은 이미 있어 온 용어들이 한 시대의 소설
양식에서 발견되는 작은 이질적 요소를 지나치게 극대하여 분리시키고,
그것이 고정적 양식처럼 단정하고 있음에 약간의 거부감을 해소시키려

하는 노력이다. 그러므로 <開化期小說>에서 맞부딪치는 두 세력으로서의 소설은 古小說과 開化小說이 되는 셈이다. 그러나 이들을 또 다 포괄하는 개념으로서의 <開化期小說>이 있기 때문에 이 두 용어는 下位概念으로서 사용될 것은 자명하다.

2. <開化期小說>에서의 主題意識

<開化期小說>로서의 古小說이나 開化小說은 그 지향하는 바가 다르고 독자층의 분리로 해서 그 主題가 아주 달라 보인다. 때문에 開化小說 속에 나타나는 古小說的 잔재를 아주 못마땅하게 보거나 또 開化小說의 한계로 지적하고 있다. 그러나 이러한 판단은 사실 開化小說을 古小說과 다른 시대의 소설, 전혀 새로워지려는 의지의 소산이라는 점에만 초점을 맞추어 왔기 때문에 변별 요인이 되지 못하는 부분은 과도기적 현상으로 지목하고, 그것이 하나의 허점으로 처리되어 온 셈이다.[36]

小說의 主題에 대한 이해가 한 작품에 한정되었을 때 그것은 독창적인 것, 참신한 것을 요구할 수도 있게 되지만, 그러한 작품들의 공시적 고찰에 있어서는 변별요인보다 공통요인에 더 관심을 갖게 되고 그러한 主題를 낳게 만드는 作家의 意識的 측면에 대해 더 많은 비중을 두게 된다. 이러한 연구 태도는 물론 한 시대를 한 평면 위에 올려 놓는다는 점에서 다양성의 상실이라는 허점이 노출되기도 하겠지만 개화기처럼 급변하는 변동기에 대한 이해는 이러한 방법이 아니고는 이룰 수 없다는 것 때문에 논리적 모순을 저지르지 않는 한 일단 용납되어야 한다.

古小說의 主題意識은 한마디로 儒教的 倫理觀이 보장된 理念中心이

---

36) 趙演鉉·白鐵 등의 연구 결과, 대체로 이런 결론에 도달하고 있는데, 이것은 新小說이 古小說에서 발전된 것만을 중시한 대표적인 예가 된다. 이후 李在銑·宋敏鎬 등의 연구가들에 의해서 開化小說의 獨自性을 더 중시하고 긍정하는 연구가 진행되고 있다.

었다 할 수 있다. 勸善懲惡의 주제의식이 그 가장 좋은 예가 된다. 善은 倫理的 實體로서 받아들여지고, 그 倫理의 바탕은 儒敎的 理念이 담당하는 것이다. 때문에 善은 美學的인 것이 아니라 儒敎的 當爲性으로 직결되어야 하고 가장 평범한 三綱五倫에 근거한 것이다. 忠이 문제되고 女必從夫의 미덕과 不事二君의 정절이 지켜져야 하며 분수에 넘지 않는 安分知足에 머물러야 한다.

이러한 主題意識은 社會가 안정되어 있을 때나, 變動期에도 똑같이 작용할 수 있는 것이다. 倫理的 實體의 근거를 어디에 두느냐에 따라, 主體者의 입장에 따라 善의 좌표가 달라질 수도 있어 보이며, 古小說에서 善의 실천자는 主人公이 되기 때문에 善의 實證 또한 적대자 惡의 성격에 따라 달리 나타난다. 그러므로 善이 항상 우위를 점하고 있으며 그것이 勝利로 가는 과정을 보여 주는 古小說의 主題意識은 善志向이라 할 수 있다.

이를 달리 말하면 古小說은 善이라는 관념·이념의 실천을 위한 과정을 드러내 보이는 것이며 그것은 조선조 의식의 바탕인 儒敎的 실천 강령에서 벗어나지 않는다. 때문에 古小說의 文藝美學的 접근은 항상 그 불완전성 앞에 당황하게 되고, 그 미숙성을 어떻게 처리해야 하는가 하는 문제를 남기게 된다.

開化小說이 變動期 時代意識의 반영체라고 했을 때 그것이 自主性·反封建性·新敎育에 의한 救國理念의 실현·西歐文物의 흡수 등을 主題로 하거나 적어도 그러한 것들에 대해 긍정적 태도를 보인다는 것은 당연하다. 여기에 약간의 변수가 있다면, 開化의 방법이 急進·漸進으로 兩分되듯 그 방법적 차이가 될 수 있으며 또 그것들의 수용과정에서 仲介者 設定에 日本과 중국으로 달라질 수도 있다.37) 방법적 차이와 仲介者의

---

37) 開化期 외국 문화는 대체로 일본을 통해서 수입되어 왔고, 이때 이 역활 담당자들의 대부분이 일본 유학생들이었음은 자명하다. 이에 李在銑 교수는 中國의 서적을 통한 특히 梁啓超의 영향력을 중시해야 된다고 力說하고 있는데 따지고 보

다름이 韓日合邦 이후의 상황과 연결되었을 때 생기는 문제로 해서 急進開化派의 親日的 性格이 비난의 대상이 되고, 漸進開化派는 義兵이나 獨立運動者로 전향되고 중국으로 망명하게 되므로 더 愛國的인 것처럼도 보인다. 그러나 이러한 兩分이 다 정당한 것으로 믿어지지는 않는다. 『獨立新聞』에 義兵을 비적처럼 대우하고 있다거나, 심지어 『대한매일신보』·『경향신문』 등에도 獨立軍의 민폐를 못마땅하게 전하는 부분들이 있기 때문에 일괄적 처리보다는 當時代의 理念的 근거 위에 開化小說이 선다는 사실만 일단 수긍해야 할 것이다.[38]

開化期 理念이 하나로 통일되어 있지 않았고, 시대의 변화에 더 민감하다거나, 보수성이 강했다는 차이는 비록 인정한다고 해도 그러한 理念의 文學的 형상화가 開化小說인 바에야 그 主題意識이 文藝美學的 근거에 놓여 있지 않았음에는 다를 바 없다.

이러한 차원에서 보면 古小說이나 開化小說이 다 함께 理念을 바탕한 主題意識의 실현체로 나타났음에는 틀림없다. 그 理念의 形象化가 결국 이 두 종류의 소설이 共時的인 것이 되게 하는 근본이 된다. 그러나 理念의 相似性에도 불구하고 다 함께 한 덩어리로 될 수 없었던 것은 각기 다른 開化方法을 주장했던 人脈을 살펴 보면 어느 정도 윤곽이 드러난다.

漸進開化派의 경우는 儒林勢와 保守性向을 지닌 인물들로 구성되어 있어서 東道西器論을 주장하고 이들은 教育救國과 新聞의 발간을 통한 국민의 계도에 힘을 기울였기 때문에 조선조 儒教理念의 뿌리에서 벗어나지 않았으며, 그들이 仲介者로 설정하는 것은 中國이요 그 중 가장

면 梁啓超의 自强論이나 발전 모델은 日本으로 되어 있음이 어느 정도 수긍할 수 있다고 하면 당시대의 中介國으로서의 중요성은 일본에 있었다고 생각된다.

38) 특히 『獨立新聞』의 自主性을 강조하고 있는 이때, 記事의 분석 결과 義兵을 匪賊으로 표현하고 있는 사례가 많다는 연구는 려증동 教授의 연구 결과로 나와 있다. 「19세기 『독립신문』 연구(Ⅰ)」, 『배달말』(1981.) 참조. 또 『대한매일신보』, 『경향신문』에는 義兵들이 良民을 괴롭힌다고 전하고 日本兵에 의해 토벌되었다는 기사가 자주 나온다.

큰 영향력을 행사한 것은 梁啓超였음이 밝혀져 있다. 그러므로 이들은 古小說의 독자층에서 가깝고, 그들의 開化小說 양식은 古小說의 것을 거의 그대로 답습하고 있다.[39]

이에 비하면 急進開化派는 적극적인 西歐文物의 수용자세를 보이면서 海外에 드나들던 인물들로 짜여져 있다. 그들이 주로 보고 온 것은 日本이며 日本을 仲介者로 한 開化의 가능성과 사회발전을 기도했다.[40] 때문에 그들은 新教育에 의해 새로운 것에의 호기심이 부푼 젊은이를 독자층으로 삼고 있으며, 그들의 소설에서는 주로 海外留學이 필수적 요건으로 등장하게 되는 것이다.

理念이 비록 같다고 해도 그 방법적 차이는 아주 다른 결과를 낳게 만들 수도 있었다. 反封建의 실현 방법으로 절대적인 지지를 받았던 自由戀愛를 漸進開化 쪽에서는 不道德한 것으로 매도했으며, 심지어 荒淫한 것으로까지 몰아부친다. <春香傳>에서 성춘향의 적극적인 사랑이나 身分上昇的 의지가 反封建的 실천으로 충분히 이해될 수 있겠지만, 이것도 각도를 달리해 보면 女必從夫의 미덕이요 不事二君의 儒教的 理念에 걸맞아 떨어지기 때문에 용납되는 것에 비해 보면 自由戀愛를 부정하는 논리적 근거는 그만큼 희박해질 수도 있다.

理念이 先行된 창작행위·독서행위는 이렇게 異質的인 현상으로 보이는 것들을 사실상 하나로 통합하는 기능을 했으며 그것이 古小說과 開化小說이 共存할 수 있었던 튼튼한 논리적 근거를 제공하는 것이다. 그러므로 <開化期小說>은 그 主題意識이 理念的 차원에서 서로 상충되는 바 있다 하더라도, 아니 그 본질적인 중핵이 같기 때문에 엄격하게는

---

39) 開化期 新聞에 실린 古談類는 전부 古小說에 가깝고 서술구조나 사건진행 등이 그대로 古小說과 같다. 이는 다음 장 <開化期小說>의 構造的 相同性에서 상술된다.

40) 急進開化派가 日本을 등에 업고 있었다는 사실은 史家들의 연구 결과다. 급진개화파는 淸國으로부터의 自主獨立을 꾀하려 했고 開化에 절대성을 부여함으로써 先進日本을 본으로 삼았다.

방법적 차이 때문에 소설의 外形的 양식에 조금씩의 不同性이 생기고, 그 내용이 兩分되는 것처럼 보이지만, 開化意識이나 保守的 儒學的 理念 위에서 相同性을 확보한다는 점을 분명히 이해해야 할 것이다.

3. 〈開化期小說〉의 構造的 相同性

<開化期小說>이 한 시대의 소설로서 인정받기 위해서는 주제의식 이외에 또 다른 合致點이 있어야 하겠다. 그것은 構造的 相同性에서 발견된다.

筆寫本으로서의 古小說이 아주 고풍스럽고, 木版本이 오래된 것으로 보인다는 外形的 인상은 결코 논리적 근거가 되지 못한다. 소설이 갖는 形式的 특징 즉 構造的 차원에서 古小說과 開化小說의 相同性이 발견된다면, 이것은 분명한 논리적 근거가 될 것이다.

필자는 이러한 構造的 유사성을 通時的 입장에서 이미 그 가능성과 合致點을 밝힌 바 있다.[41]

<開化期小說>은 크게 傳的인 것, 討論體, 回章體 또는 公案體 셋으로 가르고, 거기에 短形敍事體를 下位 장르로 보았다.[42]

傳的인 것은 主人公의 一生이나 이에 버금가는 내용을 주로 담고 있는 것으로 다음과 같은 구조로 되어 있다.

    1. 出生 또는 問題의 발단
    2. 問題人物의 行跡　　　　　　　 ⎫ 傳的 時間順行
    3. 死亡 또는 問題의 해결　　　　 ⎭

---

41) 졸고, 「開化期小說 研究(Ⅰ)」 참조.
42) 졸고, 「 短形小說 研究」 참조.

문제의 인물이 출생하는 것에서 시작되어 죽음에 이르기까지의 행적이 소설의 뼈대를 이루는데, 開化小說에 오면 出生이 첫머리에 오지 않고 중간에 끼여 든 것이나, 뒤에 덧붙여 지는 경우도 있고, 죽음이 분명하지 않는 것도 있지만 대체로 이 구조에 맞는다.

討論體小說은 그 허구적 발상만이 앞뒤에서 額子를 형성하고 있으며 그 중심내용은 발전적 사건을 수반한 것이 아니라 문제에 대한 討論과 討議를 전개시키는 것으로 되어 있다. 이것은 서사구조로서의 결함을 가지고 있으며 허구성에 대한 인식이 분명하며 主題의 直截한 표현이 강력한 효과를 얻어낼 수 있다는 점과, 풍자적 수법으로서의 가능성을 충분히 살린다는 점에서 일단 인정할 만하다.

回章體小說은 西歐의 picaresque에 해당된다고 볼 수 있는 것으로, 부분의 독립성이 인정되는 작은 이야기들을 모아 전체적 서사구조로 통합시키는 것이다. 그 본보기로는 <三國志>와 <自由鍾>을 들 수 있는데, 이 양식은 허구적 장치를 그렇게 배려하지 않고도 전체적 소설을 만들어낼 수 있다는 점에서 그 가능성이 개발된 것이다.

이러한 구조적 相同性이 古小說이나 開化小說에서 발견되는 것은, 開化期가 특정한 양식의 단초를 제공하는 시기라기보다는 양식의 활용으로 理念의 表白을 효과적으로 전달하려 함을 더 큰 목적으로 삼았기 때문으로 해석될 수 있다. 여기에다 短形敍事體의 소재의 광범위성, 주제의 일관성, 양식적 단순성 등은 說話的 요소를 그대로 답습하고 있으면서도 開化意志를 직접 드러내거나, 은연중에 그러한 의미를 전달할 수 있는 간접적 敍事物의 특징을 주로 지니고 있다.

이러한 구조적 상동성은 다만 외형상 나타난 것이 아니고, 1905年『大韓每日申報』에 실린 <격선여경녹>, <野乘西江月>, 1905年『大韓每日

申報』의 <靑樓義女傳>, 『大韓日報』의 <一捻紅> 등이 다 함께 古小說
이면서도 <의티리국 아마치젼>과 동등한 대우를 받고 있다는 점으로
보아 當時代에는 古小說과 開化小說을 따로 구분하지 않았다는 점에서
도 근거가 되는 것이다.[43] 만일 엄격한 구별을 시도했다고 하면 <血의
淚>가 나오는 1906年에 어찌 古小說이 신문에 게재될 수 있었을 것이며
그 이후에도 계속 出版이 되었겠는가. 내용이나 주제의 異質性은 독자층
의 분리에 의한 것이고, 理念的 차이에 근거한 것일 뿐 결코 양식이나
구조의 개혁의지에서 비롯된 것이 아님은 자명한 사실이다.

4. 行動樣式의 相同性

趙東一 敎授는 「英雄의 一生, 그 文學史的 展開」라는 글에서 古小說
로부터 春園의 <무정>에 이르는 소설의 변천사는 그 주인공 즉 英雄의
성격 변화일 뿐 달라진 것은 없다고 했다.[44] 그 出生에서부터 英雄說話의
양식이 그대로 적용되고, 행동 양식 또한 영웅의 일대기에서 볼 수 있는
幸·不幸의 반복적 구조를 답습하고 있다는 점이다.

여기서 英雄의 행동 양식이란, 그의 능력이 입증되는 대목으로부터
부딪치는 문제 해결의 수에 따라 적대자의 새로운 등장이 있고 이를 극복
해 가는 과정을 뜻한다. 주인공이 부딪치는 문제가 하나만이면 幸·不幸
의 반복은 한번뿐이지만, 문제가 여럿이면 이들이 연쇄적 관계로 덧붙여
져 幸·不幸이 되풀이되는 것이다.

이 영웅적 주인공이 등장하는 소설은 앞서 필자가 나눈 양식으로 보면
전부 傳的인 것에 해당되고, 주인공의 활동은 行跡에 들어 가는 것이다.

---

43) 趙東一, 「英雄의 一生, 그 文學史的 展開」, 『東亞文化』 第10輯(東亞文化研究所,
   1971.) 참조.
44) 趙東一, 같은 논문 참조.

이 행적이 다양해지면 그 활동이 눈부시게 된다. 傳的 양식이 갖는 相同性 속에 行動樣式도 포함시킬 수 있는 것이므로, 그것들이 古小說에서나 開化小說에서 相同性을 갖는다는 점은 자명하다. 그러나 開化小說에서 변모가 있다면 구출자나 협력자가 神的 存在 또는 초능력자가 아니고 평범한 인간이란 점이다. 그러면서도, 주인공과 함께 인간적 차원으로 낮추어져 있되 身分上의 차이, 財力의 차이 등으로 우위에 서 있게 되고 그 우위성이 古小說에서 볼 수 있는 적극적인 힘으로 대처되어 있음을 볼 수 있다.

이러한 변화는 開化意識이 人間性에 대한 자각과 평등성의 강조에서 비롯되면서 近代 資本主義的 발상이 첨가되어 물질적 우위와 경제력의 다소로 그 지위를 구별하거나, 社會的 身分의 층위에 대한 인식이 분명해 졌음을 보여 준다.

이 변화가 갖는 의미는 깊지 않다. 그것은 행동 양식의 극적 변화를 촉구하는 서사구조의 일반적 특징일 뿐 그 본질적 변화라고는 생각할 수 없기 때문이다. 오히려 행동의 목표가 어디에 설정되어 있느냐 하는 것이 문제가 되는 것이다.

古小說은 破邪顯正이 최종 목표가 되고 主人公이 부딪치는 고통은 邪와의 대결로 되어 있으며 그 邪의 양상이 다양해서 변화의 원리가 적용 된다. 이에 비하면 開化小說은 擊蒙開化가 최종 목표요, 反封建的 잔재의 타파가 중요 문제다. 몽매함, 교육받지 못하고 세상의 물정에 어두운 것이 적대자 구실을 하며 봉건적 사고나 사회제도 장치가 싸워야 할 상대가 된다.[45] 이들과 싸워 이기는 길이란 古小說的 갈등 해결의 방법으로는

---

45) 古小說의 적대자는 惡人이며 구체성을 띤 人物로 나타나지만 그 상대가 상황적 인 것이 되었을 때는 古小說의 구조로서는 감당할 수 없다는 뜻이다. 지식의 습 득, 그것도 선진 지식의 습득을 위해서는 先進國으로 나가야 된다는 단순 사고 가 海外留學을 창안해 낸 것이다.

어렵다. 그 극복은 재빨리 우위에 올라 이 적대자를 누르거나, 과감한 행동으로 봉건적 사고를 깨뜨려야 하기 때문에, 그 가장 쉬운 행동이 海外 留學이며 自由戀愛의 구가가 된다. 이러한 해결 방법의 취택은, 당시대의 문학적 수준으로서는 합리적 전개가 불가능했으므로 melodrama적인 진행을 보일 수 밖에 없었을 것이다.[46]

開化小說의 전개와 행동양식에 melodrama적 기풍이 절대적인 이유는 문학적 미숙이었지 그러한 취향이라 할 수는 없었다. 또 melodrama의 社會學的 의미가 소극적 저항이나 현실로부터의 이탈이라는 것으로 해석되기도 한 점을 고려하면 그 가능성을 인정할 수도 있다.

이 melodrama적인 행동 양식이 <開化期小說>의 相同性 중에서 가장 핵심이 되는 것임에 틀림없다.

IX. <開化期小說>의 文學史的 位置

지금까지의 文學史는 그 시대 구분이 王朝 中心이었거나 장르에 따른 경우가 많았다. 그것은 영성한 자료에만 의지했던 上古時代나 三國時代, 고려조의 문학을 한 가름에 놓기 위한 편의주의에 불과한 것이었다.[47] 그러나 조선조에 들면서 그 자료도 비교적 많이 남아 있고 그 양식의

---

46) Melodrama의 발생을 문학사회학적 입장에서 보면 보편적 삶이 타락해 버렸을 때 타락한 양상으로 나타내는 것이라 말할 수 있다. 그러나 여기서 이야기하는 melodrama는 상식적 전개, 비논리적 구성, 哀傷的 결말 등의 형식적 특징에 의해서 붙여진 이름이다.

47) 문학사의 시대구분은 대체로 王朝中心으로 된다. 張德順 教授의 『韓國文學史』(同和文化社, 1977.)에서는 口碑文學, 古代歌謠, 鄉歌文學, 高麗文學, 朝鮮文學, 近代文學으로 갈랐다. 李秉岐·白鐵, 『國文學全史』(新丘文化社, 1957.) 에는 古代文學, 三國時代의 文學, 統一新羅의 文學, 高麗時代의 文學, 近朝文學 등으로 갈랐다. 이에 비하면 金東旭 教授의 『國文學史』(日新社, 1978.)에서는 上代文學, 中世文學, 近世文學, 近代文學으로 갈랐으되 실속은 王朝에 밀착되어 있다.

변화를 추적하기에 충분할 정도의 계보도 잡아 볼 수 있게 되었다.

한편 조선조 말기에 오면 엄청난 자료를 남겨 둔 대신 그 시기가 격변의 와중에 휘몰려 들었기 때문에 계보화하기가 오히려 어렵고 변모도 다양해서 하나의 통일 원칙으로만 설명할 수 없는 變種·變異가 자주 나타나게 된다.

더구나 文學史에 대한 인식이 뒤늦었을 뿐 아니라, 그것이 新學問 쪽에서의 연구가 선행되고 있어서 古文學으로부터의 변별 요인의 발전에 더 많은 신경을 기울이게 된 것이 아닌가 싶다. 이러한 연구 태도는 자연스럽게 文學史를 兩分하는 추세를 보였고, 연구자 역시 이 兩分된 것의 어느 한쪽에만 관심을 가지게 되어 버렸다. 그 결과 古典文學史는 조선조 말기에서 끝을 맺고, 新文學史는 開化期 또는 西歐指向性에 따르는 시기로 그 시발을 잡아 기술하면서 開化期가 이 두 文學史가 만나는 자리라기보다 오히려 어느 한쪽에도 속할 수 없는 진공대에 놓여 버린 감이 없지 않았다.48) 다행히 최근 10여년 전부터 文學史의 시대구분과 近代文學의 基點問題에 관심을 가지면서 開化期의 성격을 두 쪽의 문학이 공존하는 시기로 보거나, 최소한 진공대가 되어서는 안된다는 입장을 보이게 되었다.49)

近代文學의 시발을 英正祖에까지 끌어 올리는 관점에서 보면 이 開化期는 近代文學의 初期에 해당될 것이며, 甲午更張이 신문학의 시발점으

---

48) 古典文學의 記述이 1894年 이전에 끝나고 新文學이 다시 1894年부터 시작된다는 발상 자체가 끊어 생각하자는 것이고 일단은 단절시키는 입장이다. 그러니 1860年代부터 1894年 사이는 비교적 그 기술이 소루하게 넘겨진다. 또 신문학사에서도 1894년 이후 서구 문화가 유입된다고 해버리면 그 전대가 아주 빠진다. 그래서 어느 쪽에서도 중시하지 않는 開化期가 생긴다는 말이다.

49) 金允植·김현, 『韓國文學史』(民音社, 1973.)에서는 근대문학을 영·정조로까지 올려 놓고 있다.
   李在銑의 연구가 이 開化期小說 연구로서는 시대의 중요성을 특히 강조한 것으로 보인다. 이후 개화기 문학의 독자성에 대한 연구는 계속되고 있다.

로 잡는 것에 대체로 동의하고 있음에서 보면 바로 開化期가 新文學期에 들어 가게 된다.

開化期를 文學史에 자리 잡게 한다는 일은 쉽지 않다. 古典文學史의 끝과 新文學史의 머리가 엇갈려 있다는 관점이 통용되고 있어 그 완고함이 양보되지 않아 보인다. 그러나 필자는 文學史의 兩分이 불합리하며 그것을 하나의 맥으로 잡기 위해서는 양보가 아닌 통합으로만 가능하다고 생각하고 그 통합의 가능성을 이 開化期에서 찾고자 한다. 이것은 文學史 시대구분의 발상을 달리함으로써만 가능하다고 보고 그 한 시도로 開化期를 문학사의 한 시기로 인정하자고 제언한다.

開化期가 조선조의 멸망과 國權까지 잃게 되는 비극적 상황 속에 놓여 있으며, 역사 이래로 가장 격렬한 變化를 겪어야 했다는 진폭 때문에 終末意識과 始發意志를 동시에 지니며 역사적 전환기가 됨에는 틀림없지만 文學現象만으로 본다면 多樣性 속에 뚜렷한 脈이 서고 있음을 간과해서는 안된다. 그 맥이란 文學社會學的인 측면에서 분명 意味가 意味化되는 시기에 해당되고 있음을 뜻한다. 時代意志나 保守的 理念이 서로 달라 相衝的 적대관계에 놓여 있기는 하지만 그들의 목표가 이념의 실현에 있고 그 실현 수단으로 소설양식을 선택하고 있기 때문에 社會構造의 多樣性이 <開化期小說>의 다양성을 낳고 있다고 볼 수 있다. 달리 말하면 一面的 社會構造의 반영이 극단화된 것이 古小說이요 開化小說이며 다시 開化小說은 더 保守的 志向性과 開化 指向性으로 갈라져, 그 의미 내용이 각기 다르다는 社會現象의 相同的 구조물이 <開化期小說>이다. 그러므로 <開化期小說>은 共存的 양식의 혼합과 理念의 서술체로서 존재하며 文學史의 接合과 통합이 그 스스로 속에 이루어지고 있다고 말하겠다. 文學史는 <開化期小說> 속에서 든든히 연결되며, 그 다양한 의미로 해서 다음 日帝期의 文學을 잉태시기고 있다.

　<開化期小說> 속의 다양성은 변별 요인으로 갈라 놓을 것이 아니라 그 공통성으로 통합되어야 하며 그것의 意味化는 時代의 어려움과 민족적 비극의 相同性으로 이해되어야 한다. 이러한 이해 없이는 <開化期小說>을 바르게 바라 볼 수 없다.

　<開化期小說>은 격변기 開化期의 다양성을 포용한 소설로 文學史의 한 시기에 共存한 여러 양식을 포괄하며 近代文學의 잉태기에 놓여 있는 소설이라 하겠다.

X. 結 言

　지금까지 필자는 <開化期小說>의 발생적 社會·歷史의 배경을 살펴보고, 그것이 어떻게 소설 양식에 영향을 주었는가를 언급하면서, <開化期小說> 속에 古小說과 開化小說을 포함시켜 논하였다. 이러한 연구 태도는 다분히 위험성을 내포하고 있어 보이지만 兩分된 문학사를 하나로 통합시키기 위한 시도로서 그 共存的 양식을 먼저 인정하고 그들 속에 내재하는 공통 인자를 추출하는 방향으로 살폈다. 이러한 방법은 관념적이요 형식논리의 추론에 빠져 현상과의 괴리를 가져 오게 되는 허점이 있음에도 불구하고, 시도를 감행한 것은 오늘날까지의 연구가 지나친 辨別的 要因에만 집착하여 편벽해지고 있는 듯한 생각이 들어서 이를 과감히 극복하려는데 뜻을 두었기 때문이다. 앞서 논의된 바를 간추려 결론에 대신한다.

　1. 본 연구는 <開化期小說>에 대한 문학사회학적인 방법을 원용하여 문학사적 의미를 규정하는데 목적이 있다.

　2. 開化期는 1860年代에서 1910年代로 잡는 것이 좋겠다.

3. 비록 開化期에 창작되지 않은 작품이라 해도 그것이 이 시기에 널리 읽혔다는 증거가 확실하면 同時代의 작품과 같은 비중으로 다루어져야 한다. 그 이유는 독자를 갖지 않은 작품은 연구의 대상이 될 수 없고 작품으로서의 존재가치를 인정할 수 없겠기 때문이다.

4. <開化期小說>은 開化期에 출판·발표되어 널리 읽힌 소설이라 광범위하고 포괄적 개념으로 정의한다.

5. 開化期 新敎育의 영향과, 사회 변동에 자극된 庶民意識의 자각으로 새로운 독자층의 형성이 가능했고, 그것이 <開化期小說>의 융성을 촉구한 것이다.

6. 開化期는 古小說과 開化小說이 共存한 시기이다. 그것은 독자층의 형성과 밀접한 관계가 있으며, 당시대의 社會變動에 대한 기대감과 민족적 여망이 반영된 것이다.

7. <開化期小說>은 理念表出의 한 방법으로 소설 양식이 선택된 바가 있으며, 古小說·開化小說을 통털어 그 主題意識은 이 범주에서 벗어나지 않는다.

8. <開化期小說>의 주인공이 보여 주는 행동양식은 그 社會構造와 相同關係에 놓여 있으며 問題個人의 행동 양식이 갖는 전형성을 그대로 답습하고 있다.

9. 전체적으로 보았을 때 <開化期小說>은 구조적 상동성으로 古小說과 開化小說을 묶어 생각할 수 있다.

10. <開化期小說>은 문학사의 한 시대인 <開化期>에 다양한 모습으로 나타난 소설들을 포괄하는 것이며, 古典文學史와 新文學史를 가르는 분기점이 아니라, 오히려 이들을 통합하고 있는 특수성을 가진다.

開化期의 討論體小說 研究

I. 序 言

開化期 文學에 대한 연구가 활발해짐에 따라 불분명했던 韓國文學傳統의 接脈相과 西歐文學의 移入過程이 그 모습을 드러내게 되고 整理되어 가고 있다.[1]

이것은 韓國 新文學의 전통을 바르게 이해하는데 커다란 도움이 될 것은 물론, 거슬러 前代文學의 새로운 정리에도 보탬이 될 것이다.[2]

筆者는 開化期 文學 中 小說에 관심을 가지고 몇 편의 작품에 대한 개별적 연구를 해 온 바가 있다.[3] 本稿는 이의 연장에 해당되는 것이다.

開化期 新聞小說 또는 開化期 小說의 樣式을 筆者는 三大別하여, 傳的인 것, 討論體, 回章體 또는 公案體로 나눈 바가 있는데,[4] 本稿는 이 중 討論體小說에 관한 몇 가지 문제를 해결해 보고자 한다.

우선 討論體小說이 小說의 한 樣式으로서 成立될 수 있는가 하는 문

---

1) 지금까지 新文學은 西歐의 충격에 의해서 발생하게 된 것처럼 생각되다가 傳統과의 接脈을 새삼 강조할 수 있게된 것은 開化期 文學研究의 가장 큰 성과다. 또 막연하게 西歐文學의 충격이라고만 해 오던 것이 그 移入經路가 차츰 밝혀진 것도 좋은 성과다. 이러한 연구는 李在銑, 金秉喆, 金澤東, 金容稷, 宋敏鎬, 趙東一 등 諸 敎授에 의해 진행된 바 크다.

2) 古代와 近代 등으로 文學史를 分離시켜 온 것은 언젠가는 극복되어야 할 과제이겠는데 그 가능성을 여기서부터 열 수 있으리라 기대한다.

3) 拙稿, 「開化期 新聞小說 <車夫誤解> 小考」, 『睡蓮語文論集』 第3輯(釜山女子大學校, 1975.), 「開化期 小說 <一捻紅> 研究」, 『釜山大學校文理大論文集』(人文·社會科學篇) 第143輯(釜山大學校, 1975.), 「開化期 新聞小說 <의퇴리국 아마치젼> 研究」, 『韓國文學論叢』 第1輯(釜山, 1978.)

4) 拙稿, 「開化期小說 <一捻紅> 研究」, 「開化期 新聞小說 <의퇴리국 아마치젼> 研究」 등 참조.

제가 先決되어야 하겠다. 지금까지 開化期 小說 研究는 이 문제에 대해 등한했다.5) 일단 小說 樣式으로 긍정하고 받아 들이는 형편이긴 하지만 이의 確實한 근거를 제공해 줄 필요가 있을 것 같다.

둘째로 이러한 樣式은 어디서 어떻게 發生하게 되었는가 하는 문제에도 관심을 가지고자 한다. 하나의 文學 樣式이 갑자기 나타나는 것이 아니며 이유없이 쉽게 소멸해 버리지도 않는다면 討論體小說은 어째서 開化期에 잠깐 나타났다가 傳承되지 못하고 없어지게 되었는가 하는 문제도 아울러 생각해 보아야 할 것이다.

이러한 問題들이 本稿에서 논의하고자 하는 것들이다.

Ⅱ. 討論體小說의 樣式的 特徵

近代小說이 갖는 形式的 整濟性에서 본다면 前代小說이나 新小說은 形式的으로 엉성하기 짝이 없을 것이다. 더구나 小說의 前身的 形式이라 볼 수 있는 說話는 더욱 심할 것이다. 그러나 敍事文學이라는 폭넓은 관점에서는 이러한 것들이 갖는 공통성이 있을 것이고, 때문에 하나의 樣式으로 대접받을 수 있다.

敍事文學의 成立要件은 여러 가지로 理論이 분분하겠지만 일단 說話者, 聽者, 敍事內容 등의 三要素가 그 기본이 된다고 본다면 說話에서부터 近代小說은 하나의 樣式으로 묶어 생각한다는 것에 大過 없을 것이다.6) 물론 近代小說로 발전된 樣式에 이 三要素가 뚜렷이 나타나 있다기

---

5) 李在銑, 『韓國開化期小說研究』(一潮閣, 1972.)
   宋敏鎬, 『韓國開化期小說의 史的研究』(一志社, 1975.)
   등에서도 對話體로 되어 있음을 지적했을 뿐, 詳論하지 않고 있으며 대체로 旣定 事實化하고 있는 듯 하다.
6) 額字小說의 成立을 위해 Wolfgang Kayser가 제시한 敍事의 기본, 原初的 形式은

보다는 說話者가 숨겨져 있거나 聽者의 存在는 흔적만 남기고 있거나 하는 경우가 많다. 또 敍事內容 自體에도 변화가 있어, 분명한 事件의 展開가 없어지고 人物의 內面世界에 대한 分析으로 대치되거나, 事件이 變化에 依存하지 않는 경우도 생기게 되었다.

이러한 것들은 가장 原初的 敍事文學에서 발전적 樣式으로 移行되면서 생겨난 變貌로 긍정적으로 받아 들여야 할 사실이라 생각된다.

그러면 討論體小說의 樣式은 어떠한가?

이 문제 해결에 앞서 이 樣式에 속하는 作品들은 어떤 것이 있는가부터 밝혀 둘 필요가 있다.

지금까지 硏究家들이 言及해 온 것은 <향로방문의싱이라> <쇼경과 안즘방이 문답> <車夫誤解> 등 세 편에 불과하다.[7]

그러나 筆者의 조사한 바에 의하면 上記 作品 이외에도 <향긱담화> <시사문답> 두 편이 더 있다.[8] 결국 이들을 합해 보았댔자 5편이라는 量的으로 퍽이나 적다는데 樣式으로 成立되기 어려운 바가 있어 보이지만 여기에 대한 구체적인 해결은 다음 項으로 넘기고, 일단은 이들 작품만으로 樣式的 特徵을 抽出하기로 한다.

討論體小說은 一見 小說이라 할 만한 구체적 발전적 사건을 갖지 않았다는 것이 가장 큰 特徵이다.

時事問題를 주로 그 대상으로 하여 두 사람 또는 여러 사람들이 모여 서로 자기가 생각하고 있는 바를 開陣해 나가거나, 묻고 답을 하지 않으면

敍述者, 敍述內容, 청중으로 이루어진다고 했다. 李在銑, 『韓國短篇小說硏究』(一潮閣, 1975.) 참조.

7) 李在銑, 宋敏鎬 두 硏究家들은 이 3편만 언급하고 있으며, 따로 더 있을 가능성에 대해서도 언질이 없다.

8) <향긱담화> : 『大韓每日申報』, 1905. 10. 29~1905. 11. 7.
　　<시사문답> : 『大韓每日申報』, 1906. 3. 8~1906. 4. 12.
　　이 2편이 빠지게 된 것은 標題에 기인한 것이 아닌가 싶다. 담화·문답이 소설이 될 수 없을 것이라는 선입관 때문일 것이다.

당시대의 현실적인 문제에 대하여 비꼬아 諷刺하는 對話로 이루어져 있다. 그러므로 의지의 갈등에 의한 사건이란 일어나는 법이 없다.

때문에 討論體小說의 人物設定은 對立的 關係에 놓이는 두 인물의 등장은 없다는 것이 다음 특징이 된다.

비록 討論參席者가 두 인물 또는 여럿이라 하더라도 그들의 의견은 한 방향으로 固定되어 있어 반대자가 없다. 갈등의 요인을 가진 對立者로서의 인물설정이 아니라 話題를 끌어내거나 변화를 위한 配置에 불과하다.

人物의 이러한 특징은 行爲의 無意味性을 낳는다.

인물은 生動하는 小說 內的 存在가 아니라 作者의 편의에 의해 등장하는 無性格性을 가지고 있기 때문에 行動은 時間的 경과나 空間的 背景의 이동을 보일 뿐이며 背景이 기능적 작용을 포기하도록 만든다.

다시 말하면 時間과 空間이 小說 속의 사건이나 인물을 支配하는 기능을 발휘할 수 없이 되어 있으며, 오히려 背景은 虛構的 人物의 등장을 잠깐 도와 주는 역할만 하고 나면 그 사명을 다한 것이 된다.

때로는 背景의 變化가 보이는 경우도 있지만 이것도 行動의 無意味性과 함께 기능적 작용이 되지 못하고 話題의 探索이나 변화를 위한 작은 考察에 지나지 않는다.[9]

討論體小說의 이러한 특징들은 小說樣式으로서의 결정적 흠이 되어서 討論體小說의 否定的 要素로 보이기도 한다. 그러나 좀더 세밀히 관찰해 보면 이러한 否定的 要素만이 있는 것이 아니고 肯定的 측면도 가지고 있음을 발견할 수 있다.

---

9) <향로방문의싱이라>에서 노인이 자신의 과거, 집안이 망하기까지를 얘기하는 대목은 시골이 背景이 되어 있고, 醫生을 방문하여 토론하는 것은 서울에서다. 이런 배경의 이동은 그 자체에 의미가 있는 것도 아니며 또 이것조차 대화 속에서 진술되어 있다. 만일 이의 獨立性을 인정한다면 額字가 성립될 가능성이 생긴다.

討論體小說이 小說樣式이기 위한 構成의 三大要素로서의 人物, 事件, 背景이 다 否定的이긴 하지만, 全體 한 편의 小說이 갖는 시작과 중간, 끝이라는 進行에 대한 구성 의식은 분명 있었음을 놓쳐서는 안 된다.10)

두 등장인물의 만남과 討論 過程, 다음은 인물들의 헤어짐이란 진행이 분명히 주어져 있다. 이것은 인물들의 갈등에 의한 小說內的 사건은 비록 없다고 해도 전체 구조가 갖는 敍事性은 配慮되어 있음을 뜻한다.

[가-1] 모쳐롤지나다가슈습향긱이모혀담화ᄒ는말을들은즉한사람이가
　　　로더지금세계는참휘황찬란ᄒ세계라

[가-2] ……그러면그사람들은장성불ᄉ허게춤긔막히고통곡홀일이로다
　　　허며일장담화가모다시극이잘못되여가믈한탄허는말이더라.

<향긱담화>11)

[나-1] 일젼에엇더ᄒ소경한아이막더를쑤덕거리고모쳐망건가가압흐로
　　　지나가는더그곳에셔망건일ᄒ는안즘방이가그소경을불러갈오더여
　　　보게그동안엇지허여오릭맛나지못허였나……

[나-2] ……참긔막힌말일셰하며허회장탄한노릭일곡부르면셔막더를두
　　　루혀갓더라그노릭에ᄒ엿스되……

<쇼경과안즘방이문답>12)

[다-1] 시골ᄉ는로인한아이시국이소요홈을듯고관광ᄎ로쥭장마혜에도
　　　보로상경하야각쳐로도라다니다가모쳐약국에드러간즉그약국쥬인
　　　의싱이마져좌졍ᄒ후무러갈오더……

[다-2] ……취흥을불승하야단가일곡화답ᄒ니낙지기중이안인가그더는취

---

10) 敍事構造의 進行을 시작(처음)·중간끝으로 나누어 생각한 사람은 Aristoteles다.

11) 이 인용에 사용된 『大韓每日申報』는 景仁文化社에서 1976년에 낸 影印本이다. 이하 『申報』로 略稱한다.
　　[가-1] 『申報』1905. 10. 29.　　　　[가-2] 『申報』1905. 11. 7.

12) [나-1] 『申報』1905. 11. 17.　　　　[나-2] 『申報』1905. 12. 13.

하엿고나는장츠갈터이니후일을다시긔약노라.

<향로방문의셩이라>[13)

[라-1] ……모쳐병문에셔여러스람드리모야안져각기소경스로보고들은말
을셔로논란허는디기즁에인력거군흔아이ㄱ로디……

[라-2] ……일단병근이될듯ㅎ니도로혀듯지아니ㅎ얏슬찌만갓지못ㅎ도다
ㅎ고인력거를끌고가며즈탄가노러ㅎ니그노러에ㅎ얏스되산쳡쳡슈즁
즁이라……

<車夫誤解>[14)

[마-1] 근일츈긔화챵ㅎ미엇던션비랑인이손을글고놉흔곳에올나안져쟝안
디도상왕리ㅎ는사람을지졈ㅎ며고금치란의시비를평론ㅎ야시국의불
평홈을긔탄ㅎ고……

[마-2] ……인ㅎ야구양용의지은바셕양지산에인영이산란ㅎ고금죠는지산
림지이부지인지낙의글귀를을푸며산에나려각기집으로도라가니라.

<시사문답>[15)

※ [-1]은 시작을, [-2]는 끝 부분을 나타낸다.

위의 인용문을 보면 등장인물의 만남으로 시작하는 처음과 討論으로
충당된 중간, 토론이 끝난 뒤에 헤어짐으로 敍事構造를 마무리 짓는 끝이
분명히 드러나고, 話者(敍述者)의 存在는 끝부분에서, 청중의 存在 또한
끝부분에서 그 殘滓를 보여 주고 있다.

이러한 作家意識은 결국 敍事構造에 대한 자각을 나타낸 것이며, 나
아가 이것은 虛構性에 대한 인식도 동시에 드러내는 것이라 할 수 있다.
그러나 이 虛構性에 대한 인식이란 小說內的 事件에로 향하는 것이 아니
라 人物設定과 全體構造에 대한 것이며, 그것은 說話가 갖는 人物設定이
나 구조와 같은 차원에 놓여 있음을 보여 주는 것이다.

---

13) [다-1] 『申報』 1905. 12. 21.　　　　[다-2] 『申報』 1906. 2. 2.
14) [라-1] 『申報』 1906. 2. 20. [라-2] 『申報』 1906. 3. 7.
15) [마-1] 『申報』 1906. 3. 8. [마-2] 『申報』 1906. 4. 12.

特定한 個性을 갖는 人物로서가 아니라 다음에 전개될 사건에 필요한, 꼭 알맞은 정도의 平面的 人物이 說話的 人物이듯이, 討論體小說에 등장하는 인물 역시 다음에 전개될 討論에 가장 적당한 인물이면 되는 것이다. 이것은 討論體小說이, 人物에 依한 主題의 구체화에 이르는 근대소설의 차원에 이르지 못하고, 主題를 감당할 人物을 後選하는, 즉 이미 결정되어 있는 내용이나 主題를 話題로 삼아 討論에 임할 수 있는 인물로 선정되어 被動的으로 등장하게 되는 경로에 의해 人物設定을 하기 때문이다.

그러므로 인물은 虛構的이라 하더라도 自意性이나 他意性—作者의 意圖에 따라 討論을 전개해 나가는 無性格的 特性을 가질 수밖에 없이 되어 있다.

그러나 이러한 無性格性은 근대소설 이론에서 인물만을 獨立시켜 생각했을 때만 그러한 것이지, 인물설정의 과정에 작용하는 作者의 意圖를 결합시켜 고려한다면 意圖的 인물이 될 수도 있는 것이며, 虛構的 인물로서 小說 內의 討論을 主宰하고 이끌어 가는 역할을 충분히 담당해 낸 能動性을 가졌다고 볼 수도 있다.

결국 討論體小說의 인물은 說話的 敍事構造에 알맞은 정도의 虛構的 인물이라 할 수밖에 없겠지만, 虛構的 人物임에는 틀림없는 것이고, 또 作家가 敍事構造에 대한 자각을 갖고 있었다는 점은 否認할 수 없다.

다음은 討論의 진행과정에서 발견되는 특징이다. 討論의 진행은 論理的 전개가 되지 못하고 개별적인 몇 개의 事項이 순서 없이 다루어져 裝飾的 反復(Decorative Pattern)을 이루고 있다.[16] 때문에 討論進行에 필

---

16) Pattern은 C. Brooks R. Penn Warren 共著 *Understanding Fiction*에서 '플롯 속의 우발적 사건과 작은 사건들의 반복과 같은 **意味있는** 반복'이라 했다. 또 이를 나누어 장식적인 것(Decorative Pattern), 심리적인 것(Psychological Pattern), 논리적인 것(Logical Pattern)으로 3분하였다. 이를 小說 분석에 적용 시도한 拙稿, 「Pattern 分析에 依한 韓國小說의 研究」, 『釜山大學校 文理大論文集』 第15輯(1976.)을 참고할 것.

연성이 없고 산만한 느낌을 주며, 개별적 작품의 독립성은 인정할 수 있었어도, 여러 작품 사이의 同一한 事項의 重復이 드러나기도 하고 극적 긴박감이나 탄력성을 갖지 못하고 있다.

그런데 <향로방문의싱이라>는 작품에서만은 額子小說로서의 가능성을 엿보이기도 하여 작품의 구성에 약간의 탄력성이 생겨 나기도 하지만 역시 裝飾的 反復 수법이 크게 작용하고 있음에는 틀림없다.

대체로 이러한 평면적 진행에 변화를 주기 위한 考案으로 사용되는 것이 短歌 또는 長嘆歌類의 삽입이다.17) 이것은 作者의 의식적 考案이라 단정할 수 없다 하더라도 전체 敍事構造에 다양성과 탄력을 가져 온다는 점에서 그 효과를 인정해 줄 수 있겠다.

이상 언급한 바를 요약하면, 討論體小說이 비록 事件의 展開도 없이 對話 또는 討論, 問答을 주로 하는 특징 때문에 小說樣式으로서의 허점을 드러내고 있다 하더라도 敍事構造를 가졌으며, 人物設定이 虛構性에 바탕하고 있어 일단은 小說樣式으로 인정할 수 있다는 것과, 裝飾的 反復 수법에 탄력과 다양성을 주기 위해 단가 또는 장탄가류가 삽입되어 있다는 특징을 발견할 수 있다고 하겠다.

Ⅲ. 討論體小說의 發生學的 淵源

討論體小說의 기본 구조가 虛構的 人物의 設定을 위한 시작과 討論을 진행시키는 중간, 人物의 물러남인 끝으로 짜여져 있음은 前項에서 이미 밝혔다. 또 이러한 구조는 발전된 근대소설적 구조라기 보다는 說話에 가까운 것이란 점도 인물 설정의 단계에서 이미 밝혀진 셈이다.

17) 특히 <쇼경과 안즘방이문답> <향로방문의싱이라> <車夫誤解>에 장탄가의 삽입이 많다.

說話的 구조를 가졌으되 중간 부분만 특이한 討論의 형식을 취하고 있는 것이 討論體小說의 구조적 특징이겠는데, 그러면 이러한 小說樣式은 어디서 어떻게 발생하게 되었는지를 本項에서 考究하고자 한다.

1. 說話에서의 傳承

하나의 새로운 문학 양식은 갑작스럽게 나타날 수 없는 것이라면 討論體小說 양식도 이에 앞선 유사한 양식이 있어 이의 變形·發展的 단계로 나타났거나, 아니면 이의 발생을 자극하였을 어떤 충격이 있었을 것이라 생각된다.

筆者는 討論體小說의 발생이 우선 형식적 유사성에서 說話 양식의 영향을 받은 바 있었을 것으로 생각한다.

說話는 대체로 하나의 話素(motif)에 의해 이루어지는 간단한 사건의 推移를 보여 주거나, 顚末을 밝히는 것이긴 하지만 드물게는 才談 또는 對話로 이루어지는 것도 있다.

다음은 孫晉泰氏의 『韓國民族說話研究』에 실린 <山之高高撑石故>라는 것인데, 이는 對話形式을 빈 對句를 중심한 것으로 이를 간추려 보인 것이다.

丈人 : 山은 어째 저렇게 높으냐?	次婿 : 山之高高撑石故
	長婿 : 天之高高撑石故?
丈人 : 솔은 어째 저렇게 푸르냐?	次婿 : 松之靑靑實中故
	長婿 : 竹之靑靑實中故?
丈人 : 路柳는 왜 크지 않느냐?	次婿 : 路柳不長閥人故
	長婿 : 丈母不長閥人故?[18]

이 說話는 영리한 둘째 사위만을 偏愛하는 丈人과 거기에 편승하려 드는 알량한 同婿를 비꼬아 주기 위한 첫째 사위의 재치와 해학을 담은 것이다.

이러한 說話의 中心은 등장인물의 對比보다는 才談에 있고, 그것은 問答의 형식을 빌거나 대화를 통해서 목적을 달성하는 것인데 開化期에까지도 더러 전해져 왔던 듯하다.

1898년 1월 15일 『독립신문』에 실린 어느 학도의 글 가운데 <속담>이라고 하여 다음과 같은 것이 실려 있다.

물시 하느이 명산 대천에 두루 다니다가 혼 심에 들어가 기고리를 보고 ᄒᆞᄂᆞᆫ 말이 그ᄃᆡ가 적막혼 우물밋히 잇서 세상이 엇더 홈을 아지 못ᄒᆞ니 실노 흔심ᄒᆞ고 민망ᄒᆞ도다 네 나를 좃차 우물 밧끠 나오면 텬디의 광활홈과 일월의 명낭홈과 산쳔의 슈려홈과 화초의 번셩홈을 력력히 구경홀 것이오…… 기고리 더답ᄒᆞ되 말슴이 허황ᄒᆞ고 오활ᄒᆞ도다 우리 죠샹으로붓터 여러 세ᄃᆡ을 이 곳에셔 살아……그ᄃᆡ 말을 드를 리도 업고 밋을 것도 업노라 물시가 기고리의 고집홈을 보고……19)

비록 의인화된 것이라 할지라도 양식은 對話를 중심으로 하고 있으며 <山之高高撑石故>와 별로 다르지 않다. 이 이외에도 이런 類에 속한다고 볼 수 있는 說話, 또는 조금 變形된 것으로 예를 찾는다면 간간이 발견된다.

더 나아가 孫晉泰氏의 解說처럼, 어린이들의 재치를 다루어 보기 위한

---

18) 孫晉泰, 『韓國民族說話研究』(乙酉文化社, 1954.) 再版 pp.80~82.
    이 책에서는 對話로 풀이된 것을 인용의 편의상 줄여 中心 漢文句만 적었다. 인용부분 다음에 '내 머리는 왜 이렇게 벗겨졌느냐?' 질문이 더 있다. 이와 유사한 戲詩와 부분적으로 다른 說話에 대한 언급도 있다.
19) 『독립신문』, 1898. 1. 15, 中央文化出版社에서 1969年 影印한 것을 이용했다. 이하 인용은 같은 책.

수수께끼에 가까운 것으로, 예를 들면, 큰 빈 독 속에 공이 빠졌는데 독을 깨지 않고 건질 수 있는 방법은 없겠느냐는 식의 것도 才談式의 說話의 不完全한 형식 또는 變型으로 본다면[20] 이런 對話, 問答 형식의 說話는 상당히 많이 널리 알려져 있는 셈이다.

이렇게 알려지고 있는 說話의 양식은 討論體小說의 그것과 많이 닮은 점이 있다. 처음부는 人物設定을 위해 간략히 줄여주고 對話가 중간부를 차지하여 中心을 이루며, 끝은 처음부에서 보인 인물들의 관계에 변화가 오거나 그냥 밋밋하게 별다른 설명없이 닫힌다. 이 類似點으로 보아 問答 形式의 說話가 직접적으로 討論體小說로 變形되었다고 단정할 수는 없어도 그 連脈은 있었다 推定할 수 있겠다. 다시 말하면 討論體小說 發生을 도운 또는 자극한 원인 중의 하나로서 說話를 들 수 있을 것 같다.

2. 漢文小說 또는 前代 敍事文學의 영향

說話와 함께 討論體小說 發生에 영향했을 것으로 前代의 敍事的 성격의 문학 또한 漢文小說을 들 수 있을 것이다.

『要路院夜話記』에 보면 朴斗世가 京華巨族의 오만함과 알량함을 비꼬고 무릎꿇게 한 얘기가 있는데 이것도 事件의 展開에 의한 것이 아니고 對談을 통한 것이다.

我觀鄕之睹(내 싀골나기를 보니)
怪底形體條(형상가지기를 괴저히 하는도다)
不知諺文辛(언문 쓸 줄을 아지 못하니)
何怪眞書沼(어찌 진서 못함이 고이하리오)

---

20) 孫晉泰, 같은 책 pp.69~71에서 <兒智에 관한 說話>라 하여 수수께끼의 근원이 說話에 있다고 했다.

인하여 날을 화(和)하라 시기거늘……
我觀京之表(내 서울 것을 보니)
果然擧動戎(과연 거동이 되도다)
大抵人物貸(대저 인물을 뀌엿으니)
不過衣冠夢(불과 옷과 관을 꾸몃도다)[21]

空間的 배경은 要路院의 한 客舍로 고정되어 있으며 時間의 경과는 문제가 되지 않는다. 이야기 속의 시간은 이야기 밖의 시간과 일치하고 있어서 별다른 의미가 없기 때문이다. 이『要路院夜話記』는 그러므로 敍事文學的 구조를 가졌으면서도 事件의 展開에 목적이 있는 것이 아님은 두말할 여지가 없고, 對談을 통해 京華巨族의 오만불손함을 꺾고 諷刺하는 語弄에 主眼點이 있는 것이다.

이런 類의 敍事的 글은 그 例가 더러 보이며 또 漢文小說 중에서도 발견된다.

燕巖의 <虎叱>은 漢文小說로 널리 알려져 있으며 그 諷刺性을 높이 사고 있는 作品이다. 이 作品의 强點은 호랑이가 똥통에 빠진 北郭先生을 꾸짖는 대목에 있으며 또 北郭先生이 호랑이 앞에서 비굴해진 모습에도 있다. 이런 것들은 다 對話에 의해서 효력이 발생된다는 점에 留意할 필요가 있다. 구체적인 등장인물의 행동에서가 아니라, 그들의 입을 통해서 이루어지는 것이다. 이것은 對話에 中心을 두고 있으며 직접적인 효과를 의식한 發言을 강화하고 있다. 이렇게 對話를 中心한 다른 예로『靑丘野談 栖碧外史 海外蒐佚本』에 실려 있는 <聽驟雨藥商得子>를 들 수 있다.

이 작품은 藥肆라는 한정된 空間的 背景 속에서 藥儈가 20年 전의

---

21) 李秉岐 選解,『要路院夜話記』(乙酉文化社, 1958.), 三版, pp.20~24.
인용의 편의상 다른 대화는 빼고 풍월놀이 부분만 인용한 것이다.

아들을 만나게 되는 과정을 對話로 엮고 있다.[22] 이것은 事件 進行이 對話 속에 內在하고 있어서 앞서 보인 『要路院夜話記』나 <虎叱>과 같다고는 할 수 없으나 對話를 방편으로 이용하고 있음과 짜임새의 유사성, 즉 중간부가 對話로 어울려 있고 거기에 中心이 놓여 있다는 점에 注意해 볼 만하다. 이것은 討論體小說이 중간부의 대화로 된 토론을 중점한다는 점에서 상당히 닮은 바가 있다.

『要路院夜話記』나 <虎叱> <聽驟雨藥商得子>가 討論體小說의 前身的 의미를 가졌다고 단언할 수는 없겠지만, 앞서 든 說話들과 함께 討論體小說 양식의 발생에 영향하였을 것이라는 假定은 그 양식상의 類似性에서 肯定되어도 좋을 것이다.

3. 開化期 新聞 論說의 영향

開化期 新聞의 論說은 現代 新聞의 그것과 기능은 같이한다고 하겠으나 그 양식은 일정하게 정해져 있지 않았다. 社是나 主張만을 위한 것이 아니라 他新聞의 報道에 辨說을 싣기도 하고 條約이나 法令에 대한 해설을 붙이는가 하면 러시아 海軍의 군단 규모를 소개하기도 하며 심지어 학술논문이라 볼 수 있는 것까지도 싣고 있다.[23] 이러한 다양한 내용보다 筆者의 관심을 끈 것은 論說의 硬直性을 피하여 問答形式을 취하는 경우다. 그 事例가 그리 많지는 않지만 이런 양식은 討論體小說과 유사한 점이 많으며 그 영향 관계를 가정해 볼 수 있을 것 같다.

---

22) 李佑成·林熒澤, 『李朝漢文短篇集』<中>(一潮閣, 1978.)에서 <驟雨>라 표제한 것을 再引用하였다. 여기서 대화는 과거의 사건을 풀어 나가는 구실도 한다. 비룰 피하고 있던 청년과 藥儈 사이에 대화가 이어지면서 父子間임을 확인하게 된다.
23) 『皇城新聞』에는 論說이라 하여 <我韓疆城西北沿革巧>를 싣고 있으며 『大韓每日申報』에는 <쌜틱함딕>라 하여 러시아 海軍力을 소상히 보고해 주기도 한다.

[가-1] 일젼에 엇더흔 대한 신ᄉ 흐나이 외국 졍치가 흐나를 뭇나 보고
　　　　방금 셰계 사졍과 동양 형편과 별노히 대한 일을 이약이 ᄒ는디
　　　　대한 사름이 ᄌ긔 나라 일노 미오 걱졍 ᄒ거놀 그 외국 졍치가가
　　　　말ᄒ되 내가 만일 대한 사름이 되엿드면 다니며 나라 걱졍을 덜ᄒ고
　　　　안져셔 실샹 근심 되는 일을 펴일 도리를 ᄒ겟노라 대한 ᄉ람 말이
　　　　무ᄉᆷ 도리가 잇나냐……
[가-2] 이 이약이가 미오 쟈미 잇기에 긔지ᄒ니 우리 신문 보는이는 그
　　　　대한 사름의 쳐디를 당히셔 엇더케 쟉뎡 훌는지들 요량들 ᄒ여 보시
　　　　요.24)

[가-1]은 論說의 서두요 [가-2]는 그 끝이다. 이 양식만으로 보면
討論體小說의 그것과 전연 같아 보이는데도 다만 머리에 <론셜>이라
붙어 있어 소설이랄 수가 없던 것이다.

허구적 인물의 설정을 위한 처음부에서 두 사람의 만남으로부터 시작
하여 토론의 중심 문제로 유도하고, 그 토론이 끝남과 함께 인물의 관계는
정리된다. 끝부분에서 글쓴이는 앞서 한 얘기를 객관화시켜 하나의 완결
된 敍事構造를 갖게 만들고 있다. 이것은 비록 <론셜>이라 이름 붙어
있긴 하지만 양식상 討論體小說에 무척 닮았다.

다음은 『皇城新聞』에 실린 問答型式의 論說이다.

[나-1] 有一農家者流ㅣ過之而憂曰今玆次(?) 歲에兩旱이 兼至하니 大饑
　　　　之患을 惡得免乎리오 哀我齊民이迫其相見于○壑이 無日也로다하
　　　　야놀記者ㅣ曰曷謂兩旱고한디客曰農家之諺에有之하니曰天旱曰
　　　　地旱이是也라하야놀記者曰可得聞乎아客曰……25)

---

24) 독립신문 1898. 1. 8.
25) 『皇城新聞』(韓國文化開發社 影印本, 1974.)을 대본으로 하였음. 이하 같음.
　　 1903. 6. 27.

[다-1] 或이有問曰今閱貴報上所論滿洲問題一篇則抑揚反覆에痛論日俄
之情形하니可謂妙解於時局之事狀이로듸但未知足下ㅣ何以知俄
人之非眞個撤兵이며日人之實無意於開戰也오記者ㅣ曰……26)

[나-1]은 三旱問答이라 題한 論說이고 [다-1]은 滿洲問題問答이란
標題가 붙어 있다. [다-1]은 비교적 解說的 성격을 띠고 있으며 時局의
문제에 대한 바른 판단을 유도하기 위한 목적, 즉 論說의 정도를 밟고
있다. 그러나 [나-1]은 여기서 한걸음 더 나아가 批判的인 안목과 諷刺的
성격을 첨가하고 있다. 三旱은 自然的인 天旱과 地旱에 人旱을 더하고
있음이 그것을 드러내는 것이다.

[나-2] ……惟以侵漁浚剝에營私肥己로枷鎖溢犴하고鞭筮盈庭하야鵠形
鬼面이十顯八九하며鴈戶蔀屋이百存一二하야盜賊이次橫하고人
烟이冷寂이면是난所謂人旱也라……

人旱의 지경에 도달하게 되는 원인은 정치가 잘못 되어 있거나, 官人
이 백성을 생각지 않고 私腹을 채우고 있는 때문이라는 것이다. 이렇게
爲政者의 부패와 부조리를 매섭게 찌름은 論說 본래의 양식인 直敍의
방법이나 힘찬 논조로도 가능했을 것이며, 또 이러한 논설도 자주 실린
바 있었는데 새삼스레 또 問答形式으로 싣는 까닭은 무엇일까?

論說이 갖는 硬直性을 피하여 목적을 달성하려는 의도나 토론을 통한
注入式 효과를 노려 이런 양식이 선택되지 않았나 싶다. 그러나 결과적으
로는 이러한 양식이 논설의 直接性을 굴절시켜 소설 양식에 더 가까워지
도록 하였으며 다분히 虛構的 분위기를 조성시키게 만든 셈이다.

여하튼 이러한 問答形式 또는 討論形式의 論說은 거기에 머물지 않고

---

26) 『皇城新聞』, 1903. 10. 16.

다음의 討論體小說 양식 發生에 連脈되어 있음은, 그 양식의 유사성과 意圖的 刺戟性, 解說的 역할 등으로 立證될 수 있다.

이상으로 筆者는 討論體小說 樣式 발생에 영향하였을 세 분야, 說話, 漢文小說 또는 前代의 敍事的 文學, 開化期 新聞의 論說 등에서 그 가능성을 찾아 보았다. 이 중 어느 하나만이 절대적 영향력을 행사했다고 단정할 수 없듯이 이 세 분야의 복합적 영향하에서 討論體小說 樣式이 發生했을 것이라는 가정 또한 부정하기 어려울 것이다.

그것은 序頭의 虛構的 構造, 結尾의 단순성, 중간부의 문답 또는 토론 형식 등과 같은 樣式的 類似性과 人物의 虛構的 設定에서 확인되기 때문이다.

Ⅳ. 討論體小說의 發掘

討論體小說이 量的으로 적다는 것은 이미 밝힌 바, 널리 연구되어 온 <쇼경과 안즘방이 문답>, <향로방문의싱이라>, <車夫誤解> 등 3편에 필자의 조사 발굴에 의한 <향긔담화>, <시사문답>까지를 합해도 5편에 불과한 것으로 된다.

그러나 필자는 앞서 討論體小說의 淵源을 밝히는 자리에서 <론셜> 몇몇의 구조적 양식이 소설에 가까움을 지적했지만 여기서 한걸음 나아가 이러한 구조적 同一性에서 본다면 더 많이 討論體小說로 보아야 할 작품이 있으리라 생각하며 비록 소설이라 이름붙지 않았다 하더라도 이에 소속시킬 수 있는 것들을 찾아 보았다.27)

---

27) 討論體小說 가운데 "소설"이라 이름 붙여진 것은 <車夫誤解> 하나뿐인데 그것도 제1회에만 <小說>이라 했다. 그러므로 小說이라 지목되고 아니고는 큰 문제가 아니며 오히려 구조의 양식 쪽에서 판정하는 것이 더 타당할 것이라 필자는

　지금까지 研究家들은 한글로 표기된 것만을 관심하였으나 이 경우 문자의 선택은 양식의 선택보다 덜 중요한 것으로 필자는 생각한다. 開化期 小說에 있어서 문자의 선택은 독자 선택과 밀접한 관계를 맺고 있으며 글쓴이의 樣式選擇의 意識, 目的에는 별다른 변화를 주지 않는 것으로 볼 수 있다. 때문에 필자는 漢主國從體의 글들도 양식의 同質性이 발견된다면 일단 관심하는 것이 당연한 일이라 본다.

1. 寄書 中에서

　寄書는 開化期 新聞에 실리는 讀者들이 投稿한 글이다. 때문에 署名이 되는 것이 원칙이지만 대체로 筆名을 사용하고 있어 本名을 알 수 없는 것이 많고, 때로는 新聞社에서 이름을 밝히지 않는 것도 있다. 寄書는 雜報欄에 실리는 것이 보통인데 가끔 一面 論說이 실릴 자리에 우대해 실리기도 하는 좀 특이한 성질의 것이다.

　開化期 신문에 관심을 가지고 있었다는 것은 당시대로 보아 상당히 앞선 생각을 가졌거나 時代 意識에 투철한 사람들이었기 때문에 그들의 投稿 내용도 現實에 대한 민감한 반응을 보이고 時事問題에 一家見을 갖고 잇으며 先知者的 기질을 드러내기도 한다. 그래서 그 寄書 내용이 社是와 일치되고 다른 일반 독자들에게도 읽힐 만한 가치가 인정될 때는 論說만큼의 대우를 받아 一面에 실릴 수도 있었던 것이고 그 영향력도 상당했던 듯한다.

　이러한 寄書의 내용은 대부분 民族情神의 고취, 現實批判, 啓蒙的 時事解說 등이며 論說條 형식을 취하게 되지만, 가끔 論說 속에서도 問答形式이라는 變形이 있듯, 寄書中에도 問答·討論形式이 발견되고 그것은

생각한다.

討論體小說이라 보아도 무방할 것이 있다.

> 엇던 유지각흔 친구가 이 글을 지여 신문샤에 보내엇기에 좌에 지긔흐노
> 라. 지나간 밤 몽즁에 강산 구경 죠와흐는 엇던 친구를 맛나 담화흐되 강산
> 경기가 어디어디 볼 만흐더냐 무른 즉 그 친구 대답흐되 내가……28)

이렇게 시작하여 강산의 병듦을 이야기하고, 그 원인이 '스물목'이라
는 독한 나무 때문임과 그것은 '쳘남싱'이라는 풀의 비호를 받고 있어,
쉽게 없앨 수 없기는 하나 힘을 다하여 없애겠다는 결의를 보여 준다.
이는 당시대의 부패된 爲政者와 그 주변 인물을 풍자하는 얘기다.

이 寄書는 '몽즁 셜화ㄴ마 그 뜻이 니샹흐기로 긔지흐나이다'로 끝을
맺는다. 물론 중간부는 대화로 연결되어 있다.

이것은 討論體小說 樣式과 일치되고 있으며,『독립신문』이 한글만으
로 표기되어 있으니 순한글 표기를 따랐음에 틀림없다.

다음은『皇城新聞』에 실린 崔永彪의 寄書로 <天下大勢問答>이라는
標題가 붙은 것이다.

> 或問近日日俄○似之說果將如其言耶余答曰不然方分形勢不得日先於
> 俄…… 問明見其機何也日英自戰杜之後…… 問東洋之勢旣如此爲我韓計
> 將用何術耶日勵圖自守而己.29)

漢文으로 표기되었다는 특징을 제외하더라도 人物設定의 첫머리가
줄여져 있음과 끝부분의 닫힘이 없다는 것으로 變形임을 알 수 있다. 그러
나 問答의 형식을 빌어 쓰고 있음과 現實的인 문제에 관심하고 있는 불확

---

28) 『독립신문』, 1898. 3. 29.
29) 『皇城新聞』, 1903. 9. 22.

정한 두 인물이 전제되고 있음은 討論體小說 양식의 中心에 닿아 있어 不完全한 討論體小說이라 할 만하다.

이에 비하면 가장 완벽한 양식을 갖춘 것으로는 『大韓每日申報』 一面 論說 자리에 실린 <時事問答>을 들 수 있다. 이것은 앞서 筆者가 소개한 <시사문답>과는 다른 것이다.

'日本留 夢遊生 記'라 하여 筆者를 밝히고 있으나 本名은 알 수 없다.

> 余ㅣ頃夜夢中에過一山麓홀시何許老人이對坐相談홈으로傍聽之ᄒ엿스나似非個人所有故로玆用廣布ᄒ노니請勵看了이다.
>
> (甲) 我等은임의黃泉客이되엿스니아모것도不能ᄒ나其生存ᄒ人物들은至今에무엇ᄒᄂ지沓沓ᄒ오.
>
> (乙) 여보沓沓ᄒ말이야測量홀슈잇소그러나民智ᄂ半開ᄒ모양입디다國債報償에先損義ᄒᄂ거시
>
> 自評 其他言辭가多有奇絶ᄒ고或有漏泄이나弟終乙之結言을像컨더右老人이아마鐵道附近地에在ᄒ든墳墓로서破遂ᄒ神魂인가ᄒ노라.30)

이것은 나무랄 데 없는 討論體小說이다.

國漢文混用體라고 해서 버린다면 그렇지 않아도 적은 양의 討論體小說은 더욱 빈약해질 것이다.

필자는 앞서 든 세 작품도 폭넓은 討論體小說 속에 포함시켜 연구되어야 할 것이라 본다.

2. 標題 붙은 雜報 中에서

雜報에 실리는 記事는 開化期의 社會相을 엿보게 할 만큼 다양하고

---

30) 『大韓每日申報』, 1907. 4. 24.

복잡하다. 그러므로 그 내용을 大別한다는 것부터가 무모한 일일는지 모
르지만 이 중에서 특히 관심을 끄는 것은 標題 붙은 記事, 특히 敍事性을
갖고 있는 것이다. 이것은 대부분이 無署名이고 가끔 筆名이 나타나 있기
도 한다.

寄書의 많은 양이 雜報欄에 실려 있는 것으로 보아 標題 붙은 敍事文
도 독자의 투고라고 할 수도 없으며, 또 新聞社 記者들의 所作이라 할
만한 근거도 없다. 작자가 누구든 筆者의 관심은 이 가운데 討論體小說
양식에 맞는 몇 개를 찾아 이들도 開化期의 소설 속에 포함시켜 보는
것이 온당할 것임을 立證하는 데 있다.

標題 붙은 敍事文 中 討論 형식을 취하고 있는 것들을 예로 보이겠다.

[가-1] 北村大安洞近地에有一老롱이勢甚貧蔞하야日出則往于鍾路營業
　　　하고日入則歸休其家하야日以爲常이러니幾日前偶然吟하야悅忽
　　　精神이似夢非夢之際에有一大漢이自空飛下하야츄住其腦에如風
　　　般軀去키로隨行良久에到着一處하야定명看之則……
[가-2] ……是一夢인디所過光景이歷歷在目中ᄒ야事甚奇異키로其所親
　　　에게傳播하야該洞近地에一件話柄이되얏다더라.

<聾者奇夢>

[나-1] 董菴居士ㅣ閒居無聊ᄒ야焚香操琴而彈○○操等○○ᄒ고已而散
　　　步庭中ᄒ야汲淸泉而洗桐ᄒ며履蒼태而馴鶴이라가身捲神疲ᄒ야
　　　歸休于虛白之堂이러니有一山客이長揖而就坐라가猝然問曰……
[나-2] ……客이憮然謝之ᄒ고退而記其言ᄒ야以警世之處於廟堂者러라.

<董菴琴說>

[다-1] 余嘗有幽憂之疾ᄒ야家居靜攝이러니適有賣卦先生이過於門前커
　　　늘邀入而坐定에屈大夫에卜居故事을依ᄒ야余之行藏을問혼디先

　　　　　生日行藏을何可撰시而決之리오……

[다-2] ……有志必成이니何患無時리요蕐理渺茫ᄒ야問之無益이라ᄒ고

　　　　整袷藏著에揖여而去러라.

<卜居續問>

[라-1] 東峽中에一老人이有ᄒ니每年에入山採藥ᄒ야……一宵를止宿ᄒ

　　　　고謂主人曰余가入山採藥ᄒ면伐章爲幕ᄒ야……山神끠祈禱하야曰

　　　　大韓인民은盡皆死亡이로소이다……活我百姓하옵소셔하얏더니其

　　　　夕에山神이現夢曰汝雖愚民이나엇지ᄃ韓民의罪를 不知하ᄂ냐…

[라-2] ……汝其以此로告○百姓ᄒ면應當自知其罪ᄒ리라乃확然以覺ᄒ

　　　　니汗出拈衣○云ᄒ더라.

<采藥翁 : 山人說夢>[31]

　　上記 4편의 글은 첫머리 만남이 꿈을 통해서 이루어진 것이 2편, 先生을 맞아 對談하는 것이 2편씩이다. [-1]은 첫머리를 [-2]는 끝부분을 나타낸다.

　　<聾者奇夢>은 꿈에 저승에 갔다가 大官, 양반, 娼家女人을 만나 부탁을 듣고 오는 이야기며, <董菴琴說>은 居士가 山客을 맞아 정치 문제를 토론한 것이고, <卜居續問>은 賣卦先生을 집에 모셔 정치·경제에 관한 질문을 하고 해답을 들은 것이고, <山人說夢>은 採藥老人이 山神에게 꾸중들은 大韓人의 약점을 기록해 깨우치고자 한 것이다.

　　우선 이 4편은 첫머리에서 사람의 만남이 상당히 虛構化되어 있음을 보게 되는데 이로써 다만 글쓰는 이의 강한 주장을 표현하려는 目的도 目的이려니와 虛構에 대한 자각의식이 강하다는 점에서 이미 小說的 성격임을 알 수 있겠다. 또 끝부분은 헤어짐이나 꿈에서 깨어나는 것으로

---

31) [가] 『大韓每日申報』, 1905. 9. 5.
　　[나] 『大韓每日申報』, 1905. 9. 12.
　　[다] 『大韓每日申報』, 1905. 9. 24.
　　[라] 『大韓每日申報』, 1905. 11. 5.

마무리지어 중간부에 있는 토론이나 대답이 객관화되고 강조되어 있음을 보여 준다. 결국 글 쓴 目的은 대화와 토론에 의해서 드러나고 있으며 敎訓的이거나 풍자적임을 알 수 있다.

이것은 討論體小說이 갖는 樣式 그대로다. 표기 문자가 漢主國從이란 것만 제외하고 보면 흠잡을 데 없는 討論體小說이다. 오히려 지금까지의 討論體小說에 비해 虛構性은 더 강화되어 있으며 ―특히 <聾者奇夢>이나 <山人說夢>은 古代小說에 가까울 정도의 짜임을 가졌다― 처음과 끝이 아주 잘 어울리도록 되어 있다.

그러므로 筆者는 이 4편도 討論體小說의 범주 속에 넣어 연구되는 것이 바람직한 것으로 생각한다.

V. 討論體小說의 衰殘과 그 殘影

討論體小說 樣式의 發生이 어느 때였는가에 대해서 확실한 답변을 할 수 없는 것과 마찬가지로 그것의 消滅時期에 관해서도 斷言할 수 없다. 그러나 그것이 가장 많이 나타나는 시기를 잡아서 보면 ―筆者의 주장대로 寄書 중에서 몇 편, 標題 붙은 雜報 중에서도 몇 편을 討論體小說이라 인정한다면― 1905년에서 1906년 사이가 전성기가 될 수 있다. 가장 빠른 것은 1898년 『독립신문』에 실린 것이겠고 나중 것은 1907년 『大韓每日申報』에 실린 <時事問答>이 된다. 그러나 筆者의 조사가 불충분했을 것까지 감안하더라도 그리 오래동안 이 樣式이 지속되지는 않았던 것 같다. 결국 討論體小說은 소위 본격적인 新小說 ―李仁稙의 <血의 淚>가 발표된 것을 기점으로 그 뒤를 잇는 많은 小說들― 初期에 나타난 한 양식이라 할 수 있겠다.

그런데 이 양식은 小說로서는 몇 가지 허점이랄까 또는 不完全性 때문에 생명이 길 수 없었던 것으로 추정된다.

첫째, 소설이 가질 수 있는 變化美 즉, 사건의 기복이나 對立的 人物에 의한 갈등 따위가 없다는 것이다. 등장인물의 偏在性이 主題를 강화하는 데는 도움이 되었지만 反面에 變化의 가능성은 말살시킨 결과를 가져온다.

둘째, 主題의 抽象性이 具體美를 없앴다는 것이다. 主題란 본래가 抽象的이긴 하지만 이를 具體化시키는 작업이 따르지 않을 때는 흥미 지속에 차질이 오게 되고 그것은 결과적으로 구체적인 설득력을 약화시킨다.

셋째, 制限的 主題 즉 限定된 主題만을 다루었기 때문에 여타의 광범위한 것들을 포용할 수 없었다는 점이다. 이것은 급변하는 사회 현상과 생활감정을 도외시하는 경향을 띠게 되었기 때문에 새로운 독자의 吸收에 어려움이 있었을 것이다. 더구나 1906년 이후에 나타나는 새로운 소설들 즉, 自由戀愛의 구가, 외국유학에 의한 新學問 도입 등등을 담은 것들과의 대결에서 밀려날 수밖에 없었을 것이라는 말이다.

이러한 이유로 討論體小說은 조용히 退潮하게 되었지만 그 殘影은 다른 新小說 속에 던져 주고 있다. <禽獸會議錄>이 그 좋은 예가 될 것이다. 동물들이 벌이는 討論은 전체적으로 보았을 때 討論體小說의 양식에 맞는다. 또 다른 新小說의 한 부분으로서 등장하는 討論의 章에서도 이것의 殘影을 발견할 수 있다.

어떤 文學樣式이든 새로운 도전에 스스로 이겨낼 수 있는 응전력과 變化의 原理를 갖지 않는 한, 한 시대와 함께 물러나 뒷전에 놓이게 됨은 당연한 것이다. 討論體小說도 이에서 예외일 수 없었던 것이다.

開化期 短形小說 研究

I. 머리말

격변기 1900년대를 중심으로 나타난 소설들을 開化期小說이라 칭하고 이들을 한데 묶어 연구한 선학들은 많이 있었다.[1] 그런데 開化期小說이라 해도 그 樣式的 특징이 달라 하나의 類型으로 보기가 마땅하지 않아 필자는 연전 이들을 三大別해 보았으며 이에 따른 글들을 쓴 바도 있었다.[2] 그러나 이러한 작업에도 불구하고 開化期小說 연구에 미흡함을 느껴 온 필자는, 三大別의 類型에 넣기에는 마땅하지 않고 버려서도 안 될 것으로 생각되는 자료들을 모아 이에 대한 몇 가지의 논의를 진행시켜 보고자 한다.

이러한 자료는 대부분의 연구가들에 의해 외면당했거나 제껴졌던 敍事構造物들인데, 이 중에는 "小說"이라는 표제를 붙인 것도 있고 "俚語", "談叢"이라 題한 것도 있으며 더러는 표제 없이 그냥 실린 것들도 있었다. 이들은 會報나 新聞의 한구석에 발표되어 있어 小說로 대접받기에는 부족한 점이 많아 보인다.

이것들은 敍事構造 자체가 옹글게 짜인 바도 아니고, 그 길이가 지나

---

1) 全光鏞,「韓國小說發達史(下)」,『韓國文化史大系Ⅴ』(高大民族文化研究所, 1965.)
   李在銑,『韓國開化期小說 研究』(一潮閣, 1972.)
   宋敏鎬,『開化期小說의 史的研究』(一志社, 1975.)
   등의 대표적인 것과 개별적인 논문들이 무수히 많이 있으나 이에 대한 참고 자료는『新文學과 시대의식』(새문社, 1981.)의 부록에 자세히 나와 있어 이로 미룬다.
2) 金重河,「開化期小說研究(Ⅰ)」,『釜山大學校 文理大論文集』第17輯(1978.)에서 필자는 개화기소설을 傳的, 討論體, 回章體小說 등 크게 셋으로 갈라 보았다.

치게 짧으며 創意性도 두드러지지 않기는 하지만 분명, 敍事構造物로서의 가치를 인정받아 마땅하다고 생각하며, 오히려 그렇게 허술하기 때문에 開化期小說 양식의 묻혀진 어떤 문제 해결의 실마리를 제공할 수도 있지 않겠는가 하는 기대를 갖게 하기도 한다.

이들 자료는 『大韓自强會月報』를 필두로 많은 會誌·會報와 『大韓每日申報』에 실려 있는 것들인데 필자는 편의상 <開化期 短形小說>이라 칭하기로 한다.

<開化期 短形小說>이라고 한 이유는, 첫째 短篇小說과의 엄격한 구별을 위함이요, 둘째 그 발표된 시기를 구체적으로 드러내기 위함이며, 셋째 그 길이의 짧음에서다.

결국 <開化期 短形小說>이란 開化期會誌나 新聞에 실린, 그 길이가 짧은 敍事構造物이라 정의할 수 있겠다.

필자는 본고에서 먼저 <開化期 短形小說>이 나타나는 文化的 背景을 살피고, 다음으로 그것의 구조적 특징만 분석해 보고, 문학적 특징과 문학 의식 및 소설 인식의 차원이나 文化的 기능과 前代文學과의 접맥관계는 稿를 달리하여 연구해 보려 한다.

II. 開化期 短形小說의 現況

開化期에 발간된 會誌·會報가 교육적·계몽적 성격을 띠고 있음은 재론할 여지가 없다. 제도적이요 비교적 긴 시간을 요하는 學校 敎育만으로 감당할 수 없는 成人 敎育의 일면을 담당하고 意識있는 국민의 각성을 촉구하는 매체로서의 會報 기능은, 그 내용에 다양성을 요구하게 된다. 때문에 政治, 經濟, 歷史에 관한 해설과 이론의 소개는 물론 시시각각으로 변하는 국내외 정세의 변동과 育兒敎育, 胎敎에 이르기까지의 記事를 담게 되었고 독자들의 투고를 받아 漢詩와 歌辭, 紀行文까지도 곁들이게 된다.

그러므로, 지금으로 본다면 이들 會報·會誌는 단순한 協會의 기관지라기보다 綜合雜誌의 성격을 더 많이 띠고 있다 해도 과언이 아닐 정도의 다양한 내용이 담겨 있다.

이런 다양성의 요구에 부응한 것이 <小說>이 아니었던가 싶다. 그러나 이때의 <小說>이란 결코 오늘날 완결된 文學 樣式으로서의 小說이 아니었기 때문에 형식 자체도 정제되지 않았다.

『大韓自强會月報』創刊號에서부터 계속된 連載物 "小說"이 그 좋은 예가 된다. 光武 10年(1906) 7月 創刊號에서 1907年 1月에 이르기까지 7回에 걸쳐 실린 "小說"은 創刊號에의 것을 제외하고는 전부 李沂가 筆者로 되어 있다.

다음으로 "小說"이란 題에 <許生傳>이 李鍾濬 譯으로 3回 실리고 또 "文苑"이라 題로 <虎叱>이 洪弻周術로 연재되고, 1907年 5月의 第11號에 "小說" <外交談>이 韓基準의 筆名으로 실린다.

『大韓留學生學報』3號에 柳承欽 명의로 <上界司下土記>가 실려 있으며 夢夢의 作으로 <쓰러져가는집>이 실린다.

『太極學報』第16號에는 <魔窟>이 白岳春史 作으로 실리고, 第21號에는 <莊園訪靈>이 抱宁生 명의로, 第22號에 <俚語>가 十六歲達觀人 朴徠均 명의로 실린다.

『大韓協會會報』創刊號에는 小說이란 題下에 梁啓超 著의 <動物談>이 실려 있다.

『大韓學會月報』第5號 雜錄에 <貧人과 貧犬>이 朴允喆 作으로 실린다.

『湖南學報』第2號의 隨事規諷란에 <以鬼禦鬼>가 李俤作으로, 『畿

湖興學會月報』第5號에 <滑稽小說(短篇)>이 鳳所生 成樂允 作으로, 第8號에 <小說 壯元禮>가 震庵散人術兼評으로,『西北學會月報』第9號에 <蜂國의 文明觀>이 무서명으로, 第16號에 <狡猾흔 猿猩>이 무서명으로, 第17號에 <街談>이 耳長子 명의로 실려 있다.

　『大韓興學報』第8號에 夢夢의 <小說 요죠오한(四疊半)>이, 第9號의 詞藻 란에 孤舟生의 <獄中豪傑>이, 第11號에서 第12號에 걸쳐 孤舟의 <小說 無情>이 연재되어 있다.

　다음으로『大韓每日申報』第1245號에서부터 第1320號에 이르는 비교적 긴 시간 동안 第1面에 <談叢>이란 題下에 짧은 이야기를 싣고 있는데, 이 중에서 주로 敍事構造를 갖춘 것들을 간추려 보면 상당수에 해당된다. 그러나 이 많은 자료들 전부를 대상으로 하는 것이 번거롭고, 길이로 보아 短形小說에 넣기엔 길어 보이는 것도 있어서 그 대표적인 몇 가지만 간추려 언급하려 한다.

　이상에 보인 자료 중에 <短形小說>의 양식에 포함시키고 본고에서 주로 언급할 자료들을 열거하면 다음과 같다.

1906. 7.	『大韓自強會月報』	第 1 號	小說	李沂
〜	〜			
1907. 1.	『大韓自強會月報』	第 7 號		
1907. 5.	『大韓自強會月報』	第 11 號	小說 外交談	韓基準
1908. 4.	『大韓協會會報』	第 1 號	小說 動物談	梁啓超
1908. 6.	『太極學報』	第 22 號	文藝 俚語	朴徠均
1908. 6.	『大韓學會月報』	第 5 號	雜錄 貧人과 貧犬	朴允喆
1908. 7.	『湖南學報』	第 2 號	隨事規諷 以鬼禦鬼	李倸
1908. 12.	『畿湖興學會月報』	第 5 號	滑稽小說(短篇)	成樂允
1909. 2.	『西北學會月報』	第 9 號	蜂國의 文明觀	
1909. 10.	『西北學會月報』	第 16 號	狡猾흔 猿猩	滑稽生
1908. 11.20.	『大韓每日申報』	第1245號	談叢	劍心
〜	〜			
910. 2.25.	『大韓每日申報』	第1320號		

Ⅲ. 開化期 短形小說의 出現時期와 文化的 背景

앞서 자료들을 열거해 보인 바에서 이미 드러났겠지만 <開化期 短形小說>은 1906年부터 1910年 사이 會報 또는『大韓每日申報』에 주로 보이는 짧은 敍事構造物이다. 이 短形小說의 出現 時期는 그러므로 1905年 乙巳條約에서 1910年 國恥의 合邦時에 이르기까지 주로 나타나 있다는 時期的 한정성과 發表 機關의 제한성, 이 두 가지 측면에서 短形小說의 背景的 연구가 있어야 하겠다.

먼저 時期的 특성은 이미 알려진 歷史的 사실만으로도 어렵지 않게 急變하는 混動期란 점을 지적할 수 있을 것이다. 國權이 상실되어 가던 시기, 또는 명맥만 이어져 있을 뿐 실질적으로는 이미 國權의 自主性을 잃어버린 시기임을 재언할 필요도 없다.3)

이 時期에 가장 두드러진 文化的 특징은, 國權回復의 방법을 教育과 啓蒙에 의해 찾으려 하던 선각자들, 또는 開化人事들의 활동이 왕성했던 것으로 일단 치부할 수 있을 것이다.

이러한 활동의 여세가 결국은 協會를 중심으로 하는 人事들의 모임을 탄생시키고, 또한 會員들만의 친목을 목적으로 하는 것이 아니라 啓蒙을 위한 會報의 발간을 촉구한 것이라 생각되어진다. 결국 민족 자주성의 회복이라는 지상 목표를 위한 한 수단이 다분히 반영된 會報의 간행은 歷史的 史實 이상의 의미를 지니고 있다. 물론 이 시기에 앞서 獨立協會가 만들어지고,『大朝鮮獨立協會會報』가 1896年에 간행되기도 했지만, 더 많은 會報가 1905年 이후에 나오게 된 점은 1905年의 乙巳條約으로 표면화된 日帝의 침략적 의도에 대한 반작용으로 이해할 수도 있다.4)

---

3) 여기에 대한 논급은 韓國 史書類에서 쉽게 볼 수 있다.
4)『大朝鮮獨立協會會報』   1896年
　　『大韓自强會月報』   1906年

民族의 自主性이 풍전등화의 위험에 놓여 있음을 자각한 人事들에 의한 또 다른 활동은 新聞의 발간이었다.

『皇城新聞』·『뎨국신문』의 발간이 그것이며『大韓每日申報』역시 이러한 의미에 있어서 民族的 자각이 낳은 신문이라 해도 과언이 아닐 것이다. 이에 맞서는 親日的 성격의 신문들도 발간되었는데『大韓日報』, 『國民新報』,『大韓新聞』등이 바로 그것들이다.5)

1905年을 전후한 시기에 이렇게 많은 會報·新聞은 발간되는데 비해 雜誌의 출현을 볼 수 없었던 것은, 會報·月報가 다만 會員들만 나누어 보는 폐쇄적 성격의 것이 아니라 오히려 綜合雜誌의 구실을 떠맡고 있었기 때문인 것으로 풀이할 수 있다. 이것은 會報의 내용을 보아도 짐작할 수 있을 것이, 그 다양성이나 해설적 기능은 지금의 雜誌的 성격을 충분히 대신하고도 남음이 있을 정도로, 文藝面이 따로 설정되어 있거나 雜俎라 는 난을 두고 여기에 많은 文學的 성격의 글들을 싣고 있음에서다.

1908년 六堂에 의해『少年』誌가 발간되기까지 雜誌를 대신하는 역할 을 會報와 月報가 담당했다는 점은 부인하기 어렵다. 더구나『少年』이

『大韓協會會報』	1908年
『太極學報』	1906年
『大韓學會月報』	1908年
『湖南學報』	1908年
『畿湖興學會月報』	1908年
『西北學會月報』	1908年
『大韓留學生會報』	1907年

등 대체로 이 시기에 발간된다.

5) 대표적인 것만 들면

民族紙	『뎨국신문』	1898. 8. 10	『萬歲報』	1906. 6. 17
	『皇城新聞』	1898. 9. 5	『京鄕新聞』	1906. 10. 19
	『大韓每日申報』	1904. 7. 16		

親日紙	『大韓日報』	1904. 3. 10	『大韓新聞』,	1907. 7. 18
	『國民新報』	1906. 1. 6		

등이 있다.

어린이를 상대로 한 것이란 점을 감안한다면 『靑春』이나 『學之光』이 나오기까지의 공백기를 會報가 버텨 나온 셈이 된다.

한편 1906年 李人稙의 <血의 淚>가 『萬歲報』에 연재되기 시작하여 소위 新小說도 이 시기에 발표된다는 점은 중요하다. 잇달아 <鬼의 聲>, <雉岳山>, <銀世界> 등 新小說이 발표되고, 李海潮의 <鬢上雪>, 具然學의 <雪中梅>와 같은 新小說이 나오고 安國善의 <禽獸會議錄>도 이 시기에 나오는 新小說들이다.[6]

新聞은 신문대로 연재소설들을 싣기 시작하여 그 종류가 다양해지고 있던 시기 또한 이때다. <灌頂醍醐錄>을 비롯하여 <一捻紅>, <龍含玉>, <神斷公案> 등 新小說과는 다른 양식의 소설들이 실리고, 『大韓每日申報』에 <新譯 海外禾卑談>이란 제목으로 第一章 俄皇宮中의 人鬼가 冬靑山人 譯으로, 第二章 俾斯麥의 狼狽가 二喜堂主人 譯으로, 第三章 白絲線이 東籬子 譯으로, 第四章 美利堅의 愛國幼年會가 心靑生 譯으로 연재된 뒤를 이어 偉人遺蹟이라 하여 <水軍 第一偉人 李舜臣>, <東國巨傑 崔都統> 등이 실린다.[7]

이런 사실들을 감안한다면 1905~1910年 사이란 文學에 있어서 상당히 새로운 물결이 밀어닥친 시기라고 보여진다.

---

6) <血의 淚>, 1907　　　　　　<鬼의 聲>, 1908

　　<雉岳山>, 1908　　　　　　<銀世界>, 1908

　　<鬢上雪>, 1908　　　　　　<雪中梅>, 1908

　　<禽獸會議錄>, 1908

　　등 대체로 1906年을 기점으로 1910年代 후기에 이르기까지 많은 신소설들이 단행본으로 출판된다.

7) 『大韓每日申報』　第767號~第773號 : 俄皇宮中의 人鬼

　　　　〃　　　　　第774號~第782號 : 俾斯麥의 狼狽

　　　　〃　　　　　第783號~第790號 : 白絲線

　　　　〃　　　　　第791號~第793號 : 美利堅의 愛國幼年會

　　　　〃　　　　　第794號~第843號 : 水軍第一偉人 李舜臣 一部

　　　　〃　　　　　第877號~第884號 : 　　　〃　　　　二部

　　　　〃　　　　　第1258號~第1396號 : 東國巨傑 崔都統 上編

新小說이 그 모습을 나타내었을 뿐만 아니라 많은 독자들의 호응을 받으면서 널리 읽히기 시작했으며 國內外의 偉人들이 歷史・傳記小說의 양식으로 소개되고 新體詩도 이미 발표되었다.

이러한 시기에 하필 시대조류에 뒤떨어진 短形小說이 한편에 끼어 없어지지 않고 그 모습을 보이는 것은 무엇 때문일까? 정말 이들을 開化期의 小說로 인정되어야 하는 것일까? 몇 가지 질문에 대한 해답을 찾기 위해 이들 자료의 분석이 먼저 요망된다.

IV. 短形小說의 構造分析

1. 『大韓自强會月報』의 小說

『大韓自强會月報』 創刊號에서부터 연재되기 시작한 <小說>은 無署名으로 되어 있으나 2號에서 '前號續'이라 하고 필자는 李沂로 밝혀지면서 고정집필을 한다. 1回에 1편씩만이 아니라 4편의 독립된 이야기를 싣기도 하고 第5號에는 小說續이라 하여 洪弼周가 필자로 된 것까지 더 첨가시킨다.

대체로 여기 실린 것들은 지금의 입장으로 본다면 創意性이란 찾기 어려운 성질의 敍事構造物이다. 說話에 가까운 것들이거나 揷話的 성격이 짙어 보인다. 때로는 歷史的 背景 속에 등장하는 人物의 逸話를 쓰기도 하고, 敎訓的 笑話를 담고도 있다. 그러면서 그것들이 갖는 공통점은 길이가 무척 짧아 단숨에 읽어낼 수 있고 한마디의 얘기로 줄일 수 있는 점이란 것이다.

[가] 南中人이嘗到北關이러니土人이見其所携竹杖ᄒ고日竹生一年에長
    一節이라ᄒ거늘雖爲辨論而終不見信ᄒ니古人所謂可與知者道오不可
    與不知者語者誠非妄也(第1號)

[나] 有一朝士ᄒ야新除御使ᄒ야急召衣工ᄒ야託造冠服홀시衣工이問相
    公이爲御使幾年이닛가朝士ㅣ怒詰其故ᄒ디衣工이日御使之官은隨年
    久近ᄒ야衣制不同ᄒ니盖新除者ᄂ氣盛肩高故로前襟을必要加數寸이
    오若遇幾年則志衰頭低故로前襟을必要減數寸이니다聞者ㅣ莫不絶倒
    라意衣工이必是君子之隱於市者也라一言警也가曷可少哉아. (第2號)

[다] 昔有一富人이將分二婿田홀시愛小婿而欲多與之ᄒ디又恐大婿起爭
    ᄒ야乃以長潤一百尺田二所로與大婿ᄒ고以長潤二百尺田一所로與小
    婿ᄒ니二婿ㅣ皆喜其均이라嗟乎近世人이不思自食ᄒ고每圖富婚得財
    者ㅣ多矣라亦須敎子以筭書中開方法ᄒ야無或見欺於乃翁分田時可也
    라. (第3號)

[라]   天下事가莫不有兆朕先見ᄒ者니余於少年時에聞人有國漢文雜組詩
    云
    舍廊겟집 處女在   사람一見얼는 隱
    무던 顔色가는 腰   마치 雲間明月消
    又云 吾看世時衣 但當修尼乙 禍福由未音 不然點其末
    盖時衣은作ㅅ與人字相似ᄒ고未音은作ㅁ與口字相似ᄒ고尼乙은作ㄹ
    與己字相似ᄒ고其末은作ㄷ加一點則與亡字相似라此雖戱作이나然近
    日國漢雜組之先見者也라.

(第7號)

  [가]~[다]는 敍事構造의 뼈대를 비교적 갖추고 있는데 비해 [라]는
이에 미치지 못한다. 그런데도 그 末尾에 서술자의 意見이 添言으로 곁들

여겨 있다는 것이 구조로 보아 같다.

[가]의 誠非妄也, [나]의 聞者ㅣ莫不絶倒라～一言警世가曷可少哉아, [다] 嗟乎～分田時可也라, [라]의 此雖～先見者也라 등이 그러한 성질의 添言에 해당된다. 이것은 하나같이 서술자의 敎訓的 해설이라 생각되는데, 이들은 앞의 이야기에서 얻어지는 主題를 요약하고 마무리짓는 구실을 한다.

여기서 이런 末尾部分을 떼내고 보면 작은 敍事構造物이 드러나게 되는데 [라]만은 이에서 좀은 벗어난다. 이들 短形敍事物의 기본 골격은 다음과 같이 간추려진다.

발단:	[가] 南中人이 北關에 가 土人을 만나다.	[나] 一朝士가 御使로 除受받아 冠服을 지으려고 衣工을 부르다.
전개:	竹杖을 보고 대는 一年에 한 마디씩 자란다고 하다.	衣工이 御使가 된지 얼마나 되었느냐 묻다. 그 이유는 제수받은 횟수에 따라 칫수가 달라진다고.
결말:	알지 못하는 자와는 말하지 말라.	(듣는자 졸도하지 않을 수 없다)
발단:	[다] 부자가 두 사위에게 밭을 갈라 주려 한다.	[라] 내 어릴 때 國漢文 섞어 지은 시에 두 편의 詩 인용
전개:	작은 사위를 많이 주려고 계략을 꾸미다.	
결말:	큰 사위는 속아 좋아하다.	(요즘 國漢文 섞어 詩 짓는 자의 先見者다)

아주 단조로운 이야기를 처음과 중간과 끝에 맞추어 놓은 說話的 성격의 敍事物임을 알 수 있다. 그러나 이것은 지금의 입장으로 보아 그러하다는 것이지 會報를 편집하던 당시대에는 또다른 의도가 보태져 있기 때문에 그것 자체로서의 의미만으로 받아들일 수 없다. 즉 添言의 형식으로 末尾에 붙여진 서술자의 교훈적 해설에 힘이 들어 있고, 이것에 더 큰 값이 주어지면 앞의 얘기가 오히려 虛構化되는 결과를 가져 오기 때문이다. 그러므로 비록 실화적이라고 해도 그것 자체가 허구적 성격을 강하게 띄게 됨은, 서사구조물로서의 가치를 높여 주며 그 구조면에서 소설의

그것과 다르지 않는다 해도 지나치지 않는다.

이들이 갖고 있고 있는 구조적 특징은 [라]를 제외하고, 중심이야기와 添言의 결합 상태라 하겠다. 여기서 添言은 앞의 중심이야기를 거리화시켜 그 독립성을 강화하고 額子化시키는 기능을 맡고 있다. 다시 말해 ‘聞者 1’나 ‘嗟乎’ 등의 어사는 앞과 뒤를 분리시키는 語調의 변화를 드러내고, 다음에 오는 發言의 감정적 가치를 증대시키면서 독자들에겐 중심이야기를 음미하는 시간적 여유를 제공한다고 보겠다. 그래서 添言의 발언내용이 敎訓的이거나 해설적이거나를 막론하고 부담없이 받아들이게 하는 기능을 한다.

2. 〈動物談〉, 〈外交談〉, 〈蜂國의 文明觀〉, 〈滑稽小說〉

開化期 文學뿐만 아니라 思想의 정립에 있어서도 梁啓超의 영향이 컸으리라는 짐작은 쉽게 할 수 있다.[8] 그것은 日本을 통해 西歐의 문명을 받아들이는 길 이외에 中國을 통한 길이 더 있었음을 인정하는 것으로, 또 그러한 연구의 결과는 부정할 수 없는 사실이 된다.

『大韓協會會報』 창간호에 실린 梁啓超의 〈動物談〉은 이러한 사실을 뒷받침해 주는 좋은 자료이면서 이것의 영향관계를 알아보는 典據로서도 활용할 수 있는 것이다.

〈動物談〉은 甲乙丙丁 네 사람이 각자 動物에 대한 이야기를 하는 것을 梁啓超가 듣고 많은 中國人에게 널리 알려야 한다는 것인데 그 末尾에 〈大韓子曰請爲二千萬人告〉를 첨가했다.

여기에 등장하는 동물은 고래, 盲魚, 羊, 佛蘭金仙(睡獅) 등 넷인데 모두가 허점을 가지고 있는 것으로 이야기된다. 고래는 감각의 둔함이,

---

8) 李在銑, 『韓國開化期小說 硏究』 참조.

盲魚는 오랜 동안 햇빛을 보지 못해 눈이 어두웠다가 다시 보게 되었으나 생존경쟁에 뒤떨어져 絶滅되어 감이, 羊은 기계장치에 의해 도살되므로 그의 죽음을 모르고 무리의 뒤를 따름이, 睡獅는 기계장치를 한 동물인데 그 힘이 매우 크나 너무 오랫동안 쓰지 않아, 마치 너무 오래 자고 있는 사자 꼴로 못쓰게 됨이 그것이다. 이 이야기는 중국의 실정을 비유에 의해 나타낸 것으로 이해될 수 있는 것인데 이와 비슷한 현실에 처해 있는 우리에게도 깨우쳐 주는 바 있어 二千萬 大韓人에게도 告한다는 것이다.

고래나 盲魚의 과장된 표현이나 睡獅의 허구성이 결국 <動物談>을 虛構的 敍事構造物로 인정받게 하는 것이라고 한다면 <蜂國의 文明觀>도 같은 대접을 받아 마땅하다.

某國의 한 探險客이 세상을 다 둘러보고 動物國을 시찰한 뒤 그 정치상태의 階級을 평한 것이 다음과 같다는 서두를 앞세우고 네 動物界를 둘러 본다.

獸族國 : 君長은 虎, 文章은 可觀이요, 武力은 最强, 智謨가 頗巧, 法律이 固嚴이다. 그러나 仁義를 不施하고 殘暴하여 人族의 手를 빌어 이를 퇴치하므로 國運이 오래지 않다.
魚族國 : 王은 龍, 王이 功德을 族하나 其同族中에 相殘함을 王이 금지하지 못하니 法律도 없고 仁義도 없어 野昧한 나라다.
禽族國 : 王은 鴈, 兄弟成行하고 通信機關도 略備하며 防患의 機械도 具有하나 음식을 스스로 장만하지 아니하고 小魚와 民田의 香稻를 훔치고 때에 따라 옮겨 다니니 遊牧時代의 部落制度다.
虫族國 : 王은 蜂, 君臣은 威儀가 있고 其性이 猛烈하며 團合性과 勤勉性은 人族社會도 不及이오, 農作하여 양식도 풍족히 하여 人類에 饌品과 藥材까지 공급하니 文明國이다.

전체적으로 보면 獸族의 虎와 同族相殘하는 魚族, 禽族의 鴈에 비해

虫族의 蜂의 뛰어난 團合性과 勤勉性을 대비시켜 돋보이게 하는 줄거리다. 때문에 末尾에 記者曰이란 全體的인 添言이 붙게 되는데, 이것은 서두의 허구성에 額子的 기능을 하는 첨가물에 해당된다 하겠다. 이는 梁啓超의 <動物談>에 '啓超歷歷備聞其言ᄒ고默然而思하고愀然而悲ᄒ다가瞿然而興ᄒ야曰嗚呼是可以我四萬萬人告矣로라'라는 添言이 덧붙여진 것에 비견되는 것이다.

또 이것은 開化期小說에 자주 나타나는 傳言者 또는 解說者(Narrator)의 개입이라 생각할 수도 있는데, 이것은 開化期小說의 특이한 한 양식으로 이미 굳어져 있었던 것이 아닌가 생각하기도 할만큼 형식화되어 있다.

이러한 형식적 요소는 일단 분리시켜 생각할 수도 있겠지만 그 성격으로 보아 해설적 기능으로 이해하여 긍정적으로 받아들이고 主觀의 介入이라는 한 면을 아울러 보면 좋을 것 같다.

구조적인 면에서 보면 導入을 담당하는 前文과, 실질적 중심 이야기를 이루는 中心話, 다음으로 결말을 맺는 구실과 해설을 담당하는 添言의 세 부분을 엄격히 갈라 놓고 있는데, 그것은 中心話의 허구성을 보완하고 쉽게 독자들에게 받아들여지게 하는 한 장치라 생각할 수 있다.

動物談 : 梁啓超隱凡而臥러니有甲乙內丁四人者ㅣ咄咄爲動物談ᄒ니客이
   傾耳而聽之ᄒ더甲曰……
蜂國의 文明觀 : 某國에一探險客이有ᄒ야東西全球에遊歷이始遍ᄒ야各
   色人種의國은文明과野蠻을勿論ᄒ고大都周覽이旣了혼지라於是
   에各種動物의國을視察ᄒ고其政治의階級을 評品혼談話가如左ᄒ
   더라

이런 前文은 導入額子의 기능을 충분히 하며, 中心話의 허구성을 보완하여 末尾의 添言과 어우러져 傳遞의 구조를 완결짓는 기능성을 발휘

한다.

<滑稽小說(短篇)>은『畿湖興學會月報』第5號 雜俎欄에 실려 있는데 매미(蟬)를 주인공으로 한 우화소설처럼 보인다. <滑稽小說>이란 구체적 名目을 붙이고는 있으나 실질성이 전연 없는 것이고 그 내용은 오히려 교훈적임이 특이하다.

사마귀(蜋)에게 먹히기만 하는 매미들이 모여 회의를 한 결과 살아남기 위하여 배워야 하겠다는 의논에까지 미쳤다. 초파리(蟻蠓)는 하늘만 날아 다니는 荒唐한 術業이오, 개미(蚍虫犬)는 驕溢하고, 벌(蜂)의 攢低와 모기(蚊)의 負山은 학문이 아니니 輕快한 身質과 鷙悍한 기상의 사마귀를 배우는 것이 좋겠다고 하여, 매미는 모두 소리질러 제낀다. 이때 黃雀이 웃으며 말하기를 "자기의 학문을 姑舍하고 남의 학문을 배울 량이면 하필 현명하지 못한 사마귀를 배우는 것은 원수를 갚자는 양심도 없는 것인데 어찌 福地를 찾겠는가, 나는 漁父之利나 얻을까", 그때 사냥군의 총소리 들리니 黃雀은 날아나고 사마귀는 나무에서 떨어져 버려, 매미는 舊枝淸福을 누렸다.

이 작품 속에는 新敎育의 허망함과 그 모범을 敵으로 삼는 어리석음을 비꼬고 있다. 원수를 배우는 것이 敵을 이기기 위한 것이 아닐 때 그것은 굴종과 치욕이 된다는 사실을 알아야 할 것이며, 敵愾心조차 없는 매미의 나약함이 안타까워 보인다. 이것은 당시대의 풍조를 비꼬고 있다고 해석된다. 신학문이란 의례 日本의 것을 배우는 것이라 생각하고 하루빨리 그들을 닮으려 하는 것이 얼마나 어리석은 것이며, 또 日本의 文明이 최선의 것이 아님을 알아야 한다는 교훈을 末尾 添言에서 보여 준다.

觀世星君이俯鑑ᄒ시고一場劇戲事를城東挾書童子에게傳佈ᄒ셨다니嗚呼라蜋先生上頭에雀先生이有ᄒ고雀先生上頭에獵先生이眞先生인가童子야.

양식상으로 보아 허구성을 인도하는 前文이 완전히 빠진 상태의 것이
긴 하지만 하나의 中心話가 <動物談>이나 <蜂國의 文明觀>에 비해
더욱 구체적이고, 실질적인 행위를 보이고 있다는 점에서 진일보한 작품
으로 볼 수 있다.

더구나 그 의미 내용에 있어서도 현실적인 상황이 구체적으로 대비되
어 있으며 매미와 사마귀 사이의 갈등이나 참새의 등장이 자연스럽고,
있을 법하게 다루어진 점으로 보아도 우화적 이야기라고는 하나 더욱
그러하다.

獵夫의 등장이 새로운 강대 세력의 등장이라면 이것이 구체적으로
무엇인지, 참새는 또 어떤 세력인지를 확인하기 어렵다 하더라도, 미루어
참새는 西歐의 列强이 될 것이고 獵夫는 그보다 또 다른 차원의 어떤
세력임을 막연히 짐작할 수 있어서 당시 外勢의 들음이 여러 갈래임과
그들이 그들만의 이해에 급급해 있음을 감지하도록 하는 효과를 준다.

이에 비하면『大韓自强會月報』第11號에 실린 <外交談>은 허구성
으로 보나 그 구조로 보아 앞의 세 작품을 훨씬 미치지 못할 뿐만 아니라
敍事構造物이라 볼 수 없다. 그런데도 어째서 머리에 <小說>이라 題하
였는지가 의심스럽다.

이에 대해서는 小說이란 用語의 개념이 문제가 될 듯도 싶나. 시금
우리는 小說을 文學의 한 양식으로 고정시켜 이해하고 그 이외의 의미는
전연 고려에 넣지 않는다. 그런데 前述한『大韓自强會月報』의 <小說>
7편을 분석해 보면 이것은 說話的 성격의 이야기였음을 보았고 또 그것은
敎訓的이었음도 알았다. 이에 따르면 <外交談>도 여기에 준한 것이 아
니었을까 싶다. 다시 말해『大韓自强會月報』의 편집자가 생각하는 小說
즉 교훈적 성격의 작은 이야기라는 字義的 개념에서 벗어나지 않는다는
뜻이 된다. 그렇게 보면 이는 全体 月報의 짜임새에 따른, 한 구색을 갖추

는 항목으로서 "小說"이요, 지금 우리가 바라는 고정관념으로서의 小說
이란 用語와는 다르다는 것을 먼저 인정해야 할 것 같다.

이 항목에서 분석할 작품의 공통적 구조는 前文과 中心話, 添言 등
세 개의 단위구조로 짜여있다는 것이다. 여기서 前文과 添言은 外部額子
의 구실을 하면서 中心話의 이야기를 內部額子로서의 독립성과 허구성
을 보장받도록 하는 장치에 해당된다. 때문에 상당한 허구에 대한 인식이
높아져 있고 창의성도 발휘되어 있음을 확인할 수 있다.

3. 〈貧人과 貧犬〉, 〈狡猾호猿猩〉, 〈以鬼禦鬼〉, 〈俚語〉

여기 모은 4편의 작품은 성격이 조금씩 다른 것들이다. <狡猾호猿
猩>은 우화적 성격을 보이지만 <以鬼禦鬼>는 설화적 성격을 보이고
<貧人과 貧犬>과 <俚語>는 우화와 설화성을 섞은 것이라 보여진다.
<狡猾호猿猩>은 다음과 같은 내용이다.

원숭이와 게가 만나 人家에서 떡을 훔쳐 나왔는데, 원숭이는 이를 혼자
차지하려고 떡을 가지고 나무 위로 올라가 버린다. 그러나 썩은 나무가지에
앉았다가 떨어지면서 떡을 떨어뜨렸데 이는 게가 있는 바위 구멍에 들어갔
다. 원숭이가 그제야 나누어 먹자고 했으나 게가 응하지 않는다. 원숭이는
구멍에다 대고 방귀를 뀌었다. 게가 원숭이 밑을 집게발로 집어 버렸기
때문에 털이 다 빠지고 대신 게의 집게발에 털이 붙게 되었다.

이것은 우화적 緣起說話다. 그러나 이 자체만으로는 會報에 실리기에
부족하다. 때문에 이 뒤에 덧붙여진 添言에서 그 의미를 찾지 않을 수 없다.

記者曰呼乎라萬古에狡猾을밋고正義를無視ㅎ눈者눈저猿猩이과何異ㅎ리

오畢竟제먹을것도못먹고身體신지亡ᄒ게되엿도다.

결국 이 우화를 正義의 실현이란 목적으로 단정짓는 일을 添言이 담당하고 있다. 이 점은 모든 소재들이 하나의 목적, 당시대의 당위적 명제인 民族自主나, 계몽, 正義 등의 관념적 가치로 몰아부쳐지고 있다는 사실을 확인시켜 주는 것이다. 目的 先行的 글들이 요구되었다는 것은 시대적 요청이겠지만 우화조차도 그렇게 만들어 버린다는 것은 그 시대의 흐름이 얼마나 강렬했던가를 짐작하게 하는 자료가 되기도 하겠다.

<貧人과 貧犬>은 이솝 우화를 따로 한 두 개의 부분으로 나누어 볼 수 있다. 前文이 있고 욕심으로 망해 버린 두 사람의 이야기—하나는 장사치고 하나는 탐관오리의 이야기에 이솝 우화 <어리석은 개>가 붙여져 있으며 末尾에 해설적 添言이 있다. 과욕이 敗家亡身시킴을 깨우치게 하는 목적이 뚜렷이 드러나 있다.

이것은 다른 작품에 비해 직접적으로 시대적 요청을 반영했다고 보기엔 부족하다. 과욕의 경계는 이 시대에만 한정되는 것도 아니며, 또 그러한 시대의식의 반영이라 보이는 단서도 없다. 그러나 격변하는 시대에 사는 사람들에게 교훈적 목적을 달성하는 데는 그 값을 한다고 보여진다.

여기에 비하면 <以鬼禦鬼>와 <俚語>는 시내직 요칭이 그 목적으로 부각되어 있고 說話 자체도 상당히 허구적인 냄새가 짙다.

<俚語>에도 고양이와 개가 나온다. 이들은 주인을 속이고 제물을 훔쳐 주인을 망하게 하는데 이 책임은 전적으로 主人에게 돌려져 있다. 즉 가르치지 않았다는 것이다. 개와 고양이를 잘 먹이고 그의 직분을 충분히 가르쳤더라면 이런 화를 당하지 않았을 것이 아닌가 하는 식의 얘기다. 이는 敎育의 필요성을 力說하기 위한 우화라고 보여지는데 <貧人과 貧犬>과 다른 점은 이미 알려진 우화를 이용한 것이 아니라 창의적인 것으로 만들었다는 데 있다. 이 우화는 완벽한 구성과 구조를 가진 것이 아니

라 하더라도 하나의 敍事構造體를 만들고 있다는 점에 값이 있고, 또 그것이 교육의 필요성을 力說하는 目的을 드러내기 위한 방편으로서의 효과는 달성할 수 있었다는 것에 의의가 있겠다.

이 작품은 그 末尾가 앞에서 예를 들어서 이미 익히 알고 있는 것과 다른 차원에서 添言의 기능을 확인할 수 있는 좋은 자료가 된다. 즉 투고자가 분명히 밝혀져 있고, 筆者의 目的 陳述을 드러내는 添言과 다른 것이 또 붙어 있어서 <動物談>에서 발견되던 바를 확인하도록 한다.

'大韓子曰請爲二千滿人告'가 梁啓超의 글이 아니고 편집자의 보탬이듯이 <俚語>의 '記者曰壯哉라君의年이才己十六에言辭가何其深奧也오可爲萬古語國者之一覽이로다'한 것도 朴徠均의 글이 아니고 편집자의 것이다.

<以鬼禦鬼>는 친구집에 갔다, 밤늦게 돌아오던 少年이 무덤 사이에서 밤을 새우다가 귀신을 만났는데, 少年은 먹을 갈아 얼굴에 바르고 이빨을 드러내고 눈을 부릅떠 거짓 夜叉像으로 귀신을 속여 화를 면했다는 얘기다. 만일 少年이 귀신을 겁냈거나 피하려 했다면 오히려 어떻게 되었을지 모른다. 결국 귀신에 대항하려는 용기가 少年을 살린 셈이다.

이러한 논리가 添言에 '嗚乎라 我韓之開港通商이 垂三十年에 東西人之往來相文ㅣ又幾何耶아彼造맛지어든我造自起磺ᄒ고彼作남포이든我作琉璃燈ᄒ야餠與餠對ᄒ고石與石對면則吾恐彼亦無奈我矣어늘而今乃屈首縮尾ᄒ야不敢生一步ᄒ니亦可悲也로다'를 낳게 한다. 적을 무서워하고 대적하려 하지 않는 자세가 오히려 적을 강하게 만든다는 것, 맛지(match)에는 自起磺, 남포에는 琉璃燈으로 대항한다면 우리 나라도 외국에 결코 지지는 않을 것이다.

開港과 開化가 무조건의 서구문명 수용이란 점에서 自卑感을 낳게 하고 스스로의 능력을 위축시킴으로써 경쟁력과 용기조차도 잃게 한다는 점을 아프게 깨우치고 있다.

이들 작품이 갖는 특색은 크게 둘로 나누어 생각할 수 있겠다. 그 첫째는 言語選擇의 면에서 <狡猾한 猿猩>과 <俚語>의 한글을 주로 하고 있음과 <貧人과 貧犬> <以鬼禦鬼>의 한자 중심의 문체다. 언어선택이 시대적 요청이라면 그 변화가 내용의 실질성과 밀접한 관계를 맺고 있다고 생각되는데, 그것이 우화와는 어떤 관계가 있는지를 究明해 볼 만하다. 둘째는 <貧人과 貧犬>을 제외하고는 前文이 없이 中心話와 添言으로 짜여 있다는 것이다. 이는『大韓自强會月報』의 <小說>에 가까운 바가 있지만 내용의 변화라는 변수에 의해서 그 기능이 강화된다는 점에서 그 특징을 발견할 수 있겠다.

4.『大韓每日申報』의 談叢

<談叢>은 매일매일 신문의 1面에 연재되는 짧은 얘기다. 앞에서 보인 것들이 전부 會報·會誌에 실린 것에 비해 이것은 신문의 한정된 지면의 고정란이란 점에서 필연적으로 짧아질 수밖에 없었고, 그 길이도 일정하지 않으며 소재 역시 다양하게 다루어지고 있다는 것이 특이하다.

대체로 지금까지 이 <談叢>에 연구가들의 관심이 쏠리지 않았던 이유는 그 형식이 소설다운 맛을 풍기지 않았을 뿐만 아니라, 얼핏 보면 남은 지면을 단순히 메꾸려는 정도로밖에 대접받지 못한 깃처럼 보였기 때문이다. 그러나 그러하지 않았다는 증거는 분명히 있다.

第1245號부터 줄곧 연재되던 <談叢>이 安重根 義士의 공판 기록을 싣게 되는 第1309號에 와서는 중단되고 있으며 그래서 第1320號로 끝을 낸다는 점이다. 이 뒤에 安重根 義士의 공판기록만 이틀이나 더 실리고 있다.

이 점으로 보면 <談叢>이 어떤 의도에 의한 계획적인 고정란이었음을 알 수 있겠고, 같은 성질의 것이거나 그 의도에 부합되는 다른 기사가 있을 때는 이를 중단시키는 것으로 보아 筆者가 신문사 밖에 있지 않음도 짐작할 수 있겠다. 때문에 이 <談叢>은 『大韓每日申報』의 의도적인 發言과 같은 것이어서 소제가 다양하며 형식도 그렇게 구속된 것은 아니었던 듯하다.

전체로 보아 57호의 연재를 소제별로 보면, 훈계형의 서술이 가장 많아 20회, 상식의 풀이가 6회, 街頭巷談型이 7회, 서양의 역사적 인물이 7회, 우리나라 역사적 인물의 逸話型이 6회, 論調가 4회 등으로 나타난다. 여기에 古談型이 3회, 허구적인 敍事物이 3회, 특이하게 小說에 관한 논술이 1회, 해서 전부 57회가 된다.

이 중에서 敍事構造를 가졌다고 생각되는 것은 街頭巷談型, 逸話型, 古談型, 허구적 敍事物 등인데 이들은 합해서 26회로 거의 반을 차지하고 있다. 이것은 표제가 <談叢>으로 되어 있는 것과 無緣하지 않다. 이야기를 모은 것이란 뜻의 <談叢>에 이야기(敍事構造物)가 실리는 것은 오히려 당연한 것이다.

필자는 이 많은 자료들 중에 대표적인 것 하나씩만 예로 들어 분석해 보임으로써 <談叢>이 갖는 의의를 진단하는 것으로 하겠다.

1) 街頭巷談型

　年前에警務廳에서一竊盜者를捉ᄒ야此를型코즈ᄒᄃᆡ彼가抗言曰余가何罪가有ᄒ관ᄃᆡ型코즈ᄒᄂᆞ뇨警官曰爾가盜者이거니엇지無罪타ᄒᄂᆞ뇨彼曰今日國家의憂가外國의侵侮에在치아니ᄒᆞᆫ가曰然ᄒ다彼曰然즉今日에能히外國人을弱케ᄒ며貧케ᄒᄂᆞᆫ者ㅣ有ᄒ면是가我國家의功臣인가罪人인가曰功臣이니라彼가乃昻然曰然즉余가비록竊盜이나日人의物貨를盜ᄒ며西洋人의物貨를盜ᄒ야外國人만害하엿고本國人의物은秋毫도犯치아니ᄒ엿거

날何罪로余를罪ㅎ나뇨　劍心曰此가비록竊盜이나然이나오히려能히同胞
를愛ㅎ나니彼同胞를賣ㅎ야己의榮華를圖ㅎ는亂賊輩와同語홀비아니로다
且世界의英雄이란것은無他라自國을爲ㅎ야　他國을盜ㅎ는者니엇지此竊
盜와異타ㅎ리오但彼는手段이大ㅎ야大盜가되고此는手段이小ㅎ야小盜가
되니라

外國人을 물건을 훔쳤기 때문에 오히려 국가에는 이익을 준 셈이 아니
냐는 궤변을 받아들이는 필자의 태도가 여기서의 문제점이 된다. 이것은
결코 합당한 논리를 찾을 수 없다. 그러나 英雄이 다른 나라를 '훔친다'는
표현, 즉 침략주의의 근성을 '盜'와 동일시하는 논리를 바탕으로 한다면
이 궤변도 正論이 된다는 사실에 열쇠가 있는 것이다. 침략주의의 '盜性'
과 절도의 '盜性'이 같은 무게로 평가될 수 없는 것을, 다만 그 크기에
있다고 하는 논리도 사실상 궤변이지만 英雄과 절도를 동일시하는 것도
논리의 지나친 비약이 아닐 수 없다.

이러한 不合理性이 적어도 신문의 한 면에 나타날 수 있는 것은 당시
대의 사회적 여건의 이해없이는 도저히 용납될 수 없는 것이요, 그러한
여건 속에서, 판단자의 자리가 뺏기는 쪽에 놓여 있다는 사실에다 초점을
맞추지 않고는 궤변이 正論으로 성립되지 않는다. 다시 말해 민족자존과
국위가 풍전등화의 위협에 놓여 있고, 이를 어떻게든 지켜야 하겠다는
절실한 목적이 선행되지 않고는 이러한 논리가 성립되지 않는다는 것이
다. 때문에 劍心은 발언을 위한 한 도구로서 <이야기>가 필요한 것이고,
그 필요에 의해서 인용되었거나, 의도적으로 꾸며진 것이 절도의 궤변이
라고 해야 하겠다.

街頭巷談이 스쳐 지나가 버리는 단순한 얘기가 아니라 그것이 소재의
역할을 하고, 그것에다 궤변을 더하지 않을 수 없는 절실한 당대의 상황이
구체적으로 전달될 수 있었던 것은 前文 없이 가져다 놓은 中心話, 절도의

이야기가 호소력을 증대시키고 있기 때문이다.

이것은 『大韓自强會月報』의 <小說>과 그 구조적인 면에서는 같아 보이지만 기능적인 면에서는 상당히 달라져 있다. 目的 先行的 敍事構造物의 원용이란 점이 바로 그것이다.

2) 歷史的 人物의 逸話型

耿介　李退溪(황)先生이其所居의隣에一李樹가有ㅎ더其枝가先生家의墙內로延ㅎ야離離紅熟혼其實一個가地에落ㅎ엿거날先生이兒子輩의拾食혼가恐ㅎ야此를將ㅎ야墙外로投ㅎ니其志操의耿介홈이如此ㅎ더라.

李退溪의 逸話를 소개하는 이야기다. 여기서의 특징은 허두에 主題를 한 낱말 <耿介>로 표제화하고 있다는 것이다. 이것은 시대적 요청이라기보다 先賢의 일화를 통해 깨우치고자 하는 바를 극명히 드러냄에 지나지 않아 보인다. 때문에 서사구조가 간명하고 일화 자체의 전달만을 목적으로 하기 때문에 군더더기가 붙지 않는다는 구조적 특징이 드러난다.

3) 古談型

옛적에一少兒가有ㅎ니初에눈大言을말ㅎ다가終에눈小言을作ㅎ눈지라一日은大雪을見ㅎ고曰此가쌀又흐면父曰무엇ㅎ게兒曰粥을쑤어먹게一日은夏雲을見하고曰此가綿花又흐면父曰무엇ㅎ게兒曰쥐구녁막게又一日은卒然叫曰天下의鐵을聚ㅎ엿스면父曰汝가此鐵을將何用고兒曰大劍을鑄ㅎ리이다父曰汝가此劍을將何用고兒曰此劍을持ㅎ고龍床下에入코즈ㅎ나이다父가其不則의言을發홀가恐ㅎ야이놈그것이무슴소리냐고責望ㅎ다가更히그終末까지大言됨을喜ㅎ야復問曰龍床下에入ㅎ야將何爲오兒曰上監님발톱을싹거드리랴ㅎ나이다.

이것은 說話의 구조와 다름없다. 어리석은 아들의 행위를 드러내고 이를 듣는 사람도 한바탕 웃음으로 넘길 수 있다. 그런데 여기에 添言이 붙으면 그 의미가 달라지게 된다. 다시 말해 해석적 의미가 붙으면서 說話는 새로운 모습으로 변모되면서 생기를 찾는 것이다.

> 近日新進學生이發軔할初頭에는或李舜臣으로自期ᄒ며或華盛頓으로自
> 期ᄒ다가終末에通譯官一員을作ᄒ며辯護士一位를得ᄒ면便히志滿意足ᄒ
> 야俾斯麥의聯邦事業이나成就ᄒ듯ᄒ나니此가此小兒의同類가아닌가.

신학문을 배우고 애국애족을 부르짖던 젊은이들이 패기가 너무 쉽게 현실과 타협되며, 小利에 만족하여 보다 큰 뜻을 버리는 풍조를 비꼬고 있다. 添言의 기능이 說話를 생기있게 하면서 添言 自體의 발언을 강화시 킨다는 점에서 <小說>類와 다르고 오히려 街頭巷談型과 같아진다.

『大韓自强會月報』第1號에 실린 <小說>에 安峽郡 金姓子의 어리석음—산의 나무 전부를 베어다 콩을 볶아 먹겠다는 것에도 '近日談天下事者ㅣ觀其歸趣則竟未免熬豆而止ᄒ니可歎也로다'는 添言이 붙어 있어 上記의 것과 일맥상통하고 있다.

큰소리 뒤의 흐려진 행위, 말만 앞세우는 당시대의 사람들을 경계하는 목적이 뚜렷하다.

4) 虛構的 敍事構造

> 再盲兒, 夕陽路傍에行人이稀少ᄒ더一過客이地를叩ᄒ며坐哭ᄒ다鄕村
> 一學究가過ᄒ다가其故를問ᄒ더客曰余는四十年盲人이라執ᄒ際는手가目
> 이되며行ᄒ際는足이目이되야無目의苦를不知ᄒ더니今日行路의次에兩眼
> 이忽開ᄒ야仰ᄒ즉天日이照輝ᄒ며俯ᄒ즉山川이悅惚ᄒ야寸步도能行ᄒ수
> 가無ᄒ야是以坐哭ᄒ나이다學究笑曰爾目을緊閉ᄒ야依前히盲人을作ᄒ면
> 無憂ᄒ리라ᄒ더該過客이再非曰先生의言이果是ᄒ이다

이것은 허구적 이야기다. 앞서 보인 說話的인 것이거나 기타 여러 유형의 것에 비해 창의성 발휘는 뛰어나다 해도 이는 그 자체로서의 의미를 중히 여기고자 할 때의 평가에 지나지 않는다. 그런데 이러한 敍事構造는 그것의 독자적 의미보다는 時代에 依存的 의미가 더한 값이 되는 일면을 지녔기 때문에 다음의 添記를 버릴 수 없다.

近日山林頑固客들이往往新世界의風潮를週ᄒ야津頭에서坐哭ᄒᄂ者ㅣ
許多ᄒᄃ指南의車로此를引導ᄒᄂ者ᄂ無ᄒ고徒히幾個오儒가此를誤導ᄒ
야頑根을長保ᄒ나니禍哉라斯世여再盲人의多홈이엇지此에至ᄒ뇨

이 添言은 허구적 서사구조에만 한정된 것이 아니다. 이미 보아온 여러 유형의 것에 공통되는 것이며, 그 기능 또한 그렇다.

결국 이 유형의 작품도 그 中心語의 허구성 이외에는 여타의 短形 서사구조물과 다르지 않다는 사실을 확인시켜 줄 뿐이다.

V. 마무리

개화기 문학 운동이 분명한 질서에 따른 체계적인 것이 되지 못했고, 소화시키기엔 너무나 많고 생경한 충격이 짧은 기간 내에 밀어닥쳤기 때문에 모든 분야에서의 혼란과 함께 그것 또한 혼돈의 상태에 놓여 있었다. 이러한 뒤섞임 속에 나타난 짧은 敍事構造物을 필자는 <開化期 短形 小說>이라 이름 붙이고 그것들이 갖고 있는 서사구조의 특징을 밝히려 해 보았다. 아직까지 분명한 결론에 도달하기엔 미흡하지만 지금까지의 논의를 정리하여 작은 가설로서의 결론에 대신한다.

1. 開化期 短形小說은 目的先行的 서사구조물이기 때문에 이야기의 줄거리가 단조롭고 說話的 성격과 우화적 요소가 가미된 작은 토막 이야기다.

2. 대체로 前文과 中心話, 添言 등의 세 부분의 단락으로 짜여 있는데 前文은 가끔 빠지는 경우가 있어도 添言은 항상 붙어 있다.

3. 前文과 添言은 外部額子를 만들어 中心話의 객관화와 거리화에 기능하고 나아가 그것의 허구성을 뒷받침하는 기능을 한다.

4. 서술자의 허구성 인식이 어느 정도 드러나고 있으나 소설에 대한 명확한 의식은 아직 아닌 것 같다. 이것은 目的陳述이라는 添言의 기능이 강화되어 있고, 교훈과 계몽이라는 先提目的 수행을 우선으로 치부하기 때문인 것으로 생각된다.

5. 開化期 小說類에서 短形小說은 제외되어 왔지만 그 구조의 중심이 이야기인 이상 이들도 개화기 소설의 下位概念으로 정립할 수 있을 듯하다.

이 자료들의 문학적 특징, 소설 인식의 차원, 문화적 기능, 前代文學과의 관계 등은 稿를 달리하여 필자는 더 연구할 것으로 남겨 둔다.

개화기 군담소설의 주제의식과 자주성의 변증법

I. 머리말

開化期를 1860年代에서 1910年代로 잡았을 때, 이 시기에 읽히고 出刊된 소설들은, 우리가 흔히 알고 있듯 新小說이나 開化小說만은 아니었다. 開化期 設定問題는 異論이 많아 무어라 단정하기는 어렵다고 하더라도, 달리 甲午更張 이후로부터 1910年代로 잡아 보아도 이러한 사실, 즉 開化小說만이 읽혔던 것은 아니란 점에는 변함이 없다. 그런데도 우리는 대체로 開化期의 소설에 대해 언급할 때는 開化小說만을 그 대상으로 하여 왔기 때문에 이에 관해서는 異論을 제기하지 않을 수 없다.

실제로는 開化期에 많이 읽혔던 소설은 古小說이었다. 이를 보면 開化期란 古小說과 開化小說이 共存한 시기였다고 보는 것이 옳다.[1] 開化期에 이런 共存現象이 나타나게 된 것은 무엇 때문일까? 이에 대한 해명은 상당히 까다로운 바가 있어 몇 마디로 단정하기는 어렵겠지만, 筆者의 생각으로는 讀者의 형성과정에 문제의 핵심이 놓여 있지 않을까 판단된다. 결국 讀者社會學으로서만 그 해명이 가능하리라는 것이다. 이의 해명이 本稿의 목적이 아니기 때문에, 여기서는 이러한 현상에 대한 해석학적 해명만에 한해서, 그것도 一部에 해당되는, 古小說 중 軍談小說과 開化期 歷史·傳記小說과의 主題의 辨證法的 가능성만을 論及하고자 한다.

먼저 전제로 開化期엔 古小說과 開化小說이 共存했다는 사실을 일단

---

1) 이의 가능성에 대한 論及은 筆者의 拙稿, 「開化小說의 文學史的 研究」, 『釜山大學校 人文論叢』 第25輯(1984.)를 참조 바람.

인정하고 이러한 현상이 가능했던 이유를 辨證法的 통합에서 규명하고자
한다.

Ⅱ. 軍談小說의 主題意識

　開化期에 印出·發刊된 古小說 가운데 많은 양을 차지하는 것은 <劉
忠烈傳> <蘇大成傳> <趙雄傳> <李大鳳傳> <張豊雲傳> <龍文
傳> 등의 軍談小說이다.[2] 이들 古小說의 전개과정은 人物의 英雄的 一
生에 해당된다. 英雄의 一生이 갖는 전형성에 따라 奇異한 출생에서 버려
지고, 구원을 받고 고난을 당하지만 그의 비범한 재능으로 해서 난관을
개척해 나가 出世와 貴人과의 결혼으로 끝난다.[3]

　軍談小說은 변화가 많고 변화에 따른 다양한 행동과 敵對的인 인간관
계, 意外的 후원자 출현 등이 흥미를 계속 유지시켜 준다. 더구나 超人的
能力을 가진 人物은 인간적 한계를 쉽게 뛰어 넘으며, 호쾌한 행동이
시원스럽고, 문제 해결이 선명하다는 장점을 충분히 가지고 있는 小說類
型이다. 거기에 곁들여 人物設定에 따른 역사성에 대한 인식까지도 덤으
로 따라 오기 때문에 독자의 흥미 유발에는 적절한 것으로 판단된다.[4]

2) 木版本과 舊活字本을 원칙은 갈라 보아야 하겠지만 그 印出이 다 開化期에 해당
　　된다고 보면 크게 상관할 것이 아니다. 木版·舊活字를 통틀어 軍談小說은 많이 出
　　刊된 것이다. 또 엄격하게는 英雄小說과 軍談小說은 그 辨別要素에 의해 구별해
　　야 하지만 여기서는 英雄小說 중 軍談的 성격이 가미된 것을 편의상 軍談小說類
　　로 분류해 총칭한다.
3) 趙東一,「英雄의 一生, 그 文學史的 展開」,『東亞文化』第10輯(1971.)에서 英雄의
　　一生을 7단계로 나누어 설명하고 있는데, 그 귀결은 대체로 결혼 이후 잘 살았다
　　로 된다.
4) 軍談小說의 時代 地域 背景은 대체로 明代 中國으로 되어 있어 구체적인 역사성
　　은 없다고 하겠지만, 歷史的 事實 자체의 이해보다 歷史意識을 일깨우는 기능은
　　한다고 생각된다. 역사의식이란, 과거의 사실을 아는 것보다 현재의 정확한 인식
　　을 위한 기초가 된다는 점에서 중요하다.

이러한 흥미 유지·유발의 장치가 다양한 軍談小說은 다만 흥미 충족만을 위한 것이었다고 생각할 수 없다. 그 이면에 숨겨진 作家意識은 身分回復·失權回復에 닿아 있다.

> 軍談小說의 作家層은 作品自體에서 檢出되는 바와 같이 失勢의 兩班層으로 볼 수 있으며, 그들은 政界에 再進出하여 自己들의 政敵에게 復讐를 하고 權勢를 掌握하는 것이 그들의 慾望이었다. ……中略…… 그래서 그들은 朝廷의 變亂을 갈망했고 실제로 國亂 以後의 權臣의 交替는 이루어지기도 했다. 그러나 國亂이 있다고 해서 반드시 自己들에게 再進出의 機會가 올 것을 保障할 수는 없었다. 따라서 그들은 이 國亂을 平征하는 英雄을 必要로 했다.[5]

그들의 失勢 이유란 두 말할 것도 없이 不正한 세력의 득세에 있다. 이때 正邪의 판단은 객관적 기준이나 倫理的 準據體에 의한 것이라기보다 主觀的 판단에 따른 것이며, 旣定 勸力에의 再進出이 목적이기 때문에 權力者 또는 王權의 絶對的 신임에 의존하는 경향을 띤다. 다시 말하면 絶對 權力者로서의 王을 頂點으로 하여 이를 正·邪 判別의 基準으로 삼으며 王權은 絶對 正으로 설정하고 있기 때문에 旣存 王權에 대한 敵對行爲는 전부 邪다.

失勢 兩班의 입장에서 보면 失權을 회복하는 일은 絶對 權力者의 부당했던 판단을 바르게 잡는 것이요, 邪의 무리를 물리치는 것이며 絶對 權力者에 대한 絶對 忠誠을 맹세함으로써 勸力層에 復歸하는 것이다.

그러므로 軍談小說 主人公의 행위는 외관상 자발적이고 變革을 꾀하

---

5) 徐大錫, 「軍談小說의 構成과 作者意識」, 『啓明論叢』 第7輯(1970.), p.33. 古小說의 작자는 거의 알려지지 않았다. 그러나 그 作者群이 어느 계층에 해당될 것인가를 추정해 내는 일은 무척 긴요한 일이다. 여기서 우리가 주목하는 것은 古小說이 다만 서민의 기호물만이 아니었다는 증거를 軍談小說의 작가 추정에서 볼 수 있다는 것이다.

는 것처럼 보이지만 실속에 있어서는 模倣이며 旣存 權力과 旣存 秩序의 옹호 또는 權力者·君主의 絶對化, 旣存性의 不變化 確保라는 의식에 놓여 있음을 보게 된다.

模倣 行爲란 主人公의 行爲를 구속하고 지배하는 人物 또는 行動樣式이 미리 주어져 있어서, 主人公은 이를 따르고 흉내내고 있다는 뜻이다.[6] 軍談小說에 있어서 주어진 人物 즉 仲介者(Model)는 君主다. 그는 小說 속의 직접적 행위에 참여함없이 곁에 있고, 主人公의 敵對者도 아니며 邪人物의 직접적 敵對者도 아니다.[7] 다만 이들 갈등 인물들의 가치판단의 準據體로서 상징적 存在일 뿐이다. 이를 圖式化하면 다음과 같다.

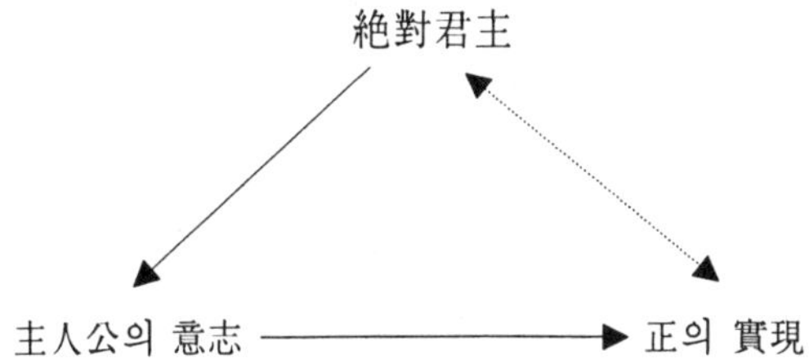

---

6) René Girard, 金允植 譯,『小說의 理論』(三英社, 1977.) 참조.
   여기서 말하는 모방행위란 主人公의 垂直的 上昇意志에 의해서 그가 추앙하거나 바라는 인물을 가정하고 그것에 따르려는 의지를 말한다. 軍談小說에서 王이 主人公의 추앙대상이 되며, 王의 절대권력이 主人公의 행위를 결정짓는다고 생각할 수 있다는 것이다.

7) 小說을 두 세력의 갈등 구조로 파악하려 할 때 모든 인물과 여건을 兩分해야 하는 극단적 대립을 예상할 수 있다. 그러나 실제 소설의 갈등 구조는 二分法으로 해결되지 않는 부분들이 많이 개입된다. 이러한 부분들의 捨象에는 무리가 있겠지만 편의상 이 논리를 근거로 했을 때 王의 존재는 그 자리가 분명해지지 않는다는 뜻이다.

主人公의 행위란, 이미 설정된 絶對君主의 旣存 秩序概念의 지배를 받고 있어서, 이에서 벗어나지 못하며 스스로 판단하는 능력에 의한다기 보다는 그것에 비추어 생각하고 그것을 옹호하는 일로 끝나 버리기 때문에, 그 판단은 旣存性의 確保에 지나지 않는 것이며 엄밀하게는 慣習的 行爲에 불과한 것이다.[8]

결국 仲介者로서의 君主權力은 英雄의 意志實現에 의해 제자리를 확보하는 되돌이 관계의 頂點이다.

軍談小說의 갈등구조는 그러므로 敵對 勢力과 主人公·英雄의 對決이면서 그 결과는 이미 내려진 상태, 勝敗의 판단은 이미 내려진 결과를 確認하고 제자리를 떠났던 질서를 회복시킴으로써, 失權回復·權力에의 再進出이 실현되는 것이다. 이러한 論理로 해서 軍談小說에서 발견할 수 있는 改革意志는 旣存 秩序 內에서의 調整意志 또는 部分的 修正에 지나지 않는다.

비록 軍談小說은 아니지만 主人公의 英雄的 行爲가 돋보이는 <洪吉童傳>에서 볼 수 있는 社會改革意志란 庶孼의 차별대우를 없애려는 것이었지 絶對君主의 權力에 도전하지는 않는다. 오히려 善君王의 治政을 흐리게 하는 말단 권력 행사자들의 잘못을 징계함으로써 王權을 튼튼히 하고 있음을 본다. 이는 君主의 權力과 旣存 秩序를 긍정적으로 받아들이는 것이며 극단적으로는 옹호하고 있는 것이다.[9]

軍談小說의 구조가 한 國家만을 배경으로 이루어질 때는, 王權에의 도전자가 邪惡한 敵對者가 되며 王權의 옹호로 끝날 수 있지만 國家間의

---

8) 여기서 慣習的 行爲란 日常性을 뜻한다. 이는 倫理的 근거가 일반화되어 있고 모든 판단기준이 이에 準함이 통용된다는 것을 의미한다.

9) <洪吉童傳>의 연구는 여러 측면에서 이루어지고 있지만, 그 改革意志의 바탕에 대한 것은 비교적 적었던 것 같다. 鄭柱東, 『洪吉童傳研究』(螢雪出版社, 1965.) 에서 <洪吉童傳>의 구조와 그 전개에 대한 연구가 본격적으로 시도되었지만, 여기서도 그 背面에 깔려 있는 旣存秩序의 옹호에 대한 논급은 미약했다.

갈등이 개입되면 主人公이 소속된 國家 權力 또는 君主權·王權만이 긍정받기 때문에 自主性·國家의 수호·옹호라는 의미로 강화된다.

完版本 <蘇大成傳>은 한 작품만으로 印出되지 않고 그 뒤에 <龍文傳>을 곁들여 두 작품이 한 책으로 묶여져 나왔는데 이의 분석을 통해서 軍談小說의 主題意識은 아주 쉽고 분명하게 드러난다.10)

<蘇大成傳>에서 蘇大成은 北朝를 平征한 공으로 魯王이 된다. 그런데 <龍文傳>에서 龍文은 胡에 태어나 胡王에 忠誠해야 할 인물이다. 그러자면 明에 충성을 다하는 蘇大成과의 갈등은 필연적이다. 그러나 실제로 그러하지 않다는데 문제가 있다.

1. 蘇大成이 魯王이 된 후에 胡國淸水江邊에 사는 龍薰의 아들로 龍文은 태어나다.
2. 고기를 팔러 시장에 가던 龍文은 道人을 만나 仙境에 들어가 두 仙女와 佳約을 맺고 信物을 교환한다.
3. 蓮花道人이 龍文을 데려다 10年 동안 兵法과 道 等을 가르친다.
4. 修學을 마치고 돌아오던 龍文은 神人을 만나 龍馬를 얻고, 또 靑衣童子로부터 黃金甲冑와 双龍馬貝, 龍泉劍을 얻는다.
5. 胡王이 父王의 원수를 갚는다고 吳王과 合勢하여 明을 칠 때 龍文을 대장으로 삼는다.
6. 蘇大成은 옛 스승 永保山 老僧으로부터 胡의 來侵과 龍文을 데리고 와야 이길 수 있음을 알게 된다.
7. 蘇大成은 蓮花山에 진을 치고 蓮花道人을 모시고 胡와 싸우나 龍文을 당하지 못한다.

---

10) 柳鐸一, 『完版坊刻小說의 文獻學的 研究』(學文社, 1981.)에 따르면 <龍文傳>은 <蘇大成傳> 뒤에 合綴되어 있는 것이다. 이는 아마 冊의 분량 조절을 위한 것이 아니었을까 싶기도 하지만, 그 내용으로 보아 <蘇大成傳>의 후속작품임에 틀림 없다.
金起東, 『韓國古典小說研究』, (敎學社, 1981.)에서도 <龍文傳>이 <蘇大成傳>뒤에 合綴된 사실을 언급하고 있으며 <蘇大成傳>의 후속 작품으로 보고 있다.

8. 龍文은 胡王과 魯王(蘇大成)을 비교해 보고 聖君을 만나지 못함을 한탄
   하던 중 蓮花道人의 서신을 받는다.

9. 龍文은 明陣에 가 蓮花道人을 만나 不事二君이니 차라리 초야에 묻히고
   싶어하나 魯王의 擇君之賢의 권고를 듣고 이에 따른다.

10. 胡王이 龍文의 아버지 龍薰을 가두고 위협하나 龍文은 이에 굴하지
    않는다.

11. 龍薰은 謀士의 도움으로 歸家하여 아들 龍文의 부름에 응하지 않는다.

12. 龍文은 胡國王이 되어, 天定配匹 張丞相의 딸과 시녀의 딸을 아내로
    맞는다.

이 줄거리를 살펴 보면 몇 가지의 문제가 드러난다.

첫째, 胡國人 龍文이 胡國을 버리고 明에 歸順하는 일이다.

둘째, 敵對 關係에 놓여야 할 인물 蘇大成과 龍文이 갈등을 일으키지
않고 和合한다. 결국 이들은 싸움을 통해 優位獲得을 목적으로 하지 않는
다.

셋째, 龍文의 아버지 龍薰은 明에 귀순한 아들을 따르지 않고 그대로
胡國에 머물러 있다.

넷째, 龍文의 明 歸順 문제는 작자의 확정과 관계를 지어 보았을 때,
同一 作者에 의한 처리로 볼 수 있겠다. 만일 이를 용납한다면 <蘇大成
傳>이 먼저 쓰여지고 그 뒤를 이어 <龍文傳>으로 쓸 때 明을 근거로
했던 국가관을 바꿀 수 없다는 의식이 龍文을 歸順으로 처리할 수밖에
없었을 것이다.

그러면서도 胡의 입장에서 보면 不事二君의 論理에 어긋난 처리를
그대로 둘 수 없었던 作者意識은 그 合理性을 위하여 '擇君之賢'의 새로
운 論理를 創出해 낸 것이라 보인다. 그러나 大義明分으로서의 不事二君
은 '擇君之賢'의 論理만으로 대적하기 어렵기 때문에 龍薰의 投獄이라는

또다른 희생을 첨가시키지 않을 수 없었다. 이로서도 충분하지 못하여 셋째의 문제, 龍薰은 아들 龍文을 따라 明으로 가지 않고 끝내 胡國에 남도록 하는 異例的 처리가 뒤따르지 않으면 안된다.

이러한 어려운 과정을 거쳐서 龍文이 明을 섬기고 胡國王이 된 것은, 明과 胡의 優位 다툼에서 明을 전제한 <蘇大成傳>의 성립이 先行되었고 明의 國權尊重 意識作用이 절대적인 것으로 옹호되기 때문이다. 그러나 不事二君의 論理는 그 對象의 善惡·正邪의 판단 이전의 倫理的 命題임을 龍薰의 행동을 통해 보여 준다는 점에서 亂世의 處世術이 갖는 모순성도 동시에 드러내는 것이 <龍文傳>이라 하겠다.

이러한 理念的 命題가 중시되고 보면 小說의 성립을 위한 갈등구조가 나약해질 수밖에 없고, 그 결과로 둘째 문제인 蘇大成과 龍文의 직접적 대립 갈등을 없애 버린 과정은 자연스럽다.

다음 또 다른 해석의 가능성이 남아 있다. 이는 英雄의 규합이란 차원에서의 해석이다. 亂世를 英雄의 優位 다툼으로 보지 않고, 이들의 힘을 하나로 모음으로써 해결하려는 作者意識인데, 이는 前提 國家의 旣得權力을 옹호하고 절대시하는 입장에 서지 않으면 안된다. 이에 따라 胡의 龍文은 明을 따르게 한다는 것이다. 이 해석 방법에도 먼저 作者意識 속에서의 正邪·善惡判斷이 이루어져 明을 선택하고, 이에 따라 不事二君의 論理를 세운 다음에 龍文으로 하여금 明을 따르게 했다고 보아야 하기 때문에 龍文의 행동 이전에 不事二君의 論理가 성립되어 있다고 하겠다.

결국 어떤 해석이든 作家意識이 明國權力을 옹호하고 있기 때문에 龍文의 明歸順을 合理化시켜야 했고 그래서 擇君之賢의 새로운 論理를 만들어 내게 되었다는 점에서 일치한다.

軍談小說 속의 作家意識 失權回復, 權力에의 再進出에 있다고 하지

만 이것이 표면상 나타날 때는 忠誠心의 고취, 愛國的 行動이 될 수밖에 없고, 그것은 不事二君의 論理 위에 서는 것이지만 이러한 主題 이외에 곁들여진 요소들도 무시할 수는 없다. 그 가운데 가장 분명한 것은 亂世에 대한 인식이다. 國家權力이 튼튼한 기반 위에 놓여 있지 못하고 어려운 지경에 도달했다는, 國權이 위기에 처해 있다는 위기의식 고취가 主題에 선행되는 인식이다. 다음은 위기 극복과 英雄出現의 기대감 충족이라는 점도 빼놓을 수 없다. 위기의식에 대한 해결, 보상작용으로서의 亂國克服 또는 國權回復은 主人公에 집중되어 있던 흥미를 보다 높은 차원으로 끌어 올리는 작업이다. 이와 함께 王權天賦性에 대한 신뢰감도 보태진다.

軍談小說은 단편적 意味群과 主題의 복합체다.11) 그러므로 독자의 욕구가 어느 하나로 집중되어 있지 않는 한 여러 층의 독자를, 여러 욕구의 독자들을 함께 만족시켜 줄 수 있는 가능성을 가시고 있다 하겠다.

Ⅲ. 開化期 歷史·傳記小說의 自主性

小說이 虛構的 구조 속에서 이루어지는 藝術이라는 인식이 뚜렷해지는 것은 近代文學에 이르러서다. 開化期의 小說觀은 그것이 藝術이라는 인식보다는 어려운 시대 상황 속에서 理念과 思想의 전달 매체로서의 기능을 더 중시했던 것 같다. 때문에 그들이 버티고 서 있는 論理的 근거 또는 도덕적 가치 실현을 위한 수단에서 벗어난 소설들은 여지없이 몰아붙이고 있음을 볼 수 있다. 이때 문제가 되는 것은 그들의 도덕적 기준이

---

11) 어떤 소설에도 그러하겠지만 中心 主題 또는 表面的 主題 이외에 여러 다른 부분이 갖는 의미들을 완전히 배제해 버릴 수 없다. 그렇다고 단편적이고 부분적인 의미가 전체를 지배하는 主題라고 볼 수 없기 때문에 이들의 集合이 그 소설의 의미구조라고 보아야 하지 않겠는가 생각된다.

무엇이며 그들의 理念인 思想이 어떠한 것인가 하는 것이다.

대체로 開化期 新聞의 발간은 開化意識이 투철했던 인사들에 의해 이루어졌기 때문에 그들이 근거하고 있는 開化의 방향 또는 志向이 理念과 道德的 가치 기준이 된다.

> 彼가 萬壹 社會及 國家에 對ᄒ야 壹半分 公益上의 思想이 有ᄒ진디 <羅賓孫漂流記>와 如ᄒ 奇文을 譯ᄒ야 國民의 冒險心을 鼓발ᄒ도 可ᄒ며 <若安貞德救國記>와 如ᄒ 壹小史를 著ᄒ야 國民의 愛國性을 鑄造ᄒ도 可ᄒ거날 今世에 不然ᄒ야 彼도 不爲ᄒ며 比도 不爲ᄒ고 只是 车利的 起見으로 爲妾辯護의 <鬼의 聲>과 如ᄒ 小說을 著ᄒ야 社會上의 道德만 破壞ᄒ고…12)

이 글은 『大韓每日申報』의 論說 「演劇界之 李人稙」의 한 부분이다. 新小說 작가 李人稙의 <鬼의 聲>이 도덕을 파괴한다고까지 몰아붙이면서 애국심을 고취하는 저술을 하지 않는다고 꾸짖고 있다. 小說이란 국민의 마음을 어느 방향으로 이끌고 나아가는 선도적 기능을 가지고 있어야 하며 그 교훈성을 버려서는 안 된다는 것이 당대의 소설에 요구하는 것이었다.

> …小說이 國民을 强ᄒ데로 導ᄒ면 國民이 强ᄒ며 小說이 國民을 弱ᄒ데로 導ᄒ면 國民이 弱ᄒ며 正ᄒ데로 導ᄒ면 正ᄒ며 邪ᄒ데로 導ᄒ면 邪ᄒ나니 小說家된 者 l 맛당히 自愼ᄒ빌어날 近日 小說家들은 誨淫으로 主旨를 숨으니 이 社會가 쟝ᄎ 엇지 되리오.13)

---

12) 『大韓每日申報』 第949號, 1908年 11月 8日.
13) 『大韓每日申報』 第1255號, 1909年 12月 2日.
　　「談叢」은 『大韓每日申報』의 고정난에 해당된다. 여기에는 論說的 성격의 글도 실리고, 記事的인 것, 때로는 短形敍事體도 실리기도 했다.

이는 『大韓每日申報』의 「談叢」에 실린 글이다. 『大韓新聞』에 연재되는 <漢江船>을 비평하는 글인데 이 작품이 誨淫하여 사람을 죽이는 것과 같다고 질타하고 있다.

이러한 小說觀이 특히 『大韓每日申報』를 중심으로 펼쳐지는 理由는 이 신문의 성격에서 우선 짐작할 수 있다. 이 신문은 裵說과 梁起鐸에 의해 창건된 民族紙에 해당된다.[14] 민족의식과 애국심을 고양하기 위해 발간된 신문이며, 그 편집은 申采浩, 安昌浩, 李甲 등이 맡고 있었다는 사실에서 이 신문의 성격이 더욱 뚜렷해진다.

開化期 당시대에 요구되던 民族意識과 애국심이 가장 절실한 것으로 받아들여진 것은 비교적 후기에 해당된다. 그것은 日帝의 침략적 내심이 구체화되면서 反封建이란 목표가 自主性 속에 수렴되기 시작하는 갑오경장 이후이며, 대중매체가 급속도로 발달하고, 鉛活字의 수입에 의해 인쇄 방법에 개혁이 올 때와 대체로 일치한다. 1905年 전후해서 學會의 결성이 갑자기 많아지고 신문의 발간이 활발해지면서, 민족의식 고취, 애국심의 고양을 위한 신문과 親日的 성향을 지닌 것, 또는 日人에 의한 신문 발간이 표면에 떠올라 대립과 갈등을 빚게 된다.[15] 이 갈등 속에서 민족의식을 고취하려는 민족지 중심에서 주로 연재되던 소설이 바로 역사·전기소설

---

14) 李海暢, 『韓國新聞史硏究』(成文閣, 1971.) 참조.
　　이에 따르면 『뎨국신보』, 『皇城新聞』, 『大韓每日申報』 등이 민족자본에 의해 출간된 민족지였다. 그러나 같은 민족지라고 해도 『萬歲報』는 新文化의 수입을 권장한 데 비해 앞에 든 신문들은 外勢 침략에 대항하는 논조를 펴고 있다는 점에서 특히 민족 의식과 애국심 앙양에 큰 몫을 했다고 보여진다.

15) 李海暢, 『韓國新聞史硏究』, 참조.
　　日人에 의한 신문 발간은 상당히 빨랐던 것으로 1894年 2月에 釜山서 『朝鮮時報』를 비롯하여, 大邱의 『大邱實業新報』(1905), 仁川의 『朝鮮新報』(1902), 등 각 지역에서 나왔다. 서울시는 『大韓日報』(1904.3.10), 『大東新報』(1904.4), 『中央新報』(1906), 『京城日報』(1906), 『國民新報』(1906.1.6), 『大韓新聞』(1907.7.18) 등이 나와 民族紙와 상치되는 논설을 펴고 경쟁적인 기사를 실을 뿐만 아니라, 연재되는 소설도 그 주제가 서로 맞보는 것을 실었다.

이다.

한편 1905年 전후해서 단행본 소설 발간이 활발해지는데 특히 애국심과 민족주의적 성향을 지닌 外國偉人傳, 또 歷史的 기술이되 특히 自主性을 쟁취해가는 과정이나 그러한 성격에 부합되는 歷史書가 大種을 이루게 된다.16) 지금까지 밝혀진 것만도 20種이 넘어 있는 것으로 보면 당시대에 保守性向의 開化를 주장하던 이들이 救育立國과 함께 愛國 民族主義의 계몽을 얼마나 힘주어 했는가를 쉽게 알 수 있다. 여기서 한걸음 더 나아간 것이 愛國的 英雄의 出現에 대한 기대다.

> 無涯生이 曰 我國二千萬口가 繁衍至二千億二千兆도 非我所祝이라 我所祝者는 只是 我國에 有愛國者며 我國 三千里地가 延長至三萬里三億里도 非我所願이라 我所欲者는 只是 我國에 有愛國者며……愛國者가 無ᄒ면 虎唅耽耽에 皮肉이 食樂盡ᄒ고 屠刀霍霍에 苦痛이 滋甚ᄒ리니 其誰保之며 其誰救之리오……17)

<伊太利建國三傑傳>을 번역한 序文에서 申采浩가 밝힌 출간 이유다. 결국 愛國者의 출현, 救國的 영웅의 출현을 기대하는 마음에서 이태리 근대시의 세 기수의 전기를 번역한다는 것이다.

> 苦我國은 一手로 獨立山河를 整頓ᄒ며 一劍으로 百萬强敵을 殺退ᄒ 眞英雄의 大戰跡도 如此抹殺ᄒ니 兩國從來 强弱의 異點이 엇지 比에 不在타 ᄒ리오 過去의 英雄을 寫ᄒ야 未來의 英雄을 招ᄒ노라.18)

---

16) <伊太利建國三傑傳>(1906), <比斯麥傳>(1907), <華盛頓傳>(1908), <聖彼得大帝傳>(1908), <라란부인젼>(1907), <의국부인젼>(1907) 등의 출간이 그것이다.
17) <伊太利建國三傑傳> 序文
18) 申采浩, <을지문덕(乙支文德)>(廣學書舖, 1908.) 참조.
    이 책은 國漢文 혼용체로 되어 있는데, 인용문은 序論의 끝부분이다.

申采浩는 <大東四千載第一大偉人乙支文德>의 서술 목적을 이렇게 말했다. 이는 앞서 <伊太利建國三傑傳>이 外國의 人物을 원용한 간접적 효과를 노린 것이라면, 그보다 직접적이고 절실한 우리 나라의 인물로서 乙支文德을 택한 것이다. 이 외에도 申采浩는 <李舜臣傳>과 <崔都統傳>을 썼다.

이 모든 저술 활동에서 우리는 申采浩의 저술 목적이 비록 문학적 성과로서는 뛰어나지 않았다 하더라도, 민족 의식과 愛國心의 고양, 나아가 그러한 人物의 출현을 기대하는 간절한 소망의 실현에 있었음을 짐작할 수 있는 것이다.

이는 申采浩 한 개인의 의지나 바람이 아니고 開化期 애국적 교육입국을 주장하고 있었던 志士나, 민족 계몽의 선봉에 서 있었던 이들의 공통적인 희망이었다.

張志淵이 <잔국부인젼>을 쓴 것도 바로 이러한 의도임에 틀림없다. 비록 그 인물이 시간적으로는 4世紀의 相距한 프랑스 女人임에도 불구하고 당대의 현실적 여건과의 상관성을 고려한다면 잔느·다르크의 구국 정신이 開化期에 필요한 정신임을 역설하려 했음에 異論이 있을 수 없다.

> 비록 그 제재를 다른 민족의 구국영웅의 전기에 두면서도 실은 자국의 국가적 위난에 대하여 그것을 간접 매개로 해서 전국민적 결속을 고취하고 있을 뿐만 아니라 저항의 정신을 감발시키고 있다. 이때 역사는 현실 속에 살아 있다 즉, 현실에 살아 있도록 하기 위해서 역사적인 권위상에 대해서 각별한 가치 부여를 하고 있는 것이다.[19]

歷史·傳記小說의 당대적 의미를 李在銑은 이렇게 力說하고 있다. 결국 當代의 문제를 현실적으로 해결할 수 없고, 직접적인 노출이 어려웠

---

19) 李在銑, 『韓國現代小說史』(弘盛社, 1979.), p.193.

을 때, 그것은 우회적인 방법으로 대처하는 도리밖에 없었을 것이다. 그것이 역사적 相似性이나 意味의 연계성을 이용한 역사·전기소설에로의 轉向이었음을 알 수 있다. 때문에 이러한 소설에 투영된 作家意識은 民族自主情神이라 하겠다.

> 그것은 한마디로 민족 자주사상이다. 자주사상은 곧 민족의 독립과 자유를 지키려는 사상이다. 외세의 침략에 대한 심리적인 항쟁일 뿐만 아니라 행동적인 저항의 사상으로서 민족의 기본적인 생존권을 지키자는 조국 수호의 사상인 것이다.[20]

民族自存과 祖國守護를 위한 항쟁은 時代나 民族的 차이를 뛰어넘는 정신으로, 同質的 감동으로 독자에게 전달된다.

이때 소설은 외형적 특징으로 판별되는 문학의 양식이 아니라 보다 절실한 理念과 思想을 직접 전달하고, 그 인물의 행동성이 典範으로 전달되기를 바라는 단순한 情報 傳達의 媒體機能에 머물러 있어도 좋은 것이다. 이러한 생각에서 출발해 본다면 소설이 기본적으로 갖추어야 하는 敍事構造는 2차적인 문제로 물러나 버리고 理念의 공통성, 目的的 가치 기준에 부합될 수 있는 것이면 모든 것을 다 용납하게 된다.

開化期에 소설이 아니면서도 널리 읽히고, 그것의 기능이 소설에 가까울 수 있었던 것은 歷史認識을 일깨우는 것들이다. 그 좋은 예가 <越南亡國史>요, <法國革命史>, <波蘭亡國史>, <埃及近世史>, <美國獨立史>, <大韓歷史> 등의 역사서들이다.[21] 이들은 史書에 지나지 않아 보

---

20) 李在銑, 『韓國現代小說史』(弘盛社, 1979.), p.191.

21) 이들의 出版 목적은 먼저 新敎育의 敎材로서의 가치였을 것이다. 그러나 이들이 다만 지식의 전수를 위한 것으로 읽히지 않고 歷史認識의 교양이나, 격변하는 時代認識의 자료적 가치를 자연히 띠게 되었다. 그 이유는 歷史의 全史的 성격을 띤 것도 있지만 대체로 變亂 中心으로 되어 있거나 近代史로 이행하는 과정을 중점적으로 다룬 것에서 연유하는 것이다. 이 외에도 <法蘭西新史>, <拿破崙

이지만, 기실 그 내면에는 民族的 고난과 國家的 위기를 공통점으로 하며 나아가 그 나라가 어떻게 멸망하게 되었으며 外來勢力에 어떻게 저항했는가를 소상히 알려주는 기능을 담당할 수 있었다.

民族·國家的 위기에 대한 인식과 民族·國家를 守護하기 위한 노력의 처절함이 그대로 드러나 있어서, 비록 그것이 外國의 것이라 하더라도 역사 현실의 유사성으로 當代 한국 독자들에겐 충분한 의미와 충격을 줄 수 있었다. 民族·國家觀의 확립과 愛國·愛族心을 고양하고 나아가 民族 自主情神을 고취하는데는 歷史·傳記小說과 다를 바 없는 효과를 가질 수 있었다. 그러므로 當代의 史書는 歷史的 사실을 알려 주는 지식의 전달서이면서 歷史認識을 분명히 하게 할 뿐만 아니라, 그러한 歷史 속의 偉人·英雄的 人物의 행적은 그대로 歷史·傳記小說과 同質的인 것으로 인식되기도 했다.

> 그 좋은 예는 申采浩의 <乙支文德傳>의 記述體系가 소설적 허구성에 바탕을 둔 것이라기보다는 歷史記述方法에 입각하고 있음에도 발견할 수 있다.[22]

이렇게 小說과 歷史的 事實 사이의 거리가 좁혀지는 當爲性을 인정하지 않는다면 歷史·傳記小說은 설 자리가 없다. 歷史·傳記小說을 인정하는 입장에서 그것의 當代的 意味를 統合하는 軸은 愛族·愛國心이요 民族 自主思想의 고취가 될 수밖에 없다.

戰史>, <普法戰記>, <比律賓戰史>, <日露戰記> 등이 있다.

22) <崔都統傳>, <李舜臣實記> 등은 '第一章 緒論'으로 시작되어 끝은 '結論'으로 맺는다. <乙支文德>은 '第一章 乙支文德 以前의 韓漢關係'로 시작되어 역시 '結論'이 맨 끝에 놓인다. 이는 소설 기술이 아니라 歷史記述體系에 따른 것이라 보아야 옳다.

Ⅳ. 忠·不事二君과 自主性의 辨證法

變動期 社會에 나타나는 志向性은 크게 두 개의 방향을 갖고 있다. 하나는 保守的인 것이요, 다른 하나는 改革的인 것이다.[23] 이 두 개의 志向性은 다음 社會의 安定期에 들어가기까지 쉽사리 양보하지 않는 힘으로 相對的 勢力을 구축하여 갈등 관계에 놓인다.

保守志向은 지금까지 지니고 있었던 價値體系와 文化的 中心象徵을 固守하려 노력하면서 變化에 대해서는 敵對感을 나타낸다. 때문에 새로움에 대해 심한 혐오감과 함께 復古的 方向을 設定하고 이의 추진을 위한 노력에 많은 희생을 치르게 된다.

開化期는 단순한 變動期가 아니라 民族과 國家의 自主性이 위협받는 지극히 비극적이고 劇的이라 할 정도의 激變期에 해당된다. 때문에 두 개의 志向性이 갖는 敵對感 또한 격렬한 것으로 나타나고, 그들이 지키려는 價値體系나 文化的 中心象徵은 더욱 완고한 성격을 띠게 되는 한편 改革志向은 이를 무너뜨리려는 노력이 여러 가지의 變形으로 또 집요하게 나타나게 되면서 갈등을 고조시킨다.

開化期 歷史·傳記小說은 保守志向의 대표적인 양식이다. 그들은 改革 自體가 이미 敵對性을 띤 것으로 간주하며 그들이 보여 주는 價値體系나 새로운 文化的 象徵은 타락으로 몰아붙이게 된다.[24]

---

23) S.N. Eisenstadt, 呂井東·金晉均 譯,『近代化, 抵抗과 變動』(探究堂, 1972.), 社會變動期에 나타나는 文化的 主要 主題는 傳統主義的志向과 과격한 反傳統主義的 志向으로 나타나는데, 前者는 전통이 침식당하는 것에 대항하는 것이고, 後者는 社會變動에 따른 自律的 文化的 창조력을 過信하는 경향을 보인다고 한다. 이들은 다 함께 엘리트주의에 젖어 있어 선구자적 기질을 나타내게 된다고 한다.

24) 開化主義는 대체로 反傳統主義的 엘리트 의식이 강한 집단에서 變化를 촉구하는 방향으로 文化的 창조력을 드러내기 때문에, 소위 新小說 계열 중에서도 西歐志向, 自由戀愛, 海外留學 등과 같은 내용을 다루게 된다. 이에 맞서는 傳統主義的

保守志向은 復古條의 형식과 文化的 象徵體系를 固守하려 하기 때문에 開化를 긍정하는 한이 있어도 保守的 通路를 통하려 하고, 이에 따른 文化的 變身만을 수용한다.

開化期 西歐文化 收入 通路는 中國과 日本이라는 二大 中介國으로 열려 있었음은 周知의 사실이다.[25] 때문에 開化論者의 태도는 이 두 通路 中 어느 것을 택했느냐에 따라 조금씩 다르게 나타날 수밖에 없다. 保守志向은 中國 通路에 있다. 그 이유는 中國이 漢子를 사용하고 있다는 점— 비록 白話體를 사용했다고 하더라도 초기 白話體가 漢文에서 크게 벗어나지 않는다는 점을 고려에 넣어야 한다. 에서 漢子 解得者의 경우 어렵지 않게 수용할 수 있다는 利點이 있다. 또 中國과 우리 나라의 지금까지 관계로 보았을 때 日本에 비해 훨씬 친근하다는 점도 利點이 된다. 歷史·傳記小說이 漸進開化派 人物들에 의해 주로 고무되고 있다는 점까지 고려해 보면, 中國 通路의 영향은 至大한 것이었음을 알겠다.[26]

開化期 中國 通路에 서 있었던 가장 중요한 人物은 梁啓超다. 그의 저술 『飮氷室文集』은 申采浩·張志淵 등에게 큰 영향을 끼쳤을 뿐만 아니라, 그의 저작들이 주로 번역·번안되어 소개된 바가 많다. 『越南亡國史』, 『瑞士建國志』, 『意太利建國志』 등은 모두 梁啓超의 저술을 번역·번안한 것임이 이미 입증되고 있다.[27]

志向은 이러한 새로운 것에 거부반응을 보이게 되며 특히 自由戀愛는 不道德으로 몰아붙인다.

25) 李在銑, 『韓國開化期小說硏究』(一潮閣, 1972.), pp.143~173에서 文化受入의 통로로 日本과 中國 둘을 함께 생각해야 한다고 주장했다. 이 중에서도 中國 通路를 지금까지 소홀히 한 점은 잘못이라 지적하고 있다.

26) 開化期 新聞連載小說을 보면 民族紙에서는 歷史·傳記小說類를, 親日新聞에는 自由戀愛를 다룬 소설류가 많이 있다.

27) 梁啓超가 開化期 우리 문학에 큰 영향을 끼쳤다는 사실을 특히 강조한 연구가는 李在銑이다. 당시의 文學觀, 小說觀 등이 梁啓超의 영향 하에 있었고, 또 그의 전술이 일찍부터 우리나라에 소개되었을 뿐만 아니라 그의 저작물이 번역되었다는 사실도 이미 밝혀졌다. 이에 관해서는, 葉乾坤, 『梁啓超와 舊韓末文學』(法典出版社, 1980.)에서 상세하게 다루고 있다.

歷史·傳記小說이 保守志向에 놓여 있으며 中國 開化의 영향권 안에 있다는 사실은 매우 중요하다. 이는 開化의 방법에서부터 中國에 傾倒되는 친근감과 復古的 성향의 절대적 價値體系가 그대로 존속되고 있음을 뜻하기 때문이다. 이를 달리 말하면 變化라기 보다 舊價値體系의 固守요 변화에의 기대도 최소화시키는 一面이 강조되고 있었음을 뜻한다. 여기서 開化期의 小說共存現象을 해명할 수 있는 길이 열려진다.

價値體系가 그대로 존속하고 있으며 變化에의 기대는 최소화된 상태에서 독서의 경향은 이미 설정되는 것이다. 復古的 性向은 開化期의 혼돈 속에서 쉽사리 古小說에의 접근을 가능하게 하였을 것이고 그것은 결코 어려운 것이 아니었을 것이다. 여기에다 歷史·傳記小說의 理念과 軍談小說의 主題意識은 결코 相衝되지 않는다는 점에서 더욱 그 가능성은 높아진다.

國亂의 위기에 忠誠心을 요구하는 것은 자연스러운 귀결이다. 그것은 旣存 權力體系를 옹호하는 것이며 國家를 위기로부터 보호하고 지키려는 意志이기 때문이다. 더구나 그것이 한 國家에 한정되지 않고 外國과의 갈등이었을 때는 더욱 그러하다.

歷史·傳記小說이 우리 역사 속의 偉人만을 대상으로 하지 않고 外國의 志士를 원용하고 있음을 보면, 그 국적이나 時代的 相距는 결코 벽이 될 수 없음을 알 수 있다. 더구나 外國人을 主人物로 한 소설에조차 作者의 意識投影이 직접 드러나고 있음을 본다면 理念과 主題意識이 近似値에 해당되는 軍談小說이 歷史·傳記小說과 함께 읽히는 것은 극히 자연스러운 현상일 것이다.

슬프다. 이쩍 아리안성은 도마우에 살덤이요 가마안의 고기라 엇지 위티
흣지 아니리오. 옛적 우리나라 고구려 시더에 당티종의 빅만 군병을 안시셩
티수 양만춘이 능히 항거ᄒ여 빅여 일을 굿게 직히다가 맛춤니 당병을

물리치고 평몰케 ᄒᆞ엿스며 고려 강감찬은 슈천병으로 걸안 소손녕의 삼십
만 병을 물리치고 숀경을 보젼ᄒᆞ엿스니 아지 못커라 법국은 이ᄯᅥ에 양만춘
을지문덕, 강감찬ᄀᆞ튼 츙의 영웅이 뉘잇는고.[28)]

잔느·다르크의 傳記를 쓴 <이국부인젼> 속에서 張志淵은 이렇게
말하고 있다. 비록 그것이 프랑스의 역사적 인물의 구국 항쟁이라 해도,
이에 맞먹는 우리 역사적 인물을 대비시킴으로써 독자에게 한갓 事實의
전달이 아닌 구국 항쟁 정신을 고취시키려는 의도가 역력히 드러나고
있다.

歷史的 同質性·相似性을 이용한 民族自主性의 고취라는 점에서, 그
것은 愛族愛國心을 심는데 충분히 이용할 만한 것이다.

이에 비한다면 軍談小說은 그 背景이 中國이요, 忠誠心 고취를 위한
다는 점에서 外國의 偉人傳에서 크게 다르지 않다. 오히려 歷史的 친근
감, 開化 通路의 一致點에서는 더 가깝게 느껴질 수도 있는 것이다.

前代的 理念으로서의 忠誠심과 不事二君은 當代의 愛族·愛國·民
族自主性에 상응하는 개념이다. 국가와 민족이 위기에 처해 있다는 위기
의식의 일치점과 國家·民族의 自主性 확보라는 점에서는 軍談小說이나
歷史·傳記小說이 다르지 않다. 더구나 軍談小說의 英雄出現은 國亂克
服의 실제성을 구체적으로 돋보이게 하고 있으며, 時代的 相距에도 불구
하고 傳統的 倫理觀과 保守性을 짙게 깔고 있어서 保守志向의 目標와
쉽게 호응하고 이를 뒷받침해 주는 기능까지도 발휘할 수 있는 것이었다.

文化的 中心 象徵이 그대로 보존되어 있으며, 改革意識이 旣存秩序
속에서의 變化만에 머물러 있고, 國權과 君主權力을 절대시하는 의식은

---

28) <이국부인젼>, 제2회 끝부분.
　　위기의식의 대비, 영웅적 인물 출현에의 기대, 이러한 작가의 의지는 단순한 外
　　國偉人傳 記述者로 만족하지 못하고 한국 현실 속의 기대감까지 여기에 쏟아 놓
　　은 것이다.

開化期 國權喪失의 위기감에 대한 보상작용을 충분히 하고도 남을 수 있는 것이다.

忠·不事二君의 倫理觀과 民族 自主性은 결코 兩分되는 理念이 아니다. 開化期의 중대 과제였던 自存·自主가 國權의 喪失이라는 위기감 위에 놓여있는 한 그것의 前近代性이라는 허물만으로 배척될 수 없는 論理的 合法性을 확보할 수 있다. 단순히 時代的 거리감이나 表現의 차이만으로 理念의 一致性을 깨뜨리기엔 너무나 급박한 상황이 開化期였음을 감안한다면 忠·不事二君과 自主性은 하나의 理念의 異稱에 不過함을 인정해야 한다.

理念의 대립과 갈등이 심각한 變動期 社會에서 表現의 차이나 文學樣式의 변별 요인은 큰 기능을 하지 못한다. 自主思想이 小說樣式을 취하지 않았다고 해서 愛國歌辭類를 버릴 수 없듯이, 軍談小說의 倫理性은 復古的 文化象徵의 가장 뚜렷한 실체이기 때문에 歷史·傳記小說과 同等한 意味體系속에 놓일 수 있는 것이요, 더 나아가 歷史·傳記小說이 當代에 자리잡을 수 있는 旣存 地盤 형성에 큰 몫을 한 것으로 평가해야 할 것이다.

그러므로 忠·不事二君의 倫理性은 自主思想에 대한 命題이면서 前提요 綜合 命題일 수 있고, 自主思想은 前代 倫理性의 계승 발전에 의한 새로운 命題의 表現에 지나지 않는다.

開化期 新聞小說 〈車夫誤解〉 小考

I. 序 言

甲午更張을 分水嶺으로 한 韓國文學史의 兩斷은 一部 研究家들의 업적에도 불구하고 그 連續性의 획득에는 만족한 단계에 이르지 못하고 있다.[1] 때문에 지금까지의 研究가 대체로 兩斷의 어느 한 쪽에 대한 個別 研究에서는 큰 성과를 보이고 있지만 이들을 接脈시키는 일은 상당히 조심스러워서 前代에서는 進行性의 확보로, 新文學 쪽에서는 根源의 추구로 方法論的 可能性을 타진하는 정도에 그치고 있다.

그 좋은 예로 新小說을 出發點으로 한 古代小說과의 接脈 可能性의 探究를 들 수 있다. 이것은 확실한 新小說 研究의 업적을 발판으로 新小說과 古代小說과의 淵源關係 또는 영향관계를 內容과 形式面에서 추구해 들어가는 방법이다. 그러나 이러한 方法에서 발생하는 가장 큰 문제는 古代小說의 정착과 新小說의 발생 사이에 생겨나는 여러 가지 相距를 어떻게 메우느냐 하는 것이다. 그것이 다만 時間的 相距만에 그친다면 古代小說의 쇠퇴와 新小說의 발생이라는 歷史的 發展過程으로 설명할

---

1) 한국문학사가 古典文學과 新文學으로 兩斷되어 있는 실정은 아직도 해결을 보지 못하고 있다. 이에 대한 한 試圖로 김윤식·김현, 『韓國文學史』(民音社, 1973.)에서는 近代文學의 基點을 英·正祖로 끌어 올리는 作業을 하였으며 趙東一, 『新小說의 文學史的 性格』(韓國文化研究所, 1973.)에서는 新小說이 前代小說(古典小說 또는 古代小說이라 지칭하던 것을 趙 敎授는 이렇게 命名했다)의 構造的 繼承임을 立證해 보이려 하고 있다. 또 趙潤濟 博士는 그의 『韓國文學史』(探究堂, 1971.) 改訂 再版에서 第九章 反省時代(近代－前期－文學)과 第十章 運動時代(近代－後記－文學)라 하여 그 連續性을 認定하려 하고 있으나 확고한 說得力을 갖지는 못하고 있다.

수 있겠지만, 內容과 形式面에서 그러하지 못한 혼적을 너무 많이 가지고 있다는 點이 亦是 問題로 남게 된다.

이에 古代小說과 新小說 사이의 中間 段階로 開化期 新聞小說의 樣式을 設定할 수 있지 않을까 하는 것이 생각되어지고 또 新小說의 前身的 樣式으로서나 過渡期的 性格으로서의 開化期 新聞小說에 關心을 모을 수 있을 것 같다.

新小說 研究는 이미 全光鏞 敎授에 依해서 整理가 이루어진 셈이며,[2] 上記 開化期 新聞小說에 대한 研究도 趙演鉉, 李在銑, 宋敏鎬 諸敎授들에 의해서 상당한 성과를 보여 주고 있다.[3]

本稿는 이러한 研究에 힘입어 開化期 新聞小說의 하나인 <車夫誤解>에 대한 小考를 試圖하려 하는 것이다.

<車夫誤解>는 『大韓每日申報』에 1906년 2月 20日부터 3月 7日까지 11回에 걸쳐 실린 作品이다.

이 作品이 小說로서의 形式을 완전히 구비하고 있는가 하는 問題는 여기서 일단 論外로 한다. 왜냐하면 이 作品 뿐만이 아니라 당시 開化期 新聞에 실린 作品들은 거의 전부가 형식상의 문제를 안고 있어서 이 作品 하나만으로 斷定할 수 없기 때문이다.[4]

---

2) 全光鏞 敎授의 「李人稙研究」, 『新小說研究』, 『韓國小說發達史』(下) 등에서 新小說이 갖는 史的 展開 및 整理가 이루어져 있다. 以外에 河東鎬 氏의 「新小說研究草」, 『世代』 通卷 38.40.41도 있다.

3) 趙演鉉 氏의 『韓國新文學考』(文化堂, 1966.)에 실린 「開化期文學形成過程考」와 「文學저널리즘考」, 李在銑 敎授의 『韓國開化期小說研究』(一潮閣, 1972.), 宋敏鎬 敎授의 『韓國開化期小說의 史的研究』(一志社, 1975.) 등에서 新小說의 成立以前 (편의상 新小說의 成立을 李人稙의 <血의 淚>로 잡았을 때)의 新聞小說에 대한 탁월한 研究 업적이 있다.

4) 『漢城新報』의 <木東崖傳>, 『大韓日報』의 <灌頂醍醐錄>, <一捻紅>, <龍含玉>, <女英雄>, <斬魔劍>, <返魂香>, 『中央新報』의 <明月奇緣>, 『皇城新聞』의 <神斷公案>, <夢潮>, 『大韓每日申報』의 <靑樓義女傳>, <쇼경과 안즘방이 문답> 등 허다한 作品들이 안고 있는 問題는 아직 미해결의 상태에 있다. 李在銑, 宋敏鎬 두 敎授도 여기에 대해서는 명확한 斷言을 내리지 않고, 다만 小說形式으로 認定하고 있는

또 共時的 立場에 놓인 다른 開化期 新聞小說과의 關聯性에 對해서도 일단 論外로 한다.

다만 作品의 理解에 필요한 부분만큼의 作品 外的 狀況으로서의 新聞에 관계되는 자료를 활용하여 이러한 作品이 나타나게 되는 과정을 파악하고 그 性格을 규명하는 것을 목적으로 삼고자 한다.

II. 開化期 新聞과 連載小說

韓國의 開化運動이 啓蒙的 性格을 지니고 있음은 周知의 사실이며, 이러한 開化意識은 일찍부터 新聞의 發刊이라는 형식으로 나타났음도 익히 알려진 바다.

新聞의 發刊이 한국 문학에 끼친 공적은 단적으로 新聞 連載小說의 형태를 빌어 <血의 淚>가 발표되고 李光洙의 <無情> 역시 그러했음을 생각하면 간단히 인정할 수 있을 것이다. 특히 開化期에 있어서의 新聞의 역할은 온 國民을 啓導하고 새로운 知識, 新文化의 보급을 담당하는 것 이외에도 소설의 連載라는 면에서 新文學과는 不可分의 관계를 맺고 있음을 볼 수 있다.

이에 대하여 趙演鉉 氏는,

近代 以後의 文學이 거의 全的으로 저널리즘에 의거되어온 것을 생각하면 韓國의 新文學이 이러한 形成期의 저널리즘에 의거하여 나타날 수밖에 없었다는 것은 지극히 당연한 일이 아닐 수 없다. 그러므로 韓國에 있어서 저널리즘과 文學과의 관계도 실로 이때부터 비롯되기 시작한다.[5]

듯한 인상을 준다. 이러한 문제 즉 開化期 新聞小說에 대한 形式的·小說美學的 研究는 本稿와 달리하는 것이기 때문에 일단을 제쳐 두기로 한다.

　라고 하여 新文學이 新聞에 편승되어 발전하게 됨을 밝혀 주고 있다.
뿐만 아니라 趙潤濟 博士도 그의 『韓國文學史』속에서

　　新聞과 雜誌의 發行은 新文化 運動의 先驅가 되고 그것이 一般文化에
　　미치는 影響이 莫大하였을 것은 여기서 喲喲할 필요도 없는 일이거니와,
　　또 特히 여기서 注意되고 또 놀랄 事實은 그들이 모두 國漢文混用體의
　　國文을 써서 言文一致를 斷行하고 있다는 것이다.6)

　라 하여 新文學이 新聞에 의존되어 있었음을 지적하고, 新聞의 發刊이
言文一致 運動의 先驅的 역할을 하고 있음을 강조하고 있다.
　이것은 文學의 면에서만 보아 그러했던 것은 아닐 것이다. 崔埈 氏는
『韓國新聞史』 속의 「新聞 紙幅의 擴大와 連載小說」이라는 項目에서,

　　민간신문은 한글 普及에 노력하는 동시에 連載小說을 실어 新聞小說의
　　길을 터 놓았다. 즉『萬歲報』는 처음으로 李人稙 作의 <鬼의 聲>을 連載하
　　여 新聞連載小說의 첫 記錄을 남겨 놓았으며 이어『大韓每日申報』가 1906
　　년 2월 9일부터 <靑樓義女傳>을 실었고 다시『제국신문』은 1907년 3월
　　20일부터 <許小僧>을 連載하였다.7)

　하여 그 相關 關係를 충분히 입증해 주고 있다.
　그러면 이렇게 新聞의 자극 또는 催促에 의해 나타나게 되는 新聞小說
은 어떤 것이었을까 하는 이 時期 小說의 使命과 作家意識에 對해서도

---

5) 趙演鉉, 「文學저널리즘考」, 『韓國新文學考』(文化堂, 1966.), pp.159~160.
6) 趙潤濟, 『韓國文學史』(探究堂, 1971.), 改訂再版, p.399.
7) 崔埈, 『韓國新聞史』(一潮閣, 1960.), p.173.
　여기에 대한 바로 잡음은 李在銑 敎授의 『韓國開化期小說研究』 p.41에서 이루어
　져 있다. 우선 <鬼의 聲>이 <血의 淚>로 <許小僧>이 <許生傳>으로 바로 잡혔다.
　또 <처음>에 대한 異論도 上期 李在銑 敎授의 著書를 통해 충분히 바로 잡혀진
　셈이다.

몇 가지 밝혀 두어야 할 點이 있다.

우선 開化期 新聞小說은 대체로 無署名이 그 특징이다. 一部 署名이 있는 作品의 경우도 筆名으로 대신되어 있다. 이러한 사실은 이미 趙演鉉 氏에 의해 주목을 받은 바다.

趙演鉉 氏는 그의 「開化期文學形成過程考」에서 無署名의 理由를 다음과 같이 셋으로 들고 있다.

　첫째는 그러한 小說들이 그 당시에 署名없이 발표된 각종의 論文的인 文章(例 日本論, 西洋論, 獨立論 따위) 들과 마찬가지로 小說이 一般 記事와 구별되어 있지 않은 新聞 記事의 한 種類였던 것이며,
　둘째는 이 때문에 小說도 一般 記事와 마찬가지로 新聞社의 記者들이 주로 집필한 때문이며,
　셋째는 그러한 小說들이 執筆者(記者든 記者가 아닌 外部人士의 執筆이든 간에)의 創作이 아니라 傳來된 또는 外來의 旣存한 이야기들이라는 데 있다.[8]

이러한 사실의 타당성을 認定하고 보면 開化期 新聞小說은 新聞社의 社是와 直接的으로 연결되고 있음을 알겠고 또한 그 目的이 啓導的인 것에 치우쳐 있음도 짐작하겠다.

그러므로 小說의 使命은 新聞의 使命과 一致하거나 적어도 同調的인 立場에 설 수밖에 없을 것이고, 作家 意識 또한 그러하였음을 미루어 알 수 있다. 이를 立證하는 것으로 本格的인 新小說 作家 中의 한 사람인 李海朝는 그의 <花의 血> 序言에서 또는 跋文에서 小說의 使命에 대하

---

8) 趙演鉉, 前揭書, p.56.
　　이 외에도 「文學저널리즘考」에서 <이 時期의 文學은 作者라는 독립된 職能者에 의해서 生産되고 발표되어진 것이 아니라 全的으로 저널리즘의 필요에 의해서 저널리즘 自身이 直接 生産 發表해 왔다는 意味가 된다.>(p.162.)라고 해서 小說作者가 專門化되지 않음에 그 主原因이 있다고 했다.

여 다음과 같이 말하고 있다.

   기자 왈, 소설이라 하는 것은 매양 빙공착영(憑空捉影)으로 인정에 맞도록 편집하여 풍속을 교정하고 사회를 경성하는 것이 제일 목적인 중, 그와 방불한 사람과 방불한 사실이 있고 보면 애독하시는 열위(列位)·부인·신사의 진진한 재미가 일층 더 생길 것이요, 그 사람이 회개하고 그 사실을 경계하는 좋은 영향도 없지 아니할지라. 고로 본 기자는 이 소설을 기록하매 스스로 그 재미와 그 영향이 있음을 바라고 또 바라노라.[9]

   무릇 소설은 체제가 여러 가지라 한 가지 전례를 들어 말할 수 없으니 혹 정치를 언론한 자도 있고, 혹 정탐을 기록한 자도 있고 혹 사회를 비평한 자도 있고 …中略… 모두 다 좋은 재료가 되어 기자의 붓끝을 따라 재미가 진진한 소설이 되나…[10]

上記 두 引用文에서 當時 作家들의 小說觀이 두렷이 나타나고 있음을 볼 수 있는 이외에 아직도 小說家라는 獨自的인 職能人으로서가 아니라 記者의 立場에 서 있었음도 아울러 알 수 있다.

이상에서 開化期 新聞小說의 性格은 대체로 그 윤곽을 드러낸 셈이 되며 또 新聞과의 聯關性도, 作家 意識도 어느 정도 해명이 된 것으로 생각된다. 이러한 這間의 사정을 참작해 본다면 <車夫誤解>는 그 自體로 해명될 성질의 作品이 아니고 當時의 여러 가지 여건과 揭載 新聞과의 相關下에서 理解되어져야 할 것임을 알게 된다.

---

9) 『韓國新小說全集』 二卷(乙酉文化社, 1969.), 再版 p.412.
   이 글은 <花의 血>의 跋文으로 記錄된 것이다. 그런데 白鐵 敎授의 『朝鮮新文學思潮史』(首善社, 1948.), p.42에서는 <花의 血>의 序文으로 되어 있다.
10) 上揭書 p.349. <花의 血> 序言 中에서.

Ⅲ. 『大韓每日申報』의 性格

앞서도 말했지만 <車夫誤解>는『大韓每日申報』에 1906年 2月 20日부터 同年 3月 7日까지 11回에 걸쳐 揭載된 作品이다. 때문에 우선 여기서는『大韓每日申報』가 當時 지녔던 社會的 性格과 發刊 趣旨를 먼저 알아 봄으로써 <車夫誤解>의 作品 해명을 文學 外的인 面에서 接近해 나가려 한다.

『大韓每日申報』는 通說 1905年 7月 16日에, 1903年부터 李章薰 名義로 隔日刊制로 나오던『每日申報』를 英國人 Ernest T.Bethell(裵說)을 社長으로 하고 梁起繹을 總務로 한 韓·英合辦會社로 발족하면서 發刊된 것으로 알려져 있다.11)

이 新聞은 舊韓末의 어려운 時期에 發刊된 것으로 한국 新聞史의 一部를 장식하고 있으며, 當時 社會의 變動과 民族的 受難을 대변해 주던

---

11) 『大韓每日申報』의 發刊에 關해서는 여러 說이 있어 어느 것이 옳은지 짐작하기 곤란하다. 여기 편의상 그 몇 가지 例를 보인다.
  Ⓐ 崔埈,『韓國新聞社』(一潮閣, 1960.), 初版, p.106에서는 ‘1905年 8月 1日부터 창간 제1호를 내놓았다.’라고 하고 있다.
  Ⓑ 李海暢,『韓國新聞史研究』(成文閣, 1971.) pp.53~55.
    1904年 7月 16日 創刊되어, 1905年 8月 11日에 第3卷 第1號로서 革新號를 發刊했다고 되어 있다.
  Ⓒ 李弘稙,『國史大事典』(知文閣, 1965.), 改正1版『大韓每日申報』項에서는 정확한 發刊 日字를 쓰지 않고 1905年 창간으로 되어 있다.
  Ⓓ 『韓國文學大事典』(文元閣, 1973.),『大韓每日申報』項에는 1905(광무9)년 8월 11일 梁起鐸이 영국인 裵說(Bethell Ernest T.)과 함께 창간한 신문.
  Ⓔ 『大韓每日申報拔萃錄』(靑丘大學出版部, 1958.), 李殷相 序에 依하면 1904年 7月 18日 創刊, 英人裵說·韓國人 梁起鐸 等 發行으로 되어 있고, 朴甲周의 申報保存의 辯에는 ‘光武9年 乙巳春부터 余『大韓每日申報』의 耽讀을 始하였더니… 云云’으로 되어 있다.
  Ⓕ 『國語國文學事典』(新丘文化社, 1973.),『大韓每日申報』項은 國史大事典과 同一함.
  Ⓖ 李在銑,『韓國開化期小說研究』(一潮閣, 1972.), p.42 脚註에서 ‘『大韓每日申報』의 창간은 1905년 8월 1일이나, 이는 그 이전 1903년 李章薰 名儀로 나오던 격일간제『每日申報』를 改題한 것이기에…云云’으로 되어 있다.

新聞 이상의 意義를 가진 것으로 評價되고 있다. 더구나 外國人이 發行人으로 되어 있었다는 點은 여러 가지의 意味를 지니고 있다.

> ……이에는 高宗이 비밀리에 出資한 것으로 당시 日·英同盟을 맺고 있던 日本에 대하여 英人을 내세움으로써 取材와 報道 및 論說을 포함한 일체의 言論의 自由를 확보하기 위함이었다. 同報의 出資에는 물론 王室뿐만이 아니라 李容翊 등의 親俄派를 비롯하여 여러 愛國志士들도 다투어 義損金을 내었다. 이것은 國權이 外國侵略軍으로 말미암아 거꾸러져 가는 때라 애국심에 불타는 사람은 그 지위와 배경을 막론하고 하나같이 秘密 出資한 것이다.[12]

이러한 사정을 감안하여 보면 『大韓每日申報』는 排日的 性格을 지닐 수밖에 없는 특이한 것임을 대번에 짐작할 수 있을 것이다. 이것은 當時의 時代的 特殊性에 비추어 그럴 만한 名分과 理由를 충분히 갖추고 있다고 생각된다.

帝國, 皇城 두 民族主義的 新聞과 系를 같이하는 이 申報는 新聞社 正門에 <日人不可人>이라는 榜을 내걸고 있을 정도로 排日感情이 높았다. 더구나 『皇城新聞』에 張志淵의 <是日也放聲大哭>이 실리고 이로 인해 張志淵이 拘禁된 記事를 소상히 싣는가 하면, 乙巳條約은 高宗이 거절하였다는 記事를 速報로 싣기도 하고, 1907年 1月 16日에는 高宗이 美·俄·德·法 4國 元首에 보내는 親書 即 乙巳保護條約의 無效임을 宣言하는 내용을 크게 싣는 등 抗日·排日의 과격한 記事를 줄곧 실었다.

英·日同盟 關係로 英人 裵說을 直接 억압할 수 없었던 日帝는 결국 그를 英國으로 소환하려고도 했었다.

『大韓每日申報』의 性格은 한마디로 排日·抗日思想의 鼓吹와 迅速

---

12) 崔埈, 前揭書 pp.106~107.

한 報道 大衆啓蒙으로 나타낼 수 있다.[13]

……善惡을明辯ㅎ야帝庭에指侫革의性質을具ㅎ야스며時事를盰衡ㅎ며 昏昧를提醒흠은仁人君子의蒿目憂世ㅎ는風味를含有이고褒貶奪之中에混 厚規箴을隱然寓之하야使有過者로讀之而改焉ㅎ며無過者로讀之而勉焉 케ㅎ을지니四方僉君子는諒此滿腔苦心ㅎ여倍前愛護하시기를竊有厚望焉 이로다.[14]

이는 第3卷 第1號 革新號의 社告로 申報의 使命을 스스로 闡明한 것이다. 여기서 '使有過者로 讀之而改焉하며 無過者로 讀之而勉焉케 할 지니' 한 것은 다만 民衆을 위한 啓蒙的 性格이 아니라, 指導者에 對한 것과 日帝에로 향하는 화살임은 두말할 것도 없다.

Ⅳ. 歷史的 狀況

甲午更張이 어떤 意味로서는 開化思想을 鼓吹하고 先進文化를 받아 들여 새로운 世界에로의 發展을 뜻할 수 있지만, 다른 한 面으로는 外勢 의 闖入을 可能하게 한 要因이 되기도 했다는 사실을 인정하지 않을 수 없다. 결국 國土 內에서 淸日戰爭이 일어나게 한 것이라든가 露日戰爭 따위는 다만 外國의 侵略主義라는 外勢的인 여건에서 일어난 것만도 아 니다. 이후 韓末의 國運은 主體的인 歷史의 흐름이라기보다는 外勢나 外勢에 편승한 政治家들에 의해 左右되어 왔음을 볼 수 있다.

---

13) 崔埈, 前揭書 p.106, p.108, pp.133~135 參照.
　　李海暢, 前揭書 pp.53~58 參照.
14) 李海暢, 前揭書 p.55에서 再引.

　　이러한 사정이 가장 급박한 狀況으로 치닫고 있는 時期가 1900年代 初頭임은 익히 알려져 있는 바다.

　　淸日戰爭의 勝利로 기고만장했던 日帝는 朝鮮 內의 主導權을 쥐게 되어 政治·經濟的인 侵略을 노골적으로 나타낼 수 있게 되었으며, 英日同盟으로 한층 더 이를 굳혔다. 더구나 1904年 露日戰爭과 함께 韓日議定書가 성립되자 日本의 政治的·軍事的 干涉이 合理化되었고 韓·露간의 모든 條約이 폐기된다. 같은 해 韓日協定書(第1次 韓日協約)가 맺어져 소위 顧問政治가 시작되면서 實權은 日帝의 손아귀에 완전히 넘어가게 되었다. 더구나 外交權을 빼앗긴 형편이어서 獨·佛·日·淸 등 여러 나라에 파견되었던 公使가 소환되기에 이른다.

　　이어 露日戰爭에서 日帝의 勝利로 1905年 美·日 秘密協約과 포츠마스 條約이 이루어지고 마침내 乙巳保護條約(第2次韓日協約)을 맺기에 이른다.15)

　　이러한 歷史的 사실은 한마디로 어떻게 우리는 主權을 빼앗기게 되었는가를 말해 주는 것이다.

　　이것은 다만 歷史的 사실만으로 끝나는 것이 아니라 乙未事變 以後의 民族感情이 排日의 方向으로 기울어지게 되는데 더 큰 問題가 있는 것이다. 그것은 俄館播遷이라는 事件을 낳게 하였고, 露日戰爭이전에 獨立協會의 組織을 낳게 하였으며, 民族主義에 대한 熱望을 크게 부채질하는 결과가 되었다.

　　이러한 시기에 政府는 이미 1898年부터 1899年에 걸쳐 新聞紙法規라는 것을 마련하려고 했었는데 이것은 1896年 1月 25日 臨時憲兵隊 編制令에 따라 日本 憲兵이 司法 行政 警察의 일까지를 보고 있었던 사실을 감안하면 日帝의 입김이 作用한 것이 아니었을까 의심스러운 바다.

---

15) 李基白, 『韓國史新論』(一潮閣 1968.), 3版, pp.320~345 參照.

알게 모르게 많은 制約이 있어 왔지만 1904年 韓日議定書가 교환되고 1905年 韓日協定書가 맺어졌을 때의 긴박함은 張志淵의 검거라고 하는 실질적인 모습으로 나타났다. 더구나 이를 報道한『大韓每日申報』의 立場이란 비록 裵說이 英國人이라는 다소 유리한 입장임에도 불구하고『大韓日報』의 創刊과 함께 日人 新聞, 또는 親日 新聞들의 위협 속에 놓여 있었던 것은 사실일 것이다.

V. <車夫誤解>의 分析

지금까지 筆者는 <車夫誤解>라는 作品에 直接 뛰어들지 않고 作品 外的 狀況에 對해 상당한 量의 紙面을 割愛했다. 그 理由는 앞서도 밝혔듯이 開化期 新聞小說의 몇 가지 特殊性, 作者가 獨自的인 創作家가 아니었다는 點과 啓蒙的 目的을 達成하기 爲한 記事的 性格 等 때문에 不可避한 것이었다. 다시 말해서 作品 自體가 지닌 內容보다 오히려 더 큰 目的이나 意圖가 裏面에 도사리고 있었으므로 이러한 作品 外的 狀況의 理解 없이는 作品의 올바른 理解는 물론 評價가 不可能하다고 보았기 때문이다.

이제 啓導性과 排日的 民族主義라는 두 개의 變數에 依해 內容지어지는 <車夫誤解>는 어떤 줄거리를 가지고 있는가, 여기서부터 실마리를 풀어나간다.

줄거리는 아주 간단한 것이다.

무식한 인력거군이 世間에서 얻어들은 몇 마디 말에 대한 오해를 곁에 있던 다른 사람들이 잘못을 지적하고 이를 깨치게 해 나가는 대화다. 주로 時事的 性格을 띤 몇 낱말에 대한 것이 중심이다.

그 낱말들을 밝혀 보면 <조직(組織)>을 <조집(조짚)>으로 잘못 들은 것에서 <짠다(組織)>를 <짜다(돌이나 물건이 나오도록 사람을 이르거나 볶아내다)>로, <改善>을 <開散>으로, <統監>을 <通鑑>으로 誤解하고 있다는 것이다. 이러한 낱말의 오해를 풀어가는 중간중간에 時弊에 대한 야유와 풍자, 해학이 적당히 섞여 있고 끝에는 自歎歌 한 가락이 붙어 있다.

다만 이러한 내용만으로 보면 이 作品은 해학적인 語弄 言語遊戲로 보이지만 그러하지 않는 面이 있어 다음 몇 가지로 나누어 考察하고자 한다.

1. 人物設定

우선 車夫가 무식한 人物로 設定되어 있다. 낱말을 잘못 듣거나 아주 엉뚱한 오해를 하고 있으니 그렇다. 그러나 車夫뿐만 아니라 여기 對話者로 나온 다른 사람들도 결코 무식하다고 할 수 없는 面이 있다.

  ……소위 우리나라 유지쟈라 ᄒᆞᄂᆞᆫ 분네들은 나라일을 되도록 쥬의ᄒᆞᆫ다면서도 시졍이 긔산이를 미여 도라단이기를 바라는 모양이니, 무엇이 쾌홀 것 잇스며, 돈이 업셔 상로가 죠잔ᄒᆞ면 무엇이 나라에 유력ᄒᆞ건더 언필칭 시졍긔산이 되어야 ᄒᆞᆫ다고들 ᄒᆞᄂᆞᆫ지……16)

여기서 車夫가 無識하단 말은 人物 設定上 그렇게 되어 있다는 것을 뜻하는 것이지 실제로 그러하다는 뜻은 아님을 上記 引用文에서 짐작할

---

16) 『大韓每日申報』(以下 『申報』라고 略稱함) 第154號 連載 5回 中에서.
  作品 內容 引用은 宋敏鎬 著 『韓國開化期小說의 史的 研究』의 부록으로 붙어 있는 것에 依함을 밝혀 둔다.

수 있다.

無識도 狀況에 따라 달라질 수 있다. 日帝下의 社會에 눈 밝고 有識하다는 것은 어떤 의미로는 親日的 性格을 지니고 있음을 뜻할 수도 있다. 그러하지 못할 때, 즉 親日的 性格보다는 民族的 立場에 서서 그것을 拒否하려는 姿勢로 살아간다는 것은 世情에 눈 어둡고 無識해 보인다. 더구나 通鑑까지를 알고 있다는 것, 그것이 비록 주워들은 낱말이라 하더라도 車夫가 펼치고 있는 論調는 오히려 정연하여 時弊를 批判하고 있다는 點을 생각한다면 車夫의 設定은 다분히 反語的 樣式[17]에 해당된다고 볼 수 있다.

때문에 主人公 車夫뿐만이 아니라 對話者인 다른 사람들도 無識한 사람이라기보다 現實에 맞지 않는 人物 또는 去勢당한 民族을 대변하는 人物들로 보는 것이 옳다. 그들은 결코 現實에 타협하거나 굴복하지 않은 사람들이며 오히려 매서운 批判力으로 현실을 주시하면서 현실 속에 散見되는 非理를 고발하고 矛盾을 지적하는 일을 담당한다. 이들 人物은 결국 '哀傷的 下落'에 속한다.

 그의 不幸한 德性이나 고상함의 결과로 파멸하는 微賤한 人物은 哀傷的
 이다. 그의 下落은 아이러니컬하게도 一種의 上昇이다.[18]

---

17) 李在銑, 前揭書, pp.59~60.
 '主人公 인력거군 자체가 다분히 虛構的 樣式에 있어서 본다면 反語的 樣式 ironic mode에 해당되며, 글의 性格上으로 본다면 戲作에 속하는 것이다'고 말한다.
18) Robert Scholes, Elements of Fiction(Oxford University Press, 1973.), p.12. 이 冊에서 Scholes는 Fictional Mode와 Pattern을 여섯 개로 나누어 놓고 있다. 喜劇的, 諷刺的 上昇(The comic and the satiric rise), 悲劇的, 哀傷的 下落(The tragic and the pathetic fall), 英雄的, 反英雄的 探索(The heroic (romantic) and the anti-heroic(picaresque) quest) 등이다. '여기서 諷刺的 上昇과 哀傷的 下落은 타락한 세계의 전도된 가치 때문에 아이러닉하다. 諷刺와 哀傷은 그 세계를 批判하기 위해 世界를 低下시킨다'고 했다.

그러나 그들의 哀傷的 下落이 一種의 上昇이 될 수 있는 理由는 그들을 파멸로 몰아 넣은 世界가, 現實社會가 正常的인 것이 아니고 無秩序하고 醜한 世界이기 때문에 그들의 파멸은 정당시될 수 있는 것이고 오히려 그들이 가진 파멸의 原因이 된 德性과 고상함은 한결 돋보일 수도 있는 것이다.

이에 비해 一進會 회원이나 정부 조직에 가담한 大臣들은 得勢를 하고 있지만 결코 그것이 바람직한 것이 못되고 오히려 비난의 대상이 된다. 때문에 그들만으로 본다면 '諷刺的 上昇'에 해당되는 것이다.

> 醜하거나 無秩序의 世界에 적응해 버리거나 결국 타락하는 것은, Milton
> 이 말한 바 "Bad eminence"인 諷刺的 上昇이 된다. 여기에 대해 우리는
> 비난과 증오로 반응한다.[19]

결국 人物 設定 自體로 보아서도 <車夫誤解>는 단순한 語戲나 言語 遊戲로 끝나는 것이 아니라 批判을 目的으로 하는 諷刺的 作品이 되는 것이다.

이것은 앞서 밝힌 作品 外的 條件 卽 啓導性과 排日性이라는 두 개의 力動的인 變數가 作用하여 作品을 이러한 方向으로 이끌어 나간 것이 아니었을까 싶다.

直接的인 論說이나 記事에 비해 아무래도 間接的일 수밖에 없는 小說 形式을 취하고 있기 때문에 諷刺的을 띠는 것이고 그러기 위해서는 '諷刺的 上昇'과 '哀傷的 下落'이라는 小說性 樣式을 빌지 않을 수 없었던 것이라 추론된다.

---

19) Robert Scholes, 前揭書 pp.11~12.

2. 諷刺·告發의 對象

<조직>을 <조집(짚)>으로 잘못 알아 들은 것은 日本 官憲의 약탈과 民弊를 告發하기 위한 한 수단이었다.

일본 감부의셔 일인을 외군에 나려보내여 각면 각동에 군중 시급 소용이 라허고 말먹이 곡초롤 분정ㅎ야 돈도 주지 아니허고 위협으로 륵탈흔다 ㅎ니, 경부의셔 민폐롤 싱각허여 일본 군디로 보내려고 허는 일인지…[20]

여기서 당시 日本 官憲의 民弊는 하나로 열을 밝히는 한 예로서 보인 것에 불과하다. 이 이외도 알게 모르게 우리 民族에게 加했던 수탈은 많았을 것이다. 그 중의 또 다른 한 양상은 新貨幣의 제조 및 당시 사용되어 오던 常平通寶와 白銅貨와의 교환이다. 이때의 사정은, 日本을 믿을 수 없어 하는 排日感情이 民族 사이에 높아 있었기 때문에, 韓國人은 이 교환에 응하지 않았다.

韓國 商人들은 新貨幣를 신용하지 않아 이를 교환하지 않고 土地나 家屋 등에 투자하여 버렸으므로, 그들의 資本은 고갈하여 큰 곤란을 겪게 되었다. 그 대신 교환에 응한 日本人들은 新貨幣의 가치가 등귀함에 따라 이득을 보게 된 것이다. 결국, 이 貨幣의 정리는 日本 商人에게 경제적인 진출을 위한 길을 더욱 넓혀 준 것이다.[21]

이러한 당시의 사정은 '施政改善'을 '市井開散'으로 바꿈시켜 告發·諷刺의 對象으로 삼는다.

---

20) 『申報』第151號 第2回 中에서.
21) 李基白, 前揭書, pp.341~342.

> ……시정들이 젼문을 친다 출판을 당흔다 도망을 흔다 백셩들은 굴머쥭깃
> 다 얼어쥭깃다 하며 심지어 우리들의 여간 돈푼버리도 아죠 업서져서 곤란
> 이 막심흐되, 소위 정부 디관이나 유지쟈라는 분네들이 한아토 그런 것을
> 구폐홀 싱각은 없고 지금까지도 시졍 긔산이 되어야 흔다 흔즉……中
> 略……다만 신화 일원에 구화 이원흐는 것을 다행이 아는 모양인지……[22]

여기서 비난의 대상은 정부 大臣들이다. 그들의 식견이 車夫보다 못할
리는 없지만 그러나 그들의 所行이 옳지 못한 바에야 '아마 정부 디신네들
도 나와갓치 그러케 무식흐야 그 의미를 효히치 못흐는' 무식군이 되고
만다.

이러한 야유에도 변명할 수 없었던 大臣들이 바로 乙巳五賊이 아니었
겠는가. 그러한 그들이니

> ……일진회원이 각부 디신의 집으로 도라단이며 스직 상소롤 흐녀라
> 스진을 말아라 흐며 공갈이 막심흐게 들입더 쓴다더니, 그것시 정부를 쏜노
> 라고 흐는 일이로곤. 그만치 물이 못나게 들입다 쓰슨즉 소위 정부 죠직
> 은……[23]

이런 日帝의 협박이나 위협에 못 이겨서라기보다 스스로 親日的 行動
을 할 수 있었을 것이다. 이런 위협을 받는 사람은 오히려 떳떳할 수 있다.
그것은 民族的 良心에 아무런 거리낌이 없기 때문이다.

車夫가 組織한다는 뜻으로 쓰는 <짜다>를 윽박지르다는 뜻으로의
'짜다'로 바꿔 놓은 일은 愛國志士들이나 뜻있는 民族人 中에서 박해를
당하고 있는 實情을 폭로하기 위한 수단이었음을 알 수 있다.

民族을 궁지로 몰고 主權을 빼앗는 首魁는 곧 統監이니 이것도 공격

---

22) 『申報』 第155號 第6回 中에서.
23) 『申報』 第152號 第3回 中에서.

의 대상이 된다. 우선 <統監>을 <通鑑>으로 誤解하고 있는 것으로 그것이 우리나라에 들어 올 理由가 없음을 力說하고 있다.

> ……정부 관리들이 글을 더 비오려 흠인가 우리 나라에도 통감이 업슬 것이 아니여던, 흐필 일본서 가져올 것 무어신가……우리 나라 사람들의 성질이 아모리 내것슨 흉흐다 흐고 남의 것은 죠타 흐야 일용 범빅이 모다 외국 것이오, 심지어 집고 단이는 집행이까지라도 외국 것을 스거니와 ……24)

統監 設置의 反對를 엇대어 놓고 있음을 알 수 있다. 語弄을 통해서 統監排斥을 깨우치려 하고 있음은 충분히 짐작할 수 있다. 그러면서 한편 으로는 時弊의 하나인 日本産 物件에 현혹된 民族에게 호된 침을 놓는 일도 잊지 않고 있다.

또한 統監이 '도통 거닐며 본다'는 뜻이고 보면 主權을 온통 뺏어가는 일이며 統監 個人에 의해 國家 全體가 흔들리는 것이요, 이것은 日帝에 祖國을 完全히 잃게 됨과 乙巳保護條約이 美名에 不過하다는 속까지를 꿰뚫어 본 셈이다. 때문에 '우쥰흔 마옴이라도 가슴이 무여지논듯 듯 피를 토홀 듯흐야 일단 병근이 될 듯'할 수밖에 없다.

이것은 車夫 個人의 感情만이 아니고 民族 全體의 것이다. 나라를 잃고도 태연할 수 있는 것은 天痴나 바보밖에 없다. 그러므로 무식하다고 設定되어 있지만 오히려 民族的 德性으로 해서 파멸된 人物인 車夫는 이러한 當時의 울분과 實情을 如實히 立證해 주고 있다.

그러나 <車夫誤解>는 여기서 끝나지 않는다. 自歎歌의 형식을 빈 끝부분은 民族에게 주는 敎訓을, 自主의 회복과 主權을 찾기 위한 方向을 暗示하고 있는 一種의 parody다.

---

24) 『申報』 第156號 第7回 中에서.

슬프고 슬프도다. 우리 나라 형편됨과 우리 동포 젼졍됨은 산첩첩 슈즁즁
에 우심타 ᄒ리로다. 바라고 바라나니 졍부 디관 유지인ᄉ 홀슈 업다 ᄌ탄
말고, ᄉ다리와 션쳑 등을 어셔 밧비 쥰비ᄒ오……25)

결국 마지막 이 한마디를 위해 誤解를 통한 語弄은 시작된 것이요
作品 <車夫誤解>는 쓰여진 것이다.

民族全體를 향해 부르짖는 『大韓每日申報』의 웅변이요, 그것은 自覺
이 없는 知識人이나 사실을 모르고 있는 온 民族에게로 향하는 피맺힌
절규가 아닐 수 없다.

Ⅵ. 結 語

지금까지 作品 外的 狀況에서 作品의 分析에 이르기까지 주로 外廓에
서 들여다 보는 方法으로 本考는 씌어졌다.

이러한 方法이 때로는 엄청난 誤謬을 범하게 된다는 사실을 모르는
바 아니지만 時代的 特殊性이라든가 作品의 性格上 이러한 方法의 可能
性은 어느 정도 보장받을 수 있을 것이다.

결과적으로 말해서 <車夫誤解>는 뚜렷한 目的 意識에 의해서 씌어
진 作品이다. 그러나 그것이 論說이 아닌 小說의 形式을 빌고 있었기
때문에 文學的 樣式에 따를 수밖에 없었던 것 같고, 또 이것은 感動을
통해서 가슴에 전달되어진다는 효과면에서 오히려 성공적이다.

이러한 사정을 李在銑 敎授는,

---

25) 『申報』 第161號 第11回 中에서.

……이런 主題에다 반어적 양식에 해당하는 인물을 통해서 부분적인 諷刺情神이 의식된다. 익살스런 愚弄에 의해서 統監府의 設置와 政府大官의 安逸, 一進會에 대한 批判을 깔아 놓고 있는 것이다. 따라서 諷刺文學인 戲作이 될 수 있는 要件的인 特色인 話題的이고 '이얼리스틱'하고 '익살스런'점과 非難 卑俗化를 具備하고 있다.[26)]

라고 말하고 있다. 이러한 諷刺的인 性格이 <車夫誤解>에 주어질 수 있는 또 하나의 理由는 現實과 作品이 갖는 二重的 構造에 依한다고 해도 좋다.[27)] 즉 表面的 秩序가 가져다 주는 車夫의 無識함은 이 作品에서는 二次的 意味가 되고 그 裏面에 깔려 있는 實質的 意味가 主題를 形成하고 있는 셈이다. 그러므로 이 作品은 意圖的인 것이다. 宋敏鎬 敎授 역시 '『大韓每日申報』의 社旨에 따른 계획적인 讀物이었던 듯 싶다.'[28)]고 했다.

결국 <車夫誤解>는 ①開化期 新聞小說이 지녔던 전형적인 특성을 가장 잘 나타내는 작품이면서, ②民族的 自覺을 촉구하고 現實을 批判하려는 意圖가 충분히 살려진 ③諷刺作品임을 認定하지 않을 수 없다.

---

26) 李在銑, 前揭書 pp.60~61.
27) 拙稿, 「諷刺文學論序說」, 『國語國文學』 12輯(釜山大學校 國文學科, 1975.), p.42.
28) 宋敏鎬, 前揭書 p.33.

<의퇴리국 아마치젼> 硏究

I. 序

開化期 新聞小說이란 開化期에 발간된 신문에 연재된 소설에 잠정적으로 또는 편의상 붙여진 명칭이다.[1]

1895년 11월 7일부터 1896년 1월 26일까지『漢城新報』에 <掌破崙傳>이 연재된 것을 필두로 그 이후 발간된 여러 신문에 실리기 시작한 소설들을 지칭한 것인데, 이에 대해서는 아직도 몇 가지의 문제점을 남겨 두고 있는 실정이다.

우선 그 형식적인 문제—古代小說(前代小說)의 단순한 傳承이냐, 새로운 양식의 발생이냐, 새로운 양식이라면 그러한 양식 발생의 근거는 어디에 있는가 하는 따위의 것들이다.

다음은 開化期 新聞小說을 하나의 양식으로 인정하게 된다면 그것은 文學史的인 位置와 意義를 어떻게 부여할 것인가 하는 문제들이다. 이에 대해서는 확정적인 단언은 내려지지 않았다 하더라도 일반 통설처럼 되어 있는, 前代小說(古代小說)과 新小說 발생 사이에 놓인 時間的 空白을 메울 수 있을 것이라는 기대와, 新小說의 前身的 價値를 認定히려는 노력의 일단으로 연구되어 왔거나, 폭넓은 新小說의 발생과 同時的 意味를

---

1) 李在銑,『韓國開化期小說研究』(一潮閣, 1972.)
   宋敏鎬,『韓國開化期小說의 史的研究』(一志社, 1975.)
   들에서 이러한 用語가 생긴 셈인데 이 두 분은 견해를 거의 같이 한다. 李在銑
   敎授는 "開化期 新聞의 小說" 宋敏鎬 敎授는 "開化期小說" 또는"韓末의 新聞連載
   小說" 등으로 쓰고 있다.

발견할 수 있다는 방향의 연구로 상당한 성과를 거두고 있다.[2]

필자는 先學者의 연구 업적을 바탕으로 하면서 아직도 未解決의 상태로 남겨진 몇 가지 작은 문제에 대하여 관심을 갖고 연구해 보고자 한다.

本稿에서는 『大韓每日申報』에 연재되었던 <의퇴리국 아마치젼>을 대상으로 하여 이 소설이 실리게 된 前後 주변 사정과 "아마치"라는 인물에 대한 고증, 그 發生學的 저변을 연구함으로써 開化期 新聞小說 發生의 일단을 밝힐 수 있을 것으로 기대한다.

대체로 開化期 新聞小說의 양식은 세 가지로 大別되는데 첫째 <○○젼> 따위의 傳的인 것, 둘째 討論體, 셋째 回章體 또는 公案 形式이 그것이다.[3]

本稿에서 문제 삼고 있는 소설은 그 첫째에 해당되는 傳的 形式의 것이다. 한 作品만으로 全體的인 一般性으로 擴大하는 것은 상당한 위험 부담이 따르는 것이지만 우선 그 가능성을 타진하는 입장에 서 보려고 하는 것이 필자의 태도다. 나머지 형식에 관한 것은 稿를 달리하여 연구해 보고자 한다.

Ⅱ. 連載時期의 前後 周邊事情

<의퇴리국 아마치젼>은 『大韓每日申報』[4]에 1905년 12월 14일부터

---

2) 李在銑 敎授는 주로 前者 즉 新小說의 前身的 價値 쪽을, 宋敏鎬 敎授는 주로 後者 즉 同時代的인 것으로 주로 파악하고 있는 듯하다. 최근 李在銑 敎授는 開化期 小說이라 하여 新小說도 同時代的인 것으로 파악하는 방향으로 옮겨가는 경향을 보인다.

3) 拙稿, 「開化期小說 <一捻紅> 研究」, 『釜山大學校 文理大論文集』(人文·社會科學篇) 第14輯(1975.), p.41에서 三大別하여 回章體小說, 問答體小說, 前代小說을 답습한 傳的인 것으로 나누었으나 이 중 問答體小說을 討論體小說로 바꾸었다.

4) 『大韓每日申報』, 影印本(景仁文化社, 1976.)를 대본으로 사용했음. 이하 인용은

시작하여 1905년 12월 21일 연재가 끝난다. 이것은 <소경과 안즘방이 문답>이 1905년 11월 17일부터 1905년 12월 13일까지 연재되고 난 다음 날부터 또 <향로방문의싱(鄕老訪問醫生)이라>의 시작되는 날에 겹쳐져 있다.

<의티리국 아마치젼>은 결국 두 問答小說 사이에 끼여 있으며 양식으로 보아 그 성격이 다르다는 점에서 다른 연구가들의 주목을 받은 바 있었다.[5]

문제는 각기 다른 양식 사이에 <의티리국 아마치젼>(이하 <아마치젼>으로 줄여 씀)이 끼여 있다는 것보다 이 작품이 실린 1905년 前後의 주변 事情이 우리 歷史上 큰 變革과 연결되어 있다는 데 있을 것이다.

周知하는 것처럼 1905年은 乙巳條約이 맺어진 해이며 그것은 11월 17일이었다. 이 歷史的 사실은 다만 歷史的 사실만으로 끝나지 않고 우리나라 社會變革에 커다란 충격을 加했으며 그것은 또한 文化變化의 直接 動機가 되었다.

1905년 주변의 시기는 그러므로 傳統的 文化現象의 瓦解期이며 새로운 文化의 出産을 위한 진통기라고 해도 과언은 아닐 것이다.

1900년을 중심으로 그 前後에 일어난 文化變化의 가장 두드러진 現象은 民族資本에 依한 新聞의 발간, 또는 學會志의 發行이 그것이다.[6]

이 時期에 발간을 보게 된 『大韓每日申報』도 이러한 歷史的 사실에

전부 이 책.

5) 李在銑, 前揭書 pp.64~65.
  宋敏鎬, 前揭書 p.33 등에서 對話體의 구성이 아니고 敍述體의 형식을 가졌다는 점을 주목하고 있다.

6) 『京城新聞』이 1898년에, 『제국신문』(뎨국신문) 『皇城新聞』 역시 1898에, 『협성회회보』도 1898년에 창간되었다. 이보다 뒤에 나온 것으로는 『大韓每日申報』가 1904년, 『萬歲報』는 1906년, 『國民新報』는 1906년 발간 등이 있다. 이 중에서 民族的 性向이 강했던 것이 『皇城新聞』, 『大韓每日申報』였다. 崔埈, 『韓國新聞史』 增訂版(一潮閣, 1977.), 李海暢, 『韓國新聞史研究』(成文閣, 1971.) 등의 책들을 참조할 것.

충격받은 결과 나타난 民族資本에 의한 新聞이다. 外面的으로는 韓國人이 아닌 裵說이 社長이 되어 있었지만 實質的인 운영자는 梁起鐸이었고 이 新聞의 발간에 高宗이 비밀리에 出資까지 했다는 사실을 감안하여 보면 『大韓每日申報』의 性格은 대번에 드러난다.7)

新聞의 發刊과 그 新聞의 性格은 報道 內容의 質과 性格을 決定하며 또한 거기에 실리게 되는 모든 文化的 發言과 無緣하지 않음은 사실이다. 이것은 결과적으로 開化期 新聞小說 內容과 性格을 단적을 대변할 수 있으며 나아가 그 意圖를 究明하는 決定的 資料가 된다고 해도 좋을 것이다.8)

『大韓每日申報』의 性格은 한마디로 民族自存과 民主獨立을 위한 적극적 發言을 위한 公器였음은 周知하는 바다. 日帝의 勢力이 직접적으로 作用해 오고 그것은 民族自主性을 삭감하거나 억압하는 형식을 노골적으로 나타내는 時期에 『大韓每日申報』는 창간을 보게 되었으며, 때문에 排日思想을 북돋우고 大衆啓蒙의 重責을 스스로 지게 되는 것이다.9)

이것을 가장 구체적으로 드러내는 것은 그 論說이 되겠지만 이에 못지 않게 雜報欄에 실리게 되는 單信이나 奇書들의 役割도 중요한 것이었다.10)

---

7) 崔埈, 前揭書 p.106, p.108, pp.133~135, 李海暢, 前揭書 pp.53~58 등을 참조할 것. 또 『大韓每日申報』 1905년 8월 11일 革新號에 실린 社告에 '善惡을明辨ㅎ야帝庭에指佞革의性質을具ㅎ야스며時事를　肝衡ㅎ며昏味를提醒홈은仁人君子의篤目憂世ㅎ는風味를含有이고襃貶奪之中에混厚規箴을隱然寓之ㅎ야使有過者로讀之而改焉ㅎ며……'라 되어 있다.

또 崔埈의 前揭書 pp.106~107에 의하면 高宗뿐만이 아니라 李容翊을 비롯한 애국지사나 애국심에 불타는 사람은 하나같이 비밀 出資를 했다고 한다.

8) 趙演鉉, 『韓國新文學考』(文化堂, 1966.), pp.159~162.

趙潤濟, 『韓國文學史』(探求堂, 1971.), p.399.

拙稿, 「開化期 新聞小說 <車夫誤解> 小考」, 『睡蓮語文論集』 第3輯 釜山女子大學, 1975.) 등을 참조.

9) 崔埈, 前揭書, 李海暢, 前揭書 등 참조.

10) 雜報欄은 現代 新聞으로 보아 三面的 性格을 띠고 있다. 자질구레한 單信에서부

다음으로는 新聞에 連載하는 小說이다. 이것은 論說이 지니는 直接性과 硬直性을 없애고 보다 수월하게, 解說的 성격을 띠면서 啓蒙의 效果를 나타낼 수 있기 때문에 어느 면에서는 더욱 重要視해야 할 것이다.

文學의 양식이 그 時代的 要請에 의해 선택되고 완성된다는 논리를 수긍하게 된다면 開化期 新聞小說 또한 時代的 要請에 依해 완성된 양식으로 보아야 하겠고 또 그럴만한 理由가 뒷받침되어야 할 것이다.

이 점에 대해서는 우선 1905년을 전후한 한국의 歷史的 여건과 日帝와의 聯關性을 염두에 두고 民族紙의 發刊이 갖는 歷史的 意味를 고려한다면 그리 어려울 것도 없다.

國民을 啓蒙하고 排日思想을 고취시키기 위한 한 방법으로서의 文學의 役割이 要請되었음과, 飜案 또는 飜譯小說, 또는 西歐文化의 流入이 어떤 性質의 것이 先行되었던가를 연구함으로써 쉽게 開化期 新聞小說의 양식 정착을 究明할 수 있을 것이다.

西歐文學의 流入이 飜譯文學의 형식을 통해 이루어졌으며 대체로 그 첨단은 歷史物이거나 傳記的 性格의 것, 그 중에서도 民族自主性을 爭取하기 위해 노력했던 人物에 관한 것 아니면 國家의 存亡을 어떻게 맞게 되었는가 하는 위기의식에 관련된 것임을 金秉喆 敎授는 지적해 놓고 있다.11)

이것은 매우 중요한 사실이다.

터 제법 큰 非公式的 소식은 주로 여기에 실리며 기사의 성격상 私的인 것도 이欄에 실리게 된다. 開化期에 憂國歌辭, 志士들의 글들은 이 모퉁이에 실린다. 例로 1905년 9월 26일에 보면 <警告大韓全國人民>이란 글도 여기에 실려 있다. '…現今時代는 國家權利가 他人掌握에 歸ㅎ는 日에는 人民의 財産과 生命을 不保하니 彼波蘭末年史를 觀ㅎ라'가 그 내용이다. 또 單信 속에도 상당이 매서운 찌름과 채찍을 담은 것들이 많다.

11) 金秉喆, 『韓國近代飜譯文學史硏究』(乙酉文化社, 1975.), 참조.
　　李在銑, 「開化期 小說의 文學社會學」, 『開化期文學論』(螢雪出版社, 1978.), pp.132~134 참조.

새로운 印刷術의 導入과 册子의 發刊에 있어서 이러한 民族的 自覺을 촉구하는 서적이 먼저였다는 것은 時代的 要請과 文化的 現實이 일치하고 있음을 證明해 주는 것이 되며 또한 傳記的 성격의 文學이 當時에 要請된 理由와 일치된다고 보여진다. 즉 民族自主性과 獨立情神을 고취하는 성질의 文學은 자연히 偉人의 傳記的 小說을 要請하게 되었으며 그것은 실질적으로 飜譯에 의한 것이거나 獨唱的인 것이거나 간에 目的 달성을 위해서는 용납될 수 있었을 것임에 틀림없다는 것이다.

이 傳記的 小說의 양식은 그러므로 前代小說(古代小說) 양식과 쉽게 接脈될 수 있었을 것이다. 그 이유는 前代小說의 대부분이 한 人物의 一生 또는 特異한 能力을 과시하여 어려운 문제를 해결하는 英雄說話的 構造를 갖고 있기 때문이다.12)

이 前代小說의 구조 골격은 1905년을 전후한 時代狀況이 要請하는 文學的 양식에 잘 어울리며 또한 그 힘을 발휘하기에 가장 적절한 주변 사정이 이루어져 있었다고 보아 大過없을 것이다.

그러므로 <아마치젼>이 連載되기 前에 이미 이러한 傳記的 형식의 記事(現在 우리가 생각하는 客觀的 사실로서의 記事가 아니라 雜報에 실린 傳的 性格의 敍事記事)가 자주 나타나고 있다.13)

韓國의 人物을 素材로 한 傳的 記事가 이미 나타나 있은 이후에, 또 外國의 傳記的 小說이 번역 소개된 이후에, <아마치젼>이 連載되었다

---

12) 趙東一, 「英雄의 一生, 그 文學史的 全開」, 『東亞文化』 第10輯(서울大學 東亞文化研究所, 1971.) 참조.

13) 『大韓每日申報』 1905년 8월 11일에 前代小說 형식의 <젹션여경녹>이 실리고 이 뒤를 이어 <西江月>이 실린다. 이것이 前代小說의 형식이라고 해서 開化期 新聞小說에서 처음부터 關心 밖으로 돌리는 것은 약간 문제가 있다. 이러한 傳的 小說의 연재 뒤에 <아마치젼>이 실린다는 것은 <아마치젼>과 같은 소설 양식의 정착에 큰 영향을 미친 것으로 생각되기도 한다.
또 1905년 2월 22일 잡보란에 <민김사화>는 다시 <김씨구라>는 제목으로 계속된 이야기를 전개시키고 있다. 이것은 다만 記事로서의 의미로 끝나지 않고 敍事的 性格을 띠고 있다.

는 것은 飜案 또는 飜譯小說로서의 性格을 <아마치젼>이 가질 수 있다는 可能性을 보여 주는 것이 되며 또 그 台本이 있었을 것이라는 推論을 排除할 수 없게 한다.

이러한 여러 가지 점을 고려한다면 <아마치젼>은 다음과 같은 몇 가지 문제점의 해결을 위한 試金石으로서 가치를 인정할 수도 있을 것이다.

> 첫째, 開化期 新聞小說 가운데는 독창적인 작품 같아 보이는 것일지라도 그 台本이 있어서 飜案되거나 變形된 小說이 있을 수 있다는 가능성에 대한 반성.
>
> 둘째, "아마치"라는 불분명한 人物이 具體的으로 어떤 人物인가를 밝힘으로써 西歐文學 受用의 실질적 증거를 제시할 수 있을 것이라는 가능성.
>
> 셋째, 開化期 新聞小說의 양식이 어떤 傳統的 源流와 接脈되어 있으며 西歐의 어떤 文學의 영향하에 이루어졌는가를 밝힐 수 있을 것이라는 기대.
>
> 넷째, 文字選擇이 갖는 意味 또한 어느 정도는 推論해 낼 수 있을 것이라는 점.

Ⅲ. 主人公 "아마치"에 對하여

開化期 新聞小說에 대한 硏究가 많이 이루어져 있지만 <아마치젼>의 主人公에 대한 분명한 해명을 보인 것은 없었던 듯하다.[14]

表記上 나타난 이름은 그대로 "아마치"라는 한글로 되어 있기 때문에 그 이상 究明할 것도 없이 보이지만, 그의 국적이 "의티리" 즉 이탈리아란

---

14) 李在銑, 前揭書, 宋敏鎬, 前揭書에서 두 분 다 "아마치"를 그대로 主人公으로 삼고 있으며, 여기에 아무런 의문도 보이지 않았다.

점을 감안하여 본다면 대체로 이탈리아의 歷史的 人物이었음이 분명한 것이므로 이탈리아 歷史의 考究에 依해서 밝혀질 수 있을 것 같다.

또 하나의 길은 開化期에 한국에 소개된 西歐人의 대부분이 西歐 歷史上 近代人이라는 점과, 그 나라의 變革期 또는 自主獨立과 연관된 人物일 것이란 점에서 그 추론의 범위는 어느 정도 좁혀 생각할 수도 있겠다.

이러한 몇 가지 推論의 方向과 可能性에 비추어 筆者는 "아마치"가 "마찌니(Mazzi'ni, Giuseppe 1805. 6. 22～1872. 3. 10)"라는 사실을 밝혀낼 수 있었다.

마찌니는 가리바르디(Garibaldi, G. 1807～1882), 카부르(Cavour, C.B. 1810～1861)와 함께 근대 이탈리아의 통일을 완성한 세 공로자로 높이 추앙되고 있는 人物이다. 특히 마찌니는 <청년 이탈리아黨>을 결성하여 오스트리아의 壓政에 신음하는 조국의 민족 해방과 국토 통일을 위한 武力 行事를 주장하여 民族蜂起를 꾀했으나 큰 성과를 보지 못했던 人物이다.

마찌니는 行動的 혁명 운동가였다. 때문에 오랜동안의 亡命生活과 노력에도 불구하고 政治的으로는 성공하지 못하였으며, 이탈리아의 통일 실현 후, 귀국해서도 王制에 반대하여 政治 一線에 나서 보지도 못했다.[15]

결국 마찌니는 순수한 혁명가로서의 일생을 마쳤으며, 全民族蜂起의 수단에 의한 민족 해방과 국토 통일을 꾀한 적극적 行動家였음을 알 수 있다.

이것은 <아마치전>에서도 확인된다.

망명과 被逮, 戰爭의 연속으로 이루어진 <아마치전>에서 이탈리아

---

15) 『大世界의 歷史』 卷8 三省出版社 참조.
　　金重奇 編, 『世界人名大事典』(文公社, 1974.)
　　이성호 편, 『世界人名大事典』(기독교교문사, 1960.)
　　世界人名大事典 編纂室, 『世界人名大事典』(世運出版社, 1977.)

가 통일된 후에도 끝내 "아마치"는 벼슬을 마다하고 隱居終身한 것으로 끝났음도 마찌니와 一致한다. 또 '서력일쳔팔빅칠십년'이란 年代 표기와 마찌니의 行蹟이 歷史的 事實과 일치함을 보여 주고 있어 "아마치"가 "마찌니"임은 더욱 확실해진다.

그러면 어째서 "마찌니"가 "아마치"로 表記되었을까 하는 의문이 남는다. 여기에 대한 명확한 해답을 가릴 길이 없다. 그러나 우선 語法的인 면에서 보아 "러시아"가 "아라사"로 표기되는 과정을 인정할 수 있다면 "아一"의 첨가에 의해서 생겨난 것이 아닐까 짐작되나 斷定은 어렵다. 이 문제는 <아마치전>의 台本을 確認함으로써 可能할 것이라 기대되어 다음 항목에서 詳述하겠다.

다음으로는 마찌니에 관한 歷史的 事實이나 傳記物이 1905年 이전에 한국에 소개되었는가 하는 의문도 남게 되는데 이것은 비교적 쉽게 해결된다.

金秉喆 敎授의 硏究에 의하면 「意大利獨立史」가 金德均 飜譯으로 日韓圖書印刷株式會社에서 出版된 것은 1907年 5月이지만, 그 台本인 日書는 漢譯本 「意大利獨立戰史」가 1903년, 「伊太利獨立戰史」(松井廣告 著)는 1895年 11月에 발간되어 널리 읽혀 왔을 것이라는 것이다.

또 <伊太利建國三傑傳>이 申采浩 譯述로 廣營書舗에서 刊行된 것은 1907年 10月이지만, 그 台本인 <伊太利建國三傑>이 平田久纂 譯으로 日本의 民友社에서 발행된 것은 1892年 6月이었고 이를 받아 들인 梁啓超의 <伊太利建國三傑傳>이 그 뒤를 이었을 것으로 보아 1905年 이전에 이미 이탈리아 통일의 主役이었던 마찌니에 관한 것은, 關心을 갖고 있는 사람들 사이에 널리 읽혀졌거나 알려졌을 가능성은 짙다.16)

이러한 사정을 감안하여 보면 마찌니에 관한 <아마치전>이 1905年

---

16) 金秉喆, 前揭書, pp.234~236, pp.245~248 참조.
　　梁顯圭, 「開化期의 讀書階層」, 『出版學』(玄岩社, 1974. 겨울) 참조.

『大韓每日申報』에 실릴 수 있었던 가능성도 충분하리라 생각되나 그 台本이 무엇이었던가 하는 것은 윤곽이 드러나지 않았다.

그러나 <아마치젼>이 獨創的인 作品이 아니었을 것이라는 점에는 틀림없다.

Ⅳ. <아마치젼>의 底本 「勸告大韓人士」와의 관계

<아마치젼>의 줄거리를 보면 사건의 진행이나 변화에 대한 구체적인 서술은 거의 없고 다만 行蹟 中心으로 기술되어 있다. 이것은 마찌니의 傳記的 記述을 壓縮要約한 흔적을 단적으로 타나내고 있는 것이 된다.

또 歷史的 事實과 맞지 않는 결말 부분에서는 筆者의 허구성을 直感하게 하기도 한다.

> 미양거병홀쩌애하는말이셩공이되면왕끠돌리고셩공치못하면그죄를자당
> 하리라하니더져아마치애일언일힝이구세계에자유관계가되니엇지만고의
> 희한흔호걸이아니리오[17]

마찌니는 王政復古에 承服하지 않고 물러난 人物이다. 이 歷史的 事實이 王權主義로 變質된 것은 1905년이라는 韓國的 狀況이 作用한 것이라 볼 수 있겠으며, 前項에서 人物의 확정을 위해 예로 보인 「意大利獨立史」나 「伊太利建國三傑傳」이 底本이 된 번안소설일 수 없는 한 증거일 수도 있겠다.

이러한 점으로 미루어 보아 <아마치젼>은 台本의 直譯은 더구나 아

---

17) 『大韓每日申報』, 1905. 12. 21 마지막 회.

니며 온전한 飜案이라고도 볼 수 없다. 다만 이탈리아의 建國 英雄 마찌니에 관한 常識 내지는 知識을 小說的인 형식에 假託해서 기술했을 뿐임을 짐작하게 된다.

그렇다면 <아마치전>의 底本은 무엇이었을까?

筆者의 조사한 바에 의하면 <아마치전>은, 1905년 11월 24일과 25일 『大韓每日申報』雜報에 실린 「勸告大韓人士」를 底本으로 하여 그 中半部 이후를 한글로 옮기면서 허구성을 가세한 것임이 확인되었다.

「勸告大韓人士」는 1905년 11월 24일자 『大韓每日申報』一面, 雜報欄에 無署名으로 실린 記事다.

天道 ㅣ 好還이요世運이不當이라窮陰劇寒에陽春이必回ᄒ고猛風甚雨에
晴明이頓生ᄒ나니惟願大韓人士ᄂᆫ勿○其志氣ᄒ고益勵其自强ᄒ라現今大
韓國權이他人에게全歸ᄒᆯ境遇에濱ᄒᆷ으로現狀을觀ᄒᆫ즉家家哭泣之態오人
人愁歡之聲이나徒然如此에意有何이리오自今이라도大韓人士가益益奮發
ᄒ야學問이增進ᄒ고事業이振興ᄒ면엇지國權을回復之日이無ᄒ리오……
만일一時摧折로써가自挫抑하야不能更奮하면足히志士라謂치못ᄒᆯ지라記
者遽請컨디近世歐洲一箇名人의行蹟으로써大韓人士룰爲하야提誦하노니
如許ᄒ男子의志事를觀感하고效則하야自立을益圖하라.

序頭를 이렇게 적고 있다. 標題가 「勸告大韓人士」라고 되어 있기 때문에 우선은 民族的 狀況에 대힌 希望을 북돋아 주고 적극적 행동을 유발하려는 目的意識을 분명히 하고 있다.

이 글은 11월 17일 乙巳條約이 체결된 지 꼭 일주일만에 실린 것이고 또 그 意圖가 '한 男子의 意事를 觀感하고 效則'하기를 바라는 것이므로, 民族意識이 강렬한 사람의 글이라고 보여진다. 그러나 筆者는 분명하지 않다. 記事 속에 '記者'라고 밝히고 있긴 하지만 '記者'가 오늘날 新聞社

의 記者라고 斷言할 수는 없을 것 같다. 그 이유는 글의 展開로 보아 '記者'는 지금의 '筆者' 즉 '글쓴이'라는 정도의 의미로도 볼 수 있겠기 때문이다.18)

筆者가 분명하든 아니든 이 글의 성격이 民族意識의 고취에 목적을 둔 것이고, 그러기 위한 또는 직접적인 자극을 통한 行動的 愛國者의 出現 촉구에 그 核心이 있었다는사실만은 틀림없다.

때문에 '한 男子'는 愛國精神을 具現한 人物이어야 하겠고, 또 人物의 行蹟을 드러내는 이야기가 아니어서는 안된다. 그러한 人物로 選擇된 것이 "마찌니"였다고 생각된다. 하필 國內 人物이 아니고 外國人이 선택된 것에도 理由는 있었을 것이다. 그것은 우선 오스트리아 壓政에서 이탈리아를 獨立시킨다는 것은 곧 異民族의 支配下에서의 獨立을 의미하는 것으로서 當時 韓國이 처해 있던 狀況과의 유사성에서 기인된 것이라 보여지고, 또 國內外에서의 活動相과 적극적 행위는 當時局에서 요구되는 行動 綱領으로서의 敎訓性에 부합되었기 때문이었으며, 또 다른 이유로는 당시에 한참 得勢를 하고 있었던 傳統的 性格의 傳에 假託하기에 알맞았다는 理由도 있었을 것으로 본다.19)

그러면 「勸告大韓人士」의 中半部 이후에 나오는 이야기와 <아마치전>을 대비해서, 直譯이 된 부분과 허구성이 첨가된 — 또는 "마찌니"의 傳記的 事實이 첨가됨을 보임으로써 <아마치전>이 獨創的인 作品이

---

18) 趙演鉉, 『韓國新文學考』(文化堂, 1966.), p.56, p.162 등
  여기서 趙演鉉 敎授는 文學의 作者가 독립된 職能者가 아니었음을 지적하고 있다. 그러나 筆者가 여기에 의문을 제기하는 것은 '記者'가 「勸告大韓人士」 속에서의 기능적 역할이 '筆者'나 '글쓰는 이'의 뜻으로도 해석될 가능성을 내포하고 있기 때문이다.
19) 李在銑, 『開化期 小說의 文學社會學』, pp.133~135 참조.
  '<伊太利 建國三傑傳>에 붙인 申采浩의 序文에 其國難이 與我相類하고 그 年祚도 距今不遠이라 其艱經歷이 彷彿住來吾胃하고…'라고 있음을 보아 이 「勸告大韓人士」의 筆者도 비슷한 감회를 가졌을 것이라 짐작된다.

아니었음을 確認해 보고자 한다. (例示의 편의상 「勸告大韓人士」 부분은 [가]로, 「아마치젼」 부분을 [나]로 記號化하며 引用된 부분이 실린 날짜는 아라비아 숫자로 간단히 적는다.(例 : [가 1] 11.24는 <「勸告大韓人士」의 1905년 11월 24일자 게재분>이란 뜻이 된다.)

> [가-1] 近世意大利國에峨馬治이라는烈士가有하니貧家子라自幼로卓犖
> 不羈허야談兵說劍을好하더니及長에航海之術를講하야周遊西方하
> 여五州의形勢를察視홈이大有所悟라 <11.24>

> 「나-1」 서양의티리국에아마치라하는사람이잇스니니슈도따에빈곤흔집
> 의아둘리라 어려서붓터뜻시놉고고운이활발허여병법과검술을죠와
> 허더니나이장성하야는쳔하에주류허여 오디쥬에형세를널리살펴보
> 고크게씨달은소견이잇슨지라쏘쳔하에이름잇는션비로더부러사귀
> 여놀미학식이디단이발달흔지라 <12.14>

[가-1]에서 人物은 이미 "峨馬治"라고 記名되어 있으며 또 出生地에 대한 언급은 전혀 없다. 그것이 [나-1]에 와서 "아마치"라는 한글 표기로 바뀌었고 出生地 "니슈도"가 구체적으로 삽입되어 있음을 보아 [가]만을 台本으로 한 것이 아님을 알 수 있겠고 또 <아마치젼>을 쓴 사람이 이미 "마찌니"에 대한 경력 내지는 행적에 대한 지식을 갖고 있었다는 사실을 알 수 있겠다.

여기서 <아마치젼>의 人物이 "마찌니"임에도 불구하고 왜 "아마치"로 變名되었는가 하는 이유를 밝혀낼 수 있겠다. 즉 "마찌니"가 「勸告大韓人士」 속에 "峨馬治"로 表記되어 있었기 때문, <아마치젼>이 「勸告大韓人士」를 底本으로 번역, 허구화하였기 때문에 정확한 고증없이 한글 표기로 옮겼다고 단정할 수밖에 없다.

이탈리아의 三傑 中 "카부르"는 "加富爾"로 "가리바르디"는 "加里波的"으로 漢字 表記되어 있으며 "마찌니"는 "瑪志尼"로 表記되어 있는 것이 통례다.[20] 그런데 유독 "瑪志尼"만 <아마치젼>에서 "峨馬治"라는 特異한 表記로 나타나게 된 데에는 분명한 理由를 밝혀낼 수 없다. 앞서 언급했듯이 낱말의 첫머리에 <아—>의 첨가를 인정한다고 하더라도 그것은 <R>로 시작되는 낱말에서 찾아 볼 수 있는 것이기 때문에 <M>로 시작되는 낱말에는 통용될 수 없는 語法이다.[21]

그러므로 이러한 表記上의 變名은 語法的 해명에서가 아니라 誤記에 의한 것이 아니었을까 생각된다.

"마찌니"에 관한 얘기를 알고 있다 하더라도 그 記憶이 불분명했고 또 이름을 확인하여 정확하게 記錄하려는 의식 보다 「勸告大韓人士」가 갖는 근본적인 目的, 愛國心의 고취에 치중되어 있었기 때문에 이러한 誤記에 대해서는 거의 무관심했으리라 봐진다.[22] 만일 表記의 정확성을 염두에 두었다면 "마찌니"의 漢子 表記 3字가 다 틀려졌을 리가 없다.

"峨"의 첨가는 類推作用에 의해 合理化시킨다 하고 "瑪"와 "馬" 또한 音의 類似性에서 오는 誤記라 손치더라도, 한걸음 더 물러서서 "志"가 "治"로 바뀐 것까지도 音의 類似에서 온 誤記라 해도 "尼"의 탈락은 설명할 수 없다. 결국 合理的인 해명이 불가능한 것은 막연한 記憶 또는 不明確한 傳言에 의한 誤記라고 밖에 볼 수 없게 한다.

그러므로 "마찌니"가 "아마치"로 바뀐 것은 「勸告大韓人士」의 作者

---

20) 金秉喆, 前揭書 p.247.
　　河東鎬, 「開化期小說의 書誌的 整理 및 調査」, 『東洋學』 제7집(1977.), p.193 참조.
21) 舌卷音 "R"을 頭音에서 피하려는 頭音法則이 있다. 이것이 "Russia"를 "아라사"로 표기, 발음하도록 한 것일 게다. 그러나 "長音 M"을 頭音에서 회피하는 현상은 우리 국어에 없다.
22) 이탈리아를 "意大利"로 表記한 것으로 보아 「意大利獨立戰史」 정도는 作者가 읽지 않았겠는가 추리할 수 있다.

가 저지른 잘못을 <아마치젼>을 쓴 작자는 무비판적으로 받아들이고 있었음과 그 底本으로서 「勸告大韓人士」를 이용했음을 동시에 증명해 주는 셈이 된다.

'卓犖不羈'가 '뜻시놉고 긔운이 활발하여'로 번역된 것으로 보든지, '五州의 形勢를 察視홈이 大有所悟라'가 '오뎌쥬에 형세를 널리 살펴보고 크게 끼달은 소견이 잇슨지라 또 쳔하에 이름 잇는 션비로 더부러 사귀여 놀미 학식이 디단이 발달흔지라'로 人物의 特出함을 구체화시켜 나가는 솜씨를 발휘하고 있다.

이것은 <아마치젼>을 쓴 作者가 이미 허구성에 대한 자각이 있었거나 小說에 대한 인식이 어느 정도 뒷받침되어 있었음을 드러내는 증거가 될 것이다.

이것은 또한 前代小說(古代小說)에 있어서의 人物이 英雄的 形象化 내지 그 영향하에 놓여 있었다는 사실과 이것이 그대로 開化期 新聞小說에 투영되어 있음을 입증하는 자료가 되기도 한다.

그러므로 開化期 新聞小說의 양식은 새롭게 이루어진 갑작스런 것이 아니며, 단순한 西歐文學의 수입에 의한 정착화라고만 볼 수 없고 다만 傳統的 양식에 西歐的 內容 또는 人物, 아니면 背景만의 代置라고 보는 것이 더욱 타당한 것이라 생각된다. 이는 新小說의 형식이 나다나기 이전에 이미 開化期 新聞小說 樣式이 이루어져 있었다는 점으로 보아 타당할 것이며 이것은 또 新小說이 李人稙의 <血의 涙>로부터 시작되었다고 생각하는 단순 논리에서 벗어나야 할 좋은 증거가 될 것이다.[23]

---

23) 지금까지 新小說의 最初의 作品은 李人稙의 <血의 涙>로 잡는 것이 통례로 되어 있었다. 그러나 新小說이 李人稙에 와서 갑작스럽게 양식화되었다고는 볼 수 없는 일이기 때문에 그 양식의 발생은 훨씬 소급해야 하겠고, 그러자면 新小說의 개념부터 다시 反省해야 할 것 같다. 이러한 문제들은 보다 조심스럽게 다루어져야 할 것 같아 여기서는 문제를 제기하는 것으로 그친다.

[가-2] 時에니不流(國名)人이佛兵으로더불어合勢來攻ㅎ거날苦戰三十日
에衆寡不敵이라 知不能守ㅎ고 <11.25>

[가-3] 其妻가飢餓困憊ㅎ야寸步難行이라遂謂其夫曰 <11.25>

[나-2] 못참녀불류국사람이불난셔군사로더부러형세를합하야셩을치니
아마치가몸으로써탄환을물릅스고밤낫싸온지삼십일에군사가적어
적국을더적지못홀지라직히지못홀쥴를알고 <12.15>

[나-3] 그부인이쥬리고곤핍하야쵼보롤힝허기이려운지라흐르는물를웅
킈여마시다가아마치다려일너갈오디 <12.16>

[가-2]와 [나-2], [가-3]과 [나-3]을 대비해 보면 [나]에 얼마간의
새로운 어구가 첨가되어 있음이 확인된다.

'아마치가 몸으로써 탄환을 무릅스고 밤낫 싸온지'라든가 '흐르는 물
을 웅킈여 마시다가' 따위의 어구 첨가는 底本이 갖고 있던 단순한 사실의
전달에, 효과적인 표현 의식의 작용, 즉 보다 구체적이고 극적인 표현을
위한 글쓴이의 개인적 의식이 보태어져서 나타난 것이라 볼 수 있다.

그러므로 底本에서 크게 빗나갔거나 벗어나지 않았다고 생각된다. 이
런 의식이 있었기 때문에 다음과 같은 오히려 어색한 직역도 나오게 되는
것이다.

[가-4] 峨馬治가杖策赴之하여共和之政을助하니 <11.25>

[나-4] 아마치가막디를집고그날라에나아가니 <12.15>

그러나 다음 대목은 「勸告大韓人士」가 底本이었기는 하지만 「아마치

젼」의 글쓴이가 알고 있는 지식 또는 허구성을 많이 첨가했음을 나타낸다.

[가-5] 其後에奧國과戰爭ᄒ야奇功을屢奏ᄒ고ㅿ善能和民兵에元帥가되
야敵軍을屢破ᄒ고意大利의一統을成ᄒ야自由政治롤定하니
<11.25>

[가-6] 七次被擒하되大志가불挫하야墮地ᄒ國威를恢復하야歐洲雄邦으
로더부러倂立케하니엇지天下의烈士가아니리오 <11.25>

[나-5] 기후에남미쥬에갓다가셔력일쳔팔빅오십륙년에좌류유아국이불
난서로더부러연합ᄒ야오국과긔젼ᄒ더니아마치본국에도라와의용
병을소모ᄒ야션봉장이되야젼공을일으고기후에나불류왕이포학무
도ᄒ니사지리지방의빅셩이분로ᄒ야군사를일잇키니션능화지방의
빅셩이ㅿㆍᄒ응ᄒ야군사를들시아마치를츄쳔ᄒ야도원수를삼으이아
마치가그군사를거라리고사지리를건너가의티국즁에격서를젼하니
원근이향응ᄒ야막하에투입하는자가부지기수라소향에무젹ᄒ야파
쥭지셰와갓타니졔셩니다항복ᄒ고사방이신동ᄒ는지라도쳐의빅셩
들이환영하야쟈유만셰를불으면서아마치로써빅셩을구완ᄒ는두령
과자유에주인을삼우이디더여의티리국을통일하야국셰를졍돈ᄒ니
<12.17~19>

[나-6] 칠차셩금을당햐되디지를변치아니하며빅졀을맛나되소리를굴치
아니하야맛참녀 의티리젼국을통일하야짜의쩔어진나라위염을회복
하야구라파의열강국으로더부러병립케홈으로써자긔예칙임을삼으
니미양기병홀써애하는말이일이셩공이되면왕끠돌리고셩공치못하
면그죄를자당하리라하니더져아마치매일언일힝이구쥬셰계에자유
관계가되니엇지만고의회한흔호걸이아니리오 <12.21>

[가-5]와 [나-5]를 비교해 보면 [가-5]에는 하나의 사건뿐이던 것이

[나-5]에서 사건이 확대되어 있고 더욱 구체적인 진행과정을 보여준다. 이것은 歷史的 史實에 대한 지식이 없으면 불가능할 것으로 보아, <아마치전>의 作者가 적어도 「意大利獨立戰史」에 대한 지식을 갖고 있었다고 보여진다.[24]

이탈리아가 漢子로 "意大利" 또는 "伊太利"도 표기될 수 있는데 그 중 "意大利"만을 사용하고 있는 「勸告大韓人士」나 이를 한글로 "의티리"로 표기하고 있는 점은 이탈리아에 대한 어느 정도의 지식이 있었음을 보여주는 것이 된다.

[가-6]이 <아마치전>으로 옮겨 오면서 12월 20일에 연재된 끝 부분에서는 '칠차자루집피몰입어스더디지를변치안코'로 되어 있다. 이것이 이튿날 12월 21일에는 <칠차싱금을당햐되더지를변치아니하며>로 바뀌었다. 이것은 「勸告大韓人士」가 「아마치전」의 底本이었음을 결정적으로 확인시켜 주는 자료가 된다. 그러나 [나-6]의 뒷부분에 보면 [가-6]에 없던 王權主義에 대한 해설이 첨가되어 있다. 이 사실은 「勸告大韓人士」의 結尾가 빠진 데 대한 보상행위로 볼 수도 있다.

> [가-7] 是其夫妻의行蹟이可히有志者의觀感홀者가되깃는故로擧而誦之하노라 <11.24>

이 結尾는 序頭와 호응하여 그 目的을 분명히 하고 있는 것인데 <아마치전>은 [나-6]만으로 끝나고 있음으로 보아 [가-7]의 作者意識과 代置되는 부문만큼이 [나-6] 속에 王權主義의 合理化로 옮겨진 것이며 時代的 要求 또한 [나-6]과 같은 결말에 있었던 것으로 짐작할 수 있다.

---

24) 「意大利獨立戰史」는 1903年 漢譯本으로 나와 있었다. 그러므로 漢字解讀이 可能한 讀者는 쉽게 구해 읽을 수 있었을 것이다. 또 이탈리아의 地名이 전부 漢文式 表記가 되어 있음도 이를 입증하는 자료가 될 수 있을 것 같다.

이상의 考究로 보아 <아마치젼>은 獨創的인 作品이 아니고 「勸告大韓人士」를 底本으로 하여, 부분적으로 직역을 하고, 어떤 부분은 전달의 효과를 노려 구체화하고, 때로는 새로운 사실을 첨가하여 이루어진 것임을 알겠다.

V. <아마치젼>의 作者와 文字選擇

「勸告大韓人士」가 『大韓每日申報』에 11월 24일 25일 이틀 동안에 게재되었고 <아마치젼>은 12월 14일부터 21일까지 7회로 나누어 게재되어 있다. 그 時間的 相距가 20日이나 있고 분량 또한 三倍가 되어 보이기 때문에 두 作品이 아주 달라 보이기도 하겠으나 그리하지 않음을 前項에서 立證해 보인 바 있다.

이제 남은 문제는 두 作品의 作者와 同一人이냐 아니냐, 또 구체적으로 누구였겠는가 하는 문제와, 같은 내용의 글을 형식을 달리하여, 表記文字를 달리하여 한번 더 싣게 된 理由는 어디에 있는가 하는 것이다.

먼저 作者에 대하여는 앞서도 언급했듯이, 구체적으로 밝힐 자료가 없다. 「勸告大韓人士」가 雜報欄에 실렸던 것과 마찬가지로 開化期 新聞小說 <아마치젼> 또한 雜報欄에 실려 있다.

이 雜報欄의 성격으로 보아, 여기에는 讀者들의 투고도 실리고 ─대부분의 경우 투고된 원고는 글쓴이의 이름이 밝혀져 있다─간단한 國內記事, 작은 광고 등이 실릴 수 있다. 이 중에서 國內 記事나 가십은 無記名으로 실리는 것이 원칙인데 上記 두 作品 또한 無記名으로 되어 있으니까 作者는 記者라고만 단정할 수 없다. 또 '記者'라는 낱말이 쓰였다 해도 그것이 오늘날의 다만 '글쓴이', '筆者'라는 뜻일 수도 있다면 '記者'라는 낱말만으로 그 作者를 記者라 할 수도 없을 것이다.

이 두 作品이 20日을 相距로 실린 점으로 보아, 또 하나를 底本으로 하고 있다는 것에서 한 作者에 의해 쓰여졌을 가능성도 있다. 어쩌면 이것이 타당한 추측인지도 모른다. 남의 글을 이렇게 철저히 이용하기란 그리 쉬운 일이 아니기 때문이다. 그러나 이것만으로 斷定은 어렵다.

결국 作者에 관한 한 막연하게나마 한 作者일 가능성이 짙다는 것과 구체적으로 밝힐 수 없다는 점만을 분명히 해 둘 수밖에 없다.

文字의 선택은 그 자체만으로도 중요하지만 이를 해명하는 열쇠는 같은 내용이 형식을 달리하여 두 번씩 실렸다는 점에서 구할 수 있을 것 같다.

1905년을 전후한 韓國의 政治的 주변 사정은 民族自主 情神의 고취에 있었음은 周知하는 바이며 신문의 역할 역시 그것에 있었음은 분명하다. 그러므로 特히 이러한 정신 고양을 목적으로 발간된 『大韓每日申報』는 記事와 論說을 통해 이 목적 달성에 박차를 가해 왔었다.

「勸告大韓人士」는 이 目的을 表面에 직접적으로 나타낸 記事였으며 이 目的達成을 위한 愛國者의 出現을 촉구하기 위해 "마찌니"의 實話를 예로 들었다. 그러나 이 글은 漢主國從의 文體로 쓰여졌음이 특징이다.

漢字의 理解程度나 그 수준으로 보아 이 글의 讀者는 결코 一般民衆일 수 없다. 최소한의 漢字 解讀力을 가진 사람, 즉 儒學者나 그 亞流에 속하는 小數人에 한정된 것이었으리라 짐작된다.

民衆自主性의 고취나 애국활동이 이러한 小數의 사람에 한정될 성질의 것이 아니고 온 民族에게까지 파급될 필요가 있는 것이며, 오히려 "마찌니"의 行動 綱領인 全民族蜂起의 底力은 民衆에 있고 이들을 啓導할 理由는 충분히 있었을 것이므로 많은 民衆에게 읽혀질 文字의 선택이

필요했을 것으로 볼 수 있다.[25]

또 文字 뿐만이 아니라 양식에서도 다른 양식 -「勸告大韓人士」가 漢字 解讀者에게 가장 적절한 양식이었다면, 民衆에게 쉽게 먹혀들 보편적 양식은 전통적인 小說의 양식이 답습되었을 것으로 생각된다. 이는 前述했듯이 새로운 양식은 아니다.

전연 새로운 양식의 도입은 初期에 있을 拒否反應이 효과를 半減할 수도 있을 것이기 때문에 익숙한 전통적 소설양식이 선택된 것으로 추정된다.

이러한 두 가지 요구가 <아마치젼>과 같은 한글 소설양식 즉 開化期 新聞小說 중 傳的 양식을 成立시킨 것이며 그것은 다음에 오는 新小說로 옮아간 것일게다.

그러므로 文字選擇과 樣式選擇은 적어도 開化期에 있어서는 不可分의 관계에 놓여 있었으며 이것은 글의 目的을 效果的으로 달성하기 위한 방편으로서의 관계도 排除할 수 없을 것이라 筆者는 생각한다.

VI. 結

지금까지의 硏究 結課를 요약하여 結論에 대신한다.

1. <의티리국 아마치젼>은 獨創的인 作品이 아니고「勸告大韓人士」를 底本으로 하여 번역하면서 添削한 것이다.

2. "아마치"는 "마찌니(Mazzi'ni)"의 誤記에 의해 생겨난 이름일 뿐 새로

---

25) 拙稿,「開化期小說 <一捻紅> 研究」,『釜山大學校 文理大 論文集』人文·社會科學篇 第14輯 (1975.) 참조.

운 허구적 인물이 아니다.

3. 開化期 新聞小說 樣式의 成立에는 文字의 選擇과 目的 —民族自主 정신고취—의 效果的 達成을 위한 방편으로서의 관계를 排除할 수 없을 것이다.

4. 開化期 新聞小說에 이미 虛構에 대한 인식이 있었음을 보여 주고 있다.

5. 李人稙의 <血의 淚> 이전에 이미 開化期 新聞小說의 樣式은 成立되어 있었기 때문에 新小說의 最初의 作品은 더 거슬러 잡는 것이 좋겠다.

6. 開化期 新聞小說의 樣式 中 傳的인 것은 傳統的 小說樣式과 西歐의 傳記類가 結合하여 이루어진 것이라 생각되는데 그 관계는 外的 樣式에는 변화가 없으나 그 속에 담기는 내용에 개혁이 있은 셈이다.

7. 西歐의 歷史物이나 傳記類의 作品은 飜譯 出版되기 前에 日本 書籍을 통해 널리 읽혀졌음을 알 수 있다.

8. 開化期 新聞小說에 쓰인 '記者'는 현재의 新聞 記者와는 달리 '글쓴이' '筆者'의 뜻으로 쓰여졌을 가능성도 있기 때문에 이것만을 근거로 그 作者를 當時의 新聞記者라고 단정할 수 없다.

9. 開化期 新聞小說은 그것이 揭載된 新聞의 性格에 따랐거나 制限을 받았을 것이다.

開化期小說 <一捻紅> 研究

I. 序 言

한국 소설의 發達·變遷이 자연스러운 連脈으로 이루어진 것인가 하는 문제에 대해서는 아직도 많은 미해결의 課題들이 남아 있지만, 특히 甲午更張을 계기로 한 急變하는 社會 속에서의 迷路는 밝혀지지 않은 부분이 많다.

前代小說(古代小說·古典小說)이 다만 西歐文學의 受容이라는 一面的 要因에 의해서만 新小說로 자리바꿈을 한 것이 아닐 것이라는 論理는 어느 정도 妥當性을 확보하고 있다. 즉 新小說이 前代小說의 發展的 繼承을 이룩했다는 점은 상당히 說得力 있는 論理로 通用된다.

그러나 英·正祖에 全盛期를 맞았던 前代小說이 1906年 李人稙의 <血의 淚>가 나올 때까지 아무런 變化도 없이 傳承되어지다가 新小說로 移行된 것이었을까 하는 의문에 대해서는 석연한 해답을 얻지 못했다. 이에 對해 天台山人은 그의 『朝鮮小說史』에서

> 古代의 小說은 어느새 形式을 變하야 章回小說로 되었고… 章回小說만으로도 滿足할 수 없으니 說話의 趣味를 좀더 豊富하게 하며 言文一致의 文體로서… 古代小說(舊小說)에 對하야 新小說이라고 불렀다.[1]

라고 하여, 前代小說과 新小說 사이에 章回小說(回章體小說)이라는 中

---

[1] 金台俊, 『增補朝鮮小說史』(學藝社, 1939.), p.245.

問項을 끼우고 있다.

물론 章回小說도 中國의 영향에서 이루어진 것이지만 前代小說에 비해 발전적 요소가 있다고 본 것인데, 만일 이 論理를 수긍한다면 開化期 新聞小說 가운데 章回小說도 여기에 포함시킬 수 있는 것일까?

開化期 新聞小說을 大別하면, 回章體小說과 問答體小說, 前代小說을 답습한 것 등으로 나누어 볼 수 있다. 여기서 유독 回章體小說만이 中間項이 된다는 點에는 그럴만한 理由가 있어야 하며 또 共時的으로 이 시기의 다른 小說과의 相關性에 대한 考察도 있어야 한다.

筆者는 이러한 문제 해결을 위한 努力의 一環으로 本稿를 抄한다.

本稿에서는 開化期 新聞小說의 性格을 해명하기 위하여 作品外的 條件과의 關聯性을 살피고, 前代小說의 發展的 繼承으로서 回章體小說을 認定한다면 어떠한 點에서 그런가를 규명하고자 한다.

그러기 위하여서는 回章體小說 全般에 걸친 광범한 考究가 필요한 것이지만 本稿에서는 그 대표적인 <一捻紅> 한 편을 대상으로 하고, 여기서 얻어진 결과가 餘他 作品에 適用될 수 있는가는 稿를 달리하겠다.

Ⅱ. 歷史的 狀況과 『大韓日報』의 性格

<一捻紅>은 1906年 1月 23日부터 2月 18日까지 16回에 걸쳐 『大韓日報』에 連載되었던 小說이다. 이는 李人稙이 『萬歲報』에 <血의 淚>를 싣기 6個月 前에 發表된 作品인데도 新小說의 範疇에는 넣지 않고 있는 것이 通例다.

그것은 一般的으로 新小說의 濫觴을 李人稙의 <血의 淚>로 잡는 通例 때문인 것으로 여겨진다. 때문에 開化期 新聞에 連載되거나 雜誌에

發表된 作品들을 모아 開化期小說이라는 別稱을 使用하고 있다.[2] 筆者
도 이에 따라 開化期小說이라는 名稱을 그대로 使用한다.

開化期小說의 性格에 對하여는 李在銑, 宋敏鎬 두 敎授의 研究 業績
이 이미 있어 이에 힘입은 바 크다. 그러나 作品이 連載된 新聞과 作品과
의 直接的인 關係에 對한 言及이 未盡한 것 같아 몇 가지 점을 살피고자
한다.

우선 韓國에서 新聞이 發刊되던 當時가 政治的으로 急變하던 甲午更
張 前後였다는 事實은 新聞의 性格을 特徵짓는데 도움이 된다. 즉 啓蒙的
性格으로서의 新聞의 使命은 그렇게 결정된 것이라고 해도 좋다.

이것은 한편으로는 歷史的 狀況이 그만큼 朝變夕改의 회오리바람 속
에서 迷妄을 거듭하고 있었음을 뜻하기도 한다.[3] 그 가운데서도 가장
뚜렷했던 現象은 民族自主를 갈망하는 方向으로서의 啓蒙性과 濕蝕해
들어오던 日帝의 勢力과 野合하는 一部가 대립을 이루고 있었다는 것이
다.

이러한 對立은 여러 가지의 社會問題를 낳고 있었지만 그 중 新聞의
發刊에 있어서는, 그 영향력의 莫大함 때문에 심각한 바가 있었다. 民族
的 性格을 띤 新聞은 社會 批判的 論說과 現實 告發의 記事를 優先하는
데 비해, 親日的 性格의 新聞은 日本의 행위를 國民에게 說得하려 히거나
변명하는 방향으로 흐르는가 하면 심지어 民族紙를 향해 공공연한 비난
까지도 恣行했다.[4]

---

2) 開化期小說 전반에 걸친 研究書로는 李在銑, 『韓國開化期小說研究』(一潮閣,
    1972.)와 宋敏鎬, 『韓國開化期小說의 史的研究』(一志社, 1975.)가 있다. 이 兩書
    에서 1900年代를 前後한 新聞·雜誌에 실린 作品에 대해 開化期小說이라는 用語를
    쓰고 있다. pp.320~345 參照.
3) 李基白, 『韓國史新論』(一潮閣, 1968.) 3版, pp.320~345 參照.
    韓沽劤, 『韓國通史』(乙酉文化社, 1974.) 4版, pp.470~527 參照.
    拙稿, 「開化期 新聞小說 <車夫誤解> 小考」, 『睡蓮語文論集』 3輯, (釜山女子大學,
    1975.), Ⅳ. 歷史的 狀況에서 간추려 整理한 바가 있다.

이러한 사정 속에 놓인 新聞이고 보면 新聞의 性格은 거기에 揭載되는 記事와 小說에까지 反映이 되지 않을 수 없는 것이다. 더구나 開化期 新聞小說의 作者는 獨立된 創作人이 아니고 記者의 한 사람이었다는 점을 고려한다면, 新聞連載小說은 計劃的인, 意圖的인 것이 아니었을까 할 정도로 新聞의 性格과 一致하고 있었음을 볼 수 있다.[5]

그러므로 <一捻紅>의 理解는 作品外的 條件과의 相關下에서 이루어져야 함을 알겠거니와 또한 作品 自體의 分析을 통해서도 이러한 一面이 如實히 證明될 수 있는 것이다.

本項에서는 <一捻紅>이 連載된 新聞『大韓日報』의 性格을 밝힘으로써 作品의 外的 一面의 윤곽을 드러내 보고자 한다.

『大韓日報』는 1904年 3月 10日 仁川에서 日人 萩谷籌夫를 편집인으로 하고 蟻生十郎이 社長이 되어 發刊된 新聞이다.

이 新聞은 同年 12月 10日附 第218號부터는 本社를 京城 南署 明禮坊 鍾峴 417로 옮겨 계속 發行된, 統監政治의 御用機關이었다.[6]

그 一例를 들면 光武 9年 11月 20日字 皇城新聞에 張志淵의「是日也放聲大哭」이라는 論說이 실리자 이에 맞서 同年 11月 21日字에「皇城記者悖論」이란 제목 아래 다음과 같이 논박하고 있다.

---

4) 崔埈,『韓國新聞史』(一潮閣, 1960.), pp.108~109, pp.128~129, pp.144~146 등 參照.
    民族紙를 代表하던 것으로는『皇城新聞』,『제국신문』,『大韓每日申報』등을 들 수 있고 親日紙로는『大韓日報』,『國民新報』,『大韓新聞』등을 들 수 있다. 이들 사이의 論條의 다름은 抗日義兵을 暴徒로 나타낼 정도다. 또『皇城新聞』에 張志淵의「是日也放聲大哭」이라는 論說이 실렸을 때『大韓每日申報』는 적극 찬양하고,『大韓日報』는 경거망동이라 나무라고 있는 것 등으로 알 수 있다.
5) 이에 대해서는 趙演鉉,『韓國新文學考』(文化堂, 1966.), pp.159~162에서, 趙潤濟,『韓國文學史』(探究堂, 1971.) 改訂再版, p.399 등에서 言及하고 있다. 또 拙稿,「開化期 新聞小說 <車夫誤解> 小考」中 Ⅱ,'開化期新聞과 連載小說'項에서 대충 整理를 한 셈이다.
6) 李海暢,『韓國新聞史研究』(成文閣, 1971.), pp.307~309.

昨閱發刊之皇城報則以此日韓條約訂立으로歸之國家社稷之滅亡而題之
曰放聲大哭이라하야言辭凶悖하야誇張事實에孟浪做出하야 有不忍再讀者
하니噫皇城記者之駭妄沒覺이何以至於此境고.若皇城記者爲雜類輩之機關
하며爲頑冥者之手足하야以阻害兩國之親交로 立本本志하야攪亂人心하니
何以謂駭妄沒覺也오.[7]

결국 乙巳條約은 '東洋之平和하며 保安韓國之領土하며 確保韓國皇
室之安全하며 增進韓人之福利'하는 것이기 때문에 환영할 일이라 하고,
이를 反對하는 일은 옳지 않다는 것이다. 때문에 張志淵은 大明律 雜犯篇
에 따라 笞刑을 맞는 일이 오히려 당연한 것으로 생각하고 있다.

이러한 점을 미루어 보아『大韓日報』에 실리는 記事나 小說은 親日的
性格을 띤 것일 수밖에 없는 것이다.

더구나 乙巳條約이 1905年 11月 17日에 條印이 되고 불과 두 달 남짓
한 1906年 11月 23日부터 <一捻紅>이 新聞에 連載되고 있으니 이것은
新聞社의 意圖的인 企劃에 의한 것일 可能性은 짙다. 또『大韓每日申報』
는 이 뒤를 이어 <車夫誤解>를 싣고 있는 것으로 보아 兩紙面은 일종의
對決場으로 利用된 것이 아니었을까 싶다.[8]

『大韓日報』는 親日內閣을 두둔하고, 日本 勢力의 韓國 蠶食을 庇護
하고, 韓民族을 說得하는 임무를 띤 新聞이라 해도 좋다. 이러한 性格의
新聞에 아직도 獨自的 職能을 認定받지 못하고 있는 記者의 손에 의해
쓰여진 作品이라면 그 性格 또한 新聞의 것과 다를 바 없다.

비록 作者가 一鶴散人이라 밝혀져 있다고 해도 이 筆名만으로 그가

---

7) 崔埈, 前揭書, p.130에서 再引.
8) 『大韓日報』에 <一捻紅>의 連載가 끝난 것이 2月 18日이고『大韓每日新報』에 <車
   夫誤解>가 실리기 시작한 것이 2月 20日부터다. <車夫誤解>는 當時 日帝의 非理
   와 親日 內閣을 諷刺한 作品임을 볼 수 있다. 이에 대해서는 拙稿,「開化期 新聞
   小說 <車夫誤解> 小考」를 參照.

누구임을 알 수는 없지만 親日的 色彩를 띤 사람일 것은 틀림없는 일일 것이다.

이것은 다음, 作品의 구체적인 分析을 통해서도 충분히 증명될 수 있는 일이다.

Ⅲ. 人物設定의 問題

<一捻紅>에서 人物設定의 問題는 두 가지 방향에서 생각하지 않으면 안된다. 그 첫째는 앞서 밝힌 作品 外的 條件에서 推論한 바 性格인 親日性의 發見이요, 둘째는 開化期小說이 前代小說의 繼承的 性格을 지니고 있음을 證明하는 것이다. 이 두 가지 問題는 별개의 것으로 생각되어질 수도 있다. 그러나 筆者는 開化期小說의 文學史的 意義와 個別作品研究를 同時에 이루어 내는 一石二鳥의 효과를 어느 정도 念頭에 두고 있기 때문에 무리가 가지 않는 한 두 작업을 함께 해 나갈 작정이다.

우선 主要 登場人物에 關해 整理하면 다음과 같다.

① 一捻紅 : 愛春園의 一叢紫牧丹의 精靈이 六十老媼인 楊氏의 몸에 寄託하여 태어나서 二歲까지 자라다 楊媼이 죽고 난 뒤 韓媼의 손에 十六歲까지 자란다. 灌匪之亂에 韓媼이 죽자, 山僧 頑雲이 韓媼의 장례비 마련을 위해 教坊에 三百金을 받고 팔아 妓女가 된다. 妓女로 있으면서 李廷을 만나 佳約을 맺으나 某大官 때문에 죽을 고비를 넘기게 되고, 獵客(駐韓日公使)의 도움으로 日本 留學을 하여 中學을 마치고, 또 英國에 留學을 가서 大學을 二年만에 마치고 伯林, 巴里, 華盛敦을 거쳐 돌아와 婦人會를 조직하고 女學校를 設立하고 蠶業會 紡績所를 만들어 社會에 參與한다. 그래서 뒷날 政府當局者로부터 紀念章을 받는다.

② 李廷 : 道僧 圓月의 後身으로 洛陽第六橋豪富家의 子弟로 25歲에 一捻
紅을 만나 佳約을 맺으나, 某大官의 陰謀 때문에 죽을 고비를 당한다.
李廷 亦是 獵客(駐韓日公使)의 도움으로 日本 留學을 가서 海軍大學校
를 졸업하고 露日戰爭에 出戰하여 전공을 세워 旭日章을 받고 돌아와
私立銀行, 私立學校, 東洋圖書館, 私立病院을 세우고 雜誌를 發刊하고
東亞俱樂部를 열고, 靑少年들을 뽑아 日・英・美 三國에 留學을 보내
는 등 대단한 社會活動을 한다. 그래서 政府當局者로부터 二等太極章
을 받고 陸軍正領에 特陞된다.

③ 某大官 : 國家 某大官으로 貪女色하고 盜跖之後者의 惡人이다. 政事는
돌보지 않고 一捻紅을 한번 본 뒤에는 그녀를 손에 넣기 위해 온갖
非行을 저지르고, 끝내 李廷을 모함하여 죽음 직전까지 몰고 가나, 뜻을
이루지 못한다. 露日戰爭 때는 日軍의 정보를 露軍에 넘기는 일을 하고,
一進會員을 죽여 拘禁되었다가 李廷의 誣告罪까지 드러나 死刑을 당
한다.

④ 獵客(駐韓日公使) : 一捻紅과 李廷을 죽음에서 구해 줄 뿐만 아니라
그들을 日本으로 留學보내고 그들의 일을 적극 도와 준다.

⑤ 術客 : 정체불명의 人物이지만 一捻紅, 李廷을 도우고 뒷날 그 報恩으로
美國 留學까지 갔다 온다.

　이상 다섯 人物은 小說 <一捻紅>을 꾸며 나가는 데 없어서는 안
될 主要 登場人物이다.
　여기서 注意할 것은 主人物(Main characters)에 해당되는 一捻紅과 李
廷의 奇異한 出生이다.
　비록 李廷의 경우에는 자세한 과정이 생략되어 있다 하더라도 그들은
平凡한 人物이 아님을 出生談을 통해 알 수 있다. 이것은 前代小說 중에
서 특히 英雄的 性格을 지닌 人物－軍談小說이나 英雄神話的 性格의
小說이 主人公들들과 軌를 같이 하고 있음을 발견할 수 있다.[9]

이것은 回章體小說이 前代小說的 殘滓를 그대로 답습한 데 起因한 것으로 일단을 해명될 수 있을 것이다.

前代小說에서 人物設定은 비교적 단순한 次元에서 이루어지기 때문에 平面的인 人物(Flat characters 또는 Simple characters)에 해당되고 事件의 展開에 따라 性格이 變하는 경우가 없는 典型性을 띠고 있다. 그러므로 Protagonist와 Antagonist의 對立은 善과 惡의 對決, 義와 不義의 對立, 貞과 不貞의 갈등을 意味하게 된다.

<一捻紅>에서의 Protagonist는 一捻紅과 李廷이다. 이들은 의롭고 正常的인 思考를 하고 있으며 새로운 文物을 받아들이려는 開化思想을 갖고 있다. 이에 비해 某大官은 李廷의 愛姬인 一捻紅의 美貌에 현혹되어 政事조차 잊고 있으며 李廷을 誣告하는 惡人型 人物인 Antagonist다.

이러한 對立의 선명함은 登場人物의 力學關係로 보아, 愛情의 갈등을 보다 분명하게 하고, 作者의 意圖를 보다 直接的으로 表現할 수 있게 한다는 點에서 前代小說의 前轍을 그대로 답습하고 있는 것으로 해석된다.

다만 여기서 문제삼을 수 있는 것은, 前代小說의 Protagonist는 대체로 한 人物로 限定되는 경향이 있는데 비해 <一捻紅>의 경우는 두 人物로 되어 있다는 點이다. 이것은 다음 'Story 展開上의 問題' 項에서 밝혀질 것이지만, 複數人物의 設定에 의한 story의 兩極化 또는 多極化에서 오는 효과를 노리고 있는 것이 아닐까 싶다.

Minor characters로서의 駐韓日公使나 術客은 직접 事件에 개입하는 것은 아니지만 主로 Main characters를 庇護하고 있다는 點에서 특이하다.

---

9) 이에 대한 광범위한 考察은 趙東一 敎授의 「英雄의 一生, 그 文學史的 展開」, 『東亞文化』 第10輯(서울大學校 東亞文化硏究所, 1971.)를 참고하기 바란다. 또 徐大錫 敎授의 「軍談小說의 構成과 作者意識」, 『啓明論叢』 第七輯(大邱 啓明大學, 1970.)도 참고가 된다.

더구나 그들이 Protagonist나 Antagonist와 국적을 달리하고 있다는 點, 또는 그 國籍이 不分明하다는 點 등에서 作者의 意圖的 趣向을 짐작하도록 하는 것 같다.

다시 말해 術客은 駐韓日公使의 측근이나 끄나풀의 可能性이 짙고, 그래서 李廷, 一捻紅을 駐韓日公使와 接觸시키는 仲介役割을 담당하는 것이다.

이들은 Main characters의 活動을 보다 순조롭게 할 수 있도록 길을 열어 주고, 誘導하고 있다. 뿐만 아니라 이들은 人道的인 立場에 서 있다는 點이 Antagonist 某大官과도 對立되어 있다.

術客이 一捻紅을 日本에 데려다 놓고 李廷을 救하기 위해 駐韓日公使를 만나 간청하자,

> 公使ㅣ沈吟良久에 寄函于某大官ᄒ야 請其一面ᄒ야 據理責之하고 以義喻之ᄒ야 使之放出李郎ᄒ되, 大官이 固執不聽이어늘, 公使ㅣ卽請陛見ᄒ고 奏陳大官之不法ᄒ고 伏乞特下勅令ᄒ샤 放釋李廷ᄒ쇼서.[10]

해서 죽음 직전의 李廷을 救한다.

뿐만 아니라 一捻紅과 마친기지로 士官學校에 留學하도록 日本으로 보내 준다.

Minor characters로서의 이들은 Main characters의 恩人이 되면서 日本을 宗主國으로 삼도록 하는 役割을 담당한다. 卽 一捻紅이나 李廷이 日本에 의해서 開化되고 새로운 知識을 받아들이게 하며 나아가 露日戰爭에서 李廷으로 하여금 日本을 위해 싸우도록 誘導하고 있다는 것이다.

이것은 排露崇日의 思想을 李廷으로 하여금 實踐하도록 하며 심지어

---

10) 『大韓日報』 1906年 2月 13日 第543號 第十一回 中에서.

某大官과의 對立을 통해서 韓國 內의 政府 大臣에 대한 不信感을 크게 자극하는 데까지 이른다.

결국 登場人物은 二大別할 수 있는데 親日 또는 日本人 系列과 某大官 系列 卽 善人과 惡人의 區別이 日本人 中心으로 이루어지고 있음을 보게 된다.

이것은 <一捻紅>이 親日的 性格의 作品임을 가장 克明하게 드러내주는 證據가 된다.

이 작품은 우리의 문명 개화가 日本의 協助에 의해서 이루어진다는 要旨다. 따라서 무엇보다도 이 작품에는 日本人像이 肯定的인 準據性으로 그려져 있다는 점이다. 그것은 곧 親日文學의 出發이 바로 여기에서 마련되었다는 것이다.[11]

특히 日本公使에게 救援을 청하고, 그의 입을 통하여 남의 나라 國事에 關與하게 한 것은 注目할 만한 것으로서, 이는 <血의 淚>를 비롯한 몇몇 新小說에 나타난 親日的 要素와도 관련된다 하겠다.[12]

이상 李在銑, 宋敏鎬 敎授의 지적은 그 내용면에서 밝혀낸 사실이지만 이것은 또한 人物의 設定面에서도 충분히 立證되어지는 사실이다.

결국 人物設定에서 <一捻紅>은 前代小說의 典型을 그대로 답습하고 있으면서, 意圖的인 配慮에 의해서 親日的 性格을 드러내는 作品임을 發見할 수 있다.

---

11) 李在銑, 『韓國開化小說研究』(一潮閣, 1972.), pp.74~75.
12) 宋敏鎬, 『韓國開化小說의 史的研究』(一志社, 1975.), p.111.

Ⅳ. Story 展開上의 문제

이 作品은 緒言으로부터 始作된다. 人과 物의 出生은 모두 하늘이 내리신 것이기 때문에 그 죽음조차도 天理에 따를 수밖에 없는 것이다. 그래서 奇人奇士가 있어 그 얘기를 하겠다는 식이다.

天之生一奇人尤物이 未嘗不有所有來라.… 旣非偶然而來則 豈偶然而去哉리오. 近有一種奇人奇士ㅣ라. 故로 玆述顚末而爲好事者傳之ᄒᆞ며 且爲愛讀家一粲ᄒᆞ노라.13)

이러한 前提 아래 一捻紅의 出生 過程을 第一回로 하고, 成長 過程을 第二回로 잡았다. 第三回는 雲虛老人을 만나 琴調를 배우는데 雲虛老人이 놀랄 정도로 빨리 배우는 才質을 가졌다. 물론 美色임은 두말할 것도 없다.

이러한 story의 展開는 回章名에서 그 內容을 縮略해 주고 있지만 꼭 回章에 一致되어 있는 열 여섯 개의 事件으로 된 것은 아니다. story 展開의 主要 골자를 간추리면 아래와 같아진다.

1. 一捻紅의 奇異한 出生 － 愛春園 － 叢紫牧丹의 情密.
2. 一捻紅의 美色.
3. 楊媼의 죽음 一捻紅 二歲時.
4. 韓媼의 慈善心에 의해 養育.
5. 一捻紅 十六歲에 灌匪之亂으로 韓媼의 죽음.
6. 山僧 頑雲이 一捻紅을 三百金에 敎坊에 팔아 妓生이 됨.
7. 雲虛老人(琴師)을 만나 琴調를 배움.

---

13) 『大韓日報』, 1906年 1月 23日 緖言 中에서.

8. 李廷을 만나 情을 나눔.

9. 某大官이 一捻紅의 美色을 貪해 豪奴를 보내 납치하려 하나 李廷의
   家奴가 이를 퇴치함.

10. 다시 某大官이 誣告하여 李廷이 警務廳에 잡혀 감.

11. 某大官이 一捻紅을 납치하려 하나 術客이 獵客인 駐韓日公使의 도움
    을 청해 이를 모면함.

12. 駐韓日公使가 一捻紅을 日本女學校에 留學을 알선함.

13. 李廷도 駐韓日公使의 도움으로 풀려나 日本 留學감.

14. 李廷은 露日戰爭에 從軍하여 크게 戰功을 세워 特叙勳 旭日章을 받고
    귀국하며, 一捻紅은 다시 英國에 留學했다가 伯林, 巴里, 華盛敦을
    거쳐 귀국함.

15. 某大官은 露日戰爭 때 排日思想을 품고 露國의 諜者짓을 했을 뿐만
    아니라 一進會員을 죽였고, 李廷을 誣告한 罪가 드러나 死刑을 당함.

16. 一捻紅과 李廷은 여러 가지 社會事業과 活動을 함.

17. 一捻紅과 李廷은 政府當局으로부터 褒賞을 받고 全國遊覽을 하다.
    金剛山 昆盧峯에 올랐다가 李廷이 道僧 圓月의 後身임을 發見함.

이상의 골자들을 나열해 놓고보면 이 作品이 갖는 特異한 點을 몇
가지 발견할 수 있게 된다. 첫째는 主人公의 파란만장한 一代記를 時間的
進行에 따라 記述하고 있음을 發見하는 것이고, 둘째는 이들 主人公이
전부 前身이 있는 後身으로서의 人物이란 點, 셋째는 이들을 죽음에서
구출하는 것은 超人的 能力을 가진 者가 아니라 駐韓日公使라는 義로운
사람이란 것, 넷째, 惡人은 韓國政府의 某大官인 排日思想을 가진 사람으
로 設定되어 있다는 點, 다섯째, 開化를 啓蒙하는 色彩가 농후하다는 것
등이다.

이 중에서 첫째를 제외하고는 전부 '人物設定의 問題' 項에서 言及된
것들이다. 다시 말하면 主人公이 英雄의 典型에 접근하고 있는 親日的

性格을 지닌 啓蒙小說이란 말로 要略할 수 있다.

이제 story의 展開에 있어서 나타난 問題點을 밝힘으로써 이 作品의 特徵을 闡明하고자 한다.

趙東一 敎授는 英雄의 一生을 七段落으로 나누면 다음과 같이 된다고 했다.

A. 高貴한 血統을 지닌 人物이다.
B. 孕胎나 出生이 非正常的이었다.
C. 凡人과는 다른 卓越한 能力을 타고 났다.
D. 어려서 棄兒가 되어 죽을 고비에 이르렀다.
E. 救出・養育者를 만나 죽을 고비에서 벗어났다.
F. 자라서 다시 危機에 부딪쳤다.
G. 危機를 鬪爭的으로 克服하고 勝利者가 되었다.[14]

一捻紅의 경우도 이에 準하고 있음을 確認할 수 있다. 다만 變化가 있다면 D와 E項이 一回로 끝나지 않고 二回에 걸쳐 나타나고 있음과, G에서 自力으로 克服하는 것이 아니고, 救援者가 있어 도움을 받는다는 것 등이다.

또한 李廷의 경우도 마찬가지다. 그러나 進行上에 있어서 다른 點은 C, D, E가 분명하게 제시되어 있지 않다는 것이다. 즉 眉目이 수려하다는 點을 C의 表現이라고 치면, 成長 過程이 省略된 英雄의 一生에 해당된다는 말이다.

이러한 사실을 종합하면 作品 <一捻紅>에는 두 主人公, 두 英雄이 同時에 登場하고 있으면서 같은 目的으로 活動하고 있음을 알 수 있다.

---

14) 趙東一, 「英雄의 一生, 그 文學史的 展開」, 『東亞文化』 第10輯(서울大學校 東亞文化研究所, 1971.), p.169.

이것은 主人公들의 活動을 보다 多樣하게 펼치기 위한 것에 지나지 않는다.

一捻紅이 某大官과 갖는 갈등의 성격은 李廷과의 關係를 無視하고는 成立될 수 없는 것처럼, 李廷 亦是 一捻紅과의 關係 때문에 某大官과 갈등이 발생한다. 그러므로 이들 세 人物이 갖는 力學關係는 三角形의 頂點으로서의 팽팽한 긴장상태의 유지다. 그러다가 어느 한 點이 없어지면 두 點은 하나의 直線을 이루어 같은 方向에로 運動 에네르기를 갖게 마련이다. 이것이 곧 開化運動이요, 啓蒙運動이 된다.

그런데 그들의 運動 에네르기는 그들을 위험으로부터 구출해 온 日本公使의 衝擊에 依하고 있기 때문에 親日的 性格을 띠지 않을 수 없다.

그러니까 一捻紅과 李廷은 各各이 한 個人이면서 같은 衝擊에 依해 同一한 方向을 指向하는 等價的 同時的 存在가 된다. 그들의 活動은 個別的이면서 같은 目的을 向하고 있다. 이것은 story의 兩極化 또는, 多極化 내지는 多樣化의 의미를 지니고 있다. 다시 말해서 男女를 同等하게 대우한다고 해도 男女의 活動이 같을 수 없기 때문에 一捻紅은 女性的인 것을, 李廷은 男性的인 것을 수행하는 人物이 된다.

一捻紅이 女學校를 設立하고, 蠶業會, 紡績所의 운영, 婦人會를 통한 女性的 취향의 事業을 벌이는 데 비해, 李廷은 露日戰爭에 出戰하고 銀行設立, 圖書館, 病院 設立, 雜誌發刊 東亞俱樂部 運營 등 男性的 취향의 사업에 종사하게 된다.

그러나 두 人物이 갖는 비중은 약간 차이가 있다. 앞서 지적한 것처럼 李廷은 成長 過程이 省略되어 있을 뿐만 아니라, 登場도 훨씬 늦다. 一捻紅이 卓越한 能力(雲虛老人으로부터 琴調를 배우는 일에서)을 발휘한 뒤에 갑작스레 등장하여 某大官과의 갈등을 조성시키면서 直接的인 活躍을 하게 되는 點과 그의 出生이 非正常的임을 마지막 段落에 가서 提示되고 있다는 점 등으로 미루어 一捻紅에 對比해 보면 supporting characters에 해당된다고 해도 좋다. 하지만 某大官과의 갈등을 통해서 빚어지는 다음 活動에서는 어떤 意味로는 더 큰 비중을 지닐 수도 있다.

露日戰爭에의 參戰이라는 莫重한 임무를 수행한다는 點으로는 意圖的 親日思想을 더 적극적으로 나타내고 있다.

같은 英雄의 一生이라도 中國과 韓國, 西歐가 어떻게 다른가를 비교해 보았을 때 나타나는 特徵에 비추어 보면 <一捻紅>은 다분히 中國의 냄새를 드러낸다.

中國의 경우 出生 血統에서 대체로 아버지가 없이 되어 있고, 棄兒의 項과 救出項은 없을 수도 있으며 養育者는 어머니로 되어 있고, 危機에 부딪치지도 않기 때문에 平和的인 成功이 있을 뿐이다.[15]

一捻紅은 紫牧丹의 精靈이기 때문에 아버지가 없다. 養育者는 楊媼, 韓媼으로 되어 있다. 危機에 부딪쳤을 때 즉, 某大官과의 갈등에서, 적극적인 대결에 의해서 鬪爭的으로 勝利를 얻는 것이 아니라 日本公使의 도움으로 이를 모면할 뿐만 아니라 復讐를 한다거나 直接的인 보복수단을 행사하지 않는데, 某大官 스스로 自滅해 버리는 것으로 되어 있다. 李廷의 경우에는 出生, 成長過程이 明示되어 있지 않으나 某大官과의 갈등 해결 방법은 一捻紅의 것과 一致하고 있다.

이것은 <一捻紅>이 다분히 中國色 回章體小說의 연장선상에 놓이고 있다는 點에서 쉽게 首肯이 가게 되어 있다.

以上 言及한 것들은 결국 <一捻紅>이 前代小說의 技法을 繼承하는 位置에 있음을 確認해 주는 것이 된다.

다음으로 story의 具體的인 進行에 있어서 발견되는 몇 가지 特徵을 살펴본다.

---

15) 趙東一, 上揭書, p.183, 中國, 韓國, 西歐의 英雄의 一生을 比較하는 圖表 參照.

우선 一捻紅이 李廷을 만나 情을 나누기까지는 이 作品의 구성으로 보아 發端部에 해당되고 某大官의 등장과 함께 갈등이 始作되어 그의 死刑으로 해결된다. 그 이후는 結末을 위한 것으로, 前代小說에서는 거의 變化가 없는 몇 마디 言及으로 끝나고 있지만 이 作品에서는 그 이후에 상당한 분량(3回分)이 割當되어 있을 뿐 아니라, 社會活動을 벌이는 內容으로 채워져 있다.

이것은 前代小說에 添加的 話素(motif)에 해당되는 것이며 이 作品이 지니는 또 다른 性格의 一面을 提示해 주는 것이 된다.

日本公使의 도움으로 留學을 하고 새로운 知識을 習得한 主人公이 이제 故國에 돌아와 그들이 익힌 바를 실천에 옮기는 章이며 開化思想과 啓蒙的 性格이 具體化되어 있는 부분이기도 하다. 이러한 특색은 新小說에 가장 보편적으로 나타나고 있는 특징과 一致하고 있다.

이 點에서 <一捻紅>이 단순한 愛情小說이 아니고 啓蒙性을 띤 行動小說(Novels of action)[16]임을 立證해 주는 증거가 된다.

또한 이들 主人公과 환경 또는 狀況과의 關係는 전연 갈등을 낳지 않는다는 점에서 오히려 調和로운 상태에 놓여 있고, 그들의 活動을 美化시키거나 合理化하는 것에 지나지 않는다.

이것은 英雄的 探索(Heroic (Romantic) quest) pattern에 이 作品이 해당됨을 뜻하고 있다. 이 英雄的 探索은 다음과 같은 효과가 있다고 Robert Scholes는 말한다.

人物이 그들 世界와 調和로운 관계 속에서 始終할 때 小說類型(Pictional pattern)은 다만 한 개의 變化가 아니라 運動이다. 人物은 모험을 하고 투쟁할 것이지만 그를 둘러싸고 있는 世界와의 관계나 그들 자신에는 근본적인

---

16) Edwin Muir, *The structure of the novel*, The Hogarth Press, 1957 參照.

변화를 가져 오지 않는다. 이런 종류의 小說 속의 英雄의 存在는 그가 부딪치는 사건보다 더 중요하지는 않다. Romantic world에서 英雄의 모험은 그의 勝利로 끝나는 質問 또는 航行型이나 女主人公과 결혼하는 것으로 귀결된다.[17]

결국 英雄的 探索 類型은 一種의 運動이 된다는 것인데 이 運動이 <一捻紅>에서는 開化思想의 鼓吹 또는 啓蒙的 活動 以外에 親日性의 合理化 내지는 誘導의 意味까지를 내포하고 있다.

이는 단순히 新小說的 性格만이 아니고 李在銑 敎授가 지적한 바와 같이 '親日文學의 出發'的 意味까지 있다고 보여진다.

이러한 立場은 某大官의 設定을 '現實出發의 일환으로서 韓末의 腐敗 官僚가 登場한다'[18]라든지 警使가 巨額의 賂物을 요구했을 때 <我無罪 犯ᄒ니 安用行賂ᄒ야 苟苟求生이리오.>라고 하는 것을 抗拒[19]로 볼 수 는 없다.

오히려 某大官의 腐敗와 惡人을 劇化시키는 효과를 노린 것으로 결과 에 가서는 日本公使의 肯定的 準據性을 더욱 확실히 하는 것이며 韓末政 府에 대한 否定的 선동의 효과를 크게 하고 있어 親日性을 間接的으로 지원하고 있는 것으로 해석된다

---

17) Robert Scholes, *Elements of Fiction*, Oxford Uniersity Press, 1973, pp.12~13.
18) 宋敏鎬, 前揭書, p.110.
19) 宋敏鎬, 前揭書, p.111에서 '大官도 부패했지만, 一線官使인 警使도 부패하여 被 疑者 李廷에게 巨額의 賂物을 强要한다. 이 때 李廷은 "我無罪犯ᄒ니 安用行賂 ᄒ야 苟苟求生이리오"하고 맞섰다. 이것은 新小說 <銀世界>에서 崔秉陶가 江原 監營에서 抗拒하는 것과 同軌의 것이다.'라 쓰고 있다.

V. 敍述的 逆轉 技法 使用

前代小說의 構成이 時間的 進行에 依하고 있음은 周知하는 바다. 그래서 <一捻紅>도 그러했음을 앞서 지적했다.

그러나 全體的인 構成이 그러했음에는 틀림없지만 部分에 있어서 그러하지 않는 곳이 있다.

(Ⅰ) …乃使術客으로 帶紅娘ᄒ야 同○入日本ᄒ라 ᄒ고 捐助資斧ᄒ고 ○寄函紹介于日本女學校ᄒ야 使○登學이러라. 且說警使ㅣ嚴囚李○하고 千思萬計ᄒ야……[20]

(Ⅱ) 李郎이 搭乘信濃川丸ᄒ고 卽向日本일 시 先爲寄書于東京女學校러라. 且說 紅娘이 與術客으로 共入東京ᄒ야 訪問女學校ᄒ야 傳駐韓公使ᄒ디……[21]

上記 두 引用文 중에서 "且說……"로 시작되는 부문은 이야기의 展開가 急變하는 곳이다. 즉 (Ⅰ)의 경우는 一捻紅이 術客과 함께 日本으로 들어가는 대문 다음에 李廷이 獄中에 갇혀 있는 이야기로 연결되어 있다. (Ⅱ)의 경우는 李廷이 日本公使의 도움으로 獄에서 풀려나 日本 留學으로 떠나는 장면 다음에 一捻紅이 術客에게 李廷을 救해 달라는 부탁을 하는 것이 연결되어 있다.

이야기의 時間的 순서에 따른다면 (Ⅱ)의 後半이 (Ⅰ)의 前半 뒤에 붙어야 할 것이다.

이러한 變化는 第九回에서도 나타난다.

---

20) 『大韓日報』 1906年 2月 9日 第540號 第十回 중에서.
21) 『大韓日報』 1906年 2月 13日 第543號 第十一回 중에서.

乃加大木鐵匣ᄒ야 鎖足ᄒ야 嚴囚于暗獄中ᄒ고……此人은 聞是第一有
明的豪富라 ᄒ니 此是奇貨라. 安得而取之오 ᄒ고 政在思慮間이러라. 且說
紅娘이 見押去李郞ᄒ고……

李廷이 감옥에 투옥된 뒤에, 李廷이 잡혀가는 광경을 본 紅娘의 이야
기로 넘겨지고 있다.

이러한 時間的 進行에 變化를 가져오게 되는 根本 理由는 이 作品의
主人公이 두 사람이었다는 점, 一捻紅과 李廷이 같은 비중으로 다루어지
기 때문에 어느 쪽의 이야기도 뺄 수 없는 처지고, 事件은 두 사람을
같은 常況 속에 놓을 수 없게 된 데에 있었다고 보여진다.

이러한 變化는 이 이외에도 두어 곳에 더 나타나는데, 모두가 人物이
바뀜에 따라 이야기가 進行된 前記의 것과 순조로운 연결을 위해서 그렇
게 한 것이다.

이러고 보면 李廷의 등장은 단순한 三角關係 設定을 위한 것이라는
의미 이외에 두 이야기 즉 一捻紅을 主人公으로 하는 것과 李廷을 主人公
으로 하는 것이 포개어져 한 편의 作品을 만들어 낸 것이라 볼 수도 있다.

이것은 앞서 지적한 바와 같이 story의 兩極化 또는 多極化의 效果를
위한 額字小說의 形式을 취한 것으로 說明될 수도 있다.

그러나 일단 어떤 理由에서든 그러한 技法이 사용된 이상 그것을 無視
할 수는 없다. 그리고 그것이 前代小說에서는 볼 수 없었던 새로운 것이란
點에서 다시 注目을 끌게 하는 것이다.

이러한 技法을 敍述的 逆轉이라고 해서 新小說의 두드러진 特性의
하나로 지적된 바 있다.

構成에 있어서도 新小說은 새로운 面을 보여 주었으니, 그것은 古代小說
의 대부분의 作品이 時間의 흐름에 並行하여 事件이 進展되는 綜合的 構

成, 말하자면 이야기 中心의 構成方法을 取한 데 비하여, 新小說에서는 時間의 흐름에 逆行하거나 事件 및 場面이 前後, 엇바뀌는 解剖的 構成方法을 試圖하였다는 점이다.[22]

첫째가 짧은 역전으로서 이들은 주로 현재의 擴大나 補充을 위해서 구조적으로 加擔하는 것으로서, 현재 행동이나 사건의 副次的인 要素이다. 말하자면 현재를 떠나는 것이 아니라, 과거를 현재에 끌어넣는 방법이라고도 하겠는데, 이들은 주로 揷入的인 역전의 기능을 하고 있다.……둘째가 보다 긴 逆轉인 것으로, 이 경우는 현재의 所在點을 포기하고 시간이 과거로 완전히 역전되어 가는 경우다.…… 이른바 額字小說이 그 典型이라고 하겠다.[23]

構成上 敍述的 逆轉이 試圖되었다는 점이다. 新小說의 作品 構成上 舊小說과 區分짓는 가장 刮目할 만한 特徵의 하나는, 事件進行의 敍述的 逆轉이다.[24]

이상 인용한 세 敎授의 主張 이외에도 趙東一 敎授도 이에 同調하고 있다. 때문에 敍述的 逆轉의 技法이 新小說의 特徵으로 보는 데는 별반 異論이 없다고 할 만큼 認定되어 있지만 이 技法이 新小說에서 처음 試圖된 것이 아니라 <雲英傳>에 이미 그러한 逆轉形式이 있다고 李在銑 敎授는 말하고 있다.[25] 뿐만 아니라 敍述的 逆轉 技法을 둘로 나누어

---

22) 全光鏞, 「韓國小說發達史(下)」, 『民族文化史大系Ⅴ』(高麗大 民族文化研究所, 1967.), p.1177.
23) 李在銑, 前揭書, pp.258~259.
24) 宋敏鎬, 前揭書, p.202.
25) 李在銑, 前揭書, pp.257~258.
　　결국 이조 소설의 時間形象化나 敍述局面은 順行的인 시간의 繼起性이 보다 중시되었다는 것이며, 따라서 역전적 요소가 희박하다는 간접적인 지적이기도 한 것이다. 사실 <雲英傳> 따위의 특유한 逆轉形式이 없는 바도 아니나 라글란

소상하게 言及하고 있는 李在銑 敎授의 主張 가운데 特히 첫째의 특징은 筆者가 앞서 例示 指摘한 <一捻紅> 중의 逆轉 部分을 說明하는데 가장 적절한 論及이 된다.

또 逆轉의 자리에는 대체로 '본래'(또는 원래)라는 낱말로 시작되고 있음을 지적하고 있는데 이것은 <一捻紅>에서 '且說'로 시작되는 것과 전연 同一한 形式이다.

그러므로 敍述的 逆轉 技法은 新小說에 와서 一般化되어 널리 쓰여진 것은 사실이지만 벌써 開化期小說에 試圖되어 있었음을 여기서 지적하지 않을 수 없다.

이를 다시 말하면 開化期小說은 新小說의 前身的 形態로서 다음에 보편화될 — 新小說에서 널리 쓰일 敍述的 逆轉 技法이 이미 試圖되고 사용되었음을 확인할 수 있다는 말이다. 이 點은 新小說 이전 段階로 開化期小說의 位置를 잡아 볼 수 있는 可能性을 더욱 뚜렷이 하는 증거라 해도 지나친 말은 아닐 것이다.

VI. <車夫誤解>와의 關係·其他

<一捻紅>은 알다시피 1906年 1月 23日부터 2月 18日까지 『大韓日報』라는 親日 또는 日本人 發行익 新聞에 連載된 作品이고 「車夫誤解」는 1906年 2月 20日부터 3月 7日까지 民族紙 『大韓每日申報』에 連載된 開化期 作品이다.

問題의 提起 이전에 두 作品이 이틀을 사이에 두고 각각 다른 성격의 新聞에 실렸다는 사실 자체가 이미 흥미를 끌고 있음은 쉽게 발견할 수

(Lord Raglan)의 英雄的 行動의 標準的 패턴과도 類似性을 지니고 있는 이조 소설의 구조는, 사건의 계기 類型을 그 主體로 하는 것이 보편성으로 되어 있다.

있다.

더구나 作品이 갖는 성격과 新聞의 성격이 일치되고 있으며, 그 內容은 극적으로 相反된다는 것, 또 두 신문은 서로를 공박할 만큼 犬猿之間이었다는 點을 생각한다면 이 두 作品이 無關하다고만은 할 수 없을 것이다.

앞서도 지적했지만 <一捻紅>은 意圖的 親日性이 농후하고 <車夫誤解>는 意圖的 諷刺性을 가지고 있어 결국 입장이 아주 달라지고 있음을 볼 수 있다.

<一捻紅>에서 日本의 肯定的 準據로 善人이요 義人으로서 日本公使가 등장하고 있으며 이는 두 主人公 紅娘과 李廷의 생명의 은인일 뿐만 아니라 開化를 촉진시키는 衝擊으로서의 力動的 에너지를 가지고 있다.

이에 비하면 <車夫誤解>속의 日本人은 民弊를 끼치는 軍人의 모습이 아니면, 諷刺의 대상이 된 統監 즉 기막히고 한심한 대상으로서의 統監이다.

여기서 좀더 구체적인 例를 보이기 위해서 같은 대상으로서 政府大臣을 잡아 보자.

(Ⅰ) 那大官은 貪女色하야 剝割人民ᄒ고 傾敗國家某大官이라. 頑固勒壓之心과 陰慝之情이 不居盜跖之後者라.

(Ⅱ) 適有政治上重大事件ᄒ야 方開閣議어늘 那大官이 稱病不參ᄒ고 專心等候하야 時夜將半에 杳無消息이라.

(Ⅲ) 貴國之風化頹喪이 縱由於政治之腐敗나 今某大官之陰慝悖戾가 實係國家之興亡이오.

(Ⅳ) 日俄開仗以後에 大爲含憾於日本ᄒ고 暗抱排日之思想ᄒ야 傾盡家貲ᄒ고 密差心腹ᄒ야 秘密聯絡 於俄公使之寓在上海ᄒ며 且探日軍之情形ᄒ야 報于俄軍ᄒ야……26)

以上 引用에 따르면 <一捻紅>의 某大官은 女色에 빠져 政事도 돌보지 않는 腐敗한 大臣의 표본이요, 排日思想까지 가지게 된 典型的인 惡人으로 設定되어 있다. 이것은 단순한 당시의 부패한 政治人을 告發하기 위한 目的보다는 오히려 親日思想을 啓蒙하기 위한 수단으로 역이용되었음은 앞서 지적한 바 있다.

그러나 <車夫誤解> 속에서는 大臣을 비난의 대상으로 하고 있음에는 同一하지만 그 표적이 오히려 親日的 性格을 지녔다는 사실에 있음이 <一捻紅>과는 전적으로 다르다.

(I) 일본 스룸이나 일진회원 갓흔 쟈는 기산이를 만들여고 홈이 용혹 무괴ᄒ거니와, 소위 우리 나라 유지쟈라 ᄒᄂᆫ 분네들은 나라일을 되도록 쥬의ᄒ다면셔도 시졍이 기산이를 미여 도라단이기를 바라는 모양이니……소위 졍부 디관이나 유지쟈라는 분네들이 한아토 그런 것을 구폐ᄒᆯ 싱각은 업고……신화 일원에 구화 이원ᄒᄂᆫ 것을 다행이 아는 모양인지……

(Ⅱ) 아마 졍부 디신네들도 나와 갓치 그러케 무식ᄒ야 그 의미를 효히치 못ᄒᄂᆫ 모양인지, 일간에 일본셔 통감이 건너온다 ᄒ니, 아지 못게라. 졍부 관리들이 글을 더 비오려 홈인가. 우리 나라에도 통감이 업술 것시 아니여던, ᄒ필 일본셔 가져올 셧 무어신가.[27]

政府大臣이 정신없이 日本 統監에 말려들거나 親日的 思考에 빠져 있음을 지적, 諷刺하고 있음이 드러난다. 이러한 부패가 民族에게 얼마나

---

26) (I)『大韓日報』, 1906年 2月 3日 第 5回 중에서.
    (Ⅱ)　　〃　　　　〃　　　　2月 6日 第 7回 중에서.
    (Ⅲ)　　〃　　　　〃　　　　2月 9日 第10回 중에서.
    (Ⅳ)　　〃　　　　〃　　　　2月15日 第13回 중에서.
27) (I)『大韓每日申報』, 1906年 2月 25日 第5回, 2月 27日 第6回 중에서.
    (Ⅱ)　　　〃　　　　　〃　　　3月 1日 第7回 중에서.

가슴 아픈 일이며 한심스러운가를 <車夫誤解> 속에서는 뼈아프게 지적하고 있으며 이에서 더 큰 悲劇이 오지 않게 하기 위하여 단단한 각오와 준비를 해야 한다고 力說하고 있다.[28]

이러한 對比에 依하면 <一捻紅>이라는 親日作品이 나오자 이것에 대적하기 위해 <車夫誤解>가 意圖的으로 쓰여진 것이 아닐까 하는 의심을 금할 수 없다.

또 한 가지의 問題는 用語의 選擇과 形式의 選擇이다.

<一捻紅>이 단순한 回章體小說만의 의미로 끝난다면 이것은 문제로 삼을 가치가 없다. 그런데 이 作品은 意圖的이요 啓蒙的 性格을 띤 親日文學이란 점에서 用語와 形式이 考慮의 대상이 된다고 생각한다.

開化期 國漢文體의 확립은 「위로부터의 文體改革」을 뜻하는 것이며, 그것이 日本文體와 직결되었다는 事實로 하여, 침략의 지름길을 놓았다는 평가가 어느 정도 가능해질 것이다. 이 公的 文體의 方向性 決定이 七書諺解와 같은 연장선상에서 진행되었다고 主張되더라도 그 결과는 위와 같은 同一한 것에 귀결될 따름이다. 이 위로부터의 改革인 國漢文體가 支配層 士大夫계층과 中人階層의 結合이라는 사실의 省察은 開化期 性格 究明에 必至해야 할 要件으로 보인다.[29]

萬一 이러한 論理를 수긍하고 본다면 <一捻紅>이 國漢文體 더구나 漢主國從體를 택한 것도 우연한 일이라 할 수 없다. 다시 말해서 回章體 小說이라는 形式의 選擇과 文體의 선택은 불가분의 관계에 놓여 있고, 또 그것 자체가 이미 親日的 性格을 가질 수 있는 可能性이 더욱 농후해진다는 말이다 된다.

---

28) 拙稿, 「開化期 新聞小說 <車夫誤解> 小考」를 參照.
29) 金允植, 『韓國文學史論文』(法文社, 1973.), pp.105~106.

그러나 文體나 形式의 선택이 作品 性格을 결정하게 된다는 論理의 비약은 무리가 있다 하더라도 文體의 선택이 讀者의 階層을 의식하고 이루어졌을 것이란 點은 어느 정도의 타당성을 가진다.

1905年 이후 抗日運動의 中心勢力은 儒林에 있었다. 이것까지도 의심스럽다 한다면 士大夫層 또는 漢文解讀者層에 있었음은 인정해 줄 수 있을 것이다. 이에 따라 國漢文體가 이들 階層에 가장 적절한 것이었으리라는 것도 인정한다면 결국 <一捻紅>의 독자층은 漢文解讀層 즉 士大夫 또는 中人階層으로 잡을 수 있다.

이것은 啓蒙의 波及效果를 어디에 두어야 할 것인가를 계산에 넣는다면 親日文學이 선택할 수 있는 文體는 國漢文體를 벗어날 수 없다는 사실과 일치된다.

新聞論說이 갖는 強制性을 피하면서도 同一한 效果를 기대할 수 있는 形式은 小說이요, 그 波及效果를 계산했을 때 선택되는 것은 國漢文體였다. 이것은 결국 回章體小說이라는 구체적인 小說形式을 선택하도록 한 것이 아니었을까 하는 推論을 낳게 한다.

이에 比해 <車夫誤解>가 國漢文 混用 新聞인 『大韓每日申報』에 한글로만 쓰여진 데는 또한 그럴 理由가 있다.

첫째, 漢文이 섞여졌을 때 音相의 類似性에서 오는 誤解를 낳게 할 수 없다는 점이다. 만일 이것이 成立되지 않는다면 諷刺의 目的 자체가 흔들리거나 달성될 수 없을 것이다. 例로, '統監'과 『通感』은 漢字로 표기했을 때 이미 誤解는 있을 수 없다는 것을 생각할 수 있다.

둘째, 讀者層의 設定과 波及效果의 계산이다. 漢文 解讀層만을 대상으로 할 수 없는 광범위한 啓導性을 『大韓每日申報』는 지니고 있었다. 이것은 論說이나 一般 文體가 國漢文體를 主宗으로 삼고 있었다 할지라도 國文 解讀層인 庶民이나, 그런 部類의 民衆에까지 波及效果를 노리고 있었다는 점을 생각할 수 있다. 다시 말해서 누구나 쉽게 읽어서 그 본래의 의도를 이해해 달라는 의미가 내포되어 있었다.

이러한 相關關係를 놓고 보면 한번 더 <一捻紅>과 <車夫誤解>가 갖는 對立意味를 확인할 수 있겠다.

Ⅶ. 結 言

지금까지 論及한 여러 사항들을 종합하여 다음과 같은 몇 가지로 정리할 수 있을 것이다.

開化期 新聞連載小說인 <一捻紅>은 前代小說의 繼承的 性格과 다음에 올 新小說의 性格을 同時에 지니고 있는 것으로 文學史的으로 볼 때는 中間段階 또는 過渡期的 特性을 지니고 있다.

前代小說의 繼承的 性格으로 보는 데는 다음과 같은 點을 들 수 있다.

첫째, 主人公의 出生說話가 介入되어 있다는 點.

둘째, 主人公이 英雄的 典型을 띠고 있다는 點.

셋째, 人物設定에서 典型性을 띠고 있다는 點, 즉 平面的 人物로 惡人과 善人의 區別이 뚜렷하다는 點.

넷째, story의 展開가 前代小說의 方法에 따르는, 時間的 進行에 주로 의존하고 있다는 點.

다섯째, 漢主國從 文章으로 回章體小說 形式에 따랐다는 點.

다음 몇 가지 點에서는 新小說的 性格도 나타내게 된다.

첫째, 開化思想을 鼓吹하고 있다는 點.

둘째, 啓蒙的 活動을 主人公이 벌이고 있다는 點.

셋째, 登場人物이 超人的 能力을 갖지 않았다는 點.

넷째, 敍述的 逆轉의 技法이 使用되었다는 點.

그러나 다음과 같은 점에서는 이 작품이 親日思想을 啓蒙하기 위해서 意圖的으로 創作된 것임을 알 수 있다.

첫째, 日本公使를 善하고 義로운 人物로 設定하고 있으며 이의 도움으로 開化하도록 했다는 點,

둘째, 惡人을 韓國 政府閣僚로 했다는 點,

셋째, 男子 主人公 李廷이 露日戰爭에서 戰功을 세워 褒賞받았다는 點.

이외에도 『大韓每日申報』에 連載되었던 <車夫誤解>와의 相關性을 따져 보았을 때 그 意圖의 一端이 드러나고 있음을 確認할 수 있다.

제2부 開化小說의 文學社會學的 研究

開化小說의 文學社會學的 硏究

I. 序　論

1. 硏究目的

開化小說[30]에 대한 연구는 일찍이 安廓의 『朝鮮文學史』에 언급되면서 시작되었고, 金台俊의 『朝鮮小說史』에서 進一步하여 林和의 「新文學史」에서 어느 정도 그 윤곽이 드러났다.[31] 그러나 이들의 연구는 어디까지나 文學史나 小說史의 말미를 장식하는 부분으로 처리하였거나 발생학적 근원에 대한 것이었으며 그것이 文學史의 확고한 지위 정립을 위한 것이나, 문학적 가치의 평가 문제에서는 멀리 떨어져 있었다.

開化小說 중에서도 新小說에 대한 본격적인 연구는 역시 1950年代 金光鏞 敎授의 「新小說 <昭陽亭> 攷」에 와서야 비롯되었다.[32] 新小說의 文學史的 위치와 문학적 가치 등에 대한 學究的 연구 업적과 새로운 조명에 의해서 단순한 과도기적 소설로만 가볍게 보아 넘길 수 없음을 全光鏞

---

30) 졸고 「開化期小說의 文學史的 硏究」(이책 pp.71~108)에서 <開化期小說>은 개화기 시내에 出版되고 읽혔던 소설들로 古小說까지를 포함하는 용어로, <開化小說>은 개화기 시대에 개화의식이 반영된 소설에 한정해 사용하였으므로 이에 따른 것이다.

31) 安廓, 朝鮮文學史(서울 : 韓一書店, 1922.), p.117 이하.
　　金台俊, 朝鮮小說史(서울 : 學藝社, 1939.), p.232 이하.
　　林和, 新文學史(서울 : 朝鮮日報 連載, 1939) 등의 저서를 참조.

32) 金光鏞, 「新小說 <昭陽亭>攷」, 국어국문학 통권10호(1954.) 이후 계속된 신소설 연구.
　　특히 1956年부터 思想界에 연재된 新小說硏究 시리즈는 開化期小說 硏究의 독보적인 것이다. 이후 高大民族文化硏究所의 『韓國文化史大系 V』의 韓國小說發達史下(1967)는 新小說의 史的 整理를 일단락 짓는 것이었다.

敎授의 論文들은 계속 지적하였고 이 뒤를 이어 宋敏鎬, 趙演鉉, 河東鎬 敎授들이 1960年代 후반에 연구 업적을 쌓았으며 그 다음을 李在銑 敎授·申東旭 敎授들이 새로운 시각으로 연구하기 시작했다.[33]

1970年代에 들어 와서는 많은 연구자들의 참여로 新小說 硏究는 마무리 단계에 접어드는 듯하기도 했다.

이러한 新小說의 연구 업적들은 거의 대부분 現代文學의 시각에서 보는, 近代文學의 始發點으로서의 의미나, 古小說로부터의 發展相에 초점을 맞추어 놓았기 때문에 新小說이 갖는 새로운 면, 즉 古小說에 대한 辨別的 要素를 극대화하는 방향에서 이루어졌다. 이에서 벗어난 연구란 趙東一 敎授가 보여준, 신소설이 고소설과 맺고 있는 樣式的 傳承關係를 구조 분석을 통해 해명하는 정도였다.[34]

따라서 기왕의 연구는 古小說의 폐쇄성과 새로운 문학적 충격에 대응한 개화소설 사이에 조화로운 통합을 이루지 못하고, 서로의 辨別的 要素나 要因만을 극대화시킴으로써 古小說과의 단절이 별로 해소되지 못한 상태에 머물러 있다.

특히 開化期가 國權喪失期라는 특수성으로 해서 패배주의적 인식이 가미되어, 新小說이 드러내는 親日的 性向을 지나치게 부각시키는가 하면, 개화기 신문에 연재되었거나 단행본으로 발간된 歷史·傳記小說의 民族主義的 의미만을 강조하는 결과를 낳았다.

開化小說에 대한 이런 연구는 결코 바람직한 것이라 생각할 수 없다.

---

33) 宋敏鎬, 「菊初 李人植의 新小說硏究」, 高大 文理大 文理論集 5집(1962.)을 비롯하여, 「韓國開化期小說의 史的 硏究」(서울 : 一志社, 1975.) 등.
　　趙演鉉, 『韓國新文學考』(서울 : 文化堂, 1966.)
　　河東鎬, 「新小說硏究草」, 世代 通卷 38, 40, 41호(1966. 9. 11, 12.)
　　李在銑, 『韓國開化期小說硏究』(서울 : 一潮閣, 1972.)
　　申東旭, 「新小說에 反映된 新文化受容의 態度」, 啓明大 東西文化硏究所, 東西文化, 4집(1970.)
34) 趙東一, 「新小說의 文學史的 性格」(서울 : 한국문화연구소 연구총서 14권, 1973.) 참조.

이는 民族主體的 文學 認識도 아닐 뿐 아니라, 문학 현상 자체를 연구자의 의도에 따라 지나치게 歪曲시켜 文學史의 단절을 오히려 심화시킬 위험성마저 높다.

本稿는 先學들의 研究가 一方的 성향이 강하게 드러남을 인식하고 이의 극복을 일차적인 목적으로 삼고자 한다. 문학사란 결코 단절될 수도 없으며 되는 것도 아니란 생각에서 문학사의 接脈을 일차적 목적으로 한다.

둘째로는, 開化小說이 그 時代에 있게 된 이유를 文學社會學的인 방법으로 규명해 보려 한다. 이것은 小說이 時代的 산물이란 차원을 넘어서, 時代意識의 투영체임을 확인하고, 이를 통해서 開化小說의 存在 理由를 밝히는 것이 될 것이다.

셋째, 개화소설의 내부 구조의 핵이 되는 주제와 내용의 사회적 의미를 밝혀 그것이 고소설과 어떠한 관계에 놓여 있는가를 검정하고자 한다. 이는 당대의 사상적 흐름이 직접 투영된 양식으로 개화소설을 보고자 함이요 또 역으로 이를 실증할 수 있기 때문이다.

넷째, 외형상으로 나타나는 개화소설과 고소설 사이의 상이점이 그 본질적인 면에서 어떻게 이해되어야 하는가를 따지려 한다. 이것은 단절되려 하는 문학사의 연계성을 회복하여 하나의 흐름 속에 開化小說의 위치를 설정하는 중요한 일이 될 것이다.

2. 研究範圍와 方法

1) 研究範圍

本稿의 연구 대상은 開化期의 小說이다. 그러므로 먼저 開化期의 設定 범위부터 확정해 둘 필요가 있다.

開化期 設定에 관해서는 연구가들이 다소 異見을 보이고 있다. 그러나 대체로 개화기의 시작을 甲午更張으로부터 잡는 것이 통례처럼 되어 있되 그 下限時期에 대해서는 명확한 언급이 없는 편이다.[35]

筆者는 開化期를 일단 1860年代~1910年代로 設定하고자 한다. 自律에 의한 開化의 가능성을 먼저 내다보고 그 胎動을 社會의 近代化에서부터라 생각하여 시작을 1860年代로 거슬러 올려 잡았다. 그리고 그 끝을 1910年代로 잡은 것도, 韓日合邦의 역사적 사건뿐 아니라, 이후 春園의 『無情』이 나오는 時期에까지 잇대어 놓음으로써 文學史의 斷絶을 일단은 막아보자는 뜻과, 실질적으로 開化小說이 가장 많이 出版된 時期가 1910年代이기 때문에 下限年代를 늦추어 잡았다.[36] 결국 開化期는 60年 정도의 폭을 가지게 되는 셈이다. 그 동안의 文學活動이나 社會變動이 均等하게 이루어졌다고 생각할 수 없는 것이므로, 사실상은 이 60年의 폭을 몇 개의 작은 단계로 나누어 볼 수도 있을 것이다. 그러나 이러한 구분을 하지 않으려 하는 것은 文學現象의 通時的 考察 못지 않게 開化期라는 한 시기를 共時的 차원에서 結合하여 다룰 필요가 있기 때문이다.

이렇게 開化期를 設定하고 나면 자연 그 대상 小說들도 윤곽이 드러난다. 개화기 신문·會誌 등에 연재된 개화의식이 반영된 소설은 물론 李人

---

35) 李光麟, 「開化史研究」, 『韓國史時代區分論』, 韓國經濟史學會編(乙酉文化社, 1970.)를 비롯한 여타 연구 논문에서도 開化期의 시작은 ① 18C後期(英·正時代) ② 1860年代 ③ 1876年 開港期 ④ 1884年 甲甲政變 ⑤ 1894年 甲午更張 ⑥ 1945年 光復 등으로 잡고 있으나 下限年代에 관한 언급은 없다.
36) 劉元東, 「韓國史에 있어서의 近代의 基點」, 『韓國史時代區分論』(乙酉文化社, 1970.)
洪一植, 「開化思想」, 『韓國現代文化史大系Ⅱ』, 高大民族文化研究所(高大出版部, 1976.)
등을 참고해 보면 주로 基點을 문제삼고 있다. 筆者가 1860年代를 기점으로 보고자 하는 것은 경제 체제의 변동과 都市의 발달이 近代化되는 것을 근거로 한 것이다. 또 下限年代를 1910年代까지로 내려 놓은 것은 본격적인 新小說의 出版이 1910年代였다는 출판시기를 염두에 둔 것이었고, 또 近代小說과 바로 잇대어야 문학사의 단절을 막을 수 있다고 판단했기 때문이다.

稙 이후 소위 신소설이란 명칭을 붙이게 된 모든 소설 작품들이 다 연구대상이 될 것은 물론이다. 때문에 다양한 양식의 소설들을 포괄하는 개념으로서 <開化小說>이라는 用語를 쓰고 특별히 李人稙 이후의 소설을 지칭할 때에만 <新小說>이란 용어를 쓸 것이다. 또 開化小說의 전통성과 문학사적 위치를 확정짓기 위해 필요한 고소설을 일단 비교 연구의 대상으로 삼을 수밖에 없다. 이들 소설들은 처음부터 몇 개의 작품으로 한정해 다루지 않고 필요에 따라 무작위로 선택된 것들을 대상으로 하되 가능하면 대표적인 작품을 우선 고려하여 다루어 나갈 것이다.

2) 研究方法

구조의 완결성만으로 본다면 한 편의 소설은 그 자체로서 主體的 存在다. 그러나 그것이 독서 행위의 대상이 되거나 연구의 대상일 때는 客體化된다는 사실도 부인할 수 없다. 독서 행위나 연구가 다 함께 主體와 客體 사이의 상호 침투작용이라 보아야 하기 때문에 이들은 다분히 相對的인 관계에 놓인다. 이 점은 문학 연구의 방법이 다양해지는 근본적인 所以일 것이다. 그러므로 연구 방법에는 절대적인 王道란 있을 수 없다. 다만 상호 침투작용의 결과를 다시 어떻게 客觀化해 내느냐 하는 방법적 차이, 또는 정도의 차이에 변별 요인이 게재하는 것이고, 客觀化를 위한 論理性 확보가 문제된다.

지금까지의 문학 연구의 고전적 방법은 歷史·傳記的인 것이었다. 作品의 淵源으로서 作家를 먼저 상정하고, 그 원인 규명에서 작품의 발생학적 근거를 확보하는 방법이다. 이것은 主體로서의 작가를 우선하고 있다는 점에서 作家의 主體性 해명에 비중을 둔 것이었다.

여기에다 주체로서의 作家에게 작용하는 狀況이나 心理的 根底를 論理化시킬 수 있다는 준거로서 精神分析學이 원용될 수도 있으며, 단순히 그 영향 관계만을 따지는 對比的 考察의 가능성도 있다. 그러나 이 방법은 도식적이고, 先入觀에 의한 意圖의 誤謬를 범하기 쉬운 약점이 있다.

최근 形式主義나 構造主義的 연구 방법은 意圖의 誤謬를 쉽게 벗어날 수는 있으나, 작품 자체의 완벽성을 절대화한 나머지 存在論的 誤謬를 낳을 위험이 있다.37)

어떤 연구 방법이든 장·단점을 갖고 있기 때문에 작품의 완전한 분석이나 이해에 도달하는 것은 理想에 불과하다 하겠다.

文學作品의 가치는 그 자체로서의 완결성을 갖는 것만으로는 완전하지 못하다. 독서의 대상이 되고 전달되었을 때 비로소 그 진정한 가치가 드러난다. 아무에게도 읽히지 않는다면 그것이 비록 위대한 가치를 가졌다고 해도 그 實效性은 상실되고 말 것이다. 이러한 관점에 서게 되면 독자의 존재가 매우 중요해지고, 그들이 어떻게 작품을 수용하는가 하는 문제로까지 발전한다. 이는 讀者社會學의 가능성을 시사하는 근거가 된다.38)

독자나 작품도 社會 속에 자리잡는 존재 또는 社會的 存在라는 사실을 인정하게 되면 더 발전적 이론도 가능하다. 社會 속의 主體的 存在性을 인정받는 데 그치지 않고, 社會 構成要素일 뿐만 아니라 變動要因이며, 現象的 事實로서도 인정받게 됨으로써 作品은 力動的 實體가 된다. 이때 문학 작품은 時代나 社會의 반영물이라는 소극적 의미에서 벗어나 그 時代·社會 意識의 투영체로서 또는 意識의 實體로서 드러나며, 독서행

---

37) 지나친 객관성 확보를 위해 작품의 외적 요소를 전혀 고려에 넣지 않은 결과 과대평가 되거나 과소평가 되는 경우, 때로는 誤記에 의한 것에까지 엄청난 의미를 부가함으로써 작품의 실질성을 해치는 경우를 말한다.

38) 文學社會學이라고 하지만 사실상 그 방법의 미묘함을 고려에 넣는다면 하나로 집약되기 힘든다. Zima, Swingewood, Lucács, Goldmann, Hauser, Adorno, Iser, Jauß등에 의해서 Text의 사회학, 독자사회학, 受容美學 등으로 갈라져 나온다. 이 중에서도 Iser의 독자사회학이나 Jauß의 受容美學, Hauser이론 등을 필자는 혼용한다. 그러나 주로 Iser의 독자사회학을 근저로 삼는다.

위도 社會現象의 중요한 몫을 차지하게 된다.39)

여기서 우리는 文學社會學的 연구 방법의 가능성을 보게 되고, 그것이 기존의 연구 방법과 구별되는 특징 및 의의를 수긍할 수 있을 것이다.

受容美學은 讀者社會學的 접근 방법의 하나다.40) 작품과 독자 사이에 생기는 상호 침투 작용의 일단을 독자의 편에 主體的 關鍵을 두고 그것에 의해 발생하거나 발생 가능한 영향을 社會的 의미로 확대시키며, 또 그것을 작품 내적 요소들로부터 객관화시켜 추출할 수 있을 것으로 기대한다. 이를 역으로 말하면 작품의 내적 구조에서 영향력을 발휘할 수 있는 요소들을 증거로 확보하여 독자들의 반응을 客觀化시킬 수 있는 것으로 판단하게 된다.

本稿에서의 과제는 前代文學과 新文學이 역사적 연계성을 갖고 있음을 확신하기 위한 단서를 開化小說의 연구를 통해 얻으려 하는 것이다.

開化期는 變動社會에 해당한다. 變動社會의 文學現象의 해명은 아무래도 文學社會學的 接近이 가장 합리적일 것이다. 文學社會學的 연구 방법도 다양한 것이지만, 그 어느 하나의 방법에만 얽매이지 않고, 몇 가지 방법을 두루 적용해 보고, 그 장점만을 취하려 한다. 본 연구의 근본적 태도는 공시적인 것이기 때문에 개별 작품의 미시적 분석으로는 도저히 그 목적을 달성할 수 없다. 그러므로 부작위로 추출한 내상 小說群이 갖고 있는 총합적 특성의 파악에 절대 필요한 巨視的 분석과 통합적 의미 추출을 중심으로 할 것이다. 이러한 대저제 위에 다음과 같은 차례로 開化小說을 연구하고자 한다.

---

39) 특히 이러한 입장은 문학을 社會現象으로 보고 社會的 意味파악을 우선하여 그 영향을 서로 되돌려 받는 것으로 본다. Hauser, Fügen에게서 이런 면을 볼 수 있다.

40) Jauß에 의해 정립된 이론이다. 독자의 경험·인식·교육 등에 의해 同一한 작품이라도 각기 달리 수용된다고 본다. 이때 Text가 독자에게 작용할 수 있는 요소를 <기대지평>이라 하며, 이는 독자의 선험적 지식, 작품의 새로운 내용, 저자의 희망 등에 의해서 재구성되는 것이라 본다.

첫째, 開化期에 開化小說이 나타나게 된 근저로서 개화기의 사회 변동
과 사상의 흐름을 먼저 파악한다.

둘째, 독자층의 형성과 독서 경향을, 소설의 출판 양상에서 파악하고
社會變動과 어떠한 연맥에 있는가를 따진다.

셋째, 당시대 작가들의 사회적 지위와 意識이 갖는 社會的 意味網을
추출함으로써 開化小說 발생의 당위성을 해명해 보고자 한다.

넷째, 開化小說이 갖고 있는 개별성을 總合하는 의미 구조를 발견하여
고소설과 상응하는 관계를 검정한다. 이것은 지금까지 그 辨別性
이나 相異한 要素만을 강조함으로 인하여 分離되었거나 심하게
는 역사적 단절을 초래했던 문학사를 극복·통합할 수 있는 共時
的 原理를 발견하자는 의도이다.

다섯째, 開化小說의 양식 구조가 고소설의 그것을 어떻게 계승하며,
어느 정도의 발전을 성취시키고 있는가를 점검한다.

이러한 검증 결과에 의해서 開化小說이 문학사에 위치하는 자리를 확
보하고 그 의의를 밝힐 것이다.

II. 開化期 社會變動과 文學의 背景

1. 社會變動의 諸傾向

어떠한 旣存秩序가 자리잡아 安定狀態를 유지하는 한 社會의 變動에
대한 기대감은 極小値를 나타낸다. 그러나 그 社會의 어느 일각에서라도
旣存秩序에의 회의나 변동의 필요성에 대한 자각이 싹트기 시작하면 안
정의 기조는 무너지고 그 흔들림은 서서히 전체 사회에로 파급되어 나간

다. 이러한 社會變動이 아주 급속히 이루어지는 경우는 대체로 그 社會內的 조건의 成熟에 주어졌을 때 생기는 것으로 革命的 성격을 지니게 되는데, 그때도 變動 主體者의 소재에 따라서, 위로부터의 개혁, 옆으로부터의 개혁, 아래로부터의 개혁으로 나누어 생각할 수 있다.[41]

첫째, 위로부터의 개혁은 그 사회를 주도하고 있는 집권자층에서 생겨난 급속한 가치체계의 대체현상으로, 정치권력자의 각성이나 교체, 혁명 등에 의한 것인데 때로는 반대급부의 강한 저항을 받기도 하여 일시적 空白期를 초래하는 부작용도 있으나 빠르고 손쉽게 달성되는 특징이 있다.

둘째, 옆으로부터의 개혁은 그 사회의 허리 구실을 하고 있는 지식인계층, 또는 엘리트층에 의해서 일어나는 변동의 충격이다. 이것은 처음 것에 비해 그 속도가 느리고, 상대적 성격을 지니고 있기 때문에 그 초기단계는 일시적 충격으로 보일 정도의 미미한 영향력밖에 발휘하지 못하지만 시간이 흐름에 따라 동조하는 세력권이 커지고, 그 힘의 응집력에 의해서 사회변동이 추진되도록 유도된다. 반대급부의 저항성이 때로는 의외로 완강할 수도 있어서 그 실효성이 나타나기까지는 상당한 시일을 요한다는 것이 특징이기도 하다.

셋째, 아래로부터의 개혁은 그 사회의 기층을 형성하고 있는 시민·서민·민중들의 자각된 의식에 의해서 지배권력층과의 투쟁을 통해 달성되는 변화다. 이것은 그 성취과정에서 流血과 희생이 많이 따르게 된다는 점과 그 과정에서 社會的 混亂이 극심하게

---

41) Wibert E. Moore, 金一鐵 譯, 『社會變動論』(서울 : 探求堂, 1972.) 참조.
　　崔文煥, 『民族主義의 展開過程』(서울 : 白映社, 1958.) 참조.
　　이들은 대체로 近代社會로 이행되는 과정에서 생기는 社會變動을 중심으로 이론화한 것이다.

나타난다는 점 등이 특징이다.

이러한 개혁의 성격에 비추어 보면 우리 나라에서의 開化過程은 이 세 가지의 유형적 특징이 조금씩 공존하고 있었던 사실을 확인할 수 있다.

먼저 爲政者·집권자의 자각에 의한 개혁의지는 <更治>라는 형식으로 일단 나타나고 있음을 볼 수 있다.42) 領選使·修信使의 파견과 「朝鮮策略」의 수입으로 개혁의 필요성을 절감하게 되고, 그것은 곧 開化의 방향을 일단 긍정적인 것으로 받아들임으로써 취해진 조처였다. 그러나 따지고 보면 開化期에 나타난 <更治>는 급변하는 세계정세에의 지식에서만 취해진 태도가 아니고, 이미 있어온 實學의 충격이 컸다는 점을 생각한다면 집권자의 自己保存策으로서의 一面도 있어 보인다.

다음 옆으로부터의 개혁은 곧 開化思想의 맥락을 형성해 온 일단의 전개에서 이를 담당했던 인물들의 계보나 사회적 지위를 확인함으로써 그 가능성을 인정할 수 있다.43)

마지막 아래로부터의 개혁적 성격은 東學의 발생과 그 전개에서 찾아진다.

그러나 이러한 성격들이 그 전체로서 하나의 운동으로 응집되지 못하고 서로가 적대시하고 있거나, 相衝된 이해 관계로 배타적 방향으로 작용하고 있었으며, 이를 조작하고 있었던 裏面의 日帝의 세력 때문에 개혁에의 의지는 일단 그 自律性을 상실하게 되었다는 점이 開化의 가장 큰

---

42) 「承政院日記」 高宗 19年(1882) 9月 2日 八道四都耆老人民에게 내린 敎書에 … 政令之從前 不便於民者 悉令除之 擇循良之吏 以收羣生 講究實效 思與一國更治… 라 하였으며,
　　「承政院日記」 高宗 19年(1882) 9月 4日 西北 松都人을 비롯해서 身分에 관계없이 能力本位로 人材를 등용하겠다는 敎書에 …我國之尙門地 誠非天理之公也 國家用人 何限貴賤 今當更治之日 宜恢用人之路…라 했다. 이는 壬午軍亂 이후 정치개혁의 의지를 표명한 것이다.

43) 姜在彦 著, 鄭昌烈 譯, 『韓國의 開化思想』(서울 : 比峰出版社, 1981.), 제4장 開化派의 형성과 開化運動 참조. 開化思想의 맥락과 人物의 系譜가 상세히 기술되어 있다.

특징이라 할 수 있을 것이다. 그러므로 우리 나라의 개화는 西歐의 近代化 理論의 어떤 모형이나 하나의 성격으로 이해될 수 없고, 그 裏面에 도사리고 있었던 외적 조건의 영향력까지를 감안한 특수한 성격으로 파악되어야 할 것이다.

개화의 역사적 전개를 민족 주체적 입장에서 파악해 보려했을 때 가장 먼저, 그 端初를 제시한 것으로, 또는 기존질서에 변화를 촉구한 힘으로서는 實學을 빼놓을 수 없다. 그리고 그 연맥이 개화기에도 큰 힘으로 작용하고 있음을 생각한다면 세 가지 성격 중 가장 중시해야 할 것은 옆으로부터의 개혁이 갖는 특성의 이해여야 할 것이다.

더구나 近代化를 설명한 Eisenstadt의 이론에 따른다면 社會變動은 二段階로 나누어 파악할 수 있고, 그것은 우리 나라의 개화기에도 적용될 수 있을 것으로 보인다.[44]

1단계에서는 대체로 上層과 中間層이 중심세력으로 개혁을 주도하게 되는데, 이때의 특징은 權力的 입장에서 접근하여 정치적 참여를 요구하게 된다고 한다. 이것은 급진개화파에 의해 주도되었던 개혁에 꼭 맞는 이론이다. 급진개화파는 권력지향성을 지니고 있었으며, 그 실현을 위한 무력적 방법까지도 서슴지 않았음과, 그들의 家系가 上層에 속한다는 사실은 이미 확인된 바다. 또 이들은 文明的·集合的 一體性으로서의 既存 倫理觀에 변화를 요구하고 전통적 질서로부터 벗어나 새로운 질서를 요구하고 있다는 점이니, 소수의 人員으로 개혁을 시도하려 했다는 점에서 그들은 一次的 엘리트에 속한다 할 수 있다. 그러나 1단계가 갖고 있는 단점은 동조자의 수가 극히 적다는 것과 大衆的 지지를 아직은 받을 수 없다는 점인데, 이 또한 우리 나라의 개화기의 허점으로 지적되는 민중·서민들과 一切感을 형성하지 못했다는 사실과 상응한다.

---

44) S. N. Eisenstadt, 呂井東·金晉均 共譯, 『近代化』(서울 : 探求堂, 1972.) 참조. 특히 第六節 第七章 이데올로기 變容과 엘리트의 凝集力 부분 참조.

2단계에서는 大衆的 측면이 증대되고 一次 엘리트에 자극받은 다수 동조자들이 二次 엘리트 층을 형성함으로써 이 운동은 급속도로 확대되어 가는 경향으로 나타난다. 이때의 성격과 지향점은 어느 하나로 집약되지 않고 多目的的이며 그 규모도 커지고, 그 전달 방법이 다양화되면서 집단전달을 위한 매스미디어의 발달을 가져온다. 우리의 개화기는 1890年代 末에서 1900年代가 이에 해당된다고 보여진다. 獨立協會의 결성, 萬民共同會의 개최, 신문의 발간, 學會의 조직, 더 나아가 學校의 設立 등에 의한 敎育立國이라는 방향 설정과 국민 계몽의 필요성이 증대되는 시기가 바로 이때다. 이 시기는 二次 엘리트층과 하층 서민 사이의 斷層化와 소외감을 해소시키기 위한 人民主義的 경향과, 外的 勢力에 대한 자각이 동시에 일어나고 있었기 때문에 그 호응도는 엄청나게 높아질 수 있는 것이었다.

1) 開化思想의 潮流

開化의 개념 규정은 일정하지 않다. 대체로 兪吉濬의『西遊見聞』에서 인용하여 <人間의 千事萬物이 至善極美한 境域에 抵함>[45]으로 하거나, <開物成務하고 化民成俗하는 것>[46]이라는 黃玹의 뜻에 따를 수도 있고, 좀 뒤늦게는 독립신문의 <堯舜시절의 개화는 요·순시절에 마땅하고, 歐美 각국의 개화는 구미 각국 세계에 마땅하며 해외로 날날마다 극히 편리케 하며 극히 연구하여 사람의 일과 물건의 이치를 시세를 따라 극진한 데 나아감이 곧 개화라>[47]는 정의에 기대기도 하고,『大韓每日申報』의 <천지 돗수를 살피며 인물의 성질을 궁구하고 기계를 정긴하게 하며 정령을 미덥게 하고 풍속을 돈후하게 하여 민생을 풍족하게 하고 국세를

---

45) 兪吉濬,『西遊見聞』, 第14篇,「開化의 等級」에서.
46) 黃玹,『梅泉集』卷之 6.「言事疏」에서.
47)『독립신문』, 1898年 1月 20日.

부강하게 하는 것>48)이라는 규정을 그대로 답습할 수도 있다.49)

이러한 개념 규정을 놓고 보면 시대에 따라 그 이해의 정도가 변해가고 있음을 발견하게 된다. 초기 兪吉濬이나 黃玹, 徐載弼의 개화는 國權意識이 따로이 강조되어 있지 않고 개화의 본질에 대한 규명에 밀착하고 있음을 본다. 이는 國權을 전제하고 있다고 보거나 소홀히 하고 있다는 점이 특징이다. 앞으로 전개될 民族史의 귀추보다는 開化 自體에 더 급급하고 있어서 이때의 主題는 反封建 또는 物質 開化, 精神 開化에 놓여 있다.

그러나 『大韓每日申報』에 이르러서는 國權意識이 뚜렷해지고 이에 따른 개화가 문제되고 있다는 점에서 개화의 주제가 時期에 따라 변해가고 있음을 먼저 파악해야 한다. 어떻게 하여 開化思想이 이러한 변화를 보이는가를 궁구하기 위해서는 그 연원에서부터 이해하지 않으면 안된다.

實學이 17世紀에 이미 그 싹을 보이고 利用厚生의 實用性이, 性理學의 訓詁的 思想體系에 비하면 進一步한 것이며 垂直的 思考를 水平的 思考로 바꾸어 놓았다는 점에서는 일대 전환일 수도 있다. 民本의, 民意에 의한, 民을 위한 治政의 방향을 제시했다는 점에서, 조선조 사회내의 자체 모순을 해결함으로써 사회 구조의 변화를 촉구하고 있다는 점에서 實學은 國體의 근거 위에 세워지는 새로운 사상, 실천적 사상임에 틀림없다. 急進開化派 朴珪壽・崔漢綺 등의 실학자는 1860년에서부터 社會變動을 직접 충격한 인물들이지만 그들은 사상적 근거를 마련해 준 1次 엘리트의 구실을 하는 것으로 끝난다. 때문에 退官 後 朴珪壽의 집에

---

48) 『大韓每日申報』, 1909年 9月 10日 社說에서.
49) 洪一植, 「開化思想」, 『韓國現代文化史大系 Ⅱ』(1976.)
　　姜在彦, 『韓國의 開化思想』(서울 : 比峰出版社, 1981.)
　　위 책을 참고하여 開化思想의 脈絡과 分裂性을 정리한 것임.

드나들던 다음 世代 金玉均·朴泳孝·兪吉濬·洪英植·徐載弼·徐光範·朴泳敎 등에게 그 과제를 넘겨준 셈인데, 이들의 志向은 한걸음 더 나아가 政權에의 야망까지 첨가함으로써 개화의 급진적 달성을 추구하게 되었고 그것은 甲申政變, 三日天下라는 역사적 기록을 남기고 물러난다.

三政의 문란과 戚臣의 세도정치가 몰고 온 왕조의 병폐를 없애고 改革을 주도하려는 少壯 정치가들에 의한 甲申政變은 개화에 절대적 가치를 부여한 나머지 自力에 의한 것이 아니고 日本軍의 힘을 빌어왔다는 점에서 자주성을 제거해 버림으로써 개화에서 主體性의 상실과, 개화는 곧 自主獨立이라는 迷妄에 빠져 있었다. 그러나 이 맥락이 다시 甲午更張에 그대로 잇대어 있었다는 점에 주목하지 않으면 안된다. 그 가장 좋은 예는 甲申政變 때 내건 施政要綱과 甲午更張의 洪範十四條가 大同小異하다는 것으로 실증된다.

1. 淸으로부터의 독립
2. 人民平等의 실현
3. 納稅法의 개혁
4. 軍體制의 정비[50]

이러한 急進開化의 논리는 다음에 올 더 큰 힘의 압박을 의식하지 못한 채 淸國으로부터의 獨立을 지나치게 강조했으며, 平等性과 人權의 존중이라는 反封建만을 앞세워 조선조 身分制를 철폐시키려 했지만 그 지향성이 역사적 흐름에 어두웠음을 드러내고 있다. 지나치게 집권자들에 대한 적대의식을 앞세움으로써 세계 정세의 흐름에 둔감했으며 日帝의 야욕이 도사리고 있는 점을 간과했다는 것이 가장 큰 허점이었다. 이것

50) 甲申政變 時 내건 施政要綱은 정확히 전해지지 않는다. 金玉均의 「甲申日錄」을 참고로 하고 여기에 나오는 항목과 甲午更張에 나온 洪範十四條를 대비시켜보아 간추린 것이다.

은 알게 모르게 開化期의 의식 세계를 開化至上主義로 흐르게 하였으며 新敎育이 日本 지향적 성향을 띠게 되는 빌미를 제공했다.

漸進開化를 주도했던 사람들은 대체로 保守儒林을 중심으로 한 인물들이었다. 그들은 衛正斥邪論을 주장함으로써 서구의 문물은 물론 일본에 대해서도 적대시하여 이를 거부하고 나섰다. 이 원류는 물론 집권층 주변에 자리하고 있었던 儒學에 뿌리가 닿아 있었으며 西學을 배척함과 동시에 東學조차도 비적의 무리로 생각하는 보수성을 갖고 있었다.[51] 그러나 세계 정세의 변화를 전혀 백안시하지는 않아서 日本에 修信使를 보내고 淸에 領選使를 보내 새로운 문물을 받아들이되 <東道西器論>을 주장하여 主體性의 확보를 우선하려 했다.

> …君臣父子夫婦朋友長幼之倫 此得於天而賦於性 通天地亘萬古行不變之
> 理而在於上而爲道也 舟車軍農器械之便民利國者 形於外而爲道也 臣之
> 欲變者是器也 非道也…[52]

幼學 尹善學의 上疏에서 볼 수 있듯 開化란 백성을 편하게 하고 국가에 이익이 되는 器의 개혁이지 道의 변화가 아니다. 五倫을 지키는 전통적 의식은 그대로 고수되어야 한다고 주장한다.

> 諸儒者欲告吾君 則以上諸條爲急切之務 內修政化 外攘寇敵而若其器械
> 之藝農樹之書 苟可以利益 亦必擇而行之 不必以其人而並斥其良法…[53]

---

51) 朴宗根,「朝鮮近代에 있어서 民族運動의 展開」,『甲申甲午期의 近代變革과 民族
    運動』(서울 : 청아출판사, 1983.), pp.297∼342 참고.
    여기서는 衛正斥邪派와 開化派, 東學 등 세 세력 사이의 갈등관계를 소상히 밝
    히고 있다. 특히 이 시기의 政治權力에의 지향과 그 갈등이 빚어내는 적대관계
    를 잘 정리해 두었다.
52)「承政院日記」高宗 18年(1882) 12月 22日條.
53)「承政院日記」高宗 18年(1881) 6月 8日條.

라 하여 西歐의 文明의 利器는 받아들이는 것이 좋다고 했다. 漸進開化의 論理는 결국 우리가 스스로 소화력을 길러 서구의 문명을 받아들일 수 있을 때, 이익이 됨직한 기술만을 받아들여야 할 것을 주장한다. 결국 의식은 보수성을 그대로 간직한 채 技術만을 서구의 것을 택해야 한다는 주장은 어떤 점에서는 주체적 개화의 일면을 강조하고 있어 보인다. 道의 지킴이 현단계의 정치 권력의 유지나 질서의 강화라는 의미로도 볼 수 있기 때문에 保守性과 自己保護의 목적이 그 배면에 깊이 잠재해 있음을 부인하기는 힘들다.

이러한 漸進開化의 주장을 계승했던 張志淵·申采浩·朴殷植·南宮億·梁起鐸 등은 보수 유학에만 머물러 있지 않고 실학의 가치를 인정하면서도 急變을 바라지 않고 主體的 開化를 주장하였다는 점은 다음 단계의 역사적 전개에 큰 의의가 있었다. 이들은 개화기 新聞의 발간을 통해 국민계몽에 앞장을 섰으며 自主性에 대한 깊은 인식을 가지고 있어서 急進開化의 시대착오적 愚를 범하지는 않게 되는 것이다.54)

지금까지 살펴본 開化思想은 대체로 사회의 중간층에 속한다고 볼 수 있는 지식인 계층에서의 개화사상에 대한 맥락이었다.

다른 한편에서 보면 서민층에서도 의식의 啓發과 함께 새로운 질서에의 갈망이 있어 開化性向을 보여준다.

壬丙兩亂을 거쳐 눈뜨기 시작한 서민의식은, 신분상승의 의지와 함께 권리의 주장과 부패한 정치권력에 항거하는 직접적인 행동성을 드러내기 시작했다. 특히 三政의 문란에 대한 농민들의 봉기는 1860年代에 가장 치열하게 일어났으며, 또한 외부 세력에 의한 시장권의 위협에도 적극적으로 대응해 나갔다. 그 좋은 예가 1860년 진주 농민봉기로부터 三南地方

---

54) 文昭丁, 「衛正斥邪運動에 관한 知識社會學敵研究」, 『韓國學報』 第36, 37輯(1984 秋, 冬) 참조. 특히 衛正斥邪派의 人脈과 활동·정신을 소상히 정리하고 있다.

의 그치지 않는 봉기가 그러했으며, 1887年 서울 상인의 시위, 1889年 제주도 어민들의 「韓日通漁章程」 반대 시위에서 그 높은 서민의식의 발현을 볼 수 있다.[55] 이러한 민권의식은 조선조 신분계층의 붕괴와 함께 새로운 인식에 도달하는 좋은 길잡이가 되었다.

서민들의 의식 계발과 민권의식은 전통적 윤리관 위에 새로운 세계의 도래를 열망하게 되었고 이것에 부응하는 집단의 형성이 곧 東學이다.

東學은 현실적 인간욕망을 종교적 차원으로 승화시키되 전통 종교가 갖고 있는 배타성이 제거되고, 민족의 현상 문제에도 닿아 있는 성격을 띠고 있다. 우선 도덕적 가치의 具現을 드러내는 <守心正氣>를 그 德目으로 하고 있을 뿐만 아니라 국가와 민족의 문제로 발전되는 <輔國安民·布德天下·廣濟蒼生>을 그 목표로 하며, 나아가 人格의 도야에 의해 이를 수 있는 사회적·인격적 평등 사상의 正體인 <人乃天>을 그 최고 정점으로 한 종교였다. 그러므로 東學이 다만 종교적 차원에 머물지 않고 당시대의 문제를 해결하기 위해 가장 결정적인 혁명의 기치를 들고 1894年에 일으킨 東學革命은, 開化期의 가장 주목해야 할 서민의식을 대변하고 있다는 점으로 중시할 필요가 있다.[56]

앞서 살펴 본 急進·漸進 開化思想이 대체로 지식인 계층에서 일어나고 있었던 변혁의 의지란 점에서 옆으로부터의 혁명적 성격을 띠고 있는데 비해 東學은 서민의 자주적 운동이었으며, 삶의 실질적 현장에 바탕하고 있다는 점에서 밑으로부터의 혁명에 해당되는 것이며, 이는 西歐 近代 社會로의 이행을 완수시킨 일종의 시민혁명에 견줄 만한 것이었다.

그러나 동학이 갖는 가장 큰 단점이 있다면 이들이 西歐文物에 대응하는 적극적 자세를 보이지 못하고 있었다는 점이다. 동학은 民族主體性의

---

55) 1860~1890年代에 이르는 農民·商人·漁民 등의 民權運動은 빈번했으며 극심한 바가 있었다. 이것은 歷史年代表 정도에 의해서도 확인할 수 있을 것이다.

56) 吳知永, 『東學史』(서울 : 亞細亞文化社, 1973.), 참조.

확립이나 개화의 적극적 충격이 되었음에도 불구하고 개화의 방책에 대한 대안을 제시할 수 없었고, 종교로서의 한계를 어느 정도 가지고 있었다.

이상 살펴본 開化思想의 맥락이, 초기에서 1890년대까지 서로 엇갈려 하나의 통일된 힘으로 발산될 수 없었다. 1890年代末 獨立協會運動이 이들 개화사상 사이의 간극을 없애고 하나의 구심점으로 그 힘을 응결하는 듯했고,[57] 다음 萬民共同會도 그러한 징후를 보인 것이었지만, 이때만 해도 日帝의 武力이 조선조 왕권을 강압으로 누르고 있어서 이러한 운동들도 제 기능을 발휘해 보지 못한 채 강제 해산을 당하고 말았다.

開化期의 思想的 맥락은 그 방향이 어떠했든 그것이 충심으로는 民族의 自存과 獨立을 열망하는 것이었지만, 방법적 차이나 지지기반이 달라서 서로 적대시하거나 배타적 성향을 띠고 있었다. 그러므로 그 사상의 전개는 하나의 맥이 아니라 최소한 두 개의 맥을 가지고 있었으며 그것은 당대 사회의 구조적 분열성과 민족의 운명에 직결되어 있었음을 짐작할 수 있다 하겠다.

첫째는 漸進開化를 주장했던 人士들을 중심한 保守的 開化는 朝鮮朝 王權을 유지하면서 외세에 대응하려는 입장인데, 이들이 갖고 있는 强點은 역사적 전개를 民族主義 차원으로 끌어올린 自主性·主體性의 확보를 중히 생각하고 國民啓蒙에 의한 國力培養을 지향했다는 것이다. 그러나 이러한 지향이 가졌던 단점은 급격한 西歐文化의 流入에 대처할 수 있는 구체적 방안을 갖지 못했고, 서민들의 새로운 질서에의 여망을 수렴하지 못했다는 것이다.

---

57) 獨立協會가 주최한 官民共同會에 참석한 인물들을 보면 急進開化派의 徐載弼, 尹致昊, 李商在, 安昌浩 등이 있고 漸進開化派의 南宮億, 朴殷植, 張志淵, 梁起鐸, 申采浩 등이 있다. 이를 보면 開化방법에 구애받지 않고 獨立協會運動을 일종의 民衆運動으로 이끌어 가려 한 의도를 짐작할 수 있다.

둘째는 急進開化로 표명되는 開化至上主義, 또는 급격한 변화를 촉구한 지향이다. 이를 주창한 사람들은 대체로 西歐化된 文物을 직접 체험한 특징이 있다. 주로 日本 留學을 했거나 視察을 해본 바에 따라, 서구화가 곧 개화라 생각했고 그것만을 우선 과제로 보았기 때문에 國權이나 民族에 대한 자각이 미흡했다는 것이 가장 큰 단점이 된다.

이러한 思想的 分裂은 개화기 사회의 분열과 극단적 兩面性, 相馳된 생활태도의 共存, 文化現象의 兩立性을 그대로 뒷받침하는 결과를 낳았고, 결국 개화기의 혼란을 더욱 심각하게 만든 충격적 바탕이 되었음을 부인하기 힘들다.

2) 庶民意識의 成熟

壬亂時 軍功廳에서 실시한 軍功事目이나, 壬亂 이후의 納粟受職制, 李适의 亂 때에는 逆賊就捕事目을 정하여 공이 있는 자에겐 免賤의 길을 열어주었다.58) 거기에다 代口贖身과 奴婢從母法이 있어 免賤者가 늘어감에 따라 朝鮮朝 後期에 이르면 常·賤人 사이의 신분상 차이는 사실상 없어진 것이나 다를 바 없고, 그들의 사회적 지위에는 별다른 차이가 없어지다시피 되었다.

극히 적은 수로 남은 奴婢의 경우도 달아나 버리는 예가 많았고, 경제적 여유를 갖게 된 賤·常人은 沒落兩班의 族譜를 사거나 僞造하여 戶籍에 올려 버젓한 양반 행세를 하는 경우가 많았다.59)

---

58) 孫禎睦, 『朝鮮時代都市社會研究』(서울 : 一志社, 1977.), pp.172~175.
　　이러한 身分制度의 붕괴는 주로 경제적인 이유 즉 國家經濟의 위기를 넘기기 위해 임시 조처로 내려진 법이 통념화되고, 이를 이용함으로써 서민은 신분상승이 가능했던 것 같다.

59) 鄭奭鍾, 『朝鮮後期社會變動研究』(서울 : 一潮閣, 1983.), pp.261~263 참조.
　　주로 「右捕廳謄錄」을 자료로 하여 족보 위조 사건이나, 위조 紅牌 사건을 간추려 다루고 있다. 이에 따르면 서울에는 전문적인 紅牌僞造人이 여럿 있고, 족보 위조인도 많았던 것으로 집계된다. 이는 신분제도의 혼란을 단적으로 나타내는

　　이와 같은 朝鮮朝 身分制度의 붕괴는 지금까지 조선조를 지탱해 온 士族의 弱勢化를 의미하며, 그들의 개탄에도 불구하고 서민들의 身分上昇意志와 庶民意識의 성숙이 더 크게 작용한 것으로도 해석할 수 있다.

　　開化期에 가까워지면 이러한 현상은 아주 두드러져 양반의 수가 엄청나게 불어나고, 비록 양반이 아니라 해도 그들 사이에서 서로 양반이라 부르고 衣冠을 양반의 것과 같이 하고 다니기 때문에 겉으로는 전혀 차이가 나지 않게 되었다.60)

　　朝鮮朝 身分制度의 崩壞現象을 어떤 관점에서 이해하는가가 이제 문제로 남는다. 이미 있어온 질서 개념이라면 양반을 중심한 것이고, 그들에겐 사회의 變動自體가 곧 위험스러운 현상으로 개탄의 대상이 된다. 그러나 서민의 입장이나 천민의 쪽에서 보면 신분제도의 붕괴는 庶民意識의 成熟과 새로운 질서에로의 지향이며 더 나아가 萬人平等의 地平이 새롭게 열리는 것으로 볼 수 있다.

　　조선조 신분제도의 붕괴에 따른 계층간의 이동이나 신분상의 변동 추세를 실증적으로 보여주는 문헌 자료가 있다.

　　조선조의 戶籍臺帳이 지금까지 전해지고 있는 것으로

山陰帳籍	宣祖 3〜39	2冊
尙州帳籍	英祖 14〜純祖 22	7冊
大邱帳籍	肅宗 61〜憲宗 15	188冊
蔚山帳籍	肅宗 10〜光武 8	57冊61)

일일 것이다.

60) 鄭奭鍾, 『朝鮮後期社會變動硏究』, p.254 참조.
　　「日省錄」131. 正祖 10年 등에 복식의 문란함을 지적하고 있는데 이는 단순한 복식문제가 아니고 身分階層의 혼란상을 드러내는 것으로 판단된다.
61) 鄭奭鍾, 『朝鮮後期社會變動硏究』, p.235에 의한 것임.

　등이 있는데 이들을 연구한 결과에 따르면 시대에 따라 신분 계층간의 이동이 보이고, 나아가 常·賤民이 격감되는 實證을 計數로 보일 수 있다. 大邱 戶口帳籍을 분석한 四方博은 그 결과에 대해서

　　① 兩班階級戶口의 激增, 常民戶口의 減退, 奴婢戶口의 激減 傾向을 알 수 있으며
　　② 이와 같은 경향은 身分別人口의 自然的 增減이 아니고 社會的 原因에 기인한다고 할 수 있다.

는 결론을 내렸다.[62]

　鄭奭鍾 교수의 「朝鮮後期社會變動研究」 중 <朝鮮後期 社會身分制의 變化>라는 논문도 蔚山府 戶籍臺帳을 분석한 것이다. 이에 의하면 身分階層의 변화가 뚜렷이 나와 있다.

年代	兩班戶	백분비	常民戶	백분비	奴婢戶	백분비	총호수
1729	168	26.29	382	59.78	89	13.93	639
1765	225	40.98	313	57.01	11	2	549
1804	347	53.47	296	45.61	6	0.92	649
1867	349	65.48	181	33.96	3	0.56	53334

　이는 兩班戶의 격증과 常民戶의 격감, 奴婢戶의 실질적 消滅을 보여 주는데, 이를 한 예로 보더라도 常民·賤民이 시대에 따라 줄어들고 있는 데 비해 상대적으로 양반이 늘고 있음은 입증된다. [63]

　또 金容燮 교수의 『朝鮮後期農業史研究(1)』의 <朝鮮後期에 있어서의 身分制의 動搖와 農地所有>라는 논문은 農地起主의 변동을 尙州帳籍 중에서 中東面과 丹東面을 대상으로 분석한 것이다.

---

62) 孫禎睦, 『朝鮮時代都市社會研究』, pp.176~177에 의한 再引用.
63) 鄭奭鍾, 『朝鮮後期社會變動研究』, p.248 도표를 이용한 것임.

…富農層은 평민이나 천민보다도 兩班身分에 많고, 貧農層은 그와 반대로 평민이나 천민 신분에 集中하고 있다는 사실이 그것이며, 兩班身分에도 小農層과 貧農層은 상당수가 있어서 비록 양반 전체를 두고 보면 평민이나 천민보다 經濟的으로 우세하지만, 이 零細化된 小農 및 貧農層을 두고 생각한다면 평민이나 천민보다 나을 것이 없으며, 도리어 이들보다도 우월한 경제사정에 있는 평민이나 천민이 적지않이 많은 數에 달한다는 사실이 그것이다.[64]

결국 경제적 기반을 중심으로 본다면 兩班이나 平·賤民의 구별이 무의미하며 다만 명목상의 호칭이나 행세를 위한 구실로서의 身分制만 남아 있을 뿐이다.

이러한 변화를 보면 신분상의 변화가 급격히 그리고 광범위하게 이루어지고 있음을 확인할 수 있겠다. 이 중에서도 글 변화가 가장 많은 계층은 平民層이라고 金容燮 교수는 지적하고 있다.[65]

朝鮮朝 身分制度의 붕괴는 上述한 여러 이유로 해서 이루어지고 있었지만 결정적인 제도상의 보장은 역시 甲午更張이었다 하지 않을 수 없다.

甲午更張은 法制上 완전히 身分制를 打破하고 人權을 탄압하던 舊法을 없앰으로써 조선조를 지탱해 오던 신분제도를 깡그리 무너뜨리는 것이 되었다.

一. 劈破門閥班常等級 不拘貴賤 選用人材事

一. 公私奴婢之典 一切革罷 禁販賣人口事

一. 雖平民 苟有利國便民之起見者 上書于軍國機務處 付之會議事

一. 驛人·倡優·皮工 竝許免賤事[66]

---

64) 金容燮, 『朝鮮後期農業史研究(Ⅰ)』(서울 : 一潮閣, 1980.), p.437.

65) 金容燮, 『朝鮮後期農業史研究(Ⅰ)』, p.422.

66) 甲午更張 때 특히 身分制度의 변화를 촉구하고 人權을 보장하는 改革이 이루어

　　이러한 조항은 바로 신분제도를 근본적으로 革罷한 것이며, 이 이후에
는 兩班·平民·賤人의 구별을 할 수 없이 되고, 이들이 갖고 있는 平等
權과 人權에 의해 대접받는 세상이 오게 된다. 그러나 이러한 제도상의
변혁에도 불구하고, 農村이나 小邑에서는 과거의 악습이 그대로 잔존하
고 있어 하루 아침에 계층간의 갈등이 해소되지는 않았을 것이다. 또 비록
제도상 계층의 구분이 없다고 해도 하루 아침에 平·賤民의 知的 수준이
급상승할 수도 없었을 것이며 생활습속이 바뀌지 않는 한 어느 정도의
격차는 있었을 것으로 추단할 수 있을 것이다. 그러므로 平民이나 賤民은
法的으로 주어진 平等權을 제대로 확인하고 내 것으로 하기 위해서는
먼저 免無識이 필요했을 것이며, 이에 따르는 후속 조처로서 當代는 비록
굴레를 완전히 벗어나지 못했다 하더라도 자식이나 후손들에게는 그러한
누가 미치지 않도록 하기 위한 노력이, 여망이 증대했을 것도 사실이다.
이것이 곧 敎育熱로 표현되었고, 그것은 나아가 책을 가까이 하게 되는
가장 큰 동기가 되었을 것이며 엄청난 독자층을 형성하게 되는 근원이
되었다고 보여진다.

3) 敎育制度의 變化

　　朝鮮朝 敎育機關은 官制와 私制로 나누어 생삭할 수 있다.

　　관제 교육기관은 주로 중앙 기관으로 成均館·四學·鄕校를 들 수
있고 이것은 私學制度와 人材登用의 길로 닿아 있어 일종의 中央統制下
에 있는 교육기관이다. 또 이들은 대체로 上部構造에 속하는 것이어서
폭넓은 대상자를 고려할 수 없었다는 점에서 그 영향력이 직접 鄕班이나
서민에까지 미칠 것이 아니었다.

　　成均館에서는 주로 四書·五經과 諸史 等書만을 읽히고, 莊·老·佛

졌다. 軍國機務處議案, 甲午年, 6月28日 議案 중에서 발췌한 것임.

經·雜流·百家·子集은 읽어서는 안되는 것으로 되어 있다. 四學은 성균관에 비해 한 급 낮은 정도로 전임 교수와 훈도를 두어 가르치되, 학생은 엄격한 규율 안에서만 생활하고, 生員이나 進士, 과거에 응시할 자격을 받게 되는 것으로 보아, 그 교과 내용은 성균관에서 크게 벗어나지 않았을 것으로 짐작한다.67)

이들에 비하면 鄕校는 지방교육기관으로, 지방 관료를 양성하는 것이었으나 조선조 중기 이후에는 그것의 기능을 書院으로 넘긴 바 되었다.

향교의 뒤를 이어 壬亂 이후 지방교육기관의 기능을 담당하게 되는 書院은 비교적 규모가 크고, 그 교육내용은 經書를 중심으로 하였다. 그러나 書院이 그 본래의 취지에서 멀어지면서 거기 모인 사람들이 학문을 일삼지 않고 놀고 먹는 것만 성히 여기며, 급기야는 그 힘만을 자랑하여 횡포가 심하자 李珥는 상소를 하여 이의 규제를 말하였고 金萬重도 서원의 증설을 막아야 한다고 했다.68)

肅宗 이후 서원의 私建을 막았지만 正祖 20年에는 650個所나 되었고 그 이후도 계속 늘어나자, 大院君은 高宗 8年에 당시 679개소의 서원을, 陶山書院을 비롯한 47院祠만 남기고 철폐시켰다.69)

이러한 官制에 비하여 私制의 대표적인 교육기관은 書堂이었는데, 書堂은 운영 방법에 따라 ① 訓長自營書堂 ② 有志獨營書堂 ③ 有志組合書堂 ④ 村組合書堂으로 갈라 생각할 수도 있고, 그 교육내용에서는 대체로

---

67) 韓基彦, 『韓國敎育史』(서울 : 博英社, 1971.), 第三章 「朝鮮社會와 敎育」, 第四章 「近代社會와 敎育」 등을 참조.

68) 韓基彦, 『韓國敎育史』, pp.138~145 참조.
특히 宋時烈을 모신 <華陽書院>의 횡포는 대표적인 것이다. 화양서원이 발행한 書簡을 <華陽墨牌>라 하여 아무도 거역할 수 없었다고 한다. 서원의 횡포가 이쯤에 이르자 뜻있는 사람들의 상소가 잇달았다고 한다.

69) 高宗 8年 大院君의 명으로 각 지방의 대표적인 書院 47院祠만 남기고 나머지는 강제로 철폐시켰다. 이는 開化期 敎育機關의 정비에 해당된다. 官制의 교육기관을 정비한 것은 어떤 면에서는 私制敎育의 육성이란 의미도 있어 보인다.

千字文에서 시작하여 童蒙先習을 거쳐 經史·百家를 가르치고 더러는 製述도 하였다.[70] 교육대상자는 7, 8세로부터 15, 6세의 아동이 중심이었으며 그 수준은 각색이었다. 書堂은 대체로 그 수명이 오래여서 1918년에 서당 수는 25,400여 곳이라고 하며 취학 아동수는 259,000여 명이었다고 하니 어느 정도 널리 보급되어 있었던가를 짐작할 수 있다.[71]

서당의 교육내용은, 李德懋의 <士小節>에 실린 「童規」에 의하면 動止·敎習·警長·事物로 나누어져 있는데, 주로 아동 교육에서 지켜야 할 일들을 예시하고 있다. 서당 교육은 이에 따라 보면 연령에 제한이 없고 또 年限制가 아니고 能力 위주로 교육하도록 되어 있으며 訓育을 엄히 하여 다만 지식의 전달에 끝내지 않고 全人敎育을 실시하도록 되어 있다.[72]

이러한 조선조 교육 제도나 내용은 두말할 것도 없이 전통적인 가치관과 의식을 심어주는 곳이었으며, 나아가 출세를 지향하는 단계적 과정으로 생각하고 있었음을 알 수 있겠고, 특히 서당 교육은 아주 깊은 뿌리를 내리고 있어 쉽사리 흔들리지도 않으며, 크게 변하기도 어려운 일반적 의식 수준과 방향을 결정해 주는 것이었다고 생각된다.

조선조 말기에 와서는, 開港 이후 새로운 서구의 교육에 대한 이해와 선교사·외국인의 왕래가 잦아지면서 紳士遊覽團을 일본에 파견한 일이나 淸에 學徒·工匠을 보내 機器와 練兵을 배워 오도록 하는 일들은 모두

---

70) 韓基彦, 『韓國敎育史』, pp.146~150 참조.
71) 康吉秀, 『韓國敎育行政史硏究草』(서울 : 載東文化社, 1980.), pp.136~139 참조.
　　大正 七年 二月(1918)에 書堂規則을 제정하여 서당을 일제 조사 취재했을 때 밝혀진 숫자다. 서당 규모로 아주 작았던 것들은 대체로 여기서 빠져있다고 보면 실제로는 엄청난 숫자가 될 것이다.
72) 韓基彦, 『韓國敎育史』, pp.150~156 참조.
　　李德懋의 「大小節」에 실린 「童規」는 아주 치밀하여서 행동, 교육방법, 性行 등에 관해 소상히 적고 있다. 이에 따르면 지식만 익히는 것이 아니라 예의범절, 人性에 따른 특별교육에 이르기까지 언급되어 있다.

가 다 새로운 교육의 필요성을 절감한 조처였다.[73] 高宗 19年(1882) 池錫永이 올린 上疏에서도 敎育院의 설치와 개화를 위한 방안을 제시하고 있어 새 교육에의 열망이 높아지고 있음을 보여준다.[74]

개화기의 新學校는 우리 스스로가 개교한 것보다 주로 외국인에 의해 열려지게 된다. 1883年 P. G. von Moellendolf와 T. E. Halifax가 영어학교를 연 것을 필두로, 1885年 H. G. Appenzeller가 培材學堂을 개교시킨 것이며, 역시 同年에 Horace H. Underwood가 敬新學校를, 1886年엔 Scranton이 梨花學堂을, 1887年에 Miss Annie Ellers가 貞信女學校를 열게 된다.[75] 정부측에서는 育英公院에서 제출한 학교 설치에 대한 건의를 받아들여 育英公院設學節目을 마련하고 1886年에 育英學校를 열게 됨을 시발로 하여 비로소 新敎育에 대한 제도적 장치를 마련하게 된다. 이것도 사실상은 甲申政變과 甲午更張을 치른 뒤인 1895年에 와서야 勅令 第145號로 小學校令을 마련하고, 1899年에야 중학교를, 1906年에 고등학교를 열게 된다.

그리고 1908年에 가서야 學部訓令 第3號로 書堂管理에 관한 사항을 시달하는데 그 내용은 서당에서의 교육이 지나치게 漢學에 치우쳐 있음을 지적하고 국어교육(한국교육)에도 힘쓸 것과, 비록 漢學을 가르치더라도 문자의 가르침에 그치지 않도록 할 것을 당부하면서 體育도 겸해 지도

---

73) 李元浩, 『開化期敎育政策史』(서울 : 文音社, 1983.) 참조.
　　이는 統理機務衙門 설치 이후 새로운 문물제도를 받아들이기 위한 조처였다. 특히 農業學校, 女學校, 外國語學校, 師範學校, 海軍兵學校, 士官學校 등의 시찰을 통해 교육 방법과 제도운영을 배워 왔다.
74) 東亞日報社, 『續近代韓國名論說集』(서울 : 新東亞 1967年 1月號 附錄), p.30.
　　여기서 池錫永은 서적의 수입을 권장하고 있는데 이는 곧 서구 문물의 도입에 따른 주체적 대응책을 마련하기 위한 것으로 판단된다.
75) 조선조 말기 새로운 敎育制度의 도입에 앞서 新敎育은 주로 外國人에 의한 학교 설립으로 이루어진다. 이 이외에도 다수 학교가 선교사들의 힘으로 문을 여는데 이는 일종의 종교 전파 운동의 일환이 되기도 했지만 새로운 문물을 접할 수 있는 가장 좋은 계기도 되었다.

할 것을 종용하는데, 이것은 傳統的 교육기관에 新敎育의 방법을 도입시켜 새로운 지평을 여는 것이라 보여진다.76)

이러한 교육제도의 변화에서 다음과 같은 네 가지 사실에 주목을 하지 않으면 안된다.

첫째, 新敎育制度에 의한 학교의 설립이 주로 都市中心으로 이루어지고 있다는 점이다. 이것은 개화의 물결이 내적 성숙이나 서민적 차원의 요구에 의한 민족적 비약의 발판에서 이루어지지 못하고, 주로 外國文物의 수용에서 비롯되었기 때문에 개화의 분위기가 도시에서 먼저 번져나오기 시작하였다는 것이다.

둘째, 開化當時에도 농촌이나 小都市에서는 아직도 書堂의 전통적 교육 방법이 그대로 지속되고 있어서 日帝의 강압적 방법으로도 서당의 철폐는 불가능했던 것 같다. 때문에 총독부에서도 철폐를 강요하지 못하고 1918年에 書堂規則을 제정하여 新敎育과 國民道德(日帝皇國臣民道德)을 앙양시킬 것을 요구하게 된다.77)

이러한 書堂의 존속이 日帝로서는 문제로 여겨졌던 이유는 이들의 교육방법과 내용이 전통적 윤리관의 지탱에 있고 나아가 그것은 민족의식에 닿아 있었기 때문이다. 그래서 서당의 신설을 억제하고, 농촌에도 小學校를 신설하여 서당에 가는 것을 막고 신교육을 받도록 강제하였다.

셋째, 이러한 교육상의 이질성이 개화기의 민족의식 자체에도 對象的

---

76) 外國人에 의한 新敎育이 시작된 지 20年이 넘어서야 전통적인 교육기관이었던 書堂에 대한 배려가 있었다. 이것은 書堂敎育의 지속성을 뜻하면서 한편으로는 전통적 교육에 의한 의식 계발이 계속되고 있었음을 증명하는 것이다.

77) 康吉秀, 앞의 책, pp.122~139 참조.
한일 합방 이후 교육제도의 개선은 곧 日帝의 皇國民化 정책과 연관된다.
그런데 新學校의 설립을 도시를 중심으로 서둘러 온 日帝가 書堂에 대한 규제를 상당히 늦추고 있는 이유는 전통이 오래고 전 한국민의 의식이 집결되는 곳이기 때문에 섣불리 건드릴 수 없었기 때문이다. 朝鮮語와 國語(日本語)를 함께 가르치라는 훈령을 내릴 정도였다.

인 성향을 나타내도록 하는 遠因이 될 수 있을 것으로 추측되며, 이후 개화의 전개에도 상당한 영향을 미치고 있었다고 보아야 한다.

넷째, 교육의 相異性은 독서 경향의 相異性을 낳았으며, 그것은 나아가 문화적 兩立性까지도 초래할 수 있는 근거가 된다.

4) 印刷媒體의 發達

조선조 후기로 들면서 私板 印刷術은 寺刹이나 書院과 관계를 맺으면서 佛經·文集의 발간과 함께 서서히 발전되어 갔다. 이는 官制에 비해 비교적 다양하고 자유로운 면이 있었으며 近代化와 함께 주변 도시의 발달에 힘입어 坊刻板이 나오면서 그 독자성을 구축해 나갔다. 이는 安城·全州에서 주로 私制印出이 많았던 점을 들어 증명할 수 있을 것이다.78)

사회 체제가 市場經濟, 화폐경제 질서에로 정착되면서 書册의 商品化가 이루어지는데 이는 사회 변동에 따르는 많은 독자층이 확보되는 것을 뜻함과 동시에 유통질서도 더 활성화됨을 뜻한다. 보부상 조직이 정비되고 이들에 의한 상품 공급의 광역화는 폐쇄회로를 개방회로로 전환시키는 계기가 되었으며 이는 또한 인쇄물의 상품화를 촉진시키는 보완적 효과도 낳았다고 볼 수 있다.79)

조선조 신분제도의 붕괴로 교육열의 고조가 교과용 서적을 필요로 하는 서당의 증가를 촉구하고, 이는 일반 독서열을 고조시키는 여파를 낳았으며, 이에 따른 서적의 요구 또한 증가될 수 있었다는 것이 주변 도시에서의 인쇄술을 더욱 발달시키고 서적의 상품화를 가속시켰다고 본다.

---

78) 金斗鍾, 『韓國古印刷文化史』(서울 : 三星文化文庫 48호, 1980.) 참조.
79) 朴元善, 『褓負商』(서울 : 韓國硏究院, 1965.) 참조. 이에 따르면 보부상 조직은 전국적 규모를 가지고 있어서 취급하지 않는 상품이 없었다 한다. 또 서적도 朝鮮朝 후기엔 상품화되고 있음을 알려 주고 있다.
　　朴元善, 『客主』(서울 : 延世大學校 出版部, 1968.) 참조.

그러나 이러한 인쇄물의 생산은 아직도 木板에 의한 소량 생산에 불과한 것이었으며 비교적 전통적 서적들의 인쇄, 또는 古小說의 출판에 한정된 것이다.[80]

1883年 박문국의 설치와 함께 鉛活字가 들어와『漢城旬報』를 발행하고, 1884年 廣印公社가 설립되면서 인쇄술은 급격히 변화를 가져오게 된다. 1886年 성경인쇄를 위해 官이 아닌 私印刷 또한 鉛活字의 사용이 이루어지고, 이어『독립신문』의 발간은 鉛活字에 의한 인쇄의 보편화를 급속히 추진시킨 계기가 된다.

이후 1894年 學部編輯局에서는 인쇄체 木活字를 제조하여 교과서의 인쇄를 하기도 했지만, 1890年 이후는 木板이나 木活字에 의한 인쇄보다는 鉛活字에 의한 인쇄가 보편화되기 시작하여 1900年代에는 상당히 많은 鉛活字와 인쇄기를 확보하기에 이른다. 이는 新聞 발간의 추세를 살펴보면 확연히 알 수 있다.

1896年『독립신문』의 창간을 뒤이어『京城新聞』이 1898年에 발간되어 第11號부터는『대한황성신문』으로 제호를 바꾸었고, 같은 해에『매일신문』,『대한신보』,『뎨국신문』,『皇城新聞』등이 잇달아 창간되었으며, 1899年에는『時事叢報』가 隔日刊으로 나온다. 이후 좀 뜸해졌다가 1904年『大韓每日申報』가 발간되고 1906年『萬歲報』가 창간된다. 이렇게 서울을 중심으로 한 신문의 발간에 앞서 지방에서도 신문이 발간되는데, 주로 日人들의 손에 의한 것이 많았다. 釜山의『朝鮮新報』가 1881年에 벌써 발간되고 있으며, 이어 1894年『朝鮮時報』가 나오고 있다. 仁川서도 1890年에『仁川・京城隔週商報』가 나오다가『朝鮮時報』로 바꾸게 된다. 이 외에도 大邱, 平壤, 元山, 木浦 등지에서도 많은 신문들이 발간되고 있다.[81]

---

80) 柳鐸一,『完板坊刻小說의 文獻學的 研究』(大邱 : 學文社, 1981.) 참조.
　　특히 全州地方의 인쇄・출판사정을 연구한 저서지만 朝鮮朝 末期와 開化期 출판 사정을 짐작하는데 좋은 자료가 된다.

이러한 사정은 1900年代는 鉛活字에 의한 인쇄가 어느 정도 보편화되어가고 있다는 좋은 증거가 될 것이다.

이러한 신문의 발간과 함께 協會 會誌의 발간 또한 무시할 수 없는 역할을 담당한다. 1898年 協成會의 사업으로『協成會會報』가 나오게 되는데 이는『매일신문』의 전신 역할을 하게 된다.

乙巳條約 체결 이후에 學會가 우후죽순처럼 만들어지고 이들은 대개 회보나 회지를 발간하여 新聞이 담당하지 못하는 기능, 또는 제자리를 찾지 못한 종합지의 기능을 대신할 수 있을 정도의 다양한 내용들을 싣고 있다.[82]

이러한 新聞·會誌의 발간은 印刷術의 발달에 힘입은 것만에 그치지 않고 매스컴의 기능을 다하면서 더 많은 독자층의 확보와 교육열, 향학열, 독서열을 고취시키는데 결정적인 역할을 담당하게 된다.

인쇄술의 발전에 못지않은 영향력은 역시 제도적 장치의 변화라고 보아야 한다. 1890年代 후기의 인쇄술은 鉛活字에 의한 것이었고, 大都市를 중심한 많은 出版社의 출현은 일단 出版法을 필요로 하게 된다. 1902年에 出版法은 許可主義를 내걸게 되는데, 이는 1890年代 많은 신문의 발간에 따른 조처였다고 보여진다. 그러나 1907年 일제의 소위 <光武新聞紙法>의 발표는 李完用 內閣에 의한, 민족정신과 자주독립을 주장하는 언론 탄압을 위한 최초의 악법이다. 이어 1908年 敎科用圖書檢定規程

---

81) 李海暢,『韓國新聞史研究』(서울 : 成文閣, 1971.) 참조.
  日本人에 의해 발간된 신문은 먼저 지방에 뿌리를 내리고 있다. 서울에서 나온 것으로『大東新報』,『大韓日報』,『京城日報』 등이 있고 이외의 親日 신문은 많았다.
82) 學會誌가 단순히 학회의 움직임을 회원에게 알리는 회보적 성격을 넘어서 일반상식·정치·경제·사회·세계동정·詩文 등을 싣고 있어 오늘날의 종합지와 같은 성격을 지니고 있었다. 이러한 會誌는 1905年『神學月報』,『朝陽報』,『그리스도인회보』, 1906年『家庭雜誌』,『大韓自强會月報』,『太極學報』,『西友』, 1907年『大同報』,『漢陽報』, 1908年『湖南學報』,『畿湖學興協會月報』 등으로 이어져 나왔다.협회

을 만듦으로써 私制 교과서의 사용을 금지하는 조처가 내려지고, 1909年
出版法이 공고되면서 출판물의 원고 검열이 실시된다. 이러한 일련의 조
처는 乙巳條約 이후 日帝의 입김에 의한 언론탄압이 노골적인 양상으로
나타나는 것이었고, 이외에도 음성적 탄압은 많았던 것으로 알려져 있다.
1910年 韓日合邦 이후 그나마 명맥이 유지되었던 신문·회지 등의 애국
적 매스컴 기능을 담당하던 모든 출판물들은 발간 금지를 당하게 된다.
민족적 의지를 표방할 수 있는 인쇄매체는 일시에 전무한 공백상태를
보이게 된다.

이 시기에 그래도 출판될 수 있었던 것은 小說類들과 그 이외에 주로
교과서를 중심한 것들이었다.

1910年 이후 발간된 小說類들을 보면 開化小說에 해당되는 것들이
많았고 이에 못지 않게 많은 양은 역시 古小說이었다. 이는 이미 갖추어진
신문·회지 발간을 위한 인쇄 설비를 그냥 버릴 수 없었기 때문에, 대체로
그 방향이 바뀌어 小說類의 출판으로 나타났다고 말할 수도 있겠지만,
이는 지나친 상업주의에 편중한 해석일 가능성도 없지 않다.

讀者들의 요구에 부응한다는 의미, 독서 대상만이 아니라 小說이 갖고
있는 의미와 주제가 開化期 社會의 한 부분을 차지하고 있는 意識을 그대
로 대변한다는 社會的 기능을 중시할 필요가 있다.

2. 開化期 文學의 背景

1) 開化期 小說의 出版樣相

開化期에 널리 읽히고 流布된 古小說의 印出時期에 대한 연구는 여러
先學들에 의해 이루어졌으며 대체로 그 年代 추정에 대해서도 밝혀진

바가 있다. 그 중에서 柳鐸一 敎授의 『完板坊刻小說의 文獻學的 研究』가 가장 체계 있는 저서였는데 이에 따르면, 全州에서 간행된 古小說 19種 中 16種을 분석한 결과 現傳 古小說은 대체로 1900年 이후의 것이며, 그 原刊本이 있었다 할지라도 1860年을 앞서는 것은 극히 적을 것으로 판단하고 있다.[83]

韓國精神文化研究院에서 낸 「韓國古小說目錄」에는 1,543편의 古小說 目錄이 수록되어 있으며, 그것의 板形, 刊行年代 또는 筆寫年代를 밝힐 수 있는 것은 다 밝혔지만 이 중 특히 木板本 國文小說의 경우 刊記가 적힌 것들을 추려 조사해 보았으나 그 刊行年代가 1850年을 넘기는 것은 거의 없다. 물론 이 목록에서는 京板·完板·安城板의 구별이 없지만 그 年代가 이러하다 함은 木板本의 경우 1850年을 넘기는 것은 극히 드물 것으로 추정할 수 있을 것이다.[84]

李能雨 敎授의 「이야기책(古代小說) 板本誌略」에서 板本을 구별하고, 刊記도 조사하여 보았으나 가장 오래된 것으로 추정할 수 있는 「삼설긔」의 刊記는 「戊申十一月 由洞新刻」으로 되어 있다. 戊申은 1908年, 1848年, 1788年 등 일단 셋으로 추정해 보았을 때 1788年은 신빙성이 없고, 1848年이 아니면 1908年이 된다.[85] 이 冊은 Courant의 書誌에 825호로 나와 있는 것으로 보아 1848年刊으로 일단 추리하면 京板의 印出은 1840年代까지 거슬러 올라갈 수는 있을 것 같다.[86]

이상의 연구와 조사에 따라 古小說이 木板本으로 印出되어 나오는

---

83) 柳鐸一, 『完板坊刻小說의 文獻學的研究』 참조.
84) 『韓國古小說目錄』(경기도 성남시 : 韓國精神文化研究院, 1983.) 참조.
85) 李能雨, 『古小說研究』(서울 : 宣明文化社 1973.) 참조.
86) 李能雨, 『古小說研究』, p.251.
   京板은 3卷으로 되어 있는데 大英博物館에 1卷이 있다고 전하며, Courant의 書誌에는 825번호를 붙인 「三說記?」, 「삼설긔?」가 또 있다. 확인된 것이 아니기 때문에 단정은 내릴 수 없지만 Courant이 한국에 머물렀던 시기(1890~1892)를 생각하면 1848년으로 잡는 것이 더 타당하다.

시기의 上限線은 대체로 1850年 전후라는 폭을 두고 설정해 보았을 때, 이 시기는 開化期에 해당되고 있음을 볼 수 있다.

그러면 古小說의 木板印出 下限線은 언제로 잡아야 하겠는가 하는 문제가 남는다.

柳鐸一 敎授의 연구에 의하면 1910年을 전후하고 있는 것으로 되어 있다.[87) 또 精神文化硏究院이 目錄에 의해 확인한 바에 따르면 <쇼디성 전>(511)은 京城 翰南書林에서 大正 10年 즉 1921年에도 印出했다.

<곽분양전>(47)은 木板本이 京城 翰南書林에서 1921年 印出되고 舊 活字本은 京城 新舊書林에서 같은 1921年에 刊行하고 있음도 본다. 이 외의 조사에 의하면 1910年代 이후에도 木板本 古小說의 印出이 잦았으 며 심지어 <금방울전>(133)은 1934年에 간행되었으며, <쇼디성 전>(515)도 1932年에 간행되고 있다.

木板本이 이렇게 오래도록 印出될 수 있었음은 일단 板木이 만들어지 고, 그것이 남아 있었을 때 刊記만 붙이면 언제라도 손쉽게 製册이 가능했 을 것이기 때문이었을 것이며, 이로 미루어 보아 1930年度에까지 板木이 남아 있었다는 좋은 증거가 될 것이다.

다음 단계는 木板本이 舊活字本으로 넘어가는 시기의 문제가 남는다. 지금까지 전해지는 古小說의 舊活字本은 대체로 그 출판연대가 1910年 전후로 되어 있다. 木板이 舊活字로 바뀌게 된 것은 단순한 인쇄 방법의 변환만으로 이해해서는 안되는 부분이 있다. 이는 당시의 인쇄에 관한 제도와 제한 규정이 배면에 작용하고 있었음을 감안하지 않으면 안되기 때문이다.

---

87) 柳鐸一, 『完板坊刻小說의 文獻學的硏究』, 참조.
　　 이 책의 말미에 연구 조사된 16種의 소설들이 年代別로 정리되어 있는데 거의
　　 대부분이 1900~1910 사이에 발간된 것으로 집약된다. 1860年代 이전 原刊本
　　 이 있을 것으로 추정되는 것은 <별춘향전>, <洪吉童傳>, <張風雲傳>, <趙雄傳>
　　 뿐이라 되어 있다.

1902年에 발표된 出版法, 1908年 교과서의 학부편찬, 검정·인정 도서만 교과서로 사용할 것을 강요한 일, 1909年 출판물의 원고 검열 및 排日的 출판물 압수 등은 출판의 위축을 초래했으며 드디어 1910年 韓日合邦으로 지금까지 발간되던 민족주의적 경향을 지닌 會誌까지도 폐간을 당했다. 이러한 조처들은 이미 설비된 인쇄 시설이 남아돌게 하였는데 이의 타개책이 일반 단행본 출판으로 이어졌으며, 이는 곧 古小說의 인쇄 출판을 촉구하였기 때문에 1910年 이후 엄청나게 많은 고소설의 발간을 보게 된다.

李能雨 教授의 「이야기책(古代小說) 舊活字本 調査 目錄」에 따르면 舊活字本 古小說 중 가장 빠른 것이 1908年이고 나머지 대부분은 1910年 이후로 되어 있으며 또 <1945年 乙酉解放 뒤 發刊한 것들은 參考外엔 一切 문제삼지 않았다>고 한 점으로 보면 해방 후에도 지형이 남아 있어서 계속 인쇄되어 나왔다는 것을 알 수 있다.[88]

이상의 사실들을 종합해 보면 古小說의 印出이 木板本으로 商品化되는 시기는 아주 오래된 것이 아니고 1860年代에 해당되며, 특히 舊活字에 의한 것은 1910년 전후해서 출판되고 있음을 알겠다.

주지하다시피 開化小說은 1900年代 들어와 新聞의 발간에 힘입어 주로 新聞에 연재되거나 단행본으로 출판된다고 해도 1905年을 넘어서가 주로 가능했다. 더구나 新小說은 李人稙에 의해서 1906年에 쓰여지고 또 1907年에 <血의 涙>가 단행본으로 인쇄되어 나온다. 이 뒤를 이어 여러 新小說이 쓰여지고 인쇄되어 나온 점, 또 그것이 가장 많았던 시기는 역시 1910年에 와서였다.

---

88) 李能雨, 『古小說研究』, p.27. 참조. "또 하나 큰 문제로는, 작품에 따라 과연 그것이 李朝의 것인가? 하는 의혹의 여지가 있는 것이 있는 일이다…… <新小說>에 反合된 樣狀의 <古代小說> 제작군들이 혹은 있어, 이들이 임의로 지은, 말하자면, "倭政 때의 李朝小說"도 있는 것이 아닌가 하는 심한 의혹이 있는 것이다."라고 하여 발간과 창작 년대가 동일할 수도 있다고 추리한다.

이렇게 보면 開化小說이 가장 왕성히 나타나는 시기는 1900~1910年
代에 해당된다.

이것은 古小說이 舊活字로 인쇄되어 나오거나 木板本으로 널리 유포
되던 시기와 일치된다는 사실을 뜻하게 된다. 여기서 다음과 같은 몇 가지
사실을 생각지 않을 수 없다.

첫째, 開化期 時代에 古小說과 開化小說이 共存한 사실을 먼저 인정
해야 한다는 점이다.

둘째, 古小說은 朝鮮朝 小說임에는 틀림없지만 그 독자의 확보라는
점, 또는 읽힘을 문제시했을 때는 開化期 小說의 한 뭉텅이로 볼 수 있을
것이 아닌가 하는 점이다.

셋째, 古小說들이 이 시기에 특히 널리 인쇄되어 나온 것이 다만 商品
的 가치만으로 인쇄되었다기엔 석연하지 않은 점이 있다.

이상의 문제들을 해명하기 위해서는 작품의 구조분석에 앞서 개화시
대의 독자와 작가의 사회적 의미, 또는 그들의 욕구들을 따지는 문학사회
학적 접근이 필요하며 이 방법에 의해서만 그 해답이 가능하리라 본다.

2) 讀者層의 形成과 그 性向

한 시대의 독서 경향은 독자들의 의식 수준과 지향성에서 결정된다.
서적의 인쇄가 상품화의 과정을 겪게 되었을 때는 수요 공급의 경제활동
또는 상업활동의 기본적 근거 위에 놓이지 않으면 안된다. 다시 말하면
수요자의 요구에 의한 생산, 독자들의 요구에 의한 서적의 인쇄라는 단계
를 상정하지 않으면 안되는 것이다. 이때 우리는 독자층의 성립을 확인함
으로, 그러한 문화현상의 의미를 추출해 낼 수 있을 것으로 기대한다.

社會變動期에 나타나는 文化的 주요 主題는 대체로 두 개의 방향으로
나타난다.89) 그 첫째는 傳統主義的 志向이다. 문화적 전통과 가치 기준의

침식을 극력 반대하고, 이를 지키려는 저항적 경향이다. 이들의 保守的 사고와 문화의식은 무너져가는 사회의 中心 象徵內容을 고수하려 하고 회고적 성향을 보이며, 새로운 것에 대한 극단적 혐오감과 적대행위를 마다하지 않는다. 그러므로 이 傳統志向은 변화에 보다 守舊에 치우친 듯한 감을 주며 旣存秩序를 옹호하려는 경향이 나타나 보이는데, 변동의 초기 단계에서는 더 많은 서민·민중으로부터의 호응을 받는다.

우리 나라 개화기에 나타나는 漸進開化의 사상적 맥락은 바로 이 傳統志向에 닿아 있어 初期의 得勢를 합리화할 수 있었다. 더구나 民族存立의 위기감이 고조되고 있었다는 사실을 첨가해 생각한다면 變化란 곧 主權喪失을 의미하는 것으로 이해되어졌고, 國權의 회복을 위한 노력은 旣存秩序의 옹호처럼 느껴지기도 했을 것이었다.

둘째는 과격한 反傳統主義的 志向이다. 이들은 社會變動에 능동적으로 대응하기를 요구하며 舊體制란 곧 잘못으로 타매하고 새로운 질서의 요구를 증대시키기 위하여 새로운 것이 다 옳은 것으로, 自律的인 文化創造를 극력 추구하는 한편 旣存社會의 中心 象徵內容을 크게 바꾸어 世俗化시키면서 人間尊重과 社會平等의 기치를 더높이 강조한다.

開化期 身分制度의 철폐와 신분상승 의지를 가진 서민층에서나, 西歐的 교육을 받았거나 그것에 대한 동경을 가졌던 사람들은 바로 이러한 지향에 몰두하게 될 것이 뻔하다. 그들은 나날이 새로워지며 舊秩序를 깨뜨리는 일에 열중하는가 하면 새것 志向性을 높임으로써 開化의 달성을 至上目標처럼 인식하게 된다. 이들에겐 변화란 좋은 것이고, 그것에 부수되는 반대급부의 무게가 얼마나 무거운 것이 될지에 대한 인식은 비교적 모자라는 성급함을 보이는 것이다. 그러므로 개화기의 이면에 도사린 日帝의 침략정책의 노림수를 가볍게 보았거나, 전혀 개의치 않았으

---

89) S. N. Eisenstadt, 『近代化』 참조.

며 새로운 세계에의 열망으로 가득차 있었다.

이러한 상황에서 開化期가 안고 있었던 두 개의 과제는 反封建과 反帝國主義 곧 自主性의 확보였다. 달리 말하면 서민 의식의 고양으로 조선조의 기존 사회 계층 질서의 와해를 촉진함으로써 새로운 사회 질서의 성립을 촉구하는 의지와, 서구 열강과 日帝의 침략주의에 대응하기 위한 自主性의 확보라는 二重의 과제를 안고 있었던 것이 개화기다.

그러나 反封建이 對內的 요구 조건이라고 하면 自主性의 확보는 對外的 조건이었기 때문에 이 둘이 동시에 성취되기는 어려웠을 때가 바로 개화기다.

反封建은 國家의 存立을 전제로 한, 사회 構造內의 변화를 촉구하는 성격이라고 보아야 한다. 대체로 反封建的 의지란 신분 계층의 이동에 그 깊은 근거를 두면서, 서민 의식의 고양이 추진력으로 작용하는 사회 구조 내적인 변동의 노력이었다. 이는 앞서 살핀 바에 따르면 漸進開化派가 바라는 지향성에 가깝고 전통지향성을 가지고 있으며 거기에 萬人平等思想이 가미된 성격의 것으로 판단할 수 있다.

서민의 신분상승 의지가 교육에의 기대감으로 나타난 것이 書堂의 급증이라고 한다면, 이들의 기대심리는 전통적 윤리관과 가치를 크게 깨뜨리지 않는 한도 내에서의 수직적 신분이동을 지향하고 있었다.

다른 한편에서의 의식적 자각은 西歐文物의 流入에 따른 새 교육의 영향을 배제할 수 없다. 그들의 요구기 萬人不等이요, 人間的 가치에의 자각이란 점에서는 다를 바 없지만, 이들의 요구는 開化에의 의지가 反封建 속에 내포되는 항목으로 생각되고 있었다는 점이 다르다. 이 점은 개화의 방법에서 비교적 急進開化派의 사상적 맥락과 가까워져 있다. 새로운 문물의 수입과 지식의 섭렵, 그리고 불완전하고 잘못된 기존질서의 타파가 新敎育을 받은 사람들에겐 더 시급한 과제로 주어진 것이라 생각된다.

이들에 있어서도 民族과 國家에 대한 의식이 분명 있었던 것은 사실이지만, 새로운 것에 대한 동경심이 지나치리만큼 강하게 작용하여 그것이 끝내는 국가나 민족에 대한 의식까지도 흐리게 만드는 결과로 이어진 것이라 보여진다.

개화기 反封建에 대한 이 두 가지의 志向性은 사회 구조의 兩立性을 그대로 드러내는 것이며 나아가 독서 경향의 兩面性도 가능하게 만든 가장 근원적인 이유가 되는 것이다.

自主性에 관한 것도 이와 마찬가지의 양상을 보였다고 생각할 수 있다. 1890年代에 들면서 국가의 존립 문제, 國權의 위기감이 조성되면서 자주성에 대한 자각이 절실한 과제로 주어졌을 때, 大院君의 쇄국정책이 보여 주었던 自體的 소화력의 배양에 의한 자주성 확보가 보다 保守的 방법이라고 한다면 또 다른 한편으로는 開港과 함께 西歐列强들의 힘을 以洋治夷로 이용해야 한다는 수용적 태도는 革新的 방법에 해당될 것이다. 이 중에서 혁신적 방법은 급기야 外勢를 빌어서라도 開化를 달성해야 된다고 생각하는 開化絶對思想을 낳았다.

이와 같은 兩分된 방향은 앞서 反封建에서 보였던 두 개의 경향과 거의 같은 軌를 보여주고 있으며 이들은 保守性과 改革性이란 兩大志向으로 나타나 쉽사리 그 통합이 이루어지기에는 거리가 있었다.

개화기 사회의 양분된 사상과 실천 방안 또는 그 志向性은 독서 경향에서도, 독자층의 형성에서도 그대로 드러나 버렸다고 생각된다.

保守性向이 강한 독서 경향 또는 독자층이 요구하는 것과 改革性向이 강한 독자층이 요구하는 바가 일치되지 않았으며 그 다른 욕구를 만족시키기 위해서는 성격이 다른 서적이 필요했을 것이다. 이것이 소설에서도 그대로 반영되어 古小說과 開化小說의 共存現象은 아주 자연스러운 것으로 되어질 수밖에 없었다고 본다.

그러나 여기서 우리가 일단은 지적하고 넘겨야 할 사실이 하나 있다. 기존 사회질서에 익숙해져 있는 基層 독자층이 광범위하게 형성된 위에 신교육을 받은 독자가 누적되어 하나의 층으로 형성되기까지에는 기존 독자층과 구교육에 의한 독자층의 우세를 일단 수긍해야 한다는 것이다.

모리스 쿠랑이 보았던 1890年代의 독서 경향은 두말할 여지도 없이 保守性向이었다.[90] 당대에 대본업이 성황을 이루어 심지어 宮人들조차도 책을 빌어다 보았다고 하는 것은 곧 古小說의 탐독을 의미하는 것이다. 이것은 1890年代 독서 경향이 古小說 쪽에 놓여 있었음을 그대로 입증하는 좋은 자료가 된다.

농촌이나 소도시의 경우는 보부상에 의한 서책의 보급과 판매를 생각하지 않을 수 없다. 보부상의 활동이나 이들 조직의 방대함은 많은 연구가들에 의해 입증되고 있다. 이들이 가지 않는 곳이란 없었고, 이들에 의해 매매되는 상품의 종류는 일용품에서부터 시작하여 없는 것이 없을 정도였다고 한다. 古小說의 유포는 바로 이들 보부상 조직에 의한 것이라 생각할 수 있다. 木板本 인쇄의 중심지 安城·全州는 산물의 집산지였고 상업거래의 중심지였음을 감안한다면 이들 보부상들의 활동에 의한 古小說 독자층의 확대는 쉽게 짐작할 수 있을 것이다.

이에 비해 舊活字의 대두와 함께 개화소설의 발달은 새로운 독자층의 형성을 가능하게 하였을 것이다. 더구나 新教育의 보급으로 독자층의 형성은 빠르고 넓게 번져갔으며 이들의 세력이 결국은 古小說의 독자층과

---

90) 모리스 쿠랑 著, 金壽卿 譯, 『朝鮮文化史序說』(서울 : 凡章閣, 1946.), pp.6~8.
　　<貰冊家>란 곳에서 돈을 받고 책을 빌려 주는 광경을 보았다고 기술하고 있다. 모리스 쿠랑이 서울에 있었던 시기는 1890年 5月~1892年 2月로 되어 있으니 이 시대의 독서경향을 알 수 있다.
　　Homer B. Hulbert, 申福龍 譯, 『大韓帝國史序說』(서울 : 探求堂, 1977.), pp. 300~301. 여기서 말하는 한글소설이나 貸出圖書館은 전부 古小說을 대상으로 한 것으로 보아야 한다.

는 또 다른 독자층을 형성하게 되었다고 보아야 한다. 그러나 이미 형성된 독자층이 쉽게 소멸될 수 없었던 것은 이들 독자가 갖고 있는 가치관이나 질서개념이 한꺼번에 없어질 수 없었다는 점과 國權喪失에 따른 民族自存性에의 기대, 또는 이러한 민족적 양심이 그대로 면면이 이어져 고소설의 독자층을 형성하고 지속시켜 왔다는 점에서 볼 수 있다.

開化期는 한마디로 두 개의 志向性에 의해 독자층도 兩立되어 있었으며, 이는 당시대 社會構造의 二重性에서 기인된 어쩔 수 없는 경향이었다 할 수밖에 없다.

그러나 여기서 한걸음 나아가 開化期를 하나의 共時的 期間帶로 놓고 본다면 兩分되는 사상이나 독자층이 확연하게 구별되는 것이 아니고 뒤섞여 있으며, 이들의 요구 조건이 아주 상반되어 배타성을 가졌다기보다는 의식의 층위에서는 뒤섞여 混在하고 있었던 것으로 생각할 수 있다. 그러므로 소극적이며 改善에의 지향 안에 머물러 있는 대다수의 독자층의 의식 속에는 서로 다른 지향이 共存해 있었을 것으로 보여진다.

保守性向의 독자라고 해도 그들은 開化에 대한 당위성을 어느 정도 인정하고 수렴하려 하면서 自主와 民族主義的 경향을 강하게 띠게 되어 있었으며, 改革性이 강한 독자라고 하더라도 國權의 상실 자체를 찬양하는 사고를 갖고 있지는 않았기 때문에 開化가 곧 自主性에로 이어지는 것으로 생각하는 판단착오에서 벗어나지 못했거나, 時流에 휩쓸려 들어가는 무비판성에 빠져 있었다고 보아야 한다.

教育制度의 변화가 바로 이러한 독서성향을 알게 모르게 이끌어 갔다고 생각할 수 있는 것은, 서당의 교재가 이미 신교재로 바뀌어지고, 그것 자체가 開化性을 포함한 것이었으므로, 세계를 보는 시각을 넓히고 정당한 民族主義의 실천이 얼마나 어려운가를 깨닫게 하고 있었다.[91]

91) 주로 歷史에 관한 서적들은 世界史의 인식과 東洋에 관한 것이 많고, 西歐의 近代化 과정을 돋보이게 했다. 이것은 사실의 인식뿐 아니라 수용자에 따라 패배

또 신교육 제도에 따른 교과편성이 되어 있어서 새로운 것에의 호기심을 자극했다고 해도 결코 民族主義的 자각을 해치거나 직접적으로 親日的 의식을 고취시키려는 목적에 충실했던 것은 아니다.

그런데 儒林 독자층이 주로 읽었던 것으로 알려진 梁啓超의 飮水室文集들은 自强意識을 고취시키기에 적절한 자료들이며 이는 日本性向 이외의 새로운 방향 설정을 가능하게 하였다고 보여지는데 그 영향력은 특히 점진개화파에겐 컸던 것으로 이미 밝혀져 있다.[92] 그러나 여기에도 문제가 있다. 申亥革命 后 梁啓超는 주로 日本에 머물러 있으면서 중국의 개화를 주도하는 저술을 썼으며, 그것들의 모델이 바로 정치혁명에 성공한 日本이었다는 점을 생각해 보면, 개화의 방법이나 그 방향이 주로 日本型을 따르고 있었다는 점에서 급진개화파가 日本을 개화의 모델로 생각한 것과 크게 다르지 않았다는 것이 드러난다. 이것은 점진개화 또는 보수적 성향의 독자 의식 속에도 알게 모르게 開化의 지향성이 강하게 작용하게 되었고 民族自存性 못지 않게 새로운 것에의 기대감이 共存할 수 있도록 하는 큰 영향력을 행사했다는 증거가 된다.

開化期 독자층의 형성을 크게 도운 것은 교육제도의 변화와 인쇄매체의 발달, 시대적 급변이란 변수들이라 보아야 할 것이다. 이러한 변수들이 한꺼번에 작용하고 있으며 그것들이 조금씩 그 방향을 달리하고 하나의 求心點에서 응결되지 않았다는 점이 開化期 독자층위의 형성에도 혼란을 초래하였겠지만, 한 사람의 독자 내부의식 속에도 그러한 지향성이 共存하거나 混在하도록 했다는 점이 중요하다.

주의나 위축감에 빠질 수도 있으며 더 적극적인 民族主義者가 되도록 촉발하는 힘이 된다.

92) 葉乾坤, 『梁啓超와 舊韓末文學』(서울 : 法典出版社, 1980.) 참조.
李在銑, 『韓國開化期小說硏究』 참조.
葉乾坤은 梁啓超가 위정척사파에 미친 영향과 애국계몽소설에 미친 영향 등을 소상히 밝히고 있다.

3) 作家層의 社會的 性格

開化期 小說作家의 社會的 地位를 알기 위한 자료는 영성하기 짝이 없다. 社會變動期 人物에 대한 정확한 人的 事項이나 家系가 알려져 있지 않을 뿐만 아니라, 作家와 出版人의 구별도 제대로 되고 있지 않은 상태였다.

開化期 신문에 연재된 많은 소설들은 역시 그 작가가 알려져 있지 않고 新小說에 와서야 작가가 분명해진다. 이에 대해서는 趙演鉉이나 다른 연구가들도 이미 지적하고 있듯이 開化期 신문 연재 소설은 대체로 記者가 글을 쓰고 있는 것으로 추정되고 있다.[93] 그러므로 開化期 신문 연재 소설 작가는 그 개별적인 이력을 분명히 알 수는 없었다고 해도 新聞發刊에 관여하고 있을 정도라면 開化期의 時流에 대해서는 비교적 민감했었던 인물로 단정할 수 있을 것이다.

古小說 작가가 완전히 장막 속에 가려져 있다는 사실에서 유추하여 개화기 소설에 대해서도 몇 가지의 시사점을 社會學的 측면에서 발견하지 않으면 안된다.

첫째, 小說에 대한 사회적 인식이 높은 수준에 도달하지 않았으며 소설을 짓는다는 일 자체를 독립적인 직업이라고 생각지 않는 봉건적 사고 방식에서 크게 벗어나지 못하고 있다.

둘째, 조선조 말기 사회 변동이 권력 중심세력으로부터 위험시되었다는 사실을 염두에 두고 보면 그러한 사회변동의 징후를 담고 있는 小說을 짓는다는 일은 상당한 위험 부담을 안아야 했을 것이고, 이러한 부담을 줄이기 위한 수단으로 이름을 밝히지 않았다고 생각할 수 있다.

---

93) 趙演鉉, 『韓國新文學考』, 참조. 신문의 익명 소설, 短形小說 등을 신문편집인이나 記者가 쓴 것으로 판단하는 근거는 <記者曰> 따위의 後註가 붙어 있기 때문이다.

셋째, 作家意識의 未分化狀態를 반영하고 있다. 오늘날 文學이 독립성을 인정받고 그것의 예술성이 높이 평가되고 있지만 조선조 당대뿐만 아니라 開化期에서도 文學은 선비의 餘技로 생각되고 있었다. 文學人임만을 자처하고 평생을 살아가는 것이 아니라 선비로서 갖추어야 할 기본 소양으로 詩文에 능해야 했고, 이에 더 첨가되는 작은 여기로서 稗談을 생각하고 있었기 때문에 小說을 짓는 일을 意識的 작업으로 생각하지 않았다.

이러한 여러 조건하에서 小說이 창작되었다면 그것을 읽는 행위 또한 여기서 크게 벗어나지 않는 것이다. 그러나 사회의 급격한 변화는 조건이 갖고 있던 의미를 새롭게 하고, 작가의 사회적 성격도 다른 차원에서의 의미를 증대시킨다.

小說이 의식적으로 창작되었다고 했을 때 그것은 앞서 열거한 셋째 조건은 자연 미약해지고 둘째 조건이 부각될 것이며, 첫째 조건은 잠재적인 것으로 남게 된다. 달리 말하면 봉건적 사고 체계에서 완전히 벗어났다고는 할 수 없겠지만, 여기에 사회 변동에의 기대와 충격에 대한 영향력이 증가하게 되며 이것은 開化期에 小說 독자층의 의식 계발에 간접적이긴 하지만 작용하게 된다.

小說 작가에 대하여 구체적으로 그 계층적 위치나 개별직 진기적 사실이 밝혀지지 않는다고 하더라도 이상의 추정으로 본다면 그 사회적 기능이나 영향력에 대한 추정도 가능하다. 결국 소설 작가는 사회 변동기의 사회적 요인이나 그 과정을 소설 속에 수용하고 그것에 의해 독자들의 의식 계발에 영향력을 행사하고 있는 셈이다.

開化期 小說作家들도 따지고 보면 古小說 作家가 지니고 있었던 사회적 의미의 큰 테두리에서 벗어나지 않을 뿐 아니라, 國權의 위기와 西歐文化 수입에 따른 독자들의 의식계발이라는 최종 목적 달성을 위한 수단으

로 소설을 이용하고 있었음을 인정하지 않을 수 없다. 이러한 성격은 특히 開化期 民族紙 신문과 관련을 맺고 있었던 작가에게서 두드러지게 나타난다.94)

開化期 民族紙 신문에 관계가 있었던 開化小說 작가 가운데 그 이름이 밝혀진 사람은 비교적 적다. 지금까지는 대체로 朴殷植, 張志淵, 申采浩, 劉元杓 등이 알려져 있다.

이들의 공통점은 신교육을 받지 않았다는 점, 즉 전근대적인 교육 방법에 따른 書堂 등지에서 漢學을 배웠다는 것이다. 開化期 이들의 활동은 小說 창작 자체가 主任務라고는 볼 수 없다. 격변하는 세계 정세에 대한 인식과 국권 상실의 위기감에 민감한 반응을 보이면서 開化論者로서의 愛國啓蒙運動에 적극 참여하면서 그 일환으로 신문 발간에 참여하고 소설도 쓰게 된다.95) 이들의 지향 노선은 단순한 開化派라고는 볼 수 없다. 먼저 開化思想의 흐름으로 따지면 위정척사파에 해당되는 계층에 가깝고 교육도 역시 그러했다. 그러나 완고한 보수성에 머물러 있는 위정척사파가 아니라 급변하는 사회 변동에 적극적으로 대응하는 방법을 開化派로부터 수용하면서 수정 보수주의적 노선을 밟게 되고, 그래서 위정척사파와 개화파의 혼융으로 만들어낼 수 있는 지향점을 가지고 있다. 즉 自强과 自主性, 民權과 國權까지를 함께 옹호하는 방향에 닿아 있으며 그 방법은 개화파의 것을 수용한, 신문을 통한 국민 계몽운동이었으며 민족적 자존심을 강조하는 것이었다.

이러한 이들의 노선과 지향점은 곧 그들이 쓴 開化小說들을 열거해

---

94) 權寧珉, 「開化期小說 作家의 社會的 性格」, 『韓國學報』 第19輯(1980. 여름) 참조.
　　金容稷, 「개화기 문인의 의식유형」, 『韓國文學硏究入門』(서울 : 知識産業社, 1982.), pp.475~484. 특히 이 논문에서는 개화기 문인의 성향과 지향성을 분석하고 있는데 이는 곧 개화기 소설 작가의 사회적 성향을 결정짓는 데도 그대로 적용될 수 있다.

95) 대표적인 人物이 申采浩다. 『大韓每日申報』를 분석해 보면 短形小說의 대부분은 申采浩에 의해 쓰여진 것이 아닌가 의심스럽기까지 하다.

보면 알 수 있다. 張志淵의 <埃及近代史>, <中國魂>, <이국부인젼>, 朴殷植의 <瑞士建國誌>, 申采浩의 <伊太利建國三傑傳>, <乙支文德>, <東國巨傑崔都統傳>, 劉元杓의 <夢見諸葛亮> 등에서 드러나듯이 엄격한 의미로는 小說이랄 수 없는 歷史·傳記 또는 史書類가 많다. 창작이라기보다는 번역서가 많고 민족사의 허구적 구성을 통해서 민족 자존심을 고취하며, 영웅 출현에의 기대심을 허구적 구성을 통해서 민족 자존심을 고취하고, 영웅 출현에의 기대심을 고취시키면서 전통적인 지식 계층이나 보수적 독자층의 호응을 받게 된다. 이들은 결국 개화기의 전통적 기층 사상에 맥이 닿아 있으면서 사회 변동 자체가 어쩔 수 없는 역사적 흐름이라면 현명하게 대처하여 국권을 지켜야 한다는 보수성향을 가지고 있다. 급진적 개화파의 외세 의존에 비하여 상대적인 위치에 놓여진 위정척사파의 사상과 맥락을 같이 하고 있으며, 그들이 디디고 선 기반은 國權 수호를 위한 民權의 계발과 사회계몽운동을 적극적으로 권장함으로로써 전통성에 뿌리를 내리고 있다.

이러한 입장의 대척적 위치에 놓인 作家들은 소위 新小說 작가들로서 그 대표적인 인물은 李人稙, 安國善, 李海朝, 崔瓚植 등을 들 수 있다. 이 가운데 그 행적이 분명히 드러나지 않는 李海朝를 제외한 세 사람은 전부가 신교육을 받은 사람들이다. 더구나 李人稙, 安國善은 관비유학생으로 日本에까지 갔다 왔으며, 崔瓚植은 官立 漢城學校를 다녔다. 李人稙이 親日路線을 걷고 있었던 점은 널리 알려진 사실이지만 安國善의 養父가 親日政客이었던 安駉壽이었으며, 崔瓚植의 親父는 一進會에서 낸 『國民新報』의 社長인 崔永年이었다는 家系를 놓고 보면 그들의 지향점을 어느 정도 짐작할 수 있다.96) 직접적이든 간접적이든 그들은 開化를 적극

---

96) 權寧珉, 「開化期小說 作家의 社會的 性格」, 참조.
　　이로 미루어 보면 安國善의 <금수회의록>은 당대의 현실 비판 의식보다 人性批 判이 더 우세함을 알 수 있고, 이러한 시각은 당대 문제의 회의적 태도가 반영

지지하고 있었으며 그 방법에서 외세의 도입이나 國權에 손상이 가는 것에 대한 인식은 비교적 소홀했다고 볼 수 있다. 다시 말하면 開化至上主義에 빠져 있었기 때문에 민족적 자존심이나 외세의 도입 이후에 생길 후유증에 대한 책임에 대해서는 스스로 외면하고 있었다. 때문에 그들의 주안점은 國權 문제로부터 자유로운 부분에 대한 것, 민족 현실적인 문제보다도 小利에 밝은 庶民들의 욕구에 부응하는 시대적 흐름과 변화에 기대감의 초점을 맞추고 이들을 위한 계몽 역할을 담당하게 된다.

이들은 변동기 새롭게 생성되는 계층에의 기대에 접근함으로써 새로운 독자층을 확보하고 신문명, 新思想 등을 고취하며 전통사회가 지니고 있는 非理, 不合理의 극복에 열을 올리고 있었다. 때문에 그들은 女權問題, 自由戀愛, 海外留學을 권장하는 새로운 흥미를 창출해 내게 된다.

이들 작가는 변동기 신생계층의 의식이나 기대에 민감하게 반응하면서 신교육에 의해 새것에의 기대감으로 가득찬 독자층을 기반으로 그들의 자리를 굳혀 갔다.

결국 開化小說 작가는 두 개의 지향점과 사회적 성격을 대변하고 있었으며 그들이 보여 주는 실천적 문학행위가 開化小說의 두 양상, 즉 민족현실 타개의 일환으로 소설 양식을 빈 역사·전기소설 또는 토론체 소설과 신소설을 낳게 만든다.

이들은 개화기 급변하는 사회 속에서 전통지향적 2차 엘리트층에 해당되는 부류와 개혁지향적 2차 엘리트층에 해당되는 부류로 볼 수 있다. 이러한 극단적 대립의 위치에 놓인 작가들이 그대로 존속할 수 있었던 이유는 개화기의 혼돈과 불투명한 시국에 있다고 하겠다. 더구나 전통지향적 작가층들도 개혁지향적 작가층이 내세운 개화의 방법을 어느 정도 수용하고 있었다는 점에서 외관상 유사해 보였다는 허점이 있다. 또 개혁

된 결과라고 볼 수도 있을 것 같다.

지향적 작가층은 그 소재의 현실성 또는 구조적 동질성으로서의 고소설적 양식을 답습하고 있었으며, 그 주제의 연장선상에 놓일 수 있는 서민들의 작은 욕구를 만족시켜 줄 수 있는 小利的 주제와 내용을 다룸으로써 전통지향적 성격까지도 외면상 어느 정도 드러내고 있었다는 점에서 독자들을 현혹시켰다.

알려지지 않은 古小說의 작가층이 전통지향적 작가층과 같은 사회적 성격을 바탕으로 한 계층에 해당된다면 개혁지향적 작가층은 변동기 신생계층에 속해 있어서 그들은 다함께 변동기에 공존할 수밖에 없는 사회적 성격을 짐작할 수 있겠다.

이상의 고찰에서 開化期 소설 작가층은 겉으로 드러났든 그러하지 않았든 변동기 사회의 혼란 속에서 공존하는 2차 엘리트층에 해당된다고 하겠다. 그들이 갖고 있는 지향점이 어떠한 것이든 그들은 꼭 같이 변화에 대한 분명한 인식을 갖고 있었으며, 이에 대응하는 방법에 대한 상이함이 소설 양식의 이질화를 파생시켰다는 점에서 이들은 同時代人으로서, 지향점을 달리한 계층을 대표하고 그들의 욕구를 수렴하는 대변인으로서 여론을 이끌어가는 역할을 하고 있었다 하겠다.

Ⅲ. 開化期小說의 意味構造

1. 理念表出의 意味構造

1) 傳統的 倫理意識

善의 倫理的 정의가 절대적 규범일 수 있겠는가 하는 문제는 다분히 철학적 명제가 된다. 時代나 地域的 특수성은 善性 그 자체까지도 相對的인 것으로 바꿔 놓을 수 있는 것이며 그 판단 기준 여하에 따라 정의 구역은 달라질 수도 있다.

儒敎的 價値觀이 지배하고 있던 조선조 시대의 善이란 儒敎的 倫理觀의 테두리에서 벗어나지 않고, 그 규범성을 지키고 있는 한도 내에서 설정이 가능한 것이라 보아야 하겠다. 때문에 가장 인간적인 근거와 그 가치 규범이 막연하게나마 지탱되고 있는 한도 내에서 우리는 善의 가치 규범을 설정하지 않을 수 없다.

남에게 해를 끼쳐서는 안되며, 자신의 신분적 범위 내에서 취할 수 있는 만족도를 넘어서는 안되는 知足의 한도가 주어져 있고, 儒敎的 행동 강령에서 벗어나지 않는 것이 善으로 대접받는다.

朴晟義 敎授는 『韓國古代小說論과 史』에서 古小說의 主題는 한 마디로 勸善懲惡이라고 하면서 이를 細目으로 나누어 여섯을 들고 있다.

1. 國家 君王에 대한 忠誠
2. 孝誠

3. 貞烈 勸獎

4. 繼母의 非行 懲戒

5. 兩班階級의 僞善的인 生活을 諷刺함

6. 社會制度의 矛盾과 政治의 腐敗性을 覺醒시킴[97]

이 여섯 細目은 결국 道德問題에 귀착한다고 하면서, 이는 儒敎社會를 背景으로 古小說이 生長 發達했기 때문이라 했다.

古小說이 지향하는 善性이란 크게는 國家的 차원에서, 작게는 個人이 지켜야 할 道德的 德目에 해당된다. 이는 儒敎的 秩序가 유지되는 社會에서 지켜져야 할 德目이요 理念的 근거가 되는, 行動의 指標임에 틀림없다.

古小說에서의 主人公은 거의 대부분이 뛰어난 才能을 가졌거나 아름답거나, 특출한 德目을 지니고 있어 善人이다.[98] 더구나 대부분의 主人公은 그 출생에서부터 그들이 지닌 才能이 人間的인 차원을 넘어선 超越的인 힘에 의해 보장받게 되어 있다. 主人公의 출생담을 보면, 절에 빌어 났거나 胎夢에 仙人이 나타나거나, 하늘로부터 징표를 받아 태어난다. 이것은 主人公이 갖는 능력이 人間에 의해 조작될 수 없는 절대적이라는 것과 非凡함을 동시에 드러낼 뿐만 아니라 그들의 意志 또한 그러함을 旣定化시킨다. 이러한 主人公의 설정에서 古小說은 그것이 나아갈 방향과 意志가 결정되어 있다.

그러므로 古小說 속의 주인공은 항상 정당하고 善을 대변하며 그가 지닌 모든 지향들은 정당한 것이라는 인상을 독자들에게 깊이 심어 준다.

---

97) 朴晟義, 『韓國古代小說論과 史』(서울 : 日新社, 1973.), pp.37~41 참조.

98) 例外的인 인물이 없는 것도 아니다. <흥부전>에서 놀부는 심술을 부리는 악인 형이라는 것이 특징이겠는데 이는 일반 古小說에서 볼 수 없는 특이한 인물이다. 또 <배비장전>의 배비장도 그렇다. 그러나 대체로는 뛰어난 인물이다. 이하 논리의 전개는 대다수 인물의 특성만을 고려하고 이루어진 것이다.

이것은 古小說의 작가의식 속에 勸善의 윤리적 판단, 當爲的 價値로서의 善이 항상 전제되어 있고, 그것의 실현을 위한 敎訓的 表現이 古小說이라는 단순한 논리가 뒷받침해 주고 있음을 증명하는 것이다. 이와 같이 古小說의 主題는 個人的 문제나 삶의 현장성에서 파생되는 현실적 문제가 아니고 社會的 秩序를 유지하는데 필요한 덕목의 찬양이요, 또는 이를 파괴하는 것에 대응하는 힘, 나아가서는 人間的 가치보다는 社會的 가치가 우선된 理念에 한정되어 있음을 보게 된다.[99]

그러나 그것이 갖고 있어야 했던 實體性에 대한 자각은 비교적 불투명했거나 全體性에서라기보다 부분성에서 강조되는 바가 컸다고 보여진다. 그 가장 좋은 예로 國家나 君主에 대한 忠誠心이 독자나 작가의 실제성에서 비롯된 것이 아니고 허구적 理念性에 머물러 있음을 들 수 있다.

화셜대명셩화년간에양쥬짜히일위지상이잇스니셩은양이오명은위오즈는
션각이니　　　　　　　　　　　　　　　　　　　　　　　　　　　　　　<楊朱鳳傳>[100]

화셜송나라시절에긔쥬짜에일위명환이잇스되셩은어요명은이관이라
　　　　　　　　　　　　　　　　　　　　　　　　　　　　　　　　　　<魚龍傳>[101]

화셜디명년간에상남부짱에일위명환이잇시니셩은장이오명은경구라
　　　　　　　　　　　　　　　　　　　　　　　　　　　　　　　　　　<張國振傳>[102]

---

99) 人間的 가치란 個人의 절실한 문제로부터 파생되는 갈등의 심도에 의해서 그것이 일반성을 갖는데까지 확대되어 나가는 것이다. 그러므로 그것은 遠心力에 의해 생성되는 가치다. 그러나 社會的 가치란 社會의 制度的 안전장치에 해당되는 것으로 이는 밖에서 個人에 강요되는 求心的 理念이 된다. 예로 계모는 항상 악인이라는 설정에서 裁斷된 가치를 볼 수 있다.

100) 『活字本古典小說全集』 第4卷, (서울 : 亞細亞文化社, 1977.), p.241.

101) 『活字本古典小說全集』 第4卷, p.305

102) 『活字本古典小說全集』 第7卷, p.387.

화셜더명홍무년간의졀강쇼홍부에일기은시잇스니셩은쟝이요명은침이오

<荊山白玉>[103]

古小說의 배경이 중국으로 되어 있다는 사실을, 배경이란 소설의 허구성에 해당되므로 아무래도 좋다는 말로 넘겨 버릴 수만은 없다. 그것이 忠을 主題로 한 것일 때 國體와 君主는 분명 그 대상으로서의 支柱가 되어야 하므로 古小說의 배경이 중국으로 되어 있다는 것은 忠의 방향성을 흐리게 한다. 달리 말하면 事大主義的 思考에서 발생된 것이며 主體的인 것은 아니었다고 할 수도 있다. 이것은 알게 모르게 忠誠心 자체만을 강조하고 있을 뿐, 그것의 실체성에 대한 자각은 무디게 하여 理念 자체에 머무르게 한다.

理念的 善性은 또 다른 면에서 超人間的 世界의 설정을 가능하게 하고 이는 天上界나 超越的 世界를 쉽게 인정한다. 二元的 世界觀의 출발은 人間界 이전 또는 그 위에 설정되는 절대세계의 존재를 인정함으로써 가능해지는 것인데, 이 天上界는 항상 人間의 절대적 가치와 善性을 表象하는 것이 된다.[104]

古小說에서의 天上界나 초월적 세계의 힘은 주인공의 超人間的 뛰어난 능력을 뒷받침하고 있거나, 구원자가 아니면 힘의 助力者로 나타나 있어서, 이를 제거하면 그 인물은 제 구실을 다할 수 없게 되어 있다. 또 때로는 주인공이 처한 어려운 상황에 나타나 나아갈 바를 제시해 주기도 하고, 부족한 능력을 보완해 주기도 하며, 轉換의 계기를 마련해 주어서 주인공이 추구하는 善性을 달성할 수 있도록 한다.

---

103) 『活字本古典小說全集』 第10卷, p.533

104) 趙東一, 「英雄의 一生, 그 文學史的 展開」, 『東亞文化』 第10輯(1972.) 참조. 二元的 世界觀 자체는 地上의 질서와 天上의 질서를 나누어 생각하는 非現實的 사고의 반영이 되기도 한다. 특히 神話나 說話體系에서 이런 모습은 두드러진다.

張國振이 達馬國에 끌려 갔다가 敵將 殷通이 물에 던져 죽이려 했으나
仙女의 도움을 얻어 살아난다. 그리고 如鶴道士를 만나 武術을 배운다.
<張國振傳>

朱鳳의 아버지 楊尙書는 配所로 가던 중 王丞相의 부하들에 의해 바다에
던져지나 西海龍王이 보낸 靑衣童子에게 구출된다. 朱鳳은 童子의 도움으
로 西域 金屛山에 가 鳳瑞庵의 道僧을 만나 兵書와 武術을 배운다.
<楊朱鳳傳>

謝氏는 娥皇 · 女英의 啓示로 수월암에 들어가 산다.
<謝氏南征記>

가장 손쉽게 찾을 수 있는 것으로, 主人公이 위기에 처했을 때 구출해
주는 超越的 存在를 들 수 있다. 主人公이 善人이요 그의 의지가 정당한
것이기 때문에 그를 불행으로부터 구출하는 힘은 善의 志向性을 확정하
는 것이며 그 실현을 뒷받침하는 것이다.

이러한 초월적 존재는 인간으로서의 한계를 主人公이 극복하게 할
뿐만 아니라 그 정당성을 旣定事實化하는 데도 필요하다. 다시 말하면
善의 絶對價值는 어떠한 악조건 속에서도 실현되어야 하며, 그를 방해하
는 어떠한 힘으로도 꺾을 수 없음을 믿도록 한다.

이러한 사정은 古小說 가운데도 英雄系小說에서 아주 두드러지며, 독
자의 판단 이전에 그 가치 기준의 설정이 이미 완료되어 있다는 점에서
作品外的 條件으로 주어진 것으로 생각되기도 한다.

도덕적 善性을 대변하는 주인공에 의해 펼쳐지는 소설은 그 배경이야
어떻든 그가 보여 주는 忠誠心이나, 超人的 능력에 의한 고난 극복, 主人
公의 주변에서 그를 그답게 완성시켜 주고 있는 모든 외적 힘 등은 다
함께 윤리적 정당성을 확보하고 있다는 전제가 성립된다. 이러한 전제
위에 놓이는 古小說은 그러므로 그 主題가 거의 대부분 勸善懲惡에 닿아

있다고 해도 과언이 아니다.

2) 開化志向

開化란 <至善極美흔 境域에 抵흠>[105]이라고 정의한 유길준의 『서유
견문』에서 開化의 目標가 추상화되어 있음을 보게 된다. 至善極美란 조
선조 질서개념으로 파악되는 도덕적 덕목도 아니고, 새롭게 성립된 善이
나 美 槪念도 아니다. 당대에 편리한 利器의 이용과 西歐文物에 의한
편리한 生活空間의 창출, 文明化에 도달함이 바로 至善極美이다.

開化에 대한 태도 여하에 따라 急進・漸進의 兩大派로 나누어져 있음
을 開化思想의 전개에서 이미 보아온 것이지만 특히 急進開化派에서 金
玉均에 의한 三日天下 때 내건 施政要綱을 종합해 보면 대체로 다음과
같은 중요한 改革意志를 볼 수 있다.

1. 清으로부터의 독립
2. 人民平等權 주장 －民主主義적 政治
3. 稅制改革에 따른 國民福利 증진을 통한 社會改革
4. 官吏의 紀綱確立
5. 內政改革에 따른 國費節約
6. 軍事와 警察制度 革新[106]

여기서 가장 현실적 욕구, 서민적 욕구에 부합하는 것은 2, 3, 4이며,
당시대 민족적 여망은 1에 나타나는 獨立權 획득에 있다. 이는 反封建과
自主性을 실천에 옮기려는 의지를 보여 주는 것이며, 開化期의 두 과제를

---

105) 兪吉濬, 『西遊見聞』, 第14篇, 「開化의 等級」.
106) 金玉均, 甲申日錄에 있는 施政要綱에 의함.

직접 문제시하고, 이의 해결 방안을 제시한 것이다.

이 중에서 서민적 욕구가 소설 독자층을 형성하도록 유도했다고 볼 수 있으므로 특히 서민의식이 어떻게 開化小說 속에 드러나는가를 먼저 따져보지 않으면 안 된다.

개화소설 특히 신소설에서는 古小說에서 보이던 時間的 空間的 배경의식이 상당히 바뀐다. 古小說의 서두가 時代와 場所의 확정에서부터 시작하는데 비해 新小說은 갑자기 이 두 요소가 소멸된다.

일청전쟁의 총소리는 평양 일경이 떠나가는 듯하더니, 그 총소리가 그치매 사람의 자취는 끊어지고 산과 들에 비린 티끌뿐이다.

<血의 淚>[107]

겨울 추위 저녁 기운에 푸른 하늘이 새로이 취색하듯이 더욱 푸르렀는데, 해가 뚝 떨어지며 북새풍이 슬슬 불더니 먼산 위에서 검은 구름 한 장이 올라온다.

<銀世界>[108]

시름없이 오던 가을비가 그치고 슬슬 부는 서풍이 쌓인 구름을 쓸어보내더니, 오리알빛 같은 하늘에 티끌 한 점 없어지고……

<秋月色>[109]

「아가 매선아, 이리 좀 오너라. 매선이 거기 있느냐?」하는 소리는 한 오십여 세 된 부인이니, 긴 병이 들어 전신이 파리하고……

<雪中梅>[110]

近代小說의 기법으로 보면 古小說에 비해 상당히 발달된 일면을 보여준다. 古小說의 圖式的 서두에 비하면 소설의 전개에 직접적인 도움이

---

107) 『韓國新小說全集』 第1卷(서울 : 乙酉文化社, 1969.), p.13 상단.
108) 『韓國新小說全集』 第1卷, p.409 상단.
109) 『韓國新小說全集』 第4卷, p.13 상단.
110) 『韓國新小說全集』 第6卷, p.13 상단.

되지 못하는 공허한 시간적 공간적 배경의 제거로 실질적 사건에 바로 접하게 하며, 人物의 出身成分에 대한 구차한 전제를 없앰으로써 생동하는 인물, 현실성이 부여된 인물로 부각되게 하는 효과가 있다. 이는 古小說의 人物이 뛰어난 재능을 가진 영웅적 인물인데 비하여 신소설의 인물은 우리 주변에서 흔하게 접하게 되는 평범한 인물이라는 것, 신분적 제약이 없어진 인물이라는 점에서 독자들의 공감성을 친근감으로 유발시켜 주는 효과가 있다. 이를 달리 말하면 人物에 부여되었던 신분적 계층이나 능력적 초인성이 거세됨으로써 우리와 꼭 같아진 인물을 대하게 되었다는 것은 소설 속의 인물과 독자가 다르지 않다는 의식과 함께 평등성에 대한 작은 욕구를 동시에 만족시켜 줄 수도 있다.

다음 문제로 남는 것은 開化意志 가운데 淸으로부터의 獨立이다. 朝鮮朝의 역사적 관계를 지나치게 의식하여 淸의 세력을 견제하고 이로부터의 독립만을 강조한 나머지 日帝가 갖고 있는 야망을 간과하였으며, 더 나아가 역사적 결과론에서 보면 親日이 合理化되는 가장 큰 오류를 범하게 된다.111) 그러나 甲申政變 때까지는 王權 또는 國權에 대한 도전은 아니었음이 분명하다. 이는 金玉均이 끝까지 高宗을 옹위하고 있었음으로 보아 政權에 대한 야망은 있었지만 근본적으로 王權을 무너뜨리고 大權을 잡겠다는 야망은 없었다.112) 開化에 절대적 가치를 부여함으로써 日帝를 善隣으로 과신하였고 開化의 모델을 日本에 두고 있었다는 허점

---

111) 甲申政變 時 金玉均이 日軍隊의 힘을 빌어 거사하려 했으나 당시 淸軍의 개입으로 竹添公使나 村上中隊長은 퇴진해 버렸다. 政變 자체는 실패했지만 獨立開化黨이 日과 밀착했던 것만은 사실이었고, 이 일은 後일 日帝의 개입을 가능하게 한 빌미가 된다.
　震檀學會, 『韓國史』, 最近世篇(서울 : 乙酉文化社, 1965.), pp.615~652 참조.
112) 震檀學會, 『韓國史』, 最近世篇, pp.650~652 참조.
　金玉均, 朴泳孝 등은 日本公使館으로 피신하기까지 高宗을 모시고 있었다. 이는 大權을 잡아 정치적 개혁은 추진하려 했으나 國權 자체를 찬탈할 뜻이 없었음을 말해 주는 것이다.

이 결과적으로는 日本志向性만을 고조시킨 잘못을 가져 왔을 뿐이다.

이러한 急進開化의 사상적 맥락 위에 新小說이 놓여 있어 國權에 대한 인식이 빈약하고, 조선조 관리들의 非理나 부당한 행위에 대한 질타가 심하고, 親日的 성향이 강하게 나타나며, 開化意志만이 절대적인 것으로 전제된다.

> 새우 싸움에 고래 등 터지듯이, 우리나라 사람들이 남의 나라 싸움에 이렇게 참혹한 일을 당하는가…中略… 평안도 백성은 염라대왕이 둘이라. 하나는 황천에 있고 하나는 평양 선화당에 앉았는 감사이라.…中略… 평양 선화당에 있는 감사는 몸 성하고 재물 있는 사람은 낱낱이 잡아가니, ……113)

> 일청전쟁도 민영춘이란 양반이 청인을 불러왔답니다. 나리께서 난리 때문에 따님아씨도 돌아가시고 손녀아기도 죽었으니 그 원통한 귀신들이 민영춘이란 양반을 잡아갈 것이 올시다.114)

> 철환이 다리를 뚫고 나갔는데 군의 말이 만일 청인의 철환을 맞았으면 철환에 독한 약이 섞인지라 맞은 후에 하룻밤을 지냈으면 독기가 몸에 많이 퍼졌을 터이나 옥련이가 맞은 철환은 일인의 철환이라 치료하기가 대단히 쉽다 허더니……115)

<血의 淚>에 나타난 작가의식에서 이렇듯 당대적 문제들이 제시된다. 관리들의 非理에서부터 爲政者들의 불민함, 淸國의 惡德性 등을 폭로하고 있으며, 고의적이든 국제정세에 어두웠든 淸日戰爭의 책임이 민영춘에게 있는 듯이 표현하여, 排淸感情을 노골적으로 나타낸다. 이에 반해

---

113) 『韓國新小說全集 第1卷』, pp.17하단~18상단.
114) 『韓國新小說全集 第1卷』, p.24 하단.
115) 『韓國新小說全集 第1卷』, p.27 상단.

옥련을 죽음에서 구출해 주는 사람은 日人 軍醫 井上으로 되어 있으니 작가의식의 편향성은 뚜렷하다. 신소설에서는 主人公의 위기를 구출해 주는 사람은 대체로 日人이다. 구출해 줄 뿐만 아니라 다음 단계로는 外國 留學이 가능하도록 주선하는 일까지 하는 은혜로운 사람이 된다. 가끔은 日人이 아닌 外國人으로 되어 있기는 하지만 소설 속의 기능은 마찬가지다. 이는 古小說의 天上界나 超越的 救助者의 기능을 담당하도록 한 인물 배치가 新小說에서의 외국인이라는 말이다. 다시 말하면 先進國으로서 日帝·外國이 絶對善을 대신하는 기능적 구조를 가지게 되고 이에 따라 海外留學은, 古小說에서의 天上界의 능력을 이어받거나 빌어오는 의도와 유사한 점을 드러낸다고 하겠다.

이렇게 구출된 主人公이 해외유학에서 배워오는 것도 구체적으로 학문의 내용이나 지식의 정도를 드러내는 경우는 극히 드물고 대체로는 遊覽을 통해 先進文明을 보고 들어 見聞을 넓혀 온다. 아니면 商工業의 장래나, 교육의 필요성을 역설하는 계몽주의자적 자질만 갖추게 된다.

漸進開化派의 경우는 東道西器論을 앞세운 自律的 西歐文化의 수렴을 그 목표로 내세우고 있어 급진적 개혁보다는 현실적 권리, 구조를 무너뜨리지 않는 한도 내에서의 개혁을 요구한다는 점에서 急進開化派에 비하면 소극적이었다. 開化期 新聞에 실린 소설들은, 親日的 성향을 두드러지게 나타내는 爲政者에게로 화살을 겨누고 있거나, 잘못되어가는 현실 그 자체를 대상으로 삼고 있다.[116] 그러나 이들의 開化 意志는 민족적 자각과 애국심의 고취를 그 목표로 했다는 점에서 이 또한 理念性이 강조된 것임에는 틀림이 없다.

우리 나라 역사적 사실의 허구적 기술 또는 영웅의 傳記的 소설화, 나아가서는 西歐의 애국자전기 등의 소설류에서 발견되는 국권의식의 강조가

---

116) 金重河, 「開化期 新聞小說 <車夫誤解> 小考」, 『睡蓮語文論集』 第3輯 (1975.) 등 참조. 특히 開化期의 討論體小說類들이 거의 이에 속한다고 보겠다.

가장 좋은 예가 된다.[117)]

　이상의 고찰에서 보면 開化意志를 드러내는 바가 保守的 民族主義의 강조와 革新的 開化至上主義 수용 태도가 그 추구하는 理念이 다르다 하더라도, 그 理念 자체에 절대적 가치를 부여하고 있었다는 점에서, 그 두 방향이 때로는 적대감까지 갖게 했다고 치더라도, 理念 中心의 表象과 表現을 위해 小說 양식이 선택되고 있음에서는 同一하다.

　이렇게 보면 開化小說이란 문예미학적 小說觀에 의해 창작되고 읽혀진 것이 아니라 小說이 理念의 전달 매체 기능까지 떠맡아 있어 이것이 오히려 더 큰 구실로 여겨진 셈이다.

3) 開化期 理念의 偏向性

　지금까지의 論議를 종합해 보면 대충 다음과 같은 작은 결론을 도출해 낼 수 있다.

　첫째, 古小說이 추구하는 善性이 조선조 윤리관에 근거한 社會的 理念의 추상이란다면, 開化小說이 추구하는 開化意識 또한 당대의 理念性을 표상한다.

　둘째, 古小說이나 開化小說의 主題는 人生의 직접적 갈등보다는 社會的 變動과 要求에 부응하는 理念의 具體化·細目化에서 찾을 수 있다.

　셋째, 開化小說의 主題가 서로 상치되는 모습을 보여 준다는 표면적 이해보다, 당대의 사회적 여건과 社會的 要求의 투영에 의해서 갈등관계에 놓여 있다고 보아야 한다.

　넷째, 여기서 말하는 갈등관계에 놓여 있다는 것은, 古小說의 主題가 갖는 善意識이 開化小說의 開化意識으로 轉換이 이루어지는 과정에서

---

117) 이에 대한 상론은 다음 장에서 다루기로 하기 때문에 여기서는 생략한다.

발생한 방법론적 차이를 뜻한다. 달리 말하면, 善意識이 開化意識으로 轉移되는 과정에서 社會的 요구와 현실 인식의 시각적 차이가 하나의 조건으로 개입되면서 각기 달라 보이는 양상으로 나타나지만 이들은 그 근본에 있어서는 결코 별개의 것이 아니라 異種에 해당될 뿐이라는 말이다.

다섯째, 古小說이나 開化小說이 文藝美學的 경직성을 그 허점으로 공유하고는 있지만 敎導的 기능면에서는 理念의 전달 매체로서의 기능을 다하고 있다는 점에서 긍정적인 면을 가질 수 있다.

여섯째, 古小說이나 開化小說은 社會構造의 변화에 따른 중심과제를 그 내용으로 한다고 보았을 때, 社會變動으로 인한 중심과제의 변화는 있지만 그것의 투영이란 점에서는 크게 발전된 양상을 보여 주지 못하고 있다.

開化小說이 古小說에 대응하는 양식으로 開化期에 새롭게 등장한 것임에는 틀림없지만 실질성에서 보면 古小說이 갖고 있는 특질을 대체로는 그대로 계승하고 있다. 지금까지 논의한 理念의 表現이나, 當時代의 중심과제의 투영적 실체라는 점에서는 더욱 그러함을 잘 알 수 있다. 時代的 요청에 따르는 倫理觀이 반영되고, 그것이 갖는 理念性이 구체적 항목으로 갈라져 具體化된 모습이 다른 것은 理念이 갖는 偏向性에 기인되있음을 알 수 있다.

2. 國家權力意志의 强化

1) 軍談小說의 忠思想

開化期에 印出·發刊된 古小說 가운데 많은 양을 차지하는 것은 <劉

忠烈傳>, <蘇大成傳>, <趙雄傳>, <李大鳳傳>, <張豊雲傳>, <張景傳>, <龍文傳> 등의 軍談小說이다.118) 이들 古小說의 전개과정은 人物의 英雄的 一生에 해당된다. 英雄의 一生이 갖는 전형성에 따라 奇異한 출생에서 버려지고, 구원을 받고, 고난을 당하지만 그의 비범한 재능으로 해서 난관을 개척해 나가 出世와 貴人과의 결혼으로 끝난다.119)

軍談小說은 변화가 많고 변화에 따른 다양한 행동과 敵對的인 인간관계 意外的 후원자 출현 등이 흥미를 계속 유지시켜 준다. 더구나 超人的 能力을 가진 人物은 인간적 한계를 쉽게 뛰어 넘으며 호쾌한 행동이 시원스럽고, 문제 해결이 선명하다는 장점을 충분히 가지고 있는 小說類型이다. 거기에 곁들여 人物設定에 따른 역사성에 대한 인식까지도 덤으로 따라오기 때문에 독자의 흥미 유발에는 적절한 것으로 판단된다.120)

이러한 흥미 유발의 장치가 다양한 軍談小說의 이면에 숨겨진 作家意識은 身分回復·失權回復에 닿아 있다.

軍談小說의 作家層은 作品自體에서 檢出되는 바와 같이 失權의 兩班層으로 볼 수 있으며, 그들은 政界에 再進出하여 自己들의 政敵에게 復讐를 하고 權勢를 掌握하는 것이 그들의 慾望이었다. …中略… 그래서 그들은 朝廷의 變亂을 갈망했고 실제로 國亂以後의 權臣의 交替는 이루어지기도

---

118) 원칙적으로는 木板本과 活字本을 갈라 보아야 하겠지만 그 印出이나 다 開化期에 해당된다고 보면 크게 상관할 것이 아니다. 木板·舊活字를 통틀어 軍談小說은 많이 뻐뀐된 것이다. 또 엄격하게는 영웅소설과 군담소설이 그 변별요소에 의해 구별되어야 하지만 본고에서는 영웅소설 중 군담적 성격이 가미된 것은 편의상 군담소설류로 분류해 총칭한다.

119) 趙東一, 「英雄의 一生, 그 文學史的 展開」, 『東亞文化』 第10輯(1971.)에서 英雄의 一生을 7단계로 나누어 설명하고 있는데, 그 귀결은 대체로 결혼 이후 잘 살았다로 되어있다.

120) 軍談小說의 時代·地城 背景은 대체로 明代·中國으로 되어 있어 구체적인 역사성은 없다고 하겠지만, 歷史的 事實 자체의 이해보다 歷史的 意識을 일깨우는 기능은 있다고 생각된다. 역사적 의식이란, 과거의 사실을 아는 것보다 현재의 정확한 인식을 위한 기초가 된다는 점에서 중요하다.

했다. 그러나 國亂이 있다고 해서 반드시 自己들에게 再進出의 機會가
올 것을 保障할 수는 없었다. 따라서 그들은 이 國亂을 平征하는 英雄을
必要로 했다.121)

軍談小說의 作家는 英雄의 출현에 의해서 그들의 욕구를 실현하고자
하는 것이기 때문에 主人公 英雄은 作者層의 후손이나 作者自身들의 分
身이라 할 수 있다. 그들의 失勢 이유란 두말할 것도 없이 不正한 세력의
득세에 있다. 이때 正・邪의 판단에 따른 것이며, 旣定 權力에의 再進出
이 목적이기 때문에 權力者 또는 王權의 絶對的 신임에 의존하는 경향을
띤다. 다시 말하면 絶對權力者로서의 王을 頂點으로 하여 이를 正・邪
判斷의 基準으로 삼아 王權을 絶對 正으로 설정하고 있기 때문에 旣存王
權에 대한 敵對行爲는 전부 邪다.

失勢兩班의 입장에서 보면 失權을 회복하는 일은 絶對權力者의 부당
했던 판단을 바르게 잡는 것이요, 邪의 무리를 물리치는 것이며 絶對權力
者에 대한 絶對忠誠을 맹세함으로써 權力層에 復歸하는 것이다.

그러므로 軍談小說 主人公의 행위는 외관상 자발적이고 變革을 꾀하
는 것처럼 보이지만 실속에 있어서는 模倣이며 旣存權力과 旣存秩序의
옹호 또는 權力者・君主의 絶對化, 旣存性의 不變化 確保라는 의식에
놓여 있음을 보게 된다.

模倣行爲란 主人公의 行爲를 구속하고 지배하는 人物 또는 行動樣式
이 미리 주어져 있어서, 主人公은 이를 따르고 흉내내고 있다는 뜻이
다.122) 軍談小說에 있어서 주어진 人物 즉 仲介者(Model)는 君主다. 그는

---

121) 徐大錫, 「軍談小說의 構成과 作者意識」, 『啓明論叢』 第7輯(1970.), p.33.
   古小說의 작자는 거의 알려지지 않았다. 그러나 그 作家群이 어느 계층에 해당
   될 것인가를 추정해 낸다는 일은 무척 긴요한 일이다. 여기서 우리가 주목하는
   것은 古小說은 다만 서민의 기호물만이 아니었다는 증거를 軍談小說의 작가 추
   정에서 볼 수 있다는 것이다.

小說속의 직접적 행위에 참여함 없이 곁에 있고, 主人公의 敵對者도 아니며 邪人物의 직접적 敵對者도 아니다.[123] 다만 이들 갈등 인물들의 가치판단의 準據體로서 상징적 存在일 뿐이다. 이를 圖式化하면 다음과 같다.

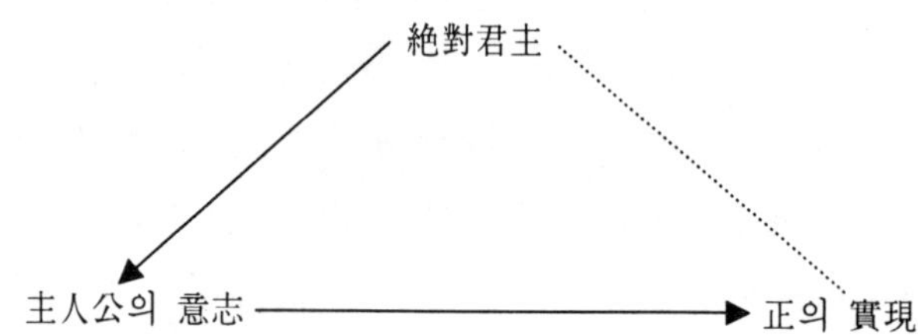

主人公의 행위란, 이미 설정된 絶對君主의 旣存秩序槪念의 지배를 받고 있어서, 이에서 벗어나지 못하며 스스로 판단하는 능력에 의한다기보다는 그것에 비추어 생각하고 그것을 옹호하는 일로 끝나버리기 때문에, 그 판단은 旣存性의 確保에 지나지 않는 것이며 엄밀하게는 慣習的 行爲에 불과한 것이다.[124]

결국 仲介者로서의 君主權力은 英雄의 意志實現에 의해 제자리를 확보하는 되돌이 관계의 頂點이다.

---

122) René Girard, 金允植 譯,『小說의 理論』(서울 : 三英社, 1977.) 참조.
　　여기서 말하는 모방행위란 主人公의 垂直的 上昇意志에 의해서 그가 추앙하거나 바라는 인물을 가정하고 그것에 따르려는 의지를 말한다. 軍談小說에서 王이 主人公의 추앙대상이 되면, 王의 절대권력이 主人公의 행위를 결정짓는다고 생각할 수 있다는 것이다.

123) 小說을 두 세력의 갈등 구조로 파악하려 할 때 모든 인물과 여건을 兩分해야 하는 극단적 대립을 예상할 수 있다. 그러나 실제 소설의 갈등 구조는 二分法으로 해결되지 않는 부분들이 많이 개입된다. 이러한 부분들의 捨象에는 무리가 있겠지만 편의상 이 논리를 근거로 했을 때 王의 존재는 그 자리가 분명해지지 않는다는 뜻이다.

124) 여기서 慣習的 行爲란 日常性을 뜻한다. 이는 倫理的 근거가 일반화되어 있고 모든 판단기준이 이에 準함이 통용된다는 것을 의미한다.

軍談小說의 갈등구조는 그러므로 敵對勢力과 主人公・英雄의 對決이면서 그 결과는 이미 내려진 상태, 勝敗의 판단은 이미 내려진 결과를 確認하고 제자리를 떠났던 질서를 회복시킴으로써, 失權回復・權力에의 再進出이 실현되는 것이다. 이러한 論理로 해서 軍談小說에서 발견할 수 있는 改革意志는 旣存秩序內에서의 調整意志 또는 部分的 修正에 지나지 않는다.

　　鄭漢潭의 讒訴로 燕北으로 귀양간 劉驥의 아들 忠烈은 白龍寺에 들어가 道僧을 만나 修學하고 甲胄와 寶劍과 위기에서 구출한다.

<劉忠烈傳>

　　宋 文帝時 右丞相 李斗柄의 讒訴 때문에 자결한 左丞相 趙正仁의 아들 雄은 右丞相의 살해 음모를 피해 山寺에 들어가 숨는다. 15세가 되어 藥山 道士를 찾아가 神劍을 얻고 鐵官道士를 만난 兵法과 武術을 공부하여 太子를 逐出하고 帝位에 오른 逆賊 李斗柄을 쳐부수고 太子를 다시 登極시킨다.

<趙雄傳>

　　明代 右丞相 王熹가 忠臣을 追放할 때 쫓겨난 李尙書의 아들 大鳳은 天竺國의 金華山 白雨庵에 가 道僧을 만나 修學하여 匈奴族의 위협 아래 있던 天子를 구출하고 王熹도 처형한다.

<李大鳳傳>

이상 예시한 것은 군담소설 중에서 가장 널리 알려진 대표적인 것에 불과하고 그 이외의 것들도 대개가 王權回復・國權回復 의식을 드러낸다. 때로 영웅소설로 군담소설적인 성격이 가미된 것에 불과하다고 하더라도 <張國振傳>이나 <張景傳> 등 속에서 國運이 위태로울 때 이를

바로잡기 위한 주인공의 활약은 항상 첨가되어 있음을 확인할 수 있다.

더구나 <張國振傳>이나 <趙雄傳>에서는 先代王이 죽고 太子가 登極하더라도 그 王權의 계승에 대해서는 결코 의심하지 않으며 王權이 곧 國權이란 의식이 지배적이다. 이는 忠誠心이 君主에 대한 것만이 아니라 바로 國家에 대한 것이며 國權의 承繼意識이 그대로 이어져 있어서 결코 흔들릴 수 없다는 것이다.

이것은 비록 주인공이 개인적인 고난을 당한다고 하더라도 그것은 곧 國權의 위기와 일치되고 있으며 개인적 고난 극복은 다음 國權의 위기 극복으로 이어져 있기 때문에 혼미한 상태에 빠졌던 秩序가 主人公의 復權과 함께 바로 잡힘을 뜻한다. 이는 改革의 대상이 王權이나 君主에로 향하지 않고 있음을 의미하는 것이다.

비록 軍談小說은 아니지만 主人公의 英雄的 行爲가 돋보이는 <洪吉童傳>에서 볼 수 있는 社會改革意志란 것도 庶孽의 차별대우를 없애려는 것이었지 絕對君主의 權力에 도전하지는 않는다. 오히려 善君主의 治政을 흐리게 하는 말단 권력 행사자들의 잘못을 징계함으로써 王權을 튼튼히 하고 있음을 본다. 이는 君主의 權力과 旣存秩序를 긍정적으로 받아들이는 것이며 극단적으로는 옹호하고 있는 것이다.[125]

軍談小說의 구조가 한 國家만을 배경으로 이루어질 때는, 王權에의 도전자가 邪惡한 敵對者가 되며 王權의 옹호로 끝날 수 있지만 國家間의 갈등이 개입되면 主人公이 소속된 國家權力 또는 君主權·王權만이 긍정받기 때문에 自主性·國權의 수호·옹호라는 의미로 강화된다.

完版本 <龍文傳>은 독립된 한 작품으로 印出되지 않고 <蘇大成

---

125) <洪吉童傳>의 연구는 여러 측면에서 이루어지고 있지만, 그 改革意志의 바탕에 대한 것은 비교적 적었던 것 같다. 鄭鈺東, 『洪吉童傳研究』(大邱, 螢雪出版社, 1965.)에서 <洪吉童傳>의 구조와 그 전개에 대한 연구가 본격적으로 시도되었 지만, 여기서도 그 背面에 깔려있는 旣存秩序의 옹호에 대한 논급은 미약했다.

傳> 뒤에 한 책으로 묶여져 나왔는데 이의 분석을 통해서 軍談小說의
主題意識은 아주 쉽고 분명하게 드러난다.126)

　<蘇大成傳>에서 蘇大成은 北胡를 平征한 공으로 魯王이 된다. 그런
데 <龍文傳>에서 龍文은 胡에 태어나 胡王에 忠誠해야 할 인물이다.
그러자면 明에 충성을 다하는 蘇大成과의 갈등은 필연적이다. 그러나 실
제로 그러하지 않다는데 문제가 있다.

　1. 蘇大成이 魯王이 된 후에 胡國 淸水江邊에 사는 龍薰의 아들로 태어나
　　다.
　2. 고기를 팔러 시장에 가던 龍文은 道人을 만나 仙境에 들어가 두 仙女와
　　佳約을 맺고 信物을 교환하다.
　3. 蓮花道人이 龍文을 데려다 10年 동안 兵法과 道學을 가르치다.
　4. 修學을 마치고 돌아오던 龍文은 神人을 만나 龍馬를 얻고, 또 靑衣童子
　　로부터 黃金甲冑와 双龍馬具, 龍賤劍을 얻다.
　5. 胡王이 父王의 원수를 갚는다고 吳王과 合勢하여 明을 칠 때 龍文을
　　대장으로 삼다.
　6. 蘇大成은 옛 스승 永保山 老僧으로부터 胡의 來侵과 龍文을 데리고
　　와야 이길 수 있음을 알게 된다.
　7. 蘇大成은 蓮花山에 신을 치고 蓮花道人을 모시고 胡와 싸우나 龍文을
　　당하지 못함.
　8. 龍文은 胡王과 魯王(蘇大成)을 비교해 보고 聖君을 만나지 못함을 한탄
　　하던 중 蓮花道人의 서신을 받다.

---

126) 柳鐸一, 『完板坊刻小說의 文獻學的 研究』(大邱 : 學文社, 1981.)에 따르면 <龍
　　文傳>은 <蘇大成傳> 뒤에 合綴되어 있는 것이다. 이는 아마 冊의 분량조절을
　　위한 것이 아니었을까 싶기도 하지만, 그 내용으로 보다 <蘇大成傳>의 후속 작
　　품임에 틀림없다.
　　金起東, 『韓國古典小說研究』(서울 : 敎學社, 1981.)에서도 <龍文傳>이 <蘇大成
　　傳> 뒤에 合綴된 사실을 언급하고 있으며 <蘇大成傳>의 후속 작품으로 보고 있
　　다.

9. 龍文은 明陣에 가 蓮花道人을 만나 不事二君이니 차라리 초야에 묻히고
   싶다고 하나 魯王의 擇君地賢의 권고를 듣고 이에 따름.
10. 胡王이 龍文의 아버지 龍薰을 가두고 위협하나 이를 듣지 않음.
11. 龍薰은 謀士의 도움으로 歸家하여 아들 龍文의 부름에 응하지 않음.
12. 龍文은 胡國王이 되어, 天定配匹 張丞相의 딸과 시녀의 딸을 아내로
    맞다.

이 줄거리를 살펴 보면 몇 가지의 문제가 드러난다.

첫째, 胡國人 龍文이 胡國을 버리고 明에 歸順하는 일이다.

둘째, 敵對關係에 놓아야 할 인물 蘇大成과 龍文이 갈등을 일으키지 않고
和合한다. 결국 이들은 싸움을 통한 優位獲得을 목적으로 하지 않는다.

셋째, 龍文의 아버지 龍薰은 明에 귀순한 아들을 따르지 않고 그대로
胡國에 머물러 있다.

이 문제에 대해서는 크게 두 가지 해석이 가능하다.

첫째, 龍文의 明 歸順 문제는 작자의 확정과 관계를 지어 보았을 때,
同一作者에 의한 처리로 볼 수 있다. 만일 이를 용납한다면 <蘇大成傳>
이 먼저 쓰여지고 그 뒤를 이어 <龍文傳>을 쓸 때 明을 근거로 했던
국가관을 배반할 수 없다는 의식이 龍文을 歸順으로 처리할 수밖에 없었
을 것이다. 그러면서도 胡의 입장에서 보면 不事二君의 論理에 어긋난
처리를 그대로 둘 수 없었던 作家意識은 그 合理性을 위하여 '擇君之賢'
의 새로운 論理를 創出해 낸 것이라 보인다. 그러나 大義名分으로서의
不事二君은 '擇君之賢'의 論理만으로 대적하기 어렵기 때문에 龍薰의
投獄이라는 또 다른 희생을 첨가시키지 않을 수 없었다. 이것으로도 충분
하지 못하여 셋째의 문제, 龍薰은 아들 龍文을 따라 明으로 가지 않고
끝내 胡國에 남도록 하는 異例的 처리가 뒤따르지 않으면 안된다.

이러한 어려운 과정을 거쳐서 龍文이 明을 섬기고 胡國王이 된 것은,

明과 胡의 優位 다툼에서 明을 전제한 <蘇大成傳>의 성립이 先行되었고, 明의 國權尊重意識作用이 절대적인 것으로 옹호되기 때문이다. 그러나 不事二君의 論理는 그 對象의 善惡·正邪의 판단 이전의 倫理的 命題임을 龍薰의 행동을 통해 보여준다는 점에서 亂世의 處世術이 갖는 모순성을 동시에 드러내는 것이 <龍文傳>이라 하겠다.

이러한 理念的 命題가 중시되고 보면 小說의 성립을 위한 갈등구조가 나약해질 수밖에 없고, 그 결과로 둘째 문제인 蘇大成과 龍文의 직접적 대립·갈등을 없애버린 과정은 자연스럽다.

다음 또 다른 해석의 가능성이 남아 있다. 이는 英雄의 규합이란 차원에서의 해석이다. 亂世를 英雄의 優位 다툼으로 보지 않고 이들의 힘을 하나로 모음으로써 해결하려는 作者意識인데, 이는 專制國家의 旣得權力을 옹호하고 절대시하는 입장에 서지 않으면 안된다. 이에 따라 先作 <蘇大成傳>의 明을 旣得權力으로 확정하고 이에 따라 胡의 龍文은 明을 따르게 한다는 것이다. 이 해석 방법에도 먼저 作者意識 속에서의 正邪·善惡 判斷이 이루어져 明을 선택하고, 이에 따라 不事二君의 論理를 세운 다음에 龍文으로 하여금 明을 따르게 했다고 보아야 하기 때문에 龍文의 행동 이전에 不事二君의 論理가 작가의 의식 속에 이미 성립되어 있다고 하겠다.

결국 어떤 해석이든 作家意識이 明國權力을 옹호하고 있기 때문에 龍文의 明 歸順을 合理化시켜야 했고 그래서 擇君之賢의 새로운 論理를 만들어내게 되었다는 점에서 일치한다.

軍談小說 속의 作家意識이 失權回復, 權力에의 再進出에 있다고 하지만 이것이 표면상 나타날 때는 忠誠心의 고취, 愛國的 行動이 될 수밖에 없고, 그것은 不事二君의 論理 위에 서는 것이지만 이러한 主題 이외에 곁들여진 요소들도 무시할 수는 없다. 그 가운데 가장 분명한 것은

亂世에 대한 인식이다. 國家權力이 위기에 처해 있다는 위기의식 고취가
主題에 선행되는 인식이다. 다음은 위기 극복과 英雄出現의 기대감 충족
이라는 점도 빼놓을 수 없다. 위기의식에 대한 해결, 보상작용으로서의
亂局克服 또는 國權回復은 主人公에 집중되어 있던 흥미를 보다 높은
차원으로 끌어올리는 작업이다. 이와 함께 王權天賦性에 대한 신뢰감도
보태진다.

새로운 權力의 출현으로 기존 권력과의 대결이 불가피할 때 그 정당성
을 어디에 두느냐에 따라 작가의식의 놓임이 드러난다고 했을 때, 기존질
서나 권력 자체의 부패 또는 불합리성에 대한 인식이 강하면 강할수록
새로운 權力의 출현이 당위성을 띠게 된다. 그러나 이와 반대일 때는 아무
리 큰 權力이 새로운 도전으로 일어난다 하더라도 끝내 기존 權力에 패배
할 수밖에 없는 것으로 처리된다. 군담소설에서 보인 작가의식은 항상
既存王權에 정당성이 주어져 있으며 그것은 人爲的 충돌이나 도전으로
서는 깨뜨릴 수 없다는 절대규범으로 설정되어 있음을 본다.

軍談小說은 단편적 意味群과 主題의 복합체다.[127]

특히 軍談小說의 골격을 이루는 實權者들의 復權意識이 복잡하면 할
수록 첨가적 요소들은 많아지므로 소설의 내적 구조는 복잡해진다. 예로
<趙雄傳>은 군담소설의 골격에 主人公의 結緣譚이 첨가되면서, 복잡한
사건의 흐름이 애정소설적인 면을 띠게 된다. 이는 <張國振傳>도 역시
마찬가지다. 뿐만 아니라 군담소설에서 흔히 발견되는 구원자나 助力者
가 제시하는 結緣은 主人公의 안정된 생활 보장과 현실적 충족감을 일시
적으로 줄 수 있다는 점에서 가장 손쉬운 첨가 요소가 된다. 때문에 그

---

127) 어떤 소설에서도 그러하겠지만 中心 主題 또는 表面的 主題 이외에 여러 다른
　　부분이 갖는 의미들을 완전히 배제해 버릴 수 없다. 그렇다고 단편적이고 부분
　　적인 의미가 전체를 지배하는 主題라고 볼 수 없기 때문에 이들의 集合이 그 소
　　설의 의미구조라고 보아야 하지 않겠는가 생각된다.

첨가요소나 부분의 독립적 의미는 여러 층의 독자를 동시에 포용할 수 있는 가능성을 내포한다. 이것이 독자들의 여러 가지 욕구를 동시에 만족시켜줄 수 있는 군담소설의 큰 장점이 되기도 한다.

2) 歷史·傳記小說의 自主意識

小說이 虛構的 구조 속에서 이루어지는 藝術이라는 인식이 뚜렷해지는 것은 近代文學에 이르러서다. 開化期의 小說觀은 그것이 藝術이라는 인식보다는 어려운 시대 상황 속에서 理念과 思想의 전달 매체로서의 기능을 더 중시했던 것 같다. 때문에 그들이 버티고 서 있는 倫理的 근거 또는 도덕적 가치 실현을 위한 수단에서 벗어난 소설들은 여지 없이 몰아붙여지고 있음을 볼 수 있다. 이때 문제가 되는 것은 그들의 도덕적 기준이 무엇이며 그들의 理念이나 思想이 어떠한 것인가 하는 것이다.

대체로 開化期 新聞의 발간은 開化意識이 투철했던 인사들에 의해 이루어졌기 때문에 그들이 근거하고 있는 開化의 방향 또는 志向이 理念과 道德的 가치 기준이 된다.

彼가 萬壹 社會及 國家에 對ᄒ야 壹半分 公益上의 思想이 有ᄒ진디 <羅賓孫漂流記>와 如ᄒ 奇文을 譯ᄒ야 國民의 冒險心을 鼓발홈도 可ᄒ며 <若安貞德救國記>외 如ᄒ 壹小史를 著ᄒ야 國民의 愛國性을 鑄造홈도 可ᄒ거날 今世에 不然ᄒ야 彼도 不爲ᄒ며 此도 不爲ᄒ고 只是 牟利的 起見으로 爲妾辨護의 <鬼의 聲>과 如ᄒ 小說을 著ᄒ야 社會上의 道德만 破壞ᄒ고…128)

이 글은 『大韓每日申報』의 論說 <演劇界之 李人稙>의 한 부분이다.

---

128) 『大韓每日申報』, 第949號, 1908年 11月 8日.

新小說의 작가 李人稙의 所作 <鬼의 聲>이 도덕을 파괴한다고 까지 몰아붙이면서 애국심을 고취하는 저술을 하지 않는다고 꾸짖고 있다. 小說이란 국민의 마음을 어느 방향으로 이끌고 나아가는 선도적 기능을 가지고 있어야 하며 그 교훈성을 버려서는 안 된다는 것이 당시대의 소설이 요구하는 것이었다.

> …小說이 國民을 强혼데로 導호면 國民이 强호며 小說이 國民을 弱혼데로 導호면 國民이 弱호며 正혼데로 導호면 正호며 邪혼데로 導호면 邪호나니 小說家된 者ㅣ 맛당히 自愼홀비어날 近日 小說家들은 誨淫으로 主旨를 숨으니 이 社會가 쟝추 엇지 되리오.129)

이는 『大韓每日申報』의 「談叢」에 실린 글이다. 『大韓新聞』에 연재되는 <漢江船>을 비평하는 글인데 이 작품이 誨淫하여 사람을 죽이는 것과 같다고 질타하고 있다.

이러한 小說觀이 특히 『大韓每日申報』를 중심으로 펼쳐진 理由는 이 신문의 성격에서 우선 짐작할 수 있다. 이 신문은 裵說과 梁起鐸에 의해 창간된 民族紙에 해당된다.130) 민족의식과 애국심을 고양하기 위해 발간된 신문이며, 그 편집은 申采浩, 安昌浩, 李甲 등이 맡고 있었다는 사실에서 이 신문의 성격이 더욱 뚜렷해진다.

開化期에 요구되던 民族意識과 애국심이 가장 절실한 것으로 받아들

---

129) 『大韓每日申報』, 第1255號, 1909年 12月 2日.
　「談叢」은 『大韓每日申報』의 고정난에 해당된다. 여기에는 論說的 성격의 글도 실리고, 記事的인 것, 때로는 短形敍事體가 실리기도 했다.
130) 李海暢, 『韓國新聞史硏究』(서울 : 成文閣, 1971.) 참조.
　이에 따르면 『뎨국신보』, 『皇城新聞』, 『大韓每日申報』 등이 민족자본에 의해 출간된 민족지였다. 그러나 같은 민족지라고 해도 『萬歲報』는 新文化의 수입을 권장한 데 비해 앞에 든 신문들은 外勢 침략에 대항하는 논조를 펴고 있다는 점에서 특히 민족의식과 애국심 앙양에 큰 몫을 했다고 보여진다.

여진 것은 비교적 후기에 해당된다. 그것은 日帝의 침략적 내심이 구체화
되면서 反封建이란 목표가 自主性 속에 수렴되기 시작하는 갑오경장 이
후이며, 대중매체가 급속도로 발달하고, 鉛活字의 수입에 의해 인쇄방법
에 개혁이 올 때와 대체로 일치한다. 1905年 전후해서 學會의 결성이
갑자기 많아지고 신문의 발간이 활발해지면서, 민족의식 고취, 애국심의
고양을 위한 신문과 親日的 성향을 지닌 것, 또는 日人에 의한 신문 발간
이 표면에 떠올라 대립과 갈등을 빚게 된다.131) 갈등 속에서 민족의식을
고취하려는 민족지를 중심으로 주로 연재되었던 소설이 바로 역사·전기
소설이다.

한편 1905年 전후로 단행본 소설 발간이 활발해지는데 특히 애국심과
민족주의적 성향을 지닌 外國偉人傳, 歷史的 기술이되 특히 自主性을
쟁취해 가는 과정이나 그러한 성격에 부합되는 歷史書가 大種을 이루게
된다.132) 지금까지 밝혀진 것만도 20種이 넘어 있는 것으로 보면 당시대
에 保守性向의 開化를 주장하던 이들이 敎育立國과 함께 愛國 民族主義
의 계몽을 얼마나 힘주어 했는가를 쉽게 알 수 있다. 여기서 한걸음 더
나아간 것이 愛國的 英雄의 出現에 대한 기대다.

　　無涯生이 曰 我國 二千萬口가 繁衍至二千億二千兆도 非我所祝이라 我
　　所祝者는 只是 我國에 有愛國者며 我國 三千里地가 延長至三萬里三億里

131) 李海暢, 『韓國新聞史硏究』, 참조.
　　　日人에 의한 신문 발간은 상당히 빨랐던 것으로 1894年 2月에 釜山에서 『朝鮮
　　　時報』를 비롯하여, 大邱의 『大邱實業新報』(1905), 仁川의 『朝鮮新報』(1902) 등
　　　각 지역에서 나왔다. 서울서는 『大韓日報』(1904.3.10), 『大東新報』(1904.4), 『
　　　中央新報』(1906), 『京城日報』(1906), 『國民新報』(1906.1.6), 『大韓新聞』
　　　(1907.7.18) 등이 나와 民族紙와 상치되는 논설을 펴고 경쟁적인 기사를 실을
　　　뿐만 아니라, 연재되는 소설도 그 주제가 서로 맞보는 것을 실었다.
132) <伊太利建國三傑傳>(1906), <比斯麥傳>(1907), <華盛頓傳>(1908), <聖彼得大
　　　帝傳>(1908), <라란부인젼>(1907), <외국부인젼>(1907) 등의 출간이 그것이
　　　다.

> 도 非我所願이라 我所欲者는 只是 我國에 有愛國者며 ……愛國者가 無ㅎ
> 면 虎吻耽耽에 皮肉이 鑠盡ㅎ고 屠刀霍霍에 苦痛이 滋甚ㅎ리니 其誰保之
> 며 其誰教之리오……133)

<伊太利建國三傑傳>을 번역한 序文에서 申采浩가 밝힌 출간 이유
다. 결국 愛國者의 출현, 救國的 영웅의 출현을 기대하는 마음에서 이태
리 근대사의 세 기수의 전기를 번역한다는 것이다.

> 苦我國은 一手로 獨立山河를 整頓ㅎ며 一劍으로 百萬强敵을 殺退한 眞
> 英雄의 大戰跡도 如此抹殺ㅎ니 兩國後來 强弱의 異點이 엇지 此에 不在
> 타 ㅎ리오 過去의 英雄을 寫ㅎ야 未來의 英雄을 招ㅎ노라.134)

申采浩는 <大東四千載第一大偉人乙支文德>의 서술 목적을 이렇게
말했다. 이는 앞서 <伊太利建國三傑傳>이 外國의 人物을 원용한 간접
적 효과를 노린 것이라면, 그보다 직접적이고 절실한 우리 나라의 인물로
서 乙支文德을 택한 것이다. 이 외에도 申采浩는 <李舜臣傳>과 <崔都
統傳>을 썼다.

이 모든 저술 활동에서 우리는 申采浩의 작품이 바로 문학적 성과로서
는 뛰어나지 않았다 하더라도, 민족의식과 愛國心의 고양, 나아가 영웅적
人物의 출현을 기대하는 간절한 소망의 실현에 저술 목적이 있었음을
짐작할 수 있는 것이다.

이는 申采浩 한 개인의 의지나 바람이 아니고 開化期 애국적 교육입국
을 주장하고 있었던 志士나, 민족 계몽의 선봉에 서 있었던 이들의 공통적
인 희망이었다.

---

133) <伊太利建國三傑傳> 序文.
134) 申采浩, <을지문덕(乙支文德)>(서울 : 廣學書舖, 1908.), 참조.
　　　이 책은 國漢文混用體로 되어 있는데, 인용문은 序論의 끝부분이다.

張志淵이 <이국부인젼>을 쓴 것도 바로 이러한 의도임에 틀림없다. 비록 그 인물이 시간적으로 4世紀의 相距가 있는 프랑스 女人임에도 불구하고 당대의 현실적 여건과의 상관성을 고려한다면 잔느·다르크의 구국 정신이 開化期에 필요한 정신임을 역설하려 했음에 異論이 있을 수 없다.

 비록 그 제재를 다른 민족의 구국 영웅의 전기에 두면서도 실은 자국의 국가적 위난에 대하여 그것을 간접 매개로 해서 전국민적 결속을 고취하고 있을 뿐만 아니라 저항의 정신을 감발시키고 있다. 이때 역사는 현실 속에 살아 있다. 즉 현실에 살아 있도록 하기 위해서 역사적인 권위상에 대해서 각별한 가치 부여를 하고 있는 것이다.135)

歷史·傳記小說의 당대적 의미를 李在銑은 이렇게 力說하고 있다. 결국 當代의 문제를 현실적으로 해결할 수 없고, 직접적인 노출이 어려웠을 때, 그것은 우회적인 방법으로 대처하는 도리밖에 없었을 것이다. 그것이 역사적 相似性이나 意味의 연계성을 이용한 역사·전기소설에로의 轉向이었음을 알 수 있다. 때문에 이러한 소설에 투영된 作家意識은 民族自主精神이라 하겠다.

 그것은 한마디로 민족 자주사상이다. 자주사상은 곧 민족의 독립과 자유를 지키려는 사상이다. 외세의 침략에 내한 심리적인 항쟁일 뿐만 아니라 행동적인 저항의 대상으로서 민족의 기본적인 생존권을 지키자는 조국수호의 사상인 것이다.136)

民族自尊과 祖國守護를 위한 항쟁은 時代나 民族的 차이를 뛰어넘는

---

135) 李在銑, 『韓國現代小說史』(서울 : 弘盛社, 1979.), p.193.
136) 李在銑, 『韓國現代小說史』, p.191.

정신으로, 同質的 감동으로 독자에게 전달된다.

이때 소설은 외형적 특징으로 판별되는 문학의 양식이 아니라 보다 절실한 理念과 理想을 직접 전달하고, 그 인물의 행동성이 典範으로 전달되기를 바라는 단순한 情報 傳達의 媒體機能에 머물러 있어도 좋은 것이다. 이러한 생각에서 출발해 본다면 소설이 기본적으로 갖추어야 하는 叙事構造는 한발 물러나 버리고, 理念의 공통성, 目的性 가치 기준에 부합될 수 있는 것이면 모든 것을 다 용납하게 된다.

開化期에 소설이 아니면서도 널리 읽히고, 그것의 기능이 소설에 가까울 수 있었던 것은 歷史認識을 일깨우는 것들이다. 그 좋은 예가 『趙南亡國史』, 『法國革命史』, 『波蘭亡國史』, 『埃及近世史』, 『美國獨立史』, 『大韓歷史』 등의 역사서들이다.137) 이들은 史書에 지나지 않아 보이지만, 기실 그 내용은 民族的 고난과, 國家的 위기를 담고 있으며 나아가 그 나라가 어떻게 멸망하게 되었으며 外來勢力에는 어떻게 저항했는가를 소상히 알려주는 기능을 담당할 수 있었다.

民族·國家的 위기에 대한 인식과 民族·國家를 守護하기 위한 노력의 처절함이 그대로 드러나 있어서, 비록 그것이 外國의 것이라 하더라도 역사현실의 유사성으로 當代 한국 독자들에겐 충분한 의미와 충격을 줄 수 있었다. 民族·國家觀의 확립과 愛國·愛族心을 고양하고 나아가 民族 自主精神을 고취하는 데는 歷史·傳記小說과 다를 바 없는 효과를 歷史書도 가질 수 있었다.

史書는 歷史的 사실을 알려 주는 지식의 전달서이면서 歷史意識을

---

137) 이들의 출판 목적은 먼저 新敎育의 敎材로서의 가치였을 것이다. 그러나 이들이 다만 지식의 전수를 위한 것으로 읽히지 않고, 歷史意識의 고양이나 격변하는 時代認識의 자료적 가치를 자연 띠게 되었다. 그 이유는 歷史의 全史的 성격을 띤 것도 있지만 대체로 變亂 中心으로 되어 있거나 近代史로 이행하는 과정을 중점적으로 다룬 것에서 연유하는 것이다. 이 외에도 『法蘭西新史』, 『拿破崙戰史』, 『普法戰記』, 『比律賓戰史』, 『日露戰記』 등이 있다.

분명히 하게 할 뿐만 아니라, 그러한 歷史 속의 偉人·英雄的 人物의 행적은 그대로 歷史·傳記小說과 同質的인 것으로 인식되기도 했다. 그 좋은 예는 申采浩의 <乙支文德>의 記述體系가 소설적 허구성에 바탕을 둔 것이기보다는 歷史記述方法에 입각하고 있음에서 발견할 수 있다.[138]

이렇게 小說과 歷史的 事實 사이의 거리가 좁혀지는 當爲性을 인정하지 않는다면 歷史·傳記小說은 설 자리가 없다. 歷史·傳記小說을 인정하는 입장에서, 그것의 當代的 意味를 統合하는 軸은 愛族·愛國心이 民族自主 思想의 고취가 될 수밖에 없다.

3) 主權意志의 表象

變動期 社會에 나타나는 志向性은 크게 두 개의 방향을 갖고 있다. 하나는 保守的인 것이요, 다른 하나는 改革的인 것이다.[139] 이 두 개의 志向性은 다음 社會의 安定期에 들어가기까지 쉽사리 양보하지 않는 힘으로 相對的 勢力을 구축하여 갈등 관계에 놓인다.

保守志向은 지금까지 지니고 있었던 價值體系와 文化的 中心象徵을 固守하려 노력하면서 變化에 대해서는 敵對感을 나타낸다. 때문에 새로움에 대해 심한 혐오감과 함께 復古的 方向을 設定하고 이의 추진을 위한

---

138) <崔都統傳>, <李舜臣實記> 등은 第一章 緖論으로 시작되어 끝은 結論으로 맺는다. <乙支文德>은 第一章 乙支文德 以前의 韓漢關係로 시작되어 역시 結論이 맨 끝에 놓인다. 이는 소설 기술이 아니라 歷史記述體系에 따른 것이라 보아야 옳다.

139) S. N. Eisenstadt, 『近代化』, 참조.
社會變動期에 나타나는 文化的 主要主題는 傳統主義的 志向과 과격한 反傳統主義的 志向으로 나타나는데, 前者는 전통이 침식당하는 것에 대항하는 것이고, 後者는 社會變動에 따른 自律的·文化的 창조력을 過信하는 경향을 보인다고 한다. 이들은 다 함께 엘리트주의에 젖어 있어 선구자적 기질을 나타내게 된다고 한다.

노력에 많은 희생을 치르게 한다.

開化期는 단순한 變動期가 아니라 民族과 國家의 自主性이 위협받는 지극히 비극적이고 劇的이라 할 정도의 激變期에 해당된다. 때문에 두 개의 志向性이 갖는 敵對感 또한 격렬한 것으로 나타나고, 保守志向이 지키려는 價値體系나 文化的 中心象徵은 더욱 완고한 성격을 띠게 되는 한편 改革志向은 이를 무너뜨리려는 노력이 여러 가지의 變形으로 또 집요하게 나타나게 되면서 갈등을 고조시킨다.

開化期 歷史・傳記小說은 保守志向의 대표적인 서사양식이다. 그들은 改革自體가 敵對性을 띤 것으로 간주하며 그들이 보여 주는 價値體系나 새로운 文化的 象徵은 타락으로 몰아붙이게 된다.140)

保守志向은 復古調의 형식과 文化的 象徵體系를 固守하려 하기 때문에 開化를 긍정하는 한이 있어도 保守的 通路를 통하려 하고, 이에 따른 文化的 變身만을 수용한다.

開化期 西歐文化 輸入 通路는 中國과 日本이라는 二大 仲介國으로 열려 있었음은 周知의 사실이다.141) 때문에 開化論者의 태도는 이 두 通路 中 어느 것을 택했느냐에 따라 조금씩 다르게 나타날 수밖에 없다.

먼저 中國이 漢字를 사용하고 있다는 점 —비록 白話體를 사용했다고 하더라도 초기 白話體가 漢文에서 크게 벗어나지 않는다는 점을 고려에 넣어야 한다—에서 漢字 解得者의 경우 어렵지 않게 수용할 수 있는 利點이 있다. 또 中國과 우리 나라의 지금까지 관계로 보았을 때 日本에 비해

---

140) 開化主義는 대체로 反傳統主義的 엘리트 의식이 강한 집단에서 變化를 촉구하는 방향으로 文化的 창조력을 드러내기 때문에 소위 新小說계열 중에서도 西歐指向, 自由戀愛, 海外留學 등과 같은 내용을 다루게 된다. 이에 맞서는 傳統主義적 志向은 이러한 새로운 것에 거부 반응을 보이게 되며, 특히 自由戀愛는 不道德으로 몰아붙인다.

141) 李在銑, 『韓國開化期小說研究』(서울 : 一潮閣, 1972.), pp.143~173에서 文化輸入의 통로로 日本과 中國을 함께 생각해야 한다고 주장했다. 이 중에서도 中國通路를 지금까지 소홀히 한 점은 잘못이라 지적하고 있다.

훨씬 친근하다는 점도 利點이 된다. 歷史·傳記小說이 漸進開化派 人物들에 의해 주로 고무되고 있다는 점까지 고려해 보면, 中國 通路의 영향은 至大한 것이었음을 알겠다.142)

開化期 中國 通路에 서 있었던 가장 중요한 人物은 梁啓超다. 그의 저술『飮氷室文集』은 申采浩·張志淵 등에게 큰 영향을 끼쳤을 뿐만 아니라, 그의 저작들이 주로 번역·번안되어 소개된·바가 많다.『越南亡國史』,『瑞士建國誌』,『意太利建國三傑傳』,『意太利建國誌』등은 모두 梁啓超의 저술을 번역·번안한 것임이 이미 입증되고 있다.143)

歷史·傳記小說이 保守志向에 놓여 있으며 中國 開化의 영향권 안에 놓여 있다는 사실은 매우 중요하다. 이는 開化의 방법에서부터 中國에 傾倒되는 친근감과 復古的 성향의 절대적 價値體系가 그대로 존속되고 있음을 뜻하기 때문이다. 이는 달리 말하면 變化라기보다 舊價値體系가 固守요 변화에의 기대도 최소화시키는 一面이 강조되고 있었음을 뜻한다. 여기서 開化期의 小說共存現象을 해명할 수 있는 길이 열린다.

價値體系가 그대로 존속하고 있으며 變化에의 기대는 최소화된 상태에서의 독서 경향은 이미 설정되는 것이다. 復古的 性向은 開化期의 혼돈 속에서 쉽사리 復古說에 접근을 가능하게 하였을 것이고 그것은 결코 어려운 것이 아니었을 것이다. 여기에다 歷史·傳記小說의 理念과 軍談小說의 主題意識은 결코 相衝되지 않는다는 점에서 더욱 그 가능성은 높아신다.

國亂의 위기에 忠誠心을 요구하는 것은 자연스러운 귀결이다. 그것은

---

142) 開化期 新聞連載 小說을 보면 民族紙에서는 歷史·傳記小說類를, 親日新聞에서는 自由戀愛를 다룬 소설류가 많이 있다.

143) 梁啓超가 開化期 우리 문학에 큰 영향을 끼쳤다는 사실을 특히 강조한 연구가는 李在銑이다. 당시의 文學觀, 小說觀 등이 梁啓超의 영향하에 있었고, 또 그의 저술이 일찍부터 우리 나라에 소개되었을 뿐만 아니라 그의 저작물이 번역되었다는 사실도 이미 밝혀졌다. 이에 관해서는, 葉乾坤,『梁啓超와 舊韓末文學』(서울 : 法典出版社, 1980.)에서 상세하게 다루고 있다.

既存權力體系를 옹호하는 것이며 國家를 위기로부터 보호하고 지키려는 意志이기 때문이다. 더구나 그것이 한 國家의 國內的인 문제가 아니고 外國과의 갈등이었을 때는 더욱 그러하다.

歷史·傳記小說이 우리 역사 속의 偉人만을 대상으로 하지 않고 外國의 志士를 원용하고 있음을 보면, 그 국적이나 時代的 相距는 결코 벽이 될 수 없음을 알 수 있다. 더욱이 外國人을 主人物로 한 소설에서조차 作者의 意識 投影이 직접 드러나 있음을 본다면 理念과 主題意識의 同質性 確保가 용이한 軍談小說이 歷史·傳記小說과 함께 읽히는 것은 극히 자연스러운 현상일 것이다.

> 슬프다. 이쩌 아리안셩은 도마우에 살덤이요 가마안의 고기라 엇지 위터ᄒ지 아니리오. 옛적 우리나라 고구려 시더에 당티종의 빅만 군병을 안시성 티수 양만춘이 능히 항거ᄒ여 빅여 일을 굿게 직히다가 맛춤니 당병을 물리치고 평몰케 ᄒ엿스며 고려 강감찬은 슈쳔병으로 걸안 소손녕의 삼십만 병을 물리치고 손경을 보젼ᄒ엿스니 아지 못커라 법국은 이쩌에 양만춘 을지문덕, 강감찬ᄀ튼 츙의 영웅이 뉘있는고.[144]

잔다르크의 傳記를 쓴 <이국부인젼> 속에서 張志淵은 이렇게 말하고 있다. 비록 그것이 프랑스의 역사적 인물의 구국 항쟁이라 해도, 이에 맞먹는 우리 역사적 인물을 대비시킴으로써 독자에게 한갓 事實의 전달이 아닌 구국 항쟁 정신을 고취시키려는 의도가 역력히 드러나고 있다.

歷史的 同質性·相似性을 이용한 民族自主性의 고취라는 점에서, 그것은 愛族愛國心을 심는데 충분히 이용할 만한 것이다.

---

144) <이국부인젼>, 제2회 끝부분.
　　위기의식의 대비, 영웅적 인물 출현에의 기대, 이러한 작가의 의지는 단순한 外國偉人傳 記述者로 만족하지 못하고 한국 현실 속의 기대감까지 여기에 쏟아 놓은 것이다.

이에 비한다면 軍談小說은 그 背景이 中國이요, 忠誠心 고취를 위한다는 점에서 外國의 偉人傳과 크게 다르지 않다. 오히려 歷史的 친근감, 開化 通路의 一致點에서는 더 가깝게 느껴질 수 있는 것이다.

前代的 理念으로서의 忠誠心과 不事二君은 當代의 愛族·愛國·民族 自主性에 상응하는 개념이다. 국가와 민족이 위기에 처해 있다는 위기의식과 國家·民族의 自主性 확보라는 점에서는 軍談小說이나 歷史·傳記小說이 다르지 않다. 더구나 軍談小說의 英雄出現은 國亂克服의 실제성을 구체적으로 돋보이게 하고 있으며, 時代的 相距에도 불구하고 傳統的 倫理觀과 保守性을 짙게 깔고 있어서 保守志向의 目標와 쉽게 호응하고 이를 뒷받침해 주는 기능까지도 발휘할 수 있는 것이었다.

文化的 中心象徵이 그대로 보존되어 있으며, 改革意識이 既存秩序 속에서의 變化만에 머물러 있고, 國權과 君主權力을 절대시하는 의식은 開化期 國權喪失의 위기감에 대한 보상작용을 충분히 하고도 남을 수 있는 것이다.

忠·不事二君의 倫理觀과 民族 自主性은 결코 兩分되는 理念이 아니다. 開化期의 중대 과제였던 自存·自主가 國權의 喪失이라는 위기감 위에 놓여 있는 한 그것의 前近代性이라는 허물만으로 배척될 수 없는 倫理的 合法性을 확보할 수 있다. 단순히 時代的 서리감이나 表現의 차이만으로 理念의 一致性을 깨뜨리기엔 너무나 급박한 상황이 開化期였음을 감안한다면 忠·不事二君과 自主性은 하나의 理念의 異稱에 不過함을 인정해야 한다.

理念의 대립과 갈등이 심각한 變動期 社會에서 表現의 차이나 文學樣式의 변별 요인은 큰 기능을 하지 못한다. 自主思想이 小說樣式을 취하지 않았다고 해서 愛國歌辭類를 버릴 수 없듯이, 軍談小說의 倫理性은 復古的 文化象徵의 가장 뚜렷한 실체이기 때문에 歷史·傳記小說과 同等한

意味體系 속에 놓일 수 있는 것이요, 더 나아가 歷史・傳記小說이 當代에 자리잡을 수 있는 旣存地盤 형성에 큰 몫을 한 것으로 평가해야 할 것이다.

그러므로 忠・不事二君의 倫理性은 自主思想에 대한 命題이면서 前提요 綜合命題일 수 있고, 自主思想은 前代 倫理性의 계승 발전에 의한 새로운 命題의 表現에 지나지 않는다.

3. 時代意識과 個人의 自由

1) 古小說의 反封建的 平等倫理의 限界

古小說이 英・正祖 時代에 크게 융성하게 된 원인은 서민의식의 발전・상승과 신분계층의 붕괴라는 것에 둘 수 있다. 그것은 漢文・漢學을 중히 여기는 兩班社會의 질서개념에서는 생각할 수 없었던 욕구를 그 나름대로 표현할 수 있는 유일한 방법인 문학적 수용이라 하겠다. 그러므로 古小說의 내용들은 서민 생활에 접근한 것이었으며 그들의 의식수준과 욕구를 반영하고 있는 반영체로서의 의미를 갖고 있으며, 나아가 그러한 사실들이 고소설의 분석에서 어느 정도는 입증될 수 있다.

古小說은 포괄적 의미에 있어서 社會改造의 의지가 담겨 있고, 그러한 社會變化의 징조를 드러내는 구조적 相同性을 갖고 있다.

<洪吉童傳>은 嫡庶의 차별에 대한 항거와, 庶子의 정당한 대우를 요구하는 의지가 그대로 반영되어 있기 때문에 社會小說이란 평가를 받는 것은 옳다.[145] 科擧를 볼 수 있는 기회조차 박탈당하고, 兩班도 아니고

---

145) 鄭鉒東, 『古代小說論』(大邱 : 螢雪出版社, 1973.) 참조.
　　金起東, 『李朝時代小說論』(서울 : 精硏社, 1959.)에서 道術小說로 본 것은 洪吉童의 能力에 중심을 두었기 때문으로 판단된다.

서민도 아닌 처지에 놓여 있는 서자들의 고충이 이 소설 속에서는 呼父呼
兄할 수 없다는 사실로 구체화되어 있다. 그들이 바라는 바 가장 소박한
욕구는 집안에서의 위치 확보요 나아가 사회적 지위 획득이다. 집안에서
의 위치란 가계의 수직적 위계에 동참하는 것이요, 사회적 지위란 출세
곧 官界에 나아감을 뜻한다. 그러나 그것이 엄격한 사회질서가 유지되는
한에서는 쉽게 달성될 수 있는 성질이 아님도 또한 자명하다.

　<洪吉童傳>에서의 吉童은 정상적 생활에서는 결코 家內 위계의 지
위를 확보하지 못했다. 그의 요구가 달성되는 것은 집을 나감으로써 이루
어진 것이며, 다음에는 社會를 어지럽힌다는 죄목이 주어지고, 그를 죄인
으로 체포하라는 명령이 내려졌을 때, 그를 회유하기 위한 한 방책으로
형이 나서면서 한번 더 兄弟의 위계가 성립되고 확인할 수 있었을 뿐이
다.146) 이러한 점은 <홍길동전>이 갖고 있는 개혁의지가 새롭고 충격적
이라는 평가 뒷면에 숨겨진 허점이다. 달리 말하면 길동의 욕구는 기존
질서 내에서 이루어지는 것이 아니고, 그 밖에서만 이루어질 수 있었다는
점, 즉 집에서 나왔을 때, 일단 죄인으로 단정된 뒤에라야 성취된다는
점에서 문제를 근원적으로 해결하려는 의지가 부족하다는 허점이 드러난
다는 말이다. 이것은 그 개혁의지가 근본적인 것이 되지 못하고, 그 해결
방법 또한 기존 질서 밖에서 이루어지도록 장치하고 있다는 점에서 문제
해결의 미봉책으로 주어졌다 하겠다.

　嫡庶의 차별이 인간적 권위나 인격체로서 同一한 수준으로 대우받지
못함에 대한 보다 근원적 인식에 가 닿아 있지 못하고 다만 기회균등의
상실, 사회의 位階秩序에 동참할 수 없음에 대한 감정적 소외감으로부터
출발하고 있기 때문에 그 해결책 또한 미봉책이 될 수밖에 없다.147)

---

146) 洪吉童의 家出이 자의든 타의든 집을 떠나는 자리에서 부친으로부터 처음으로
　　呼父를 허락받는다. 다음은 길동을 잡기 위해 兄 仁衡을 慶尙監司로 삼았을
　　때, 길동이 兄 앞에 나타났을 때다. 이것은 정상적인 위계 질서 속에서 이루어
　　진 것이 아님이 분명하다.

吉童은 병조판서로 제수되는 자리에서 <턴은을 닙스와 평싱한을 푸옵고 도라가오나 영결전하 하오니 복망 셩상은 만슈무강하쇼셔>를 머리 숙여 조아리고, 세상을 어지럽힌 데 대한 사죄를 분명히 하고 그 자리를 떠나며, 또 구체적인 개혁의 실천을 보여 주지 못하고 있다.[148] 결국 吉童은 기존 사회질서를 근본적으로 개혁하려는 의지보다는 그 질서 속에 동참할 수 없었던 데 불만을 품고 있으며, 그것이 달성되었을 때의 판단은 기존 질서의 입장에 서게 됨으로써 사죄를 해야 했던 것이다. 이를 달리 말하면 기존 질서의 개혁이 목적이 아니라, 기존 질서의 부분적 수정만이 목적이었기 때문에 오히려 기존 질서를 더 큰 의미로는 옹호하고 든든히 해 주는 결과를 낳게 된다.

만일 <홍길동전>에서 신분상승의 의지를 말하게 된다면, 그것은 결코 서민의식에서 비롯된 것이 아니고, 庶子, 그것도 양반이란 계층 속에서의 수평적 동등권의 주장이며, 庶子의 신분상승 즉 嫡子와의 차별을 없애려고 하는 의지만이 뚜렷해진다. 여기에 더 첨가된 것은 부분적 社會 모순과 비리의 폭로, 또는 이의 수정 − 이것은 개혁이라 할 수 없다. 관료의 관료다움의 요구, 부정적 방법에 의한 축재의 징벌 따위는 결코 기존 질서의 개혁에 목적이 있는 것이 아니고 그 질서의 절대성 옹호, 또는 흐려진 질서 개념의 확립이라 보아야 하기 때문이다 −만을 제시했을 뿐이다.

<春香傳>에서 논의되는 身分上昇意志는 洪吉童에 비하면 한 걸음 더 나아가 있다. 이는 兩班階層 내부의 문제가 아니고, 이를 상대하는

---

147) 嫡庶의 차별이 전제된 위에 吉童은 탄생하였고, 이로 인한 고난을 받게 된다. 그러나 이러한 제도상의 부조리를 개혁하려는 의지가 소설 속에 강하게 드러나자면 직접적인 행동이 있어야 하는데, <洪吉童傳>에서 나타난 행동이란 活貧黨을 조직하여 가난한 자를 돕는 것으로 되어 있다. 社會改革의 본래 목적과 행동 사이에 괴리를 보여 주고 있음은 동정적 소외의식이라 할 수 있다.

148) <洪吉童傳>의 말미에 硉島國의 건설이 있긴 하지만, 이것이 現想國의 건설에 직접 잇닿을 수 없어 보인다. 이유는 일단 조선을 떠났다는 점에서 出家와 같은 의미 구조 속에 놓인다. 旣存 秩序의 범위 안에서 성취되는 것이 아니란 판단을 밑바탕에 깔고 있다고 할 수 있다.

女子의 신분상 차이로 발생되는 문제이기 때문에 차원이 달라진다는 뜻
이다.149)

版本에 따라 春香의 신분이 일정하지는 않다. 처음부터 兩班으로 고정
된 것도 있고 退妓의 딸이기에 庶民 계층으로 되어 있는 것도 있으며,
분명히 제시되지 않고 妓女와 같은 신분으로 처리된 것도 있다.150) 그러
나 그 어느 것이든 春香은 절름발이 양반이거나 서민 또는 妓女라는 점에
서 李夢龍과는 신분적 차이가 뚜렷하게 마련이다. 이러한 신분적인 격차
가 이들의 결합을 방해하는 요인이 되어 있지 않다는 점에서 이는 <洪吉
童傳>에서 보게 되는 신분 상승 의지와는 본질적으로 다르며 그 의식의
발상이 서민의 쪽에 놓여 있음을 알게 된다. 이는 人間的 對等性, 平等性
이 이미 그 내면에 깔려 있기 때문에 그들의 만남 자체가 신분 상승 의지
의 일단을 드러내는 것이 된다.

그러나 여기서 春香의 守節이 신분 상승 의지에 의한 행동이라고 단정
하기엔 무리가 있다. 그것은 오히려 조선조 女性이 지켜야 할 덕목으로서
의 不更二夫에 해당되는 것이지, 그 이상의 의미는 빈약해진다. 유교적
윤리관, 그것은 신분의 상하를 막론하고 지켜져야 할 질서 개념이요, 행동
강령이다. 妓女의 천박성, 표리성조차도 질타의 대상이 되는 것은 그들이
유교적 윤리관에서 빗어나 있기 때문이다.

조선조 유교적 질서 개념이 수평적 질서보다는 수직적 질서를 중시하
고, 그것도 위로부터 아래로의 질서 개념이라 했을 때, 아래 쪽에서 위로
향해 닮아오는 것은 致賀의 종목이 되지만, 그렇다고 위에서 아래로의
닮음은 결코 칭송의 대상이 되지 못한다. 妓女의 정절이 가상하다고 하는

---

149) 洪吉童의 경우는 한 사람의 의지로 이루어지는 소설이지만, <春香傳>은 李夢
　　龍과 成春香이란 두 사람 사이의 관계에서 문제가 발생하고 이들의 신분적 차
　　이가 헤어짐의 이유가 되어 있기 때문에 차원이 다르다.
　　趙東一, 「葛藤에서 본 春香傳의 主題」, 『啓明論叢』 6(1969.) 참조.
150) 金東旭, 『增補 春香傳研究』(서울 : 延世大學校出版部, 1976.) 참조.

것은 위에서의 판단이요, 위로의 지향성에서 내려진 판단이 아니다. 이를 뒤집어 아래에서의 판단이라면, 양반일지라도 妓女와의 약속을 버린 자에 대한 도덕적 징벌이 따랐어야 하는데, 이에 대한 것은 처음부터 준비되어 있지 않다. 이는 수직적 질서 개념이 이미 보편화되어 있고, 그것에 따르는 것만 정당하다는 가치준거에서만 가능한 인식 방법이다.

春香의 守節은 기존 질서 개념의 파괴가 아니고 옹호요 거기에 추종함으로써 신분상승이 이루어지게 되는 과정에 해당되는 것이다. 이를 입증하는 논거는 房子와 香丹의 존재다. 香丹은 어디까지나 侍女로서의 지위 이상의 것도 이하의 것도 아니며 여기서 한 발짝도 벗어나지 못하고 있다. 이와 함께 房子 역시 그에게 주어진 신분 이상의 것으로 상승되지 못하고 있다.151)

한 작품 속에서 主人物의 행동성에만 국한하여 판단을 내린다면, 나머지 부인물의 행동성은 거세되어 버리고, 그들의 기능적인 측면이 완전히 무시되어 버린다. 그것은 소설 구조의 단순화를 초래하는 것이며, 이는 전체 구조로서의 이해를 결정적으로 그르치게 만드는 오류를 범하게 될 것이다. 그러므로 <春香傳> 속의 네 인물이 엮어내는 전체 구조는 신분계층 구분의 말살이나 폐지가 아니라, 신분계층의 확인이요, 그러한 질서 개념의 옹호라는 쪽으로 쏠려 있음을 알아야 한다.

軍談小說의 작가가 대체로 몰락 양반일 것이란 점과 이런 류의 소설은 신분 상승 의지가 내포되어 있다는 연구는 분명 古小說 연구의 새로운 결과였다.152) 그러나 여기서 논의되는 신분 상승의 의지는 조선조의 기존 사회계층의 근본적 변혁이 아니고 그 질서 속에서의 상승 또는 회복이라

---

151) <春香傳>의 副人物 구실을 하는 방자나 향단의 역할은 중요하다. 특히 이들은 兩班階層에 대한 서민의식을 직접 드러내는 일을 하기도 하고 두 主人物을 그답게 돕는 기능도 한다. 그러나 그들은 신분적 상승이나 변동도 없고, 그들의 장래에 대한 보장도 없다. 그러므로 그들은 결국 버려지고 있다.

152) 徐大錫, 「軍談小說의 構成과 作者意識」, 『啓明論叢』7(1971.) 참조.

는 의미에 지나지 않는다. 달리 말하면 몰락 양반이 그대로 서민에 머물러 만족할 수 없다는 것은 서민과 양반의 계층적 차이를 전제하고서야 가능한 발상이요 인식이다. 본래 양반계층이었던 과거의 영화를 되찾자는 것이지, 이러한 계층 구분이나 계층의 경직성이 안고 있는 병폐의 인식이나, 절실한 문제의식에서 출발하여 이의 본질적 갈등을 해소시켜야 한다는 적극적 의지의 표현은 아니다.153)

이러한 점들을 통합해 보면 古小說이 갖고 있는 신분 상승 의지는 기존 질서 속에서의 지위 향상 또는 회복의 의미를 갖고 있으며, 이는 달리 기존 질서의 옹호라는 裏面的 의도를 근거로 해서만 가능했던 것이다. 그러나 이러한 근저에 깔린 裏面的 의미는 겉으로 쉽사리 드러나는 것이 아니기 때문에 평범한 독자나, 기존 질서 속의 安住를 생각하는 保守性向의 독자에게는 감지되지 않고, 표면적 의미만 부각되어 전달된다. 이것은 古小說이 지난 시대의 소설이라는 생각보다 현실적 욕구로서의 신분 상승 의지를 어느 정도 만족시켜 주고, 그것이 전통적인 것이란 점에서 상식적 도덕성과 보수적 충족감마저 줄 수 있게 된다. 그러므로 혼란과 격변 속의 서민 독자에겐 古小說이 개방성으로 이해되어짐과 함께 쉽게 읽혀질 수 있었던 것이다.

2) 開化小說의 開放意識

開化小說에서 많이 다루고 있는 문제 중의 하나는 自由戀愛다. 조선조의 결혼관은 부모가 배필을 정해 주면 그에 따라 이루어지며 당사자의

---

153) 軍談小說이 몰락양반의 復權意識을 반영한다는 말은 이미 兩班階層을 전제하고, 그들이 누려야 할 당면한 地位回復이란 의미가 있다. 이는 결코 庶民意識 그 자체의 高揚이라 볼 수는 없다.

의사란 거의 반영되지 않았고, 그것을 어길 수 없는 것으로 되어 있었다. 이러한 결혼관은, 성격적 부적합성과 인격적 융화가 이루어지지 않는 체념적 순종을 강요하는 非合理的인 것이었다. 自由戀愛는 바로 이러한 불합리한 것의 개선이라는 의미와 個性의 존중이란 점에서 새로운 가치관의 형성을 촉구하는 하나의 획기적 시도임에는 틀림없다.

開化가 갖고 있는 새로운 가치관의 확립 과정에서, 전통적인 것에 대한 부정적 태도는 쉽사리 더 새롭고 자극적인 西歐化의 성향을 띨 수밖에 없었을 것이다.

西歐化의 경향 또는 先進秩序 개념 가운데 가장 쉽게 수용할 수 있었던 것이 바로 自由戀愛思想이다. 이것은 당대 독자층의 연령적 특징과도 쉽게 조응할 수 있는 과제다. 특히 문학적 소양이나 이론적 근거 없이도 안이하게 감정적인 흐름에 따르기 쉬운 신교육을 받은 독자들, 그들의 연령층은 20세를 전후한 세대다. 그것은 신교육의 시행이 1900年에 들어 소학교의 보급이 일반화되었다는 점을 감안한다면 연령의 추정은 가능하리라 본다. 이런 독자층에게 새로운 것으로 받아들여진 自由戀愛란 두 가지 점에서 참신한 체험이요 욕구충족성을 가지고 있다.

첫째는 신분상의 제약이 철폐되고 전통적 윤리관에서 일탈되는 것이다.

조선조 사회질서가 신분계층의 붕괴와 함께 무너진다고 하더라도 기성세대의 의식 구조 속에는 아직도 기존 질서 관념이 자리잡고 있으며, 그것은 어느 정도의 계층 의식이 잔존하고 있음을 뜻한다. 때문에 女子의 교육이나 결혼관은 아직도 고루함에서 벗어나지 못하여 女必從夫를 미덕으로 생각하는 일면이 상존하고 있어 女權이 침해받는 경우가 허다하다.

이러한 문제들의 해결 방법이란 따로 있는 것이 아니다. 일단은 기존 윤리관을 타파하고, 신교육을 받아 의식이 계발된 女性이 자발적 행위를 보여 주는 수밖에 없는데, 이것의 실천적 행위가 自由戀愛다. 여기에는 계층적 갈등도 定婚의 계약성도 뛰어 넘을 수 있는 자유가 보장되어 있다고 생각할 수 있고, 이는 신교육을 실천하는 의미도 있어서, 새로움을 추구하는 젊은이들에겐 매력적인 과제가 아닐 수 없었다.

둘째는 個性의 존중을 바탕으로 한 평등성이다.

지금까지 자식은 부모의 판단에 따를 수밖에 없었던 시기에, 자신의 미래에 대한 설계와 선택에 대한 책임을 스스로 진다는 個性尊重 思想은 충분히 감격적이다. 이는 앞서 말한 신분상의 계층이 철폐되는 것의 근본이 되면서 또 다른 면에서의 평등성의 실현이란 점에서도 만족스러운 것이다.

그러나 自由戀愛 사상이 고취된 소설이 開化期 小說의 전반에 걸쳐 나타나 있지 않고 편재되어 있음을 고려한다면 이에 대한 새로운 해석의 가능성도 있을 것 같다.

開化期 신문소설 중에서도 주로 친일성향의 신문, 민족주의적 이념 색채가 비교적 강하지 못한 신문에 실린 소설에서만 自由戀愛를 구가하고 있으며, 이와 상대적인 민족주의적 이념이 강한 신문에서는 이를 몹시 비판하고 있다.[154]

민족주의의 입장에서 생각하는 開化의 급선무는 國權의 수호를 위한 용기와 의식 계발이었기 때문에 自由戀愛와 같은 사치스러운 감정적 유희가 용납될 수 없었을 것이다. 그러나 國權이나 民族主義 자체가 지상의 목표도 아니며, 西歐文明의 수용, 신교육의 확대 등과 等價的인 것으로 받아들이는 측면에서 본다면 自由戀愛 또한 開化期에 달성해야 할 많은 목표 중의 하나라고 생각할 수도 있겠다. 이는 당시대 민족적 자주성에 대한 자각이 둔감했거나 그것을 도외시하는 인식 차원에서 가능했을 것이다.

---

154) 특히 『大韓每日申報』가 심했다. 『大韓每日申報』, 1909年 12月 2日 「談叢」 참조.

『大韓日報』에 연재된 <一捻紅>에서 自由戀愛의 꼬투리를 찾을 수 있고,[155] 다음은『萬歲報』의 <血의 淚>에서 그 본격적인 모습을 드러낸다.

意圖的인 것이라 단정할 수는 없겠지만, 이는 理性的 판단과 현실 인식의 민족주의적 지향성을 감성적 西歐指向으로, 신기함을 충족시켜 젊은 독자들의 자각적 開眼을 호도함으로써 開化期의 문제의식을 둔화시키는 방향으로 돌려 놓은 결과를 가져 온다.

表面的으로 나타나는 個性에의 자각이나 平等意識보다 더 크게 부각되는 민족주의나 自主性에 대한 의식을, 지극히 개인적인 自由戀愛라는 문제로 感傷化함으로써 의식을 약화시키는 裏面的 효과로서는 너무나 컸던 것 같다. 더구나 이러한 소설의 독자층이 신교육을 받은 젊은 세대였다는 점을 고려한다면, 그들의 욕구가 個人的인 것으로 축소되고, 民族意識이나 國家觀으로부터는 가장 먼 거리에 있는 문제를 지향했다는 것은 예사스럽게 볼 수 없다. 그러므로 親日的 성향의 신문에서 기세를 올렸고, 李人稙과 같은 親日人士에 의해 펼쳐진 신소설에서 더 부각된 自由戀愛가 민족적 관심을 약화시키는 효과를 노린 것이라 생각하면 가증스러운 일이다.

여하튼 개화소설 속에서의 自由戀愛는 긍정적인 면도 있겠지만 부정적인 일면이 숨겨져 있음은 부인할 수 없다. 그러나 이러한 부정적 측면에도 불구하고, 自由戀愛는 표면상 큰 매력으로 작용하는 平等思想, 個性에 대한 자각 때문에 많은 젊은 독자들을 매료시켰다.

다음으로 개화소설에서 자주 다루어지는 海外留學에 따르는 開放意識이 문제가 된다. 대부분의 신소설에서 만나게 되는 주인공의 海外留學

---

155) 『大韓日報』는 日人 萩谷籌夫를 편입인으로 하고 蟻生十郞이 社長이 되어 발간한 신문이다.
　　金重河,「開化期小說 <一捻紅> 研究」,『釜山大文理大論文集』第14輯(1975.) 참조.

또는 여행은 어떤 의미를 지니고 있는가?

일차적인 목적은 신교육 사상에서 연유된 것으로 판단할 수 있다. 보다 넓고 새로운 교육의 장으로 海外가 선택된다고 생각한다면 先進文明國에의 진출은 새로운 지식 습득을 위한 필연적 장치로 생각할 수도 있다. 때문에 그 대상국은 日本과 美國이 절대적인 것으로 나타난다. 이들 국가가 開化期 變動要因으로 크게 작용하는 外勢를 대표한다는 점에서 그러한 편향성을 인정한다고 하더라도 그 일방성에서 보면 어느 정도의 暗默的 指示性을 배제하기는 어렵다. 더구나 日本의 제국주의적 위세가 직접적으로 작용하는 시기에 어떻게 그런 발상이 가능했겠느냐 하는 점이다. 이것은 急進開化派가 지향하고 있었던 日帝를 이용한 득세라는 방법이 간접적으로 그 영향력을 행사한 것으로 판단할 수 있겠다. 아니면 당대의 개화지향 모델이 일본이었다는 여건적 실재성이 그대로 반영된 것으로 해석할 수도 있다. 또 미국이 유학 대상국이 될 수 있었던 가장 큰 이유는 기독교의 전래와 함께 미국 선교사들의 활동, 기독교의 영향권 속에서 발상된 것이라 할 수 있겠다. 그 어느 것이든 日本과 美國이 유학 대상국이 되어 있다는 점은 外勢志向性을 극단으로 드러내는 증좌일 수밖에 없다.

이것은 自主性의 확보가 민족 자체 역량의 배양에서 달성될 수 없다는 판단을 그 근저에 숨기고 있음에는 틀림없다. 그러한 인식을 근거로, 古小說의 구조적 연계성 위에 신소설을 놓으면, 古小說에서의 超人的 능력 취득을 위한 入山修道나 道士와의 만남과 대치될 수 있는 항목으로 海外留學이라는 장치가 활용된 것으로 판단된다. 새로운 능력의 보강과 이의 발휘에 의한 문제 해결은 古小說의 구조에서 쉽게 발견되는 사건 전개의 한 양상이다. 그러나 여기서 신소설이 갖고 있는 한계는 문제 해결이 직접 다루어지지 않는다는 점이다. 신교육을 받고 돌아온 주인공이 이 땅에서 무엇을 해야 하며, 또 어떻게 그것을 이루어내는가가 직접적으로 다루어지지 않는다는 점은 開放意識이 갖는 한계를 노출시키고 있는 것이다.

실질적인 면에서 開化가 갖는 허구성은 그 대상 설정의 추상성과 그 방법이 구체성을 상실하고 있음에서 드러난다. 敎育立國이나 開化立國이 어떻게 이루어져야 하며, 그 실체가 무엇인가에 대한 자각없이 새로운 것에의 지향만 있었기 때문에 해외유학에서 돌아온 주인공이 벌여야 할 일은 없었던 것이다.

조선조의 몰락과 새로운 민족국가의 건설이 지상 과제가 되어 있었던 개화기에 있어서 이러한 의식 구조는 그대로 신소설에 반영되어 있다고 하겠다. 결국 조선조의 몰락만이 분명했고, 민족국가에 대한 허황한 꿈만 있었다는 한 징후를 신소설의 開放意識 속에서도 발견할 수 있다.

그러나 이러한 의식의 바닥에 잠재한 무서운 무기력증이 뜻있는 독자들이나 衛正斥邪派의 국수적 직관력에 의해 간파되었다고 하더라도 외면상 나타나는 脫現實的 新奇感의 충족을 위한 해외유학은 일단 환영받는 소재가 아닐 수 없다. 더구나 거기에 곁들여진 自由戀愛의 실천, 男女平等의 실현은 신교육을 받은 젊은 독자층에게 호감을 주기에 충분하였을 것이다.

여기서 발전적인 문제의 제기는 정치소설의 등장으로 생각할 수 있겠다. 당대의 정치현실이나 민권문제 등만을 다루고 있는 것이 아니라 사회 전반에 걸친 문제들 예를 들면 女權伸張, 自由結婚 등에 관한 언급들도 대체로 정치소설이 다루는 과제들이었다. 그러나 소위 정치소설의 발달에서부터 약간의 문제가 있다.156) 왜냐하면 그것이 우리 나라에서의 자생적 발전에 의해 생성된 양식이 아니고 日本의 정치소설의 모방에 그 근거를 두고 있는데, 소설 발생적 바탕이 되는 사회 여건이 일본과 우리 나라

---

156) 金尤植, 『韓國近代文學樣式論攷』(서울 : 亞細亞文化社, 1980.) 참조.
　　　특히 개화기 정치소설 발생의 파행성을 지적하고 있다.

가 현저하게 다르기 때문이다. 즉 일본은 明治革命 이후 국권이 통일된 근대 국가에로의 발전이 가능했고, 그러한 대전제 위에 정치소설이 발생하였기 때문에 정당정치나 政體의 문제가 구체성을 띨 수 있고, 그러한 작가적 진술이 어느 정도 독자들의 의식 계발과 함께 실현 가능성을 가졌지만, 우리의 현실은 국권상실의 위기에 처한 시기에 정치에 관한 언급은 허망한 추상론에 머물러 있을 수밖에 없었던 것이다. 그러므로 정치적 개방의식 또는 개방정치에의 기대는 사실상 실현 가능성이 전혀 없는 탁상공론이요, 의식의 과잉상태만 조장하는 결과를 낳게 된다. 만일 이러한 시대적 여건을 전혀 인식하지 못하고 있었다면 작가의 의식부족 또는 역사의식의 결여를 허점으로 지적하지 않을 수 없는 것이다.

이러한 이유들로 정치소설이라는 명목의 소설들이 그 중심적 갈등을 정치적 문제로 삼은 듯이 보이지만 실제적으로는 주인공들의 私的 행위 또는 일신상의 문제로 그 중심적 갈등이 轉移되고 마는 결과를 낳게 만들어 버리는 것이다.

<雪中梅>는 신소설 중에서 대표적인 정치소설이다. 그것이 비록 末廣鐵腸의 창작소설을 번안한 것이라 할지라도 그것이 널리 읽혀졌다는 사실로 보면 당대의 정치소설이 갖는 문제점을 단적으로 드러내는 좋은 본보기가 될 수 있다.

梅仙이 부모가 정한 약혼자 沈郎을 만나기까지의 우여곡절을 줄기로 삼으면서, 개화 청년 이태순과의 활동상을 부각시키고 있다. 결국 이태순이 沈郎의 가명임이 밝혀지고 梅仙은 의숙부의 음모를 밝혀내면서 이태순과 결혼하게 되는 과정이다.

여기서 <雪中梅>가 정치소설이 될 수 있는 소지는 이태순과 梅仙이 보여 주는 정치활동이기보다는, 그들의 정치적 의견을 연설하는 부분이 상당히 많이 끼어 있고 이태순의 활동이 정치성을 띠고 있다는 점이다.

그러나 이 소설이 그 결말에서 두 사람의 결혼으로 끝나고 있음은 비록 梅仙이나 이태순이 정치활동을 하고 있지만 그 기본은 약혼자 찾기 탐색의 과정을 근간으로 삼고 있다는 점에서 한계성을 드러낸다. 중심 갈등이 정치적 문제가 되지 못한 점, 외면상 나타난 사건의 추이가 애정소설로서의 기본 골격에 맞추어져 있다는 점이 바로 그것이다.

이것은 당대의 정치소설이 구체적인 정치실현이 불가능한 상황에서 그 같은 문제를 다룰 수 없다는 사회 환경의 한계성을 고려하지 않고 양식만 모방하거나 따르려 했기 때문에 발생된 파행적 결과다. 또 梅仙은 결코 근대적 인물이 되지 못하고 전근대적·애정적 성격을 띤 주인공이란 점도 간과할 수 없다.[157]

이러한 한계들은 정치소설을 애정소설의 성격으로 변질시키거나, 적어도 정치성이라는 의미가 소멸되거나 또는 정치성의 약화를 초래하게 한 것만은 틀림없다.

이상의 논의에서 개화소설이 가졌던 開放意識의 근거와 그 한계가 어느 정도 드러난다. 소설의 외면 구조에 나타나는 근대지향적 의지나 새로운 인식이, 그대로 참답게 전달되지 못하는 것은 그 이면에 잠재되어 있는 한계성 때문이다. 또 그러한 한계성이란 작품이 갖고 있는 한계성이라기보다 당대 사회가 갖고 있었던 한계 상황이기도 하다.

그러나 이러한 이면적 한계성에 대한 인식은 평범한 독자들에겐 제대

---

157) 柳基龍, 「具然學의 <雪中梅> 그 작품적 특질」, 『新文學과 시대의식』, (서울 : 새문社, 1981.), pp. Ⅰ-70~84.
여기서는 <雪中梅>가 日人 末廣鐵腸의 同名소설의 번안이요, 그 후편인 <花間鶯>을 번안하지 않았기 때문에 전체적 짜임새에 불완전함을 보인다고 지적하고 있다. 그러나 필자의 생각으로는 그 후편은 우리 현실에 맞지 않기 때문에 번안될 수 없었을 것으로 생각된다. 그러므로 <雪中梅>만은 獨立的인 작품으로 보아야 하고 그러면 이 작품은 일종의 애정소설이 된다. 또 헤어진 약혼자 찾기가 중심 과제로 된다고 볼 수 있다.

로 의식되지 못한 채 겉으로 드러나는 외면 구조의 단순성에서 새로운 지향성만 보이게 되고 그것이 갖는 신기성에 독자들은 매료된 것으로 판단할 수 있겠다.

3) 個人的 自由의 限界

독자들의 의식 수준이 당대 사회의 현상적 추이를 완전히 벗어날 수 없다는 사실은 옳다. 그것은 독자들의 독서 경향이 선택적 수용으로 일관되거나 일방적 배타성으로 나타날 수도 있겠지만, 의식 속에서의 상충된 요소들의 공존 현상을 완전히 배제할 수 없다는 뜻이 되기도 한다.

개화기 사회의 특수성을 한 마디로 단정한다면 新舊秩序觀의 공존이라 말할 수 있고 이것은 바로 당대적 의식 수준을 그대로 특징지우는 것이 된다. 한 시대에 古小說과 開化小說이 공존할 수 있었던 이유도 바로 여기에 있다.

그러나 이들이 공존하고 있는 이유는 단순한 사회현상으로만 처리할 수 없다. 이들 소설의 공존 이유를 소설 내부의 구조적 동질성이나 유사성으로 일단 확인할 필요는 있다고 본다.

먼저 古小說이 갖고 있는 외면적 구조는 서민의식 또는 反封建意識의 발로라고 하겠다. 신분상승의지나 사회 비리의 폭로, 개혁 의지의 발현이 구체적으로 나타나고 평등의식의 일면이 표출되어 있어 사회의 변동 기대를 일단은 만족시켜 줄 수 있는 요소가 된다. 조선조 계층 사회의 붕괴, 기존 질서에의 항거, 失權回復의 강한 욕구 이러한 것들은 기존 조선조의 왕권 속에서 일어났던 개혁의지로 19세기에 접어들면서 구체적인 사회변동의 요인이 되었다. 그러나 이러한 기대감이 조선조 사회에서 충분히 만족되지 못한 채 개화기를 맞았고 그들의 욕구는 서구 시민의식의 수용에 따라 더욱 고조되면서 새로운 질서에로의 여망을 더하게 되었다. 이러한 시대적 욕구는 開化小說에서 발견되는 여러 가지의 開放意識으로 구체화된다고 하겠다. 정치에의 참여, 정치제도의 변혁, 개인의식의 고양, 평등사상, 여권신장 운동 등등은 국권적 차원을 배제하고 보면 전부가 근대화의 요구라는 점에서 同一線上에 놓이는 것이며, 古小說이 가졌던 외면적 구조의 연장선상에 놓이는 것으로 판단할 수 있다.

더구나 신분상승의 기회가 교육의 기회로 대치되고, 신교육에 의한 官界進出의 가능성이 높아지면서 서민들의 이에 대한 기대감이 증대된다는 사실은 자연스런 귀결이다.

이러한 점에서 보면, 독자들의 선택적 수용태도에서 국가관을 일단 논의로 하고 보면 古小說이나 開化小說은 개혁에의 기대라는 공통 인자를 내포하고 있는 셈이 된다. 그러므로 개혁에의 기대란 결코 현재의 질서를 처음부터 부정하는 전혀 다른 질서로의 발전이 아니라 결코 현재의 질서를 처음부터 부정하는 전혀 다른 질서로의 발전이 아니라 현실적인 安住를 근거로 한다는 점에서 대체로 체제긍정적 태도가 그 밑바탕에 깔려 있다는 허점이 있다.

古小說에서의 체제긍정은 국권과 직결시켜 보았을 때 보수적 경향으로 위정척사파의 의식에 가 닿는다. 기존 왕권의 옹호란 곧 조선조 왕권의 옹호를 뜻하며, 그 전제 위에서의 개혁을 기대하는 것이어서 國權意識과 일맥상통하게 된다. 이 점이 개화기 독자층을 양분하려 할 때 준거체가 되고, 그것이 곧 최소한 점진개화나 개화의 방법을 수용하는 위정척사파의 사상적 맥락과 닿아 있기 때문에 독자층은 기존 교육제도에 의한 피교육자 또는 보수적 의식에 안주하고 있는 사회 계층에 그 근거를 둘 수밖에 없다.

이에 비하면 開化小說에서의 개혁에의 기대, 開放意識은 적어도 국가의 존폐가 위기에 처한 시대적 상황에 대한 의식을 배제시키지 않고는 그 근거가 상실된다고 보아진다. 다시 말하면 민족적 국가관조차도 당위적 의식이 아닌 당대의 현실에 대한 인식 정도로 낮추어 잡는다는 것이다. 그러면서 開化에의 지향이 그 실현성 여부에 대한 판단 이전에 강하게 작용하기 때문에 새로운 事大的 의식 수준이나 脫現實的 지향만 강하게 부각되는 것이다. 이것은 새로운 것에의 단순한 기대감, 개인적 욕구의 충족, 시대적 상황에 대한 맹목적 수용 등을 바탕으로 이루어져 결과적으로는 외세의 긍정에까지 가 닿는 불행한 단면을 드러내게 된다. 즉 1900年代 말기의 日帝의 침략정책이 소설적 변용을 통해서 그대로 반영된 것이라 볼 수도 있다.

開化小說의 독자는 古小說의 독자들에 비해 새로운 것에의 지향이 더욱 강하게 나타나는 계층이라 할 수 있겠는데 이들은 결국 신교육을 통해서 서구문물에 대해 어느 정도 이해를 하게 된 계층이 될 수밖에 없다. 독자층의 형성에서 이미 언급한 것이지만 이들 신교육 독자층은 국권 의식이 보수적 피교육자에 비해 덜하고, 開化에의 기대감만 증대된 상태에서 시대착오적인 의식 수준에 잠깐 머물러 있었다고 하겠다.

국권도 수호하면서 개화를 달성할 수 있는 자주적 역량이나 여건이 주어져 있었다면 古小說과 開化小說 사이에서 발견되는 구조적 동질성은 하나의 의미 구조 속에서 해석되어도 무방하겠지만 그러할 수 없었던 긴박한 시대 여건이 이들을 동시에 용납하기엔 어렵게 하고 있다. 그러나 이러한 판단은 당대의 평범한 독자들의 의식 속에서 과연 분명하게 인식되었을까가 문제다.

위정척사파나 개화파가 국권조차 쉽게 도외시하게 된다고 하면 당대의 사회적 혼란은 극명하게 드러났을 것이다. 그들 모두가 국권수호를 전제로 하고 방법론적 차이에서 발생되는 異論이라 생각하고 있었다는 점에서 일반 독자층의 의식은 두 개의 사상적 흐름을 동시에 수용하면서 그것이 갖는 장점만을 선택적으로 수용한 의식 공존 상태에 머물러 있었을 것이 틀림없다. 새로운 문물도 급속히 받아들여서 국권을 튼튼히 해야 하고, 조선조의 봉건적 질서 체계를 근대국가적 민주주의, 평등사상 위에 재구성하고 싶어하는 낭만적 기대감은 어느 한 쪽도 놓쳐 버릴 수 없는 것이었을 터이다.

신교육을 받은 독자층이나 보수적 교육을 받은 독자층이나 그들의 바람이 이 엄청난 사회변동의 와중에서 어느 하나만을 선택해야 하는 어려운 결단을 요구하고 있다고는 생각지 않았을 것이기 때문에 당대의 소설 속에 내재하고 있는 모순적 논리를 쉽게 눈치채지는 못했다. 또한 의식의 공존성이 극한적 적대감을 나타내지는 않았기 때문에 독자층의 기호에 따른 선택 정도의 가벼운 이질감만을 느꼈을 것이다.

그러나 당대의 역사적 추이를 직관한 소수 독자층에서만 극단적인 거부 반응이 일어났었고 그것은 보수적 위정척사파 쪽이 급진 개화파에게 보내는 일방적 지탄이 되고 말았다.

결국 시대 상황에 민감하지 못한 일반 독자층의 양분과 의식의 공존성이 개화기 시대에 古小說과 開化小說의 이질적 양상을 너무 쉽게 수용하게 했으며, 그러한 의식의 표리부동의 한 징후를 開化小說은 그대로 드러내면서 開放意識과 反封建意識이 뒤섞여 있는 시대적 현실 속에서 等高線上의 가치지향적 의미를 담당했었다고 보겠다.

Ⅳ. 開化小說 樣式의 傳統性

1. 傳記小說의 傳承

開化期의 小說을 類概念으로 했을 때 傳記的 小說은 種概念이다. 그러나 傳記的 小說이나 開化期의 小說이 種概念이 된다고 해서 다른 餘他의 소설에 대해서도 다 그렇다는 것은 아니다. 오히려 英雄小說이나 逸士小說에 대해서는 類概念일 수도 있다.158) 주인공의 性格에 따라서 그가 영웅적 기질을 가졌을 때 그것은 英雄小說이며, 逸士的 기질을 가졌을 땐 逸士小說이라 분류하는 방법과는 달리 傳記的 小說은 그 소설이 담고 있는 전체 내용과 人物과의 관계에 의해 나누어진 일종의 분류에 의한 것이다.

그러므로 傳記的 小說이란 한 등장인물의 一生에 관해 얘기하고 있기만 하면 그것이 어떤 다른 분류 방법에 의한 種概念에 속하는 소설이든 다 포함시킬 수 있는 광범위한 성격을 지닌다 할 수 있다.

이렇게 말하면, 우리 나라 古小說의 거의 대부분이 傳記的 小說에 해당하는 것은 아니라 하더라도 적어도 그럴 만한 성질을 어느 정도는 다 가지고 있다고 할 수 있다.

한 등장인물의 출생에서부터 그의 죽음에 이르기까지의 시간 속에서

---

158) 趙東一, 『韓國小說의 理論』(서울 : 知識産業社, 1977.), p.282에서 主人公의 性格에 따라 英雄小說, 逸士小說 등의 種概念을 설정하고 있다. 그러나 **筆者**는 주인공의 성격에 따른 분류를 한 것이 아니고, 小說의 **展開過程**을 중심으로 하고 있기 때문에 이들 種概念에 대한 傳記的 小說은 類概念이 되는 것이다.

그가 경험하는 사건과 그 경과를 보여주는 것이 고소설의 줄거리 展開다. 이때 흔히 人物의 性格이 典型性을 가졌거나 관념적이라는 이유 때문에 인물보다는 사건 자체를 중시하여, 한국 고소설은 거의 대부분이 行動小說[159]로 분류된다. 그러나 따지고 보면 行動小說로서 古小說이 갖는 특징은 그 인물의 一生과 밀접한 관계를 갖고 있어서, 어떤 인물의 일생을 통해서 겪게 되는 파란만장의 체험 곧 행위의 연속성에 있다고 하겠다. 이것은 비록 행동이 돋보인다 하더라도 한 인물의 체험적 일생의 傳記的 성격을 띠고 있기 때문에 분명 傳記的 小說이 될 수 있다.

傳記的 小說의 완전한 형식은 물론 출생에서 죽음에 이르는 시작과 끝이 다 갖추어져 있어야 하겠지만 그러하지 않을 경우도 생각할 수 있다. 출생에 대해 분명한 언급은 없다고 해도 어떤 사건에 부딪친 그 시기에서부터 "…잘 먹고 잘 살았단다"는 종말을 보여주는 說話的 敍事構造나 小說도 傳記的 小說의 범주에 넣어야 할 것이다. 이것은 說話가 갖고 있는 不確定性이 人物의 出生이나 出身을 모호하게 하였을 뿐 終末의 固定性을 인정할 수 있으며 그것은 대부분 傳記的 性格을 띠고 있기 때문이다.

또 이와는 달리 분명한 출생에서 시작하여 사건의 전개 다음 終末의 固定的 樣式을 갖지 않는 것, 또는 終末의 상황을 암시하는 것만으로 된 경우도 있다. 이것도 不完全하긴 하지만 傳記的 小說의 범주에 넣는 것이 좋겠다.

결국 傳記的 小說이란 한 인물의 一生을 全體的으로 파악하여 記述하려하는 小說이라 말할 수 있겠다. 즉 한 등장 인물의 출생과 죽음이 어떤 형식으로든 언급 또는 암시되어 있거나, 어떤 사건의 일어남에서부터 그

---

159) Edwin Muir가 *The Structure of Novel*에서 분류한 行動小說(Novel of Action), 性格小說(Novel of Character), 劇小說(Dramatic Novel), 年代記小說(Chronical Novel) 등 4分類 中 行動小說을 뜻한다.

사건의 마무리가 인물의 傳記的 성격을 지닌 소설이라 하겠다.

1) 古小說의 傳記的 樣式

고소설에 고정된 어떤 양식이 따로 있다고는 말할 수 없다. 때문에 많은 先學들은 편의에 따라 그 종류를 여럿으로 나누기도 하고 아주 다르게 가르고 있음은 주지의 사실이다.[160] 그런데 이 중 英雄小說 系列에 대해서만은 그 양식적 특징이 밝혀진 바 있고, 그것은 理論을 제기할 필요도 없는 것으로 받아들여지고 있다.[161] 그러나 여타의 것에 대해서는 아주 막연하여 꼭 집어 말할 수 없는 것이 사실이지만 일반적으로 시간적 추이에 따른 進行과, 출생에서 죽음에 이르기까지의 등장인물의 일생을 記述하는 것이 그 특징으로 지적되고 있다.[162]

그렇다면 英雄小說의 양식과 여타 소설이 아주 다른 것일까 하는 의문을 제시해 볼 수 있겠다.

필자는 이러한 의문을 해결해 보기 위해 몇 편의 고소설을 분석해서 그 양식적 특징을 찾아보고자 한다. 분석 대상 작품은 英雄小說의 양식적 準據로 알려진 <홍길동전>과 애정소설로 지목되는 <춘향전>, 풍자와 敎世的 성격이 강한 <흥부전> 등으로 잡았다. 그 이유는 이들 소설 사이

---

160) 古小說의 分類는 대체로 그 내용에 따라 행해져 왔음이 이미 알려져 있다. 그 대표적인 예를 보이면,
趙潤濟 : ① 軍談小說 ② 艷情小說 ③ 家庭小說 ④ 道德小說 ⑤ 運命小說 ⑥ 社會小說 ⑦ 說話·怪談小說
天台山人 : ① 稗官小說·傳記小說 ② 社會小說 ③軍談類 ④ 夢字類 ⑤ 童話傳記類 ⑥ 勸懲類 ⑦ 公案類 ⑧ 艷情類 ⑨ 奇逢奇綠類 등이다.
161) 趙東一, 「英雄의 一生, 그 文學史的 展開」, 『東亞文化』 第10輯(1971.)가 그것이다.
162) 古小說의 展開過程으로서의 特色은 時間順行的이라고 본 것은 대부분의 古小說 研究家들이 지적한 바다.
鄭鉒東, 『古代小說論』, 朴晟義, 『韓國古代小說論과 史』, 金起東, 『李朝時代小說論』 등을 참조.

에 내용 분류 양식상 공통성이 없는 것으로 알려져 있고 異質的이라 생각되는 작품들 사이에 어떤 공통성을 발견할 수있다면 이는 대부분 고소설의 양식으로 확대 해석하더라도 무리가 없을 것으로 기대하기 때문이다.

(1) 홍길동전[163]

(가) 홍길동은 洪判書의 아들이다.

(나) 侍婢 춘섬을 어머니로 하여 庶子로 태어났다.

(다) 胎夢에 龍이 나타났으며, 재주가 뛰어나고 道術을 지녔다.

(라) 가족들이 刺客을 시켜 죽이려 했다.

(마) 자객을 죽이고 살아났다.

(바) 1. 집을 떠나 도적의 무리를 이끌고 탐관오리와 싸우고 나라에서 보낸
    捕將과 싸웠다.

2. 아버지와 형이 겪는 고난 때문에 잡혀가야만 했다. 朝鮮을 떠나지 않을
    수 없게 되었다.

3. 백룡의 딸을 납치해 간 妖怪와 싸우고

4. 율도국 왕과 싸웠다.

(사) 1. 탐관오리를 무찌르고 捕將을 물리쳤다.

    2. 兵曹判書를 除授받았다.

    3. 妖怪를 죽이고 백룡의 딸과 혼인했다.

    4. 율도국 왕과의 싸움에서 이기고 율도국 왕이 되었다.

(아) 부귀영화를 누리며 살다가 죽었다.

(2) 춘향전[164]

(가) 춘향은 退妓 月梅와 成參判 사이에서 태어났다.

---

163) 趙東一, 『韓國小說의 理論』, p.289에서는 (사)와 (아)를 합쳐서 7단계로 나누고
    있으나 筆者는 人物이 부딪힌 문제를 중심으로 했을 때 (아)항은 별도로 잡는
    것이 좋을 것 같아 따로 설정했다.
164) <열녀춘향슈절가>, 完版本

(나) 才色兼備하다.

(다) 南原 광한루에서 南原府使의 아들 李夢龍을 만나 百年偕老를 期約하다.

(라) 李夢龍 父親의 內職轉出로 李夢龍과 헤어지다.

(마) 新官 卞學道가 春香에게 守廳을 강요했으나 이를 거절하여 갖은 곤욕
  을 당하다.

(바) 李夢龍이 壯元及第하고 暗行御使가 되어 南原으로 와 春香을 구하다.

(사) 春香은 李夢龍의 正室夫人이 되고 정렬부인을 제수받아 三男二女를
  두고 잘 살다.

(3) 興夫傳[165]

(가) 충청·경상·전라도 어름에 형제가 살았는데 兄은 심술꾸러기·욕심
  쟁이 놀부요, 弟는 마음 착한 홍부다.

(나) 놀부가 홍부에게 世傳之物을 조금도 주지 않고 내쫓다.

(다) 홍부는 언덕에 움막을 짓고 어렵게 살다.

(라) 뱀에게 먹힐 제비 새끼를 구해 주다.

(마) 제비가 報恩 박씨를 물어다 주어 부자가 되다.

(바) 놀부가 홍부의 致富를 듣고 제비 새끼 다리를 일부러 분질러 구해
  주었다가 敗家亡身을 당하다.

(사) 홍부가 형 놀부를 보살펴 주자, 놀부도 잘못을 뉘우쳐 의좋게 살다.

이상 세 편의 고소설의 분석 결과를 보면 소설의 進行上 공통점을
발견할 수 있다. 이를 추출하면 대략 다음과 같은 양식으로 된다.

① 등장인물의 출생 또는 전제~(1)의 (가)(나)(다), (2)의 (가)(나), (3)의 (가)
  소설의 첫머리에서는 주로 인물 설정을 위한 간편한 방법으로 家門이나
  性格, 才質을 준비한다.

② 사건의 발생~(1)의 (라), (2)의 (다), (3)의 (나)

---

165) 〈興夫傳〉, 金東旭 編, 『古小說板刻本全集』 3卷.

①에서 설정된 인물이 빚는 사건의 실마리다. 이 단계에서는 ①에서
설정된 인물의 성격을 보충하고 확대하며 의미나 주제를 암시한다.
③ 사건의 전개~(1)의 (마)(바), (2)의 (라)(마), (3)의 (다)(라)(마)
②에서 예비된 의미를 구체화하는 행위로 나타난다. 대체로 소설의 흥
미는 이 단계에서 보이는 대립 갈등 관계에 초점이 맞추어져 있어서
변화와 파란만장의 체험을 낳는다. 이것은 갈등의 극적 긴장을 위한
점충적 상승보다는 누진적 성과 또는 단속성, 주기성이 주로 되어
있어서 필연성이 빈약하다.
④ 사건의 종말~(1)의 (사), (2)의 (바), (3)의 (바)
③에서 이루어진 누진적 성과를 더욱 확실히 입증해 보이고 확인하는
단계다. 이것은 ②사건의 발생에서 예비되었던 결과에 불과하지만
③의 과정을 거쳤기 때문에 긴장의 해소와 문제 해결이라 볼 수
있다.
⑤ 인물의 종말~(1)의 (아), (2)의 (사), (3)의 (사)
이 단계는 ①에서 설정된 인물 자체를 종결짓는 의의가 있다. ②~④
사이의 사건이 갖는 의미도 전연 버릴 수 없는 것이지만 이미 사건
은 ④에서 해결이 나버렸기 때문에 인물의 존재 가치는 없어진 셈이
다. 그러므로 이 단계는 인물의 죽음이 주로 되거나 後日譚이 되는
자리다.

<홍길동전>, <춘향전>, <홍부전>이 갖는 이 같은 공통양식은 우
선 세 작품이 '-傳'으로 되어 있다는 것에서 쉽게 얻어질 수 있는 것이기
도 하다. 傳이란 傳記的 성격의 것이라 생각되기 때문에 일단 그 傳記的
양식이 위에서 추출한 양식이라고 보아 마땅하다.
결국 출생과 죽음이라는 兩極 사이에 등장인물이 겪는 체험, 또는 그
들이 벌이고 경험하는 사건들의 다양한 변화를 끼워넣는 셈이 된다.
이때 등장인물이란 하나의 問題人物임을 알 수 있다. 그 인물이 어떤

문제를 지닌 인물인가에 따라 ②~④ 사이에 놓이는 사건은 각기 다른 양상을 띠게 된다. 庶子의 설움을 갖고 不世出을 한으로 갖는다면 <홍길동전>과 같은 소설이 될 것이며, 性格이 非正常的일 때 <흥부전>과 같은 소설이 된다. 이것은 앞서 분석한 소설이 아닌 다른 소설에도 그대로 적용될 수 있을 것이다.

고소설을 행동소설이라 했을 때, 그것은 사건이 갖는 의미만을 중시했음을 나타낸다. 그러나 사건의 主宰者로서 인물을 보게 되면 그 인물이 안고 있는 문제가 어떻게 풀려나가느냐가 그 인물의 一生과 같은 軌跡을 그리고 있음을 알게 되고 그것은 또한 인물의 傳記的 記述임을 알 수 있다.

이렇게 보면 古小說의 양식은 대부분이 問題人物의 傳記的 樣式을 취하고 있으며 그것은 앞서 보인 5단계에 해당됨을 알게 된다.

英雄小說이든 아니든 그것이 문제가 아니라 全體 小說의 展開는 대체로 인물의 傳記的 性格을 지니고 있는 것이기 때문에 內容上의 分類에는 상관없이 傳記的 樣式을 취하고 있음을 발견하게 된다. 이것은 고소설이 보편적으로 가지고 있던 樣式이라고 해도 과언은 아닐 것이다.

2) 開化期 傳記小說

시금까지 先學들이 밝혀낸 開化期 新聞小說 가운데 傳記的 小說은 그리 많지 않다. 더구나 時期的 分類가 아닌 內容上 開化의 성격을 띤 것만을 간추린다면 더욱 적어질 것이다.[166]

---

166) 여기서의 인용은 韓國新聞硏究所에서 1976년 발간한 『大韓每日申報』 影印本을 사용했다. <一捻紅>은 宋敏鎬, 『韓國開化期小說의 史的硏究』 末尾에 붙은 附錄을 이용한 것이다. 이 중 <젹션여경녹>과 <野乘西江月>은 筆者에 의해 처음 소개되는 것이 아닌가 한다. 아직까지 다른 연구가들은 이에 대해 언급하지 않고 있다.

作品名	發表紙	發表期間	文 字	비 고
젹션여경녹	大韓每日申報	1905. 8.11~8.29	한 글	完, 新發掘
野乘西江月	大韓每日申報	1905. 9. 1~9. 9	한 글	未完, 新發掘
의티리국아마치젼	大韓每日申報	1905.12.14~12.21	한 글	完
一捻紅	大韓日報	1906. 1.23~2.18	國漢混用	完
靑樓義女傳	大韓每日申報	1906. 2. 6~2.18	한 글	完

上記 作品 가운데 <野乘西江月>은 6回 連載되다가 중단된 채 그 뒤를 잇지 않았으므로 여기서 제외한다면 결국 4편의 완결된 傳記的 小說이 있는 셈이다. 量的으로 零星하기 때문에 研究者의 눈에 비교적 적게 띈 것도 사실이겠고, <一捻紅>을 除外하고 보면 전부가 『大韓每日申報』에 실려 있었다는 공통점이 있다. 더구나 新聞記事가 國漢文混用體를 사용하던 『大韓每日申報』에 이들 傳記的 小說만은 한글로 表記했다는 점도 특이한 일이며 그 시기가 주로 革新號가 나오는 1905년에서 1906년 사이였다는 것도 주목할 만한 것이다.

4편의 傳記的 小說은 그 內容上으로 보면 二大別할 수 있겠는데 첫째는 古小說型과 둘째는 開化的 性格을 가진 것이다. 그런데 古小說型은 傳記的 양식이 대체로 불완전하며 여기서 언급하기엔 부족한 점이 있기 때문에 비교적 그 양식적 특징이 뚜렷한 開化的 성격을 지닌 두 편을 우선 분석해 본다.

(1) <의티리국 아마치젼>, <一捻紅>

古小說의 傳記的 樣式에 開化期의 충격이 어떻게 작용하는가를 잘 보여주는 작품이 이 두 소설이다. 이 두 작품은 그 連載新聞의 性格을 잘 반영해 주면서도 같은 양식을 선택했다는 점에서 비교 연구해 볼 만한 가치가 있는 것이나, 本章에서는 이 작품들이 갖는 양식상의 공통점과 古小說과의 接脈에 한해서만 언급하기로 하겠다.

<의퇴리국 아마치젼>[167)]

(가) 아마치는 이태리 내수도의 한 가난한 집에서 태어났다.

(나) 어려서부터 뜻이 높고 기운이 활발하여 병법과 검술을 하여 天下를
   周遊하였다.

(다) 이태리를 통일하고자 하는 꿈을 가지고 있었다.

(라) 선농화 땅에 백성이 군사를 일으키자 이를 도와주다가 잡혀 사형을
   당하게 되었다.

(마) 달아나 남아메리카에 갔다.

(바) 우류 우위 나라에 난리가 남에 도와 주다.

(사) 오태리국이 이태리를 침략하므로 군사를 일으켰다가 실패하고 성을
   지키다 단신 달아나다.

(아) 남미주에 갔다가 다시 이태리에 돌아와 국토를 통일하다.

(자) 불국과 오국이 계속 이태리를 능모함으로 다시 싸움을 하다가 잡혔으
   나 풀려나다.

(차) 불국에서 벼슬을 주고자 했으나 이를 마다하고 고향에 돌아와 은거
   종신하다.

<一捻紅>

(가) 洛陽城東에 60歲의 楊媼이 牧丹의 精靈으로 一捻紅을 낳았는데 美色
   이었다.

(나) 2歲時 楊媼이 죽자 韓媼이 慈善心으로 키우다.

(다) 16歲時 淮匪之亂에 韓媼이 죽자 山僧 頻雲이 一捻紅을 데려다 敎坊에
   三百金으로 팔아 韓媼을 장례치르다.

(라) 雲虛老人(琴師)을 만나 琴調를 배우다.

(마) 某大官이 一捻紅을 貪해 豪奴를 보내 납치하려 하나 李廷의 家奴가
   이를 퇴치하다.

---

167) 金重河, 「開化期 新聞小說 <의퇴리국 아마치젼> 研究」에서 '아마치'가 '마찌니'
   임을 밝혔다. 이를 참조할 것.

(바) 某大官이 誣告하여 李廷이 警務廳에 잡혀가다.

(사) 某大官이 다시 一捻紅을 납치하려 하나 術客이 獵客인 駐韓日公使의 도움을 청해 이를 모면하다.

(아) 駐韓日公使가 一捻紅을 日本 女學校에 留學 알선하다.

(자) 李廷도 駐韓日公使의 도움으로 풀려나 日本 유학가다.

(차) 李廷도 露日戰爭에 從軍하여 공을 세우고, 一捻紅은 世界 各國을 돌아보다.

(카) 某大官은 露國 諜者짓을 했고, 一進會員을 죽였고, 李廷을 誣告한 죄로 死刑 당하다.

(타) 一捻紅과 李廷은 귀국하여 여러 開化事業에 活動하다.

(파) 一捻紅과 李廷이 금강산 昆盧峰에 갔다가 李廷이 道僧 圓月의 後身임을 알게 되다.

위의 두 작품을 보면 主人公의 出生에서 그들의 수난상을 중심으로 펼쳐져 있음을 알 수 있다.

	<아마치젼>	<一捻紅>
① 人物의 出生 : (가)~(다)	⌈ (가)	⌈ (파)
② 사건의 발생 : (라)	│ (나)	│
③ 사건의 전개 : (마)~(자) 一捻紅	⎰ (다)~(마)李廷 │ (사)(아)(차)	⎰ (마)(바)(자) │ (차)(카)
④ 사건의 종말 : (자)	│ (타)	│ (타)
⑤ 인물의 종말 : (차)	⌊ <생략>	⌊ <생략>

<의퇴리국 아마치젼>은 한 主人公 ‘마찌니’의 행적이 처음부터 마지막까지 일관되어 있는데 비해, <一捻紅>은 두 主人公 ‘一捻紅’과 ‘李廷’의 행적이 부딪히면서 하나의 목적을 수행해 나가는 데 특징이 있다. 그러나 두 주인공이 나타나든 한 주인공뿐이든 두 작품이 같은 傳記的 樣式을 취하고 있음에는 틀림이 없다. 그러면서도 굳이 다른 점이 지적된다면 <의퇴리국 아마치젼>은 완전한 傳記的 樣式을 취하고 있는데, <一捻紅>은 終結部가 생략된 不完全한 양식이란 것이다. 이 점은 그리 문제시 되지 않는다. 이미 있어온 여타의 작품에서도 不完全한 傳記的 樣式은 얼마든지 찾아볼 수 있기 때문이다.

오히려 특이한 점을 지적한다면 <一捻紅>이 英雄小說의 구조를 가지고 있어서 [(나), (다)]항은 영웅의 시련기에 해당되는 과정을 보여주고 있다는 것이다. 그러나 이것은 차라리 古小說이나 그 前代의 英雄說話와의 接脈을 더욱 강하게 드러내는 증거는 될지언정 흠은 아니다.

한편 <의퇴리국 아마치젼>은 그 주인공이 우리 나라 사람이 아닌 근대 이탈리아의 통일을 완성한 행동적 혁명가의 一生을 劇的으로 보여주는 것인데, 이것은 당시의 시대적 요청이 행동적 애국자의 출현을 갈망하고 있었음을 반영하는 것이고, 나아가 英雄小說을 필요로 한 것에서 비롯한 것이라 하겠다.[168]

樣式은 前代의 傳記的 樣式을 빌어왔다고 하더라도 그 속에 담은 내용이 이미 時代相의 반영임에 틀림없으니 이것은 前代의 긍정적 계승이면서 한편으로는 새로움을 더하는 叛逆作業으로 다음을 잇는 開化小說의 성격을 분명히 드러내고 있었음을 뜻한다.[169]

---

168) 李在銑, 『韓國開化期小說研究』(서울 : 一潮閣, 1972.), 開化期小說研究의 現況과 方向, 등 참조.
169) 天台山人, 趙東一 등도 의견을 같이 하고 있다. 즉 樣式은 고대소설의 것을 빌어오되 그 내용은 開化에 관한 것을 담고 있다는 바로 그것이다.

(2) 〈血의 淚〉, 〈花世界〉, 〈金의 錚聲〉

開化期 新聞에 연재되었던 소설로는 앞서 든 <一捻紅>이나 <이터리국 아마치젼> 이외에도 많았고, 이후 단행본으로 나온 신소설 중에서도 傳記的 양식을 취한 것이 많다. 이는 古小說에서 開化小說에 이르는 과정이 단계적인 것으로의 발달이라기보다는 오히려 同時的인 성격을 많이 띠고 있기 때문일 것이다. 이에 開化期 新小說 중에서 대표적인 3작품, <血의 淚>, <花世界>, <金의 錚聲>의 분석을 통해 확인하고자 한다.

<花世界>

(가) 吏房이었던 金弘鎰의 무남독녀로 守貞은 태어났다.

(나) 뛰어난 재주를 가졌으나 直星이 세어 後室로 가는 것이 좋겠다고 믿었다.

(다) 大邱 領衛隊 具參領과 定婚하다.

(라) 군대 해산으로 具參領은 종적을 감추다.

(마) 守貞은 부모가 다른 데 시집보내려 하자 집을 나와 물에 빠져 죽으려하다.

(바) 붓장사가 된 具參領과 해인사에 있는 女僧 수월암의 도움으로 되살다.

(사) 부랑배가 守貞을 납치하여 가다.

(아) 李承旨 집 하인의 도움으로 위기를 넘기다.

(자) 李承旨가 守貞의 美色을 탐하다.

(차) 수월암의 도움으로 위기를 넘기다.

(카) 具參領은 守貞을 다시 만나고, 守貞이 수월암에 맡겨 놓은 패물을 찾으러 가다가 사기꾼 金도사에게 속아 얻어 맞고, 죄인으로 구금되다.

(타) 守貞이 具參領을 구해 주고 결혼해 부모를 모시고 잘 살다.[170]

<金의 錚聲>

(가) 일남은 포천의 李參奉의 맏아들로 태어나다.

(나) 도적들이 밀어닥쳐 집을 태우고, 일남을 잡아가다.

(다) 일남은 허주사의 구제를 받아 元山에서 중학교에 다니다.

(라) 허주사의 소개장(청혼장)을 가지고 진남포의 김의관을 만나러 가다가
　　파선으로 죽게 되다.

(마) 김중일이 큰 돈을 내 놓아 구해주다.

(바) 일남은 김의관의 사위가 되기로 서약하다.

(사) 철원에서 김중일의 부모와 이웃해 사는 부모를 만나다.171)

<血의 淚>

(가) 옥련은 김관일의 딸로 태어나다.

(나) 淸日戰爭의 피난길에서 부모를 여의고 총을 맞아 부상하다.

(다) 日軍醫 井上의 구원을 받아 渡日하여 양부모로 섬기며 大阪 小學校에
　　다니다.

(라) 井上 軍醫가 요동반도에서 죽자 井上夫人이 玉蓮을 구박하므로 집을
　　나와 자살하려다 순검에게 구원받다.

(마) 무작정 기차를 탔다가 구완서를 만나 함께 美國으로 공부하러 가다.

(바) 옥련이 고등소학교를 졸업하던 날 구완서를 만나 죽은 줄 알았던 아버
　　지 김관일을 만나다.172)

　　이상의 분석을 통해 보면 이들 소설은 主人公의 시련을 중심으로 짜여
진 것이며 그 귀결은 행복한 것으로 끝난다.

---

170) 李海朝 作, 1911년 東洋書院 발행, 참고는 1969년 乙酉文化社 刊, 『韓國新小
　　說全集』 第二卷.

171) 作者未詳, 1913年 唯一書館 발행, 1969年 乙酉文化社 刊 『韓國新小說全集』 第
　　6卷.

172) 李人稙 作, 1908年 광학서포 발행, 1969年 乙酉文化社 刊, 『韓國新小說全集』
　　第1卷

	<血의 淚>	<花世界>	<金의 錚聲>
① 出生·出身	(가)	(가)(나)	(가)
② 사건의 발생	(나)	(다)	(나)
③ 사건의 전개	(다)~(바)	(라)~(타)	(다)~(바)
④ 사건의 종말	(바)	(타)	(사)
⑤ 인물의 종말	<생략>	<생략>	<생략>

여기서 보면 모든 소설이 사건의 종말은 이루어져 있으나 인물의 종말에 대해서는 구체적으로 드러내지 않고 있는 것이 특징이다. <血의 淚>의 경우는 '二권은 그 여학생이 고국에 돌아온 후를 기다리오'라는 後記가 있고 또 下篇이라 할 수 있는 <牧丹峰>이 있기 때문이라는 합리적인 이유가 있다고 하더라도 이를 굳이 적용할 필요는 없어 보인다. <花世界>, <金의 錚聲>에서도 人物의 종말 자체가 빠져 있고 앞서 본 <一捻紅>의 경우도 역시 그러했던 것은 소설 양식의 전체적 변화를 반영한 것이라 생각할 수 있다.

傳記小說 양식이 가지고 있었던 人物에 대한 인식이 이제 開化期에 오면 事件 자체에의 관심으로 옮아가고 있으며 傳記的 양식이 갖고 있는 장식적인 부분이 없어지고 실질적인 것에 더 관심을 갖게 된 때문일 것이다.

이를 입증해 주는 또 다른 분명한 증거는 서두의 변화다. 古小說의 人物의 出生으로부터 시작되는데 비하여 新小說의 경우는 오히려 사건의 발생이나, 어느 정도 전개된 중간부터 소설은 시작되고 있다. 이는 먼저 독자들의 흥미를 유발시키고 기대감을 조성하기 위한 수단이며 시간 순서의 바꿈에 의한 조작이 일어난 것이다. 때문에 出生談이 뒤에 놓여 있을 뿐이며 그 전체적인 흐름은 부분적인 시간 착오 기법이 이용되었다고 하더라도 傳記的 양식에서 벗어나지 않는다. 이를 趙東一은 영웅의 一生과 일치한 것으로 보고, 고소설의 英雄의 一生과 다르지 않다고 하면서 고소설의 긍정적 계승으로 본다.

지금까지 분석해 보인 5편의 開化期의 小說은 그 내용의 相異함에도 불구하고 傳記的 樣式을 이어받고 있다는 공통점이 발견된다. 이것은 곧 앞서 보인 古小說의 樣式과 일치하는 것으로, 開化期의 傳記的 小說이 前代의 문학에 전통적으로 접맥되어 있음을 뜻한다.

결국 개화기 傳記的 小說은 개화기에 갑작스레 나타난, 전연 새로운 양식의 소설이 아니라, 오히려 가장 전통적인 소설 양식이라 할 수 있는 전통적 양식을 크게 변형시키지 않고 계승하고 있다.

(1) 主人公의 出生·身分.
(2) 問題人物의 사건 발생.
(3) 問題人物의 사건 전개.
(4) 問題人物의 사건 종결.
(5) 問題人物의 종말… 開化期에 오면 이는 생략되는 경향이 확실해진다.

위의 圖式은, 예나 개화기나 그대로 적용될 수 있는 傳記的 小說의 기본이 되는 양식이라 말할 수 있다.

2. 討論樣式의 小說的 受容

1) 討論體小說의 樣式的 特徵

近代小說이 갖는 形式的 整齊性에서 본다면 前近代小說이나 開化小

說은 形式的으로 엉성하기 짝이 없을 것이다. 더구나 소설의 前身的 形式이라 볼 수 있는 說話는 더욱 심할 것이다. 그러나 敍事文學이라는 폭넓은 관점에서 이러한 것들이 갖는 공통성이 있을 것이고, 때문에 하나의 양식으로 대접받을 수 있다.

敍事文學의 성립 조건은 여러 가지로 이론이 분분하겠지만 일단 說話者, 聽者, 敍事內容 등의 三要素가 그 기본이 된다고 본다면 說話에서부터 近代小說은 하나의 양식으로 묶어 생각한다는 것에 大過없을 것이다.[173] 물론 近代小說로 발전된 양식에 이 三要素가 뚜렷이 나타나 있기보다는 說話者가 숨겨져 있거나 聽者의 존재는 혼적만 남기고 있거나 하는 경우가 많다. 또 敍事內容 자체에 변화가 있어, 분명한 사건의 展開가 없어지고 人物의 內面世界에 대한 분석으로 대치되거나, 사건이 변화에 의존하지 않는 경우도 생기게 되었다.

이러한 것들은 가장 原初的인 敍事文學에서 발전적 양식으로 이행되면서 생겨난 變貌로 긍정적으로 받아들여야 할 사실이라 생각된다.

그러면 討論體小說의 樣式은 어떠한가?

이 문제 해결에 앞서 이 양식에 속하는 작품들은 어떤 것이 있는가부터 밝혀둘 필요가 있다.

지금까지 연구자들이 언급해 온 것은 <향로방문의싱이라>, <쇼경과 안즘방이 문답>, <車夫誤解> 등 세 편에 불과하다.[174]

그러나 筆者가 조사한 바에 의하면 上記 작품 이외에도 「향긱담화」 「시사문답」 두 편이 더 있다.[175] 결국 이들을 합해 보았댔자 5편이라는,

---

173) 額字小說의 成立을 위해 Wolfgang Kayser가 제시한 敍事의 기본·原初的 形式은 敍述者, 敍述內容, 청중으로 이루어진다고 했다. 李在銑, 『韓國短篇小說硏究』(서울 : 一潮閣, 1975.) 참조.

174) 李在銑·宋敏鎬 등 硏究家들은 3편만 언급하고 있으며, 따로 더 있을 가능성에 대해서도 언질이 없다.

175) <향긱담화> : 『大韓每日申報』 1905. 10. 29~1905. 11. 7.
　　　<시사문답> : 『大韓每日申報』 1906. 3. 8~1906. 4. 12

量的으로 퍽이나 적다는 데 樣式으로 성립되기 어려운 바가 있어 보이지만 이에 대한 구체적인 해결은 다음 項으로 넘기고, 일단 이들 작품만으로 樣式的 特徵을 抽出하기로 한다.

討論體小說은 一見 小說이라 할 만한 구체적 발전적 사건을 갖지 않았다는 것이 가장 큰 특징이다.

時事問題를 주로 그 대상으로 하여 두 사람 또는 여러 사람이 모여 서로 자기가 생각하고 있는 바를 開陳해 나가거나, 묻고 답을 하지 않으면 당시대의 현실적인 문제에 대하여 비꼬아 諷刺하는 對話로 이루어져 있다. 그러므로 의지의 갈등에 의한 사건이란 일어나는 법이 없다.

때문에 討論體小說의 人物設定은 對立的 關係에 놓이는 두 인물의 등장은 없다는 것이 다음 특징이 된다.

비록 討論參席者가 두 인물 또는 여럿이라 하더라도 그들의 의견은 한 방향으로 固定되어 있어 반대자가 없다. 갈등의 요인을 가진 對立者로서의 인물설정이 아니라 話題를 끌어내거나 변화를 위한 配置에 불과하다.

人物의 이러한 특징은 行爲의 無意味性을 낳는다.

인물은 生動하는 小說內的 存在가 아니라 작자의 편의에 의해 등장하는 無性格性을 가지고 있기 때문에 사건은 단순한 時間的 경과나 空間的 背景의 이동을 보일 뿐이며 背景의 기능적 작용을 포기하도록 만든다.

다시 말하면 時間과 空間이 小說 속의 사건이나 인물을 支配하는 등장을 잠깐 도와주는 역할만 하고 나면 그 사명을 다한 것이 된다.

때로는 背景의 變化가 보이는 경우도 있지만 이것도 行動의 無意味性과 함께 기능적 작용이 되지 못하고 話題의 探索이나 변화를 위한 작은 考案에 지나지 않는다.[176]

이 2편이 빠지게 된 것은 **標題**에 기인한 것이 아닌가 싶다. 담화·문답이 소설이 될 수 없을 것이라는 선입관에서일 것이다.

討論體小說의 이러한 특징들은 小說樣式으로서의 결정적 흠이 되어서 토론체소설의 否定的 要素로 보이기도 한다. 그러나 좀더 세밀히 관찰해 보면 이러한 부정적 요소만이 있는 것이 아니고 肯定的 측면도 가지고 있음을 발견할 수 있다.

討論體小說이 小說樣式이기 위한 構成의 三大 要素로서의 人物, 事件, 背景이 다 否定的이긴 하지만, 全體 한 편의 小說이 갖는 시작과 중간, 끝이라는 進行에 대한 구성 의식은 분명 있었음을 놓쳐서는 안된다.177)

두 등장인물의 만남과 討論過程, 다음은 인물들의 헤어짐이란 진행이 분명히 주어져 있다. 이것은 인물들의 갈등에 의한 小說內的 사건은 비록 없다고 해도 전체 구조가 갖는 敍事性은 配慮되어 있음을 뜻한다.

[가-1] 모쳐롤지나다가슈숨향긱이모혀담화ᄒᆞᆫᄂᆞᆫ말를들은즉한사람이가
　　　　로디지금세계ᄂᆞᆫ참휘황챤란ᄒᆞᆫ세계라
[가-2] ……그러면그사람들은장싱불ᄉᆞ허게쳠긔막히고통곡홀일이로다ᄒᆞ
　　　　며일장담화가모다시극이잘못되여가믈한탄ᄒᆞᄂᆞᆫ말이더라
<향긱담화>178)

[나-1] 일전에엇더ᄒᆞᆫ소경한아이……망건일ᄒᆞᄂᆞᆫ안즘방이가그소경을불
　　　　러갈오디……

---

176) <향로방문의싱이라>에서 노인이 자신의 과거, 집안이 망하기까지를 얘기하는 대목은 시골이 背景이 되어 있고, 醫生을 방문하여 토론하는 것은 서울을 배경으로 하고 있다. 이런 배경의 이동은 그 자체에 의미가 있는 것도 아니며 또 이것조차 대화 속에서 진술되어 있다. 만일 이의 獨立性을 인정한다면 額子가 성립될 가능성이 생긴다.

177) 敍事構造의 進行을 시작(처음)·중간·끝으로 나누어 생각한 사람은 Aristoteles다.

178) 이 인용에 사용된 『大韓每日申報』는 景仁文化社에서 1976년에 낸 影印本이다. 이하 『申報』로 略稱한다.
[가-1] 『申報』 1905. 10. 29, [가-2] 『申報』 1905. 11. 7.

[나-2] ……참기막힌말일셰하며허회장탄한노리일곡부르면셔막디를두루
혀갓더라그노리에ㅎ엿스되……

<쇼경과안즘방이 문답>179)

[다-1] 시골스눈로인한아이시국이소요홈을듯고관광츠로쥭장마혜에도
보로상경하야각쳐로도라다니다가모쳐약국에드러간즉그약국쥬인
의싱이마져좌정ㅎ후무러갈오디……
[다-2] ……취흥을불승하야단가일곡화답ㅎ니낙지기즁이안인가그디눈취
하엿고나눈장츠갈터이니후일을다시긔약노라

<향로방문의싱이라>180)

[라-1] ……모쳐병문에셔여러스람드리모야안져각기소경수로보고들은말
을셔로논란허눈디기즁에인력거군ㅎ아이ㄱ로디……
[라-2] ……일단병근이될듯ㅎ니도로혀듯지아니ㅎ얏슬쎠만갓지못ㅎ도다
ㅎ고인력거를쓸고가며즈탄가노리ㅎ니……

<車夫誤解>181)

[마-1] 근일츈긔화창ㅎ미엇던션비량인이손을글고놉흔곳에올나안져장
안디도상왕리ㅎ눈사람을지졈ㅎ며고금치란의시비를평론ㅎ야……
[마-2] ……인ㅎ야구양용의지은바셕양지산에인영이신란ㅎ고금죠눈지산
림지이부지인지낙의글귀를을푸며산에나려각기집으로도라가니라

<시사문답>182)

*[-1]은 시작을, [-2]는 끝부분을 나타낸다.

179) [나-1] 『申報』 1905. 11. 17. [나-2] 『申報』 1905. 12. 13.
180) [다-1] 『申報』 1905. 12. 21, [다-2] 『申報』 1906. 2. 2.
181) [라-1] 『申報』 1906. 2. 20, [라-2] 『申報』 1006. 3. 7.
182) [마-1] 『申報』 1906. 3. 8, [마-2] 『申報』 1906. 4. 12.

위의 인용문을 보면 등장인물의 만남으로 시작하는 처음과 討論으로 충당된 중간, 토론이 끝난 뒤의 헤어짐으로 敍事構造를 마무리짓는 끝이 분명히 드러나고, 話者(敍述者)의 存在는 끝 부분에서, 청중의 存在 또한 끝 부분에서 그 殘滓를 보여주고 있다.

이러한 作家意識은 결국 敍事構造에 대한 자각을 나타낸 것이며, 나아가 이것은 虛構性에 대한 인식도 동시에 드러내는 것이라 할 수 있다.

그러나 <금수회의록>, <自由鍾>, <天中佳節>과 같은 新小說에서는 始作과 終末에 상당한 허구성이 가미되고 있다. <금수회의록>에서는 '序言'이라는 章이 따로 마련되어 소설의 시작에 앞서 筆者의 뜻이 직접 開陳되어 있는 중에 허구적 場所의 설정이 상당히 寫實的으로 준비되어 있다. <天中佳節>에서도 '부인계 다화회 발기인' 명의로 회의 소집문이 첫머리에 실려 있고 회의장의 묘사도 사실적이며 회의진행 과정도 촘촘히 묘사되어 있다. <自由鍾>도 이에 못지 않게 '이매경'의 생일에 초대된 사람들의 토론이 진행되도록 유도하는 머리가 있다. 이에 비하면 끝막음은 대체로 허술하며 <天中佳節>이나 <自由鍾>이 다 토론의 끝남이 소설의 끝으로 되어 있다. 이에 비하면 <금수회의록>은 '폐회'가 있고 시작의 '序言'과 같은 성질의 筆者의 뜻이 開陳되는 것으로 끝막음을 한다.

이들은 앞서 보인 『大韓每日申報』 등의 신문에 연재된 것에 비하여 단행본으로 인쇄되어 나왔다는 점과 적어도 新小說에 대한 인식이 어느 정도 작용하고 있어서 樣式에 대한 의식이 더 첨가되었기 때문이 아니었나 싶다. 그러나 이 虛構性에 대한 인식이란 小說內的 事件에로 향하는 것이 아니라 人物認定과 全體構造에 대한 것이며, 그것은 說話가 갖는 人物設定이나 구조와 같은 차원에 놓여 있음을 보여주는 것이다.

특정한 個性을 갖는 인물로서가 아니라 다음에 전개될 사건에 필요한,

꼭 알맞은 정도의 平面的 人物이 說話的 人物이듯이, 討論體小說에 등장하는 인물 역시 다음에 전개될 討論에 가장 적당한 인물이면 되는 것이다. 이것은 討論體小說이 인물에 의한 主題의 구체화에 이르는 근대소설의 차원에 이르지 못하고, 주제를 감당할 인물을 後選하는, 즉 이미 결정되어 있는 내용이나 주제를 話題로 삼아 討論에 임할 수 있는 인물로 설정되어 被動的으로 등장하게 되는 경로에 의해 人物設定을 하기 때문이다.

그러므로 인물은 虛構的이라 하더라도 自意性보다 他意性—作者의 意圖에 따라 토론을 전개해 나가는 無性格的 特性을 가질 수밖에 없이 되어 있다.

그러나 이러한 無性格性은 근대소설 이론에서 인물만을 독립시켜 생각했을 때만 그러한 것이지, 인물설정의 과정에 작용하는 作者의 意圖를 결합시켜 고려한다면 意圖的 인물이 될 수도 있는 것이며, 虛構的 인물로서 小說 內의 討論을 主宰하고 이끌어가는 역할을 충분히 담당해 낸 能動性을 가졌다 할 수도 있다.

결국 討論體小說의 인물은 설화적 서사구조에 알맞은 정도의 虛構的 인물이라 할 수밖에 없겠지만, 허구적 인물임에는 틀림없는 것이고, 또 作家가 敍事構造에 대한 자각을 갖고 있었다는 점은 否認할 수 없다.

다음은 토론의 진행과정에서 발견되는 특성이다. 토론의 진행은 소설 전체를 일관하는 論理的 전개가 되지 못하고 개별적인 몇 개의 事項이 순서없이 다루어져 裝飾的 反復(Decorative pattern)을 이루고 있다.183) 때문에 討論進行에 필연성이 없고 산만한 느낌을 주며, 개별적 작품의 독립

---

183) C. Brooks & R. Penn Warren, *Understanding Fiction*에서 Pattern을 <플롯 속의 우발적 사건과 작은 사건들의 반복과 같은 의미있는 반복>이라 했다. 또 이를 나누어 장식적인 것(Decorative Pattern), 심리적인 것(Psychological Pattern), 논리적인 것(Logical Pattern)으로 구분하였다. 이를 小說분석에 적용, 시도한 金重河, 「Pattern分析에 의한 韓國小說의 연구」, 『釜山大學校 文理大論文集』 第15輯(1976)을 참고할 것.

성은 인정할 수 있어도, 여러 작품 사이에 同一한 事項의 重複이 드러나기도 하고 극적 긴박감이나 탄력성을 갖지 못하고 있다.

그런데 <향로방문의싱이라>, <自由鍾>, <금수회의록>, <天中佳節>은 작품에서만은 額子小說로서의 가능성을 엿보이기도 하여 작품의 구성에 약간의 탄력성이 생겨나기도 하지만 역시 裝飾的 反復 수법이 크게 작용하고 있음에는 틀림없다.

대체로 이러한 평면적 진행에 변화를 주기 위한 考案으로 사용되는 短歌 또는 長嘆歌類의 삽입이 보이기도 한다. 이것은 작자에 의한 구조적 장치라 단정할 수 없다 하더라도 전체 敍事構造에 다양성과 탄력을 가져온다는 점에서 그 효과를 인정해 줄 수 있겠다.

이상 언급한 바를 요약하면, 討論體小說이 비록 사건의 전개도 없이 대화 또는 토론, 問答을 주로 하는 특징 때문에 小說樣式으로서의 허점을 드러내고 있다 하더라도 敍事構造를 가졌으며, 人物設定이 虛構性에 바탕하고 있어 일단은 小說樣式으로 인정할 수 있다는 것과, 裝飾的 反復 수법에 탄력과 다양성을 주기 위해 短歌 또는 長嘆歌類가 삽입되어 있다는 특징을 발견할 수 있다고 하겠다.[184]

2) 討論體小說 樣式의 連脈

討論體小說의 기본 구조가 허구적 인물의 설정을 위한 시작과, 토론을 진행시키는 중간, 인물의 물러남인 끝으로 짜여져 있음은 前項에서 이미 밝혔다. 또 이러한 구조는 발전된 근대소설의 구조라기보다는 說話에 가까운 것이란 점도 인물 설정의 단계에서 이미 밝혀진 셈이다.

---

184) 특히 <쇼경과 안즘방이 문답>, <향로방문의싱이라>, <車夫誤解>에 長嘆歌의
삽입이 많다.

　說話的 구조를 가졌으되 중간 부분만 특이한 討論의 형식을 취하고 있는 것이 討論體小說의 구조적 특징이겠는데 그러면 이러한 小說樣式 은 어디서 어떻게 발생하게 되었는지를 本項에서 考究하고자 한다.

(1) 說話에서의 傳承

　하나의 새로운 문학 양식은 갑작스럽게 나타날 수 없는 것이라면 討論 體小說 양식도 이에 앞선 유사한 양식이 있어 이의 變形·發展的 단계로 나타났거나, 아니면 이의 발생을 자극하였을 어떤 충격이 있었을 것이라 생각된다.

　筆者는 討論體小說의 발생이 우선 형식적 유사성에서 說話 양식의 영향을 받은 바 있었을 것으로 생각한다.

　說話는 대체로 하나의 話素(motif)에 의해 이루어지는 간단한 사건의 推移를 보여주거나, 顚末을 밝히는 것이긴 하지만 드물게는 才談 또는 對話로 이루어지는 것도 있다.

　孫晋泰氏의 『韓國民族說話研究』에 실린 '山之高高撑石故'185)는 對 話形式을 빈 對句를 중심한 說話로, 영리한 둘째 사위만을 偏愛하는 丈人 과 거기에 편승하려 드는 알량한 同婿를 비꼬아 주기 위한 첫째 사위의 재치와 해학을 담은 것이다.

　이러한 說話의 中心은 등장인물의 對比보다는 才談에 있고, 그것은 問答의 형식을 빌거나 대화를 통해서 목적을 달성하는 것인데 開化期에 까지도 더러 전혀져 왔던 듯하다.

　1898년 1월 15일 독립신문에 실린 어느 학도의 글 가운데 <속담>이

---

185) 孫晋泰, 『韓國民族說話研究』 再版, (서울 : 乙酉文化社, 1954.), pp.80~82.
　　이 책에서는 對話로 풀이된 것을 인용의 편의상 줄여 中心漢文句만 적었다.
　　인용 부분 다음에 '내 머리는 왜 이렇게 벗겨졌느냐?'는 질문이 더 있다.
　　이와 유사한 戲詩와 부분적으로 다른 說話에 대한 언급도 있다.

라고 하여 다음과 같은 것이 실려 있다.

> "믈시 ㅎ나이 명산 대쳔에 두루 다니다가 흔 심에 들어가 기고리를 보고
> ㅎ는 말이 그디가 격막흔 우물밋히 잇서 셰상이 엇더 흠을 아지 못ㅎ니
> 실노 흔심ㅎ고 민망ㅎ도다 네 나를 좃차 우물 밧긔 나오면 텬디의 광활흠과
> 일월의 명낭흠과 산쳔의 슈려흠과 화초의 번셩흠을 력력히 구경홀 것이
> 오… 기고리 디답ㅎ되 그디 말슴이 허황ㅎ고 오활ㅎ도다 우리 죠샹으로붓
> 터 여러 셰디을 이 곳에셔 살아… 그디 말을 드를 리도 업고 밋을 것도
> 업노라 믈시가 기고리의 고집흠을 보고…186)

비록 의인화된 것이라 할지라도 양식은 對話를 중심으로 하고 있으며 '山之高高撑石故'와 별로 다르지 않다. 이 이외에도 이런 類에 속한다고 볼 수 있는 說話, 또는 조금 變形된 것이 간간이 발견된다.

더 나아가 孫晋泰氏의 解說처럼 어린이들의 재치를 다루어 보기 위한 수수께끼에 가까운 것으로, 예를 들면, 큰 빈 독 속에 공이 빠졌는데 독을 깨지 않고 건질 수 있는 방법은 없겠느냐는 식의 것도 才談式 說話의 불완전한 형식 또는 變形으로 본다면187) 이런 對話 問答 형식의 설화는 상당히 많이 널리 알려져 있는 셈이다.

이렇게 알려지고 있는 설화의 양식은 討論體小說의 그것과 많이 닮은 점이 있다. 처음부는 人物設定을 위해 간략히 줄여지고 對話가 중간부를 차지하여 中心을 이루며, 끝은 처음부에서 보인 인물들의 관계에 변화가 오거나 그냥 밋밋하게 별다른 설명없이 닫힌다. 이 類似點으로 보아 問答 形式의 說話가 직접적으로 討論體小說로 變形되었다고 단정할 수는 없

---

186) 『독립신문』 1898. 1. 15. 中央文化出版社에서 1969년 影印한 것을 이용했다. 이하 인용은 같은 책.

187) 孫晋泰, 『韓國民族說話研究』, pp. 69~71에서 <兒智에 관한 說話>라 하여 수 수께끼의 근원이 說話에 있다고 했다.

어도 그 連脈은 있었다고 推定할 수 있겠다. 다시 말하면 討論體小說 發生을 도운 또는 자극한 원인 중의 하나로서 說話를 들 수 있을 것 같다.

(2) 漢文小說 또는 前代敍事文學의 영향

說話와 함께 討論體小說 發生에 영향을 주었을 것으로 前代의 敍事的 성격의 문학 또는 漢文小說을 들 수 있을 것이다.

<要路院夜話記>에 보면 朴斗世가 京華巨族의 오만함과 알량함을 비꼬고 무릎꿇게 한 얘기가 있는데 이것도 사건의 전개에 의한 것이 아니고 對談을 통한 것이다.

我觀鄕之賭　　　(내 쇠골나기를 보니)
怪底形體條　　　(형상가지기를 괴저히 하는도다)
不知諺文辛　　　(언문 쓸 줄을 아지 못하니)
何怪眞書沼　　　(어찌 진서 못함이 고이하리오)
인하여 날을 화(和)하라 시기거늘…
我觀京之表　　　(내 서울 것을 보니)
果然擧動戎　　　(과연 거동이 되도다)
大抵人物貸　　　(대저 인물을 꾸엿이니)
不過衣冠夢　　　(불과 옷과 관을 꾸몃도다)[188]

空間的 배경은 要路院의 한 客舍로 고정되어 있으며 時間의 경과는 문제가 되지 않는다. 이야기 속의 시간은 이야기 밖의 시간과 일치하고 있어서 별다른 의미가 없기 때문이다. 이 <要路院夜話記>는 그러므로 敍事的 구조를 가졌으면서도 사건의 전개에 목적이 있는 것이 아님은 두말할 여지가 없고, 對談을 통해 京華巨族의 오만불손함을 꺾고 諷刺하

---

188) 李秉岐 選解, <要路院夜話記>, 三版, (서울 : 乙酉文化社, 1958.), pp.20~24.
　　　이용의 편의상 다른 대화는 빼고 풍월놀이 부분만 인용한 것이다.

는 語弄에 主眼點이 있는 것이다.

이런 類의 敍事的 글은 그 例가 더러 보이며 또 漢文小說 중에서도 발견된다.

燕巖의 <虎叱>은 漢文小說로 널리 알려져 있으며 그 諷刺性을 높이 사고 있는 작품이다. 이 作品의 强點은, 호랑이가 똥통에 빠진 北郭先生을 꾸짖는 대목에 있으며 또 北郭先生이 호랑이 앞에서 비굴해진 모습에도 있다. 이런 것들은 다 對話에 의해서 효력이 발생된다는 점에 有意할 필요가 있다. 구체적인 등장인물의 행동에서가 아니라, 그들의 입을 통해서 이루어지는 것이다. 이것은 對話에 中心을 두고 있으며 직접적인 효과를 의식한 發言을 강화하고 있다. 이렇게 대화를 중심한 다른 예로 靑邱野談 栖碧外史 海外蒐佚本에 실려 있는 <聽驟雨藥商得子>를 들 수 있다.

이 작품은 藥肆라는 한정된 空間的 背景 속에서 藥僧가 20年 전의 아들을 만나게 되는 과정을 대화로 엮고 있다.189) 이것은 사건 진행이 대화 속에 內在하고 있어서 앞서 보인 <要路院夜話記>나 <虎叱>과 같다고는 할 수 없으나 대화를 방편으로 이용하고 있음과 짜임새의 유사성, 즉 중간부가 대화로 어울려 있고, 거기에 中心이 놓여 있다는 점에 注意해 볼 만하다. 이것은 討論體小說이 중간부의 대화로 된 토론을 중점한다는 점에서 상당히 닮은 바가 있다.

<要路院夜話記>나 <虎叱>, <聽驟雨藥商得子>가 討論體 小說의 前代的 의미를 가졌다고 단언할 수는 없겠지만, 앞서 든 說話들과 함께 討論體 小說 양식의 발생에 영향하였을 것이라는 假定은 그 양식상의 類似性에서 肯定되어도 좋을 것이다.

---

189) 李佑成·林熒澤, 『李朝漢文短篇集』<中>(서울 : 一潮閣, 1978.)에서 <驟雨>라 표제한 것을 再引用하였다.
여기서 대화는 과거의 사건을 풀어나가는 구실도 한다. 비를 피하고 있던 청년과 藥僧 사이에 대화가 이루어지면서 父子間임을 확인하게 된다.

(3) 開化期 新聞 論說의 영향

開化期 新聞의 論說은 現代新聞의 그것과 기능을 같이 한다고 하겠으나 그 양식이 일정하게 정해져 있었다 할 수 없다. 社是나 主張만을 위한 것이 아니라 他新聞의 報道에 대한 辨說을 싣기도 하고 條約이나 法令에 대한 해설을 붙이는가 하면 러시아 海軍의 군단 규모를 소개하기도 하며 심지어 학술논문이라 볼 수 있는 것까지도 싣고 있다.[190] 이러한 다양한 내용보다 筆者의 관심을 끈 것은 論說의 硬直性을 피하여 問答形式을 취하는 양식이다. 그 事例가 그리 많지를 않지만 이런 양식은 討論體小說과 유사한 점이 많으며 그 영향관계를 가정해 볼 수 있을 것 같다.

> [가−1] 일젼에 엇더흔 대한 신스 흐나이 외국 정치가 흐나를 못나 보고
> 방금 세계 사졍과 동양 형편과 별노히 대한 일을 이약이 흐는더
> 대한 사룸이 즈긔 나라 일노 미우 걱졍흐거놀 그 외국 정치가가
> 말흐되 내가 만일 대한 사룸이 되엿드면 다니며 나라 걱졍을 덜흐고
> 안져서 실상 근심 되는 일을 펴일 도리를 흐겟노라 대한 사룸 말이
> 무슴 도리가 잇나냐…
> [가−2] 이 이약이가 미우 쟈미잇기에 그지흐니 우리 신문 보는이는 그
> 대한 사룸의 쳐디를 당히셔 엇더케 쟉뎡 흘는지를 요량들 흐여 보시
> 요.[191]

[가 1]은 論說의 서두요 [가−2]는 그 끝이다. 이 양식만으로 보면 討論體小說의 그것과 전연 같아 보이는데도 다만 머리에 <론셜>이라 붙어 있어 소설로 취급되지 않았던 것이다.

---

190) 『皇城新聞』에는 論說이라 하여 「我韓疆域西北沿革攷」를 싣고 있으며 『大韓每日申報』에는 「빨틱함딕」라 하여 러시아 海軍力을 소상히 보고해 주기도 한다.
191) 『皇城新聞』, 1903. 6. 27. 韓國文化開發社 影印本(1974.)을 대본으로 하였음. 이하 같음.

허구적 인물의 설정을 위한 처음부에서 두 사람의 만남으로부터 시작하여 토론의 중심문제로 유도하고, 그 토론이 끝남과 함께 인물의 관계는 정리된다. 끝부분에서 글쓴이는 앞서 한 얘기를 객관화시켜 하나의 완결된 敍事構造를 갖게 만들고 있다. 이것은 비록 <론셜>이라 이름 붙어 있긴 하지만 양식상 討論體小說이라 해도 무방하다.

다음은 『皇城新聞』에 실린 問答形式의 論說이다.

[나-1] 有一農家者流ㅣ過之而憂日金玆次(?)歲에兩旱이兼至하니大饑之
　　　患을惡得免乎리오哀我齊民이迨其相見于○墾이無日也로다하야
　　　눌記者ㅣ日曷謂兩旱고한더客日農家之諺에有之하니日天旱日地
　　　旱이是也라하야눌記者日可得聞乎아客日…192)

[다-1] 或이有問日今閱貴報上所論滿洲問題一篇則抑揚反覆에痛論日俄
　　　之情形하니可謂妙解於時局之事狀이로더但未知足下ㅣ何以知俄
　　　人之非眞個撤兵이며日人之實無意於開戰也오記者ㅣ日…193)

[나-1]은 三旱問答이라 題한 論說이고 [다-1]은 滿洲問題問答이란 標題가 붙어 있다. [다-1]은 비교적 解說的 성격을 띠고 있으며 時局의 문제에 대한 바른 판단을 유도하기 위한 목적 즉 論說의 정도를 밟고 있다. 그러나 [나-1]은 여기서 한걸음 더 나아가 批判的인 안목과 諷刺的 성격을 첨가하고 있다. 三旱은 自然的인 天旱과 地旱에 人旱을 더하고 있음이 그것을 드러내는 것이다.

[나-2] …惟以侵漁浚剝에 營私肥己로枷鎖溢犴하고鞭箠盈庭하야鵠形鬼
　　　面이十顆八九하며鴈戶蔀屋이百存一二하야盜賊이次橫하고　人烟
　　　이冷寂이면是난所謂人旱地라…

---

192)『皇城新聞』, 1903. 10. 16.
193)『皇城新聞』, 1903. 10. 16.

人乭의 지경에 도달하게 되는 원인은 정치가 잘못되어 있거나, 官人이 백성을 생각지 않고 私腹을 채우고 있는 때문이라는 것이다. 이렇게 爲政者의 부패와 부조리를 매섭게 찌름은 論說 本來의 양식인 直敍의 방법이나 힘찬 논조로도 가능했을 것이며, 또 이러한 논설도 자주 실린 바 있었는데 새삼스레 또 問答形式으로 싣는 까닭은 무엇일까?

論說이 갖는 硬直性을 피하여 목적을 달성하려는 의도나 토론을 통한 注入式 효과를 노려 이런 양식이 선택되지 않았나 싶다. 그러나 결과적으로는 이러한 양식이 논설의 直接性을 굴절시켜 소설양식에 더 가까워지도록 하였으며 다분히 虛構的 분위기를 조성시키게 만든 셈이다.

여하튼 이러한 問答形式 또는 討論形式의 論說은 거기에 머물지 않고 다음의 討論體小說 樣式 발생에 連脈되어 있음은, 그 양식의 유사성과 意圖的 諷刺性, 解說的 역할 등으로 立證될 수 있다.

이상으로 筆者는 討論體小說 樣式 발생에 영향을 주었을 세 분야, 說話, 漢文小說 또는 前代의 敍事的 文學, 開化期 新聞의 論說 등에서 그 가능성을 찾아보았다. 이 중 어느 하나만이 절대적 영향력을 행사했다고 단정할 수 없듯이 이 세 분야의 복합적 영향하에서 討論體小說 樣式이 發生했을 것이라는 가정 또한 부정하기 어려울 것이다.

그것은 序頭의 虛構的 構造, 結尾의 단순성, 중간부의 분담 또는 토론 형식 등과 같은 樣式的 類似性과 人物의 虛構的 設定에서 확인되기 때문이다.

Ⅴ. 開化小說의 文學史的 意義

개화기는 조선조의 붕괴와 서구 문화의 충격에 따른 새로운 문학의 萌芽期로서 전통 문학의 확장과 함께 변신을 불가피하게 했다는 점에서 지극히 중요한 시기다. 그러나 이러한 변혁이 전통성의 부정과 와해만을 뜻한다고는 볼 수 없으며, 또한 이 때문에 문학사의 단절이 정당화될 수도 없다. 어떤 역사에서도 시대 구분은 두 시대의 변별 요인이 극적인 대립을 보여 주고, 그러한 변별성에 근거하여 이루어지지만 엄격한 의미로는 두 시대가 맞닿는 중간 완충지대로서의 변환기는 조심스럽게 다룰 수밖에 없는 것처럼, 개화기도 역사적 변혁과 문학사적 시대 구분이 꼭 일치되어 할 이유가 없으므로 특히 조심스럽게 다루어야 할 것이다.[194]

고전문학의 전통성이 와해되기 시작하면서 그 끝마무리를 하는 시기가 조선 왕조의 붕괴와 그 궤를 같이 하고 있어서 고전문학사는 개화기 앞에서 끝나야 하고 신문학사는 개화기로부터 시작된다는 생각이 사실상 문학사의 단절을 합리화시키는 듯이 보였다. 그러나 개화기는 결코 신문학사의 시작이라는 일면적 의미에 국한되지 않고 고전문학의 끝으로만 치부할 수 없는 양면성을 지니고 있는 중간 완충지대로 보아야 하겠다.

그러므로 개화기의 소설 연구는 어느 일방의 면을 강조하기 위해서 연구될 것이 아니라 이러한 양면성의 통합을 전제로 연구되어야 옳은 시각일 것이다.

---

194) 韓國史의 時代區分에도 문제가 없는 것은 아니지만 대체로 朝鮮朝의 붕괴가 封建制의 종말로 보는 점에서 별다른 이의가 없는 것 같다. 이러한 史的 인식이 文學史에도 그대로 적용되어 朝鮮朝에서 古典文學은 끝나는 것으로 보려는 태도가 지배적이다.

이것은 개화기 문학이 어떻게 전통성과 접맥되어 있는가를 따지고 그 연계성을 확보하는 일인 동시에 새로운 국면으로의 발전을 동시에 통합할 수 있는 차원의 연구가 필요함을 뜻한다.

1. 內容構造의 問題

개화소설은 일단 고소설에 대한 대응체계로 발생한다고 보아야 하고 그것이 하나의 줄기로 이어지지 못하고 크게 두 갈래로 나누어져 전개되었음을 먼저 인정해야 한다. 그 두 개의 갈래는 첫째는 漸進開化派의 의식체계를 그대로 계승하고 있는 것이요, 둘째는 急進開化派의 지향 체계에 동조하고 있는 것이다.

첫째는 주로 개화기 민족신문에 연재되거나 거기에 직접·간접으로 호응하는 인사들에 의해 쓰여진 소설이고, 둘째는 친일 성향을 가진 신문에 연재되거나 소위 신소설이란 명칭으로 불리우는 대부분의 소설들이다.

그러므로 이들은 하나로 통합될 수 없는 문학 외적 조건들에 의해 제한받기 때문에 그 주제나 의미 구조 또한 일치될 수 없음이 사실이다.

그러나 이들이 갖고 있는 공통점은 개화기가 안고 있던 문제 의식을 이념저으로 반영하고 있으며, 그 이념의 전달 매체 또는 효과적인 전달 수단으로 소설 양식을 활용하고 있었다는 점이다. 결국 당대가 지니고 있는 문제를 보는 시각과 그 문제의 구체적 표출에 의해서 발생된 개화소설 의미 구조의 상이성은 사회 구조가 지니고 있는 다면성의 반영이라 판단할 수 있다는 것이다.

사회 발전과 변혁의 투영체로서 소설을 보아야 한다는 소설사회학의 입장에서 보면 古小說과 開化小說의 주제나 의미 구조의 변화는 소설 자체의 발전적 변화가 아니라 그들을 있게 한 사회 구조의 반영에 의한 필연적 귀결이라는 결론에 도달한다. 그러므로 고소설의 주제가 권선징악, 忠誠心의 고취, 처첩의 갈등이나, 영웅적 인물의 출현 기대감, 신분 상승의지의 표현, 서민 의식의 표출 등이 중심 내용이 될 수밖에 없는 것은 조선조 사회 구조 자체 내부 갈등을 해결하고자 하는 의식의 반영이고, 당대적 윤리관 위에 놓이는 모든 문제들을 수용하고 있음을 뜻한다. 또한 開化小說 속에 나타나는 의미 구조도, 조선조 사회 구조의 변동에 기인한 것이므로 그것이 비록 외형적 양상은 달리한 것처럼 보이는 평등의식, 여권신장, 국권의식 고양, 개화 지향성 등도 조선조 사회 변화의 중심과제에서 크게 벗어나지 않고 있다.

역사적 전개가 한일합방이라는 치욕적인 결과에까지 도달하고 있는 상황에서 사회 변동의 중심과제 가운데서도 가장 심각한 것으로 인식했어야 할 국권에 대한 자각이 철저하지 못했다는 데 대한 책임은 어떤 명목으로로든 면제될 수 없다는 논리는 지금, 여기에서의 판단에 불과하다. 당시대 서민의식의 차원은 현실의 체념적 수용에 빠져 있었거나 판단을 내리기 어려운 혼미한 상태에 놓여 있었다. 또 그것은 완강한 제도적 장치로 이런 의식의 계발을 방해하고 있는 사회 구조상의 폐쇄성으로 인하여 겉으로 드러날 수 없었던 것이었다. 결국 용납될 수 있는 것은 국권의식과 민족의식을 제외한 분야에만 한정되어 있었다.

이러한 사회적 여건이 1910年代 신소설의 내용·구조를 구속하는 문학 외적 완강성이라 볼 때 신소설의 의미구조는 소설 양식의 내부적 제한성에서가 아닌 외적 조건에 의한 규제라고 보아야 옳다.

문학 외적 조건의 완강성이 소설의 의미 구조를 제한했다고 보는 시각과 사회의식의 투영체로서 소설의 의미 구조를 이해해야 된다는 입장은 서로 相馳되어 보이지만 開化期의 특수한 상황은 이들을 하나로 일치시키는 강제성으로 작용하고 있었기 때문에 외형상 같은 꼴로 나타날 수밖에 없었던 것으로 판단된다.

고소설이 가지고 있는 문제와 개화소설이 갖는 의미 구조는 외형상 당대적인 것으로 대치되었다는 변화에도 불구하고 결코 발전되지 못했다는 결론에 도달한다. 이를 달리 말하면 의미 구조가 문학 외적 조건에 의해 구속받으면서 제한되었다는 점으로 소설사적 전개를 보면 개화소설은 고소설의 단계에 그대로 머물러 있는 셈이다.

흔히 개화소설이 고소설의 부정적 계승으로서 그 의미 구조가 새로운 것으로 바뀌어졌다고 지적하면서[195] 그 발전성을 인정하는 관점도 있지만 필자의 생각으로는 이러한 외관상의 대치·변화 자체가 지니는 외형적 의미는 크지 않다고 본다.

의미 구조가 아주 새로운 각도로 바뀌는 것은 1920年代에 와서야 가능하고 그 이전까지는 同義異音的 의미 구조였을 뿐이며, 이것은 그대로 전통성 위에 놓여 있다고 보아야 한다는 것이다.

그러므로 開化小說은 당대적 사회 변동의 중심 과제를 반영하고 있어서 古小說의 중심 과제와는 아주 달라 보이지만 기실 그것은 국권의식, 체제긍정적 태도, 평등의식의 고양, 개방성에의 기대 등이 고소설의 차원에서 벗어나지 못하였을 뿐만 아니라 그 전통성에 기대고 있을 따름이다.

이것은 어디까지나 소설사의 전개가 의미 구조의 구분에 따른 것이 아니란 점에서 이론적 뒷받침이 되는 것이다.

---

195) 白鐵·趙演鉉 등 開化期의 小說을 연구한 先學者와 그 뒤를 잇는 趙東一 등의 연구가들은 한결같이 新小說의 내용이나 主題가 古小說과 다른 점을 지적하고 그것이 곧 발전적인 것으로 결론짓는다. 특히 趙東一, 『新小說의 文學史的 性格』(1973.)에서 주제와 내용을 否定的 繼承이라 하고 있다.

2. 樣式構造의 問題

논자에 따라 양식 구조는 古小說의 전통성을 그대로 답습하고 있는 가장 두드러진 부분으로 지적되기도 했다.[196] 그러나 필자의 소견으로는 오히려 반대의 입장에 서는 것이 더 합리적일 것 같다.

양식이란 일단은 외형성과 형식 구조를 전제로 이루어지는 논리다. 그것이 비록 의미 내용과 불가분의 관계에 놓여 있다고 하더라도 형식 구조의 변화에 따른 의미 구조의 변화가 이루어지는 것이기보다 의미 구조의 변화가 형식 구조의 변화를 초래한다는 우선 논리가 더욱 타당한 것으로 보기 때문이다. 여기서 말하는 의미 구조는 광범한 내용 일반과 문학의 근저로서 인간관까지를 포함하는 것이다.

고소설의 양식 구조는 먼저 天來的인 本性을 바탕으로 한 固定的 운명론에 입각한 인간관이 전제되어 있음을 알 수 있다. 그러므로 古小說의 기본 양식은 출생에서 시작되어 죽음에 이르는 과정의 시간적 추이에 따르고 있다. 허구적 소설 속의 한 개인이라 할지라도 일상적 인간은 큰 운명론적 테두리를 벗어날 수 없다는 인식과 그 운명은 인간의 노력에 의해 결정되고 만들어지는 것이 아닌 태어나면서 결정되어 있다는 고정관념에 사로잡혀 있다. 그래서 소설의 끝은 곧 인물의 끝과 동일시되고 인물의 끝은 소설의 마감으로 일치되어야 한다는 인식에 놓여 있기 때문에 대부분의 소설의 끝은 주인공의 죽음으로 귀결된다. 그 사이에 일어나는 우여곡절의 사건이 갖는 기복에 따라 뒤바뀌는 구조, 어려움·고난의 상황설정과 이의 극복이라는 패턴이 어떻게 중복되느냐에 따라 소설의 양식적 외형은 결정된다. 이를 달리 보면 幸과 不幸의 반복적 연속으로

---

196) 趙東一, 『新小說의 文學史的 性格』(1973.)에서 형식 구조는 그대로 古小說 양식의 肯定的 繼承이 이루어졌다고 지적한다. 즉 新小說은 英雄의 一生에 해당되는 형식 구조가 그대로 답습된다고 하였다.

보이며, 대전제의 끝없는 부정으로 이어지는 듯이도 보인다. 그러나 이는 幸·不幸의 섞바뀜으로 보기보다도 문제의 제기 또는 문제와의 만남과 해결이라고 생각하는 것이 옳고, 이것은 神話體系에서 말하는 일종의 探索過程에 해당된다고 볼 수 있다. 그 탐색과정에서 만나는 문제가, 신화체계의 비현실성이 현실적인 것과 만나는 자리에 놓여 있다는 점이 古小說이 신화나 설화 체계로부터 발전한 모습이라 하겠다.

이러한 관점에서 보면 영웅계 고소설이 갖는 기본 양식 구조는 신화·설화 체계의 그것과 동일해 보인다. 그러나 개화소설의 대부분이 그대로 이러한 영웅계 고소설 체계를 이어받고 있다고 보는 데는 문제가 있다. 먼저 소설의 서두에서 출생담이 제거되어 있음을 보이기 때문이다. 출생담이 생략되어 있거나, 그 놓이는 자리의 바꿈을 그 존재만을 인정하여, 처음에 놓인 것과 동일시한다면 양식 구조의 변화는 처음부터 이야기할 수 없는 것이 된다.197) 자리바꿈이란 분명 양식 구조의 변화 중에 제일 먼저 확인되어야 할 변별 요소다. 생략도 마찬가지다. 그러므로 이러한 출생담의 변이는 곧 개화기의 의미 구조 변화에 기인한 결과라고 보아야 옳고, 그 의미 구조가 무엇인가를 궁구하지 않으면 안된다.

개화기 의식 변화 중에서 가장 큰 것은 서민 의식의 성숙이다. 이것은 더 구체적으로 평등의식과 인격적 동등의식이라 할 수 있다. 이 의식체계는 먼저 인간의 天來的 운명관의 철폐를 요구하게 되고, 과학정신에 입각한 평등 의식에까지 이른다. 이러한 의식 계발은 사회 계층의 고정체계를 흔들어 놓고 태어나면서 양반이나 천민이라는 구분의 불합리성을 지적하면서 더 나아가 인간으로서의 출발에서 동등성을 요구하게 된다.

---

197) 영웅의 일생이 A. 출생 B. 버려짐 C. 구제받음 D. 고난을 당함 E. 고난의 극복으로 시간적 진행을 보인다. 여기서 A, B의 자리가 바뀌거나 없어지는 것은 양식적 변화라 보아야 한다. 소설을 큰 형식 단위로만 나눈다는 것은 그 미세한 부분을 놓치고 그 의미조차 무시할 우려가 있다.

소설 속의 주인공이 처음부터 일상적 인간과 달라야 한다는 의식이 무너지고 평범한 누구라도 문제적인 인물이기만 하면 소설 속의 인물이 될 수 있고 이러한 평범한 인물이 엮어내는 일상성의 이야기가 소설일 수 있게 된다.

그러므로 開化小說의 주인공은 특별히 주어진 재능을 타고 나야할 이유도 없으며 그러한 전제의 필요성도 없어진다. 이것이 바로 출생담의 거세라는 양식 구조의 변화를 초래한 것이라 보아야 한다.

다음은 소설의 허구성에 대한 인식이 실질적 인간과 허구 속의 인물을 분리시켜 내는 수준에까지 이르고 있음을 볼 수 있다. 소설 속의 인물이 문제적 개인이며 그가 안고 있는 문제의 해결이 허구의 전체라는 인식은 인물과 소설 속의 사건과의 관계를 일단 허구적 차원에서 받아들이게 된다. 이것은 사건은 끝나도 인물은 남아 있을 수 있고, 인물의 죽음은 그 인물의 일생에 맡겨져야 한다는 생각에 이른다.

이러한 인식이 소설의 끝과 인물의 죽음을 꼭 일치시키지 않아도 된다는 데 이르게 되었으며 그 실천적 예가 開化小說이다.

개화소설의 종말이 고소설의 그것에 비해 더 다양해지고 함축적이게 되는 것은 이러한 의미 구조에 바탕을 둔 것으로 해석된다.

이상의 논거에 따르면 開化小說 양식 구조 가운데 가장 두드러진 특징으로서의 서두와 종말 처리는 고소설에 비해 진일보된 것임을 알 수 있다.

다음은 직선적 시간 추이에 따른 고소설의 진행과정이 開化小說에 이르러서는 상당히 와해되고 있음을 볼 수 있다. 이것도 시간 인식의 변화에 기인한다고 하겠다.

고소설에서의 시간 진행은 항상 과학적 시간관 위에 놓여 있어서 그것의 되돌림이나 변화는 불가능하다는 의식에 근거한다. 부분적으로 逆轉이 기법으로 이용되지 않는 바는 아니지만, 이에는 시간 역전의 분명한 장치에 의해서 이루어짐으로써 불가피성을 인정받고자 했다. 즉 '각설', '그때'라는 용어의 활용이 바로 이러한 장치구실을 하면서 시간의 불소급성을 분명히 해 준다. 그러나 開化小說은 그 시간이 과학적인 데서 경험적인 것으로 옮아가는 과도기적 모습을 볼 수 있다. 이것은 우연성의 합리화 과정에서 제일 두드러지게 나타난다. 우연성이란 시간과 장소의 비결정론 또는 전제 없는 충돌을 뜻하는데, 경험적 입장에서의 우연성이란 쉽게 주변에서 일어나는 기대가능치 밖의 일들을 총칭하게 된다. 이러한 우연성이 古小說에서는 변명 없이 사용되어지고 무리 없이 독자에게 용납되지만 開化小說에서는 이의 불합리성에 대한 자각이 드러난다. 우연성이 결코 아니란 합리성 조작, 뒤늦은 필연적 귀결로의 변명 등은 곧 시간관의 허구화에서 비롯된 것이라 생각할 수 있다. 다시 말하면 과학적 시간이 아니라 경험적 시간으로서의 가능성을 소설 속에 실현해 보이는 것이 開化小說이라는 것이다. 경험적 시간은 과학적 입장에서 보면 허구적 시간관이 된다. 이러한 시간관이 開化小說에 작용함으로서 逆轉 기법과 뒤섞임이 가능해졌고 필연성 확보를 위한 변명이 뒤따르게 된다.

이것은 開化小說이 古小說의 양식 구조를 깨뜨리고 새로운 양식 구조를 탄생시키는 가장 근원적 인식이 된다. 이러한 인식의 발전은 단편적 시간의 확대에 따른 1920年代 단편소설의 가능성을 여는 힘이 된다.

이상의 논급에서 開化小說에 나타난 양식 구조의 변화가 얼핏 보아 아주 미미해 보이지만 사실은 상당히 큰 의미를 가지고 있음을 발견하게 된다.

開化小說의 양식 구조는 그 전통성을 이어받고 있지만 그 속에 큰 변화를 잉태하는 미세한 징후를 이미 보여주고 있다.

지금까지 두 갈래로 나누어 논급한 것들을 간추려 開化小說의 문학사적 의의를 정리하면 대략 다음과 같이 된다.

1. 외형상 내용 구조는 큰 변화를 보이고 있으며 양식 구조에서는 별다른 변화가 없어 보이지만 그 실체를 규명해 보면 아주 다르다.

2. 내용 구조의 변화로 나타난 것은 기실 소설 자체 내부 구조의 발전이 아닌 문학 외적 조건의 변화를 투영하고 있기 때문에 생겨난 비본질적 대치현상이다.

3. 내용 구조의 변화처럼 보이는 그 내면을 밝히면 사실상 국권의식, 평등의식, 변화에의 기대, 개방성에의 기대, 체제긍정적 태도 등 대부분이 전혀 동일하다고 볼 수도 있다.

4. 양식 구조가 전통성을 그대로 답습한다고 본 것은 미세한 변화를 놓치고 있기 때문에 내려진 결론이다.

5. 미세한 변화로 치고 있는 서두·종말 구조의 변화는 사실상 개화기의 의식 수준의 변화를 반영한 것으로 크게 발전된 것으로 보아야 한다.

6. 개화소설에서의 서두·종말 구조 변화는 운명결정론을 타파하고 평등성을 실천으로 보여 준 양식적 변화다.

7. 특히 시간관의 변화 즉 소설 속의 시간을 허구적인 것으로 인식하고 있음은 가장 뚜렷한 발전이며 이것이 곧 1920年代를 여는 열쇠 구실을 한다.

그러므로 개화소설은 고소설의 전통성과 앞으로 열리는 1920年代 근대소설의 특징을 그 내부 구조 속에 잉태하고 있어서 양면성을 동시에 포용하고 있는 위치를 확보한다. 중간 완충지대로서 개화기의 개화소설은 독특한 시대적 여건에 의해서 어느 쪽으로도 기울어져서는 안되는 중립적 성격을 그 고유한 특징으로 삼고 있다는 점 때문에 명칭의 변별성에 의존할 것이 아니라 <개화기>라는 시대 구분상의 한 시대 설정을 가능하게 하는 소설 유산이라 보아야 할 것이다.

Ⅵ. 結　論

　本稿는 1860年代~1910年代를 開化期로 잡고 이 時期에 주류를 이루던 開化小說에 대하여 文學社會學的 硏究方法을 원용하여 고찰하였다.

　먼저 開化期 社會變動의 中心課題인 思想的 흐름을 살피고, 身分制度의 변동에 따른 庶民意識의 成熟過程을 추적하였으며, 教育制度의 變化·印刷媒體의 發達이 미친 사회적 영향을 따져 開化期에 소설이 널리 읽히고 출판될 수 있었던 배경을 밝혔다. 그 결과를 요약하면 다음과 같다.

　1. 開化期 思想의 주조는 反封建과 自主性의 確保에 있어서, 萬人平等·民本主義·自主獨立 등을 실천 강령으로 삼았으나 그 수행 방법의 차이로 해서 위정척사파와 개화파로 나뉘고 또 주체의 庶民化로 東學運動까지 나타났으나 하나의 求心點에서 응집력을 발휘하지 못했다. 그 결과 위정척사파의 지향은 自主性·國權 우위론에 섬으로써 民主主義的 路線을 걷게 되고, 開化派는 政權慾까지 첨가하여 開化至上主義를 지향함으로써 國權意識이 빈약해지고 西歐志向性이 강해진 나머지 親日性까지 띠게 되었다.

　2. 조선조 말기 신분제도의 붕괴과정은 서민의식의 고양을 촉진시켰고, 東學의 발흥으로 서민의식의 성숙됨에 따라 教育熱이 높아졌으며 이는 독서열을 높이는 효과를 낳았다.

　3. 教育機會의 확대와 교육열에 부응해야 하는 교육제도가 二元化됨에 따라 意識의 兩分 경향을 낳았다. 즉 전통적 書堂教育은 保守性과 民族主義的 의식을 고취하는 한편, 新教育은 새로운 新知識 보급뿐만

아니라 새것에의 호기심을 조장함으로써 外來志向性을 높였고 그 결과 國家觀·民族愛를 약화시키는 허점을 드러내게 되었다.

4. 印刷媒體가 木版에서 鉛活字印刷로 옮아감에 따라 서적의 대량생산이 가능해짐으로써 小說의 商品化를 촉진시켰으며 그 결과 소설 독자층도 증대시켰다.

이러한 사회변동 요인들은 어느 일방으로만 작용하는 것이 아니고 전체사회 구조를 근본적으로 혼들어 놓고 있었으며, 또 그것이 전체적 징후나 현상으로 나타나지는 않았기 때문에 부분적으로 兩面性을 공유한 상태였다.

그러므로 소설 독자층이나 작가층 내부에는 분명한 인식이 흐려진 채 대세의 흐름에 편승하고 있었을 것으로 추단된다.

그 결과 開化期에는 양면성에 의한 混在의 상태를 보였다고 생각된다.

1. 保守志向性이 강한 독자층은 西歐文化受容에 거부반응을 일으키면서 선택적으로 傳統志向性을 강하게 나타내는 역사·전기소설을 탐독하는 취향을 드러내고, 改新志向性이 강한 新敎育을 받은 독자층은 新小說 취향을 드러내게 된다. 그 결과 독자층은 兩分되거나 한 작품의 내부 구조 중에서도 선택적 반응을 보이게 된다.

2. 開化期 小說의 작가층은 변동기 사회의 2차 엘리트층에 해당된다고 하겠는데, 이들 作家群도 保守性向과 改新性向으로 나누어진 것은 當代의 사상적 흐름에 기인한 것이다. 保守性向의 작가는 歷史·傳記小說을 주로 쓰고, 改新性向의 작가는 新小說을 주로 쓰게 된다. 특히 新小說 작가군은 新敎育의 영향하에 놓여 있거나 社會的 位置가 親日性을 가진 家系에 속해 있음이 확인되는데, 이것은 新小說의 親日的 성격을 뒷받침하는 증거가 된다.

開化小說이 二元的 양상을 띠고 있음에도 불구하고 同時代的 성격으로 통합될 수 있는 가능성이 전혀 없는 것도 아니다. 어떤 면에서는 開化期가 思想的 혼란이 극심한 시기였다는 인식에서 보면 이들의 공존 현상이 오히려 자연스럽다고도 할 수 있다. 이것은 開化小說 속에 古小說의 내적 구조 자체가 지향성의 상이함에 상관없이 그대로 전승되고 있음을 확인함으로써 더욱 분명해지는 것이다.

1. 古小說의 主題가 善意識에 고착되어 있다면 新小說·開化小說은 開化思想의 구체적 실천 강령에 제한받고 있음이 확인된다. 이것은 둘 다 理念志向性이 강하고 對社會的 가치 규범의 실천 문제를 중심과제로 삼고 있다는 점에서 同一하다.

2. 國權意識이 강력히 나타나고 있음도 同一하다.

軍談小說의 主題가 忠思想에 기반을 두고 있으며 그것은 旣存 國家權力의 옹호로 일관되어 있음과 같이 開化期 歷史·傳記小說 또한 國權意識이 강력하여 外勢에 대응하는 自主性 確立·獨立의 爭取를 주제로 하고 있다. 이것은 開化期의 중심과제였던 自主獨立·民族意識의 고취·偉人出現의 기대감 충족을 위해서는 同一한 효과를 거둘 수 있는 것이었다. 開化期 國權의 위기에 대응하고자 하는 민족심리의 발로로 쓰여진 歷史·傳記小說은 古小說 중 軍談小說의 의미 구조를 그대로 계승 발전시킨 양상임이 확실하다.

3. 新小說·開化小說이 보여 주는 開放意識은 變動에의 기대감이란 脫現實的 性向을 바탕으로 한 것이기 때문에 反體制性을 내포하고 있고, 이러한 反體制는 역설적인 現實에의 同參意識을 背面에 깔고 있다. 이것은 古小說 중 反封建意識으로 노출되고 신분 상승 의지를 표현하는 소설과 선택적으로 일치감을 주는 것이었다. 이들의 混在意識 때문에 쉽게 독자들을 新小說·開化小說의 開放性에 몰두하도록 하였으며, 현실 긍

정적 독서도 가능하게 하였다.

　開化期 小說은 外形的 異質性에도 불구하고 그 근저에는 구조적 동질성이 숨겨져 있기도 하고 當代的 意識變動이 양식적 변화를 촉구하고 있음도 발견할 수 있다.

　1. 傳記小說 樣式이 처음과 끝 부분에 다소 변화가 있다고 해도 問題人物의 一生을 記述하고 있다는 점에서 開化小說에 그대로 전승되고 있다.

　2. 討論體小說은 前代說話 樣式이나 漢文小說의 부분적 양식의 전승에 의해서 성립된 것으로 그 기능성의 확대로 當代 現實問題에 대한 주장·해설·풍자를 위한 수단으로 활용하고 있다.

　이상의 특징들을 가진 開化小說의 小說史的 의의는, 의미 구조가 당시대의 사회변동의 투영체였다는 점에서 古小說의 전통을 그대로 계승 발전시키고 있음의 확인이다.

　다음으로 양식 구조의 변화는 다음 1920年代에 나타나는 近代小說의 가능성을 잉태하고 있다. 즉 소설적 인물의 허구성에 대한 인식과 인물의 평민성에 대한 자각이 뚜렷하고, 또 경험적 시간관에로의 발전은 필연성에 대한 인식을 낳고 있다.

　그러므로 開化小說은 開化期라는 특수한 한 시대의 산물이면서 전통성과 발전성을 동시에 지니고 있는 독특한 양식으로 보아야 할 것이다.

參考文獻

1. 資料

영인본·舊活字小說叢書 古典小說 12卷, 서울 : 民族文化社, 1983.

영인본·大韓每日申報, 6卷, 서울 : 景仁文化社, 1977.

영인본·大韓自强會月報, 서울·亞細亞文化社, 1976.

영인본·大韓協會會報, 서울 : 亞細亞文化社, 1976.

영인본·독립신문, 서울·中央文化出版社, 1969.

영인본·新小說·飜案(譯)小說, 10卷, 서울·亞細亞文化社, 1978.

영인본·歷史·傳記小說. 10卷, 서울·亞細亞文化社, 1979.

영인본·景印古小說板刻本全集, 5卷, 서울·延世大學校出版部, 1973.

영인본·太極學報, 서울·亞細亞文化社, 1978.

영인본·筆字本 古典小說全集, 20卷, 서울 : 亞細亞文化社, 1982.

영인본·湖南學報, 서울·亞細亞文化社, 1978.

영인본 : 韓國史 資料選集Ⅴ, 最近世篇, 서울 : 一潮閣, 1973.

영인본·活字本古典小說全集, 12卷, 서울·亞細亞文化社, 1977.

영인본·皇城新聞, 서울 : 韓國文化開發社, 1974.

李佑成·林榮澤, 李朝漢文短篇集, 上·中·下, 서울·一潮閣, 1978.

丹齋 申采浩全集, 改訂版, 4卷, 大邱 : 螢雪出版社, 1979.

韓國新小說全集, 再版, 10卷, 서울 : 乙酉文化社, 1969.

韓國古小說目錄, 城南 : 韓國精神文化研究院, 1983.

2. 著書

康吉秀,『韓國敎育行政史研究草』, 서울 : 載東文化社, 1980.

姜德相 外,『甲申甲午期의 近代變革과 民族運動』,

　　　서울 : 청아출판사, 1983.

姜萬吉,『朝鮮後期商業資本의 發達』, 서울 : 高麗大學校出版部, 1972.

　　　　『韓國近代史』, 4版, 서울 : 創作과批評社, 1985.

姜在彦,『韓國近代史研究』, 서울 : 한밭출판사, 1982.

　　　　鄭昌烈譯,『韓國의 開化思想』, 서울 : 比峰出版社, 1981.

金起東,『李朝時代小說論』, 5版, 서울 : 精研社, 1969.

　　　　『韓國古典小說研究』, 서울 : 教學社, 1981.

金東旭,『增補春香傳研究』, 서울 : 延世大學校出版部, 1976.

金斗鍾,『韓國古印刷文化史』, 서울 : 三星美術文化財團, 1980.

金泳謨,『朝鮮支配層研究』, 서울 : 一潮閣, 1977.

金烈圭 外,『新文學과 時代意識』, 서울 : 새문社, 1981.

金容燮,『朝鮮後期農業史研究(Ⅰ)』, 重版, 서울 : 一潮閣, 1980.

　　　　『韓國近代農業史研究』, 서울 : 一潮閣, 1975.

金元姬,『韓國의 開化教育思想』, 서울 : 載東文化社, 1979.

金允植,『韓國近代文學思想史』, 서울 : 한길사, 1984.

　　　　『韓國近代文學樣式論攷』, 서울 : 亞細亞文化社, 1980.

　　　　『韓國文學史論攷』, 서울 : 法文社, 1973.

金允植 外,『韓國文學史』, 서울 : 民音社, 1973.

金一烈,『朝鮮朝小說의 構造와 意味』, 大邱 : 螢雪出版社, 1984.

金治洙,『文學社會學을 위하여』, 서울 : 文學과知性社, 1979.

金台俊,『增補朝鮮小說史』, 서울 : 學藝社, 1939.

김　현,『文學社會學』, 서울 : 民音社, 1983.

柳宗鎬 外,『文學藝術과 社會狀況』, 서울 : 民音社, 1979.

柳鐸一,『完板坊刻小說의 文獻學的研究』, 大邱 : 學文社, 1981.

閔丙秀 外,『開化期의 憂國文學』, 서울 : 新丘文化社, 1974.

朴晟義,『韓國古代小說論과 史』, 서울 : 日新社, 1973.

朴元善,『客主』, 서울 : 延世大學校出版部, 1968.

　　　　『負褓商』, 서울 : 韓國研究院, 1965.

白　鐵,『朝鮮新文學思潮史』, 서울 : 日新社, 1948.

徐鍾澤, 『韓國近代小說의 構造』, 서울 : 詩文學社, 1982.

葉乾坤, 『梁啓超와 舊韓末文學』, 서울 : 法典出版社, 1980.

成賢慶, 『韓國小說의 構造와 實相』, 大邱 : 嶺南大學校出版部, 1981.

孫仁銖, 『韓國近代教育社』, 서울 : 延世大學校出版部, 1971.

孫禎睦, 『朝鮮時代都市社會研究』, 2版, 서울 : 一志社, 1977.

孫晋泰, 『韓國民族說話研究』, 서울 : 乙酉文化社, 1964.

宋敏鎬, 『韓國開化小說의 史的研究』, 서울 : 一志社, 1975.

申基亨, 『韓國小說發達史』, 서울 : 彰文社, 1960.

신동욱, 『우리 이야기 문학의 아름다움』, 서울 : 韓國研究院, 1981.

愼鏞廈, 『韓國近代史와 社會變動』, 서울 : 文學과知性社, 1980.

安　廓, 『朝鮮文學史』, 서울 : 韓一書店, 1922.

吳知泳, 『東學史』, 서울 : 亞細亞文化社, 1973.

劉元東, 『韓國近代經濟史研究』, 서울 : 一志社, 1977.

李光麟, 『韓國開化史研究』, 서울 : 一潮閣, 1969.

　　　　『開化黨研究, 重版』, 서울 : 一潮閣, 1977.

李基白, 『韓國史新論』, 3版, 서울 : 一潮閣, 1968.

李秉岐, 『要路院夜話記』, 서울 : 乙酉文化社, 1958.

李能雨, 『古小說研究』, 서울 : 宣明文化社, 1973.

李相澤, 『韓國古典小說의 探究』, 再版, 서울 : 中央出版社, 1983.

李相澤 外, 『韓國古典小說』, 2版, 大邱 : 啓明大學校出版部, 1980.

李元浩, 『開化期教育政策史』, 서울 : 文音社, 1983.

李在銑, 『韓國開化期小說研究』, 서울 : 一潮閣, 1972.

　　　　『韓國短篇小說研究』, 서울 : 一潮閣, 1975.

　　　　『韓國文學의 解釋』, 서울 : 새문社, 1981.

　　　　『韓國現代小說史』, 서울 : 弘盛社, 1979.

　　　　『韓末의 新聞小說』, 서울 : 한국일보사, 1975.

李在銑 外, 『開化期文學論』, 大邱 : 螢雪出版社, 1978.

李在銑註, 『애국부인전・乙支文德・瑞士建國誌』,

서울·한국일보사, 1975.

李在銑,『韓國小說研究』, 서울 : 宣明文化社, 1973.

李海暢,『韓國新聞史研究』, 서울 : 成文閣, 1971.

林元植,『朝鮮新文學史(복사)』, 서울 : 韓國學硏究院, 1977.

林熒澤 外,『韓國近代文學史論』, 서울 : 한길사, 1982.

全光鏞,『韓國近代小說의 理解』, 서울 : 民音社, 1983.

鄭奭鍾,『朝鮮後期社會變動研究』, 서울 : 一潮閣, 1983.

鄭鉒東,『古代小說論』, 大邱 : 螢雪出版社, 1973.

趙東一,『新小說의 文學史的 性格』, 서울 : 韓國文化研究院, 1973.

　　　　　『韓國小說의 理論』, 서울 : 知識産業社, 1977.

趙演鉉,『韓國新文學考』, 서울 : 文化堂, 1966.

　　　　　『韓國現代文學史』, 서울 : 成文閣, 1969.

趙潤濟,『韓國文學史』, 改訂版, 서울 : 探求堂, 1971.

崔文煥,『民主主義의 展開過程』, 서울 : 白映社, 1958.

河東鎬,『韓國近代文學의 書誌研究』, 서울 : 깊은샘, 1981.

韓基彦,『韓國教育史』, 4版, 서울 : 博英社, 1971.

韓㳓劤,『韓國通史』, 9版, 서울 : 乙酉文化社, 1974.

洪一植,『韓國開化期의 文學思想研究』, 서울 : 悅話堂, 1980.

黃浿江,『朝鮮王朝小說研究』, 增補2版,

　　　　　서울 : 檀國大學校出版部, 1981.

黃浿江 外,『韓國文學研究入門』, 서울 : 知識産業社, 1982.

國史編纂委員會,『韓國史論5』, 近代, 서울 : 民族文化社, 1983.

震檀學會編,『韓國史最近世篇』, 3版, 서울 : 一潮閣, 1965.

韓國經濟史學會,『韓國史時代區分論』, 서울 : 乙酉文化社, 1970.

3. 論文

權寧珉, 「開化期의 小說觀과 新小說의 變貌樣相」, 『冠嶽語文研究』, 第1輯(1983), pp.155－180.

「開化期小說 作家의 社會的 性格」, 『韓國學報』, 第19輯(1980)

金根洙, 「1910年 以前의 言論·出版」, 『韓國史論』, 5(1983), pp.183－192.

金容稷, 「開化期 文人의 意識類型」, 『韓國文學研究入門』(1982), pp.475－484.

金允植, 「1910年 以前의 學術·文藝」, 『韓國史論』, 5(1983), pp.166－174.

「1910年 以後의 學術·文藝」, 『韓國史論』, 5(1983), pp.174－182.

「近代文學의 歷史的性格」, 『韓國文學研究入門』(1982), pp.467－474.

金重河, 「開化期小說研究(Ⅰ)」, 『釜山大文理大論叢』, 第17輯(1978).

「開化期短形小說研究」, 『釜山大人文論叢』, 第20輯(1981).

「開化期小說 ＜一捻紅＞研究」, 『釜山大文理大論文集』, 第14輯(1975).

文昭丁, 「衛正斥邪運動에 관한 知識社會學的研究」(上·下), 『韓國學報』, 第36, 37輯(1984)

徐大錫, 「軍談小說의 構成과 作者意識」, 『啓明論叢』, 第7輯(1970).

徐鍾文, 「19世紀韓國文學의 性格」, 『民族文學研究叢書』, 1(1982).

申東旭, 「新小說에 反映된 新文化受容의 態度」, 『東西文化』, 第4輯(1970).

愼鏞廈, 「甲申政變의 改革思想」, 『韓國學報』, 第36輯(1984).

安春根, 「1910年 以後의 言論·出版」, 『韓國史論』5(1983), pp.192－207.

梁顯圭, 「開化期의 讀書階層」, 『出版學』, 1974冬號 (1974).

劉元東, 「韓國史에 있어서의 近代의 基點」, 『韓國史時代區分論』(1970), pp.130－152.

尹明求, 「신소설과 역사전기류」, 『韓國文學研究入門』(1982), pp.497－50.

李光麟, 「開化·斥邪思想」, 『韓國史論』5(1983), pp.153－165.

李瑄根, 「近代化의 基點問題와 1860年代의 韓國」, 『韓國史時代區分論』(1970), pp.153－182.

李注衡, 「＜血의 淚＞－＜牧丹峰＞의 時代的 性格」, 『李崇寧古稀紀念論叢』(1977).

全光鏞, 「韓國小說發達史下」, 『韓國文化史大系』Ⅴ(1967), pp.1163－1217.

「新小說 <昭陽享>攷」,『국어국문학』, 통권10호(1954).

「新小說研究」 ①~⑩,『思想界』, 3권 10호(1955)~4권9호(1956).

鄭萬得,「開化期 歷史意識의 類型」,『東西文化』, 第4輯(1970), pp.183−216.

趙璣濬,「韓國史에 있어서의 近代의 性格」,『韓國史時代區分論』(1970),
　　　　pp.183−211.

趙東一,「英雄의 一生, 그 文學史的 展開」,『東亞文化』, 第10輯(1971),
　　　　pp.163−14.

河東鎬,「開化期小說의 書誌的 整理 및 調査」,『東洋學』, 第7輯(1977).

「新小說研究草」, 上・中・下,『世代』통권 38, 40, 41호(1966).

韓㳓劤,「開化當時의 危機意識와 開化思想」,『韓國史論文選集』Ⅵ(1976),
　　　　pp.1−52.

洪一植,「開化思想」,『現代文化史大系』Ⅱ(1976), pp.579−663.

*其他 다수 論文은 脚註로 대신함.

4. 外書・飜譯書

Auerbach, E., Mimesis. Princeton : Univ. of Princeton Press, 1953.

Booth, Wayne, The Rhetoric of Fiction, Chicago : Univ. of Chicago Press, 1961.

Bottomore, T. B., Sociology as Social Criticism, London : George Allen & Unwin Ltd., 1975.

Broocks, Cleanth/Warren, R. P., Understanding Fiction, New York : Appleton Century Crofts, Inc., 1959.

Coser, Lewis A. ed., Sociology through Literature, Englewood Cliffs. : Prentice−Hall, Inc., 1963.

Courant, Mauriec, Bibliograph Correenne, 金壽卿 譯,『朝鮮文化史序說』, 서울 : 凡章閣, 1946.

Eisenstadt, S. N., Modernization, 呂井東・金晋均 譯,『近代化』, 서울 : 探求堂, 1972.

Escarpit, Robert, Sociology de la Littérature, 閔熹植 譯,『文學의 社會學』. 서울 : 乙

酉文化社, 1983.

Foster, E. M., Aspects of the Novel, London : Edward Arnold, 1974.

Freund, Phillip, The Art of Reading the Novel, New York : Collier, 1966.

Girardé, René, Deceit, Desire and the Novel. Baltimore : The Johns Hopkins Univ. Press Ltd., 1976.

Goldmann, Lucien, Towards a Sooiology of the Novel, London : The Cambridge Univ. Press., 1975.

Hauser, Arnold, Methoden moderner Kunstbetrachtung, 황지우 역, 『藝術史의 哲學』. 서울 : 돌베개, 1983.

, Soziologie der Kunst, 崔成萬・李丙珍 譯, 『藝術의 社會學』. 서울・한길사, 1983., Sozialgeschichte der Kunst und Literatur, 白榮晴・潘星完 譯, 『文學과 藝術의 社會學史』, 서울 : 創作과批評社, 1981.

Hulbert, Homer B., The Passing of Korea, 申福龍 譯, 『大韓帝國史語說』. 서울 : 探求堂, 1977.

Iser, Wolfgang, The Act of Reading, Baltimore : The Johns Hopkins Univ. Press. Ltd., 1978., The Implied Reader, Baltimore : The Johns Hopkins Univ. Press Ltd., 1974.

Jauß, Hans Robert, Literaturgeschichte als Provokation, 장영태 역, 『挑戰으로서의 文學史』. 서울 : 文學과知性社, 1983.

Lubbock, Perey, The Craft of Fiction, London : Jonathan Cape, 1957.

Lukács, Georg, The historical Novel, Boston : Beacon Press, 1963.

Lucács, Georg, The Theory of the Novel, Cambridge : The M. I. T. Press, 1971.

Moore, Wilbert E., Social Change, 金一鐵 譯, 『社會變動論』. 서울 : 探求堂, 1972.

Muir, Edwin, The Structure of theNovel, London : The Hogarth Press, 1957.

Nossack, Hans Erich, Die Schwache Positisn der Literatur.

尹順豪 譯, 『文學과 社會』, 서울 : 三星美術文化財團, 1983.

Sammons, Jeffrey L., Literary Sociology and Practical Criticism, Bloomington : Indiana Univ. Press, 1977.

Scholes, R/Kellogg, R., The Nature of Narrative, London : Oxford Univ. Press, 1979.

Singewood, Alan, The Novel & Revolution, London : The Macmillan Press Ltd., 1975.

Singewood, Alan/Laurenson Diana T., The Sociology of Literature, New York : Schocken Books, 1972.

Stevick, Philip, ed., The Theory of the Novel, New york : The Free Press, 1967.

Strelka, Joseph P., Literary Criticism and Sociology, London : The Pennsylvania State Univ. Press, 1973.

Tompkins, Jane P. ed., Reader—Response Criticism, Baltimore : The Johns Hopkins Univ. Press Ltd., 1976.

Watson, George, The Story of the Novel, London : Macmillan Press, 1979.

Wellek, R./Warren, A., Theory of Literature, New york : Harcourt— race, 1949.

Zéraffa, Michel, Roman et Société, 李東烈 譯, 『小說과 社會』. 서울 : 文學과 知性社, 1977.

Zima, Pierre, Pour und Sociologie du Texte Littéraite, 이건우 역, 『文學과 텍스트의 社會學을 위하여』, 서울 : 文學과 知性社, 1983.

찾 아 보 기

<ㄱ>

<ㅅ>

<ㅇ>

〈ㅈ〉

〈ㅊ〉

<ㅌ>

討論體小說　4, 10, 30, 31, 34, 35, 36, 40, 41, 43, 44, 45, 46, 47, 49, 50, 51, 52, 60, 69, 102, 110, 111, 112, 113, 114, 116, 117, 118, 120, 122, 123, 125, 127, 128, 129, 131, 132, 360, 361, 362, 365, 366, 367, 368, 370, 371, 372, 373, 38, 386

통합　59, 60, 100, 102, 107, 108, 109, 159, 250, 256, 286, 333, 374, 375, 385

<ㅍ>

<波蘭亡國史>　171

抱宇生　135

諷刺　23, 30, 39, 51, 113, 121, 192, 240, 241, 243, 297, 361, 369

parody　194

protagonist　226, 227

<ㅎ>

『學之光』　139

<漢江船>　168, 318

韓基準　135, 136

漢文小說　17, 19, 20, 27, 38, 39, 43, 51, 120, 121, 125, 369, 370, 373, 386

『漢城旬報』　277

行動小說　11, 234, 346

<향긱담화>　30, 32, 43, 52, 112, 114, 125, 362

개화기 소설 연구

인쇄일 초판 1쇄 2005년 03월 25일
           2쇄 2015년 06월 20일
발행일 초판 1쇄 2005년 03월 30일
           2쇄 2015년 06월 25일

지은이 김 중 하
발행인 정 찬 용
발행처 국학자료원
등록일 2006.113.02 제2007-12호

서울시 강동구 성내동 447-11 현영빌딩 2층
Tel : 442-4623~4 Fax : 442-4625
www. kookhak.co.kr
E- mail : kookhak2001@hanmail.net
isbn : 978-89-279-0911-8 *93800

가 격 23,000원